www.b-books.co.kr

'뜨거운
베케이션'

'뜨거운
베케이션'

2

욱수진 장편 소설

at vacation

Contents

Lot Vacation

15화

　얼마 전 전국체전에 나갈 문화시 대표 선발 대회 겸 문화시 교육장 배 육상 대회가 있었다. 모두의 예상대로 혜린이 우승을 차지했고, 문화시를 대표해 도 대회에 참가할 수 있는 자격을 얻게 되었다.

　이번 대회에서 혜린을 제외한 다른 육상부원들은 비록 메달을 따진 못했지만 각자 개인 최고 기록을 세웠다. 그리고 그 후로도 혜린의 우승이 자극이 되었는지 예전보다 더 열심히 훈련에 매진했다.

　개학을 일주일 남겨 둔 오늘부터는 단체 훈련 대신 각자 알아서 개인 훈련이나 휴식을 갖도록 했다. 덕분에 설미도 오래간만에 늦잠을 잤다.

　부스스한 얼굴로 방에서 나오니, 아침 운동을 마친 혜린이 막 현관에 들어서고 있었다. 설미는 혜린을 향해 엄지를 치켜들었다.

"하여튼 말 안 듣는 것도 일등이야. 당분간 좀 쉬라니까."

"몸 굳으면 어떡해요."

인생의 절반 이상을 선수로 살아온 혜린의 마음을 설미도 모르지 않았다. 혜린을 안쓰럽게 바라보던 설미는 혜린과 눈이 마주치자 웃어 주었다.

"배고프지? 우리 나가서 엄청 맛있는 거 먹자!"

"네."

혜린이 방긋 웃으며 씻으러 욕실로 들어갔다. 설미도 스트레칭을 하며 집 안을 청소했다. 슬쩍 창밖으로 태홍의 전용 주차 구역을 내려다보니, 차가 없었다. 출근한 모양이었다.

혜린과 설미는 준비를 마친 후 시내로 향했다.

"고기 괜찮지?"

"좋죠."

설미는 평소 자주 가는 고깃집으로 들어갔다. 두 사람은 창가 쪽에 자리를 잡고 열심히 삼겹살을 구웠다.

설미가 한창 맛있게 쌈을 싸서 먹는데, 어쩐 일인지 혜린이 통 먹지 못하고 있었다. 설미는 혜린을 걱정스레 바라보았다.

"혜린아. 무슨 일 있어? 왜 못 먹어?"

"그게 저기……."

혜린이 고개를 푹 숙인 채 손가락으로 창밖을 가리켰다. 설미는 혜린의 손가락을 따라 시선을 옮겼다. 혜린이 가리킨 건너편 카페테라스에 태홍이 있었다. 반가운 마음에 엉덩이를 들썩거리던 설미의 얼굴이 순식간에 흙빛으로 변해 버렸다.

태홍이 여자와 같이 있었다.

"태홍 아저씨 그렇게 안 봤는데, 양다리라니! 설마 아니겠죠? 근데 저건 누가 봐도……."

태홍과 여자는 딱 달라붙어 노트북으로 무언가를 감상하고 있었다. 아무리 봐도 데이트하는 연인 같아 보였다.

설미는 목구멍에 고깃덩어리가 걸린 것같이 답답했다. 하지만 혜린이 보는 앞이니 최대한 침착하게 행동하려고 노력하며 애써 웃었다.

그러나 그것도 잠시, 마우스를 잡고 있는 태홍의 손을 여자가 덥석 잡는 순간, 설미는 저도 모르게 자리에서 벌떡 일어났다.

"저런 씨!"

순한 설미의 입에서 '씨' 라는 단어가 튀어나오다니. 혜린은 깜짝 놀라 설미를 올려다보았다. 그녀의 눈빛이 질투로 이글이글 타오르고 있었다.

설미는 핸드폰을 꺼내 바로 태홍에게 전화를 걸었다. 통화 연결음이 채 한 번 들리기도 전에 태홍이 전화를 받았다.

— 어. 미안한테, 지금 좀 바빠.

"아, 바쁘세요? 뭐 하시느라 바쁘신데요?"

설미의 시선은 여전히 건너편에 꽂혀 있었다. 태홍은 통화 중이었고, 옆에 앉은 여자는 그의 얼굴을 뚫어져라 보고 있었다. 그 시선이 심히 거슬렸다.

— 담당 검사랑 미팅 중이야.

"네? 거, 검사요?"

'검사' 라는 말에 설미는 조신하게 다시 자리에 앉았다. 옆에서 혜린이 고개를 갸웃거렸다.

— 목소리가 왜 그래? 무슨 일 있어?

"아니, 그게 아니라……. 근데 검사랑 미팅이면 지금 엄청 바쁘신 거 아니에요?"

— 그러니까 바쁘다고 했잖아.

"그럼 빨리 끊어요! 전화는 왜 받아요?"

— 네 전화는 무슨 일이 있어도 무조건 받기로 했으니까.

"됐어요! 빨리 일해요. 끊을게요."

급히 전화를 끊는 설미를 향해 혜린이 물었다.

"아저씨가 뭐래요?"

"저 여자분 검사님이래. 일하는 중."

"아, 역시. 그럼 그렇지. 아저씨가 그럴 리가 없지."

"아까는 양다리 어쩌고 하더니만."

"저렇게 딱 달라붙어 있으니까 그렇죠."

"하긴. 너무 붙어 있기는 해."

계속 태홍과 여검사를 관찰하며 혜린과 수군대던 설미가 별안간 굳었다. 갑자기 뒤를 돌아본 태홍과 눈이 딱 마주친 것이다. 피할 겨를도 없이 들켜 버린 설미는 그저 어색하게 손을 흔들며 웃을 수밖에 없었다.

태홍은 그녀를 보며 피식 웃더니 다시 고개를 돌려 여검사와 이야기를 나누기 시작했다. 둘이 너무 붙어 있는 거 아니야? 분명 일인데, 그는 일을 하고 있을 뿐인데 설미는 묘하게 기분이 나빴다.

그때 문자가 도착했다.

[고기 타겠다. 나 그만 보고 밥 먹어.]

이 남자가 누굴 놀리나?

설미는 재빨리 답장을 보냈다.

[일이나 하시죠. 조금 떨어져서.]

건너편의 태홍이 문자를 확인하더니 의자를 빼서 여검사와 조금 떨어져 앉았다. 그 모습을 본 혜린이 쿡쿡거리며 웃어 댔다. 그러곤 설미를 향해 엄지를 척 세워 보였다.

"우와, 쌤, 조련 짱!"

설미는 괜히 뿌듯해져서 어깨를 으쓱했다. 아까에 비해 확연히 떨어진 두 사람의 모습을 보니 실실 웃음이 나왔다. 설미는 마음 편히 다시 고기를 먹기 시작했다.

□　■　□

한창 CCTV 화면에 집중하던 태홍이 또 피식 웃었다. 그 모습을 발견한 채경은 의아했다. 그는 아까도 창밖을 보고 웃었다. 채경은 궁금해서 뒤를 돌아봤지만 대체 무엇을 보고 웃은 것인지 알 수 없었다.

"스톱."

태홍의 말에 채경이 정신을 차리곤 얼른 CCTV 화면을 정지시켰다. 태홍은 편의점 CCTV에 찍힌 상윤의 모습을 응시했다.

"그러니까 상윤이 형이 사고 전날 찾아간 곳이 클럽 BB라는 거지?"

"응. 클럽 BB의 정확한 위치는 알려져 있지 않지만, 이 편의점 근처에 위치한 것 같아. 이곳에서 이상윤 경위의 모습이 여러 번 포착됐거든."

"근데 이 CCTV는 어떻게 입수했어?"

"제보가 있었어."

"제보? 누가 제보한 건데?"

"지금 추적 중이야. 익명으로 보내온 건데 수법이 교묘해. 나한테 직접 온 게 아니라 내 주변 지인들을 통해 돌고 돌아서 온 거야. 게다가 검찰이 아니라 우리 집으로 왔어. 이걸 보내온 사람은 분명 검찰 내에 클럽 BB 사건을 덮으려는 자들이 많다는 걸 아는 거고, 내부에서 어떤 시스템으로 자신을 추적할지도 잘 알고 있는 거야. 누군지는 모르겠지만, 이 사람이 우리 조력자가 아니라면 함정일 수도 있어. 대체 누굴까?"

잠시 생각에 잠겨 있던 태홍의 머릿속을 스치고 지나가는 얼굴이 하나 있었다. 하지만 확실하진 않았다. 태홍은 자연스레 말을 돌렸다.

"그것보다 정석범이 상윤이 형 사고랑 클럽 BB에 대해선 부인한다면서?"

"어. 그것 때문에 골치 아파. 정석범이 계속 혐의를 부인하면 클럽 BB를 수사할 명분이 없거든. 네가 가져다준 증거는 이 경위가 타살이라는 걸 입증할 수 있지만, 정석범이 범인이라는 증거가 될 순 없어."

"내가 정석범을 한번 만나 볼게."

"괜찮겠어?"

채경은 태홍이 지난 1년간 정석범 때문에 얼마나 힘들었는지 잘 알고 있었다. 그리고 태홍은 모르겠지만, 그동안 찬희를 통해 정석범과 관련된 정보를 태홍에게 전달한 장본인이 바로 채경이었다.

"난 괜찮으니까 정석범과 언제 만나면 좋을지 시간 조율되면 연락 줘."

"알았어. 그럼 끝?"

"어. 수고했다. 그럼 가 볼게."

"잠깐! 너 밥은 먹었어? 난 아침도 못 먹고 와서 배고픈데."

"고기 먹을래?"

이번에도 바쁘다며 거절당할 줄 알았는데, 그가 웬일로 흔쾌히 점심을 사 주겠다고 했다. 근데 점심부터 무슨 고기냐고 물으려던 채경은 조용히 고개를 끄덕이며 노트북을 가방에 넣고 자리에서 일어났다. 채경은 태홍을 따라 길 건너 고깃집으로 향했다.

태홍은 고깃집에 들어서자마자 설미가 앉은 테이블을 쳐다봤다. 마침 설미와 혜린이 자리에서 일어나고 있었다. 태홍은 채경에게 아무 데나 가서 앉아 있으라고 말하곤 설미 쪽으로 향했다.

　주섬주섬 가방을 챙기던 설미는 누가 뒤에서 빌지를 뺏어 들자 화들짝 놀랐다. 하지만 태홍인 것을 보곤 배시시 웃음을 지었다.

　"언제 왔어요? 일 다 끝났어요?"

　"응. 가자, 내가 사 줄게."

　"어? 많이 나올 텐데……."

　태홍은 영수증을 들여다보았다. 설미와 혜린은 쑥스러운지 각자 다른 곳을 보며 태홍의 시선을 피하기 바빴다.

　"진짜 많이 먹었네? 둘이서 고기를 5인분이나 먹었어? 거기다 볶음밥에 후식 냉면까지……."

　"그러게 누가 사 달래요?"

　"내 맘이야."

　"이제 점심 먹는 거예요?"

　"응."

　"같이 있던 검사님은요?"

　"저기."

　태홍이 고갯짓한 곳을 보니 아까 봤던 그 여검사가 홀로 앉아 이쪽을 바라보고 있었다.

　"진짜 검사 맞아요?"

　"궁금하면 가서 물어보고 와."

　"됐거든요? 아무튼 맛있게 먹고 일 열심히 해요."

　태홍이 고개를 끄덕이자, 설미는 혜린과 함께 입구 쪽으로 걸어갔다. 둘은 나가면서도 연신 뒤를 흘깃대며 채경을 의심의 눈초리로 바라봤다. 태홍은 피식 웃음이 새어 나왔다.

"그러다 다친다. 앞에 보고 똑바로 걸어!"

태홍이 소리치자 스승과 제자는 후다닥 고깃집 밖으로 도망가 버렸다.

"누구야?"

자리에 앉는 태홍을 향해 채경이 조심스레 물었다.

"설마…… 여자 친구는 아니지?"

"맞는데?"

"뭐?"

연쇄살인마 앞에서도 눈 하나 깜짝하지 않기로 유명한 차채경 검사였다. 그런 그녀가 태홍에게 여자 친구가 있다는 말을 듣곤 화들짝 놀랐다.

채경은 침착하려 애쓰며 다시 물었다.

"뭐 하는 여잔데?"

"귀엽고 예쁜 여자."

"……뭐?"

채경은 자신의 귀를 의심했다. 그리고 눈도 의심했다. 세상에, 태홍이 웃고 있었다. 천하의 서태홍이 웃다니. 여자 친구라는 말이 사실인 모양이었다. 채경은 괜히 심술이 나서 화제를 돌렸다.

"광수대로 복귀하는 건 생각해 봤어?"

"아직."

"고민할 게 뭐가 있어. 당연히 복귀해야지. 너도 원했던 거잖아."

채경의 말대로 태홍은 광수대에서 나온 순간부터 줄곧 다시 돌아갈 날만을 기다렸다. 그런 그의 고민이 길어지는 이유는 한 가지였다. 바로 설미 때문이었다. 가까운 문화서에서 일하면서도 하루 종일 그녀가 보고 싶은데, 원거리 연애가 가당키나 하단 말인가. 다른 건 몰라도 그 부분만큼은 솔직히 자신이 없었다.

체육관 뒷정리를 하며 대걸레로 바닥을 닦던 화영은 창가 쪽 테이블 위에 놓인 반지를 보곤 혀를 내찼다.

"쯧쯧. 우리 덜렁이 설미 쌤. 그렇게 반지 자랑을 하더니 결국 놓고 갔네."

태홍과의 연애담을 늘어놓으며 반지를 자랑하던 설미가 운동한다고 잠깐 빼 놓고는 그냥 집으로 가 버린 것이다. 반지 잃어버렸다고 질질 짜며 애먼 곳을 뒤지고 돌아다닐 설미가 절로 상상이 되었다.

화영이 핸드폰을 꺼내 설미에게 전화를 걸려는 찰나, 체육관 문이 열리고 누군가 들어왔다.

"설미 쌤, 반지 여기 있……."

당연히 설미일 거라고 생각했는데, 들어선 주인공은 태홍이었다.

"아, 태홍이 네가 대신 온 거야? 자. 여기."

태홍은 화영에게 반지를 건네받고는 미간을 찌푸렸다.

"이 여자가 진짜……."

태어나서 처음으로 여자 반지를 샀다. 그것도 두 번씩이나. 그렇게 자신이 힘들게 산 반지를 아무 데나 흘리고 다니다니. 태홍은 어이없었지만, 참 설미답다는 생각을 하며 반지를 만지작거렸다.

"설미 쌤 대신 온 거 아니었어? 아. 설미 쌤 데리러 온 거구나? 근데 어쩌냐? 길이 엇갈린 것 같은데. 설미 쌤 아까 나갔거든."

"선배 만나러 온 거야."

"왜?"

"선배한테 확인할 게 있거든."

"……."

"하랑이 말인데 정말 아파서 친정으로 보낸 거 맞아?"

"어. 너도 알잖아. 하랑이 천식 심한 거. 엄마네 집이 병원 근처이기도 하니까……."

"다른 이유가 있는 건 아니고? 예를 들면 중요하게 할 일이 있다거나, 그 일이 많이 위험한 일이라든가."

사뭇 진지해진 태홍의 얼굴을 보며 화영은 어색한 웃음을 흘렸다.

"갑자기 왜 그렇게 무게를 잡고 그래? 꼭 취조당하는 기분이네?"

"말 돌리지 말고. 지금부터 내가 묻는 말에 제대로 대답해."

"……."

"차채경 검사한테 상윤이 형 관련 CCTV 영상 보낸 사람, 선배 맞지?"

"……."

아무 대답도 하지 못하는 화영을 보며 태홍은 제보한 사람이 그녀임을 확신했다.

"형 타살인 거 처음부터 알고 있었던 거지? 근데 왜 모른 척했어? 선배, 어디까지 알고 있는데? 언제까지 속이려고 했는데? 어? 대답 좀 해!"

화영은 올 것이 왔다는 느낌에 두 눈을 꽉 감아 버렸다. 눈을 감은 채 한숨을 깊이 내쉬는 화영을 보며 태홍은 이제껏 자신을 속이고 거짓말을 해 온 화영이 원망스러웠다.

"나보곤 상윤 형 타살이 아니라 교통사고가 확실하니까 잊으라더니, 선배는 지금 뭐 하는 건데? 뒤에서 이게 무슨 짓이냐고."

화영이 다소 지친 얼굴로 천천히 눈을 떴다. 태홍이 윽박지르듯 낮게 읊조렸다.

"배후가 누구야?"

"몰라."

"선배!"

태홍의 고함 소리에 화영은 정신이 번쩍 들었다. 도대체 어디까지 알고 찾아온 걸까? 찬희에게서 태홍이 정석범 사건에서 손을 뗐다는 얘기를 들었다. 물론 서태홍이 쉽게 포기할 놈이 아니라는 건 알았다. 하지만 태홍이 정석범이 기소된 이후에도 상윤의 사고를 재조사하려고 차채경 검사까지 만나고 다닐 줄은 전혀 몰랐다.

차채경 검사가 클럽 BB에 대한 것도 다 얘기했겠지…….

화영은 불안한 눈빛으로 태홍을 바라보았다. 아니나 다를까 태홍은 클럽 BB의 이름부터 꺼냈다.

"형이 맡았던 클럽 BB 사건……."

"……."

"내가 수사하기로 했어."

화영은 경악했다.

"뭘 수사한다고? 당장 그만둬! 니가 그걸 왜 해! 네 관할도 아니잖아!"

"왜? 나도 형처럼 죽을까 봐?"

"서태홍!"

"형 타살이야. 형이 정석범을 쫓았던 건 놈이 마약범이라서가 아니라 클럽 BB 관련자였기 때문이었어. 선배는 알고 있었지? 그래서 나한테 정석범 잡는 거 그만두라고 했던 거고. 내가 클럽 BB의 존재를 알게 될까 봐."

태홍은 그동안 의문스러웠던 화영의 행동이 이제야 모두 이해가 되었다.

"나한테 더 숨기는 거 있어?"

"태홍아. 제발 그만둬. 여기까지만 해."

"있구나? 나한테 숨기는 거."

화영은 어떻게든 태홍을 말리고 싶었다. 태홍이 클럽 BB의 존재를 안 이상, 그 집단의 실체가 벗겨지는 건 시간문제였다. 왜냐하면 그 배후가…… 태홍의 가장 가까운 곳에 존재하니까…….

"설미 씨를 생각해서라도 그만해. 위험한 일 하지 말라고. 너 지금 행복하잖아. 그냥 행복하게 살자. 응? 굳이 네가 하지 않아도 되는 일이야. 그냥 검찰에 맡기라고."

"내가 세상에서 제일 싫어하는 집단이 검찰이야. 클럽 BB 관련해서 검찰 경찰 너 나 할 거 없이 죽어라 덮으려고 난리더라? 그런데 내가 이 재미있는 일을 안 할 이유가 없지."

태홍은 확고했다. 하지만 화영도 물러설 생각이 없었다.

"설미 씨 언니 선희. 현재 교도소 복역 중이지? 얼마 후면 출소하고."

그러자 태홍이 헛웃음을 지었다. 화영이 무슨 말을 할지 알고 있다는 표정으로.

"나도 정석범이랑 선희가 클럽 BB랑 관련 있는 거 이미 알고 있어. 그런 걸로 멈출 생각 없……."

"클럽 BB엔 마담이 존재해. 머리깨나 쓰는 정재계 고위 관계자들도 마담 앞에선 맥을 못 출 정도로 영악하다고 하더라. 그리고 잔인하기까지 하대. 작년에 H건설 황 사장 투신자살. 그거 마담 작품이야. 클럽 BB로 유입된 투자금 빼돌리고, 해외 바이어와 이간질하고, 황 사장과 황 사장 아들 사이에서 양다리에 집안은 풍비박산. 회사는 빚더미에 올랐지. 그 정도로 보통 여자가 아니야. 그 마담이 누군지 알아?"

"……."

"선희."

"……뭐?"

태홍은 충격으로 잠시 멍해졌다. 믿을 수가 없었다.

그는 교도소에서 만났던 선희의 모습을 떠올렸다. 공포감에 쉴 새 없이 떨리던 눈동자. 영악하거나 잔인한 모습은 찾아볼 수 없었다.

아니, 화영의 말대로라면 그 모습도 계산된 '영악한' 연기였던 걸까? 도대체 왜? 왜 자신에게 그랬을까?

"그런 여자가 왜 교도소에 있는데? 그 정도로 영악하면 애초에 잡히지도 않았겠지, 앞뒤가 안 맞잖아."

"잠깐 숨은 거겠지. 적이 하도 많으니까."

"아니. 걘 나오고 싶어 했어. 살려 달라고도 했고."

"너 선희 만났어?"

"걔 나랑 고등학교 동창이야. 그동안 얼마나 많이 변했는지는 모르겠지만, 남의 돈 빼돌리고, 이간질해서 사람을 죽게 만들 정도로 나쁜 애는 아니었어."

"정신 차려. 사람은 변하는 거야. 어쨌든 네가 클럽 BB 수사를 계속한다면 결국엔 설미 씨 언니를 네 손으로 다시 잡아넣어야 해. 그다음엔 설미 씨한테 뭐라고 설명할래?"

"……."

태홍은 환하게 웃던 설미가 떠올랐다. 지금껏 나쁘게만 생각해 온 언니에게도 어떤 사정이 있었을지 모른다고, 어쩌면 언니가 좋은 사람일지 모른다며 기대에 부풀어 있던 설미가.

태홍은 머릿속이 복잡했다. 만약 선희가 변했다면, 그건 어쩌면 자신의 할아버지 때문일지도 모른다는 생각을 했다.

'그 애가 10년 전 그 일 때문에 삐뚤어진 건 아닐까?'

힘없고 돈 없으면 살아남기 힘든 이 더러운 세상에 복수라도 하고 싶었던 걸까? 어쩌다 클럽 BB에 들어가게 된 걸까? 심지어 어떻게 마담까지 된 걸까?

태홍은 10년 전 그때 무슨 수를 써서라도 선희를 찾아냈어야 했다고 후회했다. 그래서 할아버지에게 죄를 물었더라면, 지금 선희가 이렇게까지 망가지진 않았을 거라고 자책했다.

그리고 한편으론, 어쩌면…… 10년 전 자신이 필사적으로 선희를 찾지 않았던 건…….

'나도 할아버지의 죄를 덮어 두고 싶었던 건 아니었을까?'

거기에 생각이 닿자, 태홍은 너무나 괴로웠다.

태홍의 안색을 살핀 화영은 더 이상 그를 몰아붙이지 않기로 했다.

"이 사건에서 손 뗀다고 약속해. 그럼 상윤 씨가 숨겨 둔 클럽 BB 사건 일지, 모두 차채경 검사한테 넘길게. 그럼 결정하고 연락 줘."

마지막으로 한마디를 남기고 화영은 도망치듯 체육관을 나가 버렸다.

혼자 남은 태홍은 천천히 주먹을 폈다. 손바닥 위에 설미의 반지가 반짝거리고 있었다. 그것을 내려다보며 한동안 생각에 잠겨 있던 태홍은 설미에게 전화를 걸었다. 통화 연결음이 몇 번 이어지더니 그녀의 목소리가 들렸다.

― 벌써 퇴근했어요?

어쩐지 목소리가 잠겨 있었다. 이상함을 느끼며 태홍은 체육관을 나섰다.

"어디야?"

― 집이죠. 태홍 씨는요?

"집으로 가는 중."

― 조심히 와요. 밥은 먹었어요?

"아니. 같이 먹을래?"

태홍의 말에 설미가 잠시 머뭇거리더니 대답했다.

— 저…… 오늘은 좀 피곤한데.

"그래. 그럼 쉬어."

— 네. 미안해요. 내일 연락할게요.

설미가 먼저 전화를 끊었다. 게다가 콕 집어 '내일' 연락한다고 말했다. 그건 오늘은 보지 말자는 얘기였다. 태홍은 어쩐지 불길한 예감이 들어 서둘러 집으로 향했다.

주차를 하고 차에서 내리자, 마침 건물 안에서 혜린이 나오고 있었다.

"정혜린. 어디 가?"

태홍을 보자 혜린이 반색하며 답했다.

"산책하러 공원에요."

"밤늦게 돌아다니지 말고. 일찍 들어와."

"네!"

무심한 듯 걱정하는 말투에 혜린의 눈에 하트가 어렸다. 골목을 신나게 뛰어 내려가는 혜린을 지켜보다 태홍은 곧바로 빌라로 들어갔다.

계단을 날듯이 올라가 402호 현관문을 두드렸지만, 안에서 꼼지락거리는 소리만 들릴 뿐 문은 열리지 않았다.

"나야. 문 열어."

쾅쾅.

다시 한번 문을 두드렸다. 그제야 문이 열리고 설미가 고개를 빼꼼 내밀었다.

태홍은 문을 잡아당겨 활짝 열어 버렸다. 그 바람에 앞으로 넘어질 뻔한 설미를 태홍이 붙잡아 그대로 품에 안았다. 그의 가슴에 얼굴을 묻은 채 그녀가 물었다.

"지금 뭐 하는 거예요?"

"너 안아 주고 있잖아."

"내일 보자니까……."

"왜 내일 봐야 하는데?"

태홍은 설미를 품에서 떼어 내 그녀의 두 눈을 지그시 바라보았다. 충혈된 눈동자와 젖은 속눈썹, 그리고 눈가가 붉어져 있었다.

설미가 갑자기 손으로 눈을 마구 비볐다.

"아, 세수하다가 비누 거품이 눈에 들어가서……. 아이고, 따가워."

계속 눈을 박박 비벼 대는 설미의 손을 태홍이 덥석 잡았다.

"그만해."

"……."

태홍은 설미의 눈을 똑바로 마주 보며 말했다.

"반지 어쨌냐?"

"그게…… 어디 갔지? 아까까진 분명 있었는데……."

허둥지둥하는 설미를 빤히 바라보던 태홍은 주머니에서 반지를 꺼내 그녀의 손가락에 끼워 주었다.

"어디서 찾았어요? 아…… 미안해요. 앞으론 안 잃어버릴게요."

설미의 사과에도 그는 한참 동안 말이 없더니 마침내 입을 열었다.

"우리. 주말에 바다 갈래?"

"네? 갑자기 바다는 왜요?"

"너랑 여행 가고 싶어서."

"다른 목적이 있는 건 아니고요?"

"있지. 많지."

설미가 그를 새초롬하게 쳐다보자 태홍은 그녀의 입술에 기습 키스를 했다. 그리고 그녀의 허리를 끌어안고 안으로 들어갔다.

쾅.

문이 닫히고, 태홍은 그녀를 벽으로 밀며 점점 더 짙은 키스를 했다. 벽과 태홍 사이에 갇힌 설미는 태홍의 거친 숨소리와 밑에서 느껴지는 열기에 저도 모르게 얼굴이 벌겋게 달아올랐다. 태홍은 설미의 귓불, 목덜미를 핥으며 그녀를 더욱 강하게 안았다.

"하웃."

뜨겁게 뱉어진 설미의 신음을 삼키듯 태홍은 다시 그녀의 입술로 나아갔다. 서로의 혀가 얽히고, 뜨거운 숨과 타액이 오가며 키스는 계속됐다.

한참을 그녀에게 몰입하던 태홍이 갑자기 키스를 멈추더니 설미를 꽉 안았다. 그리고 열기 가득한 목소리로 그녀의 귓가에 속삭였다.

"안 되겠다."

"……."

"우리 집으로 가자."

□　■　□

"조심히 갔다 와. 물 조심하고, 은지네 친척 집 도착하면 전화하고. 맞다! 거기 친척분 연락처 좀 알려 줘."

설미의 잔소리 폭격에 혜린은 귀를 막았다. 하지만 굴하지 않고 설미는 계속해서 주절주절 걱정을 늘어놓았다.

혜린은 오늘 친구들과 1박 2일 여행을 떠나기로 했다. 친구들과 이렇게 멀리 놀러 가는 건 난생처음이었다. 그래서 그런지 잔뜩 들뜬 혜린의 얼굴은 이제야 여고생 같았다. 항상 삶의 무게에 찌들어

근심과 걱정이 가득했던 아이가 오래간만에 구김 없이 환한 모습이 설미는 너무 짠했다.

"재밌게 잘 놀다 와. 알았지?"

"알았어요. 알았어. 걱정 마시고, 쌤도 잘 다녀오세요. 아저씨랑 바다 가신다면서요. 근데 동해로 가요, 서해로 가요?"

"글쎄. 이 남자가 말을 안 해 주네? 아, 맞다! 도시락!"

설미는 주방에서 도시락을 들고 와 혜린의 품에 안겼다. 설미가 새벽부터 만든 김밥과 샌드위치가 담긴 도시락이었다. 다른 아이들과 나눠 먹을 수 있도록 넉넉히 담았다.

"잘 먹을게요. 그럼 다녀오겠습니다!"

"그래. 도착하면 연락하고!"

"네!"

혜린은 활짝 웃는 얼굴로 대답을 하고 밖으로 달려 나갔다.

혜린을 배웅한 설미도 준비를 서둘렀다. 공들여 화장을 하고, 어제 혜린과 쇼핑하러 갔다가 득템한 하늘색 롱 원피스를 입었다.

준비를 다 끝내고 방에서 나가려던 설미는 다시 들어와 바닥에 떨어져 있는 곰 인형을 주워 들었다. 설미는 곰 인형의 코를 툭툭 건드리며 환하게 웃었다.

"언니 잘 갔다 올게. 집 잘 지키고 있어."

방을 나오기 직전, 설미는 망설이다가 불을 껐다. 10년 전 사고 이후 처음으로 불을 끄고 방을 나온 것이다. 생각보다 너무 쉬워서 허탈한 기분마저 들었다.

불이 꺼진 방을 한 번 돌아본 후, 설미는 현관문을 열고 밖으로 나왔다. 그와 동시에 앞집 현관문이 열리며 태홍이 나타났다. 나오자마자 그녀의 의상을 확인한 태홍의 두 눈이 휘둥그레졌다.

"너 옷이……."

어깨가 다 드러난 민소매 끈 원피스는 그녀가 조금만 움직여도 가슴골이 다 보였다.

이 여자가 미쳤나.

태홍은 미간을 찌푸렸다. 기대했던 반응과 너무 다르자 설미가 소심해졌다.

"옷이 왜요? 이상해요?"

"그거 외출복 맞아? 잠옷 아니야? 빨리 들어가서 갈아입고 나와."

"아, 이거 걸치면 돼요."

설미는 손에 들고 있던 흰색 카디건을 걸쳤다. 그래도 영 마음에 들지 않는지 태홍은 고개를 절레절레 흔들었다.

"갈아입고 나와."

"아, 왜요! 저 이거 입을 거예요. 빨리 가요."

설미는 태홍의 팔을 잡아당겼다. 태홍은 하는 수 없이 그녀에게 끌려갔다.

"이리 줘. 내가 들을게."

태홍은 그녀가 들고 있던 도시락을 뺏어 들었다. 그러곤 놀란 얼굴로 물었다.

"뭐가 이렇게 무거워? 돌 넣었어?"

태홍의 말에 설미는 이를 악물었다.

"그래요. 우리 가서 돌이나 씹어 먹읍시다!"

갑자기 화가 난 설미를 보며 태홍은 의아했다.

"무슨 안 좋은 일 있어?"

설미가 뒤로 휙 돌아 그를 흘겨보았다.

"말 좀 예쁘게 하면 안 돼요?"

어제 발바닥에 땀이 나게 시내를 돌아다니며 나름 신경 써서 고른 바캉스 룩이었다. 근데 잠옷 아니냐고?

그리고 이 도시락은 어제 특별히 수산 시장에 가서 사 온 싱싱한 새우로 만든 튀김을 메인으로 온갖 좋은 거 다 넣어 만든 김밥, 닭 튀김, 월남쌈, 치즈스틱, 제육볶음, 베이컨말이, 소시지야채볶음, 스파게티까지. 만드는 데만 꼬박 여섯 시간이 걸렸다.

그렇게 어제저녁 늦게까지 재료를 손질하고, 새벽 일찍 일어나서 정성 들여 싼 도시락에 뭐? 돌을 넣었느냐고? 설미는 생각할수록 혈압이 상승했다.

그런 그녀의 마음을 아는지 모르는지 태홍은 그녀의 손을 잡은 채 계단을 내려가 주차된 차로 향했다. 그리고 뒷좌석에 도시락을 싣고 조수석 문을 열었다.

"안 타?"

삐져서 꿈쩍도 안 하는 설미를 가만히 바라보던 태홍은 성큼성큼 걸어 그녀 앞에 섰다. 불쾌지수가 치솟는 찜통더위 속에서도 그가 다가오자 설미는 갑자기 공기가 청량해지는 것을 느꼈다.

그의 넓은 어깨가 만들어 낸 그늘 덕분일까? 아니면 좋아하는 사람과 함께 있다는 심리적인 요인 때문일까?

설미는 순간 생각했다.

'내가 이 사람을 많이 좋아하긴 하는구나.'

태홍이 아무리 못되게 말해도 이렇게 그가 자신을 빤히 쳐다볼 때면 가슴이 떨렸다. 계속해서 그의 그늘 밑에 있고 싶은 마음이었다.

설미가 눈부신 듯 태홍을 보고 있는데, 태홍의 상체가 기울어지더니 그가 손을 뻗어 그녀의 카디건 단추를 하나하나 채워 주기 시작했다. 태홍의 숨결이 가슴 언저리에 닿았다. 얼굴이 후끈 달아오른 설미는 민망해서 괜히 툴툴댔다.

"더운데 지금 뭐 하는 거예요? 나 카디건 벗을래요. 놔요. 더워 죽겠어요."

하지만 태홍은 목까지 카디건 단추를 다 채우고 나서야 허리를 폈다. 설미가 단추를 풀려고 하자, 태홍이 그녀의 손목을 잡았다. 그리고 그녀를 바라보며 말했다.

"그거 벗으면 우리 여행 못 가. 다시 집으로 들어가야 해."

"왜요?"

"왜겠어?"

그가 노골적인 시선으로 그녀의 가슴을 내려다보자 설미가 황급히 팔로 가렸다.

"어딜 봐요!"

"내가 밤에 벗겨 줄 테니까, 지금은 참아."

태홍의 시선은 점점 노골적이 되었다. 설미는 아침인데도 마치 한낮처럼 느껴졌다. 얼굴이 빨개진 설미는 손으로 부채질을 했다.

그런 그녀를 빤히 바라보다 태홍이 툭 던지듯 말했다.

"너 오늘 왜 이렇게 예쁘냐?"

설미가 놀란 얼굴로 그를 바라보았다. 그녀가 자신을 빤히 쳐다보자 태홍은 당황스러웠다. 아무렇지 않은 척 태연하게 행동하고 싶었지만, 귀가 벌겋게 달아오르는 게 느껴졌다. 그래서 귀를 만지작거리며 황급히 말을 바꿨다.

"뭘 그렇게 봐? 너 옷 색깔 예쁘다고."

"으응?"

"빨리 타. 차 막혀."

"풉. 푸하하."

설미가 크게 웃음을 터뜨렸다. 배까지 잡고 웃는 설미를 태홍은 미간을 찌푸리며 바라보았다.

"재미있냐?"

"네! 한 번만 더 해 줘요. 아, 너무 웃겨. 올해 제일 웃겼어."

"자꾸 까불면 밤에 안 재운다?"

설미는 불현듯 지난번 부암동 별장에서 이틀 내내 '한 번만', '한 번만 더'를 외치며 졸라 대던 태홍이 떠올랐다.

설미가 조용히 입을 다물고 차에 올라타려는데, 갑자기 뒤에서 사이렌 소리가 들려왔다.

끼이익.

그리고 경찰차가 요란한 소리를 내며 태홍과 설미 앞에 멈췄다. 갑자기 웬 경찰차? 설미가 화들짝 놀라 동그래진 눈으로 태홍을 쳐다봤다. 하지만 그는 짜증이 가득한 얼굴로 경찰차를 노려보고만 있었다.

차 문이 열렸다. 그런데 사람은 내리지 않고, 차 안에서 실랑이하는 목소리만 들렸다.

"얼른 안 나가?"

"저도 서 경위님 무섭습니다."

"신입 주제에 말이 많아! 빨리 내려 이 자식아!"

박 형사가 회철의 엉덩이를 걷어차는 바람에 회철이 튕기듯 밖으로 나왔다.

"으악!"

하마터면 바닥에 고꾸라질 뻔한 회철은 이제껏 갈고닦은 운동 신경을 발휘해 착지에 성공했다. 다소 우스꽝스러운 폼이었지만, 어쨌든 넘어지진 않았다.

문제는 그다음이었다. 안심한 것도 잠시, 회철의 등줄기에 소름이 돋았다. 서태홍 경위가 금방이라도 그를 잡아먹을 것 같은 표정으로 서 있었다. 그러자 회철은 갑자기 실성한 사람처럼 웃기 시작했다.

'웃는 얼굴에 침 못 뱉는다고, 우리 엄마가 그랬어.'

하지만 회철이 웃으면 웃을수록 태홍의 표정은 점점 더 굳어져만 갔다. 태홍이 웃는 얼굴에 침이 아니라 더한 것도 뱉을 수 있는 인간임을 잠시 잊고 있었던 것이다.

당장이라도 폭발할 듯한 태홍을 보며 회철은 다시 경찰차 안으로 들어갈까 고민도 해 보았지만, 차 안에서 주먹을 내보이는 박 형사도 쉬운 상대는 아니었다.

'에라이, 모르겠다!'

회철은 태홍의 팔을 덥석 붙잡았다.

"경위님! 제발 가지 마세요. 저 좀 사…… 살려 주세요!"

"뭘 살려 줘? 강회철, 너 나한테 죽고 싶냐? 이거 놔."

태홍은 회철의 팔을 뿌리치고, 설미를 향해 빨리 차에 타라고 눈짓했다. 회철도 그 눈짓을 알아챘다. 그래서 설미가 움직이기도 전에 회철이 양팔을 벌린 채 두 사람의 앞을 막아섰다.

"팀장님이 경위님 휴가 반려하셨어요. 그러니까 지금 저희랑 같이 가 주셔야 해요. 제발……"

회철이 애원했지만 태홍은 꿈쩍도 하지 않았다. 역시 태홍을 설득하기는 글렀다.

작전 변경이다! 회철은 타깃을 설미로 바꿨다. 순한 인상이 말만 잘하면 넘어와 줄 것 같았다.

"경위님 여자 친구분이시죠?"

"네. 안녕하세요. 근데 무슨 일이에요?"

"형수님, 제 말 좀 들어 보세요."

태홍의 매서운 눈빛을 피해 회철은 설미에게로 시선을 고정시켰다. 그리고 속사포로 상황을 설명했다.

"오늘 문화경찰서 체육 대회거든요. 팀장님이 한 달 전부터 팀원들 한 명도 빠지면 안 된다고 그렇게 신신당부를 하셨는데, 서 경위님이 휴가를 내 버린 거예요. 그것도 바로 어제저녁에! 그래서 팀장님이 화가 단단히 나셨어요."

회철은 설미의 복장을 위아래로 훑어보았다. 그리고 곧장 태홍에게 원망을 늘어놓았다.

"경위님 진짜 너무하십니다. 여자 친구분이랑 놀러 가려고 그렇게 급하게 휴가 내신 거였어요? 전 오늘 여친 생일이라고요. 3개월 전에 낸 휴가도 반려당하고, 신입이라고 새벽부터 운동장에 천막 깔고……. 아이고, 내 팔자야."

"그래. 수고했고. 계속 수고해라."

태홍은 회철의 어깨를 두어 번 두드리며 영혼 없는 위로의 말을 건넸다. 그리고 설미의 손목을 잡고 다시 차에 태우려는데, 골목 끝에서 요란한 소리를 내며 경찰차 한 대가 또 달려오고 있었다.

창문 밖으로 얼굴을 내민 권 팀장이 태홍을 향해 소리쳤다.

"서 경위, 스토옵!"

태홍은 짜증이 가득 실린 표정으로 낮게 읊조렸다.

"젠장."

설미는 알쏭달쏭했다. 도대체 체육 대회가 뭐라고 경찰차가 두 대나 출동한단 말인가. 태홍을 향해 고래고래 소리 지르는 저 사람이 아까 회철이 말한 팀장인 듯했다. 그는 회철의 말대로 정말 화가 많이 나 있었다. 화통을 삶아 먹은 듯한 목소리가 그것을 증명하고 있었다.

"내가 오늘은 절대 못 봐줘! 얘들아! 뭐 하냐. 빨리 서 경위 연행해!"

권 팀장의 명령에 형사들이 바빠졌다.

"팀장님! 서 경위님 여자 친구분은요?"

"같이 연행해!"

"네!"

형사들이 후다닥 달려와 설미와 태홍을 끌어다 경찰차에 태웠다. 두 사람이 뒷좌석에 앉자마자 권 팀장이 크게 외쳤다.

"자! 출발!"

그 소리에 깜짝 놀란 설미는 저도 모르게 태홍의 팔을 잡고 작게 중얼거렸다.

"무슨 체육 대회 불참한다고 연행까지 해요? 나 경찰차 트라우마 있는데……."

태홍은 말없이 그녀의 손을 잡아 주었다. 그 모습을 백미러를 통해 목격한 권 팀장의 입이 벌어졌다.

서 경위한테 저런 면이? 역시, 녀석도 남자였군.

권 팀장이 휙 뒤돌아 물었다.

"둘이 사귄 지는 얼마나 됐어요?"

"그게 왜 궁금하십니까?"

"당연히 궁금하지. 얼마 전까지만 해도 연애를 어떻게 해야 하냐며, 자격이 없다느니 하면서 묻던 게 누구더라?"

태홍이 노려보자 권 팀장은 재빨리 말을 돌렸다.

"우리 서 경위 여자 친구분 성함이?"

"임설미입니다."

"오우. 이름 예쁘시네. 나는 권석희 팀장이에요."

"아, 네. 안녕하세요. 말씀 많이 들었어요. 태홍 씨 잘 챙겨 주신다고……."

"에이, 서 경위가 그랬다고?"

"죄송합니다."

설미가 초스피드로 사과를 하자, 권 팀장은 왠지 태홍에게 얻어맞은 것 같은 기분이 들었다. 권 팀장의 속도 모르고 설미는 방글방글 웃었다. 그런 그녀의 얼굴을 빤히 바라보던 권 팀장이 고개를 갸웃거렸다.

"그나저나 어디서 뵌 것 같은데, 어디서 봤더라……? 아, 맞다!"

권 팀장이 손바닥으로 이마를 탁 쳤다.

"S나이트 마약 사건 미끼!"

권 팀장은 그날의 기억을 떠올렸다.

"가방으로 서 경위 두들겨 패던 여자분 맞죠?"

"두들겨 패진 않았는데……."

"그 정도면 팬 거 맞아요. 아무튼 무뚝뚝한 서 경위 만나느라 고생이 많아요. 그래도 버리지 말고 잘 키워 봐요."

"팀장님도 고생이 많으시죠? 오늘 중요한 행사인 것 같은데 이 사람이 갑자기 휴가를 내서 많이 당황하셨겠어요. 서태홍 씨가 가끔 앞만 보고 달리는 경향이 있어요. 주변도 좀 돌아보고 그래야 하는데……."

"맞아요, 맞아! 무슨 경주마라도 되는 것처럼 앞만 본다니까? 귀도 다 틀어막고, 남의 말은 듣지도 않아. 저 싸가…… 에헴! 아무튼 우리 힘냅시다."

"네!"

주거니 받거니 하는 두 사람의 대화에 태홍은 어이가 없었다. 하지만 권 팀장은 이제야 말이 통하는 상대를 찾았다며 몹시 즐거워했다.

"아니, 세상에 어느 직장 상사가 이렇게 부하 직원을 모시러 오냐고. 내가 오죽하면! 오죽하면 이렇게까지 했겠어요. 설미 씨가 서 경위한테 좀 전해 줄래요? 오늘 체육 대회에서 우리 팀 1등 못 하면 앞으로 연차, 월차 다 반려시킬 거라고."

"그런 게 어디 있습니까!"

태홍이 발끈했다. 권 팀장은 태홍에겐 눈길도 주지 않고 설미를 향해 말했다.

"여기 있다고 좀 전해 줘요."

태홍이 욱해서 따지려고 하자 설미가 태홍의 옆구리를 팔꿈치로 쳤다. 태홍이 뭐 하는 거냐는 눈으로 그녀를 바라보자 설미는 검지를 세워 입가에 가져다 댔다.

"쉿!"

태홍은 순간 멈칫하다 입을 다물고 창밖을 내다보았다. 그 모습을 보고 권 팀장이 박장대소했다.

"푸하하! 서 경위 임자 만났구먼. 좋았어! 설미 씨. 오늘 서 경위 세 게임 이상 내보내 주면, 오늘 못 쓴 휴가 킵해 뒀다가 설미 씨가 원할 때 언제든지 쓸 수 있게 해 줄게요!"

"정말요? 근데 체육 대회는 어디서……."

설미가 뒤늦게 장소를 물어보는데 경찰차가 문화고로 들어섰다. 설미의 두 눈이 휘둥그레져 태홍을 향해 물었다.

"체육 대회 문화고에서 하는 거였어요?"

"어. 출근한 것 같고 좋지?"

"지금 누구 놀려요?"

오늘만큼은 학교를 벗어나고 싶었는데……. 설미가 울상을 지으며 입을 삐죽거리자 태홍이 피식 웃으며 그녀의 귓가에 속삭였다.

"도망갈래?"

태홍의 말이 끝나기가 무섭게 권 팀장이 차 문을 열었다.

"서 경위! 빨리 내려. 빨리!"

그러면서 태홍의 팔을 끌어당겼다. 설미도 태홍을 따라 차에서 내렸다.

「문화경찰서 하계 체육 대회」

단상에 걸린 커다란 현수막이 가장 먼저 눈에 띄었다. 운동장 곳곳에는 건장한 체격의 형사들이 몸을 풀고 있었고, 천막이 설치된 스탠드 쪽엔 국수, 파전, 막걸리 등을 파는 먹거리 장터들이 즐비했다. 방학 동안 텅 비어 있던 운동장이 오래간만에 북적였다.

설미는 체육 대회에 혼자만 어울리지 않게 하늘하늘한 원피스를 입은 것이 마음에 걸렸다.

"태홍 씨! 나 학생부실 가서 옷 좀 갈아입고 올게요."

"무슨 옷을……."

태홍이 말릴 새도 없이 설미는 건물 안으로 뛰어 들어갔다.

권 팀장이 중얼거렸다.

"학교 안에 함부로 들어가면 안 되는데……."

얼마 지나지 않아 설미가 들어갔던 문으로 다시 나왔다. 트레이닝복으로 갈아입고 나온 그녀는 손과 발을 쭉쭉 찢어 가며 스트레칭을 했다.

그 모습을 발견한 권 팀장은 고개를 갸웃거렸다.

"갑자기 체육복은 어디서 났대? 서 경위, 여자 친구 뭐 하는 사람……."

태홍은 권 팀장을 지나쳐 설미에게로 향했다.

"야! 못 들은 거야? 무시한 거야? 아우, 저 싸가지!"

권 팀장은 태홍의 뒤통수를 향해 엿을 날리다 그만 설미와 눈이 마주쳐 버렸다. 민망해진 권 팀장은 잽싸게 다른 팀원들에게로 도망쳤다.

설미는 풉! 하고 소리 내어 웃었다.

"왜 웃어?"

"아니, 왜 이렇게 직장에서 미움받고 다녀요? 팀장님한테 좀 잘해 드려요."

"너도 봤잖아. 잘해 주고 싶게 생겼냐?"

"으이구! 어른한테 그렇게 말하면 안 돼요."

"선생 흉내 내지 마라."

"나 선생 맞거든요?"

태홍이 피식 웃었다.

"근데 옷은 왜 갈아입었어?"

"태홍 씨가 체육 대회 참가하기 싫으면 제가 대신 뛰려고요. 외부인도 참가 가능한 거죠? 보니까 다른 가족분들도 와 계신 것 같은데."

"됐어."

"에이. 세 게임 이상 참가하면 팀장님이 휴가 준다잖아요."

"휴가 안 가고 말지. 너 괜히 뛰다가 넘어져서 다치면 어떡할래? 그냥 저기 앉아서 너 좋아하는 국수나 먹어."

"국수는 당연히 먹어야죠. 먹고 힘내서 우승할 거예요."

밝게 말하던 설미의 얼굴이 갑자기 어두워졌다. 태홍은 그녀의 시선을 따라 고개를 돌렸다. 김 형사네 가족들이 옹기종기 모여 도시락을 먹고 있었다.

그제야 태홍은 차에 실어 놓은 도시락이 생각났다. 오늘같이 푹푹 찌는 날씨에 체육 대회가 다 끝나는 오후까지 음식이 멀쩡할 리가 없었다.

"저기 가서 앉아 있어."

태홍은 턱 끝으로 천막 밑을 가리켰다.

"태홍 씨는요?"

"나 잠깐 앞에 좀 갔다 올게."

"나 버리고 도망가는 건 아니죠?"

"내가 혼자 도망가서 뭐 하나? 너도 없는데. 금방 올 테니까, 저기 가만히 앉아 있어."

"저기, 근데……."

"왜?"

설미가 갑자기 배시시 웃었다.

"가기 전에 팥빙수 좀 사다 주면 안 돼요? 나 먹고 싶은데……."

"팥빙수가 어디 있는데?"

도착하자마자 장터 스캔부터 끝낸 설미는 손가락으로 정확히 빙수 파는 곳을 가리켰다. 태홍은 두말없이 장터로 달려갔다.

그는 팥빙수뿐만 아니라 김치전부터 식혜까지 이것저것 들고 설미에게로 돌아왔다. 그 광경을 지켜보던 여경들의 눈이 가늘어졌다. 남몰래 태홍을 짝사랑하던 그녀들은 피구 시합을 앞두고 몸을 풀며 설미를 매섭게 노려보았다.

'도대체 저 여잔 뭔데 우리 서 경위님한테 감히 빙수 배달을 시켜?'

여자들의 따가운 시선을 전혀 눈치채지 못한 설미는 태홍이 사다 준 빙수를 크게 한입 퍼 먹으며 행복한 콧노래를 불렀다.

□　■　□

빛의 속도로 집 앞까지 갔다 온 태홍은 도시락 통을 내려놓으며 눈으로 운동장 구석구석을 살폈다. 하지만 어디에도 설미가 없었다.

어디 갔지? 화장실 갔나?

태홍이 화장실에 가 보려는데 권 팀장이 어슬렁거리며 다가왔다.

"어이구. 이건 뭐야?"

권 팀장이 휘둥그레진 눈으로 도시락 통에 손을 대려고 하자, 태홍은 냉큼 도시락 통을 들어 반대쪽 자리에 내려놓았다. 권 팀장이 가자미눈을 뜨고 태홍을 째려보았다. 태홍은 너무 심했나 싶어 한마디 덧붙였다.

"저도 아직 안 열어 봤습니다."

"우리 마누라도 한국에 있었음 도시락 싸서 같이 놀러 왔을 텐데……. 여보……."

기러기 아빠인 권 팀장이 필리핀에 있는 부인을 그리워하며 울먹이는 척하자, 태홍은 선심 쓰듯 말했다.

"남으면 드릴게요."

"됐어. 안 먹는다. 안 먹어!"

남으면 준다니. 피도 눈물도 없는 놈!

권 팀장의 눈이 가늘어졌다.

"서 경위님!"

회철이 달려왔다.

"여자 친구분 혹시 운동선수세요? 저기 봐요. 완전 장난 아니에요."

회철은 운동장 한가운데에서 피구를 하는 무리를 가리켰다. 자세히 보니 그 속에 설미가 있었다. 태홍은 짧게 한숨을 내쉬었다.

저러다 다치면 어쩌려고.

하지만 태홍의 걱정과 달리 피구를 하고 있는 설미는 굉장히 즐거워 보였다.

"공 던지는 폼이 완전 선수예요, 선수."

여경들은 작정하고 설미를 집중 공격 했다. 하지만 그녀는 공을 요리조리 피하며 발군의 운동 신경을 발휘하고 있었다.

"서 경위가 아주 훌륭한 여자 친구를 뒀어. 누구랑 다르게 붙임성도 좋고 싹싹하니 말이야."

권 팀장의 말이 끝나기가 무섭게 설미가 날아오는 공을 멋지게 잡아 냈다. 태홍과 권 팀장 그리고 옆에 있던 다른 팀원들까지 동시에 물개 박수를 쳤다.

권 팀장이 힘차게 환호했다.

"잘한다! 화이팅!"

설미는 보답하듯 방긋 웃어 보이곤, 다시 게임에 집중했다. 공은 설미의 손에 있었다. 설미는 반대편에 홀로 남은 여경을 향해 힘차게 공을 던졌다. 공은 퍽! 소리와 함께 여경의 팔에 명중했다.

"아웃! 청팀 승리!"

설미는 팔짝팔짝 뛰며 승리의 기쁨을 만끽했다. 어린아이처럼 좋아하는 설미를 보며 태홍은 피식 웃어 버렸다. 설미가 태홍에게 달려와 자랑했다.

"태홍 씨! 방금 봤죠?"

"어. 봤어. 그러니까 이제 좀 가만히 앉아 있어."

태홍은 그녀를 의자에 앉혔다.

"어? 저건…… 내 도시락?"

테이블 위에 놓인 도시락을 보곤 설미가 활짝 웃었다.

"이거 가지러 갔다 온 거였어요? 집까지?"

설미는 그를 와락 안아 주고 싶었지만 꾹 참았다. 주변에 사람이 너무 많았다.

태홍도 마찬가지였다. 감동한 눈빛으로 자신을 바라보는 그녀를 품에 꼭 안고 싶었다. 하지만 옆에 있는 권 팀장을 의식해서 일부러 퉁명스럽게 말했다.

"잠깐 쉬고 있어. 물 사 올게."

태홍은 서둘러 자리를 벗어났다. 하지만 설미는 그의 귀가 빨개진 것을 똑똑히 보았다.

어머, 부끄러운가 봐.

설미는 태홍이 귀여워 히죽거리며 도시락 통을 열어 테이블 위에 하나하나 세팅했다. 그 광경을 옆에서 지켜보던 권 팀장이 혀를 내 찼다.

"목석이 따로 없네. 설미 씨, 서 경위가 잘해 주긴 해요?"

"네. 그런 것 같아요."

"그런 거면 그런 거지, 그런 것 같은 건 뭐예요?"

"태홍 씨가 티를 잘 안 내서, 제가 모르고 넘어갈 때가 많거든 요."

"하긴, 사람이 너무 과묵해."

"그게 매력이잖아요."

설미의 말에 권 팀장이 고개를 절레절레 흔들었다.

"한창 좋을 때지. 근데 설미 씨는 직업이 뭐예요?"

"체육 교사예요. 여기 문화고."

"역시! 그쪽 계통이구먼. 오늘 잘 오셨네, 아주!"

"네. 초대해 주셔서 감사합니다. 이것 좀 드셔 보세요."

설미가 새우튀김 하나를 건넸다. 냉큼 받아먹으려던 권 팀장은 멀 리서 물통을 들고 걸어오는 태홍과 눈이 마주치자 곧바로 손사래를 쳤다.

"아니, 괜찮아요. 남으면 줘요."

권 팀장은 서둘러 반대쪽으로 사라졌다. 그런 권 팀장의 행동을 의아하게 생각하던 설미가 태홍이 자리에 앉자마자 김밥 하나를 집 어 내밀었다.

" '아' 해요."

"됐어. 내가 먹을게."

태홍이 고개를 흔들며 거부하자, 설미는 들고 있던 김밥을 자기 입속에 집어넣었다. 그 뒤로 설미는 더는 권하지 않았다. 말도 없었다. 그저 입술을 삐죽 내밀고 우걱우걱 김밥만 먹었다.

태홍은 설미의 태도가 갑자기 바뀌자 당황스러웠다. 그는 물을 마시며 자신이 뭘 잘못한 게 있는지 떠올려 봤다. 하지만 아무리 생각해 봐도 떠오르지 않았다.

"혹시 지금 인기 관리하는 거예요?"

설미가 대뜸 물었다. 태홍은 하마터면 물을 뿜을 뻔했다.

"여자들은 다 태홍 씨 솔로인 줄 알던데요? 저보고 여동생이냐고 묻더라고요. 아니라고 말해도 안 믿고, 계속 의심하더라고요. 사람 열받게. 그래서 제가 그 여자 팔뚝을 빡!"

설미가 공 던지는 흉내를 내며 분한 듯 말했다. 설미의 말대로 마지막에 설미에게 된통 당한 여경이 저 멀리서 설미와 태홍을 주시하고 있었다.

"저 여자가 다 봤어요. 태홍 씨가 내 김밥 거부하는 거. 치이."

설미의 속내를 알게 된 태홍은 그녀가 너무 귀여워 피식피식 웃음이 나왔다.

"웃지 말아요."

설미가 태홍을 밉지 않게 흘겨보았다. 그러자 태홍이 입을 벌렸다.

"아."

설미가 멍하니 있자 태홍이 다시 한번 말했다.

"아."

목석같던 태홍이 입을 벌리고 나긋한 목소리로 '아' 라고 하는 것을 보고 있자니 마음이 간질간질, 웃음이 비실비실 새어 나왔다. 설미는 얼른 김밥을 집어 태홍의 입속에 넣어 주었다. 태홍이 오물오물 맛있게 먹자, 설미의 얼굴이 흡족하게 달아올랐다.

발그레해진 그녀를 바라보던 태홍은 상체를 숙여 그녀의 귓가에 속삭였다.

"좋냐? 한 번 더 해 줄까?"

장난기 가득한 눈빛에 설미가 태홍의 가슴팍을 밀어 버렸다.

"뭐예요! 지금 저 놀린 거예요?"

"어."

설미가 일부러 씩씩대자 태홍이 커다란 웃음을 터뜨렸다.

설미와 태홍은 몰랐지만, 그때 잠시 잠깐 주변엔 정적이 흘렀다.

'서 경위가 웃다니.'

태홍의 웃음을, 미소를 처음 본 문화서 직원들은 남녀 할 것 없이 자신의 눈을 의심했다.

16화

"자, 건배! 오늘은 내가 쏜다! 다들 맘껏 마셔!"

체육 대회가 끝난 후 뒤풀이 장소에 모인 형사2팀 팀원들의 얼굴에 웃음꽃이 만개했다. 아쉽게도 오늘 대회에서 우승을 하진 못했지만, 설미와 태홍의 활약으로 준우승을 차지했다.

무조건 우승이 목표였던 권 팀장이 우승을 하지 못하고도 기분이 좋은 이유는 따로 있었다. 오늘 체육 대회에 팀원 전체가 참여한 건 형사2팀이 유일했다며 서장님께 칭찬을 받은 것이다.

"설미 씨, 안주 시키고 싶은 거 맘껏 시켜요."

"네! 감사합니다."

설미가 밝게 웃으며 대답했다. 팀원들은 오늘 태홍을 체육 대회는 물론 회식까지 끌고 와 준 설미에게 감사와 존경의 눈빛을 보냈다.

"형수님 정말 고맙습니다. 회식 때마다 서 경위님이 도망가서 매번 회식 분위기가 살벌했거든요."

"맞아요. 서 경위님이랑 권 팀장님 사이에서 매번 우리만 등이 터졌죠."

팀원들의 하소연은 끝이 없었다. 하소연의 주인공이 없으니 더 마음껏 털어놓는 것 같았다.

태홍은 전화가 와서 잠시 자리를 비운 상태였다. 창문 너머로 호프집 밖에서 누군가와 통화 중인 태홍이 보였다.

잠시 그를 보던 설미는 다시 고개를 돌려 팀원들과 이야기를 나누었다. 그동안 태홍 때문에 힘들었던 팀원들의 푸념을 들어 주며 오해를 푸느라 바빴다.

넉살이 그리 좋은 편은 아닌 설미가 이러는 이유는 한 가지였다. 사랑하는 남자가 다른 사람들에게 미움받는 것이 싫었기 때문.

"말투가 좀 그렇긴 한데, 그게 본심은 아니에요. 그리고 제가 최대한 그 말투 교정해 보도록 할게요. 그러니까 여러분들도 조금만 참아 주세요."

"너나 좀 참아라."

어느새 태홍이 다가와 설미 옆에 앉았다. 그러자 태홍의 눈치를 보며 팀원들이 하나둘 설미 근처에서 떨어져 나갔다.

"그만 마셔."

"왜요? 아직 시작도 안 했는데. 그러지 말고 태홍 씨도 저기 가서 팀장님이랑 한잔해요. 다들 태홍 씨 어려워하잖아요."

"상관없어."

"왜 상관이 없어요. 동료들이랑 잘 지내면 좋잖아요."

"됐어. 내가 알아서 해. 일어나. 가자."

"안 돼요. 팀장님이랑 3차까지 가기로 약속했단 말이에요."

안 가겠다고 버티는 설미를 당해 낼 재간이 없었다.

맥주를 한 모금 마시던 태홍은 설미의 팔꿈치가 까져 있는 것을 발견했다.

"뭐야! 여기 왜 다쳤어?"

태홍은 버럭 소리를 질렀다. 깜짝 놀란 설미는 그만 황도가 목구멍으로 꿀꺽 넘어가 버렸다.

"컥! 컥컥!"

황도가 꽤 컸던 탓에 설미가 목을 붙잡고 괴로워했다. 그런 그녀의 등을 두드려 주며 태홍이 물을 내밀었다. 물을 마시며 간신히 황도를 넘긴 설미는 벌게진 눈으로 태홍을 바라보았다.

"죽을 뻔했잖아요. 갑자기 왜 소리를 질러요?"

"왜 다쳤냐고."

설미가 팔꿈치에 난 상처를 바라보며 대수롭지 않게 말했다.

"몰라요. 어디에 긁혔나 보죠."

"그러게 내가 가만히 앉아 있으랬잖아. 딴 데 또 다친 덴 없어?"

걱정이 가득 담긴 태홍의 시선이 설미의 무릎에 닿았다.

"괜찮아? 너 아까 좀 오버하던데."

"나 괜찮으니까, 태홍 씨나 오버하지 말아요."

"까분다?"

태홍이 자리에서 벌떡 일어났다. 그러자 맥주를 마시려던 설미는 황급히 잔을 내려놓고 태홍의 팔목을 잡았다.

"어디 가요?"

"약 사 올 테니까, 앉아 있어."

"약은 핑계고, 도망가려는 거 아니죠?"

"왜 자꾸 도망간대? 진짜 도망갔으면 좋겠어?"

설미는 고개를 절레절레 흔들며 태홍을 놓아주었다.

태홍이 호프집을 벗어나자 또 하나둘씩 팀원들이 설미 주변으로 모여들기 시작했다.

"설마 지금 서 경위님 약 사러 나가신 거예요? 손톱만 한 상처 때문에?"

"대박. 완전 사랑꾼이었네."

듣다 보니 칭찬하는 건지 놀리는 건지 애매했다. 설미는 태홍이 왜 이들과 친해지지 않았는지 이해가 됐다. 과묵한 태홍에 비해 이 사람들은 말이 너무 많았다.

팀원들의 말을 계속 받아 주던 설미도 슬슬 지치기 시작할 무렵, 구세주가 나타났다. 술에 취한 권 팀장이 소주병을 들고 비틀거리며 설미가 앉아 있는 테이블로 온 것이다. 팀원들이 잽싸게 흩어졌다.

"서 경위는요?"

"잠깐 밖에요."

"그렇구나……."

권 팀장은 태홍과 한잔하고 싶었던 듯했다. 그가 착잡한 얼굴로 자작을 하려고 하자, 설미가 소주병을 낚아챘다.

"제가 따라 드릴게요."

설미는 권 팀장 잔에 찬찬히 소주를 따랐다. 권 팀장도 설미의 잔에 술을 따라 주었다. 건배를 하고 소주를 원샷한 권 팀장은 설미에게 할 말이 있는 듯 말을 꺼내려다 말고, 또 꺼내려다 말고를 반복했다.

한참 뜸을 들이던 권 팀장은 결심했는지 드디어 입을 열었다.

"서 경위 광수대로 복귀한다는 소리 있던데……. 사실이에요?"

안주를 집어 먹던 설미가 놀란 눈으로 고개를 들었다.

"아이고. 설미 씨도 몰랐나 보네."

권 팀장의 얼굴에 낭패감이 가득했다.

"미안해요. 서 경위가 아직 말을 안 한 모양인데, 서장님이 그러더라고요. 서 경위 이번에 광수대로 복귀한다고. 뭐 애초에 서 경위가 여기 오래 있을 생각이 없었던 건 알았지만, 그래도 이제 제법 손발이 맞아 간다 싶었는데, 아쉽네요. 설미 씨가 서 경위 설득 좀해 봐요. 그냥 문화시에 있으라고."

"……."

"저기, 설미 씨?"

"네? 네……."

대답은 했지만 설미는 사실 '광수대로 복귀'라는 말을 들은 후론 권 팀장의 말이 귀에 들어오지 않았다. 머릿속이 복잡했다. 그가 광수대로 돌아간다는 의미가 무엇인지 잘 알고 있었기 때문이다.

지난번 저녁, 반지를 찾으러 체육관에 갔다가 설미는 태홍과 화영의 대화를 엿듣게 되었다. 그때 두 사람이 나눴던 대화가 다시금 떠올랐다.

'당장 그만둬! 니가 그걸 왜 해! 네 관할도 아니잖아!'
'왜? 나도 형처럼 죽을까 봐?'

그가 또 정석범을 잡을 때처럼 죽음을 각오하고 어디론가 달려가려고 한다.

그리고…….

'네가 클럽 BB 수사를 계속한다면 결국엔 설미 씨 언니를 네 손으로 다시 잡아넣어야 해.'

그 중심에 언니가 있다는 사실이 설미는 가장 두려웠다.

□ ■ □

　태홍은 편의점 계산대에 대일밴드와 망고 맛 아이스크림 한 개를 내려놓았다. 연고를 사려 했지만 근처에 약국이 없어 일단 밴드만 사기로 했다.

　"이천오백 원입니다."

　"잠깐만요."

　계산을 하다 말고 태홍은 냉장고로 달려가 손에 잡히는 대로 아무 아이스크림이나 몇 개 집어 들었다.

　"같이 계산해 주세요."

　설미 것만 샀다고 징징거릴 팀원들의 목소리가 벌써부터 귓가에 울렸다. 특히 그중 권 팀장의 목소리가 가장 클 것이다.

　태홍은 아이스크림이 가득 담긴 봉지를 들고 편의점을 나왔다. 호프집 앞에 거의 도착해 가는데, 손에 쥔 핸드폰이 진동했다. 발신자는 화영이었다.

　통화 버튼을 누르자마자 화영의 다급한 목소리가 들려왔다.

　— 태홍아, 설미 쌤 괜찮아?

　"설미가 왜?"

　— 오늘 청소하다가 문 뒤에서 설미 쌤 머리 끈을 발견했어. 아닐 수도 있겠지만, 혹시 그날…… 설미 씨 체육관에 왔었던 건 아닐까 해서…….

　"……."

　— ……너 알고 있었어?

　"집에 가니까 울고 있더라."

　울어서 코끝까지 빨개진 그녀를 보자마자 태홍은 미치는 줄 알았다. 금방이라도 쓰러질 듯 하얗게 질린 얼굴. 행여 눈물이 흘러내릴까 봐 이를 악물고 참고 있었다. 그러다 도저히 안 되겠는지 세수하다가 거품이 눈에 들어가서……라고 뻔히 보이는 거짓말을 했다.

태홍은 그날 보았던 처연했던 설미의 모습이 떠오르자 다시금 흔들렸다.

— 너 진짜 감당할 수 있겠어? 제발 내 말 좀 들어. 클럽 BB에서 손 떼. 그러지 않으면 이제껏 클럽 BB를 등에 업고 선희가 벌인 악행들 네가 다 까발리고, 네 손으로 그 여자 손목에 수갑 채워야 해.

잠시 생각에 잠겨 있던 태홍이 입을 열었다.

"선배. 나 감당 못 할 일 없어. 설미만 옆에 있으면……."

— 태홍아…….

"걔가 지금 나 기다리거든? 들어가 봐야 해. 먼저 끊을게."

태홍은 무작정 전화를 끊었다. 착잡한 마음에 담배를 꺼내 불을 붙이려다 그냥 쓰레기통에 던져 버렸다. 그리고 서둘러 건물 안으로 들어갔다.

담배 피우는 시간도 아까웠다. 일분일초라도 빨리 그녀의 얼굴을 봐야 숨통이 트일 것 같았다.

태홍은 호프집 안에 들어서자마자 설미가 앉아 있던 테이블 쪽으로 시선을 돌렸다. 그런데 그 자리가 텅 비어 있었다.

화장실에 가던 회철이 태홍을 발견하고 달려왔다.

"경위님! 손에 든 거 뭐예요?"

"어디 있어?"

"아, 애인분이요? 저기요."

회철이 가리킨 곳을 보니 설미가 엎드려 자고 있었다.

이 여자가 진짜, 또 혼나려고 아무 데서나 자고 있어.

태홍의 미간이 절로 찌푸려졌다. 그는 아이스크림이 든 봉지를 회철에게 던지듯 넘긴 후 설미에게로 향했다. 설미가 자고 있는 테이블 주변엔 권 팀장과 형사2팀 주당들이 모여 있었다.

"술 먹였습니까?"

태홍이 대뜸 권 팀장을 향해 물었다.

"먹이긴 누가!"

설미의 머리맡에 놓인 사발을 가리키는 태홍의 눈치를 보며 권 팀장은 조심스럽게 이실직고했다.

"딱 한 잔 먹였어. 진짜야."

"섞었어요?"

"쬐금? 근데 폭탄주 처음 마셔 봤나 봐. 맛있다고 원샷하더니 혹 가 버리데?"

태홍이 쯧, 혀를 찼다. 그리고 설미를 깨우려는데 권 팀장이 물었다.

"애인한테 왜 얘길 안 했어?"

"뭘 말입니까."

"서 경위 광수대 복귀하는 거."

태홍이 무섭게 굳은 얼굴로 권 팀장을 노려보았다.

"아, 아니…… 난 당연히 설미 씨도 아는 줄 알고 말했지. 근데 전혀 모르고 있었나 봐. 얼마나 속상했으면 이 많은 폭탄주를 원샷 하냐……. 가서 잘 달래 줘."

오늘 자기보다 먼저 집에 들어가는 놈은 다 죽는다고 으름장을 놓았던 권 팀장이었다. 하지만 지은 죄가 있어선지 태홍에게 먼저 가 보라고 자비를 베풀며 시선을 피했다.

태홍은 권 팀장을 탓해서 뭐 하겠냐는 심정으로 묵묵히 설미를 둘러업고 자리에서 일어났다.

"먼저 가 보겠습니다."

"어어. 그래그래. 잘 가."

태홍은 호프집을 나와 바로 택시에 올라탔다.

"으으음."

설미는 속이 좋지 않은 모양인지 계속 끙끙거렸다. 설미를 걱정스레 바라보던 태홍은 그녀의 머리를 살며시 자신의 어깨에 기대게 했다.

택시가 집 앞에 멈춰 섰을 때에야 그녀의 두 눈이 스르륵 떠졌다.

"괜찮아?"

태홍의 물음에 설미가 울상을 지으며 고개를 흔들었다. 그는 설미를 부축하고 빌라 안으로 들어갔다.

"나 하나도 안 취했어요. 혼······자 올라갈 수 있어요."

정신이 좀 들었는지 설미는 태홍의 손을 뿌리치고 계단으로 향했다. 비틀거리며 계단을 올라가는 설미의 뒷모습을 보며 태홍은 한숨이 절로 나왔다.

현관 앞에 도착한 설미가 비밀번호를 누르려다 말고 멈칫했다.

"잠깐, 비밀번호가 뭐였더라······?"

갑자기 아무것도 생각나지 않았다. 핑 돌면서 어지럼증이 왔다. 다리에 힘이 풀려 넘어질 뻔한 그 순간, 태홍이 설미의 허리를 낚아채 품에 안았다. 태홍의 가슴팍에 머리를 쿵 찧은 설미는 잔뜩 미안한 얼굴로 고개를 돌렸다.

"미안해요······. 나 취했나 봐요."

"알아. 그러니까 비밀번호를 까먹지."

"아이고, 머리 아파······."

취했어도 쪽팔리는 건 아는 모양인지 설미는 어지러운 척 엄살을 떨었다. 그녀의 귀여운 술주정에 태홍은 웃을 수밖에 없었다.

그는 그녀를 품에 안은 채 손을 뻗어 현관 비밀번호를 누르고, 문을 활짝 열었다.

"어? 내 비밀번호 어떻게 알았어요?"

"니가 알려 줬잖아."

"내가 언제요? 나 취했다고 막 거짓말하면 안 되죠. 응? 어떻게 알았냐구요. 나도 모르는 비밀번호를."

"조용히 해. 술 취한 거 광고하냐?"

태홍은 설미를 공주님 자세로 번쩍 안아 안으로 들어갔다.

"으앗……."

설미가 발버둥을 쳤지만, 태홍은 그러거나 말거나 거실로 들어와 불부터 켰다. 그리고 그녀를 소파에 앉히며 생각했다.

'불이 왜 꺼져 있는 거지?'

태홍은 의아한 얼굴로 침실로 향했다. 조심스럽게 문을 열어 보니 이곳도 마찬가지였다. 불이 꺼져 있었다.

"태홍 씨……."

설미가 뒤에서 태홍을 와락 안았다. 등 뒤에서 느껴지는 따뜻한 감촉에 태홍의 심장이 요동치기 시작했다. 그녀가 자신의 등 뒤에 있다는 걸 알면서도 미치게 보고 싶었다. 한순간도 견딜 수 없을 만큼.

태홍은 그녀의 손을 풀고 곧장 뒤돌아 그녀와 마주 보고 섰다. 설미는 여전히 술에 취해 해롱해롱하고 있었다. 태홍은 피식 웃어 버렸다. 취한 중에도 설미는 입술을 삐죽 내밀었다.

"왜 웃어요?"

"웃기니까 웃지. 너 앞으로 술 마시기만 해 봐."

"마시면 어쩔 건데요?"

"내 앞에서만 마셔."

"싫어요."

"까분다?"

"태홍 씨도 내 말 안 듣잖아요."

"내가 뭘."

"그거 알아요? 태홍 씨 요즘 내가 싫어하는 짓만 하는 거……."

설미가 금방이라도 울 것 같아 태홍은 그대로 굳어 버렸다.

"그래, 이번 한 번만 봐주자. 다음에 한 번만 더 속이면 확 차 버려야지. 어제도 다짐했어요. 근데 또 속았어……."

설미는 언니 얘기도 그렇고, 광수대 복귀도 그렇고, 뭐든 혼자 결정하는 태홍이 너무 야속했다.

"나 좋아한다면서요! 근데 왜 맨날 나한테만 얘기 안 해 주는 건데요? 그래요. 가세요. 광수대든 어디든. 왜 가는지, 무슨 일 때문에 가는지, 가면 당신이 얼마나 위험해지는지, 나한테 설명할 필요 없으니까 그냥 가요!"

설미가 태홍을 노려보며 그의 가슴팍을 세게 밀었다. 하지만 태홍은 꿈쩍도 하지 않았다. 도리어 설미의 손목을 끌어당겨 와락 안아 버렸다.

"이거 놔요!"

태홍의 품에서 벗어나려 설미가 몸부림쳤다. 하지만 태홍은 놓아 주지 않았다.

한동안 버둥대던 설미는 힘이 빠졌는지 그대로 태홍의 가슴에 얼굴을 묻었다.

"태홍 씨 원래 자기 얘기 잘 안 하는 거 알아요. 근데……."

설미는 속상한 마음에 더 이상 말을 잇지 못했다. 태홍은 가만히 그녀의 머리를 쓰다듬어 주었다.

잠시 후 조금 진정된 듯 그녀가 나지막한 목소리로 말했다.

"10년 전 사고 이후 처음으로…… 내 손으로 불을 껐어요."

스스로 불을 껐다. 태홍은 그게 무슨 의미인지 잘 알았다. 그래서 더욱 가슴이 벅차고 그래서 더 아팠다.

설미가 고개를 들어 태홍을 지그시 올려다보았다.

"그게 무슨 의미인지 알아요?"

"……."

"내가 10년 동안 단 한 번도 혼자 하지 못한 걸 당신이 하게 해 줬어요. 그만큼 내가 당신을 좋아한다고요. 근데 이런 나한테 말 못 할 게 뭐가 있어요?"

"……."

태홍은 너무 고맙고 미안해 오히려 아무 대답도 할 수 없었다.

"지금부터 내가 묻는 말에 솔직하게 대답해 줘요. 거짓말 조금이 라도 보태면……."

"……."

"나 태홍 씨 다신 안 볼 거예요. 헤어지겠다고요."

헤어져?

그 단어만으로도 태홍은 큰 충격을 받았다. 하지만 태홍의 반응은 아랑곳없이 그녀는 손등으로 눈물을 훔치며 정색하고 묻기 시작했다.

"광수대로 언제 돌아가요?"

태홍은 아직 충격에서 벗어나지 못한 상태였다. 약간 넋이 나간 듯한 태홍을 본 설미가 재촉했다.

"대답 안 해요?"

"어? 아니, 해. 할게. 광수대 말이지?"

"네. 언제 돌아가요?"

"아직 결정된 건 없어. 사실 오늘 여행 가서 좋은 거 먹고, 좋은 거 보고……. 그러면서 너랑 상의하고 결정하려 했어."

"거짓말."

"진짜야. 근데 뭐라고? 다신 안 본다고? 헤어진다고? 내가 잘못 들은 거지? 너 지금 취한 거 맞지?"

"말 돌리지 마세요. 나 안 취했어."

설미는 안 취했다고 당당하게 소리쳤지만 누가 봐도 취한 게 분명했다. 자신만만한 말투와 다부진 얼굴에 어울리지 않게 몸의 중심이 흔들리고 있었다. 그 모습이 조금 우스꽝스러워 다시 웃음이 나오려는 것을 태홍은 애써 눌렀다.

그녀는 결국 혼자는 못 서 있겠는지 한쪽 손으로 태홍의 옷자락을 꽉 쥐었다.

'이게 뭐라고.'

태홍은 그녀가 취한 정신에도 자신의 옷자락을 꽉 쥐고 놓지 않으려 애쓰고 있는 모습에 안심이 되었다.

"나한테 또 숨기는 거 없어요? 예를 들면, 우리 언니……."

"……."

"나, 체육관에서 다 들었어요. 언니 때문에 한 가정이 박살 났고, 심지어 사람이 죽었다면서요?"

"확실하지 않은 얘기야. 선희 얘기도 들어 봐야지."

"우리 언닐 믿어요?"

"어."

"어째서요?"

"네가 믿으니까."

"난 안 믿을래요……."

"……."

"사실 너무 겁나요……. 관장님 말대로 언니가 진짜 나쁜 사람이면 어떡해요."

"겁낼 거 없어. 넌 그냥 니가 믿고 싶은 대로 믿어. 내가 증명해 줄 테니까."

"그거 위험한 일이라면서요. 죽을 수도 있다면서요. 언니가 연루된 클럽 BB. 그거 조사하다가 관장님 남편분도 돌아가셨다고 들었어요. 그 수사…… 꼭 태홍 씨가 해야 해요? 관장님 말대로 그냥 안 하면 안 돼요?"

태홍은 말없이 그녀를 안아 주었다. 그리고 설미는 그게 무슨 의미인지 알았다.

결국 하겠다는 거였다. 그 위험한 일을 기어코.

설미는 작게 한숨을 내쉬었다. 태홍은 그녀가 내뱉은 뜨거운 숨이 제 가슴에 닿자 먹먹했다. 어떻게든 그녀가 불안을 떨쳐 낼 수 있도록 해 주고 싶었다. 태홍은 그녀를 더욱더 꽉 안았다.

그리고 귓가에 속삭였다.

"난 안 죽어."

"……."

"내가 어떻게 죽냐. 널 두고……."

□ ■ □

문화고 개학식.

아이들은 여름 방학의 아쉬움을 수다로 달래고 있었다. 그러느라 교실, 복도 가릴 것 없이 떠들썩했다.

하지만 2학년 3반 교실은 유난히 조용했다. 등교한 아이들이 차례대로 가방을 책상 위로 내던지고 학생부실로 달려가기 바빴기 때문이다.

학생부실 안은 인산인해였다. 그 중심에 설미가 있었다.

"쌤! 남친 생겼다면서요?"

"왜 우리한텐 안 보여 줘요? 육상부 애들은 다 봤다는데."

"맞아요. 우리도 보여 줘요."

"경찰이라던데, 진짜예요?"

아이들의 질문 공세를 받는 와중에도 남정우 선생의 따가운 시선이 느껴졌다. 설미는 남정우 선생의 눈치를 보며 아이들을 향해 작게 고개를 끄덕였다. 그러자 아이들이 환호했다.

"우와와! 경찰이래. 잘생겼어요?"

이번엔 크게 고개를 끄덕이려던 설미는 남정우 선생과 눈이 마주쳤다. 그녀는 재빨리 시선을 피하며 대충 둘러댔다.

"아니, 별로 안 잘생겼어. 그냥 평범해."

"에이. 거짓말. 쌤 남친 얼굴 완전 주먹만 하고, 키도 엄청 크고, 얼굴 천재라던데요?"

쾅!

그때 남정우 선생이 화풀이하듯 노트북을 닫아 버렸다. 아이들은 화들짝 놀라 남정우 선생을 쳐다봤다. 그는 아이들을 둘러보며 화를 냈다.

"너희들 당장 안 나가? 누가 교무실에서 이렇게 떠들래? 정신 차려 이 녀석들아. 3개월 후에 너희 선배들 수능 끝나면 이제 너네 차례야. 이제 고3이라고. 지금 너희 담임 연애사가 궁금할 때냐? 내 성적으로 어느 대학을 갈 수 있는지 그게 궁금해야 하는 거 아니야? 하긴, 여기 대학 갈 생각 있는 녀석들은 없어 보이네. 으휴, 한심한 것들."

남정우 선생의 독설에 아이들의 얼굴이 흙빛으로 변했다. 아이들은 찍소리도 못 하고 시무룩한 표정으로 하나둘씩 학생부실을 나갔다. 괜히 아이들에게 화풀이하는 남정우 선생을 보니 설미는 욱하는 마음이 일어 자리에서 벌떡 일어나 아이들을 향해 소리쳤다.

"얘들아! 대학이 전부는 아니야. 너희가 뭘 하고 싶은지, 그걸 아는 게 더 중요해. 그러니까 너무 주눅 들지 말고, 오늘부터 열심히 해 보자!"

설미는 얼굴이 굳어진 남정우 선생을 뒤로하고 그대로 아이들과 함께 학생부실을 나왔다. 그리고 아이들을 향해 작게 속삭였다.

"얘들아. 사실……."

아이들이 귀를 쫑긋 세웠다.

"쌤 남친 엄청 잘생겼……."

설미가 막 자랑을 하려는데 아이 하나가 큰 소리로 외쳤다.

"김지석이 정혜린한테 고백한대!"

"어디, 어디?"

'꺄악!' 소리와 함께 아이들이 일제히 창에 달라붙었다. 설미의 주변이 삽시간에 텅 비었다. 아이들은 담임 선생의 남자 친구보다 친구의 실시간 고백 현장이 더 궁금했던 것이다. 어느새 교실에서 뛰어나온 아이들이 복도 창문에 붙어 운동장을 내려다보고 있었다.

"저것들이……. 근데 지금 누구라고? 혜린이? 지석이?"

설미는 아이들과 함께 창밖을 내다보았다. 운동장 한구석에서 지석이 커다란 리본이 달린 자전거 한 대를 혜린에게 전해 주고 있었다.

'귀여운 것들.'

설미는 흐뭇하게 웃으며 둘의 모습을 지켜보다 고개를 돌렸다. 복도 끝에 낯익은 얼굴이 있었다. 우석이었다. 우석은 주머니에 손을 꽂은 채 어두운 표정으로 창밖을 보고 서 있었다.

설미는 그런 우석에게 다가갔다.

"우석아. 너 웬일로 이렇게 일찍 왔어?"

하지만 우석은 대꾸도 없이 반대쪽으로 향해 설미가 황급히 따라 갔다.

"너 무슨 기분 안 좋은 일 있니?"

"……."

설미는 어떻게든 우석과 대화를 이어 나가려고 애썼다.

"맞다, 너 쌤이랑 할 얘기 있지 않아?"

"없는데요."

"없긴! 너 돈 갚아야지."

"무슨 돈이요."

"오토바이!"

"아, 그거. 근데 안 까먹으셨네요?"

"야! 그걸 어떻게 까먹어. 너 니네 큰형한테 말해서 갚는다며."

"형 해외로 출장 갔어요. 다음 주에 귀국하면, 그때 갚을게요. 됐 죠?"

"그래, 알았다. 근데 너 진짜 괜찮아? 무슨 일 있는 건 아니지?"

"신경 끄세요."

차가운 말투가 왠지 익숙하다고 생각하며 설미는 우석의 등짝을 때렸다.

"이 녀석이! 말 좀 예쁘게 해. 너 그렇게 못되게 말하면 여자 친 구 안 생긴다?"

"이렇게 생겨 먹은 걸 어쩌라고요. 그리고 저 여자 친구 같은 거 필요 없어요."

그렇게 말하면서도 우석은 계속 운동장 쪽을 힐끔거렸다. 그 모습 을 유심히 보던 설미가 피식 웃었다.

"너 질투하는구나?"

"아니거든요! 정혜린이 누구랑 사귀든 관심 없거든요!"

갑자기 길길이 날뛰는 우석의 행동에 설미는 고개를 갸웃거리다 손을 맞부딪쳤다. 절친 지석한테 여자 친구가 생겨서 화가 난 게 아니라, 혜린한테 남자 친구가 생길까 봐 화가 난 거였구나. 또 헛다리를 짚었다. 평소 여자 보기를 돌같이 하던 우석이라서 몰랐는데, 혜린을 좋아하고 있었나 보다.

설미는 우석의 손을 덥석 잡았다.

"우석아. 괜찮아. 살다 보면……."

"됐어요."

위로의 말을 건네려는 설미의 손을 뿌리치고, 우석은 교실로 들어가 버렸다. 무안해진 설미는 괜히 애꿎은 손만 만지작거렸다.

"쳇, 까칠하긴. 아무튼 저 녀석 볼수록 누구랑 참 많이 닮았네."

갑자기 태홍이 보고 싶어진 설미는 주머니에서 핸드폰을 꺼내 사진첩을 열었다. 사진 속에선 태홍이 이기적인 기럭지를 뽐내며 차 앞에 서 있었다. 대충 찍었는데도 화보가 따로 없었다. 사진을 보는 설미의 얼굴에 미소가 번져 갔다.

□　■　□

"경위님! 밖에 누가 찾아오셨는데요? 여자예요. 엄청 예뻐."

회철의 말에 팀원들이 가자미눈을 뜨고 태홍을 흘겨보았다. 무시하고 나가려던 태홍이 뒤로 돌았다.

"그냥 아는 검사예요."

"누가 물어봤나."

귀를 후비적거리며 권 팀장이 말하자 태홍이 바로 받아쳤다.

"제 여자 친구한테 괜히 허튼소리 할까 봐 말해 두는 겁니다. 특히 팀장님. 입조심하세요."

"저…… 저 싸가지!"

권 팀장의 욕지거리를 뒤로하고 태홍은 사무실을 나갔다. 예상대로 복도엔 채경이 서 있었다.

"안으로 들어오지 왜?"

"안에서 할 얘기는 아니라서. 점심 아직이지? 밥 먹으면서 얘기하자."

태홍은 고개를 끄덕이곤 먼저 밖으로 나갔다. 그의 뒤를 따라가며 채경은 미리 검색해 둔 맛집을 떠올렸다.

"문화역 근처에 레스토랑 하나 있다던데. 거기 파스타가 그렇게 맛있……."

"결정해."

"응?"

"일하러 온 거면 근처 냉면집 가고, 점심 먹으러 온 거면 그냥 돌아가."

태홍이 단호하게 말하자, 채경은 꿀 먹은 벙어리가 되고 말았다. 그리고 자존심도 상했다. 마음 같아선 그냥 이대로 서울로 돌아가고 싶었지만, 그건 자신을 향한 태홍의 신뢰를 깨트리는 짓이었다. 자신을 믿고 일을 부탁한 태홍의 신뢰만큼은 반드시 지키고 싶었다.

"냉면 먹을게."

태홍과 채경은 근처 냉면집으로 향했다. 주문을 하자마자 태홍은 일 얘기부터 꺼냈다.

"광수대에서 정석범 도주를 도운 세력이 있는데, 그 배후가 클럽 BB일 거라고 했지?"

"응. 정석범이 잡히면 클럽 BB의 실체가 드러날 가능성이 있으니까."

"그런 이유라면 도주시킨 후 바로 죽였어야 하지 않나? 클럽 BB에서 정석범을 왜 1년 동안 가만뒀을 것 같아?"

"생각해 보니 정말 그러네. 정석범 검거 당시 혹시 수상한 점 없었어?"

"놈이 딸까지 이용해서 손에 넣으려던 물건."

"아, 그 카메라? 혹시 그거 찾았어?"

"찾고 있는 중이야."

"그 안에 혹시⋯⋯."

"맞아. 아마도 클럽 BB의 약점이 들어 있겠지. 정석범은 그것만 손에 넣으면 클럽 BB를 자기 마음대로 조종할 수 있다고 생각했을 거야."

"그럼 그 카메라만 찾으면 클럽 BB의 실체를 밝혀낼 수 있겠네?"

"정석범을 좀 만나야겠어. 언제쯤 가능해?"

"안 그래도 다시 생각해 봤는데, 내가 만나는 게 좋을 것 같아. 네가 만나면 괜히 역효과만 날 수 있어. 지금도 본인 유리한 쪽으로 진술 번복하고 있으니까. 대신 넌 클럽 BB 마담 선희 좀 만나봐."

"선희 출소일이 언제지?"

"2주 후."

한창 이야기를 나누던 도중 주문한 냉면이 나왔다.

"맛있겠다! 근데 너 광수대로 언제 복귀할 거야?"

채경은 냉면을 먹으며 태홍을 향해 넌지시 물었다. 하지만 태홍은 대답 대신 맞은편에 걸린 시계로 시간을 확인하더니 어디론가 전화를 걸었다. 채경이 의아하게 바라보니 시선을 느낀 태홍은 턱 끝으로 냉면을 가리키며 무심히 말했다.

"먹어. 나 전화 좀."

"어? 어……. 근데 갑자기 어디에 전화를……."

채경의 말끝이 흐려졌다. 태홍의 얼굴이 별안간 환해졌기 때문이다. 상대방이 전화를 받은 모양이다.

"밥 먹었어?"

채경과 대화할 때와는 확연히 다른 부드러운 목소리였다. 심지어 태홍의 입가엔 미소가 번지고 있었다.

채경은 젓가락으로 냉면을 휘저으며 태홍의 목소리와 핸드폰 스피커 너머로 새어 나오는 여자의 목소리에 온 신경을 쏟아부었다. 하지만 태홍은 통화에 집중하느라 그 사실을 알지 못했다.

태홍은 얼마 전 설미와 약속을 했다. 점심시간엔 밥 챙겨 먹기. 그리고 밥을 먹고 난 후, 1시쯤 전화나 문자로 인증할 것.

'아무리 바빠도 하루 한 번은 꼭 연락하기로 해요. 연락 없으면 바람피우는 걸로 간주할 테니, 알아서 해요!'

설미는 깜찍하게 협박까지 했다. 그 후로 그녀의 귀여운 요구를 지키려고 엄청 노력 중인 태홍이었다.

— 오래간만에 급식 먹으니까 너무 맛있는 거 있죠. 역시 남이 차려 주는 밥이 제일 맛있어. 태홍 씨는 점심 먹었어요? 뭐 먹었어요?

"이제 먹으려고. 냉면."

— 아직 안 먹었어요? 에이, 밥 먹고 전화하지.

"마음에도 없는 소리 하지 마라? 꼭 1시에 전화하라며."

— 농담이었는데, 뭐 이렇게 열심히 지켜요? 맥시멈 2시로 합의 봅시다.

"고맙네. 아주."

— 냉면 불겠다. 빨리 끊고 밥 먹어요.

"괜찮아."

— 괜찮긴! 이따 문자나 해요. 끊어요.

설미는 서둘러 통화를 끊어 버렸다. 태홍은 아쉬움이 가득한 얼굴로 잠시 핸드폰을 보다가 젓가락을 들었다.

그 모습을 믿기지 않는다는 표정으로 지켜보던 채경은 저도 모르게 속에 담아 두었던 말을 내뱉었다.

"그 여자 어디가 그렇게 좋아?"

채경의 물음에 태홍은 고민도 없이 바로 대답했다.

"그냥 다 좋아."

"……."

"아까 광수대 복귀 언제 할 거냐고 물었었지?"

"응……."

"안 해. 광수대 복귀하면 지금만큼 자유롭게 움직이진 못할 거야. 사사건건 간섭도 심해질 거고."

"정말 그 이유 때문이야?"

"아니. 밥이나 먹자."

지금은 설미를 지키는 일이 제일 중요하다. 그게 태홍이 내린 결론이었다. 상윤의 죽음, 클럽 BB의 실체, 그리고 선희의 비밀. 그 무엇도 설미만큼 중요하지 않았다. 지금 태홍에게 1순위는 무조건 설미였다. 그녀를 가까이서 지켜 주고, 조금이라도 더 자주 보기 위해서는 문화서가 나았다.

태홍은 문득, 정석범을 잡기 위해 죽어도 좋다는 각오로 달려들었던 지난날들이 떠올랐다. 지금 같았으면 상상도 못 할 일이다.

하지만 이제 그에겐 살아야 할 이유가 생겼다.

□　■　□

서초동 서 장관의 저택.

산책을 하러 마당으로 나온 서 장관은 인공 연못 앞에 멈춰 섰다. 검고 붉은색의 잉어들이 연못에서 한가로이 헤엄을 치고 있었다.

서 장관이 나온 것을 뒤늦게 확인한 40대 초반의 최 비서가 달려와 잉어 밥을 내밀었다. 그것을 받아 든 서 장관이 천천히 연못에 뿌렸다. 그러자 연못이 출렁일 정도로 잉어들의 움직임이 대번에 거세졌다.

"옳지, 잘 먹는다."

먹이를 향해 달려드는 잉어들을 흐뭇하게 지켜보던 서 장관이 최 비서를 향해 넌지시 물었다.

"물건은 소식이 없는 모양이야?"

"죄송합니다. 시간을 조금만 더 주시면……."

"물건을 못 찾겠으면 주인이라도 데리고 와야지, 이 미련한 사람아. 언제까지 던져 주는 밥만 주워 먹을 게야?"

사람 좋게 웃던 서 장관의 표정이 순식간에 차갑게 식었다.

"오래는 못 기다리네."

"네. 알겠습니다."

서 장관의 말이 떨어지기가 무섭게 최 비서가 고개를 꾸벅 숙였다. 서 장관은 최 비서의 어깨를 두드리며 발걸음을 뗐다.

뒷짐을 진 채 천천히 마당을 걷는 서 장관의 뒤를 따르며 최 비서가 물었다.

"차채경 검사는 어떻게 할까요?"

서 장관은 잠시 생각에 잠긴 채 하늘을 올려다보았다.

"좀 더 지켜보자고. 어차피 우리 태홍이 짝이 될 아이니까 서두를 거 없어."

□　■　□

"임설미 선생!"

박 교장은 학생부실에 들어서자마자 설미를 찾았다. 설미는 벌떡 자리에서 일어났다.

"네. 교장 선생님. 부르셨어요?"

박 교장은 설미의 너저분한 책상 위를 보며 혀를 내찼다. 그러자 설미가 재빨리 주섬주섬 책상을 정리하기 시작했다.

"내일 행사 준비는 잘하고 있죠?"

"네? 무슨 행사요?"

"아이고, 세상에! 행사가 내일인데, 담당 교사가 아무것도 모르고 있다는 게 말이 돼요?"

박 교장이 뒷목을 잡으니 설미는 이마를 긁적이며 벽에 걸린 월 중 행사판을 확인했다. 내일 날짜에 '6, 7교시 명사 초청'이라고 큼 지막하게 쓰여 있었다. 그것을 보자 방학 전에 명사 초청 어쩌구, 하는 얘기가 오갔던 기억이 났다. 자신의 담당도 아닌 데다, 혜린과 정석범의 일로 완전히 잊고 있었다.

"아! 명사 초청이요?"

뒤늦게 아는 척을 해 봤지만, 이미 박 교장은 무서운 얼굴로 그녀 를 노려보고 있었다.

"강당에 걸 현수막 주문은 당연히 안 했겠네요? 다과 준비는요? 식순은 뽑았어요?"

"교장 선생님, 죄송한데요. 행사 담당이 제가 아니라서……."

"지금 학생부에 임 선생밖에 없으니까 하는 소리잖아요. 학생부는 도대체 일을 하는 건지, 마는 건지. 학생부장 들어오면 당장 교장실로 오라고 하세요. 임 선생도 책임지고 빨리 진행하고요!"

박 교장은 큰소리치고 나가 버렸다. 설미는 억울했다. 이번 명사 초청은 학생부 소관이 맞지만, 엄밀히 따지자면 담당자는 남정우 선생이었다. 그런데 하필 지금 남정우 선생은 점심 먹고 교육청 출장을 가서 부재중이었다. 심지어 내일도 출장이라고 들었던 것 같다.

혼자 있던 죄로 행사 준비를 떠안게 된 설미는 남정우 선생이 작성한 기안문을 확인했다.

「초청 명사: 서남길 前 법무부 장관」

설미의 눈이 휘둥그레졌다.

"법무부 장관?"

박 교장이 평소보다 더 호되게 야단친 이유를 이제야 알 것 같았다. 법무부 장관이 대학교도 아닌 고등학교에 강연을 하러 오다니.

서 장관의 이력이 궁금해진 설미는 포털 사이트에 접속해서 서 장관의 이름을 검색했다. 여러 가지 연관 검색어들 중 유독 눈에 띄는 것이 있었다.

「서남길 장관 명판결」

법조인이 꼽은 10대 명판결이 있는데, 그중 절반 이상이 서 장관이 판사 시절 내린 판결이었다.

「급식비를 내기 위해 친구의 돈을 훔친 건 네 잘못만이 아니란다. 어른들의 잘못이 더욱 커. 하지만 너도 잘못한 게 있다. 어른에게 도움을 요청하지 않았다는 거야. 그러니 지금 이 자리에서 손 내미는 연습을 해 보자. 자, 내게 손을 내밀어 봐. 마다하지 않을 테니.」

법정에 선 비행 청소년에게 서 장관은 처분 대신 손 내미는 연습을 시켰다. 그렇게 두 손을 마주 잡은 판사와 비행 청소년의 모습은 아직까지도 꾸준히 회자되고 있었다.

"어머, 멋있다."

서 장관과 관련된 일화들을 읽으며 설미는 존경심이 솟아났다. 이렇게 멋진 어른이 있다니. 너무 갑작스럽긴 하지만 강연 담당을 맡게 된 것이 그리 나쁘지만은 않게 느껴졌다. 서 장관을 더 가까이에서 볼 수 있을 테니까 말이다.

서 장관을 빨리 만나 뵙고 싶다고 생각하며 설미는 다시 기사를 읽어 나갔다.

"설미 쌤, 에어컨 좀 틀게요."

한창 기사에 몰두하던 설미가 고개를 돌렸다. 언제 들어왔는지 김윤지 선생이 에어컨을 켜고 있었다.

"오래간만에 수업하려니까 죽겠어요. 쌤은 괜찮아요?"

"저는 오늘 애들이 체육복을 다들 안 가져와서 계속 실내에서 수업했어요."

"좋겠다. 과학실은 완전 찜통이에요."

김윤지 선생이 자리에 털썩 주저앉았다. 오전 내내 과학실에서 수업을 하고 이제 겨우 자리로 돌아온 것이다.

"설미 쌤, 혜린이랑 같이 사신다면서요?"

"네. 그렇게 됐어요. 혜린이가 얘기했나요?"

"혜린이 저한테 그런 얘기 안 해 줘요. 다른 애들한테 들었어요."

"아, 제가 먼저 얘기해 드렸어야 했는데, 죄송해요."

"괜찮아요. 혹시 불편한 건 없으세요? 제가 도울 수 있는 거면 도와드릴게요. 어쨌든 제가 혜린이 담임이니까."

뭐든 도와줄 테니 말만 하라며 김윤지 선생의 눈빛이 반짝거렸다.

"그럼…… 내일 행사 준비 좀 도와주실래요? 교장 선생님이 갑자기 현수막이랑 다과 준비하라고 하셔서."

"네? 뭐예요. 그건 혜린이 일 아니잖아요. 그리고 행사 담당은 남정우 선생님 아니었어요? 아, 출장 가셨지. 준비 안 해 두셨나 보네요."

"네. 아까 교장 선생님 오셔서 한바탕하시고 가셨어요."

"그럼 제가 현수막 준비할 테니까, 쌤은 다과 준비해 주세요."

"정말요? 고마워요!"

"고맙긴요. 방학 동안 저 대신 혜린이 챙겨 주셨는데 제가 더 고맙죠. 아, 업체 찾았다. 여보세요. 안녕하세요. 여기 문화고 학생부실인데요……."

김윤지 선생은 전화 한 통으로 현수막 주문을 완료하고 곧바로 품의서를 작성했다. 설미는 김윤지 선생의 빠른 업무 속도를 보며 감탄했다.

"맞다. 설미 쌤!"

타이핑을 하던 김윤지 선생이 뭔가 떠올랐는지 크게 소리쳤다. 설미가 놀라 김윤지 선생을 쳐다봤다.

"네?"

"방학 때 제가 모르고 쌤 택배를 집에 가져갔거든요. 쌤은 학교로 택배 안 시키잖아요. 그래서 당연히 제 건 줄 알고. 다음 날 출국이라 정신이 없어서 어제 도착해서야 발견했어요. 방학 내내 외국에 나가 있느라……. 너무 죄송해요. 오늘 가져온다는 게 또 깜빡했네요. 내일 가져다 드릴게요."

택배라는 말에 설미가 고개를 갸웃거렸다. 평소 택배를 학교로 시키지 않을뿐더러, 자신에게 택배를 보낼 만한 가족이나 친척도 없었다.

'설마…… 언니?'

지난번처럼 교도소 주소가 찍힌 채 왔으면 어떡하지? 설미는 김윤지 선생을 향해 조심스레 물었다.

"혹시, 누가 보낸 건지 보셨어요?"

다행인지 불행인지 김윤지 선생이 고개를 흔들며 수신인만 확인했다고 답했다. 설미는 작게 한숨을 내쉬며 달력을 넘겨 보았다.

언니의 출소일이 2주 남았다.

□　■　□

태홍은 퇴근 무렵 찬희에게서 걸려 온 전화를 받곤 표정이 굳어졌다.

"뭐라고?"

— 어제 출소했대요.

"출소라니. 아직 2주나 남았는데 갑자기 왜?"

— 건강상의 이유로 가석방됐다고 해서 알아봤더니, 우울증으로 최근에 자살 시도를 했대요. 거의 죽다 살아난 모양이에요.

태홍은 마른세수를 했다. 그러면서 교도소에서 만났던 선희의 모습을 떠올렸다. 선희는 벼랑 끝에 선 듯 위태로운 모습으로 살려 달라고 했다. 삶에 대한 강한 의지를 내보였던 선희가 자살 시도라니. 믿기지 않았다.

"지금 어디 있는데?"

— 병원에 있다고 들었어요. 병원 주소 문자로 보낼게요.

전화를 끊자마자, 찬희가 보낸 문자가 도착했다. 대전에 위치한 병원 주소를 가만히 내려다보던 태홍은 곧바로 전화를 걸었다. 선희 상태가 어떤지 파악하려고 했던 건데, 뜻밖의 답을 들었다.

— 그 환자분 사라지셨어요.

□　■　□

문화고 앞 공원에 새빨간 스포츠카 한 대가 멈춰 섰다. 곧 차 문이 열리고 여자가 내렸다. 킬힐을 신은 매끈한 다리. 미니스커트 차림의 여자는 얼굴을 반쯤 가리는 선글라스를 착용하고 있었다.

여자는 차에 기대선 채 담배를 입에 물었다. 라이터로 불을 붙인 후, 하얀 담배 연기를 내뱉으며 문화고 운동장 쪽으로 시선을 돌렸다. 노을 진 하늘 아래 주황빛으로 물든 운동장에는 육상부원들이 오후 훈련을 하고 있었다. 트랙 위를 달리는 아이들을 바라보며 여자는 누군가를 찾는 듯했다.

하지만 여자의 눈빛은 검은색 선글라스 너머에 가려져 있었다.

17화

남정우 선생의 갑작스러운 출장으로 인해 야간 자율 학습 감독 자리에 공석이 생겼다. 그 공석을 누가 채울 것인가! 야자 시작 30분 전, 2학년 담임들이 교무실에 모였다. 잠시 논의 끝에 공정하게 사다리 게임으로 결정하기로 했다.

2학년 담임 중 나이가 가장 어리다는 이유로 사다리 긋기는 설미의 몫이 되었다. 설미는 온 우주의 기운을 담아 정성스레 작대기를 하나씩 그었다.

'제발 나만 아니기를.'

오늘은 정말 오래간만에 태홍이 일찍 끝나는 날이었다. 요즘 들어 부쩍 바빠진 태홍 때문에 만나는 텀은 길어지고, 시간은 짧아지고 있었다. 오늘 퇴근하자마자 미친 듯이 집으로 달려가도 그와 함께 있을 수 있는 시간은 고작 네 시간 남짓이었다. 그런데 만약 야자 감독까지 한다면, 어쩌면 그를 만날 수 없을지도 모른다.

'안 돼. 오늘은 무조건 기필코 집에 일찍 가야 해!'

스윽. 스윽. 스윽.

그만하라는 선생들의 만류에도 불구하고 설미는 계속 작대기를 추가해 나갔다. 설미의 간절한 표정에 곳곳에서 웃음이 터졌다.

"마지막으로 하나만 더요, 이번엔 진짜 마지막!"

설미가 드디어 마지막 선을 긋고 펜을 내려놓았다.

"선 긋느라 수고했어. 그럼 설미 쌤부터 출발하자고."

"네!"

설마 처음부터 꽝이 걸리겠어? 설미는 호기롭게 제일 끝에 있는 사다리를 선택했다.

"띠딕. 띠딕. 띠딕……."

볼펜을 꽉 쥐고 자체 효과음까지 내며 사다리를 타고 내려가던 설미의 얼굴빛이 점점 어두워졌다. 그리고.

"어머, 설미 쌤 축하해!"

말은 축하한다고 하지만, 다들 설미를 향해 위로의 박수를 보냈다. 설미는 다시 한번 눈으로 사다리를 타고 내려갔다. 아직도 믿기지 않았다. 하지만 어김없이 종착지는 '꽝'이었다.

"우리 반 녀석들 좀 잘 부탁드려요."

"그럼 수고하세요!"

사다리 게임이 끝나자마자 선생들은 가방을 메고 자리에서 일어나 교무실을 나갔다. 그렇게 오늘 2학년 야자 감독은 최고령자 2학년 부장과 신참 교사 설미가 되었다.

설미는 자신을 원망했다. 운도 지지리 없지. 첫판에 꽝을 고르다니.

'오늘 저녁에 태홍 씨랑 맛있는 거 먹으려고 일부러 점심도 조금 먹었는데.'

그 생각이 들자 새삼 배가 고파 왔다. 그녀는 오늘 퇴근이 늦을 것 같다는 문자를 태홍에게 보내고 곧장 매점으로 향했다.

설미가 매점에 들어서자 아이들이 우르르 몰려왔다.

"쌤! 오늘 야자 1교시만 하면 안 돼요?"

"교실 너무 더워요."

"에어컨도 안 틀어 주고. 더워 죽겠어요."

"찜통이에요, 찜통!"

원망 섞인 목소리에 설미는 아이들을 달랬다.

"얘들아, 힘들어도 조금만 참자. 내일부터 시원해진대. 자자, 5분 뒤면 야자 시작이야. 빨리 올라가."

마침 예비종이 울렸다. 아이들은 부리나케 매점 밖으로 달려 나갔다.

설미도 딸기 우유 하나를 사서 마신 후 교무실로 향했다. 출석부를 챙겨 들고 복도로 나왔는데, 하필 박 교장과 딱 마주쳤다. 쓰레기를 줍고 다니던 중인 듯했다.

설미가 눈인사를 건넸지만 박 교장은 그냥 지나쳐 교장실로 들어갔다. 그대로 교실로 가려던 설미는 어디서 그런 용기가 난 건지 박 교장을 따라 교장실 안으로 들어갔다.

"교장 선생님!"

"무슨 일입니까?"

"교실에 에어컨 좀 틀어 주시면 안 될까요?"

"낮도 아니고 저녁인데, 선풍기 틀면 되잖아요."

"날이 너무 더워서 선풍기 틀어 봤자 하나도 안 시원해요. 에어컨 잠시만 틀어 주세요. 아니면 야자 1교시만 하고 보내 주시면……."

"임설미 선생!"

박 교장의 불호령에 설미는 순간 움찔했지만, 포기하지 않고 조심스레 입을 열었다.

"아니, 저는 그냥…… 내일 중요한 강연도 있는데, 오늘 애들 기운 빠져서 내일 장관님 앞에서 졸지는 않을까 걱정이 돼서요. 애들 벌써부터 힘들어하던데……."

"뭐라고요?"

박 교장의 두 눈이 번쩍 떠졌다. 그리고 뭔가 생각에 잠긴 듯했다. 설미의 말대로 서 장관이 강연하는데 학생들이 꾸벅꾸벅 졸면서 앉아 있는 모습을 상상이라도 하는 모양이다.

생각을 마친 듯 박 교장이 서둘러 말을 바꾸었다.

"애들 1교시만 하고 보내세요. 야자는 내일부터 정상대로 운영하도록 하죠."

"네? 정말요? 고맙습니다, 교장 선생님!"

설미는 뛸 듯이 기뻤다. 처음으로 박 교장에게 자신의 말이 먹힌 것도 그렇고, 아이들을 일찍 보내 줄 수 있게 된 것도 그렇고, 그리고 무엇보다 태홍을 빨리 볼 수 있게 된 것이 가장 기뻤다.

"임 선생."

"네! 교장 선생님!"

설미가 우렁찬 목소리로 대답하자, 박 교장이 귀를 후비적거리며 날카롭게 말했다.

"강연 준비는 완벽하게 끝냈죠?"

"네. 물론이죠."

"강당에 현수막 설치했어요?"

"네? 아, 그건……. 현수막 도착하자마자 시설 관리실에서 설치해 주신다고 했어요."

"확인했어요? 내일 행사에 차질 생기면, 진짜 임 선생 나한테 혼납니다."

박 교장은 못 미더워하는 눈빛으로 설미를 바라봤다. 그 눈빛이 기분이 나빴지만, 설미는 꾹 참았다.

"제가 다시 한번 확인하고 퇴근하겠습니다."

그제야 흡족한 듯 박 교장이 고개를 끄덕였다. 설미는 고개 숙여 인사를 한 후 교장실을 나왔다.

□ ■ □

1교시 야자가 끝나는 종소리 대신 귀가해도 좋다는 멘트가 스피커를 통해 흘러나왔다. 학생들의 환호 소리가 곳곳에서 울려 퍼졌다. 방송이 끝나기가 무섭게 학생들은 가방을 메고 각 교실에서 우르르 쏟아져 나왔다.

"쌤, 안녕히 계세요!"

"그래, 조심히들 가."

설미는 마지막으로 각 교실을 둘러보며 정리하고 학생부실로 향했다. 그리고 가방을 챙겨 들고 현수막 점검을 위해 다시 강당으로 걸음을 옮겼다.

불을 켜고 강당에 들어선 설미는 망연자실했다.

"이게 어떻게 된 거지?"

현수막이 걸려 있어야 할 자리가 텅 비어 있었다. 게다가 현수막은 한쪽 구석에 아무렇게나 구겨진 채 놓여 있었다.

"아, 진짜 너무하시네. 걸어 달라고 내가 그렇게 부탁드렸건만……."

설미는 구시렁거리며 현수막을 들고 단상으로 올라갔다. 일단 현수막을 설치하려면, 천장에 달린 봉을 내리는 게 먼저였다.

'리모컨이 어디 있을 텐데…….'

강당 이곳저곳을 돌아다니던 설미는 겨우 리모컨을 찾아 하강 버튼을 눌렀다. 그러자 천장에 달린 봉이 서서히 내려왔다. 봉이 완전히 멈추자 설미는 가방을 바닥에 내려놓고 봉에 현수막을 묶기 시작했다.

떨어지지 않게 있는 힘껏 꽉 묶은 후 설미는 리모컨을 꾹 눌렀다. 내려올 때와 마찬가지로 서서히 봉이 올라가기 시작했다.

찌이이익.

그런데 무언가 찢어지는 소리가 들렸다.

"으아아악!"

설미가 소리를 질렀다. 봉의 날카로운 부분에 티셔츠 끝이 걸려 같이 올라가고 있었다. 설미는 너무 놀라 옷을 붙잡고 발버둥 치다가 리모컨을 바닥에 떨어뜨려 버렸다. 봉을 다시 내릴 수도 없게 되었다.

어떡해. 옷을 벗어야 하나?

이러지도 저러지도 못하고 봉에 걸린 옷을 붙잡고 발만 동동 구르고 있던 그때, 올라가던 봉이 다시 내려오기 시작했다. 거의 가슴께까지 올라갔던 티셔츠도 천천히 제자리를 찾았다.

"혼자 여기서 뭐 하냐."

익숙한 목소리에 고개를 돌리니 리모컨을 들고 서 있는 태홍이 보였다. 설미는 저절로 안도의 한숨이 나왔다.

"태홍 씨!"

태홍은 말없이 고개를 숙여 고리에 걸린 그녀의 티셔츠를 빼내어 줬다.

아, 창피해.

안도의 순간이 지나자 부끄러움이 몰려왔다. 설미는 괜히 중얼중얼했다.

"아니, 이게 걸렸을 거라고는 생각도 못 해서. 근데 빼려고 해도 안 빠지는 거예요. 제가 진짜 조금만 가벼웠으면 같이 올라갈 뻔했어요."

태홍이 고개를 들자, 그녀는 민망해서 배시시 웃어 버렸다.

"왜 그렇게 봐요?"

"너 진짜, 나 없었으면 세상 어떻게 살았을까?"

"태홍 씨 없으면 없는 대로 나만의 방식으로다가, 뭐, 잘 살지 않았을까요?"

그녀의 짓궂은 농담에 태홍이 피식 웃었다.

"그나저나 나 여기 있는 건 어떻게 알고 왔어요?"

"너 데리러 왔다가 다른 사람들 다 나왔는데 너만 안 나와서 찾으러 들어왔더니, 역시나네."

왜 이렇게 조심성이 없느냐고 혼내려던 태홍은 설미가 눈웃음치며 그의 옆구리를 쿡쿡 찌르자 웃을 수밖에 없었다.

그는 그녀의 옷을 벗기려 든 현수막 쪽으로 시선을 돌렸다. 그리고 현수막에 적힌 문구를 읽던 태홍의 눈빛이 일순 차갑게 변했다.

갑자기 무섭게 굳은 태홍의 얼굴을 보곤 설미가 의아해하며 물었다.

"왜 그래요? 현수막에 무슨 문제 있어요?"

태홍은 애써 속내를 숨긴 채 현수막을 가리켰다.

"오타."

설미는 두 눈이 휘둥그레져서 현수막 문구를 살폈다. 하지만 눈 씻고 찾아봐도 오타가 보이지 않았다.

"오타가 어디 있어요? 난 못 찾겠는데……."

"이름. 서난길이 아니라 서남길."

"어? 진짜다! 어떡해."

지금 발견했으니 망정이지 행사 당일 발견했으면…… 박 교장의 불호령은 생각만으로도 끔찍했다.

설미는 서둘러 주머니에서 핸드폰을 꺼내 현수막 업체에 전화를 걸었다. 내일 오전까지 오타 고쳐서 다시 가져다주겠다는 사장님의 확답을 듣고 나서야 안심할 수 있었다.

"아, 살았다. 진짜 고마워요. 아까 한 말 취소할래요."

"뭘?"

머뭇거리던 설미가 기어들어 가는 듯한 목소리로 말했다.

"나 태홍 씨 없으면 못 살았을 것 같아요. 오늘도 내내 보고 싶었어요."

설미는 두 뺨이 발그레해진 채 부끄러워했다. 한없이 사랑스러운 그녀의 모습에 태홍은 저도 모르게 침을 꼴깍 삼켰다.

"그런 말은 침대에서 하라고."

"변태! 나 보면 그런 생각밖에 안 하죠?"

"어. 가자. 집으로."

태홍은 얼굴색 하나 변하지 않고 태연히 설미의 손을 잡아끌고 밖으로 나왔다. 설미는 쑥스러워하느라 그의 귀가 살짝 불그스름한 것을 미처 보지 못했다.

그녀가 그의 팔에 매달리며 물었다.

"근데 이름 오타 난 건 어떻게 알았어요?"

"……아는 사람이야."

"아, 진짜 유명한 분이셨구나. 전 오늘 처음 알았거든요."

"사실은……."

태홍이 고백하려는 그때.

드르륵. 드르륵.

설미의 핸드폰이 울렸다. 액정을 가만히 내려다보던 설미는 전화를 받지 않고 머뭇거렸다. 태홍은 왜 그러나 싶어 그녀의 핸드폰을 쳐다봤다. 액정엔 '발신 번호 표시 제한'이라는 문구가 찍혀 있었다.

"받아 봐."

태홍의 말에 설미가 조심스레 통화 버튼을 눌렀지만, 이미 연결이 끊긴 후였다.

"이상해요. 계속 발신 번호 없이 전화가 와요."

"계속?"

"네. 오전에 한 번, 그리고 점심때도요. 장난 전화인 줄 알았는데, 전화가 계속 오는 걸 보니 아닌 것 같아요……. 도대체 누구지?"

설미의 말을 들은 태홍은 뭔가 짐작 가는 듯한 표정이었다. 설미가 그를 향해 조심스레 물었다.

"무슨 일 있어요?"

태홍은 걸음을 멈추고 그녀를 바라봤다. 그의 눈빛엔 뭔가 애틋함이 보였다.

"선희…… 출소했대."

언니의 출소일은 2주 후였다. 그런데 갑자기 출소라니. 좋은 일은 아닐 거라는 직감이 들었다. 설미는 불안한 눈빛으로 태홍을 올려다보았다. 그러자 그가 작게 한숨을 내쉰 후 입을 열었다.

"우울증으로 가석방 처분을 받은 모양이야. 자세한 건 지금 알아보고 있는 중인데……. 너 괜찮아?"

"네? 네……. 계속해요."

"어쩌면 조만간 선희가 널 찾아올지도 몰라. 그 전화도 아마……."

"알겠어요. 언니한테 전화가 오거나 언니가 날 찾아오면 태홍 씨한테 제일 먼저 얘기할게요."

"마음의 준비 해 두라고 말해 주는 거야. 그리고…… 또 이런 식으로 수사 협조 요청해서 미안해."

"어? 지금 형사 자격으로 나 찾아온 거였어요? 이 남자 이거 안 되겠네?"

설미가 일부러 웃으며 농담을 건네자, 태홍은 그녀의 얼굴을 어루만져 주었다.

"내 앞에선 억지로 안 웃어도 돼."

"들켰네……. 아무튼 태홍 씨는 속일 수가 없다니까요. 가끔은 그냥 모른 척 눈감아 주면 안 돼요?"

"모른 척해 주면, 넌 내가 진짜 모르는 줄 알더라고. 그건 좀 억울하잖아?"

태홍이 짓궂게 말하며 웃자, 설미도 따라 웃었다.

"설미야."

설미는 심장이 콩닥거렸다. 누군가 이름을 불러 주는 것만으로 이렇게 심장이 떨릴 수 있다니. 별것도 아닌 일에 눈물이 왈칵 쏟아질 것 같았다.

어렸을 적엔 아빠 때문에, 언니 때문에 자신의 존재를 부정하고 싶었던 때가 많았다. 그런데 지금은 그가 이름을 불러 주는 것만으로도 살아 있음이 감사했다.

깊어 가는 여름밤 풀벌레 소리만 다시 감돌던 그때, 중저음의 매력적인 태홍의 목소리가 들렸다.

"나 광수대 복귀 안 하기로 했어."

"……."

"너도 알다시피 내가 참을성이 없는 편이야. 널 만난 후론 특히 더 심해졌고."

설미는 그의 말뜻이 바로 파악되지 않아 두 눈을 동그랗게 뜨고 그를 바라보았다. 하지만 이내 그녀의 눈에 촉촉이 물기가 어리기 시작했다. 태홍은 그녀를 가만히 내버려 둘 수 없어 꽉 끌어안았다. 그리고 그녀의 머리를 쓰다듬으며 귓가에 속삭였다.

"안고 싶으면 안을 거야. 그리고……."

태홍은 설미의 볼에 '쪽' 가볍게 키스를 했다.

"키스하고 싶으면 할 거고."

볼에 닿았던 뜨거운 감촉 하나에 설미는 온몸이 순식간에 달아오르는 기분이 들었다. 하지만 태홍의 고백은 아직 끝나지 않았다.

"난 앞으로도 계속…… 니가 보고 싶을 때 언제든 달려갈 수 있는 거리에 있을 거야."

□　■　□

가을이 다가옴을 시샘하는지 오늘도 늦더위가 기승을 부리고 있었다.

오전 내내 야외 수업을 한 설미는 녹초가 되어 학생부실에 들어왔다. 의자에 털썩 앉자마자 김윤지 선생이 택배 박스를 하나 내밀었다.

"오전에 계속 자리에 안 계셔서 지금 드려요."

"아, 이게 어제 말한 그 택배예요?"

"네. 근데 누가 보낸 건지 안 쓰여 있던데요? 충남 어디 주소만 있고……."

정말 김윤지 선생의 말대로 택배 송장에는 주소만 쓰여 있었다. 충남 공주시……. 여긴 고아원 주소인데?

"아무튼 너무 늦게 줘서 죄송해요."

"아니에요! 괜찮아요."

그래도 계속 미안하다며 김윤지 선생은 다음에 맛있는 점심을 대접하겠다고 했다.

김윤지 선생이 과학실에 실험 도구가 들어오기로 했다며 나가고, 학생부실엔 설미 혼자 남았다.

지이이익.

설미는 테이프를 뜯어내고 박스를 열었다. 그 순간 설미의 표정이 굳어졌다. 박스 안에서 물건을 꺼내 든 설미의 손이 가느다랗게 떨리고 있었다.

"이건……."

정석범이 찾던 디지털카메라였다. 납치당했을 때 정석범이 사진으로 보여 줬던 그 카메라가 분명했다.

"임 선생!"

설미가 카메라에 정신이 팔린 사이, 박 교장이 학생부실에 들어섰다. 설미는 너무 놀라 카메라를 손에 든 채 자리에서 벌떡 일어났다.

"어서 인사하지 않고 뭐 해요? 서남길 장관님이셔."

박 교장이 냉큼 옆으로 길을 터 주자, 서 장관이 사람 좋게 웃으며 학생부실 안으로 들어왔다.

"반가워요."

서 장관이 먼저 설미에게 다가와 악수를 청했다. 설미는 얼른 카메라를 책상 위에 내려놓고 서 장관의 손을 잡았다.

"네. 안녕하세요. 이번 강연 행사를 담당한 임설미라고 합니다."

머릿속엔 온통 카메라 생각뿐이었지만, 설미는 애써 웃으며 서 장관에게 인사를 했다. 하지만 서 장관의 시선은 설미가 아닌 다른 곳을 향해 있었다.

바로 설미 뒤편에 있는 그녀의 책상이었다.

서 장관의 눈이 너저분한 책상에 닿은 것을 본 박 교장이 설미를 매섭게 노려보았다. 분명 어제 책상 좀 치우라고 그렇게 눈치를 줬건만.

　"죄송합니다. 원래 이렇게까지 더럽진 않은데……. 오늘 계속 야외 수업이 있어서요."

　박 교장의 시선을 눈치챈 설미는 서둘러 변명하며 책상 위를 정리했다. 카메라도 서랍 안에 집어넣었다.

　그사이 박 교장이 서 장관에게 점심 식사를 대접하겠다며 조심스레 얘기를 꺼냈다. 하지만 서 장관은 급식을 먹겠다며 딱 잘라 거절했다. 그러자 박 교장은 급식을 미리 준비하겠다고 했고, 그것 또한 서 장관은 거절했다.

　서 장관은 정해진 점심시간에 학생들과 똑같은 급식을 먹겠다고 했다. 계속된 거절에 박 교장은 민망했는지 식은땀을 뻘뻘 흘렸다. 안타까울 정도였다.

　"임설미 선생님?"

　서 장관의 부름에 설미가 고개를 돌렸다.

　"학생들이 내게 준 질문지가 있다고 들었는데요."

　서 장관의 말이 끝나기가 무섭게 박 교장이 '빨리 꺼내 드려!' 라고 눈빛으로 그녀를 재촉했다.

　설미는 뜨끔했다. 설문지를 취합하긴 했지만, 아직 정리를 못 했기 때문이다. 점심시간에 하려고 했는데, 서 장관이 이렇게 빨리 올 줄은 몰랐다. 만나고 싶었던 서 장관에게 좋은 모습을 보이고 싶었던 설미는 여러모로 첫인상부터 엉망이 된 듯해 속이 상했다.

　박 교장의 눈치를 힐끔 보다 설미는 이실직고했다.

　"죄송합니다. 아직 정리를 못 했습니다."

　설미의 솔직한 태도에 서 장관이 흐뭇하게 웃었다.

"수업하느라 힘드신데, 이런 것까지 시켜서 제가 더 죄송하지요. 사실 정리까지는 필요 없어요. 제가 직접 읽어 보도록 하죠."

설미는 말투에서 인품이 느껴진다는 게 무슨 말인지 알 것 같았다. 말 한마디 한마디에 배려가 철철 넘쳐 나는 서 장관에게 설미는 점점 더 빠져들었다.

'나도 저렇게 멋지게 늙어야지. 아랫사람이라고 함부로 대하지 않고, 상대방을 먼저 배려하고…….'

서 장관은 학생부실 소파에 앉아 질문지를 검토하기 시작했다. 설미는 그와 마주 보고 앉아 서 장관이 고른 질문지를 정리하며 강연 진행에 필요한 것들을 꼼꼼히 메모했다.

그런 설미를 날카롭게 주시하던 박 교장은 노력하는 그녀의 태도에 처음으로 흡족해했다. 마음을 놓은 박 교장도 정리된 질문지들을 들여다보기 시작했다.

설미는 메모를 하면서도 계속 서 장관에게 눈길이 갔다. 낡았지만 단정하고 깨끗한 정장과 구두. 인자한 미소와 정중한 말투. 청렴한 공직자의 표본이 있다면 제 눈앞에 있는 서 장관일 것이라고 생각했다.

질문지 검토가 거의 끝나 갈 무렵 점심시간을 알리는 종소리가 울렸다. 세 사람은 함께 교직원 식당으로 향했다.

서 장관 앞이라 최대한 점잖게 식사를 하는 박 교장과 달리 설미는 평소처럼 국에 밥까지 말아 복스럽게 먹었다. 그 모습을 보며 박 교장이 고개를 절레절레 흔들었다.

반면 서 장관은 계란말이를 설미의 식판에 올려 주며 웃었다.

"먹는 모습이 참 보기 좋아요."

"감사합니다. 근데 장관님은 왜 국을 안 담으셨어요?"

"미역을 별로 안 좋아해요."

"아, 그러시구나. 혹시 미역에 얽힌 안 좋은 기억이라도 있으신지?"

설미가 입을 가리고 작게 속삭였다. 서 장관은 맞장구를 치듯 역시 입을 가린 채 작게 얘기했다.

"어떻게 알았어요?"

"어머, 정말요?"

설미는 미역을 못 먹는 태홍이 떠올라 더욱 안타까운 표정으로 서 장관을 바라보았다.

"사실은 제 남자 친구도 미역을 못 먹거든요."

서 장관은 잠시 말이 없다가, 곧 설미를 향해 넌지시 물었다.

"남자 친구가 있어요?"

설미가 격하게 고개를 끄덕였다.

"아쉽네요. 내가 손주 녀석이 하나 있는데, 임 선생이랑 잘 어울리겠다 싶었건만. 혹시 남자 친구랑 헤어지면 연락 한번 줘요. 손주 녀석 소개해 줄게요."

"말씀만으로도 감사합니다. 근데 지금 남자 친구랑 아주 잘 지내고 있어서요."

설미는 자신 있게 말했다. 박 교장은 '이런 좋은 기회를 놓치다니!' 하는 표정을 짓고 있었다.

"서 장관님, 교장 선생님. 먼저 일어나겠습니다. 강당에 준비하러 가야 해서요."

"그래요. 얼른 가 봐요."

설미는 식판을 들고 일어나 서 장관을 향해 고개 숙여 인사했다. 서 장관이 그런 설미를 웃으며 배웅했다.

"인연이라는 게 끊어지고 이어지는 것이 내 맘대로만 될 수 있다면…… 참 좋을 텐데. 살아 보니 그게 참 어렵더군요. 그럼 이따 강연 때 뵙죠. 임 선생님."

"네. 먼저 일어나서 죄송합니다. 식사 맛있게 하세요."

설미는 식당을 나오며 마지막에 서 장관이 했던 말을 떠올렸다. 조금 이상하게 느껴졌기 때문이다.

나한테 왜 그런 말을 하셨을까?

의아한 얼굴로 설미는 창문 너머 식당 안을 들여다보았다. 서 장관은 여전히 인자하게 웃으면서 박 교장과 이야기를 나누고 있었다.

□ ■ □

태홍은 어제 강당에서 봤던 현수막 문구를 떠올리며 벽에 걸린 시계를 올려다보았다. 4시 정각이었다. 강연 시작은 3시였으니, 아마 한창 진행 중일 것이다. 그리고…….

'할아버지와 설미도 만났겠지.'

태홍이 알아본 바로는 이번 서 장관의 강연은 학기 초에 교육청에서 계획한 명사-학교 매칭 프로그램 중 하나였다. 서 장관이 일부러 설미를 찾아간 것은 아니라는 뜻이다. 하지만 자신과 설미 사이를 서 장관이 모를 거라곤 장담할 수 없었다.

설미가 선희의 동생이라는 사실 또한.

'그렇다면 할아버지는 설미를 만나 무슨 이야기를 했을까?'

태홍의 머릿속이 복잡했다.

"경위님! 팩스 왔어요. 여기 놓고 가겠습니다."

회철이 책상 위에 종이를 내려놓고 자리로 돌아갔다.

팩스로 온 서류는 설미의 핸드폰 통화 내역이었다. 발신자의 이름과 위치까지 상세히 적혀 있었다. 기록의 절반 이상이 자신의 번호인 걸 확인한 태홍은 어쩐지 뿌듯했지만, 한편으론 학창 시절부터 고된 훈련과 재활로 친구가 없었다는 그녀의 고백이 떠올라 안타까웠다.

그는 작게 한숨을 내쉬며 다시 서류를 들여다보았다. 설미의 말대로 정확히 세 번, 발신 번호 표시 제한으로 전화가 왔었다. 위치는 모두 문화시였다.

노트북을 열어 발신자의 인적 사항을 조회해 보니 대전에 사는 80대 노인의 신상 명세가 떴다. 도난당한 핸드폰일 가능성이 농후했다.

그때 핸드폰이 울렸다. 찬희였다.

— 형. 지금 통화 괜찮으세요?

찬희의 목소리가 심상치 않았다. 태홍은 불안한 눈빛으로 물었다.

"무슨 일 있어?"

— 방금 차채경 검사 왔다 갔어요. 형을 좀 도와줘야 할 것 같다고 하던데. 클럽 BB에 대해서도 다 들었어요. 상윤이 형 사고…… 그놈들 짓이라면서요? 그리고 선희 씨가 클럽 BB 마담이라는 것도…….

찬희의 목소리에 분노가 가득했다.

— 형…… 나한테 왜 얘기 안 했어요?

"넌 이 사건에서 빠져."

— 그럴 수 없어요! 저도 같이해요.

태홍은 한숨을 길게 내뱉었다. 채경에게 이 사건에 찬희는 개입시키지 말라고 당부했어야 했는데 그걸 놓치고 말았다.

찬희도 태홍 못지않게 질긴 면이 있었다. 이렇게 클럽 BB에 강한 의지를 보인 이상, 쉽게 포기할 녀석이 아니었다. 태홍은 말릴 수 없다는 것을 알면서도 가볍게 혀를 찼다.

그 소리를 들었는지 찬희는 더 적극적으로 나왔다.

— 상윤이 형이 왜 죽었는지, 그리고 클럽 BB 실체에 대해 선희 씨가 다 알고 있다는 거잖아요. 그럼 선희 씨만 잡으면 되겠네요. 그 여자 실종이 아니라 도주로 봐야 할 것 같은데……. 출소 후에 형을 찾아온댔죠? 혹시 그것도 연기 아니었을까요? 형을 안심시키고 수사망에서 빠져나가려는 연기.

태홍도 의심을 안 해 본 것은 아니었다. 하지만 몇 번을 떠올려 봐도 교도소에서 마지막으로 본, 두려움에 잔뜩 젖은 선희의 눈동자는 분명 연기가 아니었다.

태홍은 머릿속으로 생각을 정리한 후, 차분히 말을 이어 나갔다.

"난 선희가 클럽 BB 핵심 인물이 아니라, 희생양일 수도 있다고 생각해. 2년 전 선희가 연루된 마약 사건부터 다시 조사해 보자. 그 시기에 상윤이 형 사고도 있었고, 선희가 면회 갔던 설미한테 억울하다고 한 걸로 봐선 누명을 쓴 걸지도 몰라. 2년 전에 클럽 BB에 무슨 변화가 있었던 게 분명해. 그 과정에서 선희는 내쳐진 거지."

잠시 동안 정적이 흘렀다.

"왜, 내가 억지 부리는 것 같아?"

뒤늦게 찬희가 대답했다.

— 억지라기보단……. 선희라는 그 여자 너무 믿지 않는 게 좋을 것 같아요. 위험한 여자인 건 확실하니까…….

"그래. 넌 계속 의심해 줘. 그것도 필요하니까. 난 지금부터 내 직감대로 움직일 생각이야."

이번 수사는 정석범 사건과 비교할 수 없을 정도로 위험할지도 모른다. 태홍은 다시 한번 마음을 다졌다.

찬희와 긴 통화를 끝낸 태홍이 고개를 들자, 어느새 권 팀장이 앞에 서 있었다. 통화 내용을 엿들은 모양인지 눈빛이 예사롭지 않았다. 태홍이 한마디 하려는데 권 팀장이 불쑥 말했다.

"서 경위. 오늘의 운세가 말이야."

"됐습니다."

권 팀장의 취미는 바로, 신문을 들고 다니며 팀원들에게 오늘의 별자리 운세를 알려 주는 것이었다. 태홍은 잔뜩 귀찮은 표정으로 권 팀장을 향해 말했다.

"오늘 당직 내일로 바꿔 주십시오."

"뭐? 당일 날 바꿔 달라니, 뻔뻔도 하지. 안 돼! 나도 저녁에 약속 있어. 다른 애들이랑 바꿔."

"약속 없으신 거 압니다. 내일 점심 제가 쏠 테니까 바꿔 주세요."

"점심? 나 고기 먹어도 돼?"

"네."

"한우?"

"네."

"오케이! 거래 완료!"

권 팀장은 한우를 생각하니 콧노래가 절로 나왔다. 그는 중앙 소파에 앉으며 신문을 펼쳤다. 그리고 오늘의 운세에서 태홍의 별자리를 찾아 줄줄 읊었다.

"쌍둥이자리. 갑작스러운 사고나 질병을 조심해야 합니다. 친구나 애인과의 이별이 따르는 시기이며 간혹 동업자와 트러블이 생길 가능성도 높습니다. 진퇴양난! 험난한 산이 당신 앞에……."

읽다 보니 운세가 너무 나빴다. 권 팀장이 슬그머니 고개를 들자, 태홍이 노려보고 있었다. 행여 한우 쏘겠다는 말을 취소할까 싶어 권 팀장은 너스레를 떨었다.

"이게 영 안 맞더라고. 서 경위! 너무 신경 쓰지 마."

권 팀장은 신문을 들고 어슬렁거리며 자리로 돌아갔다. 그 뒷모습을 쏘아보다 태홍은 다시 업무를 시작했다. 집중하려 했지만, 운세 중 한마디가 계속 마음에 걸렸다.

'애인과의 이별이 따르는 시기이며…….'

운세 따위를 믿진 않지만 괜히 불안했다. 태홍은 핸드폰을 꺼내 설미에게 전화를 걸었다.

그러나 퇴근 시간이 지나서도 그녀와 연락이 닿지 않았다.

□　■　□

"애들아! 의자는 여기로 옮겨!"

설미는 의자를 들고 창고로 향했다. 강당 청소를 담당하는 아이들도 제각기 의자를 들고 설미 뒤를 졸졸 따랐다.

강당에 늘어놓았던 의자를 모두 창고로 옮긴 후, 설미는 아이들과 함께 본격적으로 강당 청소에 돌입했다. 생각보다 치울 것이 많아 강연이 끝나고 두 시간이 지났지만, 뒷정리를 하느라 눈코 뜰 새 없이 바빴다.

"선생님! 이거 선생님 핸드폰 맞죠? 창고에 떨어져 있던데요?"

"어머! 승훈아 고마워."

설미는 먼지가 묻은 핸드폰을 옷에 문댄 후 액정을 켰다. 부재중 전화가 30통. 발신인은 모두 태홍이었다.

"무슨 전화를 이렇게 많이 했대?"

설미는 얼른 태홍에게 전화를 걸었다. 통화 연결음이 한 번 울리기도 전에 그가 전화를 받았다.

— 왜 이렇게 전화가 안 돼? 무슨 일 있어?

"미안해요. 강연 끝나고 뒷정리하느라 정신이 없었어요. 태홍 씨야말로 무슨 일 있어요? 무슨 전화를 이렇게 많이 했어요?"

— 저녁 같이 먹자고. 오늘 야자 감독 아니지?

"태홍 씨 오늘 당직 아니에요?"

— 바꿨어. 내일로.

"왜요? 어떡하죠? 난 오늘 태홍 씨 당직이라고 해서 회식 간다고 했는데."

— 무슨 회식?

"학생부 회식이요. 그냥 간단하게 저녁 먹기로 했어요. 행사도 무사히 끝났고 해서."

— 어디서 하는데?

"한강갈비요."

— 그래? 알았어. 맛있게 먹고 와.

태홍의 말투는 태연했지만 목소리엔 힘이 없었다.

"진짜 아무 일 없는 거죠?"

— 어. ……강연자는 만났어?

"강연자? 아! 서남길 장관님이요? 당연히 만났죠. 점심도 같이 먹었어요. 저더러 손주며느리 삼고 싶다고 어찌나 칭찬을 하시던지. 제가 이렇게 대단한 여자예요."

설미는 일부러 으스댔다. 태홍이 어떻게 반응하는지 보고 싶었기 때문이다. 하지만 예상과 달리 태홍은 아무런 반응이 없었다.

'내 애인을 누구 맘대로 손주며느리로 삼느냐며 발끈할 줄 알았는데…….'

설미는 섭섭함보다 걱정이 앞섰다.

정말 무슨 일 있나?

걱정하는 설미의 귀로 가라앉은 태홍의 목소리가 들려왔다.

— 나 오늘 중요하게 할 얘기가 있는데……. 회식 안 가면 안 될까?

"음, 안 갈 순 없어요. 이미 약속을 한 거라. 대신 중간에 일찍 빠져나올게요."

— 그래. 그럼 나올 때 전화해. 데리러 갈게.

"네! 근데 무슨 얘기를 하려고 이렇게 폼을 잡으실까?"

— 만나서 얘기하자.

그렇게 태홍은 전화를 끊었다.

설미는 강당 청소를 끝내고 학생부실에 돌아와서도 계속 태홍이 마음에 걸렸다. 고민하던 설미는 아무래도 회식은 불참하고, 태홍을 만나야겠다는 생각이 들었다.

설미는 가방을 메고 학생부실을 나가려다 걸음을 멈췄다. 뭔가 허전했다. 뭐지?

"맞다. 카메라!"

오늘 행사 때문에 정신이 없어서 까맣게 잊고 있었다. 설미는 얼른 다시 자리로 돌아가 서랍을 열었다. 그런데 그녀의 두 눈이 휘둥그레졌다.

카메라가 없어졌다.

□　■　□

집 앞에 도착한 태홍은 차에서 내리려다 말고 다시 운전대를 잡았다.

'애인과의 이별이 따르는…….'

권 팀장이 재미 삼아 읽어 준 운세가 자꾸만 떠올라 태홍은 고개를 흔들었다.

그까짓 거 누가 믿는다고.

하지만 불안감을 쉽게 떨쳐 낼 수 없었다.

결국 태홍은 설미가 회식을 한다던 '한강갈비'로 향했다. 그는 '한강갈비' 건너편에 차를 주차한 뒤, 차 안에서 설미를 기다리며 생각에 잠겼다.

출소 후에 만나자고 했던 선희가 돌연 모습을 감춘 이유는 무엇일까? 선희를 함정에 빠뜨리려는 세력이 클럽 BB라면, 그들은 어떤 이유에서 그녀를 해치려고 하는 걸까? 클럽 BB가 하려는 일에 방해가 되기 때문일까? 클럽 BB가 하려는 일은 뭘까?

생각은 꼬리에 꼬리를 물고 늘어질 뿐 결론에 도달하지는 못했다.

답답한 마음에 태홍은 차에서 내렸다. 개학 후 첫 회식일 텐데 방해하고 싶지 않아 가만히 기다리려고 했지만, 운세 때문인지 무엇 때문인지 오늘따라 괜스레 불안했다.

길을 건너 '한강갈비' 앞으로 향하던 태홍은 갑자기 걸음을 멈췄다. 음식점 안에서 서 장관이 나오고 있었기 때문이다. 학생부 회식이라더니 서 장관도 함께한 모양이다.

태홍을 보지 못한 듯 서 장관은 그대로 차에 올라탔다. 태홍은 그대로 달려가 차 문을 열고 뒷좌석에 올라탔다. 그러자 서 장관이 놀라 고개를 돌렸다.

"네가 여긴 어떻게?"

"일단 출발하시죠."

태홍의 바람대로 곧 차가 출발했다. 얼마 지나지 않아 한적한 공터가 보이자 태홍이 운전기사에게 차를 세워 달라 했다.

태홍은 서 장관을 향해 비아냥거리듯 말했다.

"원래 이렇게 늘 강연 끝나면 학교 사람들과 식사하세요?"

"넌 이 할애비가 목적 없는 식사 자리를 가질 정도로 한가한 사람으로 보이는 모양이지?"

"⋯⋯."

서 장관이 태연하게 말하자 태홍은 그만 할 말을 잃어버렸다.

"목적? 그래서 뭘 얻으셨는데요?"

"형편없는 애더구나."

"⋯⋯."

"예의 없고, 무지하고, 격 떨어져."

태홍은 실소를 터뜨렸다.

"노망나셨어요?"

"뭐? 이 녀석이!"

태홍의 눈빛이 싸늘하게 굳어졌다.

"제가 사랑하는 여자예요. 말 함부로 하지 마세요."

"뭐? 사랑? 어디 여자가 없어서 범죄자 애비에⋯⋯."

버럭 화를 내던 서 장관이 멈칫했다.

"왜요? 계속하세요. 이미 다 알아보신 것 같은데."

"⋯⋯."

"설미한테 언니 있는 건 아시죠? 선희라고."

"서태홍!"

서 장관이 서슬 퍼런 눈빛으로 소리쳤다.

"너 일부러 그 여자애 만나는 게냐? 나 보라고?"

"제가 그렇게 한가해 보이세요?"

"적당히 하고 끝내라."

"그렇게는 못 하겠는데요? 제가 왜 그렇게 해야 하죠?"

"몰라서 묻는 게야? 그 애 언니. 그래, 그 선희라는 애. 입에 담지도 못할 정도로 아주 추악하고 더러운 년이야."

서 장관의 뻔뻔함에 태홍은 폭발해 버렸다.

"진짜 추악하고 더러운 사람이 누군지 정말 모르세요?"

"……."

"할아버지잖아요. 10년 전 그날 그 애 성추행하고 어떻게 하셨어요? 어디 가서 말하면 죽여 버린다 협박했어요? 그래서 걔가 숨어 버린 거죠? 그때 선희가 그렇게 망가지지만 않았어도……."

'설미가 한 번이라도 덜 울고, 한 번이라도 더 웃고, 언니 일로 남들 앞에서 주눅 들지 않고 당당하게 살 수 있었을 텐데…….'

태홍은 뒷말을 삼킨 채 서 장관을 노려보았다.

"경고하는데요. 한 번만 더 제 일에 간섭하면 저 가만히 안 있습니다."

"가만 안 있으면! 네가 뭘 할 수 있는데? 경찰 나부랭이가."

"내년이죠? 대선."

"이…… 이 녀석이!"

분해서 몸을 부르르 떠는 서 장관에게 태홍은 다시 한번 경고했다.

"제발 조용히 계세요. 경찰 나부랭이 주제에 자꾸만 뭘 하고 싶어지니까요."

□ ■ □

회식이 끝나고 학생부실에 들어선 학생부장은 놀라 뒷걸음질 쳤다. 놓고 간 물건이 있어 잠시 들렀더니, 학생부실은 폭격을 맞은 듯 엉망진창이었다.

"이게 다 뭐야?"

책상 밑에서 박스를 뒤지던 설미가 고개를 빼꼼 내밀었다. 주변에는 온갖 잡동사니들이 널브러져 있었다.

"임 선생! 회식도 안 오고, 도대체 여기서 뭐 하는 거야? 뭐 찾아?"

"카메라가 없어졌어요."

설미는 울상을 지으며 자리에서 일어났다. 혹시 서랍 속이 아니라, 다른 곳에 넣어 뒀나 싶어 학생부실에, 교실은 물론 강당까지 카메라를 찾으러 돌아다녔다. 하지만 그 어디에도 카메라는 없었다.

"강연 때 도둑이 들었나 보네. 그때 보건실에 누워 있던 놈들 찾아서……."

"아니요. 학생이 그런 것 같진 않아요."

"임 선생. 그게 무슨 뜻이야? 사람 참 이상하게 만드네? 누군 제자 의심하고 싶어서 하나?"

"부장님 그게 아니라요."

"됐어. 나 먼저 들어갈 테니까, 뒷정리 깨끗이 하고 퇴근해."

학생부장은 화가 난 얼굴로 나가 버렸다.

홀로 남은 설미는 길게 한숨을 내쉬었다. 카메라는 구형 디지털카메라였다. 절대 학생들이 탐을 낼 만한 물건이 아니었다.

도대체 누가 가져간 거야.

고민이 깊어지던 그때, 태홍에게서 문자가 도착했다.

[갑자기 일이 생겨서 데리러 못 가겠다. 택시 타고 와. 포차에서 기다릴게.]

오늘 중요하게 할 말이 있다던 태홍의 말까지 떠오르자 설미는 머릿속이 더욱 복잡해졌다.

□ ■ □

"이모! 소주잔 하나만 주세요."

설미가 아주머니에게서 잔을 받아 자리에 앉자 태홍이 고개를 들었다.

"미안해요. 많이 늦었죠?"

"어."

태홍을 보자마자 카메라 찾느라 늦었다는 얘기를 하려 했지만, 저기압인 그를 마주하니 차마 말을 꺼낼 수 없었다. 설미는 일단 술을 한 잔 마셔야겠다는 생각으로 잔에 소주를 가득 따랐다.

원샷하고 잔을 내려놓는 순간.

"설미야……."

태홍이 나직하게 그녀의 이름을 불렀다. 설미가 태홍을 쳐다보니, 그의 눈빛이 불안하게 떨리고 있었다.

왜 저러지?

분위기가 심상치 않자 설미가 걱정스럽게 물었다.

"무슨 일 있어요?"

"아니. 별로."

"그러지 말고 말해 봐요. 무슨 일인데? 응?"

"……오늘 강연했던 서남길 장관 말인데, ……그 사람 내 친할아버지야."

"네?"

설미가 화들짝 놀라 되물었다.

"서남길 장관님이 할아버지라고요? 서태홍 씨 할아버지?"

태홍이 고개를 끄덕였다.

"그럼 그 서초동 사시는 분?"

"맞아."

"말도 안 돼! 어떡해!"

설미는 머리를 쥐어뜯었다. 지저분한 책상과 서 장관 앞에서 게걸스럽게 밥을 먹던 자신의 모습이 떠올랐다.

그거 말고 또 실수한 게 뭐가 있었지? 미치겠네.

괴로워하는 그녀를 태홍이 의아한 눈길로 바라보았다.

"왜 그래?"

"그게, 그러니까……. 아, 아무것도 아니에요. 근데 할아버님도 아세요? 우리 둘 사이."

"어. 미안해. 할아버지가 이미 다 알아보고 가신 것 같아."

"세상에……. 완전 속았네. 난 그런 줄도 모르고……."

태홍과 헤어질 일 없다고 호언장담했다.

아, 쪽팔려.

"할아버님께서 저 어떻대요? 혹시…… 마음에 안 드신대요? 별로래요?"

태홍은 잠시 침묵하더니 천천히 입을 열었다.

"그 사람 신경 쓰지 마. 인연 끊은 지 오래됐으니까."

"……."

"앞으로 할아버지 얘긴 다시 안 할 거야. 그러니까 너도 잊어. 두 번 다시 만날 일 없을 테니까."

오래간만에 보는 태홍의 차가운 표정이었다. 설미는 그를 안타깝게 바라보다가 한숨을 짧게 내쉬었다.

"누굴 미워하는 마음. 특히 가족을 미워하는 게 얼마나 힘든 일인지 저도 잘 알아요. 나도 지금껏 그렇게 살았으니까……."

"……."

"할아버님이랑 무슨 일이 있었는지는 모르겠지만, 태홍 씨도 일단 미워하는 마음 내려놓고, 할아버님을 다시 들여다보는 건 어때요?"

할아버지가 제 언니에게 무슨 짓을 했는지도 모른 채 설미는 그를 이해하고 용서하라고 말하고 있었다. 하지만 할아버지를 용서하는 것은 자신의 몫이 아니었다. 그를 용서할 수 있는 것은 오직 설미와 선희뿐이었다.

태홍은 괴로웠다. 그녀에게 모든 걸 털어놓고 싶었지만, 도저히 용기가 나지 않았다.

"아니, 이렇게 예쁜 애인이 옆에 있는데 그 불행한 표정 너무한 거 아니에요? 좀 웃어요!"

설미가 일부러 심통 난 얼굴로 그를 흘겨보자, 태홍은 피식 웃어버렸다. 이런 순간에조차 설미가 예쁘게 보였다.

'그래. 너 때문에 웃는다. 네 덕분에 웃는다.'

태홍은 손을 뻗어 그녀의 뺨을 어루만졌다. 그의 시선은 자연스럽게 그녀의 입술을 향했다. 볼을 쓰다듬던 태홍의 손가락이 그녀의 작고 도톰한 입술에 닿았다. 태홍의 눈빛이 점점 달아오르자 설미가 냉큼 그의 손을 붙잡았다.

"여기 공공장소거든요?"

"내가 뭘."

"내가 누구 덕분에 그쪽 방면으로다가 눈치가 엄청 빨라졌다고요. 태홍 씨가 방금 무슨 생각 했는지 다 알아요."

"무슨 생각 했는데?"

"키스!"

태홍은 상체를 숙여 그녀의 귓가에 속삭였다.

"그 이상이야. 빨리 집으로 가자."

태홍은 먼저 자리에서 일어나 계산을 하고 포장마차를 나갔다. 누가 들었을까 봐 주변을 살피던 설미도 자리에서 벌떡 일어나 태홍을 뒤따라 나갔다.

□　■　□

"너 엄청 피곤해 보여."

주방에서 물을 마시던 태홍이 설미를 보더니 유혹하듯 말했다.

"그냥 자고 가지 그래?"

설미는 졸음이 가득한 눈으로 고개를 절레절레 흔들며, 티셔츠에 팔을 꿰어 넣고 있었다.

"바로 앞에 집 놔두고 그럼 안 되죠. 외박이라뇨. 우리 혜린이가 뭘 보고 배우겠어요."

설미는 옷을 다 입고 자리에서 일어섰다. 그리고 현관으로 향하는데 태홍이 설미의 팔목을 잡았다.

"또 왜요? 그만하고 놔줘요. 빨리 가 봐야 해요."

"그러고 갈 거야?"

태홍은 턱 끝으로 그녀가 입은 티셔츠를 가리켰다.

"셔츠가 왜……. 어머!"

허겁지겁 벗느라 뒤집힌 티셔츠를 그대로 입었나 보다. 지금이라도 알았으니 다행이지, 혜린이 이 꼴을 봤다면……. 큰일 날 뻔했다. 설미는 안도의 한숨을 쉬었다.

곧장 티셔츠를 벗으려던 설미는 태홍과 눈이 마주쳤다. 태홍은 바로 옆에 서서 그녀를 빤히 쳐다보고 있었다. 설미는 태홍을 경계하며 조금 떨어진 곳에 가서 뒤돌아 티셔츠를 벗었다. 그리고 다시 입으려는데……. 태홍이 휙! 티셔츠를 뺏어 갔다.

"뭐예요! 빨리 내놔요."

설미가 가슴을 가리며 소리쳤다.

"쉿. 조용. 밖에 다 들려."

"이게 다 누구 때문인데."

설미가 작게 속삭였다.

"장난 그만 치고, 옷 줘요."

"키스해 주면."

설미는 못 말린다는 얼굴로 태홍의 입술에 쪽! 하고 뽀뽀를 했다.

"됐죠? 빨리 줘요."

"아까 침대에서처럼 해 줘."

투정 부리듯 말하는 태홍이 어쩐지 오늘따라 많이 외롭게 느껴졌다. 설미는 잠시 그를 애잔하게 바라보다 물었다.

"30분만 더 있다 갈까요?"

"어."

태홍은 망설임 없이 대답했다. 그리고 직접 설미에게 티셔츠를 입혀 주며 말했다.

"내가 오늘은 특별히 봐준다."

봐준 게 이 정도라니. 두 번 봐줬다간 아주 큰일 나겠네. 설미는 선심 쓰듯 말하는 태홍을 황당한 얼굴로 쳐다봤다.

"왜 그렇게 봐?"

"그냥 뭐, 배고파서?"

"너 저녁 안 먹었어?"

"네. 오늘 회식 가서 고기 먹으려고 했는데……."

카메라를 찾느라 회식을 못 갔지. 그녀는 뒤늦게 잃어버린 카메라가 떠올랐다. 대체 어딜 간 걸까. 설미는 시무룩한 기색으로 입을 열었다.

"태홍 씨. 저 할 말 있는데요……."

"어. 말해."

"……전에 정석범이 찾던 카메라 기억나요?"

태홍은 고개를 끄덕였다. 태홍의 눈치를 보며 설미가 슬쩍 질문을 던졌다.

"그거 중요한 거예요?"

"카메라 찾았어?"

역시나 알아채는 게 빨랐다. 설미는 죽을상을 하고 고개를 끄덕끄덕했다. 심상치 않은 그녀의 표정을 본 태홍이 다시 물었다.

"설마?"

"네. 잃어버렸어요……."

태홍은 길게 한숨을 내뱉었다.

설미는 오늘 오전에 동료 선생에게 택배를 전달받았고, 그 안에 카메라가 있었던 것을 태홍에게 모두 털어놓았다.

"고아원 원장님이 보낸 거라고?"

"네. 창고 정리하시다가 언니 물건이라서 저한테 보내셨대요. 근데 도대체 어디로 사라진 거지? 제가 내일 학교 가서 다시 잘 찾아볼게요."

"찾을 필요 없어. 어차피 너 못 찾아."

"어째서요?"

"네가 잃어버린 거 아니야. 그 정도로 찾았는데 없으면 누가 훔쳐 간 거야."

"누가요? 정석범? 아닌데……. 정석범은 지금 교도소에 있잖아요. 그럼 누가?"

설미는 영문을 알 수 없었다. 태홍이 단호하게 말하는 것을 보니, 누군가 훔쳐 간 것 같긴 한데, 그게 누군지 알 수 없으니 답답하고 또 께름칙했다.

불안해하는 설미와 달리 태홍은 차라리 잘됐다며 달랬다.

"괜히 니가 가지고 있다가 다치느니, 누가 됐든 가져가 버린 게 오히려 다행이야."

"정석범이 찾던 거라면 이유가 있을 텐데, 누가 훔쳐 갔는지 쫓아가서 찾아야 하는 거 아니에요?"

"그건 내가 알아서 할게. 넌 신경 쓰지 않아도 돼."

"정말 괜찮은 거죠? 난 엄청 혼날 줄 알았는데……."

"당연히 혼나야지. 나한테 왜 바로 말 안 했어?"

"정신이 없었어요. 오늘 강연 준비랑 뒷정리 때문에. 게다가 서 장관님……. 그러니까 태홍 씨 할아버님께서 예정보다 훨씬 일찍 오전에 오시는 바람에 더 정신없었고요."

설미의 말을 가만히 듣던 태홍은 불길한 예감이 들었다. 그의 머릿속엔 자꾸만 할아버지의 얼굴이 떠나지 않았다.

□ ■ □

서 장관이 마당으로 나왔다. 벽돌로 만들어진 소각로에 최 비서가 불을 지피자 서 장관은 손에 들고 있던 카메라를 불구덩이 속에 던져 버렸다.

서 장관의 얼굴이 분노로 일그러졌다. 그의 매서운 눈초리에 최 비서가 죄인처럼 고개를 숙였다.

"죄송합니다. 어르신."

"메모리 카드가 없었다?"

"네. 메모리 카드는 그 여자 손에 있는 게 확실한 것 같습니다."

"계집애 하나한테 놀아나는 꼴이 아주 우습구만."

"면목 없습니다. 다시 한번 시간을 주시면…… 반드시 찾아오겠습니다."

"시간이 얼마 없다고 분명 말했을 텐데?"

"죄송합니다."

"그래서 지금 그 애는 어디 있지?"

"그것도 시간을 조금만 더……."

서 장관이 껄껄 크게 웃었다.

"아들이 로스쿨에 다닌다고? 자네를 닮았으면 큰일은 못하겠군그래."

최 비서의 얼굴이 하얗게 질렸다. 하나밖에 없는 아들의 미래가 달린 일이었다. 그는 무릎까지 꿇고 납작 엎드렸다.

"어르신. 한 번만 더 기회를 주십시오."

"무릎을 꿇을 게 아니라 불구덩이에 뛰어드는 시늉이라도 했어야지."

"……."

"자넨 기회를 놓친 게야. 쯧쯧."

서 장관은 최 비서의 어깨를 꽉 누른 후 돌아섰다. 최 비서는 서 장관이 사라질 때까지 그 자리에 계속 엎드려 있었다.

18화

"임 선생도 물건 아직 못 찾았지?"

학생부장은 오늘도 잔뜩 화가 나 있었다. 어제 서랍 안에 지갑을 넣어 두었는데, 그 지갑 안에 들어 있던 십만 원짜리 수표 한 장이 없어졌다는 것이다. 그는 학생부실에 도둑이 든 게 분명하다며 펄쩍 펄쩍 뛰었다.

"내가 반드시 잡고 만다. 이 도둑놈!"

학생부장은 큰소리치며 복도로 나갔다.

그사이 조례 준비를 마치고 설미가 학생부실을 나서려는데, 학생 부장이 다시 들어왔다. 혜린과 은지를 끌고 말이다.

"이것들아. 똑바로 안 서?"

설미가 놀란 눈으로 아이들을 쳐다봤다.

"얘들아!"

"선생님……."

은지가 울먹였다. 반대로 혜린은 단단히 화가 난 표정이었다. 설미는 학생부장에게 다가갔다.

"부장님. 무슨 일인데 그러세요?"

"임 선생. 얘네 둘 육상부 맞지?"

"네."

"어제 강당에서 강연 안 듣고 이 두 녀석 학교 뒤에서 라면 먹고 있었대. 매점 아주머니가 봤다더라고."

"아, 그런 거라면 제가 주의 주겠습니다. 얘들아 따라와."

"잠깐! 임 선생! 지금 그게 문제가 아니야. 너희 둘! 강연 시간에 학생부실에 들어왔었지?"

"네."

학생부장의 말에 혜린은 그렇다고 당당하게 대답했다.

"선생님 물건에 손댄 주제에 왜 이렇게 당당해?"

혜린은 주먹을 말아 쥐고 학생부장을 노려보았다.

"선생님 물건에 손댄 적 없어요. 설미 쌤 책상 위에 체력 단련실 열쇠 놓고 간 게 전부예요."

"이게 어디서 눈 동그랗게 뜨고 대들어? 임 선생! 도대체 애들 교육을 어떻게 시킨 거야? 육상부 애들 관리 똑바로 안 합니까?"

"왜 설미 쌤한테 화를 내세요? 저희한테 사과하셔야죠! 도둑으로 의심한 거 사과하시라고요!"

"뭐? 이 녀석이!"

"사과하세요!"

혜린이 갑자기 이성을 잃은 듯 크게 소리치자 학생부장이 움찔했다. 옆에 있던 설미가 재빨리 나섰다.

"부장님. 제가 애들 데리고 나가도 되죠?"

학생부장은 손으로 어서 나가라는 제스처를 취했다. 설미는 은지와 혜린의 손을 붙잡고 학교 밖으로 나갔다.

□　■　□

학교 앞에 위치한 공원 벤치에 앉자마자 은지가 울음을 터뜨렸다. 혜린은 아까와 달리 덤덤한 표정으로 하늘을 올려다보고 있었다.

설미는 우는 은지를 달래 주었다. 겨우 울음을 그친 은지는 1교시에 수행 평가가 있다며 먼저 일어나 학교로 들어갔다.

공원엔 혜린과 설미만 남았다. 설미가 먼저 입을 열었다.

"혜린아…… 괜찮아?"

"네. 익숙하니까요."

그 말이 너무 가슴 아팠다.

"아까 부장 선생님 앞에서 소리 지르고 화낸 거 죄송해요. 괜히 저 때문에 선생님 입장만 곤란해졌을까 봐 걱정이에요."

"역시 우리 혜린이. 내 생각 해 주는 건 혜린이밖에 없네. 고마워. 그리고 미안해. 부장님 대신 내가 사과할게."

"선생님은 저 믿어요?"

"당연하지."

설미가 혜린의 머리를 쓰다듬어 주었다.

"근데 넌 수행 평가 준비 안 해도 돼?"

"뭐, 어차피 최하점일 텐데요. 그리고 쌤이랑 상의하고 싶은 문제도 있고……."

설미는 혜린이 무슨 얘기를 꺼낼지 알 것 같았다. 같은 육상부 소속이지만 공부와 운동을 병행하며 대학 진학을 목표로 하고 있는 은지와 달리 혜린은 오로지 육상뿐이었다.

"이번 체전 끝나면 체육고로 전학 가고 싶어요."

예상했던 말이었는데도 설미의 마음이 좋지 않았다. 물론 운동에만 전념할 수 있고, 우수한 코치진들이 있는 체육고등학교로, 지금이라도 전학을 가는 것이 혜린의 미래엔 도움이 될 것이다. 많은 학생 선수들이 그렇게 하고 있으니까.

설미도 그 고민을 하지 않은 것은 아니었으나, 혜린에게 먼저 전학 얘기를 꺼내기는 어려웠다. 대신 그만큼 더 열심히 혜린을 지도했다.

'하지만 왜 하필 지금일까? 정말 전학을 가려 했으면 방학 중에 얘기했을 텐데.'

방학 내내 진로를 고민하는 듯했지만 혜린이 말이 없자 설미는 이곳에 남기로 결정을 내린 줄 알았다. 그런 혜린이 뒤늦게 전학을 선택한 데는 왠지 다른 이유가 있을 것 같다는 생각이 들었다.

설미는 일단 좀 더 고민해 보자고 말한 후 혜린을 들여보냈다. 그러곤 뒤늦게 학생부실로 돌아왔다. 그런데 사무실은 텅 비어 있었다. 선생님들 모두 수업하러 들어갔나 보다.

오전 수업이 없던 설미는 혜린의 전학 문제를 걱정하다 보니 시간이 어떻게 흘렀는지도 모르게 오전 시간이 다 가 버렸다.

설미가 학생부실에서 넋을 놓고 앉아 있는데, 학생부장과 남정우 선생이 들어왔다. 남정우 선생은 메모리 카드를 노트북에 꽂더니 영상을 실행시켰다.

"스톱!"

노트북 화면을 들여다보던 학생부장이 급히 외쳤다.

"여기서부터 보자고. 강연 시작이 딱 이 시점이니까."

소란스러운 두 사람을 설미가 의아하게 바라보자 김윤지 선생이 설명해 주었다.

"어제 남정우 선생 승용차가 학생부실 앞에 주차되어 있었대요. 지금 도둑 잡겠다고 블랙박스 확인 중. 설미 쌤도 같이 봐요. 카메라 잃어버리셨다면서요."

설미는 사라진 카메라가 떠올라 슬그머니 학생부장 뒤에 섰다. 블랙박스 영상은 학생부실 안쪽이 자세히 보이는 건 아니었지만, 드나드는 사람들의 형체는 구분될 정도였다.

세 사람이 한창 집중하는데, 갑자기 영상에 무언가 날아들더니, 다음부터는 먹통이 되어 버렸다.

"어? 이게 뭐야. 왜 이러지?"

암전된 화면을 보며 남정우 선생이 당황했다. 학생부장도 옆에서 탄식했다.

"이게 말이 돼? 주차장 CCTV도 하필 그때만 고장이었다는데. 이거 누가 일부러 고장 낸 거 아니야?"

"에이. 고작 십만 원 훔치겠다고 누가 그런 간 큰 짓을 해요? 그냥 우연의 일치겠죠. 부장님. 지갑에 십만 원 있었던 건 확실해요?"

"당연하지! 분명 어제 아침까지만 해도 있었다니까?"

"그나저나 내 블랙박스는 왜 고장 난 거야."

찝찝한 얼굴로 자리에서 일어난 남정우 선생은 설미와 눈이 마주치자 뭔가 할 말이 있는 듯하더니 결국 무시하고 밖으로 나가 버렸다. 설미도 고개를 돌려 잠시 까만 화면을 유심히 보다가 자리로 돌아갔다. 그리고 태홍에게 전화를 걸기 시작했다.

□　■　□

"애인이랑은 별일 없지?"

고기를 먹던 권 팀장이 불쑥 물었다. 어제 태홍에게 읊어 주었던 운세가 마음에 걸렸던 모양이다.

태홍은 고개를 끄덕였다. 그녀와는 아무 문제가 없었다. 하지만 그녀 주변에 뭔가 문제가 생긴 건 확실했다.

권 팀장과 점심을 먹으러 나오기 전 설미에게서 전화가 왔다. 학교에서 벌어진 일들을 전해 듣자 태홍의 머릿속은 한층 심각해졌다.

누군가 작정하고 근처 CCTV를 고장 냈다? 정말 할아버지가 범인일까?

"서 경위. 1인분 더 시켜도 되지?"

어제 당직을 바꿔 주고 태홍에게 한우를 얻어먹게 된 권 팀장은 신이 났다.

"다음번에도 당직 바꾸고 싶으면 언제든지 말해. 나야 집에 가 봤자 할 일도 없고."

"요즘 심심하세요?"

"사양할게."

"제가 뭐라고 할 줄 알고요?"

"뭐긴. 요즘 서 경위 위험한 짓 하고 다니잖아. 그거 같이하자는 거 아니야? 내가 짬밥이 몇 년인데 그런 눈치도 없을까 봐? 척하면 척이지."

"같이 뭘 하자는 건 아닙니다. 저한테 시간을 좀 많이 달라는 거죠."

"서 경위. 왜 또 그러는 거야? 정석범 잡았잖아. 그걸로 된 거 아니야? 또 뭐 있어? 보니까 서울에서 검사도 왔다 갔다 하고, 혹시 검찰이랑 공조 수사 중이야?"

겉으론 헐렁해 보여도 권 팀장은 만만치 않은 상대였다.

"그거 그만둬. 딱 보니 위험한 것 같은데."

"이미 시작했어요."

"내 주변에 검찰이랑 공조 수사 하다가 인생 망친 놈 여럿 봤어. 20년 전인가? 내가 신참 때 선배 한 명이 검찰이랑 같이 정치인들 비자금 수사하다가 행방불명돼서 아직까지 시신도 못 찾았다니까."

"……."

"서 경위 결혼 안 할 거야? 이제 혼자도 아니잖아. 옆에 있는 사람도 좀 생각해야지."

그래서 더더욱 클럽 BB를 파헤치고 진실을 알아야 한다. 그래야 선희가 무사하고, 선희가 무사해야 설미도 무사하니까.

태홍의 어깨가 오늘따라 더욱 무거웠다.

□ ■ □

"저기, 임 선생."

퇴근하려는 설미를 학생부장이 붙잡았다. 그가 무슨 말을 하려는지 대충 알고 있었다.

5교시가 끝나고 정문 앞 마트 사장님이 학생부실을 방문했다. 학생부장이 어제 담배 사러 왔다가 흘린 거라며 수표 한 장을 가지고. 사장님은 바빠서 이제야 가져온다며 미안해하기까지 했다.

마침 수업 끝나고 학생부실에 들어서다 그 모습을 목격한 설미는 학생부장에게 혜린과 은지에게 직접 사과를 하라고 요청했지만, 학생부장은 아직 입도 뻥긋 못 한 듯했다.

"내가 애들한테 너무 미안해서 그래. 그러니까 임 선생이 나 대신 애들 좀 잘 달래 줘. 내가 이렇게 부탁할게."

"부장님이 직접 하셔야죠. 제가 대신 하는 게 무슨 소용이에요."

"사람이 왜 그렇게 융통성이 없어? 그거 한마디 대신 해 주는 게 그렇게 어려워? 어른이 이렇게 부탁을 하는데."

학생부장은 민망했는지 오히려 큰소리쳤다. 설미는 길게 한숨을 내쉬고 마음속에 담아 두었던 말을 꺼냈다.

"저도 학창 시절에 아이들이랑 비슷한 일을 겪어 본 적이 있어요."

학생부장이 에헴, 헛기침을 했다.

"제 경우엔 다른 애가 훔쳐 간 걸로 밝혀졌지만, 절 도둑으로 의심한 선생님은 끝까지 미안하다고 하지 않으셨어요. 그달에 지역 대회가 있었는데, 사실이 밝혀지기 전이라 출전도 못 했어요. 그런데 저요, 대회 못 나간 것보다 선생님이 끝까지 외면한 게 더 상처였어요."

"임 선생. 무슨 말 하려는 건지 알아. 근데 내가 그거 몰라서 이러는 거 아니야. 제자한테 고개 숙여 사과하는 게 뭐 쉬운 줄 알아?"

"물론 저도 그게 쉽지 않다는 거 알아요. 그 선생님도, 부장님도요. 하지만 제가 어려서 그랬는지는 몰라도, 상처가 꽤 깊었어요. 오래갔고…… 학교도 가기 싫고. 방황도 했어요."

"……."

"어렵겠지만 직접 사과해 주세요. 부탁드릴게요."

설미는 꾸벅 인사를 하고 밖으로 나와 버렸다. 아무리 어린 제자에게 사과하는 일이 쉽지 않더라도, 애들한테 그렇게 큰 상처를 줘놓고 사과를 못 하겠다니. 설미는 이해할 수 없었다.

답답한 마음에 태홍에게 전화를 걸기 위해 핸드폰을 꺼냈다.

'맞다. 오늘 당직이랬지. 지금 한창 바쁠 텐데……. 나중에 하자.'

설미는 서둘러 집으로 가려다가 마음을 바꿔 체육관으로 향했다.

□　■　□

"관장님!"

설미가 화영을 부르며 체육관에 들어섰다. 바닥 청소를 하고 있던 화영은 웃으며 설미를 반겼다.

"어서 와요."

"오래간만에 같이 맥주 한잔하실래요?"

"좋죠!"

설미는 체육관 근처 편의점에서 사 온 맥주와 과자를 테이블 위에 내려놓았다. 두 사람은 맥주 캔을 부딪치며 건배를 했다.

"캬. 시원하다."

설미는 얼른 과자를 하나 집어 화영의 입에 쏘옥 넣어 주었다. 화영은 의미심장하게 웃었다.

"왜 웃으세요?"

"설미 씨는 애교가 참 많아. 우리 태홍이는 좋겠네."

"좋기는요. 태홍 씨는 이런 거 먹여 주는 거 엄청 싫어해요. 자기도 손이 있다며, 너나 많이 먹으라며."

"에이. 여자 친구가 음식 먹여 주는 거 싫어하는 남자가 어디 있어요? 괜히 부끄러우니까 싫은 척하는 거지."

"그런가요? 아무튼 한 열 번 정도는 부탁해야 해요. 제발 먹어 달라고. '아' 하시라고. 첫, 둘이 있을 땐 안 그런데, 사람들 앞에선 조금 야박하게 굴어요."

"둘이 있으면 어떤데요?"

"그, 그건…… 노코멘트할래요!"

"푸하하하."

갑자기 화영이 배꼽까지 잡고 웃자, 설미는 민망해서 맥주를 들이켰다.

"그래도 태홍이 그 녀석, 설미 씨가 열 번 정도 부탁하면 뭐든 다 들어주나 봐요?"

"음…… 웬만한 건 몇 번 말하면 거의 다 해 주긴 하는데, 그래도 아직까진 아닌 건 절대 아니에요."

예를 들면 할아버지…… 설미는 태홍이 왜 그렇게까지 할아버지를 미워하는지 궁금했다.

"관장님. 혹시…… 태홍 씨 할아버지에 대해 아는 거 있으세요?"

화영이 놀란 눈으로 되물었다.

"할아버지? 서 장관님?"

"네! 역시 아시는구나."

"알지…… 유명하시잖아요."

"네. 그러게요. 유명하시더라구요. 어제 강연 때문에 저희 학교 오셨었거든요. 그래서 잠깐 얘기를 나눴는데 인상도 그렇고 말씀하시는 것도 너무 좋으신 분 같았어요."

"……."

굳어진 화영의 표정을 알아차리지 못한 채 설미는 말을 계속했다.

"근데 태홍 씨는 할아버지 얘기만 나오면 무섭게 돌변해요. 그런 모습 처음이에요. 도대체 둘 사이에 무슨 일이 있었길래……."

잠시 고민하던 화영은 맥주를 한 모금 삼킨 후 말했다.

"설미 씨는 모르는 게 좋을 거예요. 태홍이가 말할 때까지 기다려 줘요."

이때의 설미는 화영의 말 속에 담긴 진짜 의미를 알지 못했다.

□　■　□

오늘은 오래간만에 포장마차를 벗어나 서울 근교에서 저녁을 먹기로 했다.

먼저 퇴근한 설미는 경찰서 근처 카페에서 태홍을 기다렸다. 언제쯤 오려나 창밖을 내다보고 있는데 드디어 멀리서 태홍의 모습이 보였다.

그는 전화 통화를 하며 카페에 들어섰다. 중요한 통화인지 태홍은 설미에게 눈인사를 건넨 후 자리에 앉아 계속 통화에 집중했다. 종종 있던 일이라 설미는 대수롭지 않게 여기며 얼음을 와그작 씹어 먹었다.

"차채경 너 바쁜 거 알아."

차채경? 여자 이름이잖아?

설미가 눈을 가늘게 떴다.

"내가 검찰 내부 사정까지 파악하려면 시간이 걸려. 그러니까 너한테 부탁한 거고. 될 수 있으면 빨리 좀 움직여 줘."

검찰? 저번에 봤던 그 여자 검사인가?

상대가 검사라면 중요해도 엄청 중요한 전화일 터였다. 설미는 눈을 지그시 내리깔고 얌전히 음료를 마셨다.

"너 친구 없냐? 왜 맨날 나한테 저녁을 사 달래. 다음에 사 줄게. 오늘은 나 약속 있어."

어라? 이건 업무 얘기가 아니잖아?

설미는 다시 매서운 눈초리로 태홍을 노려보았다. 하지만 그것을 눈치채고도 모르는 척하는 건지, 아예 모르는 건지. 태홍은 통화를 계속했다. 그 후로도 사적인 내용이 쭉 이어지자, 설미는 특단의 조치를 생각해 냈다.

"어머! 선생님! 잘 지내셨어요?"

설미는 핸드폰을 귀에 대고 보란 듯이 선생님을 외쳤다. 예상대로 태홍의 시선이 단번에 설미에게로 향했다.

"야. 일단 끊어. 나 지금 바빠."

태홍은 황급히 채경과의 통화를 종료했다. 이제 전세 역전이다. 태홍은 선생님과 통화 중인 설미를 이글이글하는 눈으로 쳐다봤다. 설미는 그런 태홍의 반응을 즐기며 더 크게 떠들었다.

"선생님도 잘 지내고 계시죠? 만나자고요? 네. 어디서 볼까요?"

만나자는 말에 태홍이 화가 나서 이를 악무는 순간, 갑자기 설미의 핸드폰에서 벨소리가 들리기 시작했다.

"어멋!"

설미는 화들짝 놀라 핸드폰을 떨어뜨렸다. 연기하다 들통난 것이 쪽팔려 그대로 고개를 푹 숙여 버렸다. 태홍은 속아서 분하다는 생각보다 그저 설미가 귀엽기만 했다. 그는 피식 웃으며 핸드폰을 주워 들었다.

그리고 액정을 내려다보는데…….

'망할, 진짜 그 자식이잖아?'

액정에 큼지막하게 뜬 '선생님'이라는 이름에 태홍은 미간을 구기며 그녀에게 핸드폰을 내밀었다. 설미는 슬쩍 태홍의 눈치를 보며 전화를 받았다.

"여보세요."

태홍은 아까보다 한층 저기압이었다.

"네. 선생님. 저야 잘 있죠. 선생님은 잘 지내시죠?"

태홍의 눈엔 '뭐라고 하는지 지켜보겠다'고 쓰여 있었다. 설미는 태홍의 눈빛을 피하며 차윤과 통화를 계속했다. 잠시 후 설미가 전화를 끊자마자 태홍이 물었다.

"뭐래?"

"다음 주에 재활센터 개원한다고, 개원식에 놀러 오라고요."

"갈 거야?"

"가도 돼요?"

"혼자는 안 돼. 나도 같이 가."

"안 바빠요?"

"왜? 바빴으면 좋겠어? 너 혼자 가서 뭐 하려고?"

"뭐 하긴⋯⋯. 그러는 태홍 씨야말로 그 여자 검사랑 반말하던데, 둘이 친한 사이예요?"

"어렸을 적부터 알던 사이야. 부모님들끼리 친구거든."

"세상에! 나한텐 그런 말 왜 안 했어요? 난 그것도 모르고 막 내보내 줬네. 둘이 주말에도 만나고 그랬잖아요."

설미가 입을 내밀고 투덜거렸다.

"업무 외적으로 만난 적은 단 한 번도 없어. 너 만날 시간도 모자란데 내가 걔를 왜 만나?"

태홍이 딱 잘라 말하자 설미는 입을 다물 수밖에 없었다.

'뭐지? 이 단호박은? 완전⋯⋯ 기분 좋잖아.'

웃음이 저절로 나왔다. 자신의 말에 설미가 웃는 것을 본 태홍의 입가에도 미소가 번졌다.

그때 이번엔 태홍의 핸드폰이 울렸다.

또 그 여자 검사인가?

설미가 경계의 눈빛으로 핸드폰을 쳐다봤다.

"찬희거든?"

태홍은 설미에게 놀리듯 말하며 전화를 받았다. 민망해진 설미는 음료를 리필하러 카운터로 향했다. 약간 출출해 머핀도 같이 주문했다.

설미가 음료와 머핀을 들고 자리로 돌아오자, 생각보다 통화를 일찍 끝낸 태홍이 심상치 않은 표정으로 그녀를 바라보고 있었다.

"정말 미안한데⋯⋯."

"가 봐야 해요?"

"어. 오늘 가기로 한 곳은 다음에 가자. 미안해."

"알았으니까 얼른 가 봐요. 급한 일인 것 같은데."

설미의 허락이 떨어지기가 무섭게 태홍이 자리에서 일어났다. 딴

길로 새지 말고 집에 빨리 들어가라는 말을 남긴 채 태홍은 서둘러 카페를 나가 버렸다.

태홍과 오랜만에 데이트다운 데이트를 한다고 한껏 부풀어 있었는데……. 들뜬 마음을 안고 발바닥에 땀이 나도록 달려온 설미였다. 태홍 앞에선 애써 괜찮은 척했지만 서운한 감정이 드는 건 어쩔 수 없었다.

아까는 그렇게 맛있어 보이던 머핀이 퍽퍽해 목이 막혔다. 설미는 벌컥벌컥 음료를 마시며 속상한 마음을 달래려 노력했다.

□ ■ □

검찰청 앞에 도착한 태홍의 차를 보고 채경은 얼른 달려가 조수석에 올라탔다. 그녀의 얼굴엔 화색이 묻어났다.

"약속 있다더니?"

"부탁 하나만 하자."

태홍이 갑자기 검찰청으로 오겠다고 하자, 일말의 기대를 안고 나왔던 채경은 작게 한숨을 내쉬었다. 태홍은 오늘도 역시 일 때문에 자신을 찾은 거였다.

"무슨 부탁?"

"2년 전 선희 마약 사건과 관련된 검찰 내사 기록을 좀 봐야겠어."

"내사 기록은 왜? 그거 별로 중요한 사건도 아닌데 기록이 있을까?"

"있을 거야. 분명."

"담당 조사관이 누구였는지부터 알아봐야 하는데……."

"김주선 조사관이야. 지금 네 밑에 있는."

"그래? 몰랐어……. 어떻게 된 거지? 주선 씨는 나한테 그런 말 없었는데."

2년 전, 클럽 BB에서 일했던 선희와 정석범에 대한 조사를 도운 김주선 조사관은 채경에게 그 사실을 숨긴 것이다. 채경이 정석범과 클럽 BB에 대해 조사하고 있다는 것을 누구보다 잘 알면서도 말이다. 채경은 믿고 있던 조사관의 배신에 꽤 충격이 컸다.

"김주선 조사관 지금 어디 있어?"

"잠깐 외근 나갔어. 곧 들어올 텐데……. 이럴 게 아니라 빨리 가자. 지금 검사실에 아무도 없어. 다들 저녁 먹으러 나갔거든."

채경은 얼른 차에서 내렸다. 태홍도 그 뒤를 따랐다.

검사실에 들어간 두 사람은 김주선 조사관의 서랍 깊숙한 곳에서 외장하드를 하나 발견했다. 암호가 걸려 있었으나, 이런 해킹쯤은 태홍에겐 어렵지 않았다. 능숙하게 프로그램을 돌려 암호를 해독하고 태블릿 PC에 외장하드의 내용을 카피한 태홍은 서둘러 검사실을 나왔다. 뒤따라 나온 채경은 그에게 몸조심할 것을 당부했다.

검사실 사람들과 마주치지 않게 조심하며 주차장으로 향한 태홍은 차에 올라타자마자 태블릿 PC를 열었다. 그리고 2년 전 선희가 연루된 마약 사건 내사 기록을 찾아냈다. 문서를 살펴보던 태홍의 얼굴이 점점 굳어져 갈 때쯤 핸드폰이 울렸다. 찬희였다.

"찾았어?"

— 네. 형 말대로 선희 씨 마약으로 검찰에 구속되기 전에 강남경찰서에 입건된 적이 있더라고요. 근데 그때 담당 형사 말로는 선희 씨가 술집에서 난동을 부려서 입건이 됐는데, 조사를 받는 중에 식은땀을 흘리면서 두통을 호소하더래요. 아무래도 이상해서 약물 검사를 한 모양이에요. 그때 임페타닐이 나온 거죠.

임페타닐은 마약성 진통제였다. 태홍은 가만히 찬희의 말에 귀를 기울였다.

— 그 약, 선희 씨가 예전부터 복용하던 진통제래요. 10년 전에 화재가 나서 그때 화상을 심하게 입은 모양이에요. 경찰서에서 이상 행동을 보였던 것도 통증 때문에 그런 거고. 병원 기록 제출하고 무사히 풀려났대요. 그런데 바로 다음 날 검찰에 구속된 거죠. 아제핀, 이클리딘, 페타민 등을 매매 및 투약한 혐의로. 형은 내사 기록 찾았어요?

"어. 기록을 보니까 검찰도 선희가 화상 때문에 임페타닐 복용하고 있는 사실을 알고 있었던 모양이야."

— 그럼 형 말대로 선희 씨 누명 쓴 게 확실하네요. 정리를 해 보면, 검찰에서 약물 검사를 했는데 아제핀, 이클리딘, 페타민 등이 다 나온 거죠. 근데 그 약물들이 전부 다 전날 경찰 검사 결과에는 없던 약물이었고요. 반면 검찰 약물 검사 기록에는 임페타닐이 안 나왔어요. 이게 결정적인 증거네요. 아마 선희 씨가 병 때문에 감형받을까 봐 그랬겠죠. 선희 씨도 그걸 모르지 않았을 텐데, 왜 항소를 안 했을까요?

"알아도 할 수 있는 게 없었겠지. 변호사도 뒤통수친 거잖아. 피고 측 증거 목록에 아무것도 없었어. 무죄를 입증할 확실한 증거가 있었는데도 일부러 누락시킨 거지."

— 정말 이게 다 클럽 BB의 짓이라는 거예요? 그렇다면 클럽 BB가 검찰 내부에까지 세력이 뻗쳐 있다는 건 확실하네요. 도대체 누굴까요?

"……."

한참 동안이나 태홍이 말이 없자 찬희가 조심스레 물었다.

— 형. 혹시 의심 가는 사람이라도 있어요?

핸들을 잡고 있는 태홍의 손에 힘이 잔뜩 들어갔다.

□　■　□

담배를 사러 편의점에 들른 태홍은 잠시 망설이다 맥주도 같이 계산했다. 그리고 집으로 가려던 걸음을 돌려 근처 공원으로 향했다.

벤치에 앉아 밤하늘을 올려다보며 맥주를 마시는 태홍의 얼굴엔 근심이 가득했다. 핸드폰을 손에 쥐고 고민하던 태홍은 어디론가 전화를 걸었다. 곧 서 장관의 목소리가 들렸다.

— 그렇지 않아도 전화하려던 참이었는데, 잘됐구나.

"……."

태홍은 도저히 입이 떨어지지 않았다.

— 이 녀석아, 전화를 했으면 말을 해야지.

"……."

서 장관의 재촉에도 태홍은 한동안 아무 말도 할 수 없었다. 쉽게 용기가 나지 않았다.

— 서태홍!

서 장관이 다시 재촉하자 그제야 태홍은 입 밖으로 간신히 물음을 내뱉었다.

"클럽 BB라고 들어 보셨어요?"

— …….

이번엔 서 장관이 아무 말도 없었다. 태홍의 표정이 고통스럽게 일그러졌다.

— 무슨 말이 하고 싶은 게야?

"대답하세요. 클럽 BB 아시냐고요."

— 모른다.

단호한 서 장관의 대답에도 태홍의 의심은 풀어지지 않았다. 원하던 대답이었음에도 쉽사리 믿을 수가 없었다.

"선희가 2년 전 마약을 했다는 누명을 쓰고 교도소에 수감됐었어요."

— 그 애가 잘못을 저질러서 교도소에 간 것까지 내가 알아야 하는 게냐?

"네. 아셔야죠. 선희가 그렇게 된 건 할아버지 책임도 있으니까요. 이제 그만 인정하세요."

— 뭘 인정해!

"10년 전 선희 성추행한 거. 파주 아저씨 시켜서 설미까지 납치한 거. 그날 이후 파주 아저씨는 실종 상태던데, 이 모든 걸 어떻게 설명하실 거예요?"

— 난 모른다. 그런 적 없어.

"하……"

태홍은 헛웃음을 지었다.

"없다고요?"

— 그렇대도! 그때 니가 잘못 본 거야. 다 오해라고. 대체 몇 번을 말해야 알아들을 게야!

"……"

— 그러니까 제발 좀 가만히 있어.

태홍은 헛웃음을 터뜨렸다. 서 장관이 전화를 걸려던 용건은 바로 손자의 입단속을 위해서였다. 이제 곧 대선 출마 선언을 해야 할 시기였기 때문이다.

이 순간 태홍은 그만 포기하고 싶었다. 이제껏 그가 괴로웠던 이유는, 할아버지를 포기할 수 없었기 때문이었다.

할아버지의 말처럼 혹시 10년 전 그날 자신이 잘못 본 건 아닐까? 오해를 한 건 아닐까?

수많은 의심과 갈등.

— 나도 앞으로 네 일에 관여 안 할 테니, 너도 대선 때까지 조용히 입 다물고 있어.

목표에 방해가 되는 것들은 모두 가차 없이 치워 버리는 사람. 탐욕 앞에선 손자조차 걸림돌이라고 생각하는 사람.

포기하고 싶다. 여기서 그만.

하지만…….

"그렇게는 못 해요. 진실이 뭔지 끝까지 밝혀낼 거예요."

서 장관은 잠시 말이 없었다. 그러다 곧 평정을 되찾은 목소리로 말했다.

— 방금 니가 한 말 똑똑히 기억해 두거라. 반드시 후회할 날이 올 거니까. 언젠간 이 할애비 앞에서 무릎 꿇고 사정할 날이 올 게야. 부디 그때까지 몸 건강하렴.

전화는 끊어졌다.

태홍은 담배를 한 모금 깊게 들이마셨다. 그래도 마음이 좀처럼 진정되지 않았다. 타들어 가는 담배 끝만 하염없이 바라보다 자리에서 일어났다.

"아저씨!"

공원을 나와 골목으로 향하는데 누군가 그를 불렀다. 태홍이 뒤돌아보니 체육복 차림의 혜린이 서 있었다. 운동을 하고 온 모양인지 땀을 잔뜩 흘리고 있었다.

"운동하는 건 좋은데, 지금 시간이 몇 시냐. 밤엔 위험하다고 했잖아."

"이제 들어가려고 했어요."

"가자."

"혹시 무슨 일 있으세요?"

"왜?"

"사실 아까 공원에서 아저씨 봤는데, 심각해 보여서 알은척 안 했어요."

"그래. 고맙다."

"설미 쌤이랑 싸우셨어요?"

"아니. 왜?"

"지금 아저씨 표정 장난 아니에요. 무서워요."

"니 꼴도 장난 아니야. 덥냐?"

"네. 죽겠어요."

"저기 앉아 있어."

태홍은 편의점 앞 파라솔을 턱 끝으로 가리켰다. 혜린이 자리에 앉는 동안 태홍은 편의점에서 아이스크림을 사 왔다.

"먹어."

"잘 먹겠습니다!"

목이 말랐던 혜린은 태홍이 건넨 아이스크림을 냉큼 받았다. 태홍은 묵묵히 옆자리에 앉아 밤하늘을 올려다봤다.

아이스크림을 먹으며 힐끔힐끔 태홍을 훔쳐보던 혜린은 그만 태홍과 눈이 딱 마주쳤다.

"뭘 봐?"

"아니, 그게……."

"너 무슨 고민 있어?"

"들어 주실 거예요?"

"그거 다 먹고 말해."

혜린은 아이스크림을 한입에 쏙 넣어 버렸다. 그 모습을 보며 태홍은 미간을 찌푸렸다.

"넌 어째 하는 짓이 점점 네 선생 닮아 간다?"

입안에 아이스크림이 잔뜩 들어 있어 뭐라 대꾸는 못 하고 혜린은 그저 태흥을 흘겨봤다. 입에 있던 아이스크림을 겨우 넘긴 후 혜린이 입을 열었다.

"저, 좋아하는 사람 있어요."

"나는 아니지?"

"당연히 아니죠!"

혜린이 발끈하자, 태흥은 피식 웃었다.

"그럼 그게 왜 고민이야? 선생님 애인을 좋아하는 것도 아닌데."

태흥의 농담에도 혜린의 표정은 좀처럼 풀어지지 않았다. 혜린이 무겁게 내려앉은 목소리로 말했다.

"그 애는 모르잖아요. 우리 아빠가 교도소에 있는 거. 그리고 살인범인 것도……. 다른 친구들도 마찬가지예요. 아무도 몰라요. 그래서 저요, 친구들이랑 같이 있으면 뭔가 죄를 짓고 있는 기분이 들어요."

"정혜린……."

"아저씨. 저 어떡해요? 그냥 다 말할까요? 말하면 친구들이 절 이해해 줄까요? 날 좋아하면, 날 진짜 친구라고 생각한다면, 다 이해해 주지 않을까요?"

태흥과 혜린은 조금 다르지만 같은 문제를 고민하고 있었다. 좋아하는 사람에게 솔직해지고 싶은 마음. 하지만 말하면 그 사람이 떠나갈까 봐 두려운 마음.

"아저씨. 저 어떡하면 좋아요?"

"내 생각이 듣고 싶어?"

"네. 아저씬 우리 아빠에 대해 잘 아시니까요. 그리고 솔직하시잖아요."

솔직하다? 그 말이 뼈아프게 들려 태흥은 쓴웃음을 지었다.

"좋아. 솔직하게 말할게."

"네."

"친구들한텐 말하지 마. 니가 그 애들한테 말하는 순간, 학교 전체에 소문이 날 거야."

"그럴 애들 아닌데……."

"아닌 거 알아. 하지만 너희들은 어린 만큼 변수도 많아. 예를 들면, 아무리 믿을 만한 친구라고 해도 아직은 부모님을 의지할 나이야. 집에 가서 말할 확률이 높지. 물론 안 그럴 친구도 있을 거야. 하지만 너와 사이가 틀어지면? 그것도 변수가 돼. 무슨 말인지 알겠어? 다시 설명해 줄까?"

"아니요. 알아요. 알아들었어요. 절대 말하지 말라는 거잖아요. 어떻게든 소문이 날 테니까. 알겠어요. 친구들한테 얘기 안 할게요."

"……"

"그렇게 보지 마세요. 저 화난 거 아니에요. 왜 이렇게 얘기하셨는지 알아요. 제가 상처받을까 봐 그러신 거잖아요."

"알면 됐어."

"근데요…… 제가 진짜 정말 좋아하는 애가 있는데, 그 애한테도 얘기하면 안 돼요? 사실은 걔도 나 좋아한다고 그랬어요. 저도 그 애한테 좋아한다고 말하고 싶은데…… 비밀 때문에 못 하고 있어요. 그 애한테만큼은 솔직해지고 싶은데……."

태홍은 혜린의 마지막 질문에는 대답하지 못했다. 좋아하는 사람에게 평생 숨겨야 할 비밀을 간직한 사람은 대답할 자격이 없으니까.

□　■　□

"강차윤! 아니지, 이제 이사장님이라고 불러야 하나? 준비 다 됐다. 올라가자."

차윤의 친구이자 동업자인 박재혁이 그를 불렀다. 차윤은 옷매무새를 바로 하고 이사장실을 나왔다.

차윤이 개원한 재활센터는 문화시에서 가장 큰 문화병원을 위협할 정도로 규모가 컸다. 사실 시설이나 의료진 면에서는 이미 문화병원을 뛰어넘었다는 것이 업계의 평이었다.

차윤은 로비에서부터 9층 스카이라운지까지 병원을 쭉 둘러보며 지난날들을 되돌아보았다. 그가 미국 연수를 떠났던 가장 큰 이유는 센터 건립을 위해서였다. 표 여사의 감시망을 피해 센터 건립을 준비하기 위한 어쩔 수 없는 선택이었다.

이곳 센터는 정형외과 수술 후 전문 재활 치료가 필요한 환자뿐 아니라, 중추 신경계의 질환이나 손상 및 말초 신경 근육 질환, 각종 뇌 질환, 척수 손상, 근육병, 상하지 절단으로 인한 운동 기능 장애와 합병증이 있는 환자들을 위한 전문 재활 병원이었다.

이는 차윤의 오랜 꿈이었다. 그리고 오늘 마침내 그것을 이뤄 낸 것이다. 그는 이 순간 설미가 제일 먼저 떠올랐다. 10년 전 그날 그녀를 만나지 않았더라면, 그래서 의사로서의 사명감을 되찾지 못했다면, 오늘날의 의사 강차윤은 없었을 것이다.

하지만 요즘 아주 가끔 그런 생각을 한다. 미국 연수를 가지 않았더라면…….

'지금쯤 설미는 그 남자가 아닌 내 옆에 있었을까?'

자신 있게 예스라고는 할 수 없었다. 오늘따라 지난 1년이 정말 기쁘게도, 또 뼈아프게도 느껴졌다.

연회장에 들어선 차윤은 창가에 일렬로 세워진 화환들을 둘러보았다. 공장에서 찍어 낸 것 같은 비슷한 크기와 종류의 화환들을 무심히 바라보던 차윤의 시선이 문 앞에 놓인 특이한 모양새의 화환에 닿았다.

"오. 완전 예쁜데? 이거 분명 여자가 보낸 거다."

재혁이 호들갑을 떨었다.

탐스러운 수국, 연분홍 리시안셔스, 핑크색 장미, 연보라 스타치스 등이 어우러진 3단 오브제 화환이었다. 다른 화환과 달리 정성스럽게 꽃꽂이가 되어 한층 눈에 띄었다.

"누가 보냈는지 한번 볼까?"

차윤과 재혁은 동시에 화환에 걸린 문구를 확인했다. 먼저 문구를 읽은 차윤은 씁쓸한 표정으로 뒤돌아 연회장 안쪽으로 가 버렸다.

그러자 재혁은 의아한 표정으로 고개를 갸웃거리며, 궁서체로 정갈하게 적힌 문구를 다시 한번 자세히 들여다보았다.

「개원을 축하드립니다.
설미 남친」

□　■　□

차 앞에 서 있던 태홍은 설미가 밖으로 나오자마자 인상을 찌푸렸다.

"옷 갈아입고 나와."

"왜요? 이상해요?"

설미의 물음에 태홍은 불만 가득한 얼굴로 그녀를 바라보았다.

"몰라서 물어?"

"설마, 치마 입었다고 이러는 건 아니죠?"

"맞는데?"

"이거 짧은 것도 아니잖아요! 종아리까지 내려오는데……. 그냥 가요. 늦었어요!"

설미가 그대로 차에 타려고 하자 태홍이 막아섰다.

"치마가 너무 몸에 붙잖아."

태홍은 옷이 영 마음에 들지 않았다. 허리에서 골반 라인까지 적나라하게 드러난 타이트스커트는 짧은 치마보다 더 야하게 느껴졌다.

"원래 이런 옷이거든요? 아휴. 저 괴롭힐 거면, 그냥 일하러 가세요."

"괴롭혀?"

"네! 이게 괴롭히는 거지 뭐예요! 나 택시 타고 혼자 갈래요."

설미가 혼자 골목을 내려가기 시작하자 태홍은 재빨리 달려가 그녀를 잡았다. 설미는 여전히 토라진 척 뒤돌았다. 속으로 '이겼다' 쾌재를 부르면서.

하지만 태홍의 표정은 여전히 굳어 있었다. 설미는 이제 정말 화가 나려고 했다.

"도대체 왜 그래요?"

"예뻐서 그래. 나만 보고 싶어서. 그러니까 다른 치마로 갈아입고 와."

설미는 결국 바지로 갈아입고 내려왔다.

"타."

이제야 문을 열어 주며 타란다. 설미는 그가 얄미워 잔뜩 흘겨보곤 차에 올라탔다. 태홍은 설미의 몸에 안전벨트를 매 주며 그녀의 얼굴을 지그시 바라보았다.

쪽.

그러더니 입술에 기습 키스를 했다. 하지만 설미는 아직 토라진 채였다. 태홍이 또 한 번 입을 맞추려는데 설미가 손바닥으로 입술을 가렸다.

"나 화났거든요? 키스로 때울 생각 하지 마요."

설미의 방어에도 태홍의 얼굴이 점점 그녀를 향해 기울어졌다.

"지금 뭐…… 뭐 하는 거예요?"

그의 입술이 그녀의 손등 위에 닿았다. 그는 그대로 손등에 키스를 하기 시작했다.

설미는 온몸에 찌릿찌릿 전류가 흐르는 듯했다. 키스를 하고 있는 태홍의 뇌쇄적인 모습에 발끝에서부터 전율이 느껴졌다.

'이 남자 나랑 키스할 때마다 이런 모습이었던 거야? 아……'

삐친 것도 잊고 그녀는 태홍의 얼굴에 빠져들었다. 그의 입술의 움직임과 혀 놀림이 점점 적나라하게 변해 갔다. 설미는 당장 손을 치워 내고, 입술로 그의 키스를 느끼고 싶은 욕망에 사로잡혔다.

'어떡하지? 뗴? 말아?'

그녀가 한창 고민하고 있는데, 갑자기 태홍이 키스를 멈췄다. 그리고 그녀를 빤히 바라보았다. 설미는 그의 눈빛에 심장이 콩닥거렸다.

"손 치워."

태홍의 낮은 목소리에 설미가 고개를 절레절레 흔들었다. 마지막 자존심이었다. 하지만 태홍도 만만치 않았다.

"밤새 여기서 이러고 있는다? 그럼 나야 좋지. 의사 선생도 안 만나고."

또 졌다. 설미가 못 이기는 척 손을 내림과 동시에 태홍이 그녀의 입술을 덮쳐 버렸다.

□　■　□

표 여사가 엘리베이터에서 내렸다. 재활센터 개원을 반대하던 표 여사도 막상 센터에 와 보니 생각이 바뀌었다.

'역시 내 아들이야.'

업계의 평도 나쁘지 않고, 조만간 각지에서 환자들이 몰려올 것이 뻔했다.

"어머. 이사장님!"

뒤에서 들리는 소리에 표 여사가 고개를 돌렸다. 그녀를 부른 것은 얼마 전 사교 모임에서 지인의 소개로 인사를 나눴던 여자였다. 여자의 남편이 이 지역 국회 의원이었다는 것이 생각난 표 여사가 환하게 웃으며 여자를 반겼다.

"반가워요. 성함이 뭐였더라. 아, 맞다. 이정화 씨. 맞죠?"

"네. 맞아요. 이름까지 다 기억해 주시고, 영광입니다."

"그동안 잘 지내셨어요?"

"네. 덕분에요. 그나저나 좋으시겠어요. 이렇게 훌륭한 아드님을 두시고. 아직 어리긴 하지만, 제 아들은······."

이정화는 바로 우석의 모친이었다. 우석의 모친은 매일같이 사고만 치고 다니는 아들의 얼굴이 떠올라 한숨을 길게 내뱉었다.

표 여사와 우석의 모친은 나란히 연회장에 들어섰다.

"이 화환은 엄청 세련됐네. 예술 작품 같아요."

입구 바로 앞에 놓인 화환에 두 여자의 시선이 모아졌다. 그러다 '설미 남친'이라고 적힌 글자를 보곤 동시에 외쳤다.

"설미?"

"임설미 선생?"

두 사람이 서로를 바라보았다.

"혹시, 설미를 아세요?"

"네. 우리 애 담임 선생 이름이랑 같네요."

"문화고등학교요?"

"네."

이 여자가 설미가 다니는 학교 학부형이라고? 그것도 설미가 담임?

뭔가를 떠올린 표 여사가 의미심장하게 웃었다.

"정화 씨, 저랑 나중에 따로 한번 보시겠어요?"

"어머, 그럼 저야 영광이죠. 언제든지 연락 주세요."

그 말에 표 여사는 웃음으로 화답했다.

"그럼 저는 이만 가 볼게요. 아들이 기다려서."

표 여사는 연회장 중앙에서 사람들과 이야기를 나누고 있는 차윤에게 향했다.

"아들."

표 여사의 등장에 차윤은 당황스러워했다.

"뭘 그렇게 놀라? 내가 못 올 데 왔니?"

"……안 오신다고 하셨잖아요."

"말이 그렇다는 거지. 아들이 이렇게 멋진 센터를 개원했는데 당연히 와야지."

표 여사는 개원을 극구 반대하며 개원식에도 절대 오지 않을 거라 단언했었다. 그래서 설미도 초대했던 건데……. 차윤은 설미와 표 여사가 마주치지 않기를 바랐지만, 이미 늦은 것 같았다. 설미가 태홍과 함께 연회장에 들어서고 있는 것이 보였다.

차윤을 따라 표 여사의 시선도 같이 움직였다. 그들을 본 표 여사는 화들짝 놀랐다.

"저…… 깡패!"

표 여사는 얼른 가방으로 얼굴을 가렸다. 지난번 태홍의 살벌한 눈빛이 떠올랐기 때문이다.

"아들! 엄마는 바빠서 먼저 가마."

차윤이 인사하기도 전에 표 여사는 황급히 도망가 버렸다. 차윤은 의아했지만 표 여사도 설미를 마주하는 게 껄끄러워서 자리를 피한 것이라고 단순하게 생각하고 설미에게로 향했다.

한편, 연회장에 들어서자마자 설미는 푸짐한 뷔페 음식에 정신이 팔렸다.

"저 초코 케이크 맛있겠다. 연어도! 우와."

"살쪄. 연어는 딱 봐도 냉동이네."

설미가 그를 흘겨보았다.

"뭘 봐."

"왜 또 심통이에요? 기분 좋게 와 놓고."

"많이 먹지 말라고. 가는 길에 저녁 먹기로 했잖아. 내가 더 맛있는 거 사 줄게."

"이것도 먹고, 저녁도 먹을 수 있거든요?"

티격태격하는 두 사람에게 가까이 다가온 차윤은 일부러 헛기침을 했다.

"흠흠."

"어? 선생님! 개원 축하드려요. 병원 너무 좋아요. 대박 나실 거예요."

"고마워."

설미가 예쁘게 웃으며 말하자 차윤도 마주 웃으며 그녀를 지그시 바라보았다.

그런 둘의 모습을 옆에서 지켜보던 태홍은 은근슬쩍 오른쪽 손으로 설미의 손을 잡았다. 그것을 본 차윤은 태홍에게 오른쪽 손을 내밀어 악수를 청했다.

"와 줘서 고마워요. 그리고 화환도 잘 받았어요."

차윤이 악수를 청했는데도 태홍은 가만히 있었다.

"빨리 악수해요!"

보다 못한 설미는 자신의 손을 꽉 잡고 있는 태홍의 오른쪽 손을 차윤에게 넘겨 억지로 두 사람을 악수시켰다. 이건 눈치가 없는 게 아니라, 분명 노린 거다. 태홍이 흘겨보니 설미는 모른 척 슬그머니 그의 시선을 피했다.

두 남자는 그렇게 억지로 악수를 하고 곧바로 손을 놓았다.

"설미야, 맛있게 먹고 가. 난 손님들 때문에 먼저 가 볼게."

멀리서 차윤을 찾는 소리가 들려 그는 아쉬운 듯 손님들에게로 향했다.

차윤이 갔는데도 태홍은 계속 그녀를 째려보고 있었다. 더는 모른 척할 수 없어 설미는 화제를 돌리며 말을 걸었다.

"태홍 씨, 화환은 언제 보냈어요? 난 생각도 못 했는데. 나 대신 챙겨 줘서 너무 고마워요!"

설미가 감동받은 얼굴로 생긋 웃자, 태홍은 안 그러려고 해도 스르륵 화가 누그러졌다.

"별거 아니야. 회철이 여자 친구가 꽃집 한다고 해서……."

태홍이 쑥스러워하자 설미가 팔꿈치로 태홍의 옆구리를 쿡 찔렀다.

"회철 씨 핑계 대지 마요. 그나저나 우리 태홍 씨가 보낸 화환이 어디 있나?"

설미는 들뜬 얼굴로 화환들이 있는 곳으로 달려갔다. 다른 사람들과 마찬가지로 설미도 태홍이 보낸 화환에 시선이 단박에 꽂혔다. 그리고 문구를 읽은 설미의 두 눈이 동그래졌다.

"설미 남친?"

마찬가지로 설미 바로 뒤에서 문구를 확인한 태홍은 '아이씨' 욕을 읊조리고 있었다. 설미가 박장대소했다.

"하하하. 아이고 웃겨라. 설미 남친? 이거 문구 태홍 씨가 한 거예요?"

"이 자식이 미쳤나."

태홍이 당장 주머니에서 핸드폰을 꺼내자 설미가 뺏어 버렸다.

"회철 씨한테 전화하게요?"

"어."

"그러지 마요. 꽃도 예쁘고, 문구도 난 마음에 드는데?"

"저거 뜯자."

"왜요! 좋은데."

"좋긴 뭐가 좋냐. 애들 장난 같잖아."

최고로 비싸고 좋은 화환으로 준비해 달랬더니, 병원 개원식이 아닌 예식장에나 있을 법한 꽃 장식을 가져다 놨다. 그것도 마음에 안 드는데 문구까지 저따위로 적어 놓다니. 이름은 쓰지 말라고 신신당부했건만. 저 의사 선생이 이걸 보고 자신을 얼마나 우습게 봤을까.

그 생각을 하니 태홍은 속에서 천불이 났다.

'회철이 이 자식 내일 출근하자마자 박살을 내 줘야겠군.'

태홍은 이를 바득바득 갈았다.

□　■　□

표 여사는 서둘러 연회장을 빠져나와 엘리베이터 앞에 섰다. 엘리베이터가 도착하길 기다리는데 표 여사를 발견한 우석의 모친이 다가왔다.

"이사장님! 벌써 가시려고요?"

"아들 비즈니스에 늙은이는 이쯤에서 빠져 줘야죠."

설미 남친을 피해 도망 나왔다고는 못 하고 표 여사가 둘러댔다.

"근데 정화 씨는 왜 나와 있어요?"

"저희 집 의원님이 아직 도착을 안 해서요."

"내조가 참 힘들죠?"

"제가 좋아서 하는 일인데요 뭘."

그때 엘리베이터가 도착했다. 표 여사가 엘리베이터에 타자 우석의 모친은 고개를 꾸벅 숙여 인사했다. 그 모습을 가만히 보던 표여사가 엘리베이터를 붙잡고 우석의 모친을 향해 말했다.

"정화 씨. 지금 잠깐 시간 되면 저랑 얘기 좀 할까요? 자제분 다니고 있는 문화고와 관련된 얘긴데……."

□　■　□

며칠 후. 바쁘고 정신없는 출근길은 평소와 다름이 없었다.

하지만 학교에 도착해 학생부실에 들어서자마자 설미는 뭔가 이상함을 느꼈다. 어쩐지 학생부실 안의 분위기가 싸했다. 학생부장과 남정우 선생은 설미가 들어오자마자 알은척도 않고 밖으로 나가 버렸다. 어리둥절해진 설미가 김윤지 선생에게 물었다.

"무슨 일 있어요?"

"제가 할 얘기는 아닌 것 같고, 교장실로 가 보세요. 교장 선생님이 찾으셨어요."

김윤지 선생은 난처한 기색으로 얼른 출석부를 챙겨 들고 밖으로 나갔다. 학생부실에 덩그러니 혼자 남은 설미는 영문을 모르겠다는 표정으로 교장실로 향했다.

노크를 하고 교장실에 들어서자, 박 교장이 한숨부터 길게 내쉬었다.

"앉아요."

설미가 소파에 앉자 박 교장도 그녀의 맞은편에 앉았다.

"무슨 일로 절 찾으셨어요?"

"임 선생."

"네."

"언니 있어요?"

순간 설미의 얼굴이 굳어졌다.

"언니 있느냐고요."

"제 가족에 대해선 왜 물으세요?"

설미는 전에 없이 차가운 말투로 대답했다. 그 모습에 박 교장은 내심 당황스러웠지만 애써 태연한 척했다.

"내가 들은 게 있어서 그래요. 행정실 주무관님 말로는 학교에 제출한 임 선생 호적엔 언니가 없다던데, 또 어디선 임 선생 언니분이 버젓이 있고. 심지어 마약 사범이라 하더라고요? 이게 사실입니까?"

교장의 말에 설미의 얼굴이 하얗게 질렸다. 설미는 양손 모두 주먹을 꽉 쥐고 겨우 대답했다.

"……네."

"언니분 지금 교도소에 있어요?"

"얼마 전에 출소했습니다."

"초범이 아니라던데……."

"교장 선생님. 나중에 제가 따로 말씀드릴게요. 지금은 조례 들어가 봐야 해서요."

"가실 필요 없어요. 임 선생 담임 면직 검토 중이에요."

"며, 면직이라뇨?"

설미는 방금 들은 말을 믿을 수 없었다. 언니에 대한 사실이 들통나면 곤란해지겠다는 생각은 했지만, 면직이라니!

"벌써 학부모들 사이에서 소문이 다 났어요. 아마 학생들도 다 알텐데, 지금 교실에 들어갈 수 있겠어요? 일단 부담임 들여보내고, 당분간……."

"죄송하지만 먼저 일어나 보겠습니다."

"임 선생!"

뒤에서 교장이 불렀지만 설미는 그대로 교장실을 박차고 나왔다. 그리고 교실로 향했다. 머릿속은 하애졌고, 발걸음은 무겁기만 했다.

설미는 겨우 걸음을 옮겨 2학년 3반 앞에 도착했다. 팻말을 잠시 올려다보던 설미는 심호흡을 길게 하곤 문을 열었다.

삼삼오오 모여 떠들던 아이들이 일시에 조용해졌다. 설미를 쳐다보는 아이들의 눈빛은 분명 평소 같지 않았다. 자리로 돌아가라는 말도 하지 않았는데, 아이들은 그녀의 눈을 피하며 스스로 자리로 돌아가 앉았다. 그리고 침묵했다.

교실엔 끝나지 않을 것 같은 정적이 흘렀다.

'너희 아빠 깡패라며?'

'우리 엄마가 너랑 같이 다니지 말래.'

'이거 니가 훔쳤지? 그 애비에 그 딸이라더니…….'

수많은 사람이 손가락질하며 점점 가까이 다가오고 있었다.

'안…… 돼! 싫어!'

사람들을 피해 도망가고 싶었다. 하지만 누군가 결박이라도 한 듯 몸이 움직여지지 않았다. 그들은 이미 코앞까지 왔고, 순간 숨이 막혀 질식할 것 같던 그때, 두 눈을 번쩍 떴다.

꿈이었다. 너무나도 생생한 악몽.

시계를 보니 새벽 4시였다. 세 시간 후면 출근 준비를 해야 한다.

그리고…… 학교에 가야 한다.

'가기 싫어…….'

설미는 한숨을 크게 내쉬며 두 눈을 꽉 감아 버렸다.

언니와 관련된 소문이 학교에 퍼진 지도 이틀이 지났다. 설미에게 마약 사범 언니가 있다는 소문은 어느샌가 설미 본인도 선수 시절 마약에 손을 대서 선수 자격을 박탈당했다는 말로 와전되어 퍼졌다.

통증 때문에 가끔 다리를 절거나, 손을 떠는 그녀의 행동을 목격했던 아이들은 아무 생각 없이 부모들에게 말했고, 부모들은 그것이 마약 중독 때문 아니냐며 학교에 문의를 해 왔다.

그렇게 소문은 진실로 둔갑했고, 설미를 단번에 집어삼켰다. 침묵이 흐르는 교실은 악몽보다 더 끔찍한 공간이 되었다. 설미는 자존감이 바닥을 쳤고, 사람들을 피해 도망 다니기 시작했다.

과거에 그랬던 것처럼.

□ ■ □

"쌤! 왜 먼저 가세요? 같이 가요!"

아침밥을 먹다 말고 혜린이 현관까지 달려 나왔다. 어젯밤도 잠을 설친 설미의 눈이 퀭했다. 혜린은 설미를 걱정스레 보며 말했다.

"괜찮으세요?"

"그럼. 쌤은 괜찮아."

혜린도 설미만큼이나 괴롭고 힘든 시간을 보내고 있었다.

자신의 아빠가 살인을 저질러서 교도소에 있다는 사실을 솔직하게 털어놓고 싶었던 가장 친한 친구가 은지였다. 그런 은지가 설미와 관련된 소문을 듣고 무섭다며 육상부를 탈퇴해 버렸기 때문이다.

그토록 따르던 담임에게 한순간에 등을 돌려 버린 2학년 3반 아이들의 모습도 혜린에겐 상처였다. 혜린은 이런 현실이 끔찍하게 싫었다.

설미는 그런 혜린의 마음을 잘 알았다. 그래서 죽을힘을 다해 애써 밝게 웃었다.

"혜린아. 우리 당분간 따로 다니자. 나랑 같이 다니면 너한테도 안 좋을 것 같아."

"상관없어요."

"내가 상관있어. 곧 있으면 전국체전이야. 넌 거기에만 집중해. 선생님 일은 신경 쓰지 말고. 난 정말 괜찮으니까……."

"알았어요. 꼭 우승할게요."

지금으로선 혜린이 할 수 있는 대답은 이거 하나였다.

"당연하지. 넌 할 수 있어. 정혜린 파이팅!"

설미는 평소처럼, 아니 평소보다 더 밝게 웃었지만, 그럼에도 혜린은 마음이 아팠다.

설미가 나가고 혜린은 한숨을 길게 내쉬었다.

"정혜린!"

등교 시간에 맞춰 나온 혜린이 멍한 얼굴로 골목을 내려가고 있는데 누군가 앞을 가로막았다. 고개를 드니 태홍이 서 있었다.

"설미는?"

"먼저 출근하셨어요."

"벌써 갔다고? 왜?"

"그게……."

"무슨 일 있어?"

"……."

"말해."

지난 주말부터 계속 일이 바빠 태홍은 요 며칠 설미를 만나지 못했다. 하지만 아무리 바빠도 점심시간에는 서로 연락하자고 약속했기에 태홍은 밥 먹는 시간까지 쪼개 가며 그녀와 통화를 했다.

그런데 요즘 그녀가 이상했다. 통화 목소리가 어딘지 모르게 다운되어 있는 듯했고, 그렇게 좋아하는 음식 얘기에도 크게 감흥을 보이지 않았다. 지금 혜린의 태도도 그렇고, 설미에게 무슨 일이 있는 게 분명했다.

"가면서 얘기하자. 차에 타. 학교까지 데려다줄게."

태홍은 차로 향했다. 혜린도 그 뒤를 따라 차에 올랐다.

차가 출발하고 혜린은 잠시 망설이다 입을 열었다.

"선생님네 언니가…… 마약을 해서 교도소에 있다고 학교에 소문이 났어요."

태홍의 표정이 단번에 굳어졌다. 설미에게 '언니'는 가장 큰 아킬레스건이었다. 그게 끊어져 버렸으니 지금 설미가 얼마나 힘들지, 태홍은 생각만으로도 가슴이 먹먹했다.

혜린은 학교에서 벌어진 일들을 하나씩 태홍에게 얘기했다. 소문으로 인해 선생님들은 물론 설미가 담임으로 있는 2학년 3반 아이들까지 그녀를 멀리한다고. 심지어 설미가 아끼던 육상부원들마저 떠나가고 있다고.

"아저씨 말이 맞았어요. 저요, 제 비밀 아무한테도 얘기 안 할 거예요. 평생……."

혜린은 울음을 참기 위해 주먹을 꽉 쥐었다.

"우리 아빠가 살인자인 거 친구들이 알면…… 저도 선생님처럼 버려지겠죠? 그게 무서웠어요. 그래서 친구들이 설미 쌤에 대해 안 좋게 말할 때…… 편들지 못했어요. 그런 비난들이 저한테 향할까 봐. 혹시나 우리 아빠가 나쁜 사람인 거 들통날까 봐. 저 너무 비겁하죠?"

"전혁. 넌 비겁하지 않아. 니가 아닌 누구라도 그랬을 거야."

하지만 혜린은 계속 자책했다. 자신을 위해 일부러 아침 일찍 서둘러 출근한 설미를 떠올리자 눈에 눈물이 차올랐다.

"선생님은 그 와중에도 제 걱정을 하셨어요……."

"……."

태홍은 묵묵히 혜린의 말을 들어 주며 운전했다. 그러는 사이 차는 학교 근처에 도착했다.

학교 앞 공원에 차를 세운 태홍은 힘없이 내리는 혜린을 지켜보다 입을 열었다.

"정혜린."

혜린이 뒤를 돌아보았다.

"내 애인 걱정 그만하고 넌 연습이나 열심히 해."

"……."

"니 선생님 하는 짓은 애 같아 보여도 어른이야. 이번 일 잘 해결할 거야."

"……."

"그리고 니 선생 옆에 내가 있는데 무슨 걱정이 그렇게 많아. 아무튼 오늘 말해 줘서 고맙다. 얼른 들어가."

듬직한 태홍의 말에 혜린은 마음이 한결 가벼워졌다.

"네. 다녀오겠습니다."

인사를 하고 학교로 들어가는 혜린의 뒷모습을 지켜보던 태홍은 핸드폰을 꺼냈다.

전화를 걸어 그녀를 위로해 주려던 태홍은 핸드폰을 다시 주머니에 넣었다. 아침부터 그녀를 울리고 싶지 않았다. 눈물이 많은 그녀는 분명 자신의 위로에 울고 말 것이다.

게다가 학교에서 일어난 일들을 자신에게 얘기 안 할 걸 보면 숨기고 싶었던 것 같다. 그런데 괜히 자신이 나섰다가 씩씩하게 잘 견뎌 내고 있을 그녀의 마음을 약하게 만들고 싶지 않았다.

그녀가 먼저 얘기할 때까지 기다려 주자고 마음먹은 태홍은 차에 시동을 걸었다.

그녀는 어른이니, 알아서 잘 해결할 거라고 혜린에게 말은 했지만, 태홍은 설미가 걱정돼서 미칠 것 같았다.

그는 한참 동안 학교 앞을 떠나지 못했다.

□　■　□

"저한텐 언니 없다고 거짓말까지 했다니까요."

"맨날 교칙이니 뭐니 떠들면서 바른 척하더니……."

교직원 식당 앞에 도착한 설미의 귀에 안에서 선생들이 하는 소리가 들려왔다. 설미는 발길을 돌려 교문 앞 슈퍼에서 우유와 피자 빵을 사 들고 공원으로 향했다.

벤치에 앉아 빵을 천천히 다 먹고 우유를 마시고 있는데 핸드폰이 울렸다. 태홍이었다. 설미는 심호흡을 크게 한 번 했다. 그러곤 평소처럼 밝은 톤으로 전화를 받았다.

"여보세요."

— 밥은?

"먹었죠. 오늘 급식 카레였어요."

— 좋았겠네. 너 카레 좋아하잖아.

"그러니까요. 나 카레 좋아하는데……."

설미는 괜히 울컥해서 눈물이 핑 돌았다. 하지만 꾹 참았다.

"태홍 씨는 뭐 먹었어요?"

— 샌드위치. 이제 잠복하러 나가야 해서.

"에이, 왜 빵을 먹었어요? 시간 없더라도 밥 먹으라니까. 게다가 저녁에 당직이라면서요."

— 오늘 아니고 내일이야. 오늘은 너랑 같이 저녁 먹을 거야. 학교 앞으로 데리러 갈게.

"아니에요! 오지 마세요. 제가 집으로 가는 게 더 빨라요."

설미는 필사적으로 만류했다. 그러자 잠시 말이 없던 태홍이 대답했다.

— 알았어. 그럼 집에서 기다릴게.

설미는 오늘따라 왠지 태홍이 고분고분하다는 느낌이 들었다.

"태홍 씨."

— 어. 왜?

"그냥. 그냥 불러 봤어요."

설미는 전화를 끊기 싫었다. 조금이라도 더 그의 목소리를 듣고 싶었다.

그리고 그녀의 바람대로 태홍의 목소리가 들렸다.

— 설미야.

설미는 전화를 귀에 가져다 댔다. 더 가까이. 이런 상황에서도 태홍의 목소리를 들으니 마음이 편안해지고 괜히 웃음이 났다.

하지만 그는 한참 동안 말이 없었다. 설미는 투정 부리듯 말했다.

"사람 불러 놓고 왜 말을 안 해요?"

그는 여전히 대답이 없었다. 무슨 생각을 그렇게 하는 걸까?

"왜요? 태홍 씨도 그냥 한번 불러 봤어요?"

설미가 재차 묻자 태홍이 천천히 대답했다.

— 그냥은 아니고, 너 보고 싶어서…….

"그렇게 말하면 어떡해요."

— 왜?

"너무 좋잖아. 완전 달달해. 내가 아는 서태홍 씨 맞나?"

— 까분다.

"좋아서 그래요. 너무 좋아서. 아무튼…… 고마워요."

'혼자가 아니라는 걸 느끼게 해 줘서.'

설미는 뒷말은 속으로 삼켰다.

— 저녁에 뭐 먹을래? 너 좋아하는 피자 사 줄까?

"아니요. 우리 밥 먹어요. 한식으로!"

태홍은 순순히 그러자고 대답했다.

전화를 끊고, 설미는 남은 우유를 마저 마신 후 자리에서 일어났다.

쿵쿵.

그런데 어디서 담배 냄새가 났다. 담배 연기의 근원지는 분수대였다. 분수대 뒤쪽을 보자 역시나 교복 입은 한 무리의 남학생들이 담배를 나눠 피우고 있었다. 문화고 교복이었다.

'저것들이!'

설미는 달려가 담배를 뺏어 발로 껐다.

"뭐 하는 거예요!"

남학생들이 설미를 노려보았다. 하지만 설미는 전혀 기죽지 않고 소리쳤다.

"너희야말로 학교 앞에서 뭐 하는 짓들이야!"

"아씨. 짜증 나. 재수 없게."

"뭐라고? 너희들 안 되겠구나. 학생부로 가자. 따라와."

"싫은데요? 담배가 마약도 아니고, 왜 못 피우게 해요?"

남학생 중 키가 제일 큰 녀석이 설미를 보며 비웃듯 대꾸했다.

"가서 선생님 가족이나 단속하세요. 우린 적어도 마약은 안 해요."

설미의 얼굴이 하얗게 질렸다.

그사이 점심시간이 끝났음을 알리는 종이 울렸다. 종소리에 남학생들은 서둘러 공원을 빠져나갔다.

공원에 홀로 남겨진 설미는 교문으로 달려 들어가는 남학생들의 뒷모습을 멍하니 바라보았다.

□　■　□

태홍은 기분이 착잡했다.

── 그러니까요. 나 카레 좋아하는데…….

아쉬움 가득한 말투. 아무래도 그녀는 오늘 급식으로 나온 카레를 먹지 못한 듯했다. 먹는 거 그렇게 좋아하는 여자가 밥도 제대로 못 먹다니. 태홍은 한숨이 절로 나왔다.

"서 경위!"

권 팀장이 휴게실에 들어서자마자 태홍을 불렀다.

"다음 주에 시간 좀 되나?"

"아니요."

태홍이 딱 잘라 말했지만, 권 팀장은 물러서지 않고 눈빛을 보냈다. 그는 잔뜩 귀찮은 얼굴로 물었다.

"또 뭡니까."

"우리 경찰서가 문화시에 있는 고등학교랑 MOU를 체결했대."

"본론만 하시죠."

"요새 학교 폭력 집중 단속 기간이잖아. 그거랑 흡연 예방 교육 겸해서 고등학교 한 바퀴 돌아야 하는데……. 서 경위 하면 카리스마잖아. 그 카리스마로 애들 좀 잡아 보는 거 어때? 기선 제압 딱

해 가지고."

"흡연 예방이요? 저 흡연잔데요."

권 팀장이 손바닥으로 이마를 딱 쳤다.

"아, 젠장. 그게 문제네. 우리 팀에서 반드시 한 명은 나가야 하는데. 서장님이 직접 체결하신 MOU라 잘 보여야 한단 말이야. 서 경위, 혹시 금연할 생각 없어?"

"네. 없습니다."

"고민이라도 좀 해 봐."

"전 이만 잠복 나가야 해서, 먼저 가 보겠습니다."

권 팀장의 표정이 똥 씹은 것처럼 굳어졌다.

무시하는 것으로 확실하게 거절 의사를 내비친 태홍은 바로 사무실로 가서 수갑과 지갑을 챙겨 들고 밖으로 나왔다. 그리고 차를 향해 걸어가며 핸드폰으로 무언가를 검색하기 시작했다.

오늘 태홍의 파트너인 회철이 곧바로 뒤따라왔다.

"경위님. 제가 운전할까요? 근데 뭘 그렇게 보세요? 혹시 범인 관련 단서라도 찾으신 겁니까? 역시, 서 경위님! 대단하십니다. 오늘 잠복 수사도 이미 성공이네요."

진지한 얼굴로 핸드폰을 들여다보고 있는 태홍을 존경의 눈빛으로 바라보던 회철은 신이 나서 차로 달려갔다.

범인 잡을 생각으로 신이 난 회철과 달리 태홍의 표정은 한없이 무겁기만 했다.

그가 보고 있는 것은 '맛있는 카레 레시피'였다.

□　■　□

퇴근 시간을 훌쩍 넘겨 어느새 저녁 8시가 되었다. 그런데 아직도 설미는 집으로 돌아오지 않았다.

올 때가 지났는데…… 왜 안 오지?

태홍은 창가에 서서 초조한 기색으로 아래를 내려다보았다. 그러다 멀리서 걸어오는 혜린을 발견하곤 서둘러 1층으로 내려갔다.

"정혜린. 설미는?"

"쌤 아직 안 오셨어요? 체육관 가셨나?"

화영에게 이미 체육관에 설미가 없는 것을 확인한 태홍은 혜린이 걱정할까 싶어 에둘러 말했다.

"그러네. 체육관 갔나 보다. 근데 너 저녁은 먹었어?"

"네. 먹고 왔어요."

"그래. 그럼 들어가서 쉬어."

혜린이 들어가는 것을 확인한 후 태홍은 설미에게 전화를 걸었다. 하지만 전화도 받지 않았다. 태홍은 기다리다 못해 골목을 내려가 버스 정류장으로 향했다.

얼마나 기다렸을까. 마침내 버스에서 설미가 내렸다. 그녀는 축 처진 어깨를 하고 있었다.

"임설미!"

태홍이 부르자, 설미가 고개를 들었다. 잠깐 놀란 기색이 스치더니 그를 보며 웃었다.

"전화 왜 안 받아?"

"네? 아…… 전화했었어요? 몰랐어요."

설미는 가방에서 핸드폰을 꺼냈다. 통화 목록을 확인하더니 잔뜩 미안한 얼굴로 태홍을 바라보았다.

"전화 많이 했네? 미안해요."

"그것보다 진짜 나한테 미안한 게 있을 텐데?"

"네?"

"너 왜 이렇게 말랐어? 진짜 죽을래?"

불과 며칠 사이 핼쑥해진 볼과 뾰족해진 턱. 마음고생이 무척이나 심했던 모양이다.

'어떻게 사람을 이 지경으로 만들어. 내 이놈의 학교를 당장!'

태홍은 화가 났지만 설미 앞이라 꾹 참았다. 설미는 그런 태홍의 굳은 표정을 힐끔 보더니 일부러 너스레를 떨었다.

"어머, 저 살 빠졌어요? 요즘 다이어트하는데 효과가 나타나는 모양이네."

배시시 웃는 그녀를 바라보다 태홍은 한숨을 길게 내뱉었다. 그러곤 그녀의 손목을 잡아끌고 골목을 올라갔다.

태홍은 설미를 자신의 집으로 데리고 들어가 식탁 앞에 앉혔다. 식탁 위엔 막 지은 따뜻한 밥과 계란찜, 콩나물무침, 미소장국까지 정갈하게 차려져 있었다.

설미의 눈이 동그래졌다.

"이게 다 뭐예요? 직접 만든 거예요?"

"어."

"배달시킨 거 아니고?"

"먹기 싫지?"

태홍은 괜히 쑥스러워 툴툴거렸다.

"아, 아니요! 잘 먹겠습니다."

설미가 웃는 것을 본 그가 뚝배기 그릇 하나를 들고 왔다.

"이건 또 뭐예요?"

설미는 궁금증을 참지 못하고 뚜껑을 열었다. 카레였다.

태홍이 이마를 긁적이며 변명하듯 말했다.

"조금 탔어."

"……."

"아니다, 안 되겠다. 그건 그냥 먹지 마. 다음에 다시 해 줄게."

태홍이 그릇을 뺏으려고 하자 설미가 그의 손을 막았다.

"먹을래요!"

설미는 카레를 한 숟갈 떠서 입에 가져갔다. 그러곤 고개를 숙인 채 꾸역꾸역 밥을 먹었다. 곧 테이블 위로 굵은 눈물방울이 뚝뚝 떨어졌다. 그녀의 어깨도 조금씩 들썩이기 시작했다.

꾹 눌러 왔던 설움이 터져 버렸다.

사랑하는 사람이 차려 준 따뜻한 밥상 앞에서.

설미는 겨우 마음을 추스르고 고개를 들었다.

하지만 아무 말 없이 따뜻하게 안아 주는 태홍의 품에서 또 한 번 울컥하고 말았다. 태홍의 옷이 촉촉이 젖을 정도로, 설미는 그에게 안겨 설움을 토해 냈다.

한참 동안 설미를 품에 안고 있던 태홍이 그녀의 귓가에 속삭였다.

"다 울었어?"

설미가 고개를 끄덕이며 태홍의 품에서 벗어났다.

"미안해요."

"뭐가?"

"갑자기 울어서……."

설미의 시선이 카레가 담긴 그릇에 닿았다.

"혹시…… 다 알고 있었어요?"

"아니, 아무것도 모르는데? 니가 얘기를 안 해 줘서 말이야."

태홍의 농담 섞인 말에 설미가 복잡한 눈빛으로 그를 쳐다봤다.

"미안해요. 태홍 씨한테 자꾸 기대고 싶고, 어리광 부릴까 봐 말 못 했어요."

"그러라고 연애하는 건데."

"네?"

"나한테 기대고, 어리광 부리라고. 나한텐 그래도 돼."

"아……."

태홍은 그녀의 머리를 다정하게 쓰다듬어 주었다.

"혜린이한테 다 들었어."

"……."

"선희 얘기 학교에 소문났다며. 얼굴을 보니 안 괜찮은 것 같고. 오늘 급식으로 그 좋아하는 카레가 나왔는데도 안 먹었지? 혹시 사람들 피하는 거야?"

그에게 정곡을 찔렸다.

"피하긴요, 무슨. 그런 거 아니거든요? 그냥 급식이 지겨워서……."

"근데 내 카레 먹다가는 왜 울었어?"

"그, 그게 맛……있어서……. 그래! 맛있어서 울었어요."

설미는 억지로 잡아뗐다. 태홍은 마음껏 기대라고 했지만 쉽게 그럴 수가 없었다.

'넌 선수보다 교사가 더 어울려.'

'내 생각보다 훨씬 더 멋있는 선생이었어.'

그에게 훌륭하고 멋진 모습만 보여 주고 싶었다. 지금처럼 교실이 무서워서 도망가고, 제자들의 시선이 두려워서 숨고, 동료 선생님들의 소문에 상처받아 울고만 있는 모습은 자신이 생각해도 최악이었다.

이런 모습, 그에게만큼은 절대 보이고 싶지 않았다.

□ ■ □

권 팀장을 비롯한 팀원들이 테이블에 모여 심각하게 얘기를 나누고 있었다.

"그러니까 지원자가 아무도 없다 이거지? 그럼 공평하게 사다리타기로 한다."

권 팀장의 의견에 팀원들이 동의했지만, 그들이 무엇을 하든 관심이 없는 태홍은 홀로 자리에 앉아 일을 하고 있었다.

그런 태홍을 흘끔 보더니 회철이 권 팀장을 향해 슬그머니 물었다.

"서 경위님은요?"

"그냥 우리끼리 하자고. 서 경위 여기서 하는 것처럼 학교에서 했다간 우리 문화서 망신만 시키고 올······."

"다 들립니다."

"들으라고 한 소리야. 어차피 서 경위 안 간다며."

권 팀장이 구시렁거리자, 태홍이 회철을 향해 말했다.

"나도 넣어."

"넵! 그럼 여기! 서 경위님 몫까지 넣고, 사다리 긋겠습니다."

회철은 재빨리 사다리를 완성했다.

"나는 3번!"

"1번 내 거!"

회철이 사다리 긋는 것을 뚫어져라 보던 팀원들이 앞다투어 번호를 가로챘다. 그렇게 남은 숫자 7번을 가지게 된 태홍은 어쩐지 불길한 예감이 들었다.

그리고 그 예감은 적중했다.

"서 경위님 축하드립니다!"

"서 경위! 오늘부터 금연해야 하는 거 알지?"

권 팀장은 뭐가 그리 재미있는지 깔깔거리며 웃었다.

"야, 압수해라."

권 팀장의 명령을 받은 팀원들은 빠르게 달려가 태홍의 자리에 있는 담배와 라이터를 가져갔다.

□ ■ □

설미는 오늘도 크게 한 번 심호흡을 한 뒤에야 교실 문을 열었다. 문이 열리기가 무섭게 아이들이 후다닥 자리로 돌아가 앉았다.

어김없이 정적이 흘렀다.

설미는 순간 눈앞이 하얘지더니 온몸에 식은땀이 났다. 얼른 뒤돌아 칠판을 잡고 정신을 차리려 애썼다. 시야가 돌아오자 작게 심호흡을 하며 칠판에 조례 내용을 적어 내려갔다.

그렇게 결국 오늘도 한마디 말도 못 하고 도망치듯 교실을 빠져나왔다.

설미는 화장실로 달려가 찬물로 세수를 했다. 그리고 자책했다.

'왜 이러지? 무슨 말을 꺼내야 할지 모르겠어.'

교탁 앞에만 서면 그냥 머릿속이 하얘져 버린다. 어젯밤에 수십 수백 번도 더 넘게 읊조리며 준비했던 말들도 모두 기억이 나지 않는다.

어쨌든 언니가 마약 사범으로 교도소에 수감되었던 건 사실인데, 그 사실만 감춘 채 와전된 소문들을 바로잡을 수는 없었다. 얘기하려면 숨기는 거 없이 전부 다 꺼내야 한다. 설미는 그게 쉽지 않다.

"임 선생!"

학생부실로 돌아온 설미를 학생부장이 불렀다. 설미가 학생부장 책상 앞으로 다가갔다.

"교장실로 가 봐."

"지금이요? 무슨 일이신데요?"

"가 보면 알 것을. 임 선생은 꼭 내 말에 토를 달더라? 내가 우습나? 지난번 지갑 사건도 그렇고, 이번에 언니 일까지. 임 선생 다시 봤어."

학생부장은 저번에 은지와 혜린에게 사과하라고 했던 설미의 행동을 아직까지도 마음에 담아 둔 듯했다. 이때다 싶어 그녀를 깔아뭉개는 게 뻔히 보였다.

설미는 이를 악물고 꾹 참았다. 그리고 그냥 나가려는데 학생부장이 한마디 덧붙였다.

"하긴 윗물이 맑아야 아랫물도 맑지. 언니가 그러고 막살았으니 뭘 배웠겠어."

설미는 더 이상 참지 못하고 학생부장을 향해 소리쳤다.

"부장님! 지금 상황에서 언니 얘기는 왜 꺼내세요? 아무 상관도 없는 언니를 왜!"

설미의 입술이 부르르 떨렸다.

"어디서 큰소리야, 지금!"

분위기가 점점 더 험악해지자 옆에서 지켜보던 남정우 선생이 학생부장을 말렸다. 설미는 학생부장을 노려보다 학생부실 밖으로 나왔다.

모두가 그녀를 함부로 대했다. 그 사실을 설미도 느끼고 있었다. 그래서 자꾸만 눈물이 났다.

설미는 지금 이 순간 태홍이 너무도 그리웠다. 자신이 범죄자의 딸이라고 털어놓았을 때도, 언니가 교도소에 있다고 고백했을 때도 그는 한결같이 자신을 사랑해 주었다.

누구의 딸인 것이, 누구의 동생인 것이 잘못은 아니지 않느냐며 위로해 줬다. 한 인간으로서, 그리고 한 여자로서 가치 있고 소중한 존재라는 것을 매일매일 느끼게 해 줬다.

태홍을 떠올리며 설미는 온 힘을 다해 마음을 다잡았다.

'안 돼. 기운 차리자!'

그녀는 눈물을 손등으로 벅벅 닦곤 교장실로 향했다.

똑똑.

노크를 하자 들어오라는 박 교장의 목소리가 들렸다. 교장실 문을 열고 들어서려던 설미의 두 눈이 순간 휘둥그레졌다. 박 교장과 마주 앉아 있는 남자 때문이었다.

그 남자는, 다름 아닌, 태홍이었다.

설미를 본 태홍이 자리에서 일어나자 박 교장이 그를 소개했다.

"임 선생. 인사해요. 문화경찰서 서태홍 경위님. 두 분 아는 사이라면서요? 같은 동네 사신다고."

"네? 네······."

"서 경위님께서 오늘부터 일주일 동안 학교 폭력 상담 및 흡연 예방 교육을 맡아 주실 겁니다."

설미는 박 교장의 말이 들리지 않았다. 그저 넋이 나간 얼굴로 태홍을 바라보았다.

그는 '경찰 정복'을 입고 있었다.

늘어진 곳 하나 없는 늘씬하고 탄탄한 몸매. 그것을 감싸고 있는, 몸에 딱 맞게 핏된 정갈한 남색 정복은······ 그야말로 진리였다.

게다가 말끔하게 앞머리를 올린 헤어스타일은 또 어떤가. 평소 가려져 있던 반듯한 이마와 가지런한 눈썹이 살아나며 태홍의 화려한 이목구비가 더욱 돋보였다. 설미는 지금 눈앞에 있는 남자가 제 남자가 맞는지 헷갈렸다.

사실 그동안 몰래 상상해 보곤 했었다. '태홍 씨의 정복 차림은 어떨까?' 하고 말이다.

그런데 드디어 오늘, 그 실사를 제 눈으로 목격한 것이다. 그리고 그 모습은…… 상상을 초월했다.

"임 선생! 뭐 하고 있는 겁니까. 인사 안 해요?"

멍하니 서 있는 설미에게 박 교장의 불호령이 떨어졌다.

"네? 네. 아…… 안녕하세요."

설미가 뒤늦게 태홍을 향해 꾸벅 인사했다.

박 교장에게 혼나 주눅 든 설미의 모습이 안타까웠지만, 태홍은 내색할 수 없었다. 대신 기운을 내라는 뜻에서 설미를 향해 가볍게 웃어 주었다. 설미도 태홍을 향해 작게 웃어 보였다.

박 교장은 설미에게 태홍을 상담실로 모셔다 주라고 지시했다. 두 사람은 교장에게 함께 인사를 하고 밖으로 나왔다.

"어떻게 된 거예요?"

교장실에서 어느 정도 멀어지자 설미가 물었다. 태홍은 대답 대신 설미의 얼굴을 지그시 바라보았다.

"울었어?"

"아, 아니요!"

설미가 강하게 부정했지만 태홍은 의심의 눈빛을 거두지 않았다. 설미는 순간 떠오른 변명을 늘어놓았다.

"안구 건조증이……."

태홍은 '바른대로 말 안 할래?' 그런 눈빛으로 설미를 쳐다봤다. 역시 변명이 통하지 않자 설미는 길게 한숨을 내쉬었다.

"나 없는 데서 울고 다니면, 너 진짜 죽는다."

"아이고 무서워라."

설미가 너스레를 부리며 태홍의 정복 차림을 훑어보았다.

"나도 처음 보는 정복을……."

다른 여선생들에게도 보여 줘야 한다니. 혼자 보기에도 아까운데.

설미는 태홍을 보고 자신처럼 넋이 나갈 여선생들을 상상하니 벌써부터 속이 뒤집혔다.

'나만 보고 싶은데…….'

설미의 시선이 그에게서 떨어지질 않자 태홍이 놀리듯 말했다.

"이런 거 좋아해? 밤에 한번 입어 줘? 당장 오늘 밤…… 으읍!"

"쉿! 여기 학교라구요!"

설미가 태홍의 입을 틀어막았다.

"조용할 거죠?"

태홍이 고개를 끄덕이자, 그제야 설미가 손을 치웠다.

"근데 태홍 씨, 담배를 그렇게 많이 피우면서 무슨 흡연 예방 교육을 한다고……."

"나 금연했어."

"언제요? 어? 그러고 보니 요새……. 아하! 이거 때문에 금연한 거였어요?"

"어. 나한테 관심 좀 갖지 그래?"

"미안해요. 앞으로도 쭉 금연할 거죠?"

"너 하는 거 봐서. 오늘 밤에……."

설미가 흘겨보자 태홍은 입을 꾹 다물었다. 그러곤 그녀를 지나쳐 먼저 상담실로 향했다.

서둘러 그를 뒤따라간 설미는 상담 선생에게 태홍을 소개했다. 아니나 다를까, 설미의 예상대로 상담 선생의 눈에 즉시 하트가 새겨졌다. 이 남자를 여선생에게 넘기고 가야 하다니. 그것도 이 좁은 상담실에 단둘이.

설미는 떨어지지 않는 발걸음을 억지로 옮겨 학생부실로 향했다.

태홍을 본 것은 좋았지만 괴롭기도 했다. 이제 그에게 감추려야 감출 수도 없었다. 자신이 학생들을 피해 도망 다니는 한심한 모습을 말이다.

그는 '넌 교사가 천직이야.' 칭찬까지 했는데, 설미는 요즘 '내가 교사가 된 것이 잘한 일일까?' 의문이 들었다. 학부모들의 말대로 자신의 성장 과정이 아이들에게 나쁜 영향을 끼친다면, 그로 인해 아이들이 선생인 자신을 믿지 못한다면…… 교사로서 자격이 없는 것은 아닐까?

그런 생각에 자신감이 한없이 떨어진 상태였다. 이런 제 모습을 태홍이 볼 생각을 하니 설미는 두렵기까지 했다.

□　■　□

체육 시간.

설미는 스탠드에 앉아 농구 수행 평가 준비를 하는 아이들을 바라보고만 있었다. 평소 같았으면 적극적으로 아이들에게 다가가 시범을 보이며 지도했을 테지만, 아이들이 자신을 바라보는 싸늘한 눈초리에 선뜻 용기가 나지 않았다.

그런 스스로가 답답해서 설미는 땅이 꺼져라 한숨을 쉬며 하늘을 올려다보았다. 그러다 본관 3층에 위치한 상담실에서 창밖을 내다보고 있던 태홍과 눈이 딱 마주쳤다.

"헉. 어떡해."

헉 소리가 절로 나왔다. 언제부터 저기 있었던 거지?

설미는 민낯을 들킨 것처럼 심장이 덜컹 내려앉았다. 자신도 모르게 스탠드에서 내려와 농구공을 집어 들었다.

"얘들아!"

요 며칠 스탠드 구석에 앉아만 있던 선생이 갑자기 우렁찬 목소리로 부르자 학생들이 의아하게 바라보았다. 설미는 자세를 잡고 양손 드리블 시범을 보이기 시작했다.

"공은 손가락 끝에서 나가는 거야. 이렇게."

그녀는 양손으로 공을 튕기며 한 발 한 발 걸어 나갔다.

"이때 공은 손바닥에 닿으면 안 돼. 공을 친다고 생각하지 말고 손목과 팔을 이용해서 밀어야 해. 공에만 시선을 두지 않고 주위를 살피며 드리블하는 것이 중요…… 으악!"

철퍼덕.

열정적으로 드리블을 하며 골대로 향하던 설미는 그만 스텝이 꼬여 넘어지고 말았다. 태홍을 의식하느라, 설명하느라, 아이들의 반응을 살피느라 집중하지 못한 탓이었다.

"으윽……."

하필 무릎을 바닥에 찧는 바람에 더 괴로웠다.

설미가 고개를 숙이며 신음하는데 누군가 그녀를 번쩍 안아 들었다. 설미는 놀라 고개를 들었다.

"우석아……."

찡그린 얼굴로 설미를 안은 우석은 재빨리 건물 안으로 들어갔다. 그런데 보건실로 향하던 중 계단을 뛰어 내려오던 태홍과 딱 마주쳤다. 설미가 넘어진 것을 보자마자 달려온 것이었다.

태홍은 설미를 걱정스럽게 바라보았다.

"괜찮아?"

설미가 고개를 끄덕였다.

"경찰 아저씨. 비켜요."

우석은 태흥을 밀치고 그대로 지나갔다.

"저 자식이."

태흥은 곧바로 우석을 쫓아가려 했다.

"서 경위님! 지금 바로 3학년 교실로 들어가야 해요! 늦었어요."

하지만 상담 선생이 달려와 태흥을 잡았다.

태흥은 하는 수 없이 상담 선생을 따라 3학년 교실로 향했다. 그의 마음이 굉장히 불편했다.

□ ■ □

보건 선생이 잠시 자리를 비운 듯 보건실엔 아무도 없었다. 우석은 침대에 설미를 내려놓았다.

"우석아 고마워……. 무거웠지? 미안."

"많이 아프세요?"

무릎 통증 때문에 식은땀 흘리는 설미를 우석은 걱정스레 쳐다봤다. 그러자 설미가 손사래를 쳤다.

"난 괜찮으니까 이만 나가 봐."

"지금 엄청 아픈 얼굴이거든요? 있어 봐요."

우석은 주변을 둘러보다 테이블 위에 놓여 있는 뿌리는 파스를 발견했다.

"바지 걷어 보세요."

"어?"

"그냥 위에 뿌릴까요?"

설미가 고개를 끄덕이자 우석은 설미의 바지 위에 파스를 뿌렸다. 그런다고 나아질 통증은 아니었지만, 설미는 우석의 마음이 고마워서 애써 웃었다.

"이제 다 나은 것 같아. 고맙다."

"쌤. 요새 이상한 거 알아요?"

"어?"

"쌤답지 않다고요. 왜 피해 다니세요? 차라리 사람들한테 화를 내세요. 다 오해라고."

잠시 망설이던 설미는 진지한 목소리로 말했다.

"다 오해인 것만은 아니니까. 우리 언니…… 교도소에 있었던 건 맞거든."

"쌤이 마약을 한 건 아니잖아요. 쌤 가족이 교도소에 갔다고 쌤까지 잘못한 건 아니잖아요."

설미의 말을 우석이 퉁명스럽게 받아쳤다. 다른 사람도 아니고 우석이 자신의 편을 들어 줄 줄이야. 생각지도 못한 위로에 설미는 울컥했다.

"그렇게 말해 줘서 고마워."

"담임 바뀐다던데, 쌤이 그러겠다고 했어요?"

"아니. 너희들이 원한다고……."

"부모님들이겠죠. 저흰 원한 적 없어요."

"아……."

"담임 바뀌면 저 돈 안 갚아요."

무슨 돈? 설미는 잠시 생각하다 소리쳤다.

"맞다! 오토바이! 오백만 원……."

"돈 받고 싶으시면, 뭐든 하세요. 어른들 맘대로 담임 바뀌는 꼴은 못 보겠으니까."

"그게……."

"갈게요."

설미의 말은 끝까지 듣지도 않고 우석은 보건실을 나가 버렸다.

길게 한숨을 내뱉으며 설미는 생각에 잠겼다.

□ ■ □

태홍은 상담 선생을 따라 교직원 식당으로 향하다 문득 걸음을 멈췄다.

"선생님. 저는 나가서 혼자 따로 먹겠습니다."

"어머, 왜 나가서 드세요? 저희 학교 급식 맛있어요. 같이 드시면 좋을 텐데."

학교에 온 지 고작 몇 시간이었지만 태홍은 설미가 학생들은 물론, 동료 교사들에게까지 거리를 두고 있는 것을 알아챘다. 그러니 당연히 교직원 식당에는 없을 것이다. 설미를 찾아 밥을 먹여야겠다는 생각으로 태홍은 마음이 급했다.

"어머, 설미 쌤 밥 다시 먹나 보네? 계속 안 보이더니."

"그러게요. 맨날 공원에서 혼자 빵 먹더니 오늘은 왔네요."

여선생들이 식당에 들어서며 말했다. 태홍은 빠르게 식당 안을 들여다보았다. 선생님들 틈에 끼어 어색하게 웃으며 밥을 먹는 설미의 모습이 보였다.

'나 때문에 일부러 저러는 것 같은데…….'

태홍은 그녀에게 미안해졌다. 그렇지 않아도 힘들 텐데, 학교에 자신까지 나타나서 그녀를 불편하게 만든 건 아닌지 걱정이 되었다.

□ ■ □

문화서로 복귀한 태홍은 책상 위에 정복 재킷과 모자를 집어 던지며 의자에 털썩 앉았다.

163

"서 경위 고생이 많아."

권 팀장이 금연 껌을 내밀었다.

"됐습니다."

"되긴 뭐가 돼. 괜히 짜증 나고 뭔가 막 집어 던지고 싶고 그렇지? 그거 니코틴 금단 증상이야."

"아닙니다."

담배 따위 안 피우면 그만이다. 그가 지금 답답해 미치겠는 건 담배가 아닌 설미 때문이었다.

'불쌍해서 못 봐 주겠다. 진짜.'

교장이라는 작자는 설미를 못 잡아먹어서 안달 난 사람 같았다. 걸핏하면 불러서 혼내고, 소리 지르고, 학생들 앞에서 면박 주는 건 기본이었다. 심지어 내일 그녀를 면직시키기 위해 회의까지 소집하겠단다.

설미가 지나갈 때마다 수군거리는 학생들과 동료 교사의 뒷담화는 도저히 참고 봐 줄 수가 없었다. 하지만 설미의 입장이 난처해질까 봐 태흥은 참고 또 참았다.

"젠장."

태흥은 짜증이 솟구쳤다. 저도 모르게 주머니에서 담배를 찾았다.

"자. 씹어."

권 팀장이 또다시 금연 껌을 내밀었다. 태흥은 하는 수 없이 순순히 껌을 받았다.

그런 태흥의 반응을 재밌어하며 권 팀장은 사무실 소파에 앉았다. 그리고 오늘 자 신문을 쫙 펼쳤다. 그런데 운세나 읽을 요량이었던 권 팀장의 시선을 사로잡은 헤드라인이 있었다.

"서남길 前 법무부 장관 대선 출마 선언 초읽기."

권 팀장은 슬며시 고개를 들어 눈치를 살폈다. 태흥의 얼굴이 굳어져 있었다.

"서 경위는 할아버지가 대통령 되는 게 별로 내키지 않나 봐?"

태홍이 권 팀장을 날카롭게 쳐다봤다.

"무슨 소리가 하고 싶으신 건데요?"

권 팀장은 신문을 접고 일어나 태홍에게 다가갔다. 그리고 팀원들에게 들리지 않게 작게 얘기했다.

"조심하라고."

"……."

"위에서 또 서 경위 감시하라고 지시 내려왔으니까."

진지하게 말하던 권 팀장이 다시 능글맞게 웃었다.

"뭐든 적당히가 좋아. 적당히. 눈치껏. 알겠지?"

권 팀장은 어슬렁거리며 자리로 돌아갔다.

태홍의 시선이 신문으로 향했다. 서 장관은 사람 좋은 미소를 지으며 환히 웃고 있었다. 그것을 본 태홍의 표정이 싸늘하게 변했다.

□　■　□

"설미 씨 아까 갔는데? 요즘 많이 힘든가 보더라."

체육관에 나타난 태홍을 향해 화영이 말했다. 하지만 태홍의 표정을 보아하니 자신을 찾아온 듯했다. 화영은 체념하듯 물었다.

"또 무슨 일이야?"

"어디까지 진행했어?"

"뭘?"

"지금 선배가 하고 있는 일."

"무슨 말인지 모르겠다. 나 그때 이후로 그 일 접었어."

"왜? 나 때문에?"

"……."

"클럽 BB에 우리 할아버지가 연관되어 있다는 거 알아."

"태홍아……."

"솔직하게 얘기해 줘. 어디까지가 할아버지 짓인지. 선배가 알고 있는 거 전부."

화영은 고개를 흔들며 뒤로 돌았다. 그리고 창밖을 바라보며 태홍을 외면했다.

"돌아가."

"선배. 부탁이야. 제발……."

애원하는 태홍의 목소리에 화영은 가슴이 찢어질 듯 아팠다.

화영은 다시 뒤돌아 태홍을 마주 보고 섰다.

"태홍아, 어차피 다 지난 일이야. 그냥 잊어. 나도 더 이상 못 하겠어. 우리 힘으로 어떻게 할 수 있는 상대가 아니야. 나도 답답해……. 근데 어쩔 수가 없다고. 이게 현실이야."

"……."

그래도 태홍은 포기하지 않은 눈빛이었다. 화영은 좀 더 솔직하게 속내를 털어놓았다.

"난 상윤이처럼 죽고 싶지 않아."

그제야 태홍의 눈빛이 흔들렸다.

"하랑이 때문에라도 난 살아야 해. 너도 설미 씨를 생각해서라도 여기서 멈춰."

"……."

한동안 말이 없는 태홍을 보며 화영은 마지막으로 쐐기를 박았다.

"우리만 입 다물면 모두가 행복해지는 거야. 그러니까 그만 덮자."

"아니."

태홍의 낮은 목소리에 화영은 놀란 눈으로 그를 바라보았다.

"선배. 나 이 문제 해결하기 전까진……."

"……."

"절대 행복해질 수 없을 것 같아."

□ ■ □

항상 설미와 함께 오던 포장마차. 그곳에 혼자 앉아 술을 마시며 태홍은 쓰게 웃었다.

'맥주 한 병만 더 시켜도 돼요?'

'캬. 시원해.'

'태홍 씨 이것 좀 빨리 먹어 봐요. 너무 맛있어요.'

재잘거리던 설미의 목소리가 귓가에 울렸다. 그녀의 상냥한 눈빛과 새하얀 미소까지 떠오르자, 당장 그녀가 보고 싶었다. 설미를 보지 않고는 미칠 것만 같았다.

태홍은 핸드폰과 지갑을 서둘러 챙겨 들었다. 그리고 자리에서 일어나려는데…….

"너 여기 있을 줄 알았다. 잠깐 앉아 봐. 얘기 좀 하자."

포장마차 안으로 화영이 들어왔다.

태홍은 같이 클럽 BB를 조사하자고 열심히 화영을 설득했지만, 그녀는 생각할 시간이 필요하다며 먼저 자리를 피했었다. 그런데 무슨 심경의 변화가 있었는지 생각보다 빨리 나타났다.

화영은 태홍이 마시던 잔을 뺏어 소주를 한 번에 들이켰다. 그러곤 주머니에서 USB를 꺼내 테이블 위에 올려놓았다.

"클럽 BB 관련 자료들이야. 폴더는 두 개로 나눴어. 상윤이가 죽기 전과 죽은 후."

USB를 손에 쥔 태홍을 향해 화영이 다부진 눈빛으로 덧붙였다.

"내가 원하는 건 하나야. 진실……. 상윤이가 왜 죽었는지 제대로 알고 싶어."

화영은 소주를 한 잔 더 마시더니 이어 말했다.

"파일 열어 보면 알겠지만, 지금 클럽 BB 보스가…… 서 장관이야."

태홍은 저도 모르게 눈을 질끈 감았다. 채경과 함께 클럽 BB를 계속 파헤치고 있었지만, 좀처럼 그 정체를 캐내지 못하고 있었다. 서 장관이 어떻게든 연관되어 있을 거라는 짐작은 했지만, 보스라니.

"하지만 서 장관이 보스가 된 지는 2년밖에 안 됐어."

"2년?"

"2년 전엔 다른 사람이 보스였어. 그래서 상윤이가 가지고 있던 파일은 서 장관 이전의 보스에 관한 게 대부분이야."

"진짜야?"

"그래. 그러니까 상윤이를 죽이라고 지시를 내린 건 서 장관이 아닌 제삼의 인물일 수도 있다는 거야."

"……."

"태홍아. 내가 이런 말을 하는 이유는, 할아버지에 대한 원망으로 네 판단력이 흐려지는 건 원치 않기 때문이야."

말을 마친 화영은 태홍을 안타깝게 바라봤다. 지금 가장 괴로운 사람은 태홍일 거라는 걸 화영은 잘 알고 있었다.

태홍은 소주를 마시며 쓰게 웃었다.

"나 사실 몇 번이고 포기했었어."

"……."

"선배한테는 미안한 얘기지만, 선배 말대로 진실을 알고도 내가 할 수 있는 게 아무것도 없을 거라는 두려움 때문에…… 그냥 덮어버리고 싶었어."

화영은 아무런 말도 할 수 없었다.

"모든 걸 다 덮고 살면 행복할 줄 알았는데……. 아니야. 점점 더 불행해져. 할아버지가 어떤 사람인지 설미가 전부 다 알게 될까 봐 하루하루 불안해서 미칠 것 같아."

"태홍아……. 네 할아버지가 어떤 사람이든 설미 씨가 그런 문제로 널 떠나거나 할 사람 아니라는 거 너도 잘 알잖아. 설미 씨한테는 그냥 솔직하게 말해도 돼."

"아니. 그럴 수 없어."

"왜?"

"설미가 불행해질 거야……."

화영은 길게 한숨을 내쉬었다.

"선희 때문에 그래?"

"……."

"대체 선희와 서 장관은 무슨 관계가 있는 거야? 서 장관이 클럽 BB 보스가 된 시기에 선희가 마약 사범으로 잡힌 게 우연이 아닌 건 알아. 하지만 왜 그랬는지 이해가 안 돼. 클럽 BB에서 선희는 핵심 인물이었어. 웬만한 일로 내치진 않았을 텐데……."

"10년 전…… 할아버지가 여고생을 추행한 적이 있어."

태홍은 어렵게 입을 열었다. 처음 듣는 얘기에 화영의 두 눈이 크게 떠졌다.

"설마……."

"맞아. 그 여고생이 선희야. 10년 전 설미가 납치당한 것도 그 일 때문인 것 같아."

"그게 무슨 소리야?"

"설미를 납치한 사람이 당시 할아버지 운전기사였어."

화영은 태홍과 설미가 너무 가여웠다. 악연도 이런 악연은 없을 것이다. 서 장관과 선희. 그리고……

화영은 설미가 사실을 알면 불행해질 거라고 말하던 태홍의 말이 이제야 이해가 됐다.

"설미 씨를 납치한 목적은 뭐였는데?"

"선희를 협박하려던 거겠지."

"……"

"설미한테 들은 얘기론 납치당했을 당시 납치범들이 선희에게 뭔가를 가져오라고 했대. 아마 선희가 할아버지의 약점이 될 만한 증거를 가지고 있었을 가능성이 커. 궁지에 몰린 정석범이 그것만 손에 넣으면 살 수 있다고 발악한 것도 그렇고, 선희가 도망 다니고 있는 걸 봐선…… 그 물건 때문에 할아버지한테 쫓기고 있는 것 같아."

"증거라면 카메라 말하는 거야? 정석범이 설미 씨네 집에서 훔치려고 했다던?"

"어."

"그래서 지금 그 카메라는 어디 있는데?"

"할아버지 손에 넘어갔다고 생각했는데, 내 느낌엔 아닌 것 같아. 선희가 그렇게 쉽게 뺏겼을 리도 없고. 아직까진 선희 손에 있는 것 같아."

"도대체 그 안에 뭐가 들었길래……"

"선희를 찾으면 곧 알게 되겠지……"

태홍은 굳어진 얼굴로 생각에 잠겼다.

선희가 가지고 있는 할아버지의 약점은 뭘까? 그리고 선희는 지금 어디에 있는 걸까?

□　■　□

'임 선생. 내일 2학년 3반 학부모 대표들이 와서 논의하기로 했어요. 내일이면 담임 면직 여부 결정 날 겁니다.'

설미는 박 교장의 말이 내내 머릿속에서 떠나지 않았다.

'이대로 물러나게 되는 걸까? 우석이 말대로 뭐든 해 봐야 하는 걸까? 학부모님들을 어떻게 설득하지? 역시…… 난 안 되는 건가? 그만둬야 할까?'

머릿속은 복잡하기만 했다.

설미가 한숨을 푹푹 내쉬며 골목을 올라가고 있는데 핸드폰이 울렸다.

[발신 번호 표시 제한]

언니가 떠오른 설미는 재빨리 통화 버튼을 눌렀다.

— …….

상대방은 아무런 말도 하지 않았다. 그래서 설미가 조심스레 먼저 입을 열었다.

"언……니?"

뚝.

언니라고 부르자마자 전화는 끊겨 버렸다. 설미가 통화가 종료된 핸드폰을 멍하니 내려다보고 있는데 또다시 핸드폰이 울렸다. 이번엔 태홍이었다. 설미는 당황해 전화를 받았다.

"여보세요?"

— 너 목소리가 왜 그래? 무슨 일 있어?

방금 전 전화를 떠올리다 설미가 한 박자 늦게 대답했다.

"방금 또 발신 번호 표시 제한으로 전화가 왔어요. 아무래도 언니
인 것 같아요……."

— 너 지금 어디야?

"지금 집 앞 골목인……데요……."

위이이잉.

그런데 갑자기 어디선가 들려오는 굉음에 설미가 고개를 돌렸다.
골목 끝에서 오토바이 한 대가 질주해 오고 있었다. 그녀를 향해 똑
바로.

— 설미야! 임설미!

굉음을 들은 듯 태홍이 다급하게 외치는 사이 오토바이는 속력을
더 높였다. 헬멧을 쓴 남자의 손엔 쇠 파이프가 들려 있었다.

놀란 와중에도 설미는 본능적으로 도망치기 시작했다. 하지만 오
토바이의 속도를 이길 순 없었다. 도망치는 설미를 스쳐 가며 오토
바이에 탄 남자가 쇠 파이프로 설미의 다리를 내리쳤다.

"으윽!"

그대로 다리가 꺾인 설미는 바닥에 쓰러져 버렸다.

다리를 부여잡고 고통스러워하는 설미의 모습을 확인한 남자는
오토바이의 방향을 바꿔 다시 달려왔다. 그리고 쇠 파이프로 그녀의
다리를 또 한 번 내리치려던 순간.

끼이이익. 쾅!

새빨간 스포츠카가 달려와 오토바이를 그대로 박아 버렸다.

20화

　화영은 냉장고에서 맥주를 꺼내며 발코니 쪽을 쳐다봤다. 태홍이 핸드폰으로 전화를 걸고 있었다.

　두 사람은 포장마차에서 술을 마시다가 좀 더 구체적인 계획을 세우기 위해 화영의 집으로 돌아왔다. 태홍은 도착하자마자 설미에게 늦는다고 전화를 해야 한다며 발코니로 나갔다.

　그런 태홍의 모습이 신기해서 화영은 피식 웃었다. 그러다 곧 얼굴에 웃음기가 사라졌다.

　'저렇게 좋아하는데. 태홍이랑 설미 쌤 이제 어떡하지? 제발 별일 없어야 할 텐데…….'

　딩동.

　착잡한 마음에 화영이 먼저 맥주를 마시려는데 현관 벨소리가 울렸다. 화영은 얼른 가서 문을 열었다.

　"둘이 벌써 포차에서 1차 했다면서요? 치사하게 나만 **빼놓고!**"

태홍과 화영이 뭉쳤다는 소식을 듣고 한걸음에 달려온 찬희가 툴툴거렸다. 하지만 얼굴엔 장난기가 가득했다.

"근데 형은 어디 있……."

쾅!

순간 발코니 문이 거칠게 열렸다. 그 소리에 놀란 화영과 찬희가 고개를 돌렸다. 태홍이 현관으로 다급히 달려오고 있었다.

사색이 된 얼굴, 초점 잃은 눈동자.

태홍은 허겁지겁 신발을 신기 시작했다.

"형! 어디 가요?"

태홍이 대답이 없자, 화영이 다시 물었다.

"태홍아, 서태홍! 왜 그래? 설미 쌤한테 무슨 일 있어?"

"갔다 와서 설명할게."

그 말만 남겨 놓고 태홍은 곧바로 밖으로 달려 나갔다. 길가에 나오자마자 바로 택시를 잡아탔다.

통화가 끊어지기 전 들렸던 오토바이 굉음과 설미의 비명 소리. 태홍의 눈빛이 불안하게 떨렸다.

"기사님 빨리 좀 가 주세요."

태홍의 재촉에 택시 기사가 차의 속력을 높여 금세 목적지에 도착했다.

택시에서 내린 태홍은 빌라를 향해 내달렸다. 골목 어귀에 다다랐을 때쯤 그의 옆으로 구급차가 사이렌 소리를 내며 빠른 속도로 지나쳐 갔다.

태홍은 걸음을 멈췄다. 불길한 예감이 들었다.

'아니야, 아닐 거야…….'

잠시 구급차를 바라보던 태홍은 다시 정신을 차리고 골목을 뛰어 올라갔다. 저 앞에 길을 막아선 경찰차와 몰려든 주민들의 모습이 보였다.

"서 경위님!"

주민들을 붙잡고 탐문 중이던 회철이 태홍을 발견하고 달려왔다.

"여자 친구분 소식 듣고 오신 거예요? 방금 구급차 타고 병원으로 가셨는데……."

태홍은 좀 전에 보았던 구급차를 떠올리곤 회철의 말이 끝나기도 전에 뒤로 돌았다. 그리고 황급히 왔던 길을 다시 뛰어 내려가다가, 이내 되돌아왔다.

"경위님……?"

태홍은 의아한 눈빛의 회철을 지나쳐 인파 쪽으로 다가갔다. 마침 권 팀장이 헬멧을 쓴 남자의 손목에 수갑을 채운 채 인파를 헤치고 나오고 있었다.

"서 경위, 언제 왔어?"

살기 가득한 태홍의 눈빛을 마주한 권 팀장은 일부러 너스레를 떨었다.

"걱정하지 마. 이놈, 내가 서에 데려가서 아주 아작을 내 줄 테니……."

퍼억!

권 팀장이 방어해 봤지만 소용없었다. 태홍은 분노를 주체하지 못하고 발로 범인을 걷어차 버렸다. 그 바람에 범인을 놓치며 권 팀장까지 뒤로 자빠졌다.

"꺄악!"

"어머, 세상에!"

주민들은 놀라 소리를 질렀다. 골목이 주민들의 비명으로 순식간에 소란스러워졌다.

바닥을 나뒹굴면서 범인의 헬멧이 벗겨졌다. 20대 후반으로 보이는 험상궂게 생긴 남자. 생전 처음 보는 얼굴이었다.

태홍은 헬멧을 주워 들더니 그대로 범인의 머리통을 내리쳤다.

"으윽!"

범인은 머리를 부여잡고 고통스러워했다. 하지만 그 모습을 내려다보는 태홍의 표정엔 아무런 변화가 없었다.

퍽. 퍽. 퍽……

태홍은 계속해서 헬멧으로 놈의 머리를 내리찍었다. 범인은 사지를 벌벌 떨며 바닥을 기어 도망가려고 애썼다. 하지만 한 발짝도 가지 못하고 태홍에게 붙잡혔다. 범인의 멱살을 잡아 올리며 태홍이 살벌한 음색으로 말했다.

"너 누구야."

"……으으윽."

"말해! 말하라고!"

태홍은 범인을 바닥에 내팽개친 후 또다시 발로 걷어찼다. 저러다 큰일 내겠다 싶어 회철은 있는 힘껏 태홍을 뜯어말렸다.

"경위님! 참으십시오!"

범인은 거의 실신 지경이었다. 그럼에도 태홍은 회철의 손을 뿌리치고 다시 달려가 놈을 향해 발길질을 했다.

참다못한 권 팀장이 소리쳤다.

"서 경위! 정신 차려! 지금 이러고 있을 때야? 설미 씨 많이 다쳤어!"

설미가 많이 다쳤다고?

그제야 태홍이 멈췄다. 그의 시선이 곧장 권 팀장에게로 향했다.

"이놈은 나한테 맡기고 어서 병원으로 가 봐. 회철아. 서 경위 병원까지 데려다줘."

회철이 먼저 경찰차에 올라탔다. 권 팀장은 멍해진 태홍을 끌어다 차에 태웠다.

"출발!"

권 팀장이 차 문을 닫으며 외치자, 회철은 곧바로 차를 출발시켰다.

차를 타고 가는 내내 태홍은 마른세수를 하며 초초해했다. 그런 태홍에게 회철은 일부러 사고 경위에 대해 브리핑하듯 차분한 어조로 말했다.

"목격자 말에 따르면 여자 비명 소리가 나서 밖을 내다봤는데 오토바이가 달려와 여자를, 그러니까…… 경위님 여자 친구분을 쇠 파이프로 치고 달아나고 있었답니다. 그래서 바로 신고를 했고요."

관자놀이를 문지르며 회철의 말에 귀 기울이던 태홍은 한 가지 의문이 들었다. 오토바이 탄 놈을 어떻게, 무슨 수로 현장에서 검거한 걸까. 아무리 빨리 출동해도 신고를 하자마자 경찰차가 도착했을 리도 없는데.

태홍은 사고 현장을 떠올려 봤다. 현장에 넘어져 있던 박살이 난 오토바이. 그리고 그 옆에 있던 빨간 외제차 한 대.

태홍의 표정이 복잡해지자 회철이 재빨리 설명을 덧붙였다.

"아까 현장에 있던 빨간색 외제차 보셨죠? 그 차가 도주하던 오토바이를 박아 버렸대요. 근처에 있던 권 팀장님과 제가 무전받고 도착했을 때는 외제차 주인이랑 범인이 몸싸움을 벌이고 있었어요."

"차주 신원은?"

"아, 그게……. 서 경위님 여자 친구분 언니시라던데……. 같이 병원으로 가셨어요."

언니? 그럼, 선희? 선희가 나타났다고?

"인상착의는?"

태홍이 굳은 표정으로 물었다. 회철은 헬멧 쓴 범인과 거친 몸싸움을 벌이던 여자를 떠올렸다.

몸에 딱 붙는 블랙 원피스, 긴 생머리, 작고 하얀 얼굴, 또렷한 이목구비……. 어두운 밤에도 숨길 수 없는 우월한 미모의 여자였다.

"예쁘시던데요. 그것도 엄청……. 앗, 죄송합니다."

태홍이 노려보자 회철은 곧바로 정신을 차렸다. 그리고 뒤늦게 태홍이 질문한 의도를 깨닫고 다시 답했다.

"그 여자가 진짜 언니분이 맞는지 의심하시는 거죠? 그렇다면 걱정 안 하셔도 돼요. 구급차가 도착했을 때 여자 친구분께서 '언니'라고 하면서 그 여자 손을 잡더라고요. 제가 봤어요."

회철의 말에도 태홍은 불안이 가시지 않았다.

그런 태홍이 회철은 의아하기만 했다. 언니가 동생과 함께 병원으로 갔다는데 왜 저렇게 불안해하시지? 회철은 묻는 대신 차의 속도를 높였다.

"경위님. 도착했어요."

태홍은 차가 멈춤과 동시에 응급실로 달려갔다. 하지만 응급실 어디에도 설미는 없었다.

"한 시간 이내로 구급차에 실려 온 환자 중에 외상 환자는 없었습니다. 혹시 다른 병원으로 이송된 건 아닐까요?"

응급실 당직의가 말했다. 회철은 분명 구급대원이 문화병원 응급실을 말했다고 했다. 그런데 여기 없다면 어디로 갔단 말인가.

태홍은 타들어 가는 속을 붙잡고 응급실 밖으로 다시 뛰어나왔다. 막 주차를 마친 회철이 태홍을 발견하곤 클랙슨을 울렸다. 태홍은 다시 차에 올라탔다.

"왜 다시 나오셨어요? 혹시 이 병원에 안 계세요?"

"어. 이 병원으로 온 거 확실해?"

"네. 문화병원이라고 분명 들었어요. 제가 119에 전화해 볼게요."

"내가 할게. 일단 문화역 쪽으로 가. 그 근처에 병원 몇 개 더 있으니까."

태홍의 명령대로 회철은 차를 출발시켰다.

태홍은 119에 전화를 걸어 구급차의 행방을 물었다. 구급대원의 대답을 들은 태홍의 미간이 구겨졌다. 회철이 태홍의 눈치를 살피며 물었다.

"어느 병원으로 갔대요?"

"여기서 세워."

대답 대신 태홍은 차를 멈췄다. 회철은 얼른 차를 세우고 창밖을 내다봤다. 최근에 개원한 재활센터 건물을 막 지나쳐 왔다. 눈치 빠른 회철은 차를 돌려 재활센터 주차장으로 향했다.

태홍은 회철이 주차장에 차를 세우자마자 재활센터 안으로 달려 들어갔다. 그러곤 안내 데스크로 가서 경찰공무원증을 내밀었다.

"조금 전에 구급차로 환자 하나 들어왔죠?"

"네? 그, 그게……."

태홍의 날카로운 눈빛에 놀란 안내원이 말을 더듬었다.

"임설미 환자 지금 어디 있습니까."

"저기, 그게……."

안내원은 난처해하며 태홍의 뒤쪽에 있는 경호원들에게 눈짓을 보냈다. 경호원 한 명이 태홍의 어깨를 잡았다.

"무슨 일이십니…… 으윽!"

순식간에 뒤를 돈 태홍은 경호원의 팔을 꺾어 벽으로 밀쳤다. 제법 덩치가 좋은 경호원이 꼼짝없이 당하는 모습에 동료 경호원이 멈칫하더니, 곧 태홍을 향해 주먹을 날렸다.

하지만 태홍은 날아오는 주먹을 피해 경호원의 무릎을 걷어차 쓰러뜨렸다. 태홍은 쓰러진 경호원의 멱살을 잡아끌어 살벌한 눈빛으로 쳐다봤다. 경호원은 체념한 듯 어디론가 무전을 걸었다.

"이사장님. 어떻게 할까요?"

곧바로 대답을 들었는지 경호원이 태홍의 손을 떼어 내며 말했다.

"따라오십시오."

경호원의 안내를 받아 이사장실에 도착한 태홍은 망설임 없이 문을 열고 안으로 들어갔다.

제일 먼저 보인 것은 소파에 앉아 있는 차윤이었다. 문이 열리는 소리에 차윤과 마주 보고 앉아 있던 여자가 태홍 쪽으로 고개를 돌렸다. 역시 선희였다.

선희와 두 눈이 마주치자 태홍은 그 자리 그대로 멈춰 섰다. 굳어진 태홍과 달리 선희는 미소를 지으며 자리에서 일어났다.

또각또각.

넓은 공간에 태홍을 향해 다가오는 구두 소리만 울려 퍼졌다. 선희가 화사하게 웃으며 태홍을 향해 물었다.

"그동안 잘 지냈어?"

"……."

"잘 지냈겠지. 내 동생 가지고 놀면서 재밌게."

"……설미는 괜찮아? 지금 어디 있……."

쫘악.

돌연 선희가 태홍의 뺨을 날려 버렸다. 좀 전의 미소는 온데간데 없이 그녀의 표정은 싸늘하게 얼어 있었다.

차윤이 놀라 자리에서 벌떡 일어났다. 어찌나 세게 쳤는지 태홍의 뺨이 순식간에 붉어졌다. 그걸 보고도 선희는 미안한 기색 하나 없었다. 마찬가지로 맞은 당사자도 아픈 내색 하나 하지 않았다.

태홍은 덤덤하게 다시 물었다.

"설미 지금 어디 있냐고."

표정만큼 살벌한 음색으로 선희가 말했다.

"니가 그걸 물을 자격이 있다고 생각해?"

"……."

"어떻게 니가 설미 옆에 있을 수가 있어?"

"……."

"그래, 말 못 하겠지? 니가 생각해도 어이가 없지? 알면 당장 꺼져. 내 눈앞에서 사라지라고!"

태홍은 뒤에 있던 차윤을 향해 무표정한 얼굴로 물었다.

"설미 상태는 어떻습니까."

"그게……. 선희 씨!"

대답하려던 차윤이 갑자기 소리쳤다. 선희가 가방에서 총을 꺼내 태홍의 머리에 겨누었기 때문이다.

"한 번만 더 설미 이름 입 밖으로 내면 쏴 버릴 거야."

"쏴."

태홍은 선희의 눈을 똑바로 쳐다보며 말했다.

"대신 설미 어디가 어떻게 다쳤는지, 괜찮은지. 그건 말해 주고 쏴."

총을 쏘겠다는 협박에도 그는 흔들리지 않았다. 당장 이 자리에서 죽더라도 설미의 안부만큼은 확인하고 죽겠다는 눈빛이었다. 틀림없는 진심이었다. 진심으로 설미를 걱정하는 태홍의 눈빛을 마주한 선희는 기가 차서 말문이 막혔다.

"선희 씨 진정해요."

총을 든 선희를 보고 놀란 차윤이 두 사람을 만류했다.

"제가 서태홍 씨 내보낼 테니까 그 총 좀 내려놔요. 제발……."

차윤의 간절한 부탁에도 선희는 태홍을 계속 노려보며 총을 쥔 손에 더 세게 힘을 줬다. 안 되겠다 싶었던 차윤은 이번엔 태홍을 향해 사정했다.

"서태홍 씨 일단 나가요. 이러다 진짜 사고 나겠어요. 빨리요!"

차윤은 태홍을 억지로 문 쪽으로 밀어 선희와 떨어뜨렸다. 그러면서 그의 귀에 대고 작게 속삭였다.

"선희 씨도 다친 것 같아요. 일단 진정시키고 검사부터 받게 해야 해요."

태홍은 고개를 돌렸다. 선희가 그 자리 그대로 서서 자신을 노려보고 있었다.

하지만 아까와는 달리 눈빛이 흐려졌고, 식은땀도 흘리고 있었다. 그녀는 입술을 꽉 깨물고 위태롭게 서 있었다. 쓰러지지 않으려고 온 힘을 다해 버티고 있는 것 같았다. 차윤의 말대로 어딘가 많이 다친 모양이다.

선희를 안타깝게 바라보던 태홍은 하는 수 없이 이사장실을 나갔다.

□　■　□

로비로 돌아온 태홍은 핸드폰에 찍힌 부재중 전화를 확인하곤 찬희에게 전화를 걸었다. 상황을 들은 찬희는 곧바로 병원으로 오겠다고 했다. 태홍이 말렸지만 소용없었다.

얼마 지나지 않아 찬희가 헐레벌떡 로비로 뛰어들어 왔다. 태홍은 대기실 의자에 침통한 표정으로 앉아 있었다.

찬희는 그를 걱정스레 바라보다 옆에 털썩 앉았다. 두 사람은 인사를 생략하고 각자 생각에 잠겨 있었다.

그러다 찬희가 먼저 입을 열었다.

"그럼 형 생각은 이번 설미 씨 피습 사건이 우연이 아니라, 누군가 계획한 거다? 선희 씨는 그 계획을 미리 알고 설미 씨 주변을 지키고 있었던 거고?"

"아마도."

"선희 씨는 그걸 알았으면 형한테 미리 얘기를 하지 왜……. 역시 형을 못 믿는 걸까요? 서 장관님 때문에?"

태홍이 찬희를 쳐다봤다. 어떻게 알았냐는 눈빛이었다.

"화영 선배한테 다 들었어요. 서 장관님과 선희 씨 이야기……."

태홍은 힘없이 고개를 끄덕였다. 앞으로 클럽 BB에 대한 수사를 진행하려면 찬희 역시 서 장관이 클럽 BB의 보스라는 것, 그리고 그가 어떤 사람인지에 대해서 알아야 했다.

차마 제 입으로 말하기 어려웠는데 화영을 통해 들었다니 오히려 잘됐다고 생각하며 태홍은 한숨을 길게 내쉬었다.

그리고 선희를 떠올렸다. 자신의 머리에 총구를 겨누던 선희의 눈빛엔 원망과 분노뿐이었다.

"서태홍 씨."

누군가 태홍을 불렀다. 태홍이 고개를 돌리자 차윤이 심각한 표정으로 태홍을 향해 걸어오고 있었다. 태홍과 찬희가 자리에서 일어섰다.

"설미는 괜찮은 건가요?"

태홍의 물음에 차윤은 최대한 감정을 억누르며 답했다.

"다행히 다리는 부러지지 않았지만, 인대가 많이 손상됐어요. 쓰러지면서 머리에도 충격이 가해졌는지 CT 결과 뇌진탕 소견도 나왔고요. 다리도 다리지만……."

차윤이 적대감 가득한 눈빛으로 태홍을 쳐다봤다.

"서태홍 씨, 설미 최근에 무슨 일 있었죠? 스트레스받는 일이라든지."

"학교에…… 일이 좀 있었습니다. 근데 그건 왜 물으시죠?"

"영양 상태도 굉장히 불균형하고, 체력이 많이 떨어져 있어요. 이런 몸 상태로 수술을 어떻게 견뎌 낼지 걱정이네요."

"수술이요?"

"저도 가급적이면 수술은 하지 않길 바래요. 하지만 수술 여부와 상관없이 재활은 불가피할 거예요. 설미가 또 힘들어지겠네요."

차윤의 진단에 태홍의 얼굴이 고통스럽게 일그러졌다. 하지만 차윤의 표정은 차가웠다.

"선희 씨한테 대충 들었습니다. 누군가 설미를 노린다면서요? 그래서 이런 사고도 발생한 거고요. 선희 씨가 병원 경호를 강화해 달라고 요청해서 그렇게 하긴 했는데, 전 도대체 설미한테 왜 이런 일이 일어났는지 납득이 가지 않습니다. 혹시 서태홍 씨 때문인가요?"

"……"

"선희 씨 말로는 서태홍 씨가 설미 옆에 있으면 더 위험해질 거라던데……. 아까 두 사람을 보니 그냥 한 소리는 아닌 것 같더군요. 뭐라고 말 좀 해 보세요. 제가 이해할 수 있게 설명을 해 달라고요."

"……"

차윤의 애타는 물음에도 태홍은 대답이 없었다.

"역시 안 되겠네요. 선희 씨 말대로 서태홍 씨는 이곳에 없는 편이 나을 것 같아요. 부탁입니다. 이만 돌아가 주세요. 그리고 다시는 병원에 오지 마세요."

차윤이 냉정하게 말했다. 태홍도 묵묵히 차윤을 노려보았다. 두 사람 사이에 냉랭한 기류가 흘렀다. 감정을 억누르려는 듯 주먹을 꽉 쥔 태홍의 모습은 곧 무슨 사달을 낼 것만 같았다.

찬희가 중재에 나섰다.

"안녕하세요, 선생님. 저는 태홍이 형 후배 유찬희입니다. 현재 서울지방경찰청 광역수사대 소속이고요. 경호가 필요하시다면, 수사도 할 겸 설미 씨 경호를 제가 맡았으면 합니다. 어떠신가요?"

태홍의 후배라는 말에 차윤은 경계했다. 찬희는 차윤에게 경찰공무원증을 보여 주며 다시 제안했다.

"일단 자리를 옮기시죠. 제가 오늘 일 설명해 드리겠습니다."

차윤은 여전히 아무 말도 하지 않는 태홍을 쳐다보다, 찬희에게 동의의 뜻으로 고개를 한 번 까닥하고는 엘리베이터 쪽으로 걸어갔다.

"형. 여긴 제가 지킬 테니까 얼른 경찰서로 가 봐요. 설미 씨를 공격한 배후가 누군지 알아내야죠."

좀처럼 자리를 뜨지 못하는 태홍에게 찬희는 어서 가라며 등을 떠밀었다. 그러곤 얼른 차윤의 뒤를 따라갔다.

결국 설미를 만나지 못하고 돌아가야 하는 상황에 태홍의 속은 타들어 갔다. 하지만 찬희 말대로 자신이 해야 할 일은 따로 있었다.

태홍은 쉽게 떨어지지 않는 발걸음을 겨우 돌려 문화경찰서로 향했다.

ㅁ ■ ㅁ

태홍이 사무실에 들어서자 한가운데 모여 있던 팀원들이 서로 눈치를 보기 시작했다.

"뭣들 하고 있어! 빨리 압수해."

권 팀장이 팀원들을 향해 소리쳤다. 그래도 다들 꼼짝을 않자 권 팀장이 직접 태홍에게 다가갔다.

"서 경위. 경찰공무원증이랑 총기, 수갑 반납하고 사무실에서 나가."

권 팀장의 명령에도 불구하고 태홍은 권 팀장을 한 번 쳐다보고는 바로 취조실 쪽으로 향했다. 하지만 범인이 있어야 할 그곳엔 아무도 없었다. 태홍의 표정이 굳어졌다.

"오토바이 피습범 어디 있습니까."

잠시 말이 없던 권 팀장이 씁쓸한 얼굴로 말했다.

"심장 마비로 사망했어."

"……."

"일단 부검 신청했고, 서 경위 책임이 있는지 없는지 밝혀질 때까지 근신하라는 서장님의 명령이야."

전혀 예상 못 한 사태에 태홍의 표정이 굳어졌다.

□ ■ □

다음 날 아침.

찬희는 광수대에 며칠 휴가를 신청하고 다시 재활센터로 돌아왔다. 그가 자리를 비운 동안 있었던 일들을 경호팀장이 알려 주었다.

"문화경찰서 소속 형사들이 선희 씨 진술이 필요하다고 해서 병실로 안내했습니다. 병실로 들어간 지는 30분 정도 됐습니다."

찬희는 굳게 닫힌 병실 문으로 시선을 돌렸다.

철컥.

때마침 문이 열리고 권 팀장과 회철이 나왔다. 두 사람은 심각한 표정으로 얘기를 나누며 엘리베이터로 향했다. 찬희는 두 사람을 뒤따라갔다.

"안녕하십니까. 문화경찰서분들이시죠? 전 서태홍 경위 후배 유

찬희라고 합니다."

찬희가 경찰공무원증을 내밀었다. 권 팀장이 회철을 힐끗 보자 회
철은 1층에서 기다리겠다 말하며 눈치 빠르게 자리를 피해 줬다. 찬
희와 권 팀장은 복도 끝 휴게실로 자리를 옮겼다.

찬희는 자판기에서 음료수를 뽑아 와 권 팀장에게 내밀었다. 권
팀장은 고맙다고 말하고 음료수를 벌컥벌컥 마셨다. 꽤나 목이 탔던
듯했다.

음료수를 단숨에 비운 후, 권 팀장이 한숨을 길게 내쉬며 먼저 운
을 뗐다.

"서 경위 후배라고 하니 어제 사건에 대해 어느 정도는 알고 오
신 거죠? 피해자는 20대 중반의 고등학교 교사입니다. 그리고 서
경위 여자 친구인 것도 아시겠고? 그럼 설미 씨가 어디 원한 살 만
한 사람이 아니라는 것도 아시겠네요?"

"네. 그럼요. 아주 잘 알죠. 근데 선희 씨는 뭐라고 진술하던가
요?"

"목격자인 설미 씨 언니분은 단순 강도 같다고 진술했어요. 피습
범이 설미 씨 가방을 훔쳐서 달아나려는 걸 보고 자신도 모르게 들
이받았다고."

사건을 덮기 위해 선희는 단순 강도로 몰아갈 셈인 듯했다. 찬희
는 일단 입을 다물기로 했다.

"서 경위랑 친할 것 같은데, 그럼 서 경위 좀 말려 봐요. 목격자
진술도 그렇고, 증거도 그렇고. 아무래도 단순 강도 사건 같은데 서
경위 혼자 피습범의 배후가 있다고 억지를 부리고 있으니, 원."

"팀장님. 억지가 아니라……."

권 팀장에게 태홍이 왜 피습범의 배후가 있다고 의심하는지 이해
시키려면 클럽 BB와 선희와의 관계도 설명해야 했다. 저도 모르게

태홍을 옹호하려던 찬희는 권 팀장이 믿을 만한 사람인지 알 수 없어 말끝을 흐렸다.

권 팀장이 찬희를 흘끔 보더니 이어 말했다.

"어제 오토바이 피습범이 죽었어요. 심장 마비로."

"!!"

"서 경위가 아무 이유도 없이 그 난리를 치진 않았겠죠. 그 정도는 나도 압니다. 하지만 배후고 나발이고, 난 내 팀원이 위험한 일에 얽히는 거 반댑니다. 그러다 잘못되면 누굴 원망하려고? 남은 사람은 또 어쩌고."

권 팀장은 태홍과 20년 전 죽은 동료의 모습이 자꾸 겹쳐 보였다. 그는 복잡한 표정으로 빈 캔을 휴지통에 골인시킨 후 자리에서 일어났다.

"음료 잘 마셨어요. 서 경위한테 말 좀 잘해 주시고, 다음에 또 봅시다."

"네. 다음에 뵙겠습니다."

권 팀장을 배웅한 후 찬희는 태홍에게 전화를 걸었지만, 연결이 되지 않았다.

'피습범이 죽었다고? 지병이 있었나? 젊은 사람이 갑자기 심장 마비라니. 아니면…… 설마 타살?'

찬희는 갑갑함을 안고 휴게실을 나와 설미의 병실로 향했다.

피습범의 배후가 누군지 아마 선희는 알고 있을 것이다. 찬희는 당장이라도 문을 열고 들어가 선희에게 진실을 말하라고 윽박지르고 싶었다.

하지만 의료진들을 제외한 병실 출입은 선희가 직접 통제하고 있었다. 차윤의 말에 따르면 선희가 지금 극도로 흥분한 상태니 그녀를 자극하는 행동은 삼가해 달라고 했다.

'도대체 어떻게 생겨 먹은 여자야? 태홍이 형한테 총까지 겨눴다던데…….'

벽에 기대선 채 병실만 노려보던 그때였다. 갑자기 병실 문이 열리고 한 여자가 모습을 드러냈다. 긴 생머리에 늘씬한 몸매가 여실히 드러나는 원피스를 입고 있었다.

예상치 못한 선희의 등장에 찬희는 저도 모르게 차렷 자세로 섰다.

그 모습을 본 선희가 피식 웃으며 다가오더니 쪽지를 하나 내밀었다. 찬희는 얼떨결에 쪽지를 받아 들었다. 그는 이게 뭐냐고 물으려다 선희와 정면으로 눈이 마주쳤다. 그리고 그대로 굳어 버렸다.

처음 등장했을 때도 예쁘다고 생각했었다. 그런데 가까이서 보니 더 예뻤다. 클럽 BB 마담의 외모가 연예인 뺨친다는 얘기는 익히 들어 알고 있었지만, 이 정도일 줄은 몰랐다.

찬희는 순간 넋을 잃고 선희를 쳐다봤다.

"사 와."

선희의 말에 찬희는 그제야 퍼뜩 정신을 차렸다.

"네? 뭘요."

"그거."

찬희는 제 손에 들린 쪽지를 내려다보았다.

'치약, 칫솔, 머리 끈, 스타킹, 수면 안대, 생리대…….'

빼곡하게 적힌 물품 리스트를 본 찬희가 황당한 얼굴로 고개를 들었다.

"이게 다 뭡니까?"

"사 오라고."

"제가 왜요?"

"니가 제일 한가한 것 같아서."

선희가 좌우를 둘러보며 말했다. 각진 자세로 경비를 서고 있는 경호원들을 보며 찬희는 지금 자신이 경호원 신분으로 위장 중이라는 사실을 뒤늦게 자각했다.

찬희는 재빨리 태도를 바꿨다.

"도, 돈 주십시오!"

"돈?"

"네. 돈이요. 돈을 주셔야 물건을 사 오든 말든 하지 않겠습니까."

"일단 네 돈으로 사고 나중에 강차윤 이사장한테 청구해."

선희의 태도는 뻔뻔을 넘어 당당하기까지 했다. 찬희는 설미의 상태에 대해 물으려다 괜히 의심만 살 것 같아 포기했다. 물건을 사러 가는 길에 잠시 차윤에게 들러 묻는 것이 나을 듯싶었다.

"잠깐!"

찬희가 막 돌아서는데, 선희가 어깨를 붙잡았다. 그가 다시 고개를 돌리니 선희가 바로 눈앞에 있었다. 찬희의 심장이 빨리 뛰기 시작했다.

'미쳤어? 정신 차려, 유찬희!'

여자의 미모에 속으면 안 된다고, 찬희는 속으로 수없이 자신을 타일렀다.

"담배."

"네? 뭐라구요?"

찬희가 자신의 귀를 의심하며 되묻자, 선희가 다시 말했다.

"담배도 사 오라고."

"아…… 종류는 어떤?"

"말보로 레드."

그렇게 말하며 선희가 활짝 웃었다. 그 미소에 자신도 모르게 얼굴이 붉어진 찬희는 들킬세라 얼른 뒤를 돌았다. 처음 보는 여자의 담배 셔틀이 된 것보다 선희의 미소 한 방에 달아오른 것이 더 굴욕적이었다.

찬희는 현실을 부정하며 빠른 걸음으로 복도를 빠져나갔다.

□ ■ □

하얀 모래 위에 파도가 보석처럼 빛을 내며 부서졌다. 파도는 에메랄드빛 바다로 이어지고 있었다.

'여기가 어디지?'

눈앞에 펼쳐진 그림 같은 풍경을 뒤로하고 설미가 고개를 돌렸다.

멀지 않은 곳에 태홍이 혼자 앉아 있었다. 물끄러미 바다를 바라보는 그의 눈빛이 어쩐지 몹시 쓸쓸해 보였다.

무슨 일 있느냐고, 왜 그런 표정을 짓고 있느냐고 물어보려 했지만, 벙어리가 된 것처럼 말이 나오지 않았다. 그의 손을 붙잡고 위로해 주고 싶었지만, 몸도 움직이지 않았다. 제 의지대로 할 수 있는 것이 하나도 없었다.

'혹시, 꿈인가. 제발 꿈이길……. 태홍 씨가 저렇게 힘들어하는데, 바라만 볼 뿐 아무것도 해 줄 수 없다니…….'

너무나 괴로웠다.

설미는 태홍을 아프게 바라보며 그의 시선이 자신에게로 향하길 기다렸다.

그때, 마침내 태홍이 고개를 돌려 설미를 바라봐 주었다. 그토록 마주 보고 싶었던 얼굴이었지만, 그녀는 더 슬퍼졌다.

그가 울고 있었다. 세상에서 가장 절망스러운 얼굴로. 깊이를 가늠할 수 없는 고통을 안고 있는 것처럼.

'너무 가슴이 아파. 죽을 만큼.'

꿈인 걸 알면서도 가슴이 미어졌다. 제발 이 꿈에서 깨어나기를 그녀는 바라고 또 바랐다.

그때였다. 검은 파도가 태홍을 집어삼킬 듯 덮쳤다.

"안 돼!"

설미의 눈이 번쩍 떠졌다.

하얀 천장. 똑똑 떨어지는 링거액. 병실이었다.

안도한 것도 잠시, 현실로 돌아오니 또 다른 고통이 밀려왔다. 이 번엔 가슴이 아닌 온몸이 아팠다. 구석구석 안 아픈 곳이 없을 정도로.

"설미야, 정신이 들어?"

갑자기 시야에 선희가 불쑥 나타났다. 설미는 통증 때문에 멍한 표정으로 선희를 쳐다봤다.

"……언니?"

언니의 얼굴을 마주하니, 그제야 오토바이를 탄 남자에게 피습당한 일과 언니가 자신을 구해 준 것이 떠올랐다. 설미는 안간힘을 쓰며 상체를 일으켰다.

"아흑."

깁스한 제 다리가 보였다. 통증이 상당했다.

설미가 고통을 호소하자 선희가 비상벨을 눌렀다. 곧 간호사가 달려와 설미의 상태를 체크하고 진통제를 투여했다.

"이사장님 곧 내려오실 거예요."

간호사가 나가고 통증이 조금 가신 설미는 환자복에 새겨진 병원 이름을 보고 이곳이 차윤의 센터임을 알게 되었다. 사고 후 이곳으로 이송된 듯한데, 그 과정이 전혀 기억나지 않았다.

궁금해하는 설미의 표정을 알아챈 선희가 설명해 주었다.

"너 하루 넘게 잠만 잤어. 난 너 죽은 줄 알았다니까."

"하루가 지났다고?"

"그래."

"언닌? 어디 다친 데 없어? 괜찮아?"

"보시다시피. 멀쩡해."

선희가 자신만만한 표정으로 어깨를 으쓱였다.

설미는 선희에게 묻고 싶은 것들이 많았다. 그동안 어디서 어떻게 지냈는지, 연락도 없다가 갑자기 나타난 이유는 뭔지. 오토바이 사건이, 혹시 10년 전처럼 언니를 노리는 누군가와 관련이 있는지.

"언니……."

복잡한 심정을 감추며 설미가 입술을 떼려는 순간.

"그 오토바이 말인데, 강도였대."

선희가 먼저 말했다. 하지만 설미의 의구심은 더욱 커졌다.

"뭘 훔쳐 가려고 한 것 같진 않았는데……."

다른 것은 몰라도 그것만은 똑똑히 기억했다. 타깃은 분명 자신이었다.

"그 강도는 보는 눈도 없지. 하필 골라도 너 같은 거지를 골랐을까."

"뭐라고? 거지?"

설미가 황당한 얼굴로 선희를 쳐다봤다.

"그게 오래간만에 만난 동생한테 할 소리야? 어젠 갑자기 어떻게 나타난 거야? 몰래 나 지켜보고 있었던 거야? 근데 왜 연락도 안 했어!"

"이게 어디서 언니한테 큰소리를 쳐?"

선희가 설미의 볼을 꼬집었다.

"아얏. 이거 놔!"

선희가 놓지 않자, 설미도 선희의 볼을 꼬집었다.

"야! 놔라. 나 내 얼굴에 손대는 거 완전 싫어해. 놓으라고. 안 놔?"

"먼저 놔!"

자매가 한창 실랑이를 벌이는데 병실 문이 열리고 차윤이 들어왔다. 차윤은 서로의 얼굴을 꼬집고 있는 자매를 보고 놀라 멈칫했다.

"설미야."

"선생님……."

"둘이 지금 뭐 하고 있는 거야? 너 몸은 괜찮고?"

걱정스러운 얼굴로 서 있는 차윤을 발견한 설미가 재빨리 손을 뗐다. 마찬가지로 선희도 손을 떼고 아무렇지 않은 척 차윤을 향해 차분히 말했다.

"그렇지 않아도 선생님 기다렸는데, 잘 오셨어요. 검사 결과는 선생님이 직접 얘기해 주세요."

차윤이 고개를 끄덕였다. 설미는 애써 불안한 기색을 숨기고 그의 말을 기다렸다.

"무릎 외측부 인대가 손상됐어. 일단 3주에서 4주 정도 재활하면서 좀 더 경과를 지켜봐야 할 것 같아."

재활을 해야 한다는 말을 들은 설미는 심장이 철컹 내려앉았다. 과거 너무나도 끔찍하고 힘들었던 재활 치료를 생각하니 숨이 턱 막혔다.

낙담한 설미의 어깨를 차윤이 부드럽게 어루만지며 위로했다.

"수술할 정도의 부상이 아닌 게 다행이지. 재활 잘 받으면 완쾌될 수 있으니까 너무 걱정하지 마. 두려워하지도 말고. 내가 도와줄게."

"……네."

"일단 몸부터 추스르자. 체력이 많이 떨어졌더라. 재활은 그다음이니까."

"네. 그럴게요."

설미는 미소를 지었다. 하지만 차윤은 속지 않았다. 그녀의 미소 뒤에 감춰진 절망과 아픔이 보였기 때문이다.

'넌 옛날부터 그랬지…….'

설미는 열한 번의 수술과 긴 재활을 거치면서도 단 한 번도 차윤 앞에서 아픈 내색을 한 적이 없었다.

각자 아픈 마음을 숨긴 채 미소를 짓는 설미와 차윤을 선희가 물 끄러미 바라봤다. 눈빛엔 흥미가 어려 있었다.

"쉬고 있어. 이따 회진 때 다시 올게."

"네. 선생님."

차윤이 나가자 선희는 설미를 빤히 쳐다봤다. 설미는 그런 선희의 시선을 피해 창밖을 내다보았다. 하지만 선희는 굴하지 않고 설미를 계속 쳐다봤다.

결국 설미가 고개를 돌려 선희에게 퉁명스레 말했다.

"할 말 있으면 그냥 해! 사람 이상한 눈으로 보지 말고. 뭔데?"

"의사 선생이랑 잘해 보라고. 너 많이 좋아하는 것 같더라. 너도 좋아한다고 했잖아."

"응. 나도 선생님 좋아해. 하지만…… 언니 말대로 동경이었어."

"……."

"언니, 사실 나 요즘 만나는 사람 있어. 언니도 아는……."

"너 배고프지? 죽 먹을래?"

선희는 설미의 말을 끊고 대뜸 죽을 사 오겠다 했다.

"나갔다 올게."

설미가 붙잡을 새도 없이 선희는 곧장 밖으로 나가 버렸다. 태홍 의 얘기를 꺼내려던 설미는 당황스러웠다.

텅 빈 병실을 멍하니 보다가 아까 꾸었던 꿈이 떠올랐다. 절망에 빠져 울던 그의 얼굴이 생생했다.

"태홍 씨……."

설미는 태홍에게 연락을 해야겠다는 생각으로 주위를 두리번거리며 핸드폰을 찾았지만 어디에도 없었다.

"대체 어딜 간 거지? 가방에 있나? 내 가방은 또 어딨는 거야?"

가방을 찾기 위해 주변을 살피는데 선희가 다시 들어왔다. 죽을 사러 간다더니 빈손이었다.

"죽은?"

설미의 물음에 선희가 피식 웃었다.

"너 배고프구나? 걱정 마. 배달시켰으니까 금방 도착할 거야."

설미는 고개를 끄덕이며 선희에게 부탁했다.

"언니, 내 가방 못 봤어?"

"증거물이라면서 경찰서에서 가져갔어."

"뭐? 혹시 그 안에 핸드폰은 없었어?"

"응. 경찰에 넘겨주기 전에 내가 한 번 확인했는데 없었어."

분명 가방 안에 있을 줄 알았는데, 설미는 당황스러웠다.

그러다 퍼뜩 기억이 떠올랐다. 태홍과 통화를 하다 오토바이에 놀라 핸드폰을 바닥에 떨어뜨렸었다.

아직도 현장에 떨어져 있을지, 경찰이 수거해 갔을지 모르겠지만, 지금 중요한 건 핸드폰의 행방이 아니라 태홍에게 연락하는 일이었다.

"언니. 나 핸드폰 좀 빌려줘."

"왜?"

"연락해야 할 사람이 있어."

"번호 대. 내가 걸어 줄게."

무슨 이유에서인지 선희는 핸드폰을 빌려주지 않았다. 설미는 하는 수 없이 태홍의 전화번호를 불러 주었다.

전화번호와 통화 버튼을 누른 후 선희는 핸드폰을 설미의 귀에 가까이 가져다 댔다. 하지만 전원이 꺼져 있다는 멘트만 흘러나올 뿐이었다.

"왜? 안 받아?"

"응. 전원이 꺼져 있대. 그럴 리가 없는데……."

이런 상황에 전화를 꺼 놓을 사람이 아니었다. 그의 성격상 어떻게든 아픈 내 옆에 있어 주려고 했을 것이다.

그런데 연락도 안 되고 얼굴도 보이지 않다니, 설미의 표정이 점점 더 심각해졌다.

"언니, 방금 그 번호로 문자 한 통만 보내 줘. 문자 보면 연락 좀 달라고."

"그래. 알았어."

선희는 핸드폰으로 문자를 입력하기 시작했다.

"저기, 언니. 혹시 나 잠든 동안 찾아온 사람 없었어?"

"어. 아무도 없었어."

"진짜야?"

"그럼 진짜지, 뭐 하러 그런 걸로 거짓말을 하냐."

태홍에게 무슨 일이 생긴 게 분명했다. 문자를 보내 놓긴 했지만, 언제쯤 답이 올지 알 수 없으니 초조했다.

어떻게 태홍과 연락을 취해야 하나 고민하는데, 노크 소리가 들렸다. 선희가 얼른 나가더니 쇼핑백 하나를 들고 들어왔다.

"자, 죽 먹자."

선희는 침대 테이블을 펼쳐 그 위에 쇼핑백에서 꺼낸 죽과 반찬을 올려놓았다.

"이건 뭐야. 숟가락은 없고, 웬 아이스크림?"

선희는 자신이 주문하지도 않은 아이스크림이 들어 있자 의아한 표정을 지었다.

"잠깐만 있어 봐. 내가 나가서 숟가락 가져올게."

선희가 잔뜩 귀찮아하며 밖으로 나갔다. 설미는 선희가 테이블 위에 내던지고 간 아이스크림을 바라보았다.

망고 맛 아이스크림이었다.

□　■　□

경호 교대 시간이 되자 찬희는 주차장으로 향했다. 예상대로 차에 기댄 채 병원 건물을 올려다보고 있는 태홍이 보였다.

찬희가 주변을 살피며 재빨리 태홍을 차 안으로 밀어 넣고 본인도 차에 올라타며 말했다.

"집에 가서 좀 쉬라니까요. 언제까지 여기 있을 건데요? 그러다가 선희 씨가 보기라도 하면 어쩌려고요. 형한테 총까지 쏘려고 했다면서요. 무슨 짓을 할지 몰라요."

"……."

"어차피 당분간은 설미 씨 못 만나요. 선희 씨가 병실에서 꼼짝도 안 하고 지키고 있다구요."

태홍은 주먹을 세게 쥐었다.

"죽은? 다 먹었어?"

"네. 그것도 깨끗이요. 병실에서 나온 쓰레기 보니까 바닥까지 싹싹 긁었던데요. 아이스크림도 다 먹고. 아무튼 설미 씨는 잘 먹고 잘 있으니까 걱정하지 마세요."

"그래."

"근데 아이스크림은 왜 넣어 놨어요? 선희 씨한테 들킬 뻔했잖아요."

찬희는 의심이 가득한 눈초리로 저를 추궁하던 선희의 얼굴을 떠올렸다.

'내가 아이스크림도 사 오라고 했었나?'

'그게…… 후식으로 드시라고요.'

'그래? 근데 내 동생이 망고 맛 아이스크림 좋아하는 건 어떻게 알았어?'

'그, 그래요? 저, 전 몰라요. 아무 맛이나 산 건데…….'

'왜 말을 더듬어?'

'더워서. 밖에 무지 덥네요. 하하. 근데 뭐 필요한 거 있으세요?'

'숟가락.'

'쇼핑백 안에 있을 텐데. 없어요?'

'어. 없어. 그것도 몰랐나 보네?'

'……'

'이거 니가 사 온 거 아니지?'

찬희는 부하 직원을 시켜 사 온 것이라고 겨우 둘러댔지만, 선희는 듣는 척도 안 하고 병실로 들어가 버렸다. 어찌나 찬바람이 쌩 불던지 아직도 등골이 오싹했다.

찬희는 소름이 돋은 팔을 문지르며 담배 셔틀부터 시작해서 선희와 있었던 일들을 하소연하듯 털어놨다.

"선희 씨는 설미 씨랑 완전 딴판이에요. 생김새부터 스타일까지 완벽하게 정반대. 둘이 닮긴 했어도 설미 씨는 인상이 순둥순둥하게 생겼잖아요. 그에 반해 선희 씨는······."

찬희는 선희의 눈, 코, 입을 차례로 떠올려 봤다. 제 눈앞에서 미소 짓던 모습까지. 그러자 그의 얼굴이 다시 발그레해졌다.

"예쁘긴 진짜 예쁘더라구요. 제가 태어나서 본 여자 중에 제일 예쁜 것 같아요. 하긴, 그럼 뭐 해요. 성격이 그 모양인데. 역시 조금 덜 예뻐도 설미 씨처럼 착한 게 낫지."

"죽을래? 설미가 왜 덜 예뻐?"

"에이, 아무리 여자 친구라고 해도 말은 바로 해야죠. 어디 가서 물어봐요. 백퍼 선희 씨가 더 예쁘다고 그러지."

"쓸데없는 소리 할 거면 내려."

"형 웃으라고 한 소리거든요? 아무튼 설미 씨 걱정 말고 형이나 밥 좀 챙겨 먹어요. 이러다 형 쓰러지면 나 진짜······ 울 거예요."

찬희의 농담에 태홍은 피식 웃을 수밖에 없었다.

"너 경호는 잘하고 있지?"

"그럼요. 철통 경호 하고 있습니다!"

그렇게 잠시 너스레를 떨던 찬희가 진지한 목소리로 돌아와 물었다.

"근데 피살범 부검 결과는 언제 나온대요?"

"약물 검사 중이라고 들었어. 오래 걸리진 않을 거야."

"약물이요? 하긴······ 돌연사한 거니까. 만약 약물 때문에 심장 마비가 온 거라면, 도대체 누가 언제 어떻게 약을 먹인 걸까요? 취조실에서도 타박상 심한 거 빼고는 멀쩡했다면서요."

"······."

"혹시 문화경찰서 내부에도?"

"······있겠지. 클럽 BB의 사주를 받은 누군가가."

가장 가까운 곳에 있는 동료마저 의심해야 하는 상황에 태홍은 점점 지쳐 가는 것을 느꼈다.

차윤은 직접 설미의 무릎에 보조기를 착용해 주었다.

"한번 걸어 볼래?"

설미는 침대에서 내려와 조심스레 땅에 발을 디뎠다. 옆에서 차윤이 얼른 목발을 건넸다. 목발을 짚고 걷는데도 통증이 상당한지 금세 설미의 이마에 식은땀이 송골송골 맺혔다.

그 모습을 무표정한 얼굴로 지켜보던 선희는 소파에서 일어나 밖으로 나가 버렸다. 선희가 나간 문을 잠시 바라보던 설미는 한숨을 길게 내쉬었다.

"선생님, 저 퇴원을 좀 서둘렀으면 좋겠어요."

설미의 말에 차윤은 당황스러운 표정을 지었다.

"재활 이제 막 시작했는데 무슨 퇴원이야."

"빨리 집에 가야 할 것 같아요. 언니도 저 간병하느라 힘들고……."

"설미야……."

"선생님. 혹시 태홍 씨 못 봤어요?"

"……."

"연락이 안 돼요. 하루 이틀도 아니고, 벌써 나흘이나 지났는데."

설미가 초조한 기색으로 묻자, 그녀를 빤히 쳐다보던 차윤이 저도 모르게 속에 있는 말을 내뱉었다.

"설미야. 난 솔직히 서태홍 그 사람 마음에 안 들어."

"네?"

"너, 그 사람 만나고 나서 자꾸 다치고 위험해졌잖아. 난 네가 그 사람 만나지 않았으면 좋겠어."

차윤은 어떻게든 태홍을 향한 설미의 마음을 단념시키고 싶었다. 하지만 설미는 전혀 흔들림이 없어 보였다.

"아니에요. 사실은 그 반대예요."

"뭐?"

"저랑 우리 언니 때문에 태홍 씨가 위험해진 걸 수도 있어요."

안 봐도 뻔했다. 눈이 뒤집혀서 범인 잡겠다고 밤낮 가리지 않고 뛰어다니고 있을 태홍의 모습이. 설미는 재차 말했다.

"저요, 빨리 퇴원해서 태홍 씨 만나야 해요. 저 무사히 잘 있는 모습 보여 줘야지 안 그럼 그 사람 진짜 큰일 나요. 밥은 잘 챙겨 먹고 다니려나……."

설미의 부탁에도 차윤은 단호했다.

"퇴원은 안 돼. 너 다 나을 때까지."

"선생님……."

"다음 회진 때 보자."

차윤은 사무적으로 말한 후 병실을 나가 버렸다.

설미는 털썩, 침대에 걸터앉았다.

"진짜 빨리 나가야 하는데. 근데 대체 태홍 씨는 왜 안 나타나는 거야. 전화도 안 받고. 걱정돼 죽겠네."

드르륵. 드르륵.

그런데 어디선가 핸드폰 진동음이 들렸다. 화장실에서 나는 소리 같았다.

설미가 절뚝이며 화장실로 향하니 선반 위에 충전 중인 핸드폰이 보였다. 병실에 있는 사람이 자신과 선희밖에 없으니 선희의 것임이 분명했다.

하지만 원래 선희의 핸드폰과 다른 기종이었다.

"언닌 핸드폰이 도대체 몇 개야?"

전화는 계속 울리고 있었지만 발신자 이름엔 아무것도 뜨지 않았다. 설미는 받아도 되나 망설이다가 통화 버튼을 눌렀다.

— 물건은 잘 가지고 있지?

중년 남성의 목소리였다.

— 왜 대답이 없어?

철컥.

순간 병실 문이 열리는 소리가 들렸다. 놀란 설미는 황급히 통화를 종료하고 화장실을 나왔다.

"임설미, 너 표정이 왜 그래?"

"내, 내가 뭘."

설미는 어색한 연기를 하며 침대로 돌아갔다. 선희는 설미와 화장실을 번갈아 보다가 화장실로 들어갔다. 그리고 핸드폰을 손에 쥔 채 곧바로 나왔다.

"내 핸드폰 만졌어?"

"전화 왔길래……."

"받았어?"

"어. 근데 받자마자 금방 끊어졌어."

"진짜지? 거짓말하면 혼난다?"

시선을 피하던 설미가 발끈해 소리쳤다.

"언니야말로 나한테 거짓말하는 거 없어?"

"없어."

"없기는! 있잖아! 지금도 거짓말하고 있고!"

"너 피곤하니? 어디서 성질이야? 누워서 잠이나 자."

"언니 태홍 씨 알지? 언니 고등학교 동창 서태홍."

"……."

선희의 눈빛이 살짝 흔들렸다가 다시 덤덤한 표정으로 돌아왔다.

그런 선희를 설미가 의심스럽게 쳐다봤다.

"태홍 씨가 내 남자 친구인 것도 알고 있었지?"

"하고 싶은 말이 뭐야?"

"언니구나? 태홍 씨가 안 보이는 이유. 언니가 오지 말라고 했어?"

"무슨 헛소리야."

"태홍 씨 병원에 왔었잖아. 근데 왜 거짓말해? 전화도 못 하게 핸드폰도 안 빌려주고, 문자도 보냈다고 나 속인 거지?"

"난 니가 지금 무슨 말을 하는지 하나도 모르겠다."

"언니!"

"그만하자. 나 피곤해."

원망스레 선희를 쏘아보던 설미의 표정이 변했다. 피곤하다는 게 정말인지 선희의 안색이 안 좋았기 때문이다.

아니, 피곤한 것이 아니라 아파 보였다. 좀 전과는 달리 갑자기 하얗게 질린 얼굴. 거기다 통증을 참는 듯 고통스럽게 구겨져 있다.

"언니…… 어디 아파?"

설미가 걱정스럽게 묻는 동시에 선희가 뒤돌아 화장실로 달려갔다. 문이 닫히자마자 안에서 쿵, 하고 요란한 소리가 들렸다. 설미는 놀라 절뚝거리며 급히 화장실로 갔다.

"언니! 무슨 일이야?"

손잡이를 잡아당겼지만 문이 열리지 않았다. 안에서 선희가 막고 있는 것 같았다. 설미는 울먹이며 미친 듯이 문을 두드렸다.

쾅쾅. 쾅쾅쾅.

"언니!"

애타게 언니를 부르는 소리가 들렸는지, 경호원들이 뛰어들어 왔다. 그중엔 찬희도 있었지만 설미는 찬희를 보지 못한 채 그저 문을 두드리며 언니만 불러 댔다.

경호원들이 설미를 밀어 내고 문을 당기려는 그때, 화장실에서 선희가 나왔다. 얼굴엔 식은땀이 가득했고 안색은 백지장 같았다. 눈동자의 초점도 흐렸다.

그런 선희를 보자 설미는 왈칵 눈물이 새어 나왔다.

"언니…… 왜 그래?"

그 순간 선희의 몸이 축 늘어졌다. 선희가 바닥에 쓰러지기 직전, 찬희가 그녀를 품에 안았다. 그리고 그대로 안아 들고 침대 위에 눕혔다.

"의사 불러요!"

찬희가 경호원들을 향해 소리쳤다.

"차, 찬희 씨?"

설미와 눈이 마주친 찬희는 그녀를 진정시키려 농담을 건넸다.

"설미 씨, 완전 울보네, 울보. 울지 마요."

설미는 손등으로 눈물을 박박 닦았다.

"우리 언니, 괜찮아요? 많이 아픈 것 같던데."

"괜찮으실 거예요. 약간 과……. 아, 아무튼 금방 의사 선생님 오실 테니까 걱정 말아요."

찬희는 선희가 그간 과로했음을 알고 있었다. 제대로 먹지도 않고, 잠도 안 자고 동생 곁을 지키겠다고 버티던 앙칼진 여자가 이렇게 쓰러져 있는 것을 보니 안쓰러웠다.

선희를 물끄러미 내려다보는 찬희에게 설미가 뒤늦게 물었다.

"근데…… 찬희 씨가 왜 여기 있어요?"

설미의 물음에 찬희가 빙긋 웃으며 답했다.

"위장 잠입이요."

병실에 침대 하나가 더 늘어났다.

설미는 자려고 누웠다가 다시 몸을 일으켰다. 그리고 옆 침대에 누운 선희의 상태를 확인했다. 링거액은 잘 들어가고 있는지, 안색은 괜찮은지. 다행히 아까보다는 훨씬 좋아 보였다.

선희를 진찰한 차윤은 그저 피로가 쌓여서 쓰러진 것 같다고 했다. 하지만 아까 통증을 호소하며 쓰러진 언니의 모습은 가볍게 넘어갈 문제가 아니었다. 몸 어딘가에 문제가 있는 게 분명했다.

'언니도, 선생님도, 나한테 뭔가 숨기고 있어.'

설미는 작게 한숨을 내쉬며 선희를 바라봤다. 이렇게 가까이 있는데도 멀게만 느껴졌다.

"설미 씨."

병실 문이 살짝 열리며 누군가 설미를 조용히 불렀다. 찬희의 목소리였다. 설미는 잠든 언니를 다시 한번 흘끗 보고 조심스레 목발을 짚고 밖으로 나갔다.

문밖에서 설미를 기다리던 찬희가 작게 속삭였다.

"여긴 제가 지키고 있을 테니까 휴게실로 가 봐요."

"휴게실이요?"

"네. 태홍이 형 와 있어요."

태홍의 이름을 듣자마자 설미의 얼굴이 환해졌다.

"얼른 가서 만나고 와요."

"그럼 우리 언니 좀 부탁할게요."

찬희가 고개를 끄덕였다. 설미는 고맙다고 인사한 후 복도 끝에 위치한 휴게실로 향했다. 달려가고 싶은 마음이 굴뚝같았지만, 마음처럼 몸이 따라 주지 않았다.

천천히 한 발 한 발 움직이던 그때, 휴게실 문이 벌컥 열리더니 태홍이 밖으로 나왔다. 태홍은 설미를 보자마자 달려와 그녀를 와락 안았다.

찬희는 복도 한가운데서 끌어안고 있는 두 사람을 뿌듯한 미소를 지으며 바라봤다.

그때, 등 뒤에서 병실 문이 열리는 소리가 들렸다. 선희였다.

선희는 태홍과 설미를 한 번 쳐다보더니 별다른 반응 없이 반대편 복도로 걸어갔다. 그런 선희의 뒷모습을 어안이 벙벙한 얼굴로 보던 찬희는 선희가 모퉁이를 돌아 사라지자 그제야 헐레벌떡 뒤를 쫓았다.

다행히 선희는 엘리베이터 앞에 서 있었다.

"어디 가세요?"

찬희가 묻자 선희가 엘리베이터에 타며 말했다.

"따라와. 술이나 한잔하자."

찬희가 황당한 얼굴로 대꾸했다.

"저요?"

"그래. 너."

"아니, 근데 왜 자꾸 저한테 반말이세요?"

"너 서태홍 후배잖아."

어떻게 알았지?

찬희가 놀라 선희를 쳐다봤다. 그러자 선희가 피식 웃었다.

□ ■ □

출판사 관계자들이 서 장관의 저택에 찾아왔다. 곧 출간될 서 장관의 자서전 출판 기념회 준비를 위해서였다.

"장관님. 저는 '마지막 사형수' 이야기가 가장 인상 깊었습니다. 판사 시절 마지막 사형수에 얽힌 이야기를 통해 사형제 폐지에 대한 장관님의 생각까지. 무척 감명 깊게 읽었습니다."

서 장관을 바라보는 관계자들의 눈엔 진심 어린 존경심이 가득했다. 그들은 출판 기념회 일정을 논의한 후, 마지막 교정고를 남겨 놓고 저택을 떠났다.

곧 출간될 원고를 보며 서 장관은 감회에 젖었다. 이번 출판 기념회는 단순히 자서전 출간을 기념하기 위한 자리가 아니었다. 서 장관은 그 자리에서 대선 출마를 공식적으로 선언할 예정이었다. 드디어 오랜 꿈을 실현할 때가 온 것이다.

원고를 들춰 보고 있는데 노크 소리와 함께 최 비서가 들어왔다.

"어르신. 어디 있는지 알아냈습니다."

서 장관의 눈빛이 차갑게 굳었다.

"잘 감시해."

"문자를 못 받았다구요?"

태홍은 천천히 고개를 끄덕였다.

"태홍 씨, 혹시 우리 언니 만났어요?"

이번엔 아무 대답도 없었다. 태홍의 반응에 설미는 확신했다.

"태홍 씨, 언니랑 무슨 일 있어요? 혹시 싸웠어요?"

"우리가 무슨 애냐. 싸우게."

"그럼 왜 언니가 태홍 씨 병원에 못 오게 한 거예요? 언니가 못 오게 한 거 맞죠? 그래서 그동안 나 보러 안 온 거죠?"

"그런 거 아니야. 일이 바빠서……."

"거짓말. 언니랑 무슨 일 있었던 거 맞잖아요."

"갑자기 눈치가 왜 이렇게 빨라졌어?"

"농담하지 말고 빨리 말해 줘요."

태홍이 웃으며 화제를 돌리려 해 봤지만 소용없었다. 계속된 설미의 추궁에 태홍은 한숨을 깊이 내쉬곤, 진지한 어조로 말했다.

"미안해. 나중에 얘기해 줄게. 선희랑 먼저 풀어야 할 문제가 있어서."

이해를 구하는 태홍의 눈빛에 설미도 더는 뭐라 할 수 없었다.

"알았어요. 기다릴게요."

"……고마워."

"대신 나중에 무슨 일 있었는지, 하나도 빠짐없이 다 말해 줘야 해요. 알았죠?"

"응. 다 말해 줄게."

태홍은 착잡한 마음을 숨긴 채 가만히 미소를 지었다. 그런 그의 얼굴을 빤히 바라보던 설미가 대뜸 물었다.

"며칠 사이에 왜 이렇게 늙었어요?"

"뭐?"

태홍이 약간 당황스러운 듯 되묻자 설미가 또박또박 다시 말했다.

"태홍 씨 늙었다고요."

"그게 무슨 말도 안 되는 소리야."

"말이 왜 안 돼요? 거울 안 봤어요? 또 밥 안 먹고 다녔죠? 잠은? 안 잤겠고. 눈은 시뻘게 가지고. 범인 잡는 것도 중요하지만, 태홍 씨 몸이 먼저라고 했잖아요."

설미는 속상한 마음에 잔소리를 늘어놓았다. 태홍은 그녀의 잔소리를 듣는 지금 이 순간이 너무 행복했다. 하지만 행복도 잠시.

"그래서 범인은 잡았어요?"

"무슨 범인?"

"오토바이요."

태홍은 아무런 대답도 할 수 없었다. 범인을 잡기는 잡았지만, 돌연사했다는 걸 알게 되면 설미가 충격을 받을 테니까.

그가 어떤 대답을 해야 할지 망설이고 있는데, 설미가 먼저 입을 열었다.

"언니는 강도가 저지른 짓이라고 했지만, 아닌 거 알아요. 혹시 그놈들 짓이에요? 클럽 BB……."

태홍과 몇 달 같이 다녔다고 형사의 직감이라는 것이 옮겨붙은 건지 설미가 정확히 배후를 짚어 냈다. 그녀는 태홍의 표정을 살피는 여유까지 부렸다.

"맞죠? 클럽 BB!"

"아직 확실한 건 아니야."

"클럽 BB에서 언니를 협박하는 건 확실해요."

"그걸 니가 어떻게 알아?"

"아까 낮에 언니한테 이상한 전화가 걸려 왔어요. 아무래도 클럽 BB 사람인 것 같아요."

설미는 태홍에게 전화 내용을 얘기해 줬다.

"그 물건이라는 게 도대체 뭘까요? 뭔데 10년 전부터 사람들이 언니를 괴롭히는 걸까요? ……제가 언니한테 물어볼까요?"

"아니야. 괜찮아. 선희는 내가 설득해 볼게. 넌 재활에만 집중해. 다른 건 신경 쓰지 말고."

태홍은 설미의 머리를 쓰다듬어 주었다.

"알았지?"

설미가 고개를 끄덕였다.

"알았어요. 그래도 언니 일로 제가 도울 일이 있으면 언제든지 말해요. 태홍 씨도 알았죠?"

"그래. 그렇게 할게."

드르륵. 드르륵.

태홍의 말이 끝나기가 무섭게 핸드폰이 진동했다. 액정을 확인한 태홍의 표정이 심각해졌다. 찬희에게서 온 문자였다.

[형. 저 지금 선희 씨랑 병원 근처 술집에 있는데요. 이쪽으로 좀 와 주셔야 할 것 같아요.]

□　■　□

"그만 마셔요. 많이 취한 것 같은데…….'

찬희가 술잔을 빼앗자 선희는 양주를 병째 들이켰다. 찬희가 놀라 소리쳤다.

"미쳤어요? 지금 뭐 하는 거예요. 선희 씨 지금 환자라고요!"

선희는 입가를 타고 흐른 술을 손등으로 닦아 내며 찬희를 노려 봤다.

"니가 무슨 상관이야?"

"상관있죠. 지금 제 임무는 선희 씨를 지키는 거니까."

선희의 표정이 단번에 굳어졌다. 그녀의 반응에 어색해하던 찬희가 이마를 긁적였다.

"표정이 왜 그래요? 제가 무슨 말실수라도 했어요?"

"어. 그러니까 그딴 소리 함부로 하지 마."

"무슨 소리요?"

"네가 날 무슨 수로 지켜? 너 경찰이잖아. 내가 경찰 따위를 믿을 것 같아?"

"그럼 누굴 믿을 건데요?"

"아무도 안 믿어."

"그럼 외롭잖아요. 그러지 말고 나 한번 믿어 봐요."

"……."

이제껏 아무도 믿지 못하고 스스로 자신을 지키며 살아왔던 선희는 찬희의 말에 마음이 조금 흔들렸지만, 그렇게 보이지 않으려고 더 차갑게 말했다.

"특히 너는 절대 못 믿어. 서태홍 후배잖아."

"휴우."

대화가 안 통하는 선희 때문에 찬희가 한숨을 길게 내쉬고 있는데, 문이 열리고 태홍이 들어왔다. 태홍을 발견한 선희는 찬희를 싸늘하게 쳐다봤다.

"이러니까 못 믿지. 니가 불렀지?"

"미안해요. 두 사람 할 얘기가 많을 것 같아서……."

찬희가 자리에서 일어났다. 태홍은 찬희에게 고맙다는 눈빛을 보내며 당부했다.

"지금 병실에 설미 혼자 있어. 설미 좀 부탁할게."

"부탁? 지금 누가 누굴 부탁해?"

선희가 비아냥거렸지만 태홍은 아랑곳하지 않았다.

"밤이니까 병원 주변도 경호 좀 더 신경 쓰고, 무슨 일 있으면 나한테 바로 연락 줘. 그리고…… 설미한테 나랑 언니 걱정 말고 빨리 자라고 하고. 부탁한다."

태홍의 진심 어린 당부에 찬희는 다부지게 알겠다고 대답했다.

찬희가 나가자 룸 안엔 적막이 흘렀다. 태홍은 물끄러미 선희를 쳐다봤고, 선희는 그 시선을 무시하며 연달아 술을 마셨다.

묵묵히 술만 마시던 선희가 술잔을 내려놓았다.

"재활 끝나는 대로 설미 데리고 외국으로 떠날 거야."

태홍의 눈빛이 흔들렸다. 그 모습을 지켜보던 선희가 힘주어 말했다.

"내가 너한테 왜 이런 얘기를 하는지…… 너도 잘 알 거야."

"……."

"설미 상처받지 않게 잘 끝내."

"……."

"설미랑 헤어지라고."

"그렇게 못 한다면?"

계속 말이 없던 태홍이 되물었다.

"뭐?"

"나 설미랑 헤어질 생각 추호도 없어."

"……."

"그리고 10년 전, 할아버지가 너한테 한 짓, 내가 무슨 수를 써서라도 죗값 치르고 사죄하게 만들 거야."

"미친 새끼."

선희가 욕을 읊조리며 태홍을 노려보고 있는데.

"너 지금 뭐 하는 거야?"

태홍이 갑자기 무릎을 꿇었다.

"나한테 기회를 줘. 내가 너랑 설미 지켜 줄게. 이번엔 반드시……."

"미친……."

"마지막으로 나 한 번만 믿고 내가 하자는 대로 따라와 줘. 이렇게 부탁할게."

태홍이 간절하게 애원했지만, 선희는 무표정한 얼굴로 그를 빤히 바라보다가 자리에서 일어났다.

"나도 부탁이야. 설미랑 내 인생에서 제발 사라져 줘."

선희는 태홍을 밀치고 밖으로 나가 버렸다.

룸에 홀로 남은 태홍은 천천히 자리에서 일어났다. 답답한 마음에 병째로 술을 입에 들이부었지만 부질없는 짓이었다.

그는 힘없이 밖으로 나와 재활센터로 향했다.

태홍은 건너편에 서서 병원 건물을 한 층씩 올려다보았다.

1층, 2층, 3층…… 그리고 15층.

설미가 입원한 꼭대기 층을 가만히 올려다보는 태홍의 얼굴에 그늘이 가득했다.

□ ■ □

설미는 잠이 오지 않았다. 선희가 아직 돌아오지 않았기 때문이다.

한참을 뒤척이던 설미는 결국 상체를 일으켜 침대에 기대앉았다.

찬희에게 태홍과 언니가 만나고 있는 장소를 알려 달라고 해서 직접 가 볼까 하는 생각도 들었다. 하지만 태홍은 둘이 따로 풀어야 할 문제가 있다고 했다.

설미는 태홍을 믿었다. 언니가 아무리 감정적으로 굴어도 태홍이 이성적으로 잘 대처하고 문제를 해결할 거라고.

벌컥.

별안간 문이 열리고 선희가 비틀거리며 안으로 들어왔다. 찬희도 뒤따라 들어왔다. 술 냄새가 진동했다.

"설미 씨, 선희 씨가 술을 좀 많이 드신 것 같아요."

"나 많이 안 마셨어."

찬희가 부축하려 했지만 선희는 그의 팔을 밀쳐 냈다.

"찬희 씨, 괜찮으니 나가 보세요."

"그, 그래도."

찬희가 걱정스레 선희와 설미를 쳐다봤지만 설미는 또다시 괜찮다며 찬희를 내보냈다.

선희는 구두를 벗어 던지고 침대에 누워 버렸다. 설미는 선희의 침대로 다가가 언니의 얼굴을 가만히 내려다봤다.

"뭘 봐? 아, 술? 나 혼자 마셔서 미안. 퇴원하면 사 줄게."

"몸도 아픈 사람이 술을 왜 이렇게 많이 마셨어?"

"잔소리 스톱. 나 피곤해. 잘래."

"……."

설미는 한참을 망설이다가 조심스럽게 입을 열었다.

"……언니. 나 태홍 씨 정말 많이 좋아해."

"……."

"언니랑 태홍 씨 두 사람 사이에 무슨 일이 있었는지는 모르겠지만, 태홍 씨 너무 미워하지 마."

"……."

"그 사람 아니었으면 나……."

"이 등신아! 왜 하필 서태홍이야!"

설미의 말이 끝나기도 전에 선희가 벌떡 일어나 소리쳤다. 설미는 깜짝 놀라 할 말을 잃고 선희를 바라봤다.

"하고 많은 남자 중에 왜 하필 서태홍이냐고, 왜!"

선희는 설미가 평범한 사람을 만나 평범한 사랑을 하길 원했다. 그런데 이게 뭐란 말인가. 그녀는 절망스러운 표정으로 마른세수를 했다.

심각한 선희 때문에 설미의 심정도 복잡했다. 늘 포커페이스를 유지하던 언니가 이토록 흥분하는 모습은 처음이었다. 교도소 안에서조차 침착하고 여유로웠던 언니였다. 그런데 도대체 왜…….

선희는 여전히 뭔가에 쫓기듯 불안한 눈빛으로 설미의 손을 붙잡았다.

"재활 끝나면 나랑 같이 외국으로 떠나자. 여긴 위험해."

"……."

"……죽을 수도 있다고."

"그럼 그냥 죽을래."

선희의 얼굴이 굳어졌다.

"뭐라고?"

"태홍 씨 두고 떠나느니 그냥 죽겠다고. 언니, 나 태홍 씨 아니었으면 진작 죽었어. 정석범한테……."

"……."

정석범이라는 이름이 나오자 선희의 눈동자가 얼어붙었다.

"미안해. 언니 맘 아플까 봐 말 안 하려고 했는데……."

설미는 그간 있었던 정석범과 혜린에 대한 이야기를 털어놓았다. 이야기를 다 듣고 난 선희는 넋이 나간 표정이었다.

"나 10년 전에 다리 망가지고, 그 후로 줄곧 언니 원망 많이 했었어."

선희의 시선이 보호기를 착용한 설미의 다리에 닿았다.

"근데 지금은 아니야."

"……."

"언니 미워하지 않도록 태홍 씨가 도와줬어."

"……."

"태홍 씨 아니었으면 아마도 난…… 평생 언닐 미워하면서 살았을 거야. 언니를 이해하고, 언니가 나 때문에 어떤 희생을 했고, 어떤 어려운 길을 걸어왔는지 돌아볼 수 있도록 해 준 사람이야. 태홍 씨가 나한테 언니를 되찾아 줬어."

선희는 힘없이 자리에서 일어났다.

"쓸데없는 소리 하지 말고 자. 늦었다."

"언니, 나 지금 행복해."

"……."

"언니도 돌아왔고, 태홍 씨도 옆에 있고……."

"……."

"언니. 이제 헤어지지 말고 우리도 남들처럼 행복하게 살자. 응?"

설미가 애틋한 눈빛으로 말했다.

그런 동생의 얼굴을 한참 동안 바라보다 선희는 밖으로 나가 버렸다.

□ ■ □

다음 날.

팀원들이 모두 점심을 먹으러 사무실 나간 것을 확인한 회철은 서류 한 장을 품속에 숨겼다. 그리고 누가 볼세라 부리나케 경찰서 건물 뒤쪽으로 달려갔다. 그곳엔 태홍이 서 있었다.

회철은 부들부들 떨리는 손으로 서류를 태홍에게 넘겼다.

"경위님 이래도 돼요?"

"돼."

태홍은 건성으로 대답하고 서류 내용을 확인했다. 찬희가 알아다 준 선희의 핸드폰 번호를 조회한 결과, 외국인 명의로 되어 있었다. 그리고 어제 설미가 말한 시간에 선희 핸드폰으로 걸려 온 전화는 인터넷 전화로, 추적해 보니 인천 국제공항이 발신지였다.

"저 잘리면 진짜 책임지셔야 해요. 권 팀장님이 서 경위님 도와주지 말라고 했는데……."

"야! 강회철!"

"망했다."

회철은 멀리서 주먹을 내보이며 다가오는 권 팀장을 발견하곤 후다닥 도망쳤다.

"서 경위!"

권 팀장이 큰 목소리로 태홍을 불렀지만 태홍은 차분한 어조로 답했다.

"그냥 모른 척하세요."

"그렇게는 못 하지."

권 팀장이 주머니에서 뭔가를 꺼내 태홍에게 던졌다. 태홍의 경찰공무원증이었다.

"부검 결과 나왔어. 사인은 약물 과다 복용. 타살이야. 복귀해서 누구 소행인지 제대로 수사해 봐."

"이미 하고 있습니다."

"알아. 더 열심히 하라는 소리지. 그럼 서 경위 복귀 기념으로 한 턱 쏴야겠네. 한우로다가. 콜?"

권 팀장이 짓궂게 웃자 태홍이 미간을 찌푸렸다.

"근신은 오버였어요."

"그것도 알아."

"근데 왜 그러셨어요?"

"한우 얻어먹으려고 그랬다, 왜! 가자. 점심 먹으러."

태홍은 권 팀장을 따라 근처 한우국밥집으로 향했다.

"팍팍 좀 먹어."

권 팀장이 태홍의 국밥에 다진 양념을 폭탄처럼 투하했다.

"아, 뭡니까!"

태홍이 짜증을 내며 숟가락으로 양념을 도로 걷어 냈다.

"그냥 먹지, 까칠하기는."

태홍과 권 팀장이 티격태격하며 밥을 먹고 있는데, 국밥집 아주머니가 TV를 틀었다.

— 야권 대선 주자인 이용택 대표가 30일간의 해외 봉사 활동을 마치고 어제 인천 공항을 통해 귀국했습니다. 같은 시각 인천 공항 근방에 위치한 H호텔에서 강연을 마친 서남길 前 법무부 장관과 이용택 대표가 극비리에 회동한 것으로 알려져, 정치권이 촉각을 곤두세우고 있습니다……

뉴스 화면엔 강연을 하는 서 장관의 모습이 비치고 있었다.

점심을 먹고 경찰서로 복귀한 태홍은 머릿속이 복잡했다.

선희에게 전화를 건 남자는 누구일까? 만약 이번 피습 사건의 배후가 클럽 BB라면, 이것도 할아버지가 지시한 걸까? 굳이 이렇게까지 할 필요가 뭐지? 아니면 정말 화영의 말대로 제삼의 인물이?

"서 경위님!"

생각에 잠겨 있던 태홍은 뒤늦게 저를 부르는 소리를 들었다. 고개를 들자 박 형사가 창밖을 가리키며 말했다.

"밖에 누가 찾아오셨어요. 완전 미인이던데요."

미인이라는 말에 권 팀장과 팀원들이 고개를 빼고 밖을 내다봤다. 경찰서 앞 벤치에 선희가 다리를 꼰 채 앉아 있었다.

"연예인이야?"

"우와 몸매 끝내준다."

소란을 떨던 팀원들이 동시에 합죽이가 되었다. 딱딱하게 굳어진 태홍의 표정 때문이었다. 궁금증이 가득한 팀원들을 뒤로하고 태홍은 밖으로 나갔다.

태홍을 본 선희가 벤치에서 일어섰다. 그리고 태홍을 빤히 쳐다보며 물었다.

"어떻게 지킬 건데?"

"……."

"설마 어떻게 지켜 줄 거냐고."

□　■　□

태홍과 선희는 경찰서 옥상 휴게실로 자리를 옮겼다. 선희는 의자에 앉자마자 담배를 입에 물었다. 곧바로 불을 붙이려고 하자 태홍이 담배를 뺏었다.

"금연 구역이야."

"재수 없어."

선희는 라이터를 가방에 던져 넣었다. 그리고 고개를 들어 하늘을 올려다보며 기지개를 켰다.

"날씨 한번 끝내주네."

그 상태로 의자에 기댄 채 선희는 말이 없었다. 태홍은 묵묵히 기다렸다.

한참 후, 선희의 가라앉은 목소리가 들려왔다.

"10년 전에 아무 일도 없었어."

"그게…… 무슨 소리야?"

"말 그대로야."

"……"

"그러니까 설미한텐 쓸데없는 소리 하지 마. 평생 입 다물라고."

태홍은 이해할 수 없다는 눈빛으로 선희를 쳐다봤다. 선희는 어깨를 으쓱였다.

"너야말로 도대체 내 동생한테 무슨 짓을 한 거야?"

설미는 지금 시위 중이었다. 아침부터 밥도 안 먹고, 침대에서 꼼짝도 하지 않으면서. 그런 동생을 보며 선희는 어이가 없었다. 자신의 마음을 몰라주는 동생이 원망스럽다가도, 한편으로는 그냥 이렇게 아무것도 모르는 편이 나을 것 같다는 생각을 했다.

'언니, 나 지금 행복해.'

선희는 설미의 행복을 지켜 주고 싶었다. 자신이 조금 불행해진다고 해도. 기꺼이.

"내 동생이 너랑 헤어지느니 차라리 죽겠단다. 밥도 안 먹고 재활
도 안 받을 거래. 너도 알지? 걔 운동선수 출신인 거. 근성 하난 끝
내주거든. 그 고집 나도 못 꺾어. 그래서 항복."

선희가 두 팔을 들어 올리며 피식 웃었다. 그리고 자리에서 일어
나 태홍을 똑바로 보며 말했다. 선희의 목소리는 진지했다.

"설미 옆에 있어 줘."

"……."

"내 용건은 끝."

□　■　□

"누구십니까."

병실로 들어가려는 표 여사를 찬희가 막았다. 표 여사가 날카로운
눈빛으로 찬희를 쳐다봤다.

"그러는 넌 누구야? 내 아들이 여기 이사장이야. 안 비켜?"

찬희는 서글서글한 성격의 차윤과 정반대인 모친을 보며 혀를 찼
다. 당장이라도 표 여사를 끌어내고 싶었지만 차윤을 생각해서 참았
다. 마침 재혁이 달려왔다.

"어머니! 오늘은 그냥 돌아가시죠. 차윤이 알면 저 진짜 큰일난
다구요."

재혁은 설미 얘기를 꺼낸 자신의 입을 저주하며 필사적으로 표
여사를 말렸다. 하지만 소용없었다. 어디서 그런 힘이 나는 건지 표
여사는 두 남자를 뿌리치고 막무가내로 병실 안으로 들어갔다.

병실을 쭉 둘러본 표 여사는 기가 막힌 나머지 웃음을 터트렸다.
설미의 병실은 센터에서 가장 비싼 병실이었다. 그것도 모자라 설미

의 안전을 위해 15층 전부를 비웠다고 했다.

침대에 누워 세상모르게 잠든 설미를 보자 표 여사는 천불이 났다. 결국 분을 참지 못하고 가방으로 설미의 얼굴을 내리쳤다. 찬희와 재혁이 말릴 새도 없었다.

퍽!

"아얏."

얼굴을 정통으로 맞은 설미가 벌떡 일어났다. 하지만 상황을 파악하기도 전에 표 여사가 다시 가방을 휘둘렀다.

"니가 왜 여기 있는 거야! 이 뻔뻔한 년!"

표 여사가 또 한 번 가방을 머리 위로 들어 올리자 찬희가 재빨리 가방을 뺏고, 재혁이 표 여사를 말렸다.

"놔, 이거 놓으라고! 저년 당장 쫓아내!"

그때 문이 열리며 선희가 들어왔다. 표 여사를 본 선희는 들고 있던 핸드백을 표 여사의 얼굴을 향해 힘껏 던졌다.

퍼억!

재혁에게 붙잡혀 있던 바람에 표 여사는 피하지도 못하고 얼굴을 정통으로 맞았다.

"으악!"

선희는 싸늘한 얼굴로 또각또각 구두 소리를 내며 표 여사에게 다가갔다.

"아줌마. 오래간만이야?"

표 여사는 선희의 얼굴을 확인하곤 기겁했다.

"나 기억하나 보네? 그럼 내가 한 말도 기억하려나? 내가 말했었지. 내 동생 그냥 가만히 두면 알아서 정리할 거라고. 봐, 내 동생 아줌마 아들 이미 정리하고 다른 남자도 생겼어. 무려 장관 손주. 그 남자 재산이 얼만 줄 알아? 아줌마 아들은 쨉도 안 돼."

"니가 여긴 어떻게? 넌 교도소에……."

"아줌마 한 대 치고 다시 들어갈까, 지금 심각하게 고민 중이니까 입 닥치고 꺼져. 죽여 버리기 전에."

그렇게 말하며 선희는 피식 웃었다. 그녀의 살벌한 표정에 표 여사는 저도 모르게 뒷걸음질을 치다 허둥지둥 병실을 빠져나갔다. 재혁과 찬희 역시 표 여사를 뒤따라 나갔다.

선희는 침대로 다가갔다. 설미는 얼른 이불로 얼굴을 가렸지만, 선희에 의해 다시 끌어 내려졌다. 설미의 뺨에 붉힌 상처가 보였다.

"왜 맞고만 있어? 니가 뭘 잘못했는데! 왜 맞냐고!"

울화가 치민 선희가 소리치자 설미는 그저 두 눈을 꽉 감아 버렸다.

선희는 구급상자에서 연고를 꺼내 와 설미의 뺨에 바르기 시작했다. 설미가 반대쪽으로 고개를 돌리려 했지만, 선희는 설미의 턱을 꽉 잡고 연고를 발랐다.

"너, 서태홍이랑 어디까지 갈 생각이야?"

설미가 살며시 눈을 떴다. 선희는 그런 설미의 눈을 바라보며 다시 한번 물었다.

"서태홍이랑 끝까지 갈 수 있어?"

"끝까지?"

"서태홍이랑 결혼까지 갈 수 있겠냐고."

설미가 잠시 고민하다 입을 열었다.

"그건 내가 혼자 결정할 수 있는 문제가 아니잖아."

"니 생각을 묻는 거야."

설미는 천천히 대답했다.

"……평생 함께하고 싶은 사람이야."

"그래. 그럼 그렇게 해."

설미는 의아한 눈길로 선희를 쳐다봤다.

"그게 무슨 소리야?"

"서태홍 만나라고. 그렇게 좋으면."

"어제는 그렇게 반대하더니……. 갑자기 왜 생각이 바뀐 거야?"

"그냥."

"……."

"행복해지고 싶어서?"

선희가 빙긋 웃었다. 하지만 설미는 선희의 미소가 왠지 쓸쓸해 보였다.

"언니…… 나한테 뭐 숨기는 거 있지?"

"어. 아주 많지."

선희는 밴드를 꺼내 설미의 뺨에 붙여 주었다.

"숨기는 데는 다 이유가 있는 거야. 그런데 너……."

선희가 정색하고 설미를 바라봤다. 설미는 언니가 또 무슨 말을 할지 긴장했다.

"서태홍 어디가 그렇게 좋니?"

예상치 못한 질문에 설미는 당황해 하다 수줍게 털어놨다.

"그냥…… 다 좋아. 태홍 씨가 옆에서 숨만 쉬어도 좋아."

"와. 정말 미치겠다. 널 어쩌면 좋냐."

"내가 뭘!"

"누가 먼저 고백했어?"

"당연히 태홍 씨가……."

"웃기고 있네."

"진짜야. 태홍 씨가 먼저 나 좋다고 따라다녔거든? 내가 몇 번을 거절했는데, 그래도 좋다고 좋다고 해 가지고 받아 준……. 아무튼!"

저도 모르게 태홍과의 연애사를 떠벌리던 설미는 뒤늦게 얼굴이 달아올랐다. 부끄러워하는 설미의 모습에 선희가 피식 웃었다.

설미는 조심스레 선희의 손을 잡았다.

"갑자기 징그럽게 왜 이래?"

선희가 손을 빼내려고 하자, 설미는 더욱 꽉 잡았다.

"우리 앞으로 이렇게 쭉 같이 살자. 언니, 어디 가면 안 돼. 알았지?"

선희는 잠시 굳었다가 다시 짓궂게 말했다.

"그런 소린 서태홍한테나 가서 해."

설미의 손을 톡톡 두드리며 선희가 자리에서 일어났다.

"어디 가게?"

"밥 먹어야지. 너 점심도 안 먹었지? 뭐 먹을래?"

"언니 먹고 싶은 거. 언닌 무슨 음식 좋아해? 내가 퇴원해서 집에 가면 다 만들어 줄게."

"야, 임설미. 너 좀 무섭다? 아침엔 죽일 듯이 노려보고 그러더니, 사람이 확 바뀌네."

"내가 언제."

설미가 머쓱해하며 이마를 긁적였다. 태홍과 못 만나게 한다고 시위했던 게 새삼 부끄럽고 미안한 마음이 들었다.

"미안해……."

설미가 기어들어 가는 소리로 사과했다. 선희는 장난기가 발동해 일부러 못 들은 척했다.

"뭐라고?"

"아, 진짜. 미안하다고!"

설미가 크게 외쳤다. 그 모습이 귀여워 선희는 소리 내어 웃었다.

"나 밖에 나가서 먹을 것 좀 사 올게. 쉬고 있어."

"응. 조심히 다녀와."

선희가 문 쪽으로 걸어가는데 노크 소리와 함께 문이 열렸다. 문

앞엔 태홍이 서 있었다.

선희는 태홍을 보자 과연 자신이 내린 결정이 옳은 것일까, 의문이 들었다. 이게 정말 설미를 위한 일이 맞는 걸까? 스스로에게 되물었다.

선희는 고개를 돌려 설미를 바라보았다. 태홍을 보고 환해진 설미의 얼굴을 본 선희는 작게 웃었다. 더 이상 망설이지 않아도 될 만큼 답은 명확했다.

선희는 태홍의 눈을 똑바로 마주하며 짧게 말했다.

"잘해라."

"걱정 마. 내가 잘할게."

태홍은 웃으며 말하는 선희에게 죄책감이 들었다. 웃고는 있지만 그 속이 결코 편치 않을 것을 잘 알기 때문이다. 태홍은 선희의 걱정이라도 덜어 줄 수 있도록 더 자신 있게 답했다. 물론 자신도 있었다.

"당연히 그래야지. 내가 너 지켜볼 거야."

"고맙다."

태홍의 진심 어린 눈빛에 선희는 어깨를 으쓱이곤 병실을 나갔다.

"태홍 씨!"

태홍이 들어오자 설미가 활짝 웃으며 양팔을 벌렸다. 하지만 설미의 얼굴을 본 태홍은 표정을 굳혔다. 뺨에 붙은 밴드를 봤기 때문이다.

그런 태홍의 시선을 깨달은 설미는 황급히 손바닥으로 얼굴을 가렸다.

"그 아줌마 어디 소속이라고?"

"소속?"

"그 병원 아주 박살을 내 버려야겠어."

태홍이 이를 악물고 서 있자, 설미는 다시 양팔을 벌렸다.

"뭐야."

"뭐긴. 안아 달라고요."

"뭘 잘했다고."

"네?"

"밥도 안 먹고 재활도 안 하는 사람을 뭐가 예쁘다고 안아 주냐."

"그럼 언니가 태홍 씨 만나지 말라는데, 내가 밥도 평소보다 두 배로 먹고, 재활도 잘 받아서 막 춤추고 돌아다녔으면 좋겠어요?"

"춤까진 아니더라도 밥은 먹어야지."

"알았어요. 다음엔 그럴게요. 자, 안아 줘요."

태홍은 그제야 성큼 다가와 그녀를 품에 꽉 안았다. 그리고 그녀의 입술에 가볍게 키스를 하며 귓가에 속삭였다.

"보고 싶어서 미치는 줄 알았어."

한편, 찬희는 뭔가 수상한 낌새를 느끼고 선희를 몰래 뒤따라갔다. 그녀는 옥상으로 향하고 있었다.

뒤늦게 옥상이 있는 층에 도착한 찬희는 살짝 열린 문 틈새로 밖을 내다보았다.

"선희 씨!"

찬희가 놀라 그대로 밖으로 달려 나갔다.

옥상에 선희가 쓰러져 있었다. 손에 약병을 든 채로.

"선희 씨! 정신 차려요! 선희 씨!"

찬희는 사색이 되어 선희의 어깨를 잡고 흔들었지만, 그녀는 미동조차 없었다.

□ ■ □

"언니 만나면 할 얘기가 진짜 많았는데……. 근데 막상 만나니까 무슨 말부터 해야 할지 모르겠더라구요."

설미는 오랜만에 만난 태홍에게 그간 있었던 일들을 쉴 새 없이 재잘거렸다.

태홍은 그녀의 목소리를 들으며 앉아 있는 것만으로도 너무나 행복했다. 그는 그녀의 뺨에 흘러내려 온 머리카락을 넘겨 주며 부드럽게 얼굴을 어루만졌다.

그러자 설미가 웃는다. 하얀 미소. 그녀에게서 나는 달콤한 향기. 웃음 섞인 말투. 그녀의 모든 게 다 좋았다.

태홍은 이렇게나 설미에게 푹 빠져 버린 자신이 스스로도 믿기지 않아 웃음이 나왔다.

"저요. 언니가 어떻게 살아왔는지 묻기보다 앞으로 어떻게 살 건지에 대한 얘기를 할 거예요. 언니도 그랬어요. 행복해지고 싶다고. 제가 꼭 그렇게 만들 거예요."

태홍이 설미의 머리를 쓰다듬어 주었다.

"역시. 넌 마음이 제일 예뻐."

"아닌데, 전 얼굴이 제일 예쁘거든요?"

설미가 두 손으로 얼굴을 받치는, 일명 '꽃받침 포즈'를 하며 눈을 반짝거렸다. 그러자 태홍이 피식 웃어 버렸다.

"지금 비웃은 거죠?"

설미가 그를 예쁘게 흘겨봤다. 태홍은 그녀의 머리카락을 헝클어뜨리며 일부러 더 퉁명스럽게 말했다.

"공공장소에서 끼 부리지 마."

설미가 입을 삐죽 내밀었다.

"여기가 무슨 공공장소예요? 우리 둘뿐인데……."

"빨리 자."

그는 설미를 침대에 눕히더니 이불을 끌어 목까지 덮어 줬다. 그의 귀가 붉게 달아올라 있었다.

"왜 벌써 자래요. 언니도 아직 안 들어왔는데. 그러고 보니 언니는 밥 사러 간다더니 왜 이렇게 안 오지?"

"아마 찬희랑 같이 있을 거야. 내가 한번 나가 볼게."

설미가 계속 걱정하자 태홍은 알아보겠다며 병실 밖으로 나왔다.

태홍이 찬희에게 전화를 걸기 위해 핸드폰을 꺼내는 사이 복도 모퉁이에서 찬희가 모습을 드러냈다. 그는 혼자가 아니라, 선희를 부축한 채였다.

놀란 태홍이 뛰어가자 선희는 찬희의 손을 뿌리치고 혼자 섰다.

"왜 나와 있어? 일부러 자리 피해 준 건데."

태홍은 힘겹게 웃는 선희의 상태를 살폈다. 안색이 창백했고, 손을 부들부들 떨고 있었다. 그녀는 당장이라도 쓰러질 것 같은 모습이었다.

태홍은 궁금한 것이 많았지만 모른 척했다.

"얼른 들어가 봐. 설미가 너 기다려."

대답할 힘도 없는지 고개만 끄덕이곤 선희는 병실 안으로 들어갔다.

태홍이 찬희에게 시선을 돌리자 찬희는 지친 기색으로 휴게실 쪽을 가리켰다. 두 사람은 휴게실로 자리를 옮겼다.

"무슨 일이야? 선희 어디 아파?"

"선희 씨가 복용하는 약 말이에요. 임페타닐……. 그거 부작용이 꽤 심한 모양이에요. 의사 말로는 복용 횟수를 천천히 늘려야 하는데, 요즘 통증이 심했는지 약을 한꺼번에 다량 복용 한 게 문제가 된 거죠. 옥상에 쓰러져 있더라고요. 응급 처치 받고 입원시키려고 했는데, 싫다고 하도 고집을 피워서……."

"……."

"그리고……."

찬희가 말끝을 흐렸다. 응급실에서 의사가 했던 말이 떠올라 가슴이 먹먹했다.

"의사가 그러더라구요. 가슴부터 배까지 화상 흔적이 크게 있는데…… 치료를 받다가 중단한 것 같다고. 외모에 그렇게 신경 쓰는 여자가 그 흔적을 왜 그대로 남겨 놓은 걸까요? 정말 이 여자 속을 알 수가 없어요."

찬희는 신경질적으로 머리를 벅벅 긁었다. 선희가 신경 쓰여 미칠 것 같았다.

그런 찬희를 태홍이 의아한 눈길로 쳐다봤다.

"왜, 왜요? 왜 그런 눈으로 봐요? 저 그 여자한테 관심 없어요!"

"알아."

"형이 어떻게 알아요?"

"니 스타일 아니잖아."

"그러니까요. 그런데……."

왜 자꾸만 눈길이 가는지 모르겠다.

찬희가 한숨을 길게 내쉬자 태홍이 어깨를 두드려 주며 위로하듯 말했다.

"설미도 내 스타일은 아니었어."

말 많고, 덤벙대고, 눈치 없고, 많이 먹고. 자신과 정반대인 여자.

처음엔 마약 끄나풀로 오해한 게 미안해서, 위험에 처한 그녀를 몇 번 구해 준 게 다였다. 그런데 어느 날 정신을 차리고 보니.

'하루 종일 설미 걱정, 설미 생각만 하고 있었지.'

꽃받침 포즈를 한 채 눈을 반짝거리던 설미의 귀여운 모습이 떠오르자 태홍의 입가에 부드러운 미소가 떠올랐다. 하마터면 병실에서 덮칠 뻔했다. 그 짧은 순간에, 다리를 다친 그녀와 어떤 자세로 해야 하는지 몹쓸 상상까지 하고 말았으니.

"미친놈."

태홍의 혼잣말에 찬희가 뜨끔해서 소리쳤다.

"저 아직 안 미쳤어요!"

□　■　□

차윤은 요즘 준비하고 있는 논문 때문에 서울과 문화시를 오가며 바쁜 나날을 보내고 있었다. 게다가 오늘은 재활센터 설립과 관련해서 신문사 인터뷰까지 있어 오후 늦게가 돼서야 피곤한 모습으로 병원에 도착했다.

내일 회의 준비로 야근하던 재혁이 차윤을 흘끔 보더니 조심스레 입을 열었다.

"어머니 왔다 가셨어."

차윤의 입에서 저절로 한숨이 새어 나왔다. 어머니가 왔다 가셨다니, 안 봐도 뻔했다. 그의 예상대로 표 여사가 설미를 찾아가 손찌검까지 했다고 재혁은 전했다. 이런 일이 있을 때마다 차윤은 설미에게 미안했고, 어머니가 원망스러웠다.

차윤은 착잡한 마음을 안고 15층으로 향했다. 엘리베이터에서 내려 설미의 병실로 향하던 차윤이 시계를 보곤 멈췄다. 11시가 훌쩍 넘은 시간. 아무래도 아침에 다시 와야겠다며 발걸음을 돌리는데, 뒤에서 누군가 그를 불렀다.

"선생님."

설미가 절뚝이며 걸어오고 있었다. 차윤은 얼른 달려가서 설미를 부축했다. 뒤를 따르던 경호원이 차윤에게 눈인사를 건넸다. 차윤이 마찬가지로 인사를 하자 경호원은 꾸벅 고개를 숙이곤 제자리로 돌아갔다.

둘만 남자 차윤이 설미를 향해 물었다.

"밤늦게 왜 나왔어?"

"자판기 커피가 마시고 싶어서요."

설미가 멋쩍은 듯 웃었다.

"밤중에 자판기 커피라니, 하여튼 엉뚱하다니까. 가자, 내가 사 줄게."

설미를 따라 차윤도 웃으며 두 사람은 휴게실로 들어갔다. 차윤은 설미를 소파에 앉힌 후, 자판기 커피를 한 잔 뽑아 설미에게 건넸다.

"고맙습니다. 잘 마실게요."

설미는 세상을 다 가진 듯한 미소를 지으며 커피를 홀짝홀짝 마셨다. 그 모습을 보자 차윤은 피곤이 확 달아나는 기분이 들었다. 그러다 설미의 얼굴에 밴드가 붙어 있는 것을 발견하곤 금세 마음이 무거워졌다.

"우리 어머니 오셨었다며?"

"네……."

"내가 대신 사과할게. 미안해."

"아니에요. 사모님 화내시는 거 이해해요. 그래서 말인데요……. 저 일반 병실로 옮기면 안 될까요? 지금 있는 병실은 너무 과분해요."

"그건 안 돼. 선희 씨가 특별히 부탁했거든. 제일 안전하고 좋은 병실에 있게 해 달라고. 돈이 얼마가 들어도 상관없으니."

"언니가요?"

"그래."

설미는 작게 한숨을 내쉬었다.

'언니가 무슨 돈이 있다고…….'

어두워진 그녀의 얼굴빛을 살피며 차윤이 조심스레 물었다.

"병실 문제 때문에 신경 쓰여서 잠이 안 오는 거야?"

"병실 때문만은 아니고……."

설미는 언니의 모습을 떠올렸다. 밖에 나갔다 오자마자 침대에 누워 잠이 든 언니의 창백한 얼굴. 악몽을 꾸는 모양인지 간간이 고통스러운 신음 소리까지 냈다. 늘 당당한 평소와 달리 안쓰러운 그 모습에 설미는 마음이 아팠다. 무슨 일인지는 모르겠으나 언니의 봄이 좋지 않은 것만은 확실했다.

힘들어하는 언니를 보며 언니를 행복하게 해 주고 싶다는 바람이 더욱 간절해졌다. 하지만 방법을 모르겠다. 설미 자신도 '행복하다'라는 감정을 느낄 수 있게 된 건 최근이었기 때문이다.

그동안 그녀 역시 선희처럼 매일 밤 악몽을 꾸었고, 아팠고, 외로웠고, 항상 무언가에 쫓기며 살았다. 하지만 언니는 자신보다 더 힘든 삶을 살았을 거라 생각하니 가슴이 미어졌다.

설미의 마음을 알 리 없는 차윤은 잔뜩 복잡해 보이는 설미를 그저 걱정스레 바라봤다.

"그럼 혹시 무릎 때문에 그래? 너무 걱정하지 마. 이번에 손상된 부위는 자연 회복이 빠른 편이라 재활도 전처럼 힘들진 않을 거야. 그러니까 걱정 그만하고 들어가서 자자."

차윤이 설미를 다독이며 일으켜 세워 주었다. 설미는 진심 어린 눈빛으로 차윤을 바라봤다.

"선생님. 너무 감사해요. 항상 이렇게 절 일으켜 세워 줘서. 걸을 수 있게 해 줘서. 이 은혜 잊지 않고, 앞으로 저요, 똑바로 곧은길로만 갈게요. 그리고 선생님처럼 좋은 어른이 될 거예요. 제가 선생님한테 받은 것들 저도 그대로 베풀면서 살 거예요."

선생님처럼 좋은 어른이 되겠다. 10년 전부터 늘 설미가 해 오던 다짐이었다.

그녀가 늘 하던 말인데, 오늘따라 그 말이 어딘가 한 방 맞은 것
처럼 아팠다. 자신은 그녀에게 그저 좋은 어른일 뿐이었던가.

차윤은 씁쓸한 미소를 지었다.

□　■　□

일주일간의 집중 재활과 약물치료 덕에 깁스도 풀고, 보호기 없이
도 걸을 수 있게 된 설미는 통원 치료를 선택했다.

환자복을 벗어 던지고 평상복으로 갈아입은 설미는 콧노래를 부
르며 화장실에서 나왔다. 선희가 설미를 위아래로 훑어보더니 고개
를 절레절레 흔들었다.

"진짜 내 동생이지만, 서태홍이 너랑 왜 만나는지 모르겠다."

"내가 어때서?"

"그거 니 옷이야?"

"응. 태홍 씨가 집에서 가져다준 건데. 왜?"

"너. 집에 그런 옷밖에 없지?"

정곡을 찔린 설미는 핑크색 트레이닝복을 만지작거리며 변명했다.

"이게 얼마나 편한데."

선희는 쯧쯧, 혀를 찼다. 그리고 자신의 트렁크 가방을 뒤지더니
옷을 하나 꺼내 내밀었다.

"안 되겠다. 그거 벗고, 이걸로 갈아입어."

설미는 선희가 건넨 옷을 펼쳤다.

"이건 너무 짧잖아. 태홍 씨는 이렇게 짧고 파인 옷 싫어한단 말
이야."

설미가 선희를 흘겨보며 투덜댔다. 그러다 선희가 입은 옷에 시선
이 닿았다. 화려한 플라워 프린트의 시폰 원피스.

"왜? 이 옷이 마음에 들어? 이거 줄까?"

"어? 아니. 그 옷 언니랑 참 잘 어울리는 것 같아서."

설미가 희미하게 웃었다.

화려한 옷차림만큼, 언니도 화려하고 멋진 삶을 살아왔다면 좋았을 텐데.

일주일간 병실에서 같이 지냈지만, 두 사람은 생각만큼 많은 대화를 나누진 못했다. 재활이 워낙 고된 탓에 병실에 돌아오자마자 설미가 시체처럼 뻗어 버렸기 때문이다.

게다가 설미와 선희는 생활 패턴이 정반대였다. 설미가 잘 때 선희가 깨어 있었고, 설미가 일어나면 선희가 자고 있었다. 그래서 설미는 아직까지 언니가 앞으로 어떤 삶을 살고 싶은지, 어떤 계획이 있는지 물어보지 못했다.

설미가 짐을 꾸리는 동안 선희는 거울을 보며 입술 화장을 고쳤다. 그 모습을 가만히 보던 설미가 조심스레 입을 열었다.

"나도 그것 좀 빌려주면 안 돼?"

"자."

선희가 흔쾌히 립스틱을 건넸다. 설미는 립스틱을 손에 든 채 거울 속 자신의 맨얼굴을 뚱하게 쳐다봤다.

'나도 언니처럼 화장하고 다닐까?'

설미는 립스틱을 바르다 말고 풀 메이크업 상태의 선희를 부럽게 바라봤다. 시선을 눈치챈 선희가 피식 웃더니 파우치를 꺼냈다.

"거기 앉아 봐."

설미가 쪼르르 침대에 걸터앉았다. 선희는 능숙한 손길로 메이크업 베이스부터 시작해서 컨실러, 파우더, 색조까지 열심히 설미 얼굴에 찍어 발랐다.

"태홍 씨는 진한 화장 싫어하니까 살짝만 해 줘. 알았지?"

그러자 선희가 설미의 이마에 꿀밤을 먹였다.

"아얏! 왜 때려!"

"그놈의 서태홍 소리 그만 좀 해라."

"또 왜 시비야?"

"너무 티 내지 마."

"뭘?"

"누가 봐도 니가 더 서태홍 좋아하는 것 같아 보여."

"그게 어때서."

"어떻긴! 너같이 이렇게 다 퍼 주는 스타일, 남자들 엄청 싫어해. 금방 질리거든."

"뭐라고? 퍼 주다니 내가 뭘!"

그렇게 두 사람이 한창 티격태격하고 있는데 문이 열렸다. 문을 열고 들어온 건 찬희였다.

"아직 준비 다 안 끝났거든?"

선희가 소리치자, 찬희는 얼른 문을 닫고 다시 나갔다.

"왜 나와?"

때마침 병실 앞에 도착한 태홍이 찬희를 향해 물었다.

"준비가 아직 안 끝났대요."

"퇴원하는 데 무슨 준비가 그렇게 필요해?"

태홍이 못마땅하다는 듯 병실 문을 쳐다봤다.

"근데 형……."

찬희가 작게 얘기했다.

"두 사람 집으로 보내도 괜찮을까요? 아직 피습범 배후가 클럽 BB라는 어떤 증거도 찾지 못했잖아요. 이런 상태에서 집은 위험할 것 같은데……. 그리고 그 집에 혜린이도 있잖아요……."

"정말 위험한 상태면 선희가 집으로 가겠다고 하지 않았을 거야.

혜린이 문제는 셋이서 알아서 하겠지."

그렇지 않아도 어제저녁 태홍은 밖에서 따로 선희를 만났었다.

'미친 거 아니야? 설미가 정석범 딸이랑 같이 살고 있다고? 넌 안 말리고 뭘 했어! 지금이라도 당장 내보내!'

'그럴 순 없어. 혜린이는 설미가 가장 아끼는 제자야. 그리고 너도 내일 만나 보면 알겠지만, 착한 애야.'

'그 애가 어떤지는 상관없어. 정석범 그 양아치 새끼랑 얽히면 항상 재수가 없었다고! 괜히 그 딸이랑 얽혔다가 위험해지면 어쩔 건데?'

'정석범은 교도소에 있고, 혜린이랑 설미 몇 달 같이 살았지만 지금까지 아무 일도 없었어. 그리고 진짜 위험은 다른 곳에 있어. 너도 알 텐데?'

'뭘.'

'오토바이 피습범 사망했어. 누가 죽였는지, 넌 알고 있지?'

'……'

'정말 몰라?'

'어. 몰라.'

'니가 먼저 말해 주길 기다렸는데, 안 되겠다. 네가 있었던 클럽 BB……'

'스톱.'

'……'

'기다린 김에 좀 더 기다려. 조만간 다 정리될 테니까, 궁금해도 좀 참고. 넌 참을성이 너무 없는 게 문제야.'

빨대로 주스를 쪽쪽 빨아 마시며 농담조로 말하던 선희의 마지막 말은 진지했다.

'나 말이야. 두 번 다시 우리 설미 다치게 안 할 거야.'

깊이 자책하는 표정이었다.

태홍은 어제 보았던 선희의 쓸쓸한 얼굴이 떠오르자 마음이 착잡해졌다.

"제가 혹시 몰라서 어제 설미 씨 빌라에 가 봤거든요. 근데……."

빌라 주변엔 사각지대 하나 없이 최신식 CCTV가 설치되어 있었다. 그뿐만 아니라 창문도 방범 창으로 바뀌어 있었다. 자신이 본 걸 설명하며 찬희는 태홍을 흘끔 쳐다봤다.

"형이 한 거예요?"

"들어가자."

태홍은 머쓱한지 병실 문을 열고 안으로 들어가 버렸다. 그 뒤를 따라 병실에 들어선 찬희는 설미를 보곤 저도 모르게 '풉!' 하고 소리 내어 웃어 버렸다.

"설미 씨 얼굴이 왜 그래요?"

선희가 찬희를 매섭게 노려봤다. 그러자 찬희가 재빨리 말을 바꿨다.

"완전 예뻐요! 역시 여자는 화장을 해야 해."

골드 섀도에 진한 아이라인. 우윳빛 피부와 대비되는 레드 립. 선희와 똑같은 화장법인데도 설미의 베이비 페이스에는 전혀 어울리지 않았다.

하지만 설미는 언니가 정성껏 해 준 화장이 마음에 드는 듯, 부끄러워하며 태홍에게 다가섰다.

"어때요?"

"어떻긴. 이상하지."

설미와 선희가 동시에 태홍을 노려봤다.

"저 싸가지. 임설미! 넌 쟤가 왜 좋냐?"

"그러게. 내가 미쳤나 봐."

둘은 태홍을 흘겨봤다. 태홍은 자신이 무슨 잘못을 한지도 모르는 표정이었다. 옆에서 보다 못한 찬희가 중재에 나섰다.

"짐은 이게 다죠? 자, 이제 빨리 집에 갑시다."

찬희가 가방을 번쩍 들었다.

"넌 그거 들고 나 따라오고, 서태홍 너는 이거 받아."

선희는 핸드백에서 카드 하나를 꺼내 태홍의 셔츠 주머니에 꽂았다. 그리고 작게 속삭였다.

"오늘 집에 안 들어와도 돼."

선희는 슬며시 웃으며 그대로 태홍을 지나쳐 밖으로 나갔다. 찬희도 급히 선희를 따라 나갔다.

두 사람이 나가고 설미가 궁금한 얼굴로 셔츠에 꽂힌 카드를 빤히 쳐다봤다.

"그게 뭐예요?"

태홍은 카드를 확인하더니 보여 주는 대신 얼른 주머니에 넣었다.

"뭔데요? 왜 숨겨요?"

"별거 아니야."

"줘 봐요. 얼른."

설미가 손을 쭉 내밀었다. 째려보는 눈빛이 안 주면 드러누울 기세였다. 태홍은 할 수 없이 카드를 꺼내 설미의 눈앞에 가까이 댔다.

그러자 설미의 얼굴이 단숨에 붉어졌다.

문화시에서 가장 좋다는 모 호텔의 로고가 새겨진 카드 키였다.

찬희가 선희를 뒤따라 엘리베이터에 올라탔다.

"태홍이 형이랑 설미 씨는요?"

"둘이 오라고 그냥 둬. 너 차 있지?"

"있죠. 근데 왜요?"

"넌 나랑 어디 좀 가자."

"저 약속 있어요. 저녁에 태홍이 형이랑 삼겹살 먹기로 했는데요."

"그 자식이 지금 너랑 삼겹살 먹을 정신이 있을 것 같아? 빨리 말해. 차 몇 층에 있어?"

찬희는 뚱한 표정으로 지하 2층 버튼을 눌렀다.

주차장에 도착하자마자 그는 재빨리 달려가 차 문을 열고 환기를 시켰다. 그리고 너저분한 차 안을 정신없이 정리하고 있는데, 선희가 다가왔다. 그런데 조수석에 타려던 선희가 코를 막았다.

"너 애인 없지?"

"왜, 왜요? 그게…… 티 나요?"

"완전."

선희가 못마땅한 얼굴로 조수석에 올라탔다. 찬희는 시무룩한 기색으로 차에 타서 시동을 걸었다.

"근데 어디 가는데요?"

선희는 대답 대신 내비게이션을 작동시켰다. 그러곤 목적지에 주소를 찍으며 넌지시 물었다.

"너 싸움은 좀 할 줄 알아?"

"그 질문 굉장히 실례인 거 아시죠? 저 경찰이라니까요."

"알거든? 자, 출발!"

찬희가 투덜대면서 차를 출발시켰다.

주차장을 빠져나온 차는 내비게이션 안내에 따라 도로를 달리기 시작했다. 그러다 서울로 가는 고속도로에 진입하자 찬희는 이상함을 느끼고 뒤늦게 내비게이션에 찍힌 목적지를 확인했다.

「서초동 160-61」

깜짝 놀란 찬희는 저도 모르게 선희를 쳐다봤다.

"운전에나 집중해."

선희는 태연히 앞을 가리켰다. 하지만 찬희는 제가 본 것이 믿기지 않아 두 눈을 크게 뜨고 다시 한번 목적지를 확인했다. 틀림없이 서초동이라고 적혀 있었다.

"설마, 아니죠?"

"맞을걸?"

선희의 대답에 찬희는 낙담했다. 그런 그를 흘끔 보던 선희가 다부진 얼굴로 말했다.

"서태홍한테는 얘기하지 마."

"서 장관님은 왜 만나려고 하는 거예요? 만나서 뭘 어떻게 하려고요?"

"……."

"선희 씨……."

"……."

"형한테 말 안 할게요. 그러니까 나한테만이라도 얘기해 줘요."

"……."

찬희의 회유에도 선희는 입을 굳게 다문 채 아무 말도 하지 않았다.

무거운 침묵만이 흐르는 가운데 어느 정도 시간이 지나 목적지에 도착했다.

"알았어요. 말 안 해도 좋아요. 대신 같이 들어가요."

선희는 이번에도 대답 없이 핸드백에서 립스틱을 꺼내 입술에 발랐다. 그리고 빙긋 웃었다.

"어때? 예뻐?"

"도대체 무슨 생각이에요?"

"데려다줘서 고마워. 나 혼자 갈 테니, 넌 돌아가."

선희는 차에서 내리려다 말고 뒤돌아 찬희의 볼에 쪽 키스를 했다.

"이건 차비."

그녀가 차에서 내렸다. 잡을 새도 없이. 찬희는 제 볼을 살짝 만지며 창밖을 내다봤다.

대문 앞에 홀로 서 있는 선희의 뒷모습은 어딘지 모르게 애처로워 보였다.

□　■　□

대문이 열리고 선희가 정원에 들어섰다. 정원을 가로지르던 선희는 잠시 걸음을 멈추고 저택을 올려다보았다. 주먹을 쥔 손에 힘이 들어갔다. 그리고 다시 발걸음을 옮기려는데, 현관문이 열리고 저택에서 서 장관이 나왔다.

쫘악!

순식간에 다가온 서 장관이 선희의 뺨을 내리쳤다. 어찌나 세게 때렸는지 선희의 왼쪽 귀걸이가 빠지며 귀에서 피가 나왔다.

하지만 선희는 다시 꼿꼿하게 고개를 들며 서 장관을 똑바로 쳐다봤다.

"지금부터 한 번만 더 내 몸에 손대면……. 그 영상 지금 바로 인터넷에 업로드됩니다."

"뭐?"

"그렇게 되면 대선은 아무래도 힘들겠죠?"

"네가 미쳤구나? 미쳤어!"

"전화로 말했듯이 내 요구 조건만 들어주면, 물건은 그다음에 드리죠."

선희는 서 장관이 대답할 틈도 없이 곧장 이어 말했다.

"제 요구 조건은 몇 개 없어요."

"……."

"첫째, 요즘 물건 찾는 사람이 너무 많더라고요. 다 처리해 주세요. 깔끔하게. 그런 거 잘하시잖아요."

어조는 담담했지만 선희의 얼굴엔 살기가 가득했다.

"둘째, 내 동생의 안전. 앞으로 내 동생 신변에 아주 작은 문제라도 생기면, 영상 퍼뜨리라는 장관님 뜻으로 알게요."

서 장관이 너무 기가 차서 말도 안 나온다는 표정으로 있다가 크게 웃음을 터뜨렸다. 그 모습을 무표정한 얼굴로 지켜보던 선희가 입가에 묻은 피를 닦아 내며 천천히 입을 열었다.

"그리고 마지막으로……."

☐ ■ ☐

'왜 이렇게 안 나오는 거야?'

차 안에서 핸들을 잡은 채 대문을 주시하는 찬희의 얼굴엔 초조함이 가득했다.

결국 고민 끝에 찬희는 태홍에게 연락을 하기로 했다. 그가 핸드폰 액정을 켜고 통화 버튼을 누르려는데.

철컥.

조수석 문이 열리고 선희가 차에 올라탔다.

찬희가 놀라 고개를 돌리자 선희는 씨익 웃으며 태연하게 말했다.

"뭐 해? 어서 출발하지 않고?"

찬희의 시선이 선희의 입술에 머물렀다. 입술에 난 상처를 본 그의 표정이 무섭게 굳어졌다.

"맞았어요?"

"내가 맞고만 있었을 것 같아? 노인넨 아마 지금 죽고 싶을걸?"

선희가 방긋 웃었다. 평소와 같은 자신감 넘치는 표정. 하지만 그녀의 손이 가늘게 떨리고 있었다. 찬희는 모른 척 조용히 차를 출발시켰다.

"어디로 가요? 설미 씨 집으로 갈까요?"

"어. 대신……."

"……."

"……천천히 가자."

선희는 고개를 돌려 창문을 열었다. 비가 올 모양인지 축축하고 서늘한 바람이 상처를 스치고 지나갔다.

단풍으로 노랗게 물들어 가는 가로수 길을 바라보는 선희의 눈빛이 어딘가 쓸쓸했다.

22화

불판 위에 남아 있던 마지막 고기 한 점까지 설미의 입속으로 들어갔다.

"아, 배부르다."

설미가 그제야 젓가락을 내려놓으며 배를 두드렸다.

"당연히 불러야지. 너 혼자 몇 인분을 먹은 줄 알아?"

"배고픈 걸 어떡해요. 저기요, 아주머니! 여기 물냉면 하나 주세요!"

무려 3인분을 거의 혼자 해치우고 후식으로 냉면까지 주문하는 설미를 보며 태흥은 진심으로 감탄했다. 그런 그의 표정을 확인한 설미가 머쓱해하며 변명을 늘어놨다.

"병원 밥이 저랑 안 맞았나 봐요. 이상하게 먹어도 먹어도 배가 고프더라고요."

"그 병원 별로네. 밥도 맛없고."

"무슨. 맛없는 게 아니라, 제 입맛엔 맞지 않았다는 거죠."

"근데 그…… 선생은 오늘 안 보이던데, 어디 갔어?"

"부산에서 중요한 콘퍼런스가 있대요. 원래 퇴원하는 날 같이 저녁 먹기로 했는데, 토요일로 미뤘어요."

"나는?"

"태홍 씨 시간 돼요? 시간 되면 같이 가요. 아, 백화점도 같이 가고요."

"백화점은 왜?"

"선생님 그동안 저 때문에 고생 많으셨잖아요. 선물 사 드리려고요. 근데 뭐가 좋을까요? 구두? 넥타이? 셔츠?"

"……."

"오! 냉면 나왔다."

설미는 태홍의 표정이 굳은 것도 모르고 아주머니가 건넨 냉면 그릇을 신나 하며 받았다.

흡입하듯 냉면을 먹던 설미는 태홍이 아무런 말이 없자 이상한 느낌에 흘끔 그를 쳐다봤다.

'삐졌나 보네. 왜 삐졌지?'

뚱한 얼굴을 뒤늦게 발견한 설미가 그의 눈치를 살피며 물었다.

"냉면 나 혼자 먹어서 화났어요?"

"내가 넌 줄 알아?"

"그럼 표정이 왜……."

"됐어. 신경 쓰지 말고 많이 먹어."

태홍은 그동안 설미가 재활하는 모습을 몰래 지켜볼 수밖에 없었다. 그런 모습 보여 주기 싫다던 설미를 위한 배려이기도 했지만, 자신이 옆에 있어 봤자 그녀를 위해 해 줄 수 있는 건 아무것도 없었다.

그녀가 재활 때문에 힘들고 괴로울 때마다 옆에서 위로하고 일으켜 세운 건 자신이 아니라 차윤이었다. 그녀가 이렇게 무사히 퇴원할 수 있었던 것도 팔 할이 차윤 덕분이라고 생각한다. 그의 노력이 고맙긴 하지만 태홍은 왠지 힘이 빠졌다.

"태홍 씨도 고생 많았어요. 숨어서 나 지켜보느라."

태홍이 놀란 얼굴로 바라보니 설미가 배시시 웃었다.

"선생님이 말해 줬어요."

"……."

"그거 알아요? 나 태홍 씨가 본다고 해서 더 열심히 했는데. 그래서 더 빨리 나았나 봐요. 고마워요."

이렇게 말까지 예쁘게 하면 도대체 어쩌라는 말인가. 어느새 태홍의 입가에 미소가 번졌다.

다시 열심히 냉면을 먹던 설미는 무언가가 생각났다는 듯 손바닥을 짝 맞부딪쳤다.

"아, 맞다. 언니한테 물어보니까 태홍 씨 학교 다닐 때 인기 엄청 많았다면서요?"

"그런 걸 뭐 하러 물어."

"궁금해서요. 내가 모르는 태홍 씨의 학창 시절. 언니 말론 싸가지도 없었대요. 어어어엄청."

"야."

"농담이에요."

"혼난다."

"쳇. 아무튼 언니가 그랬어요. 태홍 씨 성격은 좀 까칠해도 정의로웠다고. 불의를 보면 그냥 지나치지 않았고, 올곧고 바른 사람이었다고. 아마 그래서 언니가 태홍 씨한테 돈을 빌려 달라고 했었나봐요. 물론 잘 안 됐지만."

태홍의 표정이 굳어졌다.

그때 자신이 선희에게 돈을 빌려줬더라면…….

"……태홍 씨!"

"어? 어."

태홍이 뒤늦게 대답했다. 설미의 얼굴이 왠지 발그레해져 있었다.

"무슨 말 했어? 미안, 못 들었어. 다시 말해 봐."

"언니가 준 거……."

설미는 손가락을 만지작거리며 쑥스러워했다. 설미가 무슨 말을 하려는지 눈치챘지만 태홍은 단호하게 거절했다.

"안 돼."

"네? 왜요? 저 이제 다 나았어요! 할 수 있어요!"

설미가 적극적으로 말하자 태홍이 당황한 듯 그녀를 바라봤다.

"너 전치 4주야. 아직 나으려면 멀었어. 통원 치료 한 달은 더 해야 하잖아."

"그건 그거고. 할 수 있다니까요!"

"까불지 말고. 다 먹었지? 일어나. 집에 가자."

태홍이 먼저 일어나 설미를 부축했다.

"저 혼자 걸을 수 있거든요."

하지만 설미는 태홍의 팔을 팩 뿌리치고 토라진 얼굴로 씩씩하게 걸어 나갔다.

태홍이 계산을 하고 고깃집을 나오자, 설미는 우두커니 선 채 길 건너에 있는 호텔을 올려다보고 있었다. 그가 설미의 머리카락을 헝클어뜨리며 재촉했다.

"정신 차려. 자, 가자."

차에 올라탄 설미가 중얼거렸다.

"진짜 나빴어……."

"다 들린다."

"들으라고 한 소리거든요?"

태홍은 설미의 어깨에 안전벨트를 매 주며 대꾸했다.

"너 아직 환자야. 내가 환자 잡아먹을 정도로 짐승은 아니거든?"

꼭 그걸 하지 않아도, 태홍과 단둘이 좀 더 있고 싶었던 설미는 자신의 마음을 몰라주는 태홍이 야속했다.

"알겠어요. 가요. 집으로."

그녀가 시무룩해져서 고개를 돌려 창밖을 내다봤다. 동시에 차가 출발했다.

끼이이익.

갑자기 도로를 잘 달리던 차가 유턴을 하더니 왔던 길을 돌아가고 있었다. 차는 곧장 호텔로 질주했다. 몸이 옆으로 쏠린 설미는 화들짝 놀라 고개를 돌렸다.

태홍의 눈빛이 어느새 뜨겁게 변해 있었다.

"정말 할 수 있어?"

"네?"

"넌 가만히 있어. 내가 다 알아서 해 줄게."

그는 짐승이 되기로 작정한 모양이었다.

□　■　□

"안녕하세요."

혜린이 선희를 향해 허리 숙여 인사했다. 하지만 선희는 인사를 받지도 않고, 집 안을 둘러보았다.

'방은 너랑 설미는 지금 그대로 쓰고, 설미 언니가 창고 방을 쓰기로 했어. 그리고 음…… 설미 언니는 성격이 설미랑 많이 다

를 거야. 나쁜 사람은 아니니까 혜린이 니가 이해 좀 해 줘. 그리
고 설미가 너 중요한 시기인데 신경 쓰게 만들어서 미안하다고 전
해 달래.'

혜린은 어제 태홍이 했던 말을 떠올렸다. 그의 말대로 제 눈앞에
있는 여자는 설미와는 정말 많이 달라 보였다.

"콜록콜록. 청소는 안 하고 사니?"

혜린은 재빨리 빗자루와 쓰레받기를 들고 왔다. 아침에 분명히 청소
했는데, 예민한 사람인가 보다 하고 꾹 참으며 바닥을 쓸기 시작했다.

청소를 마치자 선희가 혜린에게 카드를 내밀었다. 혜린이 어리둥
절하게 서 있자, 선희는 혜린의 손에 억지로 카드를 쥐여 주고 소파
에 앉았다.

"아메리카노 샷 추가해서 부탁해."

"네?"

"커피 좀 사 오라고."

선희는 눈을 감은 채 귀찮다는 듯 말했다. 그런 선희를 어이없이 바
라보다 혜린이 현관으로 향하는데, 마침 문이 열리고 설미가 들어왔다.

"쌤!"

혜린이 설미를 부둥켜안았다. 설미가 많이 다친 게 아니라며 면회
도 못 오게 해서 그동안 걱정을 많이 했던 혜린이었다. 전화로 목소
리만 듣다가 이렇게 직접 보니 이제야 마음이 놓였다.

설미는 울먹이는 혜린의 머리를 쓰다듬으며 달래 주었다.

"잘 지냈어?"

"네. 근데 쌤은 많이 힘드셨나 봐요. 살이 너무 많이 빠지셨어요.
눈 밑에 다크서클도 생겼고."

"앗. 그, 그래?"

설미가 당황해 하며 손으로 눈 밑을 가렸다. 힘들긴 정말 힘들었다. 재활이 아니라 다른 이유로 말이다.

태홍은 밤새 호텔에 있을 기세였다. 그는 어디서 연구라도 해 왔는지 다양한 체위로 그녀를 여러 번 절정으로 보냈다.

호텔에서의 일이 떠오르자 설미의 얼굴이 발그레해졌다.

"근데 태홍 아저씨는요?"

"나 여기 데려다주고 누구 좀 만나러 갔어."

함께 집 앞에 도착하자 태홍에게 전화가 걸려 왔다. 그는 통화를 마치자마자 화영에게 가 봐야 한다고 했다. 심각해진 태홍의 얼굴이 떠오르자 설미는 불안했다.

"쌤! 무슨 생각을 그렇게 해요?"

"어? 아니야. 아무 것도."

"일단 들어가서 앉아 계세요. 저 잠깐 나갔다 올게요."

"어디 가는데?"

"어, 그게……."

"내가 커피 사 오라고 시켰어."

선희가 소파에 앉은 채 말했다. 설미는 한숨을 내쉬며 혜린에게 대신 사과했다.

"혜린아, 미안해. 안 가도 돼. 들어와."

"아니에요. 금방 갔다 올게요."

"그래. 얼른 갔다 와. 남의 집에 얹혀살면 그 정도는 해야지."

"언니!"

설미가 잔뜩 화난 얼굴로 소리쳤다. 그사이 혜린이 밖으로 뛰어나갔다. 설미는 닫힌 현관문을 쳐다보다가 소파로 향했다.

"애한테 왜 그렇게 못되게 말해?"

"어떤 앤지 알아야 같이 살지. 고작 이 정도 심부름에 화낼 거면 같이 못 살아. 쫓아내야지."

"내 제자야."

"나한텐 그냥 정석범 딸이야."

설미는 이를 악물었다.

"얘기가 나와서 말인데, 언니 정석범이랑 어떻게 아는 사이야?"

"서태홍이 말 안 해 줬어?"

"했어."

"근데 왜 또 나한테 물어? 서태홍이 말한 게 다 사실이야."

"태홍 씨는 나한테 언니랑 정석범이 그냥 사업하다 몇 번 본 게 다라고 했어. 찬희 씨도 그랬고."

"정확하네. 맞아."

"정말이야?"

"어."

"알았어. 언니 믿을게."

설미는 선희가 의심스러웠지만 더 이상 말다툼하고 싶지 않아 화제를 돌렸다.

"저녁 뭐 먹을까? 내가 금방 옷 갈아입고……."

애써 웃으며 방으로 들어가려던 설미가 멈칫했다. 그러곤 언니의 얼굴을 유심히 쳐다봤다.

"언니…… 입술이 왜 그래? 귀도…… 다쳤어? 어쩌다?"

설미가 걱정스레 묻자 선희는 말없이 일어나 창가 쪽에 섰다. 그리고 물끄러미 창밖을 바라봤다.

"역시 육상 선수라 빠르네."

골목 끝에서 달려오는 혜린이 보이자 선희가 감탄하듯 말했다.

"근데 쟤 설마 편의점 커피 사 온 건 아니겠지?"

선희가 혜린의 팔에 걸린 비닐 봉투를 보며 중얼거리고 있는데.

쿵쾅쿵쾅.

계단을 뛰어 올라오는 소리가 들리더니 이내 현관문이 열렸다. 혜린은 선희에게 다가와 비닐 봉투를 내밀었다. 역시나 봉투엔 편의점 로고가 크게 찍혀 있었다.

"샷 추가가 뭔지 몰라서 그냥 이것저것 사 왔어요."

"난 편의점 커피 안 마셔."

선희가 탐탁지 않은 말투로 내뱉자, 혜린이 잠시 굳었다가 조심스럽게 물었다.

"그럼…… 다시 가서 사 올까요?"

"혜린아, 됐어. 그럴 필요 없어."

혜린이 쭈뼛대며 서 있자 설미는 혜린의 어깨를 가볍게 두드렸다.

"언니. 그냥 아무거나 먹어. 사다 줘도 문제야?"

"근데 쟤는 맛도 없는 걸 뭘 이렇게 많이 사 왔냐? 무겁게. 하여튼 누구 제자 아니랄까 봐 무식하기는."

선희는 툴툴대며 커피를 하나 골랐다. 그러곤 소파에 다리를 꼬고 앉아 커피를 마시며 시큰둥하게 말했다.

"그동안 이 좁은 데서 어떻게 살았어? 지금 집 구하고 있으니까 조금만 참아."

"무슨 집을 구해. 여기도 괜찮은데."

"그래도 각자 방 하나씩은 있어야지. 방 3개짜리로 이사 갈 거야."

선희가 혜린을 쳐다보며 말했다.

"니가 제일 작은 방이야."

선희의 말에 당황해 하던 혜린은 잠시 후 미소를 지었다.

'니가 제일 작은 방'이라는 선희의 말은 '너도 데려갈 거니까 걱정 마.'라는 것으로 들렸다. 어쩌면 보기와 달리 선희 역시 따뜻한 사람인지도 모르겠다는 생각을 했다.

"쌤! 제가 저녁 하려고 했는데! 나머진 제가 할 테니까 쌤은 앉아 계세요. 아직 다리도 불편하시잖아요."

혜린이 씻고 나오자 어느새 설미가 저녁 식사 준비를 마치고 상을 차리고 있었다. 제 앞을 막아선 혜린을 보며 설미는 잔뜩 미안한 얼굴을 했다.

"고마워, 혜린아. 그리고…… 체전도 얼마 안 남았고, 너 이렇게 중요한 시기에 쌤이 도와주지 못해서 미안해."

"미안하긴요. 쌤이 지금까지 지도해 주신 걸로 그동안 연습 열심히 했어요. 이번에 꼭 우승해서 보여 드릴게요! 음…… 그리고 3반 애들 말인데요. 쌤 다쳤단 소식 듣고 나서 애들 많이 후회했어요. 섣불리 쌤 오해했다고……."

"그래. 선생님도 연락받았어."

그렇지 않아도 어제 태홍이 사다 준 새 핸드폰으로 몇몇 학생들에게 죄송하다는 문자를 받았다. 아이들은 설미가 없으니 학교가 너무 심심하다며, 빨리 나아서 학교에 오라고 성화였다.

설미는 아이들과 문자를 주고받으며 마음의 부담을 덜 수 있었다. 아이들에게 제대로 말도 못 하고 쉬게 되어 미안했는데, 오히려 먼저 연락을 준 아이들이 고맙고 대견했다. 설미도 진심을 담아 고맙다고, 선생님은 괜찮으니 새로 온 담임 선생님 말 잘 듣고 공부 열심히 하고 있으라고 말해 주었다.

"근데 한 달이나 쉬실 정도면 많이 다치신 거 아니에요? 정확히 어디가 어떻게 다치신 거예요?"

"아, 별거 아니야. 차 피하다가 넘어지면서 인대가 약간 손상됐어. 일상생활엔 크게 무리는 없는데, 수업은 조금 힘들 것 같아서 병가 낸 거야."

"그렇구나. 아무튼 쌤, 힘내서 빨리 나으세요!"

"그래. 우리 둘 다 힘내자! 그리고…… 우리 언니 말인데, 말투가 좀 그래서 그렇지 나쁜 사람은 아니야."

"알아요."

"이해해 줘서 고마워. 자, 밥 먹자. 우리 언니 좀 불러 줄래?"

"네."

선희는 한숨 자야겠다며 창고 방에 들어가 있었다. 혜린이 노크를 했지만 안에선 아무런 소리도 들리지 않았다. 다시 노크를 해도 마찬가지였다.

혜린은 망설이다가 조심스레 문을 열었다. 하지만 방에는 아무도 없었다.

"쌤! 언니분 안 계세요."

"진짜? 어디 갔지?"

빈 창고 방을 확인한 설미는 거실로 나가 창밖을 내려다봤다. 멀지 않은 곳에서 통화를 하고 있는 선희의 모습이 보였다. 선희는 초조한 기색으로 연신 머리를 쓸어 넘기고 있었다.

'도대체 누구와 통화를 하는 걸까?'

설미의 가슴속에 피어난 불안감이 더욱 커졌다.

□　■　□

"여기야!"

술집에 들어온 태홍을 향해 화영이 손을 흔들었다. 화영의 옆엔 채경도 함께 있었다.

태홍은 자리에 앉으며 의아한 눈길로 두 여자를 쳐다봤다. 생각도 못 한 조합이었다.

"어떻게 둘이 같이 있어?"

"내가 먼저 언니한테 술 좀 사 달라고 했어."

채경이 취해서 혀 짧은 소리를 냈다. 언니라는 호칭에 태홍의 시선이 화영에게로 향했다.

"쟤 취했나 보다. 언니는 무슨. 수사 때문에 몇 번 만났더니 친한 척이네."

화영이 구시렁거리며 태홍을 끌어 귓속말로 작게 얘기했다.

"김주선 조사관이 애초에 클럽 BB 사주 받고 차 검사 밑으로 들어간 거였대. 김 조사관은 현재 연락 두절. 차 검사 충격이 꽤 큰가 봐."

채경이 술잔을 탁, 내려놓으며 고개를 들었다.

"언니 저요, 안 취했어요. 아까부터 계속 저 취했다고 말 돌리시는데요. 언니랑 서태홍! 두 사람 나한테 숨기는 거 있죠? 클럽 BB의 배후가 누군지 알고 있다든지, 그 사람이 혹시 내가 아는 사람인가?"

그러면서 채경이 태홍을 똑바로 쳐다봤다. 그 역시 그녀의 시선을 피하지 않고 정면으로 마주했다. 채경은 뭔가를 눈치챈 눈빛이었다.

"날 못 믿는 거지?"

"……."

"왜? 내가 세상에서 제일 존경하는 사람이 서남길 판사니까?"

채경은 괴로운 표정으로 술잔에 술을 가득 채웠다. 그리고 다시 마시려는 걸 태홍이 빼앗았다.

"그만 마셔."

"싫어. 이리 내."

"차채경! 정신 차리고 내 말 들어."

"……."

"나 니 말대로 너 안 믿어."

"……나쁜 놈."

"네 짐작대로 할아버지가 클럽 BB와 관련이 있어. 근데 그 사실을 네가 알면 그래도 수사를 계속하겠다고 할까? 그게 의문이었어."

"그래. 니 말이 맞아. 나 고민 중이야. 너도 알다시피 나…… 너희 할아버지 때문에, 서남길 판사 같은 법조인이 되고 싶어서 이쪽 길로 들어온 거잖아. 근데 그런 분을 잡아넣어야 한다니……. 솔직히 혼란스러워."

"그래, 이해해."

"근데 생각을 바꿨어."

"……."

"나, 클럽 BB 제대로 조사해서 서 장관님의 결백을 밝힐 거야."

태홍은 헛웃음을 지었다.

"결백?"

"그래. 결백. 서 장관님은 절대 그러실 분이 아니야. 그러니 내가 도와야지."

확신에 찬 얼굴로 말하는 채경을 빤히 쳐다보던 태홍이 차갑게 말했다.

"그런 거라면 너랑 나는 갈 길이 다른 것 같다. 공조 수사는 여기서 끝내자."

"아니. 가야 할 길은 똑같아. 클럽 BB의 실체에 대해 제대로 파헤치는 것."

채경은 술에 취했음에도 또박또박 자기주장을 펼쳤다.

"그러려면 힘을 합쳐서 서둘러야 해. 이상윤 경위가 조사한 파일에 따르면 클럽 BB와 관련해서 김준태 검사와 S그룹 박일주 상무가 연관된 비리 게이트가 존재한다고 되어 있어. 근데 김준태 검사는 2년 전 파면당했고, S그룹도 한국 사업에서 손 떼고 미국으로 철수한 지 오래야."

"……."

"검찰, 경찰, 정재계 모두 클럽 BB와 관련된 그 비리 게이트를 덮기 위해 담합한 거지. 아마 검찰 쪽에서 김준태 검사 파면시킬 때 비리 게이트 증거를 조작하거나 훼손시켰을 가능성이 커. S그룹도 마찬가지야. 미국으로 철수한 S그룹을 무슨 명분으로 소환하느냐 말이야. 증거도 없는데. 우리가 이렇게 헤매는 동안 위에서 압박이라도 들어오면 내사는 종결되고, 그렇게 아무것도 못 해 보고 끝나 겠지. 2년 전처럼."

태홍은 굳게 입을 다물었다. 두 사람을 지켜보던 화영이 잠시 망설이다 입을 열었다.

"태홍아, 차 검사한테 얘기하자."

태홍은 화영이 무슨 이야기를 하는지 알고 있었다.

"차 검사 말이 맞아. 서둘러야 해. 그 여자가 입만 열면 어쩌면 쉽게 풀릴 수도 있잖아."

"……."

"태홍아."

화영이 애원하듯 태홍의 이름을 불렀다. 하지만 태홍은 쉽게 입이 떨어지지 않았다. 선희가 수사에 가담하는 순간, 선희…… 그리고 같이 사는 설미가 더 위험해질지도 모른다.

망설이는 태홍을 바라보던 화영은 마음이 조급해졌다.

"차 검사, 사실은 선희가 나타났어."

화영은 선희가 출소 후 병원에서 사라진 일, 얼마 전 누군가 선희 동생 설미를 피습했고 그때 선희가 나타난 일, 그리고 현재 두 사람이 함께 지내고 있다는 것까지 모두 털어났다.

"말도 안 돼⋯⋯."

채경이 놀란 얼굴로 바라보자 태홍은 한숨을 길게 내쉬었다.

사실 채경이 가장 놀란 것은 선희의 행방보다는 선희의 동생이 바로 태홍의 여자 친구 설미라는 사실이었다. 하지만 애써 마음을 진정시키려 노력했다. 일단 지금은 클럽 BB를 파헤치는 것이 우선이었으니까.

"그렇다면 지금 정체가 드러난 클럽 BB 관련자 중에 우리 쪽으로 넘어올 수 있을 만한 가능성을 가진 사람은 선희뿐이네. 태홍이 너랑 동창이고, 게다가 니 여자 친구 언니고."

아직 선희를 만나 보지 못한 채경은 선희를 쉽게만 생각하고 있었다. 하지만 화영은 찬희를 통해 들은 게 있었다. 태홍의 머리에 총까지 겨눴다고.

"차 검사. 선희 그 여자 그렇게 만만한 상대가 아니야."

"정 안 되면 그 동생한테 설득해 보라고 하면 되잖아요. 동생 다칠까 봐 직접 나타난 거 보면 동생을 위해 뭐든 할 그런 언니인 것 같은데. 안 그래요?"

"아니. 그 방법은 아닌 것 같아."

화영은 흘끔 태홍의 눈치를 봤다. 그녀는 마음이 불편했다. 조급한 마음에 선희의 존재를 채경에게 얘기했지만, 화영도 이번 일에 설미까지 끌어들이는 건 원치 않았다. 자칫 잘못해 과거에 서 장관이 선희에게 한 짓을 설미가 알기라도 한다면⋯⋯. 생각만으로도 끔찍했다.

역시 선희를 직접 설득하는 것이 제일 좋은 방법이었다. 하지만 그 여자가 쉽게 털어놓을지가 의문이었다.

"그럼 제가 선희를 직접 만나서 설득할게요. 연락처만 주세요."

"차 검사, 진정해."

채경은 내일 당장이라도 선희를 만나러 갈 것처럼 덤벼들었다. 술에 취해 의욕이 넘친 모양이다.

"빨리 만나야 해요. 그 여자 도망이라도 가면 어떡해요? 바로 눈앞에 클럽 BB 마담이었다는 여자가 있는데, 둘 다 너무 한가한 거 아닌가……."

"내가 할게."

내내 조용하던 태홍이 입을 열었다.

"내가 선희 설득해 볼게. 그러니까 조금만 더 기다려 줘. 섣불리 나서지 말고."

그렇게 말하며 태홍은 곧바로 자리에서 일어나 술집을 떠났다.

□ ■ □

토요일.

설미는 아침 일찍 일어나 주방으로 향했다. 새벽 운동을 나간 혜린이 집으로 돌아올 시간에 맞춰 아침을 준비하기 위해서였다. 주말인데도 게으름 피우지 않고 열심인 혜린이 기특해서 설미는 피곤도 잊고 절로 콧노래가 나왔다.

식탁 위에 혜린을 위한 한식 밥상을 준비해 놓고, 설미는 또다시 가스 불 앞에 섰다. 이번엔 언니를 위해서였다. 언니가 즐겨 먹는 토스트를 만들기 위해 야채를 볶고, 계란 지단도 두툼하게 부쳤다.

'음, 언니 일어나려면 아직 멀었는데, 너무 서둘렀나?'

아침 준비를 마친 설미는 창고 방 앞을 기웃거리다가 혹시나 싶어 문을 살짝 열어 보았다. 언니가 방에 잘 있는지만 확인하려고 했는데, 이불도 덮지 않고 자고 있는 언니가 보였다.

설미가 안으로 들어가 이불을 끌어 덮어 주려는 그 순간.

선희가 설미의 손목을 휙 낚아채며 상체를 벌떡 일으켰다. 순간 설미는 놀라 바닥에 주저앉아 버렸다.

"……언니."

설미가 불렀지만 선희는 여전히 설미의 손목을 꽉 잡은 채 겁에 질린 얼굴로 숨을 몰아쉬고 있었다.

"언니, 괜찮아?"

설미가 다시 불렀다. 선희는 그제야 설미를 돌아보곤 손을 놓아주었다. 하지만 표정은 여전히 멍했다.

"미안……."

선희가 뒤늦게 정신을 차리고 사과했다. 그런 선희를 바라보는 설미의 시선엔 안쓰러움이 가득했다.

또 악몽이라도 꾼 걸까?

설미의 걱정하는 시선을 느꼈는지 선희가 짐짓 날카롭게 말했다.

"왜 그렇게 봐?"

"어? 아니야. 일어났으면 나가서 아침 먹을래?"

"아니. 더 잘래."

"알았어. 그럼 더 자."

"설미야."

자리에서 일어서는 설미를 선희가 불렀다.

"넌 나랑 같이 사는 거 안 불편해?"

질문하는 선희의 목소리가 평소보다 낮았지만, 설미는 곧바로 대답했다.

"응! 전혀. 불편할 게 뭐가 있어. 근데 갑자기 왜 그런 걸 물어? 언닌 불편해?"

선희는 아무 말이 없었다. 그러자 설미가 불안한 눈빛이 되어 이것저것 물었다.

"방이 좁아서 그래? 내가 방 바꿔 줄까? 아님 침대가 없어서? 내가 당장 사 줄게!"

혹시라도 선희가 따로 나가서 산다고 할까 봐 걱정되는 모양이었다. 그런 동생이 귀여워 선희는 피식 웃음이 나왔다.

"넌 내가 왜 좋냐? 난 너한테 해 준 것도 없는데."

"조, 좋다고 한 적 없거든? 그리고 언니가 해 준 게 왜 없어. 나 어릴 때 언니가 돌봐 줬잖아. 그리고…… 이렇게 내 옆에 있잖아. 가족이 내 곁에 살아 있다는 것만으로 언니는 이미 나한테 많은 걸 해 준 거야."

잠시 말이 없던 선희가 곧 너스레를 떨었다.

"으, 오글. 하여튼 말은 잘해요. 그리고 점심은 차리지 마. 나가서 먹자."

"언니, 미안. 나 약속 있어."

"무슨 약속?"

"태홍 씨랑 같이 선생님 만나기로 했어. 내가 점심 대접하기로 했거든."

"그래? 그럼 뭐, 할 수 없지."

"그러니까 언니가 나 대신 혜린이 밥 좀 잘 챙겨 줘."

"뭐?"

선희가 황당하다는 듯 반응했지만 설미는 꿋꿋이 덧붙였다.

"나 빼고 둘이 나가서 맛있는 거 먹으면 되잖아. 혜린이 매일 집에서 밥 먹느라 지겨웠을 텐데 간만에 외식 좀 시켜 줘. 맞다. 혜린이 전국체전 얼마 안 남아서 예민하니까 신경 건드리지 말고. 절대 커피 심부름도 시키지 마. 알았지?"

"아, 졸려. 나가!"

선희는 벌러덩 누워 이불을 뒤집어썼다.

"그럼 부탁할게."

설미는 장난기 가득한 얼굴로 말하고 돌아섰다.

거실로 나오자 현관 문소리도 안 들렸는데 어느새 혜린이 들어와 살금살금 방으로 걸어가고 있었다.

"혜린아, 언제 들어왔어? 왜 그렇게 조용히 들어와?"

설미와 눈이 마주치자 혜린이 머쓱해하며 조심스럽게 말했다.

"저 때문에 두 분 깨실까 봐서요."

"에이, 그렇게 신경 쓸 필요 없어. 이미 해도 다 떴구만. 얼른 씻고 나와. 밥 먹자."

"쌤 죄송해요. 저 먹고 왔어요."

"진짜? 이 시간에 어디서?"

"분식집이요. 태홍 아저씨가 사 주셨어요. 공원에서 운동하다가 만났거든요."

"태홍 씨? 태홍 씨도 새벽에 운동해?"

"가끔요. 근데…… 오늘 기분이 좀 안 좋아 보이시던데……. 아, 아녜요. 저 씻고 나올게요."

혜린은 후다닥 욕실로 들어갔다. 거실에 혼자 남은 설미는 걱정스러운 얼굴로 현관 쪽을 쳐다봤다.

□ ■ □

점심 약속 장소에 가기 전 태홍과 설미는 근처 백화점에 들렀다.

차윤에게 선물할 넥타이를 고르면서도 설미의 신경은 내내 태홍에게 가 있었다. 혜린의 말대로 그는 확실히 기분이 안 좋아 보였다.

설미는 넥타이를 사 보는 것이 처음인 데다 태홍이 저기압이다

보니 의견을 물어볼 수도 없었다. 결국 점원의 도움을 받아 차윤의 이미지에 어울리는 단정한 네이비색 넥타이를 사고, 약속한 일식집으로 향했다.

아직 차윤은 도착 전이었다. 이때다 싶어 설미가 태홍에게 물었다.

"태홍 씨……."

"응."

"무슨 일 있죠?"

"아니."

"아니긴요. 지금도 그렇고, 그저께 관장님 만나고 온 후부터 계속 이상했다구요. 혹시 관장님한테 무슨 일이라도 생겼어요?"

태홍은 고개를 흔들며 계속 아니라고만 했다.

"그건 그렇고 이 선생은 왜 이렇게 안 와?"

태홍의 말에 설미는 시계를 확인했다. 정말 약속 시간이 지나 있었다.

"선생님이 말도 없이 늦으실 분이 아닌데……."

걱정이 된 설미는 서둘러 전화를 걸었다.

"전화도 안 받으세요."

한층 걱정이 깊어졌다. 태홍도 걱정되는 듯했다. 두 사람은 어떻게 할까 고민하다 일단은 조금 더 기다려 보기로 했다.

얼마 지나지 않아 설미의 핸드폰이 울렸고, 차윤인 것을 확인하자마자 설미가 재빨리 전화를 받았다.

"네! 선생님! 지금 어디세요? 네? 뭐라고요? 사모님은 괜찮으세요? 아…… 네. 저희는 신경 쓰지 마세요. 네. 알겠습니다."

전화를 끊은 설미의 안색이 어두웠다.

"무슨 일이야?"

"사모님께서 쓰러지셨대요. 뇌졸중이라는데……. 원래 편찮으셨던 건가? 갑자기 어쩌다……."

설미는 표 여사가 걱정되어 깊은 한숨을 내쉬었다. 태홍은 설미를 바라보다 불쑥 메뉴판을 내밀었다.

"뭐 먹을래? 이왕 온 거 맛있는 거 먹고 가자."

"우리 그냥 집에 가서 먹을까요?"

"왜?"

"마음도 안 좋고……."

"지금 그 아줌마 걱정하는 거야? 그 아줌마가 너한테 어떻게 했는데."

쓰러진 사람에게 할 말은 아니었지만, 태홍은 그때 표 여사가 설미를 향해 손을 올리던 것만 생각하면 아직도 울컥 화가 치밀었다.

"그래도 쓰러지셨다는데 어떻게 걱정이 안 돼요."

"네가 걱정한다고 그 아줌마가 낫기라도 한대?"

"그건 그렇지만……."

"걱정되면, 밥 먹고 나서 나중에 문병이나 가. 내가 알아서 시킨다?"

설미가 거절할세라 태홍은 재빨리 주문을 했다.

잠시 후 음식이 나왔지만, 설미는 여전히 무거운 표정으로 초밥을 바라보기만 했다.

"그 아줌마가 그렇게 걱정돼?"

"그게 아니라 다른 게 걱정돼서요. 우리 언니랑 혜린이요."

"그 두 사람은 또 왜?"

"언니랑 혜린이 점심 잘 챙겨 먹었나 해서요."

걱정도 팔자다 싶었지만, 한편으론 한숨 쉬는 설미가 귀여웠다. 태홍은 가볍게 웃으며 설미의 손에 젓가락을 쥐여 주었다.

"한두 살 먹은 애들도 아니고 알아서 잘 챙겨 먹었겠지. 걱정 그만하고 빨리 먹어."

"언니도 초밥 좋아하는데……."

"걱정하지 말라니까. 그렇게 남 걱정하면서, 니 걱정하는 난 안 보이냐?"

"앗, 미안해요. 먹을게요. 태홍 씨도 얼른 먹어요."

설미가 태홍의 접시에 초밥을 올려놓으며 사과했다.

"음, 맛있다! 태홍 씨, 이따가 초밥 포장해 가도 돼요?"

끝까지 언니를 신경 쓰는 설미를 보며 태홍은 미소를 띤 채 고개를 끄덕일 수밖에 없었다.

□　■　□

같은 시각.

선희는 문화역 근처 레스토랑에 들어갔다. 그 뒤를 따르는 혜린의 양손엔 쇼핑백이 가득 들려 있었다. 그에 반해 선희는 빈손. 마치 사모님과 수행 비서, 아니 수행 짐꾼 같았다.

선희는 자리에 앉자마자 주문하기 시작했다.

"버섯크림 파스타, 해산물 리조또, 시저 샐러드, 아스파라거스 베이컨구이, 스테이크 피자, 음료는 자몽에이드 한 잔이랑, 너는 뭐 마실래?"

"저, 저는 콜라요."

"콜라는 안 돼. 탄산음료는 운동선수한테 안 좋아."

"그럼 그냥 물……."

"블루베리 주스로 주세요."

선희는 메뉴판에서 그나마 칼로리가 제일 낮고 건강한 음료를 시켰다.

선희가 다리를 꼬고 편하게 앉은 반면, 이런 곳은 난생처음 와 본 혜린은 계속 주변을 두리번거렸다.

"쇼핑백 좀 내려놓을 순 없나?"

"아, 네."

혜린은 테이블 위에 올려 둔 쇼핑백을 바닥에 조심스레 내려놓았다. 혜린의 옆자리는 이미 쇼핑백으로 가득이었다.

"언니, 저요…… 운동화랑 운동복 이렇게 많이 필요 없는데. 그리고 너무…… 비싸요."

"너보고 갚으란 소리 안 할 거니까 그냥 사 줄 때 감사합니다, 하고 받아."

혜린은 하는 수 없이 고개를 끄덕였다.

그 말을 끝으로 둘 사이엔 어색한 침묵이 흘렀다. 처음보다 나아지긴 했지만 혜린은 여전히 선희가 불편했다. 지금처럼 저렇게 빤히 자신을 쳐다볼 땐 저절로 긴장이 되었다.

고개도 제대로 들지 못하고 빈 접시만 쳐다보고 있는데 겨우 음식이 나왔다. 한가득 차려진 음식을 보자 혜린의 눈이 휘둥그레졌다.

"와! 맛있겠다!"

하지만 혜린은 보기만 하고 먹지는 않았다.

"먹어. 왜 안 먹어?"

"다 맛있을 것 같아서 뭐부터 먹어야 할지 모르겠어요."

"암거나 먹으면 되지."

선희가 먼저 파스타를 한입 먹었다. 혜린은 잠시 고민하다 선희를 따라 파스타를 선택했다.

"언니, 진짜 맛있어요! 저 이런 거 처음 먹어 봐요!"

"그래. 많이 먹어라."

맛있게 먹는 혜린을 보며 선희가 피식 웃었다. 혜린의 모습에서 설미가 겹쳐 보였다. 과거에 설미에게 해 주지 못한 것을 혜린을 통해 보상받는 기분이었다.

"운동은 할 만하냐? 뭐 힘든 거 없어?"

"없어요."

주스를 마시던 혜린은 고민 없이 바로 대답했다. 선희는 잘못 들었나 싶어 되물었다.

"뭐라고? 없다고?"

"네. 그런 거 생각할 겨를 없어요. 우승할 생각만으로도 벅차요."

선희는 잠시 할 말을 잃었다.

'언니, 난 우승할 생각밖에 없어. 꼭 우승할 거야!'

작은 주먹을 불끈 쥐어 보이던 어린 설미의 모습이 떠올랐다. 선희는 무심한 듯, 하지만 약간 진지해진 말투로 입을 열었다.

"우승 못 해도 돼. 그런다고 니 인생 끝나는 거 아니야."

"……."

"힘들면 나한테 와. 너 밥은 안 굶길 자신 있으니까."

10년 전 동생에게 해 주고 싶었던 말이었다. 선희는 그 말을 혜린에게 대신 전하며 손을 뻗어 머리를 쓰다듬어 주었다.

"그러니까 다치지만 마라."

□ ■ □

설미는 학교에 잠깐 들를 생각으로 외출 준비를 시작했다. 갑작스러운 사고로 오래 자리를 비우게 됐는데 선생님들께 직접 사과를 하지 못한 데다, 혜린을 통해 반 아이들이 쓴 롤링페이퍼를 받고 나자 아이들이 더욱 보고 싶어졌기 때문이다.

준비를 마치고 밖으로 나온 설미는 골목을 내려가 택시 정류장으로 향했다. 그런데 마침 골목 초입에 들어선 택시가 설미 앞에 멈춰 섰다. 그리고 조수석 창문이 내려갔다. 안에 타고 있는 것은 선희였다.

"어, 언니?"

"얼른 타."

"어, 어."

설미가 얼떨결에 택시에 올라타자 선희가 곧바로 말했다.

"기사님, 문화고로 가 주세요."

택시가 출발한 후에도 설미는 선희에게서 시선을 떼지 못했다.

"언니, 오늘 옷이랑 머리가……."

단정하게 묶은 헤어스타일, 무릎 위까지 오는 블랙 원피스에 화이트 재킷을 걸친 선희는 흡사 뉴스를 진행하는 아나운서 같았다. 언니가 갑자기 왜 이런 모습으로 나타난 건지 설미는 의아했다.

"어디 갔다 왔어?"

"아니."

"근데 복장이……."

"너랑 같이 학교 가려고 신경 좀 썼지."

"뭐?"

"왜? 내가 같이 가는 게 싫어?"

"아니, 그게 아니라……."

설미는 언니가 마약 사범이란 사실이 학교에 쫙 퍼졌다는 소리를 차마 할 수 없었다.

어떻게 둘러대야 하나 설미가 고민하는 사이 택시는 어느새 학교 앞에 도착해 버렸다. 택시에서 내린 설미는 선희를 데리고 정문이 아닌, 학교 앞 공원으로 향했다.

"언니. 미안한데, 여기서 잠깐만 기다려 주면 안 돼? 내가 들어가

서 금방 인사만 하고 나올게. 진짜 금방 나올 거라서 언니는 같이 안 들어가도 돼."

"그래. 그럼."

선희는 웬일로 순순히 그러겠다고 했다. 그런 선희가 오히려 더 의심스러운 설미는 쉽게 발걸음을 떼지 못했다.

"얼른 갔다 와. 여기서 얌전히 기다릴 테니까, 걱정 말고."

선희가 설미의 등을 밀었다. 설미는 고개를 끄덕이곤 최대한 빠른 걸음으로 건물 안으로 들어갔다.

"설미 쌤!"

교장실로 향하던 설미를 발견하고 김윤지 선생이 달려왔다.

"몸은 좀 괜찮아요? 교통사고 크게 났다면서요."

"네. 괜찮아요. 많이 다치진 않았어요. 몇 주만 더 재활받으면 완치된대요."

"다행이다. 병문안도 못 가게 해서 다들 걱정했어요."

"걱정해 주셔서 고마워요. 저 교장실에 먼저 인사 좀 드리고 올게요."

"네. 그래요. 얼른 가 봐요."

설미는 인사를 나누고 다시 걸음을 옮겼다. 그러나 얼마 가지 않아 이번엔 학생부장과 마주쳤다.

"아, 부장님. 안녕하세요."

"그, 그래. 임 선생. 다리는 좀 괜찮아?"

"네. 괜찮습니다. 아직 치료는 더 받아야 하지만요."

그러면서 설미가 웃자 학생부장은 뭔가 할 말이 있는 듯 쭈뼛거렸다.

"저기, 내가 저번에 했던 말은 마음에 담아 두지 마. 내가 좀 심했지?"

설미가 사고가 나기 전 그녀에게 심하게 굴었던 것이 마음에 걸렸던 모양이다.

"걱정 마세요. 전 다 잊었어요."

"그래, 고마워. 아무튼 학교 걱정 하지 말고 몸조리 잘해. 교장실 가는 길이야? 어서 가 봐."

설미는 학생부장에게 꾸벅 인사하고 다시 걸음을 재촉했다. 그렇게 교장실로 가는 도중에 몇 명의 선생을 더 만나고서야 겨우 도착했다.

똑똑, 노크를 하자 안에서 들어오라는 소리가 들렸다. 설미가 조심스레 문을 열었다.

"교장 선생님, 안녕하……."

안으로 들어간 설미는 깜짝 놀라 제대로 인사도 마치지 못했다. 선희가 박 교장과 마주 보고 앉아 얘기를 나누고 있었기 때문이다.

"어, 언니……."

선희는 대답 대신 고개를 돌렸다. 손수건으로 눈물을 닦으면서.

"임 선생 어서 앉아요. 다리도 불편한데."

설미는 엉거주춤하며 언니 옆에 앉았다.

"언니분한테 얘기 들었어요. 아니, 그런 사연이 있었으면 진작 말을 하지 그랬어요."

"네? 사연이요?"

"언니분과 어렸을 적에 헤어졌다 최근에 다시 만난 거라면서요. 그리고 언니분도 수사 과정에서 문제가 생겨 억울하게 옥살이한 거라 곧 소송도 진행할 거라고……."

설미는 고개를 돌려 선희를 쳐다봤다. 선희는 여전히 훌쩍이고 있었다. 심지어 이젠 애처롭게 몸까지 떨었다.

"임 선생도 그동안 마음고생 많았겠어요. 언니분 부탁대로 내가 학부모님들이랑 학생들이 오해 풀 수 있도록 노력할게요. 3반 아이들도 임 선생을 기다리는 눈치고, 담임 문제는 한 달 후에 다시 얘기해 봅시다. 그러니 걱정 말고 임 선생은 건강 회복에만 힘써요."

평소 알던 박 교장이 맞나 싶을 정도로 인자한 모습이었다.

"교장 선생님, 정말 감사합니다. 앞으로도 제 동생 잘 좀 부탁드려요."

"암요. 걱정 마십시오. 언니분의 억울함도 빨리 풀리길 바랍니다."

어떻게 흘린 건지 박 교장은 선희에게 푹 빠져 있었다.

그 후로도 한참 동안 박 교장의 위로가 계속되자, 지겨워진 선희는 어지러운 척하며 기침을 해 댔다.

"콜록콜록. 교장 선생님. 죄송해요. 제가 몸이 좀 안 좋아서요……."

선희의 엄살에 박 교장은 무슨 큰일이라도 난 것처럼 자리에서 벌떡 일어나더니 얼른 병원에 가 보라며 재촉했다.

그렇게 설미와 선희가 겨우 교장실을 빠져나오자, 기다렸다는 듯 수업 시작종이 쳤다. 쉬는 시간에 잠깐 반에 들러 아이들에게 인사하려고 했건만, 결국 다음으로 미룰 수밖에 없을 것 같았다. 언니가 있어 다시 학생부실에 들르지도 못한 채 설미는 선희와 함께 건물 밖으로 나왔다.

태연한 얼굴로 눈물 젖은 눈가를 정리하는 선희를 보며 설미는 생각에 잠겼다.

'언니가 억울하게 옥살이한 거라고? 소송도 할 거고?'

저번에 면회 갔을 때도 언니는 억울하다고, 출소하면 변호사를 고용해서 소송할 거라고 했었다. 그 말이 진실인지, 아니면 대충 둘러댄 거짓말인지 설미는 혼란스러웠다.

"설미 쌤!"

"쌤!"

운동장에서 체육 수업을 받던 3반 아이들이 우르르 설미를 향해 달려왔다.

"어, 너희들 지금 체육 아니잖아."

"시간표 바뀌었어요."

"쌤, 몸은 괜찮아요?"

"쌤! 많이 아파요?"

"우리 때문에 속상해서 안 나오시는 건 아니죠?"

"쌤, 학교 다시 나오시는 거죠?"

"언제부터 나와요?"

설미가 대답할 틈도 없이 아이들이 질문을 쏟아 냈다. 그러다 뒤늦게 설미 뒤쪽에 있는 선희를 발견하곤, 아이들, 특히 남학생들의 눈이 휘둥그레졌다.

"스타일 죽인다."

"완전 예뻐."

"쌤 옆에 누구예요?"

아이들의 수군거림을 들은 선희가 부드럽게 웃으며 직접 자신을 소개했다.

"안녕? 난 너희 담임 선생님 언니 되는 사람이야."

"언니요?"

"허걱. 그 교도소에 있다던……."

"마약범?"

아이들은 설미와 선희를 번갈아 보며 눈치를 살폈다. 선희의 단정한 차림새도 그렇고, 친절해 보이는 미소도 그렇고. 아무리 봐도 교도소나 마약, 그런 무서운 것과는 거리가 멀어 보이자 아이들은 당황한 기색이 역력했다.

그런 아이들을 가만히 보던 선희가 입을 열었다.

"어머, 마약범이라니. 말만 들어도 무섭다, 애."

세상 가장 순진한 얼굴로.

□　■　□

두 시간에 걸친 재활이 끝났다. 그런데 어쩐지 설미보다 차윤이 더 지쳐 보였다.

"선생님 괜찮으세요?"

"나? 괜찮아. 설미 너는? 오늘 많이 힘들었지?"

"저도 괜찮아요. 하나도 안 힘들었어요. 저기, 사모님 수술은 잘 끝나셨어요?"

"응. 지금 회복 중이셔. 맞다, 정신이 없어서 잊고 있었네. 저번엔 갑자기 약속 취소해서 미안. 다음에 내가 맛있는 거 사 줄게."

"아니에요. 제가 사 드려야죠. 언제든 시간 괜찮으시면 연락 주세요."

차윤은 희미하게 미소 지으며 고개를 끄덕였다. 지금 당장 설미와 밥을 먹고 싶었지만 표 여사가 갑자기 쓰러지는 바람에 한국대 병원 이사장 업무까지 대행하게 되어 경황이 없었다.

"오늘도 서태홍 씨가 데리러 온대?"

"네. 지금 로비에서 기다리고 있대요."

"그래. 그럼 어서 가 봐."

"선생님. 힘내세요. 파이팅!"

엘리베이터에 올라탄 설미는 양손을 들었다 내리며 힘차게 '파이팅'을 외쳤다. 그 모습에 차윤이 하하, 밝은 웃음을 터뜨렸다. 설미도 차윤을 따라 웃으며 문이 닫힐 때까지 손을 흔들었다.

　로비에 도착한 설미는 팔짱을 낀 채 삐딱하게 서 있는 태홍을 발견했다. 그는 아직 그녀를 보지 못한 듯했다. 설미는 살금살금 조용히 그를 향해 다가갔다.

　'깜짝 놀래 줘야지.'

　하지만 몇 발자국 떼기도 전에 태홍이 뒤를 돌았다. 도둑고양이처럼 걷던 설미는 허리를 펴고 김빠진 얼굴로 고개를 흔들었다.

　"역시, 눈치 100단. 앞으로 평생 장난도 못 치겠네."

　"다음엔 모른 척해 줄게."

　"됐거든요. 빨리 가요. 아, 집에 가기 전에 마트 좀 잠깐 들를 수 있어요?"

　"왜? 장 보게?"

　"네. 내일 우리 혜린이 전국체전이잖아요. 맛있는 거 해 주려고요!"

　"그래."

　두 사람은 팔짱을 끼고 차로 향했다.

　"오늘 재활 훈련 많이 힘들었지?"

　태홍이 안전벨트를 매 주며 넌지시 물었다. 그러자 설미가 어리광 피우듯 입술을 삐죽 내밀며 고개를 끄덕였다.

　"근데 어떻게 알았어요? 앗, 저한테서 땀 냄새 나요?"

　설미가 심각한 얼굴로 킁킁거리며 자신의 몸에서 냄새가 나는지 확인했다. 태홍이 피식 웃으며 그녀의 얼굴을 어루만졌다.

　"냄새 안 나. 그냥 평소보다 늦게 나와서 물어본 거야."

　"정말요?"

　"응. 그리고 냄새 나면 어때. 난 니가 뭘 해도 다 예뻐."

　냄새가 난다는 건가? 설미가 시무룩해졌다.

"안 되겠어요. 우리 그냥 집으로 가요."

"마트 간다며?"

"집에서 씻고 갈래요."

재활이 힘들긴 했나 보다. 그녀가 예민했다.

태홍은 흘끔 눈치를 보며 운전하다가 설미의 손을 잡았다.

"빨리 씻고 싶지?"

"네."

"그럼 가까운 데로 갈게."

태홍은 차를 유턴해서 근처 호텔로 향했다.

"너 힘드니까 오늘은 내가 씻겨 줄게."

□ ■ □

"맛있겠다!"

마트에 도착하자마자 설미는 만두 시식 코너를 발견하곤 쪼르르 달려갔다. 씻고 나서 기분이 좋아진 모양인지 그녀가 활짝 웃으며 태홍을 향해 빨리 오라고 손을 흔들었다.

맛있게 만두를 먹는 그녀를 바라보던 태홍은 웃으며 장바구니에 만두를 담았다. 그러곤 과일 코너로 향했다.

아낌없이 망고를 주워 담고 있는 태홍을 뒤늦게 발견한 설미가 그를 말렸다.

"무슨 망고를 그렇게 많이 담아요? 망고가 얼마나 비싼데. 전 하나면 돼요. 아니다. 혜린이랑 언니도 먹어야 하니까 세 개."

"나는?"

태홍이 짐짓 섭섭한 표정을 지었다.

"아, 맞다. 미안해요. 태홍 씨도 망고 좋아한댔지. 그럼 네 개."

설미는 장바구니에 망고 네 개만 남겨 놓고 나머지는 제자리에 가져다 놓았다.

"그나저나 우리 혜린이 몸보신 메뉴로 뭐가 좋을까요?"

"너 선수였을 때 생각해 봐. 대회 전에 뭐가 제일 먹고 싶었어?"

설미는 잠시 생각하더니 고개를 절레절레 흔들었다.

"없어?"

"아니, 그게 아니라……."

"말해 봐. 뭔데?"

설미가 망설이다 대답했다.

"……엄마가 해 준 밥이요."

설미는 쓸쓸한 얼굴로 말한 뒤 괜히 머쓱해서 앞서 걸어갔다.

태홍은 그녀의 대답에 멈칫했다. 그런 답은 미처 생각지 못했다. 괜한 질문을 했나 싶어 미안하고 가슴이 아팠다.

"빨리 와요!"

설미가 뒤돌아 밝게 웃으며 손을 흔들었다. 태홍은 그제야 걸음을 떼고 그녀에게 다가갔다.

"그래서 오늘은 집밥으로 결정했어요!"

설미는 된장국을 끓여야겠다며 호박과 버섯을 비롯한 다양한 재료를 바구니에 담았다. 태홍은 장바구니를 든 채 묵묵히 그녀의 뒤를 따라갔다.

장을 다 보고 차에 실은 후 두 사람은 근처 카페에서 커피를 마셨다.

"오늘 너무 많이 걸었다. 빨리 집에 가서 쉬는 게 낫지 않겠어?"

"집에만 있으니까 너무 답답해서요. 언니랑 매일 붙어 있는 거 좋긴 한데…… 하루에 한 번씩은 꼭 싸워요."

"선희 오늘 어디 갔어?"

"모르겠어요. 약속 있다고 아침 일찍부터 나갔어요. 저기, 태홍 씨……."

말을 하려다 말고 설미는 입을 다물었다. 어떻게 말을 꺼내야 좋을지 몰랐다.

"왜, 무슨 고민 있어?"

"그게 아니라……. 며칠 전에 언니랑 같이 학교 갔다 왔거든요. 근데 언니가 교장 선생님한테 자신은 누명 쓴 거라고 하더라고요. 예전에 언니 면회 갔을 때도 그렇게 말하긴 했는데 안 믿었었거든요. 교장 선생님한테도 그냥 둘러대는 말인지 진짜인지 모르겠어서요. 언니한테 물어봐도 웃기만 하고 확실하게 대답을 안 해 줘요. 혹시, 태홍 씨는 뭐 아는 거 없어요?"

태홍은 커피를 마시며 잠시 생각에 잠겨 있다가 천천히 말했다.

"선희 말이 맞아."

"네?"

"선희 누명 쓴 거 맞다고."

"정말요? 누가 그런 건데요? 왜 그런 건데요? 혹시 클럽 BB?"

"클럽 BB 같긴 한데, 아직 확실한 건 몰라."

설미는 상기된 얼굴로 자책했다.

"나쁜 놈들! 그럼 정말…… 언니는 2년 동안 억울하게 감옥에 있었던 거예요? 난 그런 줄도 모르고…… 면회 가서 언니한테 왜 억울해하느냐고, 죄지었으면 똑바로 살라고 막 소리 지르고 그랬단 말이에요."

"……."

"그놈들 아직 못 잡은 거죠?"

태홍이 어두워진 얼굴로 고개를 끄덕였다.

"미안해."

"태홍 씨가 뭐가 미안해요. 아무튼 항상 조심해요. 관장님 남편도 죽인 놈들이라면서요. 마음 같아선 그 일 그만두라고 하고 싶어요."

"……."

"저도 그렇게 많이 안 다쳤고, 언니도 무사히 돌아왔으니까……. 전 그냥 지금처럼 이렇게 행복하게 살았으면 좋겠는데……. 그 일…… 그만두면 안 돼요?"

설미가 걱정 가득한 목소리로 물었지만 태홍은 해 줄 수 있는 말이 없었다.

그만둘 수 없는 이유도.

그만두고 싶은 마음도.

그 어떤 말도 할 수가 없었다.

□ ■ □

"우와. 이거 진짜 좋다. 완전 피로가 싹 달아난 기분이에요."

발 마사지기로 신세계를 경험했다며 혜린은 감탄사를 연발했다.

"근데 이거 진짜 저 주시는 거예요?"

"그럼 내가 이걸 무겁게 왜 가져왔겠냐?"

"와. 여전하네. 말 진짜 싸가지 없게 한다. 정혜린! 서태홍 보고 도로 가져가라 그래. 내가 똑같은 거 사 줄게."

소파에 누워 책을 읽던 선희가 한마디 했다. 태홍의 표정이 굳는 것을 본 설미가 얼른 선희를 나무랐다.

"언니야말로 무슨 말을 그렇게 해? 태홍 씨가 혜린이 주려고 얼마나 고민해서 사 온 건데."

"어쭈? 이게 지금 누구 편을 들어?"

"내가 언제 편을 들었다고 그래!"

두 사람은 또 싸우기 시작했다. 며칠 새 적응한 혜린은 득도한 표정으로 설미와 선희에게서 등을 돌리곤 태홍에게 감사 인사를 했다.

"아저씨! 고마워요."

고개를 끄덕이며 태홍은 티격태격하는 선희와 설미를 물끄러미 쳐다봤다.

"쟤들 맨날 저러냐?"

"네."

"니가 고생이 많다."

혜린이 어깨를 으쓱였다.

"아저씨, 밥 다 식겠어요. 저희끼리 먼저 먹을까요?"

"그래."

두 사람이 식탁으로 향하자 설미가 싸움을 멈추고 후다닥 주방으로 향했다.

"잠깐, 국 데워야 해!"

설미가 허둥지둥 국을 데우고, 밥도 새로 펐다.

"언니! 밥 먹어."

"야, 난 조금만 퍼."

"안 돼. 많이 좀 먹어. 언닌 너무 조금 먹는 것 같아."

"덜어. 덜라고."

또 티격태격하는 자매를 보며 태홍과 혜린은 저도 모르게 웃음을 터뜨렸다. 민망해진 설미와 선희는 싸움을 멈추고 식탁 앞에 앉았다. 식탁은 설미가 정성스럽게 차린 '집밥'으로 가득했다.

"이런 자리에 술이 빠지면 안 되는데."

본의 아니게 오랫동안 금주를 하고 있는 설미가 아쉬운 듯 중얼거렸다.

"안 돼."

"알아요. 그냥 한번 해 본 말이거든요?"

"속 보인다. 주스나 마셔."

태홍이 일어서 냉장고에서 주스를 가져왔다. 그 모습을 지켜보던 선희가 피식피식 웃었다.

"언닌 왜 웃어?"

"웃는 것도 맘대로 못 하나? 서태홍한텐 한마디도 못 하는 게 왜 나한텐 바락바락 대들어!"

"알았어, 알았어. 자, 건배합시다!"

설미는 잽싸게 각자의 앞에 놓인 잔에 주스를 따랐다.

"자, 혜린이도 한 잔."

"네!"

모두 잔을 든 것을 확인한 설미가 잔을 높이 들고 외쳤다.

"자, 우리 혜린이 전국체전 우승을 위하여!"

"위하여!"

건배를 나눈 네 사람은 서로를 바라보며 밝게 웃었다. 이제는 한 가족처럼 가까워진 설미, 태홍, 혜린. 그리고 그들을 지켜보며 미소 짓는 선희. 지금 이 순간만큼은, 각자의 상황과 아픔을 잊을 만큼 행복했다.

23화

다음 날.

"회철아. 서 경위 또 왜 저러는 거냐?"

권 팀장이 조서를 작성하고 있는 회철 옆으로 바퀴 의자를 끌며 다가왔다.

"아까부터 계속 귓구멍 틀어막고 핸드폰만 뚫어져라 보고 있잖아. 가서 뭐 보고 있나 염탐 좀 해 봐."

"저 바쁜데……."

바쁜 것도 바쁜 거였지만 회철은 한창 집중하고 있는 태홍을 방해할 엄두가 나지 않았다. 하지만 권 팀장이 눈을 부라리자 회철은 어쩔 수 없이 일어나 태홍의 근처를 서성거리며 어깨 너머로 핸드폰을 들여다봤다.

태홍은 그가 다가온 것도 눈치채지 못한 채 여전히 시선을 핸드폰에 고정하고 있었다. 핸드폰에선 전국체전이 실시간으로 중계되고 있었다.

— 잠시 후 여자 고등부 100미터 결승 경기가 시작되겠습니다.

화면엔 트랙 위에서 몸을 풀고 있는 혜린의 모습이 보였다. 칼을 든 강도와 맞닥뜨려도 눈 하나 깜짝하지 않던 서태홍도 지금 이 순간만큼은 긴장이 되었다.

아나운서가 각 선수들을 소개하기 시작했다.

— 다음은 문화고등학교 정혜린 선수입니다. 현재 고등학교 2학년인 정혜린 선수는 지난 달 열린 문화시 육상 대회에서 우승을 했었죠. 2번 레인에 나와 있습니다. 다음 3번 레인…….

그렇게 8번 레인까지 선수 소개가 모두 끝나고, 선수들이 스타팅 블록에 스파이크를 댔다. 그리고 각자 자세를 잡고 출발 신호를 기다렸다.

— 타앙!

출발 총성이 울렸다. 혜린이 혼신의 힘을 다해 달리는 모습이 비쳤다. 혜린이 속도를 낼수록 핸드폰을 쥔 태홍의 손에도 점점 더 힘이 들어갔다.

— 정혜린 선수 쭉쭉 치고 나오고 있습니다. 현재, 정혜린 선수가 가장 앞서 나가고 있습니다. 오. 독보적이네요. 정혜린 선수! 들어왔습니다! 출발부터 완벽했던 정혜린 선수, 그대로 스피드와 지

구력을 유지하며 완벽하게 금메달을 거머쥐었습니다!

"!!"

혜린이 결승 지점을 통과함과 동시에 태홍이 자리에서 벌떡 일어났다. 뒤에서 염탐하던 회철이 화들짝 놀라 뒷걸음질 치며 물었다.

"경위님? 왜 그러세요?"

민망해진 태홍은 아무렇지 않은 척하며 밖으로 나갔다. 그러곤 곧장 다시 핸드폰을 쳐다봤다.

우승한 혜린이 울면서 어디론가 달려갔다. 바로 설미를 향해서였다. 설미는 이미 혜린보다 더 감격한 표정으로 울고 있었다. 그렇게 스승과 제자는 부둥켜안고 뜨거운 눈물을 흘렸다. 태홍은 그런 두 사람이 짠하면서도 어쩐지 너무 귀여웠다.

그는 밝게 웃으며 캡처 버튼을 꾹 눌렀다.

□　■　□

"임설미!"

대회장 안에 있는 매점으로 향하던 설미가 뒤를 돌았다. 저를 부른 사람의 얼굴을 확인한 설미가 활짝 웃으며 달려갔다.

그는 바로, 10년 전 설미가 온갖 대회 우승을 휩쓸고 다니던 당시의 지도 교사, 박충식 선생이었다.

"선생님! 오랜만이에요. 그동안 잘 지내셨어요? 지금은 어느 학교에 계세요?"

"나 지금 서울에 있는 명성체고에 있지. 그나저나 오늘 100미터 우승한 문화고 정혜린이가 니 제자라며?"

설미가 자랑스럽게 대답했다.

"네. 제가 아끼는 제자예요."

"아이고. 내 제자의 제자가 내 제자의 발목을 잡았네."

"네?"

"1번 레인에 있던 녀석이 우리 학교거든. 은메달 딴 애 말이야. 우승 후보였는데 갑자기 나타난 정혜린이 때문에 우승을 놓쳤지. 지금 울고불고 난리 났어. 그 녀석 승부욕이 장난 아니거든. 설미 너는 어디서 그런 대어를 낚았냐? 응?"

박충식 선생이 농담 섞인 말투로 말했다. 10년 전이랑 달라진 게 하나도 없는 그의 말투에 설미는 저절로 웃음이 나왔다.

"왜 웃어?"

"선생님, 그대로세요."

"그대로긴. 늙었지. 그것도 폭삭. 설미 너도 많이 늙었네? 애들 지도하는 게 선수 때보다 더 힘들지?"

"네. 정말요. 이제야 선생님 마음을 알 것 같아요."

"짜식. 힘들어도 너 때문에 견뎠다. 너도 알지? 너처럼 재능 있는 선수 보면 우리 지도자들은 피가 끓거든. 그래서 더 아까워. 그때 그 교통사고만 아니었어도……. 범인은 아직까지 못 잡은 거지?"

설미가 고개를 끄덕였다.

"다리는 좀 어때? 애들 지도할 정도면 괜찮아진 건가? 근데 아까 걷는 거 보니까 약간 불편해 보이던데……."

"얼마 전에 살짝 다쳤어요."

"뭐? 어쩌다?"

"하하, 좀 그럴 일이 있었어요. 전처럼 큰 부상은 아니니까 너무 걱정 마세요."

"그래. 그럼 다행이다. 오랜만에 만났는데, 얘기나 좀 더 하자. 잠깐만 기다려."

박충식 선생은 매점으로 뛰어가더니 음료수를 사 왔다.

"앉아. 이거 마시면서 얘기 좀 하자."

"제가 사 드려야 하는데."

"원래 진 사람이 사는 거야."

"그럼 잘 먹겠습니다."

두 사람은 벤치에 앉아 음료수를 마셨다. 그동안 어떻게 지냈는지 대화를 나누다가 박충식 선생이 넌지시 얘기를 꺼냈다.

"정혜린이 체고로 보낼 생각 없어?"

"그렇지 않아도 혜린이가 체고로 전학 가고 싶다고 해서 알아보는 중이긴 한데…… 고민이에요. 체고에선 경쟁이 엄청날 텐데 중간에 들어가서 잘 적응할지……."

"그러면서 크는 거지. 근데 오늘 200미터는 왜 안 내보냈어? 출전했으면 우승하고도 남았을 텐데."

"100미터에 집중하는 게 좋을 것 같아서요."

"그 생각에 나는 반대. 아직 고등학생인데 딱 하나로 한정하긴 이르다고 봐. 그만큼 가능성이 무궁무진한 선수라는 거야. 우리 학교로 테스트라도 한번 받으러 와 보는 건 어때?"

"혜린이랑 얘기해 볼게요. 제안해 주셔서 감사해요."

"감사는 무슨. 정혜린이 뛰는 자세 보면서 니 생각 났는데, 아니나 다를까 우리 설미 제자라서 내가 얼마나 기뻤는데. 너 홍콩 국제 대회에서 한국 신기록 세웠을 때만큼 기뻤다니까?"

박충식 선생은 덩실덩실 어깨춤까지 춰 보였다. 그 바람에 한바탕 웃은 후, 설미가 조심스레 물었다.

"선생님. 홍콩 대회 말씀하시니까 갑자기 생각났는데, 그때 경비 말인데요. 그거 혹시…… 저희 언니가 지원해 준 건가요?"

"언니? 아, 맞다. 너 언니 있었지. 근데 아니야."

"네?"

"내가 얘기 안 했었나? 네 경비 지원해 준 사람 엄청 높은 분이라고."

"그건 말씀해 주셨는데, 누군지는 얘기 안 해 주셨어요. 누구예요?"

언니가 아니면, 대체 누가?

설미는 의아한 눈길로 박 선생을 바라보았다.

"전 법무부 장관 서남길. 그분이 네 경비 전액 지원해 주셨어."

설미는 너무 놀라 두 눈이 커다래졌다.

□　■　□

설미와 태홍 그리고 혜린은 삼겹살집에서 혜린의 전국체전 우승 축하 파티를 열었다. 선희도 불렀으나 중요한 선약이 있다고 해서 할 수 없이 셋이서만 모였다.

"나 별로 안 마셨는데 왜 이렇게 취한 것 같지?"

태홍이 말렸지만 설미는 오늘 같은 날은 술이 빠지면 안 된다며 고집을 부렸다.

오래간만에 술을 마신 탓인지 금세 설미의 얼굴이 벌겋게 달아올랐다. 해롱거리던 설미는 결국 두 잔을 채 비우지 못하고 벽에 머리를 기댄 채 잠이 들었다.

태홍은 그녀에게 술을 허락한 자신을 탓하며 묵묵히 삼겹살을 구웠다.

"정혜린 어서 먹어."

"네!"

혜린이 삼겹살 먹는 것을 흐뭇하게 보며 태홍은 술을 마저 마셨다. 오늘따라 술도 달게 느껴졌다. 자신도 이렇게 기분이 좋은데, 그녀는 오죽할까. 꿈에서도 행복한지 잠든 설미의 입가엔 미소가 자리 잡고 있었다.

"아저씨! 저 오늘 명성체육고등학교에서 스카우트 제의받았어요. 학비 면제에 기숙사도 무상으로 제공한대요."

"오, 잘됐네. 그래서 가기로 했어?"

"네. 원래부터 가고 싶었던 학교라 바로 간다고 했어요. 근데 제가 너무 빨리 대답해서 그런지 쌤이 조금 서운해하시는 것 같았어요."

"하긴, 설미가 너 많이 좋아하니까."

"그래도 쌤한테 1순위는 아저씨일걸요."

"글쎄. 그건 잘 모르겠다. 임설미가 은근 의리파라."

"깨워서 물어볼까요?"

"아니라고 하면? 그럼 나 상처받는다."

태홍의 농담에 혜린은 깔깔대며 웃었다 너무 웃어서 눈물이 살짝 맺힌 눈가를 닦으며 혜린은 삼겹살집 내부를 스윽 둘러보았다. 눈빛이 아련했다.

"그때도 이 자리였는데……."

"그때?"

"네. 쌤이랑 아저씨랑 처음으로 같이 저녁 먹었던 날이요. 그날도 쌤 이렇게 쓰러졌었잖아요."

"아……."

"그때 두 분이 저한테 애인 사이라고 거짓말했던 것도 기억나세요? 아저씬 의사라고 속이고."

"그랬었나?"

"네. 그러셨어요."

"지금 나 째려보는 거야? 너 은근 뒤끝 있다? 그땐 그럴 만한 사정이 있었어."

"알아요."

"알면 됐고."

태홍은 머쓱해하며 소주를 한 잔 들이켰다. 태홍의 반응이 재밌는지 혜린이 피식 웃으며 말을 계속했다.

"근데 그때 설미 쌤 좋아한다는 건 거짓말 아니었죠?"

"어."

한 치의 망설임도 없는 대답에 혜린이 꺄르르 웃었다.

"왜 웃냐?"

"그때 아저씨 쌤 좋아하는 거 엄청 티 났어요."

"일부러 티 낸 거야. 니 쌤이 눈치가 없어서."

태홍은 설미와 사귀기 전 그녀에게 몇 번이고 차였던 것을 떠올리니 달던 소주가 갑자기 쓰게 느껴졌다.

뭔가 씁쓸해하는 태홍을 보며 혜린은 조심스레 속마음을 내비쳤다.

"저 사실 그날 태연한 척했지만 엄청 무서웠어요."

"······."

"아저씬 알고 있었죠?"

태홍은 그날 긴장한 기색이 역력한 채 손톱을 물어뜯던 혜린의 모습을 떠올렸다.

"그래서 저한테 그런 얘기 해 주신 거죠? 데드 포인트요."

혜린은 그 당시 태홍이 했던 말을 토씨 하나 틀리지 않고 기억하고 있었다.

'죽을 것 같은 순간과 삶을 포기해 버리고 싶은 고비만 있을 뿐, 계속 달려도 안 죽는다고. 그러니까 너 하고 싶은 대로 하면서 살아. 네 인생이잖아.'

그때는 몰랐지만 이제는 알 것 같다. 그날 태홍이 자신에게 했던 말들의 진정한 의미를.

혜린은 힘들었던 지난날들을 떠올리며 말을 이었다.

"아저씨 말대로 포기하지 않고 계속 달려 보니까 알겠더라고요. 그건 아무것도 아니었다는 걸……."

태홍은 혜린을 기특하게 쳐다봤다.

"그날 밤, 제가 도망칠 때…… 아저씨가 했던 말도 기억해요. 고통을 견디지 못하고 멈춰 버리면 얼마 지나지 않아 데드 포인트가 또 온다고. 그런데 앞선 데드 포인트를 극복하지 못한 채 겪는 고통은 처음보다 더 큰 고통이 따른다고."

"기억력 좋네."

"그걸 어떻게 잊어요. 그날 제 인생이 바뀌었는데."

"……."

"이번 여름 두 분을 만나지 못했다면, 전 데드 포인트를 견디지 못하고 결국 모든 걸 다 포기했을 거예요. 육상도, 그리고 삶도……. 근데 이제는 어떤 시련도 두렵지 않아요. 극복해 봤으니까. 그리고 목숨 걸고 저를 지켜 줬던…… 언제나 절 응원해 주는 설미 쌤이 있다는 걸 아니까요."

태홍의 시선이 자고 있는 설미에게 향했다. 그녀를 깨워 방금 혜린의 말을 들려주고 싶었다.

'사람의 마음을 살려 주는 일을 하고 싶었어요. 그래서 교사가 된 거예요.'

방금 그 꿈을 이루었다는 사실도 모른 채 새근새근 잠든 설미를 태홍은 애정 가득한 눈길로 바라보았다. 그리고 고개를 돌려 다시 혜린을 마주했다.

태홍은 혜린에게도 고마운 것이 많았다. 혜린을 통해 사랑하는 사람의 과거를 보게 되었고, 이해하게 됐고, 그녀가 학창 시절 얼마나 필사적으로 살았는지 간접적으로나마 알 수 있었으니까.

태홍은 그 고마움을 담아 혜린에게 말했다.

"두렵지 않더라도, 힘들 순 있어. 아플 수도 있고. 그땐 언제든지 전화해."

혜린은 고개를 힘차게 끄덕이며 대답했다.

"네. 그럴게요. 고마워요, 아저씨."

"고마우면 얼른 먹어."

태홍은 불판 위 다 익은 고기를 혜린 쪽으로 밀어 주었다.

□ ■ □

태홍이 설미를 자리에 눕히고 침실에서 나오자 혜린이 창고 방을 가리켰다.

"선희 언니는 아직 안 들어오셨나 봐요. 방에 없어요."

"내가 기다릴 테니까, 걱정하지 말고 들어가서 자. 내일 학교 가야 하잖아."

혜린은 알았다고 답한 후, 방으로 들어갔다.

현관으로 향하던 태홍은 발걸음을 돌려 창고 방으로 갔다. 방문을 열어 보니 구석에 선희의 캐리어가 놓여 있었다. 태홍은 캐리어를 열어 보려다 손을 멈췄다. 설미를 두 번 다시 다치게 하지 않겠다고 말했던 선희를 믿어 보기로 했다.

태홍은 선희를 기다리기 위해 건물 밖으로 나왔다. 전화를 걸어 볼까 망설이는데, 그의 핸드폰이 울렸다. 발신자는 찬희였다.

— 형. 지금 집이에요?

"어. 집 앞. 왜?"

— 혹시 선희 씨 집에 들어왔어요?

"아직 안 들어와서 찾으러 나왔어. 왜?"

— 저기 사실…….

찬희는 조심스레 제가 알아낸 사실을 알려 주었다. 찬희의 얘기를 듣던 태홍의 표정이 점차 굳어졌다.

둘이 통화를 하는 도중, 새빨간 승용차가 달려와 건물 앞에 멈췄다.

"알았어. 선희 지금 도착했으니까 일단 끊어."

태홍은 전화를 끊고 차로 다가갔다. 차에서 내린 선희가 태홍을 향해 손을 흔들며 차를 탁탁 쳤다.

"이 차가 그 차야. 우리 설미 구한 차. 수리 끝나서 가지고 오는 길이야."

"……."

"근데 왜 나와 있어? 설마, 나 기다린 거야?"

"……."

태홍은 계속 말이 없었다. 심상치 않은 태홍의 분위기에 선희는 피하는 게 상책이라는 생각이 들었다.

"그럼 나 먼저 들어간다."

"사고 났을 때 차 명의 조회해 봤어. 이거 네 차 아니잖아. 핸드폰도 마찬가지고."

"걱정 마. 훔친 거 아니니까."

"누가 훔쳐다 준 거겠지."

선희의 표정이 순식간에 얼어붙었다. 태홍도 마찬가지였다. 두 사람 사이에 묘한 긴장감이 흘렀다.

"내 뒷조사했니?"

"어."

"잘했네. 그래서 뭐가 나왔는데?"

"정리해."

"……."

"니가 클럽 BB에서 정확히 무슨 일을 했는지는 모르겠지만, 아직도 그때 만났던 기업 인사들과 어울려 다니는 거면 그만둬."

"내가 누굴 만나든 니가 무슨 상관이야."

"다들 너 이용하려는 거 아직도 모르겠어? 널 도와준다고 했겠지. 근데 그게 진심일까? 네가 누명 썼을 때 그놈들 중에서 도와준 사람 하나 있었냐고."

"이용하면 그게 어때서? 난 그들이 필요한 정보를 주고, 그들은 내게 필요한 돈을 주고. 이게 나빠?"

"그 돈 니 목숨값이야."

"……."

"니가 돈만 주면, 자신의 비밀도 딴 곳에 팔아넘길 수 있다는 걸 그놈들도 알고 있을 테니까. 그러니까 위험하다고. 니가 위험하면 설미도……."

설미의 이름이 나오자 선희의 눈빛이 흔들렸다. 그걸 듣기 싫었던 선희는 피식 웃으며 대꾸했다.

"알아. 그래서 정리하고 오는 길이야. 차만 빼고."

"나 장난하는 거 아니야."

"나도 장난 아닌데."

"……."

"발버둥 치는 건데. 살려고."

선희의 목소리가 살짝 떨리는 것을 알아챈 태홍은 가슴 끝이 아려 왔다. 선희가 얼른 뒤돌아 빌라 안으로 들어가려는 것을 태홍이 붙잡았다.

"부탁 하나만 하자."

선희가 고개를 돌렸다.

"무슨 부탁."

"이상윤 경위 알지?"

"알면?"

"상윤이 형……."

"내가 먼저."

"……."

"내 부탁 먼저 들어줘. 그다음 내가 니 부탁 들어줄게."

"말해. 니 부탁이 뭔데."

"조만간 알려 줄게. 오늘은 너무 피곤해서 이만. 굿나잇."

선희는 미소를 짓곤 안으로 들어가 버렸다. 당황한 태홍이 잡을 새도 없이.

혼자 남은 태홍은 눈앞의 새빨간 스포츠카를 바라보며 찬희가 했던 말을 떠올렸다.

— 선희 씨가 오늘 야당 대표 이용택을 만났어요. 두 사람 왜 만난 걸까요?

□　■　□

어제 전학 수속을 마친 혜린은 오늘 서울로 떠나야 했다. 애틋한 눈빛으로 거실을 빙 둘러보던 혜린은 옆에서 훌쩍이고 있는 설미를 꼭 껴안았다.

"쌤, 자주 놀러 올게요."

"그래. 언제든지 쉬고 싶을 때 와."

"네. 몇 달밖에 안 있었는데 짐이 많아졌네요. 처음엔 아무 것도 없었는데."

혜린이 머쓱해하며 마지막 짐 가방을 들었다.

"나머지 짐들은 태홍 씨가 차에 실어 놨어."

"네. 아까 1층에서 만났어요. 아저씨가 태워다 주신대요."

"당연하지. 나도 같이 갈 거야."

"아니에요. 쌤 몸도 안 좋은데……. 나오지 마세요."

"왜? 차 타면 금방 가는데."

혜린이 눈물을 글썽이며 고개를 흔들었다. 그 모습을 보자 설미가 또 울음을 터뜨렸다. 설미는 혜린을 와락 끌어안았다.

"혜린아, 밥 잘 챙겨 먹고……. 너무 연습만 하지 말고 친구들이랑 어울려서 가끔 놀기도 하고 그래. 응?"

"네에……. 흐윽……."

부둥켜안고 우는 설미와 혜린을 지켜보던 선희가 혀를 찼다.

"쯧쯧. 둘 다 유난 그만 떨어. 정혜린! 니 선생은 초등학교 때부터 기숙사 생활 했어. 인생 원래 혼자 사는 거야."

설미가 눈에 눈물이 고인 채로 선희를 째려봤다.

"왜 째려봐? 내가 뭐 틀린 말 했냐? 제자라고 너무 오냐오냐하지 마라. 버릇 나빠져. 니가 정혜린 평생 책임질 것도 아니면서."

"언니!"

또 싸우기 일보 직전이다. 두 사람은 사소한 걸로 죽일 듯 노려보며 싸우다가도 또 금세 음식 얘기로 쿵짝이 맞아서 신나 했다. 그런 모습을 보며 혜린은 둘이 자매가 맞긴 맞나 보다, 하면서 부러워하곤 했었다.

이젠 이 모습도 못 볼 것을 생각하니 벌써부터 그리웠다.

빵빵.

두 사람이 티격태격하는데, 1층에서 클랙슨 소리가 들려왔다.

"하여튼 서태홍 성격 더럽게 급하네."

"뭐, 그건 인정. 골목에서 웬만하면 클랙슨 울리지 말라니까."

태홍의 흉을 볼 때도 두 사람은 가끔 통했다.

혜린은 눈물을 닦으며 활짝 웃었다. 그리고 마지막으로.

"쌤. 그리고 선희 언니. 그동안 감사했습니다."

그렇게 고개 숙여 인사를 한 후 다시 눈물이 나오기 전에 얼른 밖으로 나갔다.

설미는 혜린의 바람대로 집 안에서 배웅해 주기로 했다. 그녀는 창가로 달려가 아래를 내려다봤다. 건물 밖으로 나온 혜린이 위쪽을 올려다보며 손을 흔들었다. 설미도 환하게 웃으며 손을 흔들었다. 그 상태로 혜린이 탄 차가 골목을 내려가 완전히 사라질 때까지 하염없이 바라봤다.

그런 설미를 뒤에서 지켜보던 선희가 넌지시 물었다.

"너랑 닮아서 그렇게 좋아한 거야?"

선희는 정말 궁금한 표정이었지만, 설미는 말없이 웃었다.

"왜 웃어? 말해 주기 싫음 말아."

"그게 아니라, 응원하는 마음이었어. 혜린이가 나처럼 되지 않기를 바랐거든."

잠시 말이 없던 선희가 피식 웃었다.

"다행이네. 정혜린한텐 나 같은 언니가 없어서."

"왜 또 그런 말을 해? 난 언니 있어서 좋아."

"입에 침이나 바르고 거짓말해라."

"진짜야. 왜 사람 말을 못 믿어?"

"옷이나 입어. 나랑 어디 좀 같이 가자."

"어디?"

선희는 대답 대신 옷장에서 카디건을 꺼내 설미에게 던졌다. 설미는 얼떨결에 옷을 입고 선희를 따라 밖으로 나갔다.

"어디 가냐니까!"

"가 보면 알아."

선희는 그렇게만 말하고 차에 올라탔다.

□　■　□

"무슨 일 있으면 바로 연락하고, 밥 굶지 말고, 돈 필요하면 나한테 언제든지 말하고. 알았지?"

"알겠어요, 알겠어. 얼른 가세요. 그래야 저도 들어가죠."

태홍은 학교 근처에서 밥이라도 한 끼 먹이고 혜린을 들여보내고 싶었지만, 혜린은 바로 들어가겠다고 했다. 당장 오후부터 훈련에 들어가야 한다며, 밥보다는 빨리 훈련장으로 가서 긴장을 풀고 싶단다.

하는 수 없이 태홍은 명성체고 기숙사 앞에서 혜린과 작별 인사를 하고 차에 올라탔다. 혜린은 차가 모퉁이를 돌아 완전히 사라질 때까지 그 자리 그대로 서서 손을 흔들었다.

그런 혜린의 모습을 백미러로 확인한 태홍은 마음이 착잡해졌다.

아무 연고도 없이 혼자 뚝 떨어져 지낼 혜린을 놓고 돌아서자니 발길이 무거웠다. 혹여 질이 안 좋은 친구들에게 타깃이 되거나, 같이 어울려 다니기라도 한다면 어쩌나 걱정도 되었다.

물론 혜린이 그런 아이가 아니라는 것은 충분히 알고 있었다. 하지만 선희의 경우를 생각해 보면 완전히 안심할 수는 없었다.

공부도 잘하고 똑 부러지게 열심히 살던 선희가 클럽 BB라는 무시무시한 조직에 몸담게 될 줄 누가 알았겠는가.

태홍이 이런저런 걱정을 하며 문화시로 가는 고속도로로 향하고 있는데, 핸드폰이 울렸다. 발신자는 채경이었다. 태홍은 블루투스 이어폰을 켰다.

"응. 왜?"

— 오늘 시간 괜찮으면 잠깐 볼 수 있어? 내가 문화시로 갈게!

"나 지금 서울이야. 내가 검찰청으로 갈게."

태홍은 전화를 끊고, 검찰청 방향으로 차를 돌렸다.

검찰청에 도착한 태홍은 채경의 사무실로 올라가 노크를 하고 문을 열었다.

밤을 새웠는지 졸음이 가득한 눈으로 서류 더미 앞에서 화장을 고치고 있던 채경이 화들짝 놀라 자리에서 벌떡 일어났다.

"어떻게 이렇게 빨리 왔어? 서울은 무슨 일로 온 거야?"

"일 때문에 이 근처에 있었어. 근데 무슨 일이야?"

"일단 앉아서 얘기하자."

채경은 태홍에게 소파에 앉으라고 한 뒤, 냉장고로 가서 주스를 꺼내 왔다.

"마셔."

태홍에게 주스를 건네고 채경도 자리에 앉았다. 하지만 태홍은 주스를 마시지 않고 채경만 빤히 쳐다봤다.

"무슨 일인데. 빨리 말해."

태홍이 다그치자 채경이 잠시 머뭇거리다 입을 열었다.

"사실은 어제 전화가 왔었어. 서 장관님한테."

태홍의 눈빛이 차갑게 얼어붙었다. 이런 반응일 줄 알았다는 듯

채경은 한숨을 작게 내쉬며 얘기를 계속했다.

"만나자고 하셔서 내가 일요일에 서초동으로 찾아뵙기로 했어. 가기 전에 너한테 미리 얘기를 해야 할 것 같아서."

채경은 최근 화영과 함께 서 장관의 뒤를 쫓고 있었다. 서 장관의 과거 행적은 물론이고, 저택에서 나온 쓰레기까지 뒤질 정도로 꼼꼼히.

하지만 수사를 하면 할수록 명확해지는 사실은, 서 장관은 '청렴' 그 자체라는 것이다.

하루도 거르지 않고 아침마다 약수터로 나가 시민들의 말에 귀를 기울이며 고민을 듣고, 해결해 주려고 노력하는 서 장관의 모습을 보며 채경은 그를 의심하는 것조차 송구스러울 정도였다.

그러던 와중에 어제저녁 서 장관의 전화를 받은 것이다. 어찌나 당황스럽던지, 어제의 통화가 다시금 떠오르자 채경은 얼굴이 홧홧해졌다.

"만나지 마."

태홍의 목소리에 채경은 정신을 차렸다. 그리고 다부진 눈빛으로 말했다.

"아니. 만날 거야. 그리고 서 장관님께 직접 여쭤볼 거야. 클럽 BB에 대해서."

태홍은 그녀의 생각을 무시하듯 헛웃음을 지었다. 채경은 기분이 상했지만, 서 장관을 미워하는 태홍의 마음을 어느 정도 이해하기에 꾹 참았다.

"직접 묻겠다?"

"그래."

"할아버지가 니가 묻는 말에 순순히 대답할 것 같아?"

"뭐?"

"무슨 근거로 그 사람이 몇십 년 동안 숨긴 자신의 정체를 드러 낸다고 자신하는데?"

"……."

잔뜩 날이 선 태홍의 태도에 채경은 침묵했다.

"그동안 할아버지 뒤를 밟으면서 의심될 만한 정황이나 증거, 찾 은 거 있어?"

"아니……."

채경은 고개를 흔들었다.

"그래서 말인데, 아무리 봐도 서 장관님이 클럽 BB랑 연관이 있 다는 정보는 잘못된 것 같아. 서 장관님은 돈과 권력엔 욕심이 없는 분이야. 대선 후보를 등록하네 마네 소문만 있지, 아직 본인 입으로 출마 선언하신 건 아니잖아. 만약에 하시더라도 권력 욕심 때문은 아닐 거야."

"……."

"정재계 쪽 인사들과는 비공식적으로는 만나시지도 않아. 외출하 는 곳도 한정적이야. 강연하러 학교나 교육청, 최근엔 자서전 출판 준비 때문에 출판사. 끝."

말을 하면 할수록 채경은 확신이 들었다.

"재산도 부친께 물려받은 서초동 저택 하나. 이런 분이 클럽 BB 같은 더러운 집단에 연루되어 있다니, 말도 안 돼."

"네 말대로 할아버지 재산은 서초동 저택이 전부야. 그 안에 다 들었거든."

10년 전 할아버지가 선희를 추행하는 것을 목격한 후, 태홍은 할 아버지를 의심하기 시작했다. 그러다 집 안에서 은밀하게 움직이는 파주 아저씨를 발견하고 미행한 결과, 별채의 존재를 알게 되었다.

그곳엔 고가의 그림과 도자기, 미술품 등이 가득했다. 태홍은 또

한 번 말로 표현할 수 없을 정도의 충격을 받았었다.

그는 분노를 가라앉히고 최대한 침착하게 설명했다.

"할아버진 법조계에서 은퇴를 한 직후부터. 아니, 어쩌면 훨씬 그 전부터 대통령이 되기 위해 준비해 온 사람이야. 내 생각엔 할아버지가 2년 전 클럽 BB 보스가 된 이유도 그 조직을 와해시키기 위해서였을 거야. 클럽 BB가 본인의 앞길에 가장 큰 걸림돌이 될 것을 알고 있었을 테니까."

태홍의 확신에 찬 표정에 채경은 혼란스러웠다. 하지만 태홍이 이렇게까지 자신의 할아버지를 의심하는 데는 분명 이유가 있을 것이다.

"10년 전에 너, 서초동 저택에서 갑자기 독립해서 나갔었잖아. 그때 서 장관님이랑 무슨 일 있었던 거지? 그래서 법대 진학 포기한 거야?"

"맞아. 그때 내 눈으로 봤거든. 할아버지의 진짜 모습을."

태홍의 쓸쓸한 눈빛을 본 채경은 그 일에 관해선 더 이상 묻지 않기로 했다.

다시 수사 문제로 돌아가 방향을 원점으로 돌려놓고 천천히 생각했다.

"그렇다면 2년 전 김준태 검사 파면과 S그룹 철수도 서 장관님이 클럽 BB를 없애기 위해 뒤에서 조종했을 가능성이 크다는 거네?"

"어. 그러니까 넌 김준태 검사 파면과 관련해서 더 조사해 봐. 빨리 움직여야 해. 2년 전 상윤이 형도 그렇고, 지금 우리도 클럽 BB보다 한발 늦게 움직이고 있어. 그러니까 증거도 못 찾고, 계속 당할 수밖에."

"알았어. 네 말대로 최대한 빨리 움직일게. 근데, 선희 씨는 뭐래? 협조해 준대?"

"……아니. 아직 못 만났어. 만나는 대로 설득해 볼게."

"너도 최대한 빨리 만나 봐. 선희 씨가 도와주면 훨씬 수월해질 테니까."

"그래."

"근데 서 장관님은 날 왜 보자고 하신 걸까? 혹시 넌 짐작 가는 거 있어?"

채경이 의아한 듯 묻자 태홍은 주저 없이 대답했다.

"널 확실히 자기 사람으로 만들려는 거겠지. 할아버진 아마 니가 거절할 수 없는 조건을 내세울 거야. 거기에 넘어가지 마."

"……."

"나 너 믿는다."

그러면서 태홍은 채경을 지그시 바라봤다. 그의 눈빛에 채경은 가슴이 두근거렸다.

'믿는다'는 한마디에도 이토록 심장이 떨리는데, 저 눈빛과 입술로 '사랑한다' 속삭여 준다면 어떤 기분일까?

채경은 순간 태홍에게 자신의 마음을 고백하고 싶은 충동이 일었다. 하지만 꾹 참았다. 조급해지지 말자고 다짐하면서.

사랑 없이 서로의 조건만 보고 결혼한 부모님 밑에서 자란 채경은 영원한 사랑을 믿지 않았다. 심지어 자신의 감정조차도, 그를 향한 이 뜨거움도 언젠가는 사라질 거라 생각했다.

그리고 결국 태홍의 사랑도 깨질 것이다.

채경의 바람은 하나였다. 설미를 향한 태홍의 사랑보다, 태홍을 향한 자신의 사랑이 유통 기한이 좀 더 길기를.

제 마음을 숨긴 채 채경은 웃으며 대답했다.

"믿어 줘서 고마워. 일요일에 서 장관님 만나고 오면 바로 연락할게."

태홍은 고개를 끄덕이며 바로 일어나려 했다. 그래서 그를 조금이라도 더 붙잡아 두고 싶은 마음에 채경이 빠르게 말했다.

"맞다. 너한테 보여 줄 게 있어."

"뭔데?"

채경은 책상에서 사진 한 장을 가지고 와 내밀었다. 서 장관의 저택 주변을 찍은 사진엔 한 남자가 포착되어 있었다.

그 남자를 본 태홍이 굳은 표정을 짓자 채경이 물었다.

"아는 사람이야?"

"이거 언제 찍은 거야?"

"이틀 전. 우리 조사관이 서 장관님 댁 근처에 잠입해 있다가 그 남자가 왠지 수상해서 찍었대."

태홍은 다시 한번 사진을 들여다봤다. 모자를 쓴 남자의 턱 밑에 길게 난 상처. 음습한 눈빛.

파주 아저씨가 분명했다.

"이 사람이 누군데?"

"할아버지 하수인. 행방이 묘연했는데, 아직도 할아버지 밑에서 일하고 있었나 보네. 아무도 모르게."

"그래? 그럼 이 남자 위치 파악부터 해야겠다. 조사관한테 말해 둘게."

"고맙다."

"고마우면 밥이나 사든가."

"알았어. 사 줄게."

"정말? 웬일이야? 그럼 나 금방 정리하고 나갈 테니까 정문에서 잠깐만 기다려 줘."

"오늘 사 준다곤 안 했는데?"

"어? 아……."

채경이 눈에 띄게 시무룩해하자 태홍도 매몰차게 대할 수가 없었다.

"준비하고 나와. 정문에서 보자."

"웅! 금방 나갈게."

나갈 채비를 하느라 바빠진 채경을 뒤로하고 태홍은 밖으로 나왔다. 정문으로 향하며 태홍은 생각에 잠겼다.

파주 아저씨가 나타났다? 그렇게 찾을 땐 없더니, 갑자기 이 타이밍에 나타난 이유가 뭘까?

조만간 뭔가 큰일이 벌어질 것만 같은 기분이 들었다.

□　■　□

선희가 설미를 데리고 도착한 곳은 청담동에 있는 뷰티숍이었다.

"언니, 여긴 왜?"

설미가 어리둥절한 얼굴로 서 있자 선희가 설미를 끌고 안으로 들어갔다. 그러자 기다리고 있었다는 듯 직원들이 원피스가 가득 걸린 이동식 행거를 끌고 선희의 뒤를 따랐다.

"바로 시작해 주세요."

선희의 말이 끝나기가 무섭게 직원들이 설미를 메이크업실로 데리고 갔다.

"어, 언니. 이게 다 뭐야."

"그냥 넌 따라가서 가만히 앉아 있으면 돼."

선희는 설미가 입고 있던 카디건과 가방을 받아 들고 소파에 앉았다. 그리고 핸드폰을 꺼내 문자를 작성했다.

[지난번에 말한 부탁, 오늘 들어줘. 그랜드호텔 중식당으로 7시까지 와.]

작성을 마친 선희는 바로 전송 버튼을 누르려다 멈칫하고 문자를 가만히 내려다봤다. 잠시 후, 굳게 각오를 한 눈빛으로 문자를 전송했다.

그러자 곧바로 태홍에게서 전화가 왔다. 선희는 망설임도 없이 전원을 꺼 버렸다.

몇 분이나 지났을까. 이번엔 설미 가방 속에서 핸드폰이 울렸다. 발신자는 태홍일 것이다. 선희는 핸드폰을 꺼내 배터리를 분리시킨 후, 다시 가방에 넣었다. 그러고는 설미에게 입힐 옷을 고르기 시작했다.

"실장님. 이걸로."

자리에서 일어선 선희가 크림색 원피스를 가리키자 옆에 서 있던 직원이 원피스를 빼내 메이크업실로 가져갔다.

한참 후에야 헤어와 메이크업, 의상까지 모두 단장을 끝낸 설미가 거울 앞에 섰다. 선희는 구두를 하나 가져와 설미의 발밑에 내려놓았다.

"와, 신발 예쁘다!"

선희는 동생의 발에 직접 구두를 신겨 주었다.

"무릎에 무리 가지 않도록 낮은 걸로 골랐어."

"언니, 진짜 말 좀 해 줘. 나 궁금해 죽겠어. 갑자기 왜 이래? 우리 어디 가는데?"

"가 보면 안다니까."

선희는 미소를 지었지만 어딘지 쓸쓸해 보였다. 그 표정을 보자 설미도 더는 물을 수가 없었다.

몇 시간에 걸친 준비를 끝내고 뷰티숍을 나온 두 사람이 향한 곳은 그랜드호텔 중식당이었다.

식당에 도착하자 지배인이 달려와 안내했다. 깍듯한 지배인의 태도가 설미는 어색하고 불편했지만, 그녀와 달리 선희는 익숙한 듯 지배인을 따라 룸으로 향했다.

지배인이 문을 열어 주자 선희가 먼저 들어가고 이어 설미도 따라 들어갔다. 룸 안에 한 발 들어선 설미는 놀라 그 자리에 멈췄다.

그 넓은 룸 안에 서 장관이 혼자 앉아 있었다.

□ ■ □

태홍은 채경과 밥을 먹고 문화시에 거의 도착할 때쯤 선희에게서 문자를 받았다. 문자 내용이 심상치 않아 급히 근처에 차를 세우고 선희에게 전화를 걸었지만 받지 않았다. 혹시 몰라서 설미에게도 걸어 보았지만 마찬가지였다.

'또 무슨 일을 꾸미는 거야!'

태홍은 답답한 마음에 운전대를 꽉 잡았다. 그리고 차를 돌려 다시 서울로 향했다. 퇴근 시간 무렵이라 도로는 차들로 꽉 막혀 있었다.

가까스로 7시에 맞춰 도착한 태홍은 선희의 이름을 대고 지배인의 안내에 따라 룸으로 향했다.

지배인이 천천히 문을 열었다. 제일 먼저 태홍의 시야에 들어온 것은 정면에 앉아 있는 서 장관이었다. 태홍의 눈빛이 싸늘하게 굳어졌다.

"태홍 씨……."

그때 익숙한 목소리가 태홍을 불렀다. 원형 테이블에 서 장관과 마주 보고 앉아 있던 여자가 뒤를 돌았다. 설미였다. 하마터면 못 알아볼 뻔했다.

설미의 맑고 예쁜 눈을 강조한 메이크업과 이마를 훤히 드러낸

올림머리는 무척이나 단정하고 여성스러웠다. 하지만 그 어느 때보다 예쁜 설미를 보고도 태홍은 웃어 줄 수가 없었다.

설미 옆에 앉아 있던 선희도 뒤돌아 태홍을 바라봤다. 선희와 눈이 마주치자 태홍의 표정이 더 딱딱하게 굳었다.

태홍은 서 장관에겐 눈길도 주지 않고 설미에게 다가가 그녀의 팔목을 잡고 의자에서 일으켰다. 그리고 선희를 향해 말했다.

"너도 일어나."

"아니. 니가 앉아. 어르신 앞에서 예의 없게 지금 뭐 하는 거야?"

선희가 태연히 웃으며 대꾸하자 태홍이 낮게 소리쳤다.

"너야말로 지금 뭐 하는 짓이야?"

태홍과 선희가 신경전을 벌이는 사이, 설미는 난처한 기색으로 서 장관의 눈치를 살폈다. 역시나 서 장관의 심기가 상당히 불편해 보였다.

"태홍 씨, 언니 말대로 일단 앉아요. 할아버님께 인사도 드리고……."

설미는 태홍을 향해 애원하는 눈빛으로 말했지만 전혀 통하지 않았다.

"가자."

태홍은 막무가내로 설미를 데리고 나가려고 했다.

"거기 서거라."

서 장관이 침착하게 말했다.

"임 선생과 결혼할 생각 있으면 와서 앉아."

결혼? 태홍은 황당한 얼굴로 서 장관을 노려봤다.

서 장관은 속을 알 수 없는 표정으로 고량주를 잔에 따라 마시고 있었다. 선희가 태홍을 향해 앉으라며 턱 끝으로 의자를 가리켰다. 그 곁에서 불안해하고 있는 설미를 보니 자신과 마찬가지로 아무것도 모르고 이곳에 끌려온 모양이었다.

"태홍 씨, 일단 앉아요."

설미가 태홍을 억지로 끌어다 의자에 앉히고 다시 자리로 돌아갔다.

모두 자리에 앉자 적막이 흘렀다. 어색함을 견디지 못한 설미가 먼저 입을 열었다.

"서 장관님, 음식도 같이 드세요. 빈속에 술은 안 좋아요."

설미는 서 장관의 접시에 전복을 한 점 올려 주며 웃었다. 화답이라도 하듯 서 장관도 웃으며 설미가 덜어 준 전복을 입에 넣었다.

"맛있구나. 너도 어서 먹으렴."

"네."

태홍은 가식적인 서 장관의 모습에 실소를 흘렸다. 자신도 이렇게 속이 뒤집히는데 선희는 오죽할까? 태홍은 선희 쪽으로 시선을 돌렸다.

그녀는 창밖을 바라보고 있었다. 휘황찬란한 서울의 야경을 눈에 담으며 생각에 잠긴 듯했다. 그리고 곧 생각이 정리가 되었는지 고개를 돌렸다.

태홍과 눈이 마주친 선희가 빙긋 웃더니 불쑥 말을 꺼냈다.

"결혼식은 다음 달 괜찮으시죠?"

갑작스러운 선희의 제안에 태홍과 설미는 놀라서 선희를 쳐다봤다. 선희의 시선은 서 장관에게만 꽂혀 있었다.

서 장관의 안색이 아주 잠깐 차갑게 변했다가 다시 본래의 모습을 찾아갔다. 그는 인자하게 웃으며 선희를 향해 말했다.

"다음 달은 너무 이르지 않나?"

"어르신 내년에 큰일 하시느라 바쁘실 텐데 서둘러야죠. 저는 장관님 생각해서 날짜 조정한 건데요?"

그렇게 말하며 선희가 미소를 지었다. 서 장관은 허허, 가볍게 웃더니 말없이 또 술잔을 기울였다. 선희의 말에 찍소리도 못 하는 서 장관을 보며 태홍은 확신했다.

이 자리에 오기 전, 둘 사이에 모종의 거래가 있었음을.

그리고 그 거래에서 우위를 선점한 건 선희임을.

"결혼식은 저희 쪽에서 알아서 다 준비할게요. 장관님은 하객 명단만 넘겨주시면 돼요. 어렵지 않으시죠?"

선희가 이야기를 주도했고, 서 장관은 별 반대 없이 끌려갔다.

"최대한 많이 초대해 주세요. 저희 쪽 손님이 얼마 없으니 그 자리를 장관님 손님들이 채워 줬으면 좋겠어요. 우리 설미가 장관님 손주며느리인 거 세상 사람들 전부 알 수 있도록. 부탁드려요."

선희는 태홍에게도 맡겨 두라며 자신 있게 말했다.

"너도 결혼 준비는 신경 쓰지 않아도 돼. 요새 클럽 BB 잡아넣으려고 정신없을 텐데."

'클럽 BB'라는 말에 서 장관의 표정이 얼핏 굳어졌다.

"임 선생님."

서 장관이 갑자기 설미를 불렀다. 설미는 기합이 잔뜩 든 채로 대답했다.

"네! 서 장관님."

"내가 태홍이 녀석이랑 긴히 할 얘기가 있어서 그런데, 미안하지만 오늘은 이만 언니분과 돌아가 줄 수 있겠어요?"

"네? 네……."

서 장관은 여전히 인자한 얼굴이었지만 왠지 눈빛이 매섭게 느껴졌다. 갑자기 싸해진 분위기에 설미는 내심 놀라며 고개를 끄덕였다.

"언니, 일어나."

설미가 작게 얘기하며 자리에서 일어났다. 설미의 표정이 좋지 않자 선희도 순순히 일어섰다.

"그럼 또 뵙겠습니다. 어르신."

정중히 허리까지 숙여 인사한 후, 선희가 먼저 밖으로 나갔다. 설미도 서둘러 서 장관을 향해 인사했다.

"서 장관님. 그럼 다음에 다시 인사드리러 가겠습니다."

서 장관은 대답 대신 고개만 가볍게 끄덕였다. 설미는 태홍을 향해 작게 말했다.

"태홍 씨, 저 먼저 갈게요."

"같이 가."

태홍이 자리에서 일어나자 설미가 그를 말렸다.

"가긴 어딜 가요. 빨리 앉아요. 서 장관님이 태홍 씨랑 할 얘기가 있다고 하시잖아요."

"난 없어."

"태홍 씨……."

설미는 서 장관의 눈치를 살피며 안절부절못했다. 그런 설미의 모습에 태홍은 오히려 화가 났다. 그는 설미를 데리고 이곳을 나가야겠다는 생각밖에 없었다.

그가 설미의 팔목을 붙잡는 그 순간.

"서태홍! 당장 앉지 못해!"

결국 서 장관이 흥분을 감추지 못하고 소리를 질렀다. 화들짝 놀란 설미가 태홍을 달랬다.

"태홍 씨 이러면 나만 더 곤란해져요. 언니랑 집에 가 있을 테니까, 서 장관님이랑 얘기 나누고 천천히 와요. 네? 부탁할게요."

설미가 애원하듯 말하자 태홍도 더는 어쩔 수 없었다. 그는 할 수 없이 그녀를 먼저 밖으로 보내고 서 장관의 맞은편에 앉았다.

"자. 얼른 하세요. 저한테 무슨 할 말이 있으신……."

태홍의 말이 끝나기도 전에 서 장관은 술잔에 든 술을 태홍의 얼굴에 뿌려 버렸다. 그리고 살기 가득한 눈빛으로 그를 노려봤다.

"못난 놈. 저런 버러지 같은 년한테 이용이나 당하고. 혼자 똑똑한 척은 다 하더니 꼴 좋구나?"

태홍도 지지 않고 서 장관을 매섭게 바라보았다.

"까짓것 이용당하면 어때요. 내가 사랑하는 여자와 결혼할 수 있다는데. 그러는 할아버지야말로 선희한테 무슨 약점을 잡혔길래 이런 자리에 고분고분 앉아 계신 건데요? 아, 미성년자 성추행? 납치, 살인 교사?"

"그 입 다물지 못해!"

이성을 잃고 부들부들 떠는 서 장관의 모습에 태홍은 피식 웃었다.

"웃어? 지금 웃음이 나와?"

서 장관이 윽박지르듯 말하자, 여유롭게 냅킨으로 얼굴을 닦던 태홍의 표정이 돌연 싸늘하게 굳었다.

"이 시간 이후로 설미 그리고 선희 두 여자 털끝 하나라도 건드렸다간 그 즉시 할아버지 정치 생명은 끝인 줄 아세요. 제가 신문사, 방송사 인터뷰 죄다 잡아서 서남길 장관이 어떤 사람인지 양심고백이라도 할 생각이거든요."

말을 마친 태홍은 서 장관을 홀로 남겨 둔 채 룸을 빠져나왔다.

□　■　□

설미가 차에 올라타자 선희가 물었다.

"밥 먹고 들어갈래? 너 아까 보니까 제대로 먹지도 못하던데."

"아니. 집으로 갈래."

"그래, 그럼."

선희는 차를 출발시켰다. 집으로 가는 내내 두 사람은 아무런 말도 하지 않았다. 각자 생각에 잠긴 채로 어느덧 집 앞에 도착했다.

"내려. 먼저 올라가."

"싫어."

설미가 화난 얼굴로 선희를 쳐다봤다.

"오늘 일 나한테 설명해."

"무슨 설명?"

"갑자기 결혼이라니! 태홍 씨도 전혀 모르는 눈치던데, 어떻게 나한테 한마디 상의도 없이 우리 결혼을 왜 언니가 결정해?"

"올라가서 얘기하자."

선희는 차에서 내려 조수석 문을 열었다. 하지만 설미는 요지부동이었다.

"서 장관님은 어떻게 알고 연락한 거야? 태홍 씨도 언니가 부른 거지?"

"내리라고. 집에서 얘기해."

"싫어. 집에 가면 또 딴소리하면서 피할 거잖아. 그리고 태홍 씨한테 사과해."

"내가 왜?"

"태홍 씨, 서 장관님이랑 사이 안 좋단 말이야. 그런데 그렇게 갑자기 불러내면 어떡해!"

둘이 옥신각신하는 그때였다.

끼이익—

차 한 대가 달려오더니 선희 차 바로 뒤에 급정거했다. 차 문이 거칠게 열리고 태홍이 잔뜩 화가 난 얼굴로 내렸다. 살벌한 태홍의 기세에도 선희는 주눅 들기는커녕 오히려 당당하게 대꾸했다.

"마침 잘 왔네, 서태홍. 설미가 나더러 너한테 사과하라는데, 넌 어떻게 생각해? 오늘 일 내가 너한테 사과해야 할 정도로 잘못했니? 두 사람 어차피 결혼할 거 아니었어? 아, 그 정도로 깊은 관계는 아니었나? 내가 너무 앞서 나간 건가?"

"언니!"

"넌 가만히 있어. 서태홍. 대답해. 설미랑 결혼할 생각 있어, 없어?"

선희는 태홍을 뚫어질 듯 쳐다봤다.

"말해 보라고. 설미랑 결혼하기 싫어?"

잠시 말이 없던 태홍은 선희를 똑바로 바라보며 대답했다.

"이런 식으론 할 생각 없어."

"뭐? 이런 식으론?"

"그래. 설미랑 내가 아닌, 너랑 할아버지가 결정한 거잖아. 거기에 맞춰 움직여 줄 생각 따위 전혀 없다고."

선희와 서 장관 두 사람 사이에 어떤 거래가 있었는지 알기 전까진 누구의 뜻에도 따르지 않겠다는 말이었다. 태홍은 진실을 말해 달라는 눈빛으로 선희를 응시했다. 하지만 선희는 태홍의 시선을 피해 설미에게 물었다.

"네 생각은?"

설미는 태홍의 눈치를 살폈다. 얼굴에 독기가 가득 올라 있는 태홍이 낯설었지만, 설미 역시 그의 생각에 동의했다.

설미도 선희를 향해 단호하게 답했다.

"언니. 나도 태홍 씨랑 같은 생각이야. 결혼은 우리가 결정해."

"내가 하는 마지막 부탁인데도?"

"마지막 부탁? 그게 무슨 소리야?"

설미가 되물었지만, 선희가 약간 쓸쓸한 미소를 내보이며 말했다.

"나 다음 달에 외국으로 떠나."

"뭐? 외국?"

"그래서 서두른 거야. 떠나기 전에 니 결혼식 보고 가려고."

설미와 태홍 모두 놀라 선희를 쳐다봤다. 하지만 선희는 어깨를 으쓱이며 웃을 뿐이었다.

설미에겐 청천벽력 같은 소리였다. 이제 두 번 다시 헤어지지 말고 행복하게 잘 살자고 얘기한 게 엊그제였다. 그런데 갑자기 떠나겠다니. 그것도 외국으로.

"갑자기 무슨 말이야. 떠나다니, 어디로? 왜!"

설미가 소리치듯 물었다. 하지만 선희는 아무런 대답도 하지 않았다. 그저 차에서 핸드백을 챙겨 빌라 안으로 들어가 버렸다.

"태홍 씨. 저요, 일단 언니랑 먼저 얘기 좀 해 봐야 할 것 같아요."

"알았어. 얘기 끝나면 연락해. 기다릴게."

설미는 다급히 집으로 향했다.

창고 방의 문을 열고 들어가자 선희는 바닥에 앉아 귀걸이를 빼고 있었다.

"언니. 나랑 얘기 좀 해."

선희는 클렌징 티슈로 화장을 지우며 고개를 끄덕였다.

"말해. 듣고 있으니까."

"떠난다는 게 무슨 말이야? 어딜 가는데? 왜 가는데?"

"……."

"언니!"

선희가 아무 대답도 하지 않자, 답답해진 설미가 큰 소리로 불렀다. 선희는 여전히 대답하지 않고 블라우스 단추를 풀더니 옷을 벗었다.

그 순간, 설미는 언니의 알몸을 처음 봤다. 예쁜 얼굴만큼 아름다운 몸을 가지고 있을 거라고 생각했는데…… 아니었다. 가슴에서부터 배까지 이어진, 패이고 쪼그라든 화상 자국.

설미는 저도 모르게 입을 틀어막은 채 더 이상 아무 말도 하지 못했다. 그저 언니의 상처를 황망하게 바라볼 뿐이었다.

자연스레 얼마 전 병실에서 쓰러졌던 언니의 모습과, 여름에 교도소 앞에서 만났던 박 원장의 말이 떠올랐다.

'선희가 머물던 곳에 화재가 났던 모양이야.'

설미는 제 두 눈으로 보고도 믿기지 않았다. 도대체 어떤 화재를 당했기에 저렇게 크게 흉터가 남은 걸까? 설미는 울먹이며 선희에게 좀 더 가까이 다가갔다.

"언니…… 어쩌다가 이렇게 된 거야? ……아프진 않아?"

"아파."

화장을 지운 선희의 미소는 창백해 보였다.

"그래서 치료받으러 가려고. 강차윤 선생한테 미국에 있는 병원 소개받았거든."

"미국 어딘데? 나도 같이 가. 보호자 있어야 할 거 아니야."

"학교는 어쩌고 가긴 어딜 가. 그리고 보호자 필요 없어. 이미 간병인도 구해 놨으니까."

"동생이 있는데 왜 간병인을 따로 구해? 내가 언니 옆에 있어 줄게. 학교는 휴직하면 돼."

선희는 잠옷을 입으며 말했다.

"됐어. 넌 니 몸이나 잘 챙겨. 지금 니가 나한테 해 줄 수 있는 건, 서태홍이랑 결혼해서 잘 사는 모습 보여 주는 거야. 그래야 내가 안심하고 떠나지."

"왜 자꾸 떠난다고만 해? 치료 끝나면 다시 한국으로 돌아올 거지?"

"몰라. 너 하는 거 봐서."

선희는 피식 웃으며 농담조로 말을 이었다.

"그나저나 너 웨딩드레스 입으려면 살 좀 빼야겠는데? 내일부터 야식 금지야. 알았지? 나 피곤하다. 이제 그만 나가 줘."

그러면서 설미를 밀어 냈다.

문밖으로 밀려난 설미가 계속 우두커니 서 있자 선희가 진지한 얼굴로 재차 말했다.

"서태홍이랑 평생 함께하고 싶다고 니 입으로 말했잖아. 그러니까 언니가 시키는 대로 해. 내가 니 행복 지켜 줄 테니까."

선희는 설미의 머리를 쓰다듬은 후 방문을 닫아 버렸다.

넋이 나간 채로 방문 앞에 서 있던 설미의 눈시울이 붉어졌다. 이내 그 큰 눈에서 굵은 눈물방울이 뚝뚝 떨어졌다. 언니의 몸에 자리 잡은 참혹한 자국이 떠올라 설미는 가슴이 무너져 내렸다.

□　■　□

건물 밖으로 나온 설미를 발견한 태홍은 차에서 내렸다.

"미안해요. 많이 기다렸죠?"

"괜찮아."

"태홍 씨, 나 드라이브 좀 시켜 줄래요?"

태홍은 고개를 끄덕이며 차 문을 열어 주었다.

차에 타고서도 설미는 자꾸만 선희의 화상 자국이 떠올라 괴로웠다. 태홍은 표정이 좋지 않은 설미를 걱정스레 바라봤다.

'선희랑 무슨 얘기를 했을까? 혹시 할아버지에 대해…… 들은 걸까?'

설미와 태홍은 각기 다른 이유로 머릿속이 복잡했다.

어디로 갈까 고민하던 두 사람은 그리 멀지 않은 공원으로 향했다. 근처 주차장에 차를 세운 후 공원 벤치로 가서 앉았다.

여름이 지나고 나니, 밤 날씨가 제법 쌀쌀했다. 태홍은 편의점으로 달려가 따뜻한 캔 커피를 사 왔다. 커피를 설미의 손에 쥐여 준 그는 입고 있던 카디건을 벗어 설미의 어깨에 덮어 줬다.

"고마워요."

설미가 작게 웃었다. 무슨 얘기를 꺼내야 할지 고민하던 태홍이 조심스럽게 물었다.

"선희랑 무슨 얘기 했어?"

"……언니가 아프대요."

"…….”

"그래서 치료받으러 미국에 가겠대요."

"화상 때문이지?"

"네. 태홍 씨도 알고 있었어요?"

"어. 너 입원해 있을 때 선희가 쓰러져서 응급실에 간 적이 있어. 그때 알게 됐어. 미리 말 못 해서 미안해."

"혹시 언니 상태가 어떤지도 알아요? 심각한 거예요? 10년이나 지났는데 왜 아직도…….”

"화재 당시 신경까지 손상을 입은 모양이야. 그래서 신체 일부분에 통증이 생기면 그게 전체 화상 부위로 퍼져서 상당히 고통스러울 거래. 진통제도 그것 때문에 계속 복용하고 있는 거고."

설미는 식은땀을 흘리며 괴로워하던 언니의 얼굴이 떠올랐다. 가슴이 미어지듯 아파 오면서 다시 눈물이 솟았다. 태홍은 설미의 손을 부드럽게 잡아 주었다.

"그래도 선희가 미국까지 가서 치료할 의지가 있다는 게 다행이야. 좋게 생각하자."

태홍의 위로에 설미는 눈물이 그렁그렁한 채 고개를 들었다.

"태홍 씨……."

설미는 나지막한 목소리로 태홍을 부르며 물끄러미 그를 바라봤다. 선희가 했던 말이 계속 머릿속에 맴돌았다.

'지금 니가 나한테 해 줄 수 있는 건, 서태홍이랑 결혼해서 잘 사는 모습 보여 주는 거야. 그래야 내가 안심하고 떠나지.'

언니가 정말 자신에게 바라는 게 그거라면, 그래야 마음이 편해질 수 있다면, 더 이상 망설일 필요가 없었다. 게다가 자신 역시 태홍을 원하고 있으니까.

설미는 두 눈을 질끈 감고 단숨에 말했다.

"우리 결혼해요!"

하지만 태홍의 대답은 들려오지 않았다. 정적만 흐를 뿐이었다.

싫다 좋다 아무 반응도 없자, 설미는 살며시 눈을 떴다. 태홍은 어두운 얼굴로 설미를 보고 있었다.

얼씨구나 춤까진 아니더라도 이런 반응일 줄은 예상 못 한 설미는 당황스러웠다. 생각해 보니 아까도 태홍은 멋대로 결혼을 밀어붙인 언니에게 살벌하게 화를 냈었다.

'혹시 태홍 씨는 나랑 결혼할 생각까지는 없었던 걸까? 괜히 나 혼자 김칫국 마신 건가…….'

생각이 깊어질수록 설미는 서운한 감정이 들기 시작했다. 잠시 그를 바라보다 설미는 다시 용기를 냈다.

"갑자기 내가 결혼하자고 해서 당황했어요? 하지만……."

"선희 때문이야? 선희가 그러라고 시켰어?"

"언니가 시킨다고 이런 결정을 내리진 않아요."

"그럼 갑자기 왜?"

"진짜 몰라서 물어요?"

태홍은 고개를 끄덕였다. 정말 아무것도 모르겠다. 갑작스러운 설미의 프러포즈에 당황하기도 했고, 이 결혼에 할아버지가 연관되어 있다는 사실이 그의 판단력을 흐리게 만들었다.

그런 태홍의 속을 알 리 없는 설미는 그저 섭섭하기만 했다. 평소엔 그렇게 눈치도 빠르고 자신의 마음을 속속들이 다 알고 있는 태홍이 이런 결정적인 순간엔 왜 몰라주는지 서운했다.

하지만 그렇다고 물러설 순 없었다.

안 되겠다. 단도직입적으로 말해야지.

"저요. 태홍 씨 사랑해요. 그래서 결혼도 하고 싶고, 아이도…… 낳고 싶고, 평생 함께하고 싶어요. 태홍 씨는요?"

설미의 얼굴이 새빨개졌다.

"……."

"저 떨려요. 빨리 대답해 줘요."

그리고 고개를 푹 숙였다.

설미의 진심 가득한 고백을 들은 태홍은 아까부터 미친 듯이 가슴이 뛰고 있었다. 당장이라도 그녀를 품에 안고 키스를 퍼붓고 싶었다. 하지만 할아버지가 계속 그의 발목을 잡았다.

태홍은 잠시 생각에 잠겨 있다가 나직하게 말했다.

"미안해."

"네?"

설미는 자신의 귀를 의심했다. 미안하다니. 이게 무슨 뜻이지? 그녀는 어안이 벙벙한 얼굴로 더듬더듬 되물었다.

"저…… 지금 거, 거절당한 거예요?"

"아니!"

풀 죽은 설미를 본 태홍은 얼른 부정했다.

"그게 아니라……."

"그럼 왜 미안하다고……."

"니가 먼저 그런 얘기 꺼내게 해서 미안하다고."

그러면서 태홍은 어색한 미소를 지었다. 설미는 그제야 안도하며 태홍을 살짝 흘겨봤다.

"거절하는 줄 알고 놀랐잖아요."

"내가 널 왜 거절하냐? 미치지 않고서야."

"음…… 너무 대답이 없어서 혹시나 했죠."

설미는 문득 호텔에서 태홍과 따로 할 얘기가 있다던 서 장관의 얼굴이 떠올랐다. 착각일지도 모르지만, 서 장관이 자신을 그렇게 반기는 것 같진 않았다. 혹시 그 이유 때문에 태홍이 망설였던 건 아닐까 잠시 생각하게 됐다.

"태홍 씨, 저 궁금한 게 있는데요."

"응. 말해."

"태홍 씨는 할아버님이랑 무슨 얘기 했어요?"

"별 얘기 안 했어. 너 가고 나도 바로 나왔거든."

"아…… 그렇구나. 그럼 하나만 더."

"……."

"혹시 할아버님이랑 우리 언니랑 전부터 알던 사이예요?"

"아니. 그럴 리가. 두 사람이 무슨 수로 알아."

태홍은 저도 모르게 거짓말을 해 버렸다.

"할아버진 신경 쓰지 마. 전에도 말했지만 나와는 상관없는 사람이야."

할아버지 얘기에 태홍이 또다시 날카롭게 반응하자 설미가 한숨을 내쉬었다.

"웬 한숨이야?"

"말이 나온 김에 할아버님이랑 왜 사이가 안 좋은 건지 다시 물어보려고 했는데, 태홍 씨가 그렇게 무서운 표정을 하니까 말도 못 꺼내겠잖아요. 정말 얘기 안 해 줄 거예요? 태홍 씨는 다 좋은데 자기 얘길 너무 안 해요."

태홍은 늘 설미의 말을 들어 주는 쪽이었다. 설미가 묻지 않는 이상 먼저 가족 얘기를 꺼낸 적도 없고, 보통의 사람들이 흔히 하는 직장 상사 욕이나 업무 관련 고충을 내비친 적도 전혀 없다.

"그리고 저번에 병원에서도 언니랑 오해 풀리면 무슨 일 있었는지 다 얘기해 준다더니, 여태껏 아무 말도 없고……."

설미의 말을 듣고 보니 정말 그랬다. 자신은 그녀에게 감추고 있는 게 너무 많았다. 태홍의 마음이 착잡해졌다.

심각해진 태홍의 표정을 본 설미는 일부러 웃으며 너스레를 떨었다.

"이 결혼 다시 생각해 봐야겠는데요?"

"……설미야."

"네."

"후회하지 않을 수 있겠어?"

"음…… 태홍 씨는 나 만난 거 후회해요?"

"전혀."

"나도 전혀. 후회 없어요. 대신에……."

"대신에?"

"나랑 하나만 약속해요."

태홍이 고개를 끄덕였다. 설미가 그의 눈을 똑바로 쳐다보며 천천히 입을 열었다.

"나한테 뭐 숨기는 거 있죠? 다 용서해 줄 테니까, 지금 얘기해 봐요."

설미의 말이 끝나기도 전에 태홍의 눈빛이 흔들렸다.

그녀가 정말 용서해 줄까? 지금 얘기해도 될까? 어디서부터 어디까지 얘기를 해야 할까?

태홍은 머릿속이 순간 하얘졌다.

그런 태홍의 망설임을 본 설미는 지금은 때가 아니라는 것을 깨달았다. 그래서 일단은 한발 물러서기로 했다.

"아까도 말했듯이 나 태홍 씨랑 평생 함께하고 싶어요. 서로 숨김 없이요. 그리고 평생 숨길 수 있는 비밀은 없대요. 그러니까 말할 때가 되면 얘기해 줘요. 기다려 줄게요."

"고마워."

설미는 다부진 눈빛으로 태홍을 바라봤다.

"대신 너무 오래 기다리게 하진 말아요."

□ ■ □

포장마차에 들어온 화영이 무언가를 찾으러 휘휘 고개를 돌렸다. 그러다 맨 구석 자리에 앉아 혼자 술을 마시고 있는 태홍을 발견하곤 얼른 다가갔다.

"이 밤에 무슨 일이야?"

"……"

"사람을 불렀으면 말을 해야지."

그래도 태홍이 답이 없자 화영은 태홍이 든 잔을 뺏어 소주를 원샷했다.

"아이고 달아. 오늘 술 좀 받으려나 보네. 그래, 달리자. 인생 뭐 별거 있나. 이모! 여기 소주잔 좀 주세요."

그렇게 두 사람은 주거니 받거니 소주를 비워 나갔다. 그러다 6병째를 비웠을 때.

퍼억!

술이 얼큰하게 취한 화영이 태홍의 등짝을 세게 때렸다.

"답답해 죽겠네! 말 좀 해라, 쫌! 너 설미 쌤이랑 무슨 문제 있지? 안 봐도 뻔해. 뭔데. 말해 봐."

"설미가……."

마침내 태홍이 천천히 입을 뗐다.

"……설미가 결혼하재."

"결혼?"

"어."

태홍은 오늘 있었던 일들을 화영에게 짧게 털어놓았다. 그리고 얘기를 다 들은 화영은 놀라 입을 다물지 못했다.

"선희 씨가 서 장관님을? 그것도 설미 쌤을 데리고 상견례를 했다고? 선희 씨는 도대체 무슨 생각인 거야? 제정신이야?"

"아무래도 선희는 이 결혼이 할아버지한테서 설미를 보호하는 길이라고 생각하는 것 같아."

"하긴, 손자며느리를 어떻게 하진 못할 테니까. 근데 서 장관님이 오늘 그 자리에 순순히 나온 이유가 뭘까? 그럴 분 아니잖아."

"내 생각엔 선희와 어떤 거래가 있었던 것 같아."

"거래? 선희 씨가 서 장관과 거래를 할 수 있는 게 뭐가 있……. 혹시 카메라?"

"아마도."

"카메라를 넘길 테니, 내 동생 설미를 당신 손주와 결혼시켜라?"

"……."

"선희 씨 정말 대단한 여자네. 그 카메라 때문에 목숨까지 잃을 뻔했으면서 동생을 위해서 그렇게까지 하다니……."

화영은 선희라는 여자가 더욱 궁금해졌다.

"선희 씨 진짜 보통내기가 아닌가 봐."

"할아버지도 이대로 가만히 당하고 있을 사람이 아니야. 분명 무슨 짓을 꾸미고 있을 거야."

"그래도 당분간은 큰일 벌이진 못할 거야. 차 검사 쪽에서 서 장관 일거수일투족 주시하고 있고, 뭣보다 대선이 코앞이잖아. 그보다 넌 어떡할 거야?"

"뭘?"

"결혼 말이야."

"……."

화영은 태홍의 성격을 잘 알고 있었다. 모든 진실을 덮어 두고, 그가 설미를 속인 채 결혼을 강행할 성격이 아니라는 것을.

"설미가 먼저 알기 전에 내 입으로 말해야겠지. 그렇게 할 거야. 반드시……."

태홍은 자기 자신에게 다짐하듯 말하며 소주를 입안에 털어 넣었다.

Hot Vacation

24화

침대에 누워 잠을 청하려던 설미가 상체를 벌떡 일으켜 앉았다. 자꾸만 언니의 몸에 나 있던 화상 자국이 어른거렸다.

'10년 전에 너 사고 났을 때도 네 언니…… 너 버리고 도망간 거 아니야.'

'그때 선희도 병원에 입원해 있었어…….'

'선희가 머물던 곳에 화재가 났던 모양이야. 그거 치료하느라 꽤 힘들었을 거야…….'

박 원장이 했던 말도 계속 머릿속을 울렸다. 가슴속이 꽉 막힌 것처럼 답답했다.

도대체 10년 전에 언니에게 무슨 일이 있었던 걸까?

문득 박 원장이 건네줬던 앨범이 생각났다. 설미는 침대 밑에 넣어 둔 박스에서 앨범을 꺼냈다. 그러곤 바닥에 앉아 조심스레 앨범을 한 장씩 넘겼다.

혹시나 과거 언니의 행적을 찾아볼 수 있지 않을까 싶어서 여느 때보다 더 천천히 사진을 한 장 한 장 들여다보았다. 하지만 설미 자신과 관련된 사진이나 기사가 전부였다. 언니의 사진은 단 한 장도 없었다.

「'한국 신기록' 임설미, 홍콩국제육상대회 우승」

마지막 것은 홍콩에서 열린 국제 대회 관련 기사였다.

'그러고 보니 그때 후원해 준 분이 서남길 장관님이라고 하셨지. 아까 서 장관님께 직접 물어볼 걸 그랬나? 혹시 나를 아시냐고.'

충분히 알 수도 있을 것 같았다. 육상은 비인기 종목이라 선수층이 두껍지 않았기 때문이다. 그리고 10년 전 어떤 루트로 서 장관이 자신을 후원하게 된 건지도 궁금했다.

'언니도 그 당시 대회 경비를 구하느라 태홍 씨한테까지 손을 벌렸었다고 했는데…….'

어쩌면 뭔가 연관이 있지 않을까?

돌연 그런 생각이 들었다. 되새겨 보니 오늘 서 장관과 선희 사이에 묘한 신경전 같은 것이 느껴졌었다. 설미는 더욱 의심스러웠다.

'역시 두 사람 전부터 아는 사인가?'

오늘 상견례는 언니가 만든 자리였다. 그렇다면 언니는 서 장관과 어떻게 연락이 닿은 걸까?

'근데 태홍 씨는 언니랑 서 장관님이 아는 사이가 아니라고 딱 잘라 말했는데……. 태홍 씨도 모르나?'

설미는 불안한 마음이 들었다. 왠지 목이 타는 듯해 부엌으로 가서 냉장고에 있는 찬물을 꺼냈다. 물을 마시며 창고 방을 바라보던 설미의 머릿속에, 앨범을 건네며 박 원장이 했던 말이 스쳤다.

'이거 선희 물건인데, 소포로 보내 달라고 하길래 그냥 직접 가지고 왔어.'

언니는 박 원장에게 앨범을 보내 달라고 했다.

왜? 교도소에서 꼭 필요한 물건도 아닌데, 군이 왜 보내 달라고 했을까? 가족사진이 보고 싶어서? 내 사진이랑 기사가 보고 싶어서?

오만 가지 생각이 다 들기 시작했다. 그럴수록 머릿속은 복잡해지고 마음은 무거워졌다.

설미는 다시 방으로 들어가 앨범을 가만히 들여다보았다. 언니가 교도소에서 가족사진을 보며 감상에 젖을 정도로 감수성이 풍부한 사람이 아니라는 것을 설미는 알고 있었다.

'분명 이 안에 뭔가가 있어.'

그런 확신이 들었다. 하지만 앨범 속을 아무리 뒤져 봐도 단서가 될 만한 건 없었다. 괜한 기우였다며 그만 포기하려던 찰나, 그녀의 눈에 앨범 케이스가 들어왔다.

설미는 앨범 케이스를 집어 들었다. 케이스가 꽤 두꺼웠다. 자세히 살피니 케이스에 포장지를 겹겹이 붙여서 다시 만든 것 같았다.

설미는 잠시 고민하다가 포장지를 뜯기 시작했다. 이윽고 원래의 플라스틱 케이스가 드러났다. 그리고…… 그곳엔 무언가가 테이프에 고정되어 붙어 있었다.

바로 까만색 직사각형의 메모리 카드였다.

□ ■ □

다음 날 아침.

서 장관은 평소와 마찬가지로 편안한 운동복 차림을 하고 약수터로 향했다. 운동을 하러 산에 온 시민들은 직접 물통에 약수를 받고 있는 소탈한 서 장관의 모습을 보며 '역시 우리 장관님!' 하고 존경의 눈빛을 보냈다.

"장관님! 이번 대선에 꼭 출마해 주세요!"

산을 오르던 중년 남성이 서 장관을 향해 외쳤다.

"꼭 출마하셔서 판사 시절 때처럼 정당하고 깨끗한 정치 해 주십시오!"

서 장관은 중년 남성에게 고개 숙여 인사하며 인자한 미소를 지어 보였다. 중년 남성은 주먹을 불끈 쥐고 '서남길 파이팅!' 을 외쳤다.

서 장관은 약수로 가득 찬 물통을 들고 산을 내려왔다. 그리고 동네를 한 바퀴 돌며 주민들에게 일일이 인사를 하고, 수레를 끄는 할머니를 도와주기도 하고, 좌판에서 파는 콩나물을 사기도 했다. 사람들은 서민적인 서 장관의 모습에 엄지를 추켜세우며 응원의 목소리를 높였다.

집으로 돌아온 서 장관은 산해진미로 가득한 식탁 앞에 앉았다. 넓은 식탁에 홀로 앉아 아침을 먹다가 결국 몇 술 뜨지도 않고 수저를 내려놓았다. 그리고 손짓해 최 비서를 불렀다.

"선희 주변 정리는 확실히 했겠지?"

"네. 우선 이용택 의원 쪽 사람들부터 정리했습니다. 아마 조만간 어르신께 연락이 오지 않을까 싶습니다. 근데 어르신. 태홍 군 결혼은 어떻게 하실 생각이신지요?"

"그건 신경 쓰지 말게. 내 장담하지. 내가 아니라 녀석이 그 결혼을 망칠 걸세."

서 장관은 손주의 성격을 잘 알고 있었다. 어제 보아하니 설미는 아무것도 모르는 눈치였다. 알았다면 그 자리에 오지도 않았겠지. 천진난만한 설미의 미소가 떠오르자 서 장관은 혀를 내찼다.

"녀석은 분명 제가 본 대로 그 여자애한테 말할 거야. 그럼 내가 어쩌지 않아도 바로 버림받을 테고. 쯧쯧. 쓸데없이 고지식해서는."

"어르신. 그럼 물건은…… 결혼식 당일에 받기로 하시지 않았습니까."

"결혼을 하든, 파투가 나든, 물건은 내게 가지고 오게 되어 있어. 그게 누굴지 기대가 될 뿐이지."

서 장관은 냉소적인 미소를 지으며 냅킨으로 입가를 정리했다.

□ ■ □

"설미야. 무슨 고민 있어?"

차윤은 멍하니 앉아 있는 설미에게 찻잔을 내밀었다. 재활 내내 정신이 딴 데 가 있는 설미가 걱정되어 이사장실로 데려왔건만, 여기서도 그녀는 여전히 멍한 상태였다.

"앗, 뜨거."

무의식적으로 차윤이 건넨 차를 마시던 설미가 혓바닥을 내밀며 손을 휘휘 저었다.

"괜찮아?"

"네. 괜찮아요."

"맨날 괜찮대."

"네?"

"설미, 너 그거 습관이야. 무조건 괜찮다고 하는 거. 괜찮은 척하는 거."

"……."

"말해 봐. 무슨 일인데 그래?"

"아무 일도 없어요. 괜찮…… 아핫. 죄송해요. 진짜 습관인가 봐요. 근데 저 지금은 정말로 괜찮아요."

설미는 웃으며 차를 한 모금 마셨다.

"아, 맛있다. 전 예전부터 선생님 진료실에서 마시는 차가 제일 맛있더라구요."

"난 너 병원에서 보는 거 별로야. 빨리 나아서 밖에서 보자. 더 맛있는 차 사 줄게."

"네!"

설미는 활기차게 대답을 하곤 홀짝홀짝 차를 마셨다. 그 모습이 귀여워 차윤은 저도 모르게 피식 웃었다.

"선생님. 우리 언니 말인데요……. 선생님이 외국에 있는 병원 소개해 주셨다면서요?"

"어? 어. 선희 씨가 얘기했구나?"

"네. 어제 알았어요. 언니가 그렇게 많이 아픈 줄도 모르고 전……."

설미는 죄책감이 깃든 얼굴로 찻잔을 만지작거리다 창 쪽으로 시선을 돌렸다. 그녀의 눈에 책상 위에 놓인 노트북이 들어왔다.

"아, 저 노트북……."

설미가 책상을 쳐다보며 중얼거리자 차윤이 고개를 갸웃했다.

"왜? 노트북 필요해?"

"아니요. 저도 노트북 집에 있어요."

"근데 왜?"

"그게……. 선생님, 저거 메모리 카드 리더기 맞죠?"

설미는 노트북 USB 단자에 꽂혀 있는 리더기를 가리키며 물었다.

"응, 맞아."

"선생님. 저요, 저것 좀 빌려주시면 안 돼요?"

"얼마든지. 잠깐만."

차윤은 자리에서 일어나 리더기를 뽑아서 가져왔다.

"자, 여기. 난 하나 더 있으니까 그냥 가져도 괜찮아. 근데 리더기는 갑자기 왜?"

"조금 급하게 쓸 일이 생겨서요. 이 근처에 큰 마트가 없어서 멀리 나가야 하나 했는데……. 빌려주셔서 감사해요."

"급한 거면 선희 씨나 서태홍 씨한테 좀 사다 달라고 부탁하지 그랬어. 다리도 불편한 녀석이."

"리더기 하나로 부탁하긴 좀 그래서요."

설미는 멋쩍게 웃어 보였다.

메모리 카드를 발견했다는 사실을 언니와 태홍에게는 비밀로 할 생각이었다. 내용을 확인하기 전까진.

'도대체 그 안엔 뭐가 들어 있을까?'

어제 메모리 카드를 발견하자마자 바로 내용을 확인하려 했지만, 리더기를 구하지 못해 그럴 수 없었다. 그리고 마침내 리더기를 손에 쥔 설미는 갑자기 마음이 급해졌다. 집에 가자마자 바로 확인해야겠다 생각하며 서둘러 자리에서 일어났다.

"벌써 가려고?"

"네. 선생님 차 맛있게 잘 마셨어요. 저 가 볼게요."

"그래. 조심히 들어가. 서태홍 씨는 밑에 있어?"

"아니요. 오늘은 태홍 씨가 바빠서 데려다주기만 했고, 집엔 저혼자 가요."

"그럼 잠깐 기다려. 내가 집까지 데려다줄게."

"에이, 택시 타면 금방인데요, 뭘. 나오지 마세요. 저 갈게요."

설미는 차윤을 만류하고 급히 밖으로 나왔다.

빠앙— 빠앙—

병원을 나와 택시 정류장으로 향하는데 뒤에서 클랙슨 소리가 들렸다. 돌아보니 선희의 빨간 스포츠카가 보였다. 설미는 손에 쥐고있던 리더기를 서둘러 가방 안에 숨겼다.

"임설미, 타!"

선희가 창문을 내리고 소리쳤다.

"언니, 여긴 어떻게 왔어?"

"서태홍 오늘 바빠서 데리러 못 온다며. 아까 집에서 너희 둘 하는 얘기 들었어. 일단 타."

선희가 재촉하자 설미는 잠시 망설이다 차에 올라탔다.

"근데 왜 이렇게 늦게 내려와? 계속 기다렸잖아."

"어? 미안. 선생님이랑 얘기 좀 하느라."

"무슨 얘기? 결혼?"

"아직 날짜도 안 잡았는데 무슨 결혼 얘기야. 그냥 재활 얘기 했어."

"그래? 그럼 날짜부터 잡아야겠다. 그리고 또 뭘 해야 하지? 뭐부터 할래?"

"뭐가?"

"식장 알아볼까? 웨딩드레스도 골라야 하고, 신혼여행은 어디로 갈래? 어머, 할 게 엄청 많네. 일단 서울로 가 보자."

"지금 바로? 언니…… 너무 서두르는 거 아니야?"

"당연히 서둘러야지. 결혼식이 다음 달인데."

"그래도 아직 마음의 준비가……. 어쨌든 오늘은 안 돼. 이따 태홍 씨 퇴근하고 만나기로 했어. 중요하게 할 얘기가 있대."

선희는 순간 표정이 굳었지만 이내 지워 냈다.

"무슨 중요한 얘기?"

"글쎄, 나도 잘 모르겠어. 아무튼 이따 태홍 씨 만나면 결혼 날짜 언제가 좋을지 얘기해 보고, 날짜 정해지면 결혼 준비는 언니가 좀 도와줘. 그래 줄 수 있지?"

설미가 밝게 웃었다. 선희는 마음이 불안했지만 동생의 미소에 그저 웃을 수밖에 없었다.

"그래. 걱정 마. 내가 도와줄게. 그럼 우리 이왕 나온 김에 저녁이나 먹고 들어가자. 넌 고기면 다 좋지? 내가 알아서 간다?"

선희는 설미의 대답은 듣지도 않고 차의 속력을 높였다. 설미는 못 말리겠다는 듯 언니를 바라보다 창밖으로 고개를 돌렸다.

방금 전까지 웃던 설미의 표정이 점점 가라앉았다. 언니 앞에서는 애써 웃었지만, 할 얘기가 있다고 말하던 태홍의 목소리가 그리 밝지만은 않았던 것이 마음에 걸렸다.

□　■　□

태홍은 깊은 한숨을 내쉬었다. 오늘 밤 설미에게 모든 비밀을 털어놓을 생각을 하니 좀처럼 일이 손에 잡히지 않았다.

10년 전부터 이어진 할아버지와 선희의 악연, 그리고 할아버지와 클럽 BB와의 관계.

전부 다 말할 것이다. 하나도 숨김없이.

태홍은 초조하게 시계를 올려다보다가 팀원들에게로 시선을 돌렸다. 운동화를 새로 샀는지 책상 위에 보란 듯이 올려놓고 끈을 고쳐 매고 있는 권 팀장, 민원인과 상담 중인 회철, 꾸벅꾸벅 졸고 있는 박 형사, 전화 업무 중인 김 형사, 조서 작성 중인 오 형사.

태홍은 작게 한숨을 내쉬었다.

이들 중에 클럽 BB의 지시를 받아 오토바이 피습범에게 약을 먹인 범인이 있기 때문이다. 동료를 의심해야 하는 상황 때문에 그의 마음은 더욱 착잡해졌다.

부검 결과 검출된 성분은 항진균제의 일종인 메트폴타딘.

범인은 피습범이 비염 때문에 알레르기 약을 복용하고 있다는 사실을 알고 메트폴타딘을 먹인 듯했다. 메트폴타딘은 알레르기 약품과 같이 복용하면 독성이 극대화된다. 이 때문에 메트폴타딘을 먹은 피습범이 심장 마비로 사망한 것이다.

게다가 메트폴타딘은 국내 반입 금지 약품이라 의료 종사자들에게도 생소했다. 일반적인 약물 테스트라면 놓쳤을 것을 자신이 찾아냈다며 부검의는 생색까지 냈었다.

그렇게 사인은 밝혀졌지만, 태홍은 사인 자체보다 이 약을 누가, 어떻게 먹였는지 알아내는 것이 더 중요하다고 생각했다.

그는 천천히 머릿속으로 시뮬레이션을 해 보았다.

사건 발생일, 병원에 있던 태홍을 제외한 형사2팀 팀원들 모두 비상 야근 중이었다. 그리고 경찰서 내부, 외부 CCTV 모두 확인한 결과 신원 불명의 외부인은 없었다. 즉, 내부에 적이 있음이 분명하다는 뜻이었다.

피습범이 취조실에서 대기하고 있을 당시 그곳에 출입한 사람이 범인일 가능성이 컸지만, 우연인지 아니면 그것도 범인이 한 짓인지, 그날따라 취조실 안은 녹화를 시작하기 전이었다.

게다가 취조실 바깥 CCTV엔 공교롭게도 형사2팀 형사들 전원이 한 명씩 따로 취조실을 오고 간 것이 확인되었다.

도대체 누굴까?

"서 경위."

한창 팀원들을 용의 선상에 올려놓고 고심 중이던 그때, 권 팀장이 태홍을 불렀다.

"나랑 얘기 좀 해. 나와."

권 팀장은 굳은 얼굴로 담배를 입에 물더니 밖으로 나갔다. 태홍도 그를 따라 경찰서 건물 밖에 위치한 흡연 구역으로 향했다.

권 팀장은 말없이 담배만 피웠지만, 태홍은 그가 무슨 말을 할지 알 것 같았다. 그가 담배를 다 피우고 나서도 한참 후에야 말을 꺼냈다.

"팀원들 의심하는 거 그만둬."

태홍의 예상대로였다. 태홍은 날카로운 눈빛으로 권 팀장을 쳐다봤다.

"타살이니, 제대로 수사해 보라면서요."

"제대로 수사하라고 했지, 이렇게 팀원들 의심하고 돌아다닐 거였으면 그냥 근신하게 됐을 거야."

"……"

태홍의 불만에 찬 표정을 본 권 팀장은 한숨을 길게 내쉬더니 태홍에게 다가와 어깨를 두드렸다.

"술이나 한잔하자."

"저녁에 약속 있습니다."

"길게 안 붙잡아. 딱 한 잔만 하자. 따라와."

권 팀장은 자기 할 말만 하고 정문으로 나가 버렸다. 태홍은 내키진 않았지만 권 팀장의 뒤를 따라 근처 포장마차로 갈 수밖에 없었다.

아직 시간이 이른 탓에 주인아주머니는 장사 준비 중이었다.

오이와 쌈장을 가운데 두고 권 팀장과 태홍은 말없이 술만 마셨다.

"그래서 서 경위는 우리 중 누구라고 생각하는데?"

권 팀장이 대뜸 물었다.

"……."

"의심 가는 1순위가 누구냐고."

"오 형사님이요."

"이유는?"

"우리 팀에서 가장 지킬 게 많은 사람. 오 형사님이니까요."

오 형사는 결혼도 했고, 아이가 셋이나 된다. 게다가 첫째는 자폐가 있다고 들었다. 그리고 치매 걸린 노모까지…….

권 팀장은 답답한 듯 술잔에 가득 담긴 소주를 한 번에 들이켰다.

"증거는?"

"표적 수사하면 금방 나올 겁니다."

권 팀장은 혀를 내찼다. 사실 권 팀장 역시 오 형사를 의심하고 있었다. 처음엔 내부 소행이라고 생각하지 않았기에 태홍에게 수사를 하라고 지시했지만, 증거들은 내부, 그것도 2팀을 가리키고 있었다.

의심을 더하는 것은 오 형사의 최근 행동들이었다. 어려운 상황 속에서도 늘 웃음을 잃지 않던 오 형사의 얼굴에 가끔씩 그늘이 보였고, 근래 말도 없이 자리를 비우는 일이 잦았다. 그래서 요즘 무슨 일이 있느냐고 물어도 봤지만, 오 형사는 괜찮다며 웃기만 했다.

게다가 결정적으로, 어제 오 형사가 담당했던 사건 자료를 찾다가 그의 책상 서랍에서 발견한 사직서.

"수사는 일단 멈춰. 내가 먼저 오 형사랑 얘기해 볼 테니까."

"대화로 해결될 문제라고 생각하십니까?"

권 팀장은 연거푸 소주를 마셨다. 그리고 아까보다 더 길게 한숨을 내쉬었다.

"오 형사도 뭔가 이유가 있었겠지. 일단 오 형사가 한 짓이 맞는지 아닌지 내가 이야기해 볼게."

"만약 맞다면, 어떻게 하실 겁니까."

"사실이면 자수시켜야지……."

"도망가면요?"

"오 형사 그럴 사람 아니란 거 서 경위도 알잖아."

"팀장님은 아셨어요? 오 형사가 팀을 배신할 줄?"

"서 경위!"

권 팀장이 버럭 소리쳤다. 하지만 태홍은 시선을 피하지 않고 권 팀장을 똑바로 바라봤다.

"서 경위, 그러는 거 아니야."

"……."

"막말로 서 경위가 검찰이랑 공조 수사만 하지 않았어도 이런 일 없었어. 대체 누구야? 서 경위가 지금 쫓고 있는 놈들 누구냐고. 누군데 형사까지 매수해서 피의자를 죽여! 이 나쁜 새끼들! 뭐라고 말 좀 해 봐, 서 경위!"

태홍은 잠시 생각에 잠겼다. 권 팀장을 믿어도 되는지 판단이 잘 서지 않았다. 하지만 이 바닥에서 잔뼈가 굵은 권 팀장이라면 혹시 클럽 BB에 대해 알 수도 있겠다는 생각이 들었다. 태홍은 지푸라기라도 잡는 심정으로 천천히 입을 열었다.

"클럽 BB라고 들어 보셨어요?"

"어디?"

"클럽 BB……요."

"……아니. 처음 듣는데?"

반 박자 느린 대답. 태홍은 그것을 놓치지 않았다.

"팀장님. 클럽 BB 아시죠?"

"아니. 모른다니까? 거기가 뭐 하는 곳인데?"

"정치 비자금 세탁해 주는 곳이죠."

"정치 비자금이라……. 예상대로 아주 위험한 일을 하고 있었네. 역시 안 끼길 잘했어."

권 팀장이 너스레를 떨었다. 하지만 순간적으로 스치고 지나간 당황한 기색. 태홍은 확신했다. 권 팀장이 클럽 BB를 알고 있다고.

권 팀장은 태홍의 시선을 피하며 다시 소주를 마시기 시작했다. 태홍은 권 팀장에게서 눈을 떼지 않고 내내 그를 지켜봤다. 결국 혼자서 소주 한 병을 다 비우고서야 권 팀장은 마지못해 입을 열었다.

"더 이상 묻지 마. 나도 지킬 게 많은 사람이니까."

태홍은 조용히 자리에서 일어났다.

"기다려 드릴게요. 팀장님께서 먼저 말씀해 주실 때까지."

"……."

"클럽 BB 때문에 가족보다 더 날 아껴 주고 사랑해 주던 형이 죽었어요. 그리고 제가 목숨보다도 더 사랑하는 여자와 그 언니가 위험할지도 모릅니다. 오 형사님도 마찬가지고요. 팀장님, 도와주세요. 기다리겠습니다."

태홍은 권 팀장에게 허리를 깊이 숙여 인사했다. 그리고 포장마차를 나오기 직전, 다시 안을 돌아보았다.

쓸쓸히 혼자 앉아서 술을 마시는 권 팀장의 등이 오늘따라 작게 보였다.

'팀장님은 도대체 뭘 알고 있는 걸까?'

□ ■ □

선희와 설미는 저녁을 먹고 집으로 돌아왔다.

"너 서태홍이랑은 몇 시에 만나기로 했어?"

설미는 핸드폰을 확인하며 고개를 갸웃거렸다.

"퇴근하면 전화하기로 했는데 아직 연락이 없네. 근데 왜?"

"너무 밤늦게 돌아다니지 말라고."

"태홍 씨랑 같이 있는데 무슨 걱정이야. 언니나 일찍일찍 다니셔. 담배도 끊고. 건강도 좀 생각해야지. 응?"

설미의 잔소리가 시작되자, 선희는 귀를 후비적거리며 방으로 들어가 버렸다.

문을 닫은 후 선희는 편한 옷으로 갈아입었다. 하지만 그러는 내내 불안이 지워지지 않았다.

'이따 태홍 씨 퇴근하고 만나기로 했어. 중요하게 할 얘기가 있대.'

아무래도 태홍이 설미를 만나 하려는 '중요한 이야기'가 그것일 것 같다는 예감이 들었다.

서 장관과 자신에 관련된 이야기.

상상만으로도 끔찍했다. 선희는 설미보다 자신이 먼저 태홍을 만나야겠다는 생각에 급히 외투를 걸치고 거실로 나왔다.

현관에서 신발을 신으며 설미의 방 쪽을 쳐다보자, 열린 방문으로 설미가 옷도 갈아입지 않고 노트북을 꺼내는 모습이 보였다. 그 모습을 대수롭지 않게 생각하며 선희는 조심히 문을 열고 밖으로 나갔다.

건물 밖으로 나오자마자 선희는 태홍에게 전화를 걸었다. 신호가 한 번 가기도 전에 저 멀리 태홍이 걸어오는 것을 발견했다. 태홍도 선희를 발견한 듯 곧장 그녀 쪽으로 다가왔다.

"설미는?"

"집에."

대답을 듣자마자 건물로 들어가려는 태홍을 선희가 붙잡았다.

"왜?"

"잠깐 나랑 얘기 좀 해."

선희는 막무가내로 태홍을 끌고 골목 어귀까지 내려왔다. 주변에 아무도 없는 것을 확인하고서야 그의 팔을 놓으며 대뜸 말했다.

"설미한테 쓸데없는 말 하지 마."

"……"

태홍은 선희가 무슨 얘기를 하는지 알고 있는 듯했다. 하지만 그의 표정엔 조금의 흔들림도 없었다. 뭔가 단단히 결심한 얼굴이었다. 그런 그를 마주한 선희는 낙담했다.

"너 미쳤어?"

"안 미쳤어. 설미도 알아야 해. 더 늦기 전에 내 입으로 얘기할 거야."

"입 닥쳐! 넌 그냥 내가 시키는 대로 설미랑 결혼하면 돼!"

"할아버지랑 무슨 거래를 했는지는 모르겠지만, 그 사람이 니 뜻대로 움직여 줄 것 같아? 니가 가장 잘 알잖아. 할아버지가 어떤 사람인지."

선희가 헛웃음을 지었다.

"그래서 뭐! 어쩔 셈인데? 설미한테 뭐라고 얘기하게?"

"전부 다."

"……."

"10년 전 일. 전부."

"전부라? 니가 뭘 아는데?"

선희가 차갑게 쏘아붙였다.

태홍은 10년 전 할아버지 서재에서 자신이 목격했던 것들을 떠올렸다. 거의 폭력에 가까운 수준으로 선희의 옷을 벗기려 들면서, 그녀의 몸을 더듬고, 머리채를 잡아 쥐던 할아버지의 모습. 너무나 충격적인, 그래서 간절히 잊고 싶었지만 절대 잊을 수 없던 그 기억.

태홍은 감히 선희를 쳐다볼 수가 없어 시선을 돌렸다.

"미안하다. 지금 가장 힘든 사람은 너라는 거 알아. 하지만⋯⋯."

"서태홍. 잘 들어. 니가 본 게 전부가 아니야."

"그게 무슨 말이야?"

"말 그대로."

"⋯⋯."

"아무튼 내가 괜찮다고. 그날 일, 난 다 잊었다니까? 진짜야. 근데 설미는 달라. 걔가 얼마나 마음이 여린데, 감당할 수 있을 것 같아? 널 두 번 다신 안 보려고 할 거야. 내 동생은 내가 제일 잘 알아."

"아니. 설미는 니가 생각하는 것보다 훨씬 강해. 그리고 설미가 날 밀어낸다고 해도 내가 끝까지 옆에 있을 거야. 그것마저도 내가 다 감당할 거라고."

"⋯⋯."

"세상에 영원한 비밀은 없어. 언젠간 설미도 알게 될 거야. 그걸 남을 통해 알게 하고 싶진 않아. 내 입으로 직접 다 말하고⋯⋯."

태홍이 다부진 눈빛으로 자신했다.

"다시 시작할 거야."

"⋯⋯."

"이게 내가 설미를 지키는 방법이야."

□ ■ □

불 꺼진 컴컴한 방 안. 책상 위에 덩그러니 놓인 노트북 옆에서 핸드폰이 불빛을 깜빡이며 진동하고 있었다. 발신자는 태홍이었다.

하지만 설미는 몸을 움츠린 채 바닥에 앉아만 있었다.

철컥.

현관문이 열리는 소리가 들렸다. 설미는 재빨리 침대에 누워 이불을 덮고 눈을 감았다.

잠시 후 방문이 열리고 선희가 조심스레 들어왔다.

"자네……."

잠든 설미의 모습을 보며 선희는 다행이라는 생각이 들었다. 오늘은 넘길 수 있을 것 같았다.

'하지만 내일은 어떡하지?'

이미 마음을 정한 태홍의 입을 어떻게 막아야 할지, 그를 무슨 수로 설득할지 막막했다. 애초에 자신이 설미 앞에 나타나지 말았어야 했나? 그런 생각까지 들었다.

"미안해. 내가 괜히 니 앞에 나타나서……."

선희는 설미를 안쓰럽게 바라보며 머리를 쓰다듬어 주었다.

그렇게 한참 동안 설미 곁을 떠나지 못하던 선희는 이불을 설미 목까지 끌어 덮어 주곤 밖으로 나갔다.

문이 닫히자마자 터져 나오려는 울음을 설미는 간신히 참았다. 입술을 꽉 깨물고 있었지만, 감은 눈가에선 쉴 새 없이 눈물이 흘렀다.

이불 속에서 설미는 주먹을 꽉 쥐었다.

손안엔 메모리 카드가 꽂힌 리더기가 들어 있었다.

아침 8시.

공원에서 조깅을 하는 태홍의 걸음이 여느 때와 달리 느렸다.

'설미 지금 자고 있어. 재활하느라 많이 피곤했나 봐. 그러니까 다시 한번 잘 생각해 봐. 지금 니가 내린 결정이 정말 설미를 위한 일인지, 아니면 설미가 받을 충격 따위 상관없이 솔직하게 말하고 너 혼자만 홀가분해지고 싶어서인지. 후자라면 너무 이기적인 거 아닌가?'

어젯밤 밖에서 설미를 기다리고 있는데, 집으로 들어갔던 선희가 다시 나와 말했다. 그녀의 말이 태홍의 머릿속에서 떠나지 않았다.

결국 걸음을 완전히 멈추고 태홍은 주머니에서 핸드폰을 꺼냈다.

어제 일찍 잤으니까, 지금쯤 일어났으려나?

태홍은 전화를 하려다 직접 얼굴을 보는 게 좋을 것 같아 서둘러 집으로 향했다.

집 앞에 거의 도착했을 때쯤 핸드폰이 진동했다. 설미였다.

"어. 일어났어?"

— 무슨 전화 이렇게 바로 받아요?

"기다렸으니까."

— 아, 어젠 미안했어요. 깜빡 잠이 들어서…….

"괜찮아. 어디 아픈 건 아니지?"

— 네. 어젠 재활 때문에 조금 피곤해서 그랬나 봐요. 지금은 완전 쌩쌩해요. 태홍 씨는 운동하고 오는 길?

"어떻게 알았어?"

— 보이니까.

태홍은 고개를 들어 4층을 올려다봤다. 설미가 환하게 웃으며 손을 흔들고 있었다.

"뭐야. 위에서 그러고 있지 말고 나와. 가까이서 보고 싶어."

— 안 돼요. 세수도 안 했어요.

"안 해도 예뻐. 내려와. 아침 사 줄게."

— 그러다 지각하면 어떡……. 맞다. 태홍 씨. 오늘 쉬는 날이랬죠?

"응."

— 그럼…… 우리 바다 갈래요?

태홍은 다시 찬찬히 설미를 살폈다. 창가에 턱을 받치고 아래를 내려다보고 있는 설미의 얼굴이 어쩐지 들떠 있었다.

"갑자기 바다는 왜?"

— 여름에 가기로 하고 못 갔잖아요. 가서 바다도 보고, 모래사장도 걷고, 회도 먹고. 재밌게 놀다 와요.

태홍은 고개를 끄덕이며 대답했다.

"좋지. 준비하고 내려와. 30분 후에 보자."

태홍의 말이 끝나기가 무섭게 설미는 창문을 닫고 안으로 들어갔다. 태홍도 집으로 들어가 재빨리 씻고 옷을 갈아입었다. 외투와 차키를 챙겨 밖으로 나온 태홍은 설미를 기다리며 다시 고민에 빠졌다.

'오늘 말할까? 바다 가서? 아님 갔다 와서?'

그러다 태홍은 깊게 한숨을 내쉬었다.

그러고 보니 30분이 훌쩍 넘었는데도 설미가 나오지 않았다. 결국 태홍이 올라가 보려는 찰나, 설미가 밖으로 나왔다.

"많이 기다렸죠? 미안해요."

"어? 어…… 근데 너……."

"왜요? 이상해요?"

설미의 옷차림은 여느 때와 크게 다르지 않았지만, 항상 고무줄로 질끈 묶고 다니던 머리를 풀고 나타났다. 살짝 젖은 머리카락이 아침 햇살을 받아 반짝거렸다. 태홍은 저도 모르게 넋을 놓고 바라봤다.

설미는 부끄러운 듯 머리카락을 귀 뒤로 넘기며 얼굴을 붉혔다.

"뭘 그렇게 봐요? 어서 가요."

설미가 먼저 차에 올라탔다. 태홍도 운전석에 앉고는 다시 설미를 빤히 쳐다봤다.

"어제 못 봐서 그런가?"

"네?"

"오늘따라 왜 이렇게 예뻐 보이냐."

"막 세수하고 나와서 그런가?"

"그런가 보네."

태홍의 반응에 설미가 살짝 눈을 흘기자 그는 피식 웃으며 차를 출발시켰다.

"근처에서 아침부터 먹자. 뭐 먹을래?"

"가다가 휴게소에서 우동 먹을래요!"

"지금 출근 시간이라 고속도로 막힐걸? 휴게소 도착하려면 시간 좀 걸릴 것 같은데, 배 안 고파?"

"네. 저는 괜찮은데, 태홍 씨는요?"

"나도 괜찮아. 근데 너 오늘 무슨 기분 좋은 일 있어? 왜 이렇게 들떴어?"

"바다 놀러 가는 거 엄청 오래간만이거든요. 선수 시절엔 훈련하느라 못 갔고, 다리 다치고 나서부터는 수술하고 재활하느라 갈 시간이 없었어요. 교사가 되고 나서도 마찬가지고요."

"그래, 알았어. 내가 오늘 바다 제대로 보여 줄게."

"네! 기대할게요."

설미가 배시시 웃으며 창문을 열었다. 상쾌한 가을바람이 불어왔다. 구름 한 점 없는 완연한 가을 하늘을 올려다보다 설미는 눈을 감아 버렸다.

"춥지 않아?"

태홍은 운전을 하며 흘끔 설미를 바라봤다.

"그러다 감기 걸리면 어쩌려고. 창문 닫지 그래?"

"조금만요. 고속도로 들어가기 전까지만……. 바람 냄새가 너무 좋아요."

눈을 감은 채 바람을 느끼고 있는 설미가 귀여워 태홍은 웃어 버렸다. 그리고 그녀를 위해 라디오를 틀었다.

— 최근 드라마 OST에 삽입되어 많은 사랑을 받고 있는 곡입니다. '솔튼페이퍼'의 〈Bye, Autumn〉 들려드립니다.

가을에 어울리는 서정적인 멜로디와 함께 보컬의 부드러운 음색이 들려왔다. 노랫소리에 설미는 천천히 눈을 뜨고 태홍의 옆모습을 바라봤다.

그녀의 맑은 눈동자가 작게 떨리고 있었다.

□ ■ □

아침 늦게 일어난 선희는 물을 마시러 나왔다가 식탁 위에 차려진 밥상을 발견했다. 뚝배기 그릇 뚜껑에 포스트잇이 한 장 붙어 있었다.

「언니. 빵 말고 밥 먹어. 찌개는 데워서 먹고, 김치는 냉장고에 있어. 난 오늘 좀 늦을 것 같아. 기다리지 말고 먼저 자.」

귀여운 필기체의 메모를 읽으며 선희는 피식 웃었다.

"하여튼 촌스럽긴. 문자로 보내면 되지, 웬 메모."

그렇게 중얼거리고선, 포스트잇을 구겨지지 않게 냉장고에 잘 붙여 놓고 욕실로 들어갔다.

설미가 정성스레 차려 놓은 아침을 챙겨 먹은 선희는 청바지에 니트 티를 입은 캐주얼한 차림으로 밖을 나왔다.

그녀가 차를 타고 향한 곳은 충남 공주시에 있는 한 보육원이었다.

흙먼지를 일으키며 차가 마당으로 들어서자, 박 원장이 나왔다. 차에서 내리는 선희를 본 박 원장은 반색하며 달려왔다.

"선희야!"

"원장님. 잘 지내셨어요?"

"그럼. 나야 늘 똑같지. 너는? 출소한 거야? 어디 아픈 덴 없고?"

"네. 보시다시피."

선희가 웃으며 트렁크를 열었다. 오다가 마트에 들러서 사 온 과자들이 한가득이었다.

"뭘 이런 걸 다 사 왔어?"

"제가 원장님한테 얻어먹은 밥이 몇 낀데요."

선희는 가져온 짐을 양손에 들고 보육원으로 걸음을 옮겼다. 그리고 과자를 아이들에게 나눠 준 후 박 원장을 따라 원장실로 향했다.

두 사람은 마주 보고 앉아 이야기를 시작했다.

"지금은 어디서 지내? 설미는 만났고?"

"네. 설미랑 같이 살고 있어요."

"그래? 잘했어. 선희야. 그렇게 자매끼리 서로 의지하고 사는 거지. 이제 위험한 일 그만둔 거지?"

선희가 고개를 끄덕였다. 박 원장은 선희의 양손을 붙잡고 쓸어주었다.

"잘 생각했어. 이제 너도 결혼도 하고 행복하게 살아야지. 설미도 다 컸고, 자기 앞가림 알아서 잘하잖아. 그러니까 너도 이제 니가 하고 싶은 거 하면서 살아."

"하고 싶은 거요? 그게 뭘까……. 뭐였는지 기억도 안 나네요."

선희가 쓸쓸한 눈빛으로 웃자, 박 원장이 안쓰럽게 바라봤다.

"농담이에요. 너무 걱정하지 마세요. 저 지금 하고 싶은 거 하면서 잘 살고 있어요. 그보다 저번에 제가 가져다 달라고 부탁드렸던 앨범 말인데요."

"앨범?"

고개를 갸웃하던 박 원장은 뒤늦게 생각난 듯 손바닥을 마주쳤다.

"아! 그 앨범! 설미한테 줬는데, 못 받았어?"

"네? 언제요?"

"여름에 교도소 앞에서 설미를 만난 적 있거든. 그때 줬지."

선희는 뭔가 불길한 예감이 들었다.

순간, 선희의 머릿속에 어제 노트북을 꺼내던 설미의 모습이 떠올랐다. 재활 끝나고 와서 씻지도 않고 노트북부터 꺼내는 모습을 어젠 대수롭지 않게 여겼지만, 지금 생각해 보면 이상했다. 태홍과 약속이 있는 걸 뻔히 알면서도 잠을 자 버린 설미의 행동도 그렇고.

선희는 아랫입술을 꽉 깨물며 서둘러 말했다.

"원장님 죄송한데요. 저 가 볼게요. 급한 일이 생각나서요."

"무슨 일인데 그래?"

"나중에 또 연락드릴게요. 죄송해요."

"그래. 얼른 가 봐."

선희는 황급히 밖으로 나가 차에 올라탔다.

정신없이 고속도로를 달려 집에 도착하자마자 설미 방을 뒤지기 시작했다. 서랍과 장롱 그리고 침대 밑까지.

그리고 침대 밑에서 상자를 발견한 선희는 떨리는 손길로 그것을 열었다. 그 안엔 포장지가 벗겨진 케이스와 앨범이 있었다.

선희는 망연자실한 표정으로 바닥에 주저앉고 말았다.

□　■　□

강화도에 있는 선착장에서 배를 타고 설미와 태홍은 작은 섬에 도착했다. 해안 도로를 따라 드라이브를 하다가 좋은 장소가 있으면 멈춰서 바다를 바라보기도 하고, 손을 잡고 바람을 쐬며 모래사장을 걷기도 했다.

그렇게 시간을 보내다 보니 벌써 3시가 훌쩍 넘었다. 핸드폰을 확인한 설미가 안타까운 어조로 중얼거렸다.

"시간이 너무 빨리 가네……."

갈매기 울음소리 때문에 그것을 듣지 못한 태홍은 설미의 안색이 좋지 않자 걱정스레 물었다.

"왜 그래? 어디 아파?"

"네."

"어디?"

"배고파요."

설미가 배를 움켜잡고 애교스럽게 웃었다. 설미의 투정에 태홍은 전투적인 얼굴이 되어 주변을 두리번거렸다.

"저기 조개구이집 있다. 가자."

두 사람은 곧바로 조개구이집으로 향했다.

창가 쪽에 앉아 바다를 바라보며 이야기를 나누는 사이 조개구이와 칼국수가 나왔다. 두 사람은 즐겁게 식사를 했다.

"태홍 씨도 좀 먹어요."

"먹고 있어. 근데 너야말로 왜 이렇게 못 먹어?"

"못 먹긴, 이 정도면 많이 먹은 건데."

태홍은 조개껍데기가 쌓인 바구니를 들여다보곤 고개를 갸웃했다.

"좀 부족하지 않나? 바구니 두 개 정도는 나와야지. 평소 임설미라면."

"이 남자가! 지갑 한번 거덜 나 볼래요? 그래야 이런 농담도 안 하지."

"농담 아닌데. 그리고 내 지갑 걱정하지 말고 많이 먹어."

"왜 자꾸 먹으래요? 이거 수상한데?"

"들켰나?"

태홍의 너스레에 설미도 웃음을 터뜨릴 수밖에 없었다.

"어? 일몰 시간 다 됐다. 어서 일어나요. 해 지는 거 봐야죠."

"여기서 봐도 충분한데?"

"바다 가까이서 보고 싶어요."

설미는 태홍을 일으켜 해수욕장으로 끌고 갔다. 하늘과 바다가 모두 금세 주황빛으로 물들었다. 설미는 저물어 가는 해를 물끄러미 바라보다가 고개를 돌렸다.

"태홍 씨⋯⋯."

태홍은 바람에 흩날리는 그녀의 머리카락을 귀 뒤로 넘겨 주며 얼굴을 어루만졌다. 설미는 제 볼에 닿은 태홍의 손을 잡고 미소를 지었다.

"오늘 즐거웠어요. 시간이 가는 게 아까울 정도로…… 너무 행복했어요."

"다음엔 더 멀리 동해나 남해로 가자. 그동안 바쁘다는 핑계로 너랑 어디 제대로 여행도 못 가 봤네. 미안해. 앞으론 내가 더 잘 할……게……."

태홍의 말이 끝나기도 전에 설미가 태홍을 와락 끌어안았다. 당황한 태홍은 잠시 어리둥절한 표정으로 서 있다가 곧 부드럽게 웃으며 설미를 꼭 마주 안았다.

설미는 태홍의 가슴에 얼굴을 묻은 채 작게 속삭였다.

"태홍 씨 그동안 나한테 충분히 잘해 줬어요. 오히려 내가 태홍 씨한테 뭐 해 준 것도 없고…… 미안하죠. 미안해요……."

태홍은 설미의 입술과 맞닿은 가슴이 뜨거워져 오는 것을 느꼈다. 그는 말없이 그녀의 머리를 다정하게 쓰다듬어 주었다.

설미는 천천히 얼굴을 떼고 태홍을 올려다보았다.

"태홍 씨. 나 맥주 마시고 싶은데……."

"맥주?"

"네. 꼭 해 보고 싶었거든요. 바다 보면서 맥주 마시기."

"알았어. 다른 건 필요 없고?"

"네. 없어요. 그거면 돼요."

태홍은 옷을 벗어 그녀의 어깨 위에 걸쳐 주었다.

"춥다. 입고 있어. 금방 갔다 올게."

설미는 고개를 끄덕이며 환하게 미소 지었다.

태홍은 재빨리 뛰어 모래사장을 벗어났다. 도로로 올라온 후 뒤를 돌아보자 설미는 그 자리 그대로 서서 손을 흔들고 있었다.

태홍도 손을 흔들어 준 후 가까운 슈퍼로 들어갔다. 캔 맥주 두 개와 설미가 좋아하는 과자들을 잔뜩 골라 계산대 위에 올려놓는데 주머니에서 핸드폰이 진동했다.

핸드폰을 꺼내 보니 선희였다. 선희가 무슨 말을 할지 뻔해 태홍은 전화를 받지 않았다.

다시 주머니에 핸드폰을 넣자, 잠시 후 멈췄다가 이내 다시 울리기 시작했다. 태홍은 무시하고 계산을 마친 후, 밖으로 나왔다.

하지만 계속해서 핸드폰은 멈출 줄을 몰랐다. 혹시 무슨 일이 있는 건 아닐까 걱정이 된 태홍은 결국 전화를 받았다.

— 너 지금 설미랑 같이 있어?

"어."

— 둘이 아무 일 없었지? 설미 괜찮아?

선희의 목소리는 잔뜩 흥분한 상태였다. 태홍은 순간 심장이 덜컥 내려앉았다. 뭔가 좋지 않은 예감이 들었다. 태홍은 설미가 손을 흔들던 그곳으로 재빨리 시선을 옮겼다.

그런데 그곳에…… 설미가 없었다.

— 여보세요? 서태홍!

태홍은 들고 있던 봉지를 내팽개치고 바다로 달려갔다.

설미가 서 있던 그 자리엔 태홍의 카디건, 그리고 그 위에…… 반지만 덩그러니 놓여 있었다.

25화

퍼엉. 펑. 펑펑—

폭죽이 터지며 크고 작은 불꽃이 하늘을 수놓았다. 불꽃놀이를 구경하는 가족들과 연인들의 행복한 웃음소리가 바다 가득 울려 퍼졌다.

하지만 태홍은 귀머거리가 된 것처럼 아무 소리도 들리지 않았다.

어디로 가야 하지?

마치 캄캄한 미로 속에 갇힌 것같이 앞이 보이지 않았다.

패닉에 빠진 상태로, 보이지도 들리지도 않는 상태로, 태홍은 무작정 해수욕장 이곳저곳을 뛰어다녔다. 설미를 찾아야 한다는 일념으로.

이게 어떻게 된 일인 걸까. 설미는 왜 갑자기 말도 없이 사라진 걸까.

설마…….

태홍의 걸음이 점점 느려졌다. 눈빛이 불안하게 흔들렸다. 마른세수를 하며 숨을 고르던 그의 시선이 바다로 향했다. 그리고 저 멀리

파도를 가르고 떠나가는 배를 보며 깨달았다.

'설미가 다 알아 버렸구나…….'

떠나는 배를 멍하니 바라보던 태홍은 주머니에서 반지를 꺼냈다. 그녀가 버리고 간 반지. 그녀는 반지만 버리고 간 게 아니었다. 태홍은 설미가 자신을 버렸다는, 지독한 현실을 그제야 실감했다.

상상조차 하지 못한 고통이 밀려왔다. 끊임없이 불어오는 차가운 바닷바람이 온몸을 갈기갈기 찢어 놓는 것만 같았다.

드르륵. 드르륵.

그때 태홍의 손안에서 핸드폰이 울렸다. 선희였다. 태홍은 무의식적으로 전화를 받았다.

— 서태홍! 설미 괜찮아? 전화를 그렇게 끊…….

"설미가 없어졌어."

— …….

"……."

— 하아…….

잠시 뒤 수화기 너머로 선희의 깊은 한숨 소리가 들렸다. 태홍은 더욱 불안했다.

— 설미가 알았어. 나랑 서 장관님 이야기.

"어떻게? 혹시…… 니가 말했어?"

— 아니.

"그럼 10년 전 일을 설미가 무슨 수로 알아낸 거야?"

— …….

"왜 말을 못 해?"

— …….

"뭔데. 말해."

— 말하자면 길어. 일단 집으로 와.

"너 진짜 죽을래? 지금 말해. 머리 굴릴 생각 말고, 당장 말하라고!"

태홍은 결국 이성을 잃고 소리쳤다.

— 만나서 얘기해. 그럼 끊는다.

하지만 흥분한 태홍과 달리 선희는 침착한 목소리로 말하곤 전화를 끊어 버렸다.

'뭔가 숨기고 있는 게 분명해. 도대체 뭐지?'

태홍은 서둘러 차로 향했다. 선착장 앞에서 다음 배가 도착하길 기다리는 이 시간이 너무도 지옥같이 느껴졌다.

설미는 지금 어디에 있을까? 울고 있지는 않을까. 오늘 하루 종일 자신을 향해 밝게 웃어 주던 설미의 속마음이 어땠을지 상상해 봤다. 태홍은 가슴이 미어지는 듯했다.

자신이 오늘 그 어느 때보다 행복해하는 동안, 그녀는 속으로 얼마나 많은 눈물을 흘렸을지…….

태홍은 마지막으로 설미의 얼굴이 닿았던 가슴 언저리를 쓰다듬어 보았다.

미칠 것 같았다. 설미가 사무치게 그리웠다.

'이대로 영영 만나지 못하면 어떡하지?'

갑자기 두려움이라는 그림자가 그를 집어삼켰다. 머리끝에서 발끝까지 온 신경 세포들이 동시에 얼어붙는 것 같았다.

태홍은 차갑게 식은 손으로 다시 설미에게 전화를 걸었다.

— 전원이 꺼져 있어 삐 소리 후 소리샘으로 연결…….

아까까지만 해도 신호는 갔었는데…… 이젠 완전히 차단되어 버렸다.

절망 속에서 해가 지고, 어느덧 컴컴한 밤이 되었다.

뚜우—

뱃고동 소리와 함께 그토록 기다리던 배가 도착했다. 태홍은 시동을 걸고 배에 올랐다.

배에서 내려 무슨 정신으로 차를 달려 집까지 왔는지 모르겠다. 빌라 앞에는 선희가 서성이고 있었다.

잔뜩 어두운 표정을 보니, 설미가 집으로도 오지 않은 모양이다. 일말의 희망을 품고 집으로 달려온 태홍은 좌절했다. 그는 힘없이 차에서 내렸다.

"너한테도 연락 없었어?"

태홍의 물음에 선희가 고개를 끄덕였다. 태홍은 망연자실한 기색으로 빌라를 올려다보며 한숨을 내쉬었다. 그런 태홍을 바라보던 선희가 입을 열었다.

"서태홍. 지금부터 내가 하는 말 잘 들어."

선희는 뭔가 단단히 마음먹은 듯 확고한 표정이었다.

"아까 나한테 설미가 10년 전 일을 어떻게 알았냐고 물었지?"

"그래. 네가 말해 준 게 아니면 대체 누가……."

"설미가 봤어. 직접 자기 눈으로."

"뭐? 그게 무슨……."

"10년 전 서 장관님 서재에서 내가 카메라 한 대를 훔쳤어."

"카메라……."

"맞아. 모두가 찾고 있던 그 카메라야."

"훔치다니, 그 카메라 주인이 니가 아니라는 거야?"

"어. 아니야. 그 카메라 원래 주인은…… 서태홍 너야."

선희가 손가락으로 태홍을 가리켰다. 난생처음 듣는 얘기에 태홍의 표정이 굳어졌다.

"……."

"서 장관님이 너한테 줄 생일 선물이었으니까."

선희는 서 장관이 서재 책상에 앉아 태홍에게 줄 카메라를 옆에 둔 채, 카드에 생일 축하 메시지를 적고 있던 모습을 떠올렸다. 너무도 인자한 할아버지의 모습이었다. 손자에게 줄 선물이라며 온화하게 웃는 서 장관을 보며 선희는 이런 할아버지를 둔 태홍을 부러워했었다.

그 모습이 다음 순간, 악마같이 변할 줄은 상상조차 못 한 채.

그때의 분노가 다시금 치솟으려 했다. 선희는 참고 또 참으며 일부러 너스레를 떨었다.

"카메라 좋더라. 버튼 하나로 녹화도 되고. 비싼 거라 화질도 좋고."

'녹화'라는 말에 태홍이 날카롭게 쳐다보니 선희가 씁쓸한 미소를 지었다.

"맞아. 그 카메라에 '그날' 서재에서 무슨 일이 일어났었는지 녹화되어 있어. 내가 서 장관 몰래 녹화 버튼을 눌러 놨거든."

"그날이라면……. 내가 할아버지 서재에서 널 봤던 그날 말하는 거야?"

"어. 그날은 사실 두 번째 날이야. 난 서 장관님을 그때 처음 만난 게 아니었어. 첫날 후원을 부탁하러 갔다가 성추행을 당했지. 둘째 날은 사과받으러 갔다가 협박만 당하고 왔고. 그 모습을 너한테 들킨 거야. 난 너무 수치스럽고 죽고만 싶었어."

"……."

선희의 고백에 태홍은 입을 다물고 있을 수밖에 없었다.

"첫날 당하고 경찰서에 찾아갔는데, 내 말은 듣지도 않고, 증거를 가져오라더라. 심지어 어떤 형사는 입 함부로 놀리고 다니면 죽여 버리겠다고 협박까지 했어. 아무도 내 말을 믿지 않았지."

그다음 날 선희는 녹음기를 몰래 숨기고 다시 서 장관을 찾아갔다. 사과를 받아 내면서 녹음할 생각으로.

그리고 서재에서 서 장관을 기다리던 선희의 눈에 '카메라'가 들어왔다. 문득 보험을 하나 더 들어 둘 필요가 있다는 생각이 들었다. 그래서 녹화 버튼을 눌러 둔 것이었다.

하지만 그날은 녹음하는 것을 들키는 바람에 녹음기도 빼앗기고 빈손으로 돌아올 수밖에 없었다. 이제 포기하자, 싶었지만 다음 날도 또 그다음 날도 너무 분하고 화가 나서 미칠 것 같았다. 그래서 다시 서 장관의 저택으로 향했다.

선희는 카메라를 훔치기 위해 서초동으로 달려갔던 그날의 날씨, 공기, 냄새, 긴장감. 그 모든 것들이 아직까지 생생했다.

"만약 카메라를 손에 넣지 못한다면, 서 장관 앞에서 혀라도 깨물고 죽을 작정으로 또 찾아갔는데, 카메라가 거기 그대로 있는 거야."

"……."

"그땐 하늘이 도왔다고 생각했었지. 근데 지금 생각해 보면 그 카메라를 가져오지 말았어야 했어. 그랬다면 설미가 이렇게 그날 일을 알게 되는 일도 없었을 텐데……."

"그러니까 지금…… 네 말은, 그 카메라에 내가 목격한 그날 일이 녹화되어 있고, 그 영상을 설미가 봤다고? 내가 본 걸 그대로 설미도 봤다고……?"

누군가에게 말로 전해 들은 게 아니라 직접 눈으로 봤다니.

'얼마나 충격이 컸을까.'

태홍은 눈앞이 캄캄해졌다. 선희도 괴로운 듯 담배를 입에 물고 불을 붙였다. 선희가 담배를 피우는 동안 태홍은 감정을 억누르려 애쓰며 찬찬히 생각을 정리했다.

"그 영상 나한테 넘겨."

"나한테 없어. 메모리 카드는 설미한테 있어."

"백업해 놨을 거잖아."

"비밀 계정에 있긴 한데, 지금 접속했다 혹시 해킹당해서 어느 한 쪽에라도 넘어가면 그땐 진짜 끝이야."

"어느 한쪽? 그건 또 무슨 말이야? 물건을 찾는 사람이 할아버지 말고 또 있다는 거야?"

선희가 고개를 끄덕였다. 복잡한 선희의 표정에 태홍이 다시 물었다.

"그 영상에 그거 말고 다른 내용도 들어 있는 거지?"

"역시 형사는 형사네. 맞아."

"클럽 BB에 관련된 거야?"

"응. 클럽 BB의 '존재 이유'에 대한 증거 영상이지. 자, 딱 여기 까지야. 이제 더는 얘기 못 해."

선희를 잠시 쳐다보던 태홍은 다시 차에 올라탔다.

"갑자기 어디 가?"

선희가 차 문을 잡았다.

"설미 찾아야지."

"어디로?"

"어디든."

태홍은 선희의 손을 치워 내고 냉정하게 차 문을 닫았다. 그리고 곧장 차를 출발시켰다.

골목 끝으로 사라져 가는 차를 물끄러미 보던 선희는 핸드폰을 꺼내 어디론가 전화를 걸었다.

"아마 설미가 그쪽으로 갈 거예요. 설미 만나면 아무 말 하지 마 시고 일단 어디 못 가게 꼭 붙잡아 두세요. 네. 부탁드려요."

선희는 전화를 끊고 자신의 차에 몸을 실었다.

차가 골목을 벗어나 도로로 진입하자, 골목 어귀에 숨어 있던 차 에 라이트가 켜졌다. 그 불빛에 드러난 운전자는 바로 태홍이었다.

태홍은 시동을 켜고 선희의 빨간 스포츠카를 뒤따라갔다.

□　■　□

"존경하는 국민 여러분! 저 서남길은 이제 더 이상 국민과 시대의 부름을 외면하지 않기로 했습니다. 저는 오늘 이 자리에서……."

서 장관은 거실 소파에 앉아 연설문을 소리 내어 읽고 있었다. 단어 하나 허투루 내뱉는 법 없이, 표정과 어조까지 치밀하게 연습했다.

대선 출마를 선언할 자서전 출판 기념회가 바로 4일 후였다. 꿈을 목전에 둔 서 장관의 얼굴엔 권력을 향한 욕망이 여실히 비쳤다.

"어르신."

최 비서가 다가왔다.

"임 선생님 오셨습니다. 안으로 모실까요?"

서 장관이 고개를 끄덕이자, 최 비서가 밖으로 나갔다. 그리고 얼마 지나지 않아 문이 열리고 설미가 모습을 드러냈다.

"어서 와요. 이쪽으로 앉아요."

서 장관은 설미를 반갑게 맞이했다. 반면 설미는 경직된 표정으로 서 장관을 향해 꾸벅 인사를 하곤 자리에 앉았다.

"임 선생 얼굴이 많이 안 좋아 보이네요. 우리 태홍이 녀석이랑 무슨 문제라도 있어요?"

설미는 순간 소름이 돋았다. 서 장관의 말과 눈빛이 마치 어제오늘 자신에게 일어난 일들을 알고 있기라도 한 것 같았다.

"대체 무슨 일이기에 이 늦은 시간에 이 늙은이를 다 찾아왔을꼬. 최 비서한테 듣기로는 내게 중요하게 할 얘기가 있다고 했다던데?"

지난번 강연 건으로 최 비서의 연락처를 알고 있던 설미는 그에게 전화를 걸어 다짜고짜 서 장관을 만나게 해 달라고 부탁했다. 하지만 막상 서 장관을 마주하니 무슨 말을 먼저 해야 할지 생각나지 않았다.

그렇다고 이대로 물러날 순 없었다. 설미는 평소와는 확연히 다른 차가운 얼굴로 서 장관을 똑바로 쳐다봤다.

"장관님께 여쭙고 싶은 게 있습니다."

서 장관의 얼굴을 정면으로 마주하는 순간, 설미는 어젯밤 보았던 영상 속 서 장관의 추악한 모습이 떠올랐다. 분노와 괴로움으로 정신이 아찔해졌다.

"임 선생님?"

"……"

"어서 말해 봐요. 일부러 여기까지 왔는데, 내 뭐든 대답해 줄 테니."

"……"

설미가 쉽게 말을 잇지 못하는 그때, 그녀의 시야로 장식장에 전시된 각종 감사패들과 봉사를 다니며 찍은 서 장관의 사진들이 들어왔다. 그것들을 바라보며 잠시 생각에 잠겨 있던 설미의 눈빛이 차츰 독해졌다. 이윽고 설미의 입이 열렸다.

"과거 장관님께서 내린 판결 중 비행 청소년에게 가혹한 벌 대신 따뜻하게 손을 잡아 주신 것이 기억나네요. 가장 인상 깊었거든요."

"허허, 그랬나요."

"장관님께선 법정이 아닌 곳에서도 어려운 이들이 손을 내밀면 마다하지 않으신다죠?"

"그러려고 노력하며 살고 있네만. 궁금한 게 그건가요?"

"그들이 어떤 심정으로 장관님께 손을 내밀었을까 단 한 번이라도 생각해 보신 적 있으세요?"

자존심 하나로 버텨 왔을 언니가 같은 반 친구에게, 그리고 그 친구의 할아버지에게까지 찾아가 도와 달라고 손을 내밀었다. 오죽 절박했으면. 그랬던 언니에게 어떻게 그런 짓을⋯⋯.

"아무리 돈이면 다 되는 세상에 살고 있다지만, 더러운 돈으론 절대 흑을 백으로 만들지 못해요. 지금 장관님이 쓰고 계신 그 하얀 가면도 얼마 못 가 벗겨질 거예요."

당돌한 설미의 태도에 서 장관은 놀라긴커녕 그녀를 비웃었다.

"쯧쯧. 젊은 사람이 이렇게 말의 요점이 없어서야, 원. 임 선생님, 다시 차근차근 내가 알아듣기 쉽게 말해 보겠어요?"

설미는 서 장관의 비아냥에 넘어가지 않고 오히려 담담한 어투로 대꾸했다.

"원하신다면 자세히 말씀드리죠. 장관님께선 10년 전 저희 언니를 성추행하고 돈으로 입막음까지 하셨죠. 그리고 현재까지도 저희 언니를 계속 협박하고 있고요. 언니가 가지고 있는 물건을 빼앗기 위해."

"허허. 어디서 무슨 얘기를 들었는지는 모르겠지만, 재밌네요. 계속해 보시죠."

"그 물건 저한테 있습니다."

여유롭던 서 장관의 눈빛이 날카롭게 빛났다.

"⋯⋯물건이라?"

"네."

"원하는 게 뭔가."

서 장관의 말투가 차갑게 변했다.

"10년 전 일 저희 언니한테 정식으로 사과하세요. 그리고 이번 대선 출마 포기하세요. 당신은 대통령이 될 자격 없으니까."

"못 하겠다면?"

"다 폭로해 버리겠습니다."

그렇게 말하는 설미의 표정은 굳건했다. 서 장관은 관자놀이를 문지르며 잠시 생각에 잠겼다가 불쑥 물었다.

"태홍이 녀석도 아나? 자네가 이리 경거망동하고 다니는 것을."

"저 태홍 씨와 헤어졌습니다. 그러니까 그 사람은 이 일과 관계없어요."

"그럼 내가 태홍이 그 녀석 숨통을 조여도 상관없겠군?"

"······."

"방법은 간단해. 주변을 치면 되거든. 그 애는 그걸 가장 못 견뎌 하더라고. 가만있어 보자. 누가 좋을까? 경찰대 후배 유찬희? 2년 전에 죽은 이상윤이 와이프?"

설미는 당황한 기색을 숨기려 노력했지만 역부족이었다. 하얗게 질린 설미의 얼굴을 재미난 구경이라도 하듯 빤히 보며 서 장관은 소리 내어 웃었다.

"겨우 이 정도로 뭘 그렇게 놀라나? 헤어졌다더니 아직도 우리 태홍이한테 미련이 있는 모양이지?"

설미는 아무런 대답도 하지 못한 채 손만 부르르 떨었다.

"그런 거라면 빨리 정리해. 이 시간 이후로 태홍이 녀석 근처에 얼씬했다가는 자네 주변도 무사하지 못할 거야. 예를 들면 자네 언니 선희 말이야. 아직도 마약에 손을 댄다는 소리가 있던데, 아마 이번에 들어가면 죽기 전엔 못 나오겠지."

언니 얘기에 설미가 서 장관을 차갑게 노려봤다. 하지만 서 장관은 태연히 웃으며 덧붙였다.

"돈만 있으면 다 되는 세상에선 백을 흑으로 만드는 건 아주 쉽거든. 자넨 언니를 보면서 아무 것도 느낀 게 없었나?"

설미는 온몸에 소름이 끼쳤다. 서 장관의 비열한 모습을 보며, 태홍이 떠올랐다. 이런 사람을 가족으로 둔 그가 가여웠다. 그동안 얼마나 외롭고, 얼마나 고통스러웠을까. 서 장관 얘기만 꺼내면 굳어지던 그의 눈빛과 그 아픈 얼굴의 의미를 이제야 알았다. 너무 늦게.

"임 선생, 그럼 천천히 일어나시게."

서 장관은 자리에서 일어나 설미의 어깨를 한 번 힘주어 누르곤 서재로 들어가 버렸다.

거실에 홀로 남은 설미는 한참 후에야 자리에서 일어났다. 정원을 지나 대문을 열고 밖으로 나오자마자 다리가 휘청거렸다.

벽을 잡고 간신히 선 설미는 방금 서 장관과 나눈 대화가, 아직도 실감이 나지 않았다.

□ ■ □

"선희야, 어서 와."

"원장님, 설미도 왔죠? 어디 있어요?"

박 원장이 보육원 2층을 가리켰다.

"위에 애들이랑 있어. 근데 대체 무슨 일이야? 둘이 다퉜어?"

"그냥 좀 오해가 있었어요. 별일 아니에요."

"무슨 오해인지는 모르겠지만, 어서 가서 풀어. 설미 안색이 많이 안 좋더라. 병원 가 봐야 하는 거 아니냐고 물어도 계속 괜찮다고만 하고……."

"제가 얘기해 볼게요. 걱정 끼쳐 드려서 죄송해요. 그럼, 저 먼저 올라가겠습니다."

마음이 급했던 선희는 박 원장에게 인사를 하고 서둘러 2층으로 향했다.

"눈의 여왕은 카이를 썰매에 태웠어요. 썰매가 하늘 위를 달리자 카이는 너무 무서워 소리치고 싶었답니다. 눈의 여왕은 카이의 이마에 입맞춤을 했어요. 그러자 카이는 모든 근심이 사라졌어요……."

2층 복도에 도착하자 설미의 목소리가 들려왔다. 선희는 방문 앞으로 조심스레 발걸음을 옮겼다. 살짝 열린 문 사이로 아이들과 함께 자리에 누워 동화책을 읽어 주고 있는 설미가 보였다.

"마침내 게르다는 카이를 만났어요. 게르다의 뜨거운 눈물이 카이의 가슴에 떨어졌어요. 그 눈물에 카이의 얼었던 심장이 녹고 악마의 거울 조각도 녹아내렸어요. 카이가 말했어요. '게르다, 사랑하는 게르다! 그동안 어디에 있었어? 여긴 춥고 쓸쓸해.' 게르다는 카이의 손을 꼭 잡고 눈의 여왕의 성을 떠났답니다……."

선희는 벽에 기댄 채 가만히 동생의 목소리를 들었다.

얼마 후 아이들이 모두 잠이 든 모양인지 조용해졌다. 선희는 고개를 돌려 방 안을 들여다봤다. 설미가 살금살금 걸어 나오고 있었다.

그러다 선희와 눈이 마주친 설미가 놀라 그 자리에 멈췄다. 어떤 표정을 지을까 망설이던 설미는 밝게 웃으며 밖으로 나와, 아이들이 깨지 않도록 조심스럽게 문을 닫았다.

그런 설미를 가만히 지켜보다 선희가 동생을 향해 핀잔을 줬다.

"왜 웃어? 뭘 잘했다고."

"쉿. 조용히 말해. 애들 깨겠어."

설미는 선희를 데리고 구석에 있는 방으로 들어갔다.

"여기서 뭐 하는 거야. 핸드폰은 왜 꺼 놨어?"

"배터리가 나가는 바람에. 그렇지 않아도 이따 언니한테 전화하려고 했었어. 근데 나 여기 있는 건 어떻게 알았어?"

"내가 말했잖아. 난 너에 대해 모르는 게 없다고."

"하하. 그랬었지. 언닌 정말 나에 대해 모르는 게 없구나. 그런데 난 아무 것도 모르네……."

설미가 말끝을 흐리며 중얼거렸다. 선희는 못 들은 척 옷걸이에서 겉옷을 가져와 설미의 품에 안겼다.

"옷 입고 가방 챙겨서 나와. 집에 가자. 밑에서 기다리고 있을게."

선희는 답답한 마음을 달래려 먼저 밖으로 나왔다. 막 담배를 꺼내 무는데, 불을 붙이기도 전에 설미가 따라 나왔다. 설미는 빈손이었다.

"언니. 미안하지만, 오늘은 언니 혼자 가면 안 될까? 난 여기 좀 더 있고 싶은데……."

"집 놔두고 왜?"

"……."

"서태홍 때문에?"

"……."

설미는 말없이 씁쓸한 미소를 지었다.

"너 서태홍이랑 같이 있다가 갑자기 말도 없이 사라졌다며? 걔 지금 너 찾고 난리 났어. 어쩌자고 이래?"

"……."

"뭐라고 말 좀 해 봐."

"언니……."

"어. 말해."

"나 다 봤어……. 메모리 카드."

설미의 목소리가 작게 떨리고 있었다. 선희는 설미를 안쓰럽게 바라보다가 이내 표정을 지웠다.

"알아. 근데 그게 뭐."

선희는 일부러 대수롭지 않은 척 굴었다. 하지만 언니의 눈빛에서 자신을 걱정하는 마음을 읽은 설미는 고개를 숙여 버렸다. 자꾸만 어제 봤던 영상이 떠올라 괴로웠다.

— 감히 녹음을 해? 어디다 숨겼어! 내놔!

서 장관은 선희의 교복을 찢듯이 벗기고, 몸을 더듬거리며 수색했

다. 그리고 결국 속옷 안에서 녹음기를 찾아냈다. 그는 도망치려는
선희를 개처럼 끌고 가 목을 조르며 협박했다.

— *입조심하는 게 좋을 거야. 동생 뒷바라지하려면 돈이 한두
푼 필요한 게 아닐 테니까. 알았니, 선희야?*'

서 장관은 그대로 녹음기를 바닥으로 내던져 박살을 내 버렸다.
언니는 바닥에 주저앉아 옷을 여미며 바들바들 몸을 떨고 있었다.
설미는 저도 모르게 피가 날 정도로 아랫입술을 꽉 깨물었다.
"임설미! 정신 차려."
설미를 걱정스레 지켜보던 선희가 소리쳤다. 설미는 억지로 고개
를 들었다. 하지만 영상 속 겁에 질린 언니의 모습과 눈앞에 언니가
겹쳐 보이자 다시 숙일 수밖에 없었다.
"미안해, 언니……."
"뭐가 미안한데? 헛소리 그만하고, 메모리 카드나 내놔."
"싫어. 그거 위험한 거잖아."
"그러니까 달라고."
설미가 고개를 세차게 흔들었다.
"난 괜찮아. 니가 본 거, 그거 나한텐 별일 아니야. 살면서 그것
보다 더한 일들도 많았으니까."
"왜 진작 말하지 않았어?"
"이미 다 지난 일인데 말해서 뭐 해. 넌 니가 원하는 대로 서태홍
과 결혼해서 행복하게 잘 살면 돼."
"그게 가능하다고 생각해?"
"왜 안 되는데?"
"10년 전 나 납치당한 일도, 언니가 머물던 곳에 화재가 난 것도,

최근엔 오토바이 사고까지……. 전부 다 서 장관님, 그러니까 태홍 씨 할아버지 짓이잖아! 내가 모를 줄 알았어?"

"아니야."

"아니긴 뭐가 아니야. 내가 다 봤는데! 서 장관님이 언니 협박하는 거. 그때 입 다무는 조건으로 내 국제 대회 경비 지원받은 거지? 그러니까 전부 나 때문에……."

"내가 너 이럴까 봐 말 안 한 거야. 그게 왜 너 때문이야?"

"나만 아니었으면, 언니가 그렇게 당하고 있지 않았을 거니까. 애초에 서 장관님 찾아갔던 것도 나 때문이었고."

자책하는 설미를 착잡한 심정으로 바라보던 선희는 머리를 거칠게 쓸어 넘겼다.

"그래서 이제 어쩔 건데?"

"같이 미국으로 가자. 치료받으러. 그리고 평생 돌아오지 말자."

"서태홍은 어쩌고?"

"이미 헤어졌어. 다시는 안 만날 거야."

"학교는?"

"휴직할 거야."

"날 위해 모든 걸 다 포기하겠다고?"

"언니도 그랬잖아. 나 때문에 많은 것들을 포기했잖아."

"눈물 나네 진짜. 야. 니가 이런다고 내가 고마워할 줄 알아?"

"……."

"나 이제 너 벅차. 니 말대로 나 너 때문에 계속 포기하며 살았어. 이제는 내가 하고 싶은 대로 맘껏 누리며 살고 싶어. 그러니까 정말 날 위한다면 서태홍한테 돌아가. 서태홍이라면 널 믿고 맡길 수 있으니까. 그래서 다 덮기로 하고, 니 상대로 서태홍 허락한 거야."

"……."

369

"임설미!"

"……못 믿겠어서 그래."

"뭐?"

"내가 이제 태홍 씨 못 믿겠다고."

"마음에도 없는 소리 하지 마."

"진짜야. 그래서 헤어진 거야. 내가 그 사람한테 말할 기회를 얼마나 많이 줬는데……. 근데 이제껏 거짓말하고 숨기고……."

"내가 비밀로 하자고 했어. 너한테 절대 말하지 말라고 협박도 했고."

"태홍 씨가 누가 시킨다고 안 할 성격이야? 태홍 씨도 알고 있었던 거야. 내가 진실을 아는 순간 우리 관계는 끝이라는 걸. 그래서 나한테 말하지 않았던 거겠지. 언니…… 우린 이미 끝났어. 이제 돌이킬 수 없어."

"누구 맘대로 끝내."

순간 설미의 가슴이 철렁 내려앉았다.

'아닐 거야. 그 사람이 여기 올 리 없어.'

부정해 보았지만 차가운 밤공기를 타고 그 사람의 향기가 불어왔다.

터벅터벅.

점점 가까워지는 익숙한 발소리, 그리고 익숙한 숨소리.

그가 분명했다.

설미는 그를 어떤 얼굴로 봐야 할지 막막했다. 머릿속이 하얘졌다.

견디다 못한 설미가 황급히 건물 안으로 도망가려고 하자, 선희가 앞을 막아섰다.

"언니……."

선희 역시 갑자기 등장한 태홍을 보고 놀란 상태였다. 선희가 태홍에게 비밀로 하고 설미를 만나려 했던 것은 설미에게 마음을 가라앉힐 시간이 필요하다고 생각했기 때문이었다. 설미가 준비되지 않은 상태에서 태홍이 밀어붙였다간, 자칫 두 사람 사이가 더 악화될지도 몰랐으니까.

하지만 태홍을 보자 생각이 바뀌었다. 설미가 자신의 말도 듣지 않는 지금, 설미를 붙잡을 수 있는 것은 태홍밖에 없을 것 같았다.

"나 먼저 들어가 있을 테니까, 둘이 얘기하고 와."

선희는 설미를 태홍 쪽으로 밀고는 안으로 들어가 버렸다. 얼떨결에 태홍의 품에 안긴 설미는 재빨리 눈을 피하며 빠져나오려 했다.

하지만 도망치려는 설미의 손목을 태홍이 붙잡았다.

"가지 마."

설미는 걸음은 멈췄지만 그를 돌아보지 않았다.

한동안 그녀의 뒷모습만 바라보다 태홍이 힘없이 말했다.

"설미야, 얼굴 좀 보여 줘."

"……"

"제발……. 보고 싶어."

태홍이 다시 한번 간절하게 부탁했다. 그제야 설미는 태홍의 손을 뿌리치고 뒤를 돌았다. 그를 똑바로 쳐다봤지만, 그녀의 눈빛은 차갑기 그지없었다. 그 눈빛을 마주한 태홍은 절망스러웠다.

"태홍 씨, 잘 들어요. 오늘 여행은 이별 여행이었어요. 전 헤어지기로 마음먹고 여행 간 거였다고요."

이별…… 여행?

태홍은 충격을 받은 얼굴로 설미를 바라봤다.

"그런 눈으로 보지 말아요. 피해자는 나라고요. 날 속인 건 태홍 씨잖아요!"

"……"

"대체 언제까지 날 속이려고 했어요? 아니, 언제부터 알았어요?

당신 할아버지가 우리 언니한테 한 짓. 언제부터 알았냐구요!"

"……."

"왜 말 못 해요? 말해 보라니까요! 언제부터예요?"

"……."

"대답 안 할 거면 돌아가요."

설미는 태홍이 대답하지 않자 건물로 향했다.

"……10년 전."

그의 대답에 설미가 걸음을 멈췄다. 결국 그녀는 분노가 가득한 얼굴로 태홍을 노려봤다.

"10년 전? 그럼 처음부터……."

"그래……."

"……미쳤어. 그걸 알면서도, 어떻게 날 만날 수가 있어요!"

"사랑하니까."

"……."

"사랑해서 그랬어. 니가 이렇게 떠난다고 할까 봐 두려워서 말 못 했어. 하지만…… 끝까지 숨길 생각은 없었어. 진짜야. 곧 말하려고 했어. 했는데……. 아니다. 아니야. 정말 미안해. 내가 다 잘못했어. 그러니까 설미야…… 헤어지자고만 하지 마. 내 앞에서 말도 없이 사라지지 좀 마. 제발……."

태홍이 애원했다. 하지만 설미는 여전히 그를 싸늘하게 쳐다보고 있었다.

"제발 설미야……."

"그렇게 부르지 말아요. 태홍 씨는 이제 내 이름 부를 자격 없어요. 그리고 사랑이요? 잘 생각해 봐요. 그게 사랑이 맞는지. 언제였더라? 태홍 씨가 나한테 그런 말 한 적 있었죠. 우리 언니한테 빚이 많다고. 당신 나 사랑한 거 아니야. 그냥 빚 갚는 심정으로 내 옆에 있어 줬던 거지."

"아닌 거 알잖아."

태홍은 설미를 안타깝게 바라봤다. 그러자 설미가 날카롭게 외쳤다.

"그러게 왜 여기까지 왔어요! 왜! 내가 왜 당신한테 이렇게 못된 말만 하게 만드냐구요!"

"……."

"너무 후회돼. 당신 만난 거……. 더 이상 무슨 이유가 필요 있어요? 당신도 알고 있었잖아요. 내가 알게 되는 순간 우린 끝이라는 거. 그래서 여태껏 나한테 말 못 한 거잖아. 우린 어차피 안 되는 거였어요."

태홍의 눈빛이 갈 곳을 잃고 흔들리기 시작했다.

무슨 말을 해야 할까? 그녀를 잡아야 할까? 보내 줘야 하나? 애원할까? 무릎이라도 꿇을까? 화를 낼까? 강제로라도 못 가게 막을까? 어떻게 해야 하지?

머릿속이 터질 것 같았다.

"무슨 짓을 해도 소용없어요. 우린 끝났어요. 그러니까 다시는 내 앞에 나타나지 말아요."

끝났다고?

일순간 세상이 정지해 버렸다. 태홍은 자신의 귀를 의심했다. 그가 멍하니 있는 사이, 미처 잡을 새도 없이 설미는 안으로 들어가 버렸다.

바닷가에서처럼 또다시 홀로 남겨진 태홍은 그녀가 서 있던 그 자리를 고통스럽게 바라보았다.

□　■　□

선희와 설미는 손님방에 나란히 누웠다. 잠이 오지 않아 뒤척이던 선희는 고개를 돌려 설미를 빤히 바라보았다.

"자니?"

선희의 물음에 설미가 천천히 눈을 떴다.

"……아니."

"하긴, 잠이 올 리가 없지. 아까 보니까 밖에 계속 서 있던데……. 서태홍 말이야."

"……."

"나한테 미안해서 이러는 거면 됐으니까 나가 봐. 밤에 비 온댔어."

설미는 다시 눈을 감아 버렸다.

"독한 년……."

"언니."

"왜."

"앞으로 내가 더 잘할게……."

"……."

"우리도 이제 남들처럼 평범하게 살자. 그러고 싶어. 이젠……."

창문을 통해 새어 들어온 달빛 탓인지 동생의 얼굴이 오늘따라 애달파 보였다. 바르르 떨리는 입술과 눈꺼풀. 독하다 싶을 정도로 눈물을 참고 있는 설미가 안쓰러워 선희도 눈을 감아 버렸다.

"쓸데없는 소리 할 거면, 잠이나 자라."

하지만 몇 시간이 지나도 설미는 좀처럼 잠들지 못했다.

투둑. 툭. 툭툭.

빗방울이 창문을 두드리는 소리가 들려왔다. 설미의 두 눈이 번쩍 떠졌다. 빗소리가 점차 커지더니 비바람에 창문까지 흔들렸다. 시간이 지날수록 비는 더욱 세차게 쏟아졌다.

설미는 이를 악물고 두 눈을 감았다. 그리고 양손을 들어 귀를 막았다.

□ ■ □

"정말 둘 다 미국으로 갈 거니?"

배웅하러 나온 박 원장이 확인하듯 물었다. 선희가 설미를 쳐다봤다. 설미는 선희의 시선을 피하며 대답했다.

"네. 언니 화상 치료도 받고, 저도 여행 다니면서 좀 쉬고 싶어서요. 미국 가기 전에 인사드리러 올게요."

"그래. 그러렴."

"갑자기 찾아왔는데 재워 주셔서 감사해요. 신세만 지고 가서 어쩌죠."

"신세는 무슨. 아, 맞다! 오늘 새벽에 웬 남자가 비를 쫄딱 맞고 마당에 서 있던데, 혹시 너희 아는 사람이니?"

"……."

설미의 표정이 살짝 굳어진 것을 본 박 원장이 말했다.

"남자 친구구나? 싸웠어? 웬만하면 화해하고 집으로 좀 보내지 그랬어. 밤새 비를 맞은 모양이더라. 내가 애들 등교하다 보면 놀래니까 가라고 해서 억지로 보내긴 했는데……. 연락이라도 한 통 해 봐. 잘 갔는지."

설미가 대답을 못 하고 서 있자, 선희가 나섰다.

"원장님! 저희 차 밀리기 전에 가 봐야 할 것 같아요."

"어. 그래야지. 어서 가 봐. 도착하면 연락하고."

"네. 안녕히 계세요."

선희와 설미는 박 원장과 가볍게 포옹하며 작별 인사를 마치고 차에 올라탔다.

"도착할 때까지 눈 좀 붙여. 밤새 한숨도 못 잔 것 같던데."

고속도로에 들어서자 선희가 말했다. 설미가 살짝 미소를 지으며 고개를 끄덕였다. 그를 본 선희는 길게 한숨을 내쉬었다.

"억지로 웃지 마. 난 차라리 니가 속 시원하게 울었으면 좋겠어."

"울긴 왜 울어. 나 아무렇지도 않아. 남녀 사이에 만나다 헤어질 수도 있는 거지. 나만 겪는 일도 아니고……. 나 정말 괜찮아. 그러니까 언니도 너무 걱정하지 마."

그러면서 설미는 다시 배시시 웃었다. 평소엔 얼굴에 다 티가 나서 거짓말도 못하는 설미건만, 어제오늘은 무슨 생각을 하는지 도통 읽을 수가 없었다. 답답해진 선희는 갓길에 차를 세웠다.

"괜찮다고? 진짜야? 서태홍 밤새 비 맞고 새벽에 갔다잖아. 걱정도 안 돼?"

"응."

"아, 그래? 그런 애가 새벽에 혼자 나가서 비 쫄딱 맞고 들어왔어? 아침에 먹은 밥도 다 토하고. 그런데도 뭐? 괜찮아? 니 꼴을 봐. 어디 괜찮은 사람 몰골인가!"

"……."

"어제 서태홍이랑 헤어지고 서울엔 무슨 일로 갔어?"

설미가 놀란 눈으로 선희를 쳐다봤다.

"어떻게 알았냐고? 너 어제 강화도가 아니라 서울에서 공주로 온 거잖아. 니 가방에 KTX 티켓 있더라."

"남의 가방을 왜 함부로 뒤져?"

"너야말로 남의 물건을 가져갔으면 돌려줘야지. 메모리 카드 어디다 숨겼어?"

"말했잖아. 위험한 물건이니까 내가 가지고 있겠다고."

"그러니까. 그 위험한 걸 니가 왜 가지고 있어! 당장 내놔."

"……."

"너 설마 그거 들고 서 장관 만나러 간 건 아니지?"

"……아니야."

"그럼 서울엔 무슨 일로 갔는데?"

"……혜린이 보러."

"내가 정혜린한테 연락 안 해 봤을 것 같아?"

"……."

"너 서 장관 만났지? 만나서 무슨 얘기 했어?"

설미가 입술을 꾹 다문 채 아무 말이 없자 선희는 설미의 어깨를 잡아끌어 자신 쪽으로 돌렸다.

"임설미! 내 눈 똑바로 보고 말해."

"……."

"너도 만나 봤으니 알 거야. 서 장관은 절대 너 혼자 힘으로 이길 수 있는 상대가 아니야."

선희의 말에 설미는 손자의 숨통을 조여 버리겠다고 협박하던 서 장관의 서늘한 눈빛이 떠올랐다. 숨이 막히고 온몸이 마비되는 듯했다.

"내가 도와줄 테니까, 어제 서 장관이랑 무슨 일 있었는지 숨기지 말고 전부 다 말해. 제발……."

선희가 애원하듯 말했다. 지금 누구보다도 설미의 마음을 잘 아는 선희였다. 서 장관이 설미에게 어떤 끔찍한 말들을 했을지 상상이 갔다.

살을 찢는 고통보다 혹독한 재활을 받으면서도 늘 웃던 설미였다. 웬만큼 힘들지 않는 이상 힘들다 내색조차 하지 않는 설미가 지금은 너무나 위태로워 보였다.

"설미야, 이제 너 혼자 아니야. 언니가 있잖아."

"언니……."

아무렇지 않은 척 굴던 설미의 눈동자가 선희의 간절한 한마디에 크게 흔들렸다.

x

"그래."

"나…… 안 되겠어……."

설미는 두 손으로 얼굴을 가린 채 고개를 푹 숙였다. 이내 작은 어깨가 들썩이더니, 결국 참았던 눈물이 터져 나왔다. 흐느낌 사이로 설미가 겨우 말했다.

"나, 태홍 씨한테 가고 싶어……."

"……."

"언니…… 미안해."

"다행이다. 내가 해 줄 수 있는 일이라."

선희가 안도의 미소를 내비치며 설미의 머리를 쓰다듬어 주었다.

"가자, 서태홍한테."

선희는 다시 시동을 걸고 차를 출발시켰다.

ㅁ ■ ㅁ

"경위님, 어디 아프십니까?"

회철이 금방이라도 쓰러질 듯 안색이 창백한 태홍을 보며 걱정스레 물었다.

태홍은 모른 척 묵묵히 조서 작성을 끝낸 후, 권 팀장 자리로 시선을 돌렸다. 자리는 비어 있었다. 오 형사도 보이지 않았다.

"팀장님은?"

"오늘 휴가 내셨어요."

"오 형사님도?"

"아니요. 오 형사님은 무단결근이요. 그러실 분이 아닌데 요즘 이상해요."

"오 형사님 집이 어디지?"

378

"문화고 근처랬는데. 오 형사님 집은 왜요?"

"외근 나가는 길에 한번 들러 보려고. 자세한 주소 좀 문자로 보내 줘."

아무래도 권 팀장과 오 형사 사이에 무슨 일이 있는 듯했다. 태홍은 급히 주차장으로 향했다. 차에 올라타자마자 회철의 문자가 도착했다.

오 형사의 집 주소를 가만히 응시하던 태홍은 설미에게 전화를 걸었다. 여전히 전화기가 꺼져 있다는 안내 음성만 들릴 뿐이었다. 이미 여러 차례 음성을 남겨 놓은 태홍은 이번엔 말없이 긴 한숨과 함께 핸드폰을 주머니 속에 넣었다. 그는 문화고 근처로 차를 몰았다.

답답한 마음에 창문을 열자 서늘한 바람이 불어왔다. 바람을 맞으니 저절로 설미가 떠올랐다. 태홍은 텅 빈 조수석을 바라봤다.

바람 냄새가 좋다며 두 눈을 감고 바람을 느끼던 그녀의 모습이 뿌옇게 보였다 금세 신기루처럼 사라졌다.

"미치겠다……."

그녀가 보고 싶어 미칠 것 같았다. 태홍은 자조 섞인 한숨을 내쉬었다.

오 형사의 집에 거의 다 도착할 때쯤 잠잠하던 핸드폰이 울렸다. 태홍은 황급히 이름도 확인하지 않고 전화를 받았다.

"여보세요. 지금 어디야? 아직 보육원에 있어? 내가 데리러 갈까? 설미야. 말 좀 해 봐. 응?"

태홍은 다급히 질문을 쏟아 냈다.

— ……나 채경이야.

설미 대신 채경의 잔뜩 서운한 목소리가 들려왔다. 하지만 설미가 아닌 것을 확인한 태홍은 힘이 빠졌다.

"미안. 기다리는 전화가 있어서. 무슨 일이야?"

— 무슨 일이긴. 오늘 만나서 각자 수사한 내용 공유하기로 했잖아.

"아, 그랬었지. 어디서 볼까?"

— 내가 갑자기 재판이 잡혔어. 오늘 못 만날 것 같다고 문자 보냈는데, 답이 없길래 전화해 봤어. 혹시 내일 오후에 시간 괜찮아?

"그래. 내일 보자. 끊을게."

— 잠깐!

"어. 말해."

— 어제 부탁한 거 있잖아.

"무슨 부탁?"

— 무슨 부탁이라니. 어제도 문자로 나한테 파주 아저씨 찾았냐고, 빨리 좀 찾아 달라고 부탁했잖아. 너 오늘 좀 이상하다?

이상한 게 당연했다. 지금 태홍의 머릿속은 온통 설미뿐이었으니까. 어떻게 하면 그녀의 마음을 되돌릴 수 있을까…… 그 생각뿐.

클럽 BB 수사조차도 무의미했다. 설미가 없는 이상, 모두 아무런 의미가 없었다. 그녀와 헤어진 지 하루도 채 지나지 않았는데, 태홍은 숨 쉬는 것조차 소용없이 느껴졌다.

— 니가 찾던 그 파주 아저씨라는 사람 소재 파악됐어.

'파주 아저씨'라는 말에 태홍은 번쩍 정신이 들었다.

그는 10년 전 설미를 납치하고, 뺑소니 후 도주한 사람이었다. 그 배후엔 할아버지가 있을 것이고, 할아버지의 사주로 그런 짓을 벌였다고 증언해 줄 수 있는 유일한 인물이기도 했다.

핸드폰을 잡은 태홍의 손에 힘이 들어갔다.

'그래. 정신 차리자.'

설미를 다치게 만들고, 선희를 괴롭혔던 인간들 모조리 다 잡아서 감옥에 처넣어 버리자. 그렇게 하면 설미가 다시 내게로 올까?

답은 알 수 없었지만, 태홍은 지금 자신이 할 수 있는 일에 최선을 다하기로 했다. 포기하지 않고.

"그 사람 지금 어디 있는데?"

— 의왕시. 서울 구치소 근처야. 자세한 주소는 문자로 보낼게. 근데 만나도 별 소용 없을 것 같아. 10년이나 넘게 서 장관님 하수인 노릇을 한 사람이 쉽게 입을 열 리가 없잖아.

"어쨌든 일단 만나 봐야지. 아무튼 고맙다. 갔다 와서 연락할게."

— 아, 맞다. 한 가지 더. 어제 오후에 서 장관님 댁에 니 여자 친구 왔다 간 거 알아? 20대 중반 정도 되는 낯선 여자가 왔다기에 사진을 봤더니 니 여자 친구더라고.

태홍은 재빨리 갓길에 차를 세웠다.

"네가 어떻게 설미 얼굴을 알아?"

— 지난번에 고깃집에서 봤잖아. 분명히 임설미 씨였어.

"……설미가 서초동에 갔다고?"

— 어. 너도 몰랐나 보네? 조사관 말로는 임설미 씨 표정이 별로 안 좋았다던데…….

"저기 미안한데, 일단 끊자. 내가 다시 연락할게."

— 어? 어……. 그럼 의왕 갔다 와서 연락 줘…….

채경의 말이 끝나기도 전에 태홍은 통화를 종료하고, 급히 설미에게 전화를 걸었다. 하지만 여전히 전화기는 꺼져 있었다. 선희도 마찬가지였다.

"왜 둘 다 전화를 안 받는 거야!"

태홍은 주먹으로 운전대를 세게 내리쳤다. 속이 새카맣게 타들어 갔다.

설미가 할아버지를 만났다니 생각지도 못했다. 도대체 어제 설미한테 무슨 일이 있었던 걸까?

태홍은 잠시 고민하다 차를 유턴시켜 의왕시로 향했다. 어차피 오 형사를 매수한 것이 할아버지라면, 할아버지의 하수인인 파주 아저씨를 먼저 치는 게 나을 거라는 판단이었다.

운전을 하면서도 태홍은 계속해서 설미에게 전화를 걸었다.

"설미야. 나 너한테 꼭 할 얘기가 있어. 그러니까 우리 얼굴 보고 천천히 얘기하자. 이따 저녁에 집 앞으로 데리러 갈 테니까, 집으로 가 있어. 알았지? 그럼 이따 보자."

이윽고 목적지에 도착한 태홍은 마지막으로 설미에게 음성을 남기고 밖으로 나갔다.

채경이 알려 준 주소는 폐공장 옆 컨테이너 박스였다. 주위에 너저분하게 널려 있는 빨래들을 보아하니 사람이 거주하는 게 맞긴 한 것 같았다.

태홍은 천천히 주변을 살피며 컨테이너로 다가갔다.

그때, 컨테이너 뒤쪽에서 부스럭거리는 소리가 났다. 아주 짧은 순간, 사람 그림자가 나왔다 사라졌다.

태홍은 뒤쪽으로 달려갔다. 모자를 쓴 누군가가 도망가는 것이 보였다. 남자의 뒤를 쫓아 태홍은 폐공장 안으로 뛰어들어 갔다. 하지만 폐공장 안에는 아무도 없었다. 태홍은 더 깊숙이 안으로 들어갔다.

순간, 뒤에서 싸한 느낌이 들었다.

'방심했다!'

생각과 동시에 태홍의 몸 위로 그림자가 짙게 깔렸다. 위험을 감지하자마자 태홍이 재빨리 뒤를 돌았지만 이미 늦어 버렸다.

퍼억!

뒤가 아닌 바로 위쪽 창문에서 뛰어내린 누군가가 쇠 파이프로 태홍의 머리를 내리쳤다. 강한 충격에 태홍은 양손으로 머리를 감쌌다. 붉은 피가 손등을 타고 바닥으로 뚝뚝 떨어졌다.

앞에 서 있는 누군가의 얼굴이 보일 듯 말 듯, 시야가 점점 흐려졌다. 태홍은 비틀거리면서도 쓰러지지 않으려 애를 썼지만, 한계였다.

털썩.

결국 바닥으로 쓰러진 태홍은 손으로 바닥을 짚으며 계속해서 다시 일어나려고 노력했다.

그러던 순간, 태홍의 이마에 차가운 것이 닿았다. 태홍은 천천히 고개를 들었다.

"오래간만이다. 태홍아."

턱 밑에 있는 흉터. 파주 아저씨가 비릿하게 웃으며 총으로 태홍을 위협하고 있었다. 그는 태홍의 멱살을 잡고 총부리를 더 세게 눌렀다.

"진작 널 만났어야 했는데, 그동안 내가 먹고살기 너무 바빴지 뭐냐. 네 할아버지 덕분에."

"……."

뭔가 잘못됐다는 생각이 태홍의 머릿속을 스쳤다. '할아버지'를 언급할 때, 파주 아저씨의 표정에서 살기가 느껴졌기 때문이다.

"권력에 눈이 먼 그 미친 작자를 막으려면 이 방법밖에 없어. 미안하지만 니가 희생해야겠다."

파주 아저씨의 눈에는 독기기 서려 있었다.

타앙.

그는 망설임 없이 태홍의 가슴을 향해 총을 쐈다. 그리고 뒤도 돌아보지 않고 밖으로 나갔다. 태홍의 주변이 점점 피로 물들기 시작했다.

"흐읍, 컥……."

숨이 가빠 왔다. 태홍은 정신을 차리려 애썼지만, 자꾸만 시야가 흔들렸다. 차가운 시멘트 바닥에 얼굴을 맞댄 채 멀리 도망가는 파주 아저씨의 뒷모습을 눈으로 좇을 수밖에 없었다.

그러다 문득 바닥에 떨어져 있는 자신의 핸드폰을 발견했다.

드르륵. 드르륵.

기다렸다는 듯 핸드폰이 울리기 시작했다. 어두운 폐공장 안에서 태홍의 핸드폰이 불빛을 내며 홀로 진동하고 있었다.

하지만 태홍은 전화를 받을 수가 없었다.

손을 뻗을 힘도, 눈을 깜빡일 힘도, 이제는 숨을 쉴 힘조차…….

그렇게 스르륵 눈마저 감겨 버렸다.

드르륵. 드르륵.

태홍이 정신을 잃고도, 핸드폰은 계속 울렸다.

발신인은 설미였다.

Hot Vacation

26화

핸드폰으로 통화를 하며 복도를 걷던 채경이 갑자기 멈춰 섰다.

"저 지금 도착했는데, 그게 무슨 소리예요? 재판이 연기되다니."

피고인이 불참하여 재판이 연기됐다는 소식을 조사관에게서 전해 들은 채경의 표정이 심각해졌다.

오늘 오전에 갑자기 선배 검사에게서 강제로 떠맡은 재판이었다. 그래서 태홍과의 약속도 취소했는데, 재판이 연기됐다니. 뭔가 불길한 예감이 들었다.

어쩔 수 없이 전화를 끊고 다시 돌아가려던 채경의 앞을 한 중년 남성이 막아섰다. 채경도 잘 아는 얼굴이었다.

서 장관의 비서.

"어르신께서 기다리고 계십니다."

최 비서가 복도 맨 끝에 위치한 법정을 가리켰다. 채경은 살짝 당황했지만 마음을 가다듬고 천천히 그곳으로 걸어갔다.

문을 열자 배심원석에 홀로 앉아 있는 서 장관의 뒷모습이 보였다. 채경은 수많은 의심과 의문에 휩싸였다.

갑자기 재판이 취소된 이유가 설마 서 장관님과 관련이 있는 걸까? 그렇다면, 이렇게까지 해서 자신을 찾아온 이유는 뭘까? 클럽 BB를 수사했기 때문에? 서 장관님이 이렇게 드러내 놓고 섣불리 행동하실 분이 아닌데. 게다가 이런 식이면 본인이 클럽 BB와 관련이 있다는 사실을 증명하는 꼴인데, 어째서?

채경은 머릿속이 복잡한 가운데 서 장관에게로 향했다. 채경이 온 것을 알면서도 서 장관의 시선은 여전히 앞을 향해 있었다.

"시간 참 빠르기도 하지."

"……."

"요즘 들어 저 자리에 앉아 있을 때가 좋았다는 생각이 든다네."

서 장관은 법정 중앙에 있는 높은 판사석을 물끄러미 바라보다 자리에서 일어났다. 채경은 여전히 경계의 눈빛은 풀지 않은 채 서 장관을 쳐다봤다.

"주말에 보기로 한 늙은이가 갑자기 나타나서 놀랐지?"

"네. 조금요."

"당연히 알고 있을 줄 알고 연락을 안 했는데, 아직 보고를 못 받은 모양이구나."

"……."

"채경이 네가 요새 날 미행하고 있다면서."

"……!"

"혼내려고 온 건 아니니까 표정 풀고."

서 장관은 느긋한 어투였다. 반면 채경은 당황한 기색을 감추지 못했다. 이렇게 된 이상 채경은 피하지 말고 부딪쳐 보자는 생각이 들었다. 그녀는 다부진 눈빛으로 서 장관을 향해 입을 열었다.

"네. 맞아요. 아시는 것처럼 제가 요새 장관님 뒤를 밟고 있습니다."

"어째서?"

"클럽 BB라고 아시죠?"

"하하하. 그럼, 잘 알지."

서 장관은 여유로운 표정으로 크게 웃었다.

'클럽 BB를 알면 네가 어쩔 건데?'

채경에겐 그 웃음소리가 마치 비아냥거리는 소리처럼 들렸다. 서 장관의 가면이 차츰 벗겨지는 느낌이었다. 채경은 자신 앞에서 본모습을 드러내 보이는 서 장관이 두려웠지만, 겉으론 내색하지 않고 냉정한 말투로 물었다.

"왜 저한테는 숨기지 않으시는 거죠? 태홍이에겐 클럽 BB와 관련된 모든 질문은 회피하셨다고 들었습니다."

채경의 말에 서 장관은 얼굴에 남아 있던 웃음기를 거뒀다.

"채경아. 지금부터 이 할애비가 하는 말 잘 들어야 한다. 안 그럼 다쳐. 너뿐 아니라 태홍이까지."

"지금…… 절 협박하시는 건가요?"

"아니. 기회를 주려는 거다. 협박은 그 후에 해도 늦지 않으니."

"……."

채경은 말문이 막혔다. 이대로 가다간 서 장관에게 질질 끌려다니다 제대로 된 수사도 못 해 보고 잡아먹힐 것만 같았다. 이미 기선 제압에서 지고 말았다.

차채경. 정신 똑바로 차리자.

"장관님, 아무래도 잘못 찾아오신 듯하네요. 전 기회든 협박이든 넘어갈 생각 추호도 없거든요."

"클럽 BB를 무너뜨릴 수 있는 방법을 알려 주겠다는데도?"

"그 방법은 저도 알고 있습니다. 장관님께서 진실만 고백하시면 되니까요. 그럼, 지금 바로 조사실로 가실까요?"

"허허. 나를 치겠다? 근데 이거 어쩌누. 내가 무너지면 클럽 BB는 더 단단해질 거다."

"그게 무슨……."

"생각보다 말이 안 통하는구나. 내가 왜 대선을 앞두고 굳이 클럽 BB의 보스가 됐는지 아직도 모르겠니? 그래, 클럽 BB는 나의 단 하나의 오점이지. 그게 없어져야, 나와 우리 태홍이가 장차 큰일을 할 수 있어."

"설마……."

"이제 와 파헤쳐 봤자 좋을 게 없단 얘기다. 클럽 BB를 무너뜨릴 수 있는 방법은 침묵하는 것. 덮어 두는 것. 그게 최선이란다."

"……."

"나를 흠집 내겠다는 건 곧 태홍이의 미래를 망가뜨리는 거야. 이왕 가질 거, 대통령 할애비를 둔 남자를 가지는 것이 좋지 않겠니? 이건 협박이란다."

서 장관은 편안히 웃으며 태홍을 향한 채경의 마음을 파고들었다. 채경은 자신을 빤히 쳐다보는 서 장관에게 민낯을 들킨 것 같아 부끄러웠다.

"차 회장에게 듣기론 집안에서 채경이 네 결혼을 서두르고 있다던데."

"전 아직 생각 없습니다."

태연하려 노력했지만, 채경의 목소리가 가늘게 떨렸다.

"상대가 태홍이라도?"

"……."

"채경아. 할애비가 부탁 하나만 해도 될까? 네가 해결해 줬으면 하는 일이 있는데……."

채경은 며칠 전 태홍이 했던 말이 떠올랐다.

'할아버진 아마 니가 거절할 수 없는 조건을 내세울 거야. 거기
에 넘어가지 마.'
'나 너 믿는다.'

잠시 생각에 잠겨 있던 채경이 서 장관을 똑바로 바라보았다.
"제가 뭘 하면 되죠?"

□　■　□

설미는 집에 도착하자마자 방에 들어가 핸드폰을 충전기에 꽂았
다. 전원을 켜는 순간 그동안 밀려 있던 문자 메시지가 쏟아졌다.
　[어디야?]
　[제발 전화 좀 받아.]
　[보고 싶어.]
　[미안해. 내가 다 잘못했어. 제발 연락 좀 줘.]
　전부 태홍이었다.
　마지막 음성까지 모두 확인한 설미는 바닥에 무너지듯 주저앉았다.
　어디가 아픈 걸까? 태홍의 목소리가 많이 갈라져 있었다. 하긴,
밤새 비를 맞았으니 안 아플 리 없지 않은가.
　약은 먹었을까? 밥은?
　……당연히 안 먹었을 것이다.
　그는 설미의 건강은 끔찍이도 생각하면서, 정작 자신의 몸 상태는
살필 줄 몰랐다. 그를 걱정하면서도 설미는, 자신은 그를 걱정할 자
격도 없을지 모른다는 생각이 들었다.

어제 내린 선택은 어리석었다. 그리고 그 대가는 처참했다.

설미는 가슴을 부여잡고 후회의 눈물을 흘렸다.

'그냥 사랑한다고 말할걸. 그럼에도 당신을 사랑한다고…….'

설미가 힘없이 방바닥에 앉아 울고 있는 모습을 지켜보던 선희는 자신의 방에서 손수건을 가져와 내밀었다.

"이제 그만 좀 울어. 서태홍이 어디 멀리 간 것도 아니고, 집에 없으면 경찰서에 있겠지."

선희 말이 맞았다. 하지만 왜 이렇게 불안한 마음이 드는지 설미는 알 수 없었다.

"정 걱정되면, 전화해 봐. 아마 바로 받을걸. 아니, 바로 달려오겠지. 그 성격에."

내가 먼저 그렇게 모질게 버려 놓고 연락하려니 염치가 없었다.

한참을 망설이던 설미는 통화 버튼을 눌렀다. 이제 와 다시 그를 붙잡는 거 이기적인 거 잘 알지만, 더 이상 못 버티겠다. 그의 옆이 아닌 곳에선.

하지만 막상 통화 버튼을 누르고 나니, 태홍이 전화를 받으면 무슨 말을 해야 할지 고민이 되었다. 어제 일은 내가 잘못했다고, 미안하다고 사과부터 해야 할까. 아니면 평소처럼…… 지금 어디냐고, 밥은 먹었느냐고 안부부터 물어야 할까.

이런저런 생각들을 하며 설미는 태홍을 기다렸다. 하지만 기다림 끝에 들려온 건 태홍의 목소리가 아닌, 음성 사서함으로 넘어가는 차가운 안내였다.

설미가 힘없이 핸드폰을 내려놓자, 선희가 물었다.

"왜? 전화 안 받아?"

설미가 고개를 끄덕였다.

"바쁜가 보지."

선희가 위로했지만, 설미의 불안한 마음은 더더욱 커졌다. 반쯤 넋이 나간 얼굴로 설미는 벗어 놓은 외투를 다시 주워 들었다.

"어디 가려고?"

"경찰서에 가 보려고."

하지만 한 발도 채 떼기 전에 선희가 설미를 붙잡아 침대에 앉혔다. 그리고 굳은 표정으로 설미의 이마에 손을 짚었다.

"너 열 있어. 좀 누워서 쉬고 있어. 서태홍은 내가 찾아볼 테니까."

"아니야. 난 괜찮아. 내가 갈게."

"이러다 너 쓰러져! 자꾸 언니 걱정시킬래? 어서 눕자."

선희는 억지로 설미를 자리에 눕힌 후 감기약까지 꺼내 와 먹여 주었다. 그리고 이불을 덮어 주며 당부했다.

"너 어젯밤에 제대로 못 잤잖아. 약 먹었으니까 한숨 푹 자. 행여나 나간 다음에 일어날 생각 말고. 너 괜히 돌아다니다가 서태홍이랑 길 엇갈리면 어쩌려고. 내가 찾아볼게. 알았지?"

길이 엇갈릴 수도 있다는 선희의 말도 일리가 있었다. 설미는 잠시 고민하다 대답했다.

"그럼 부탁할게. 경찰서랑 그리고…… 혹시 모르니까 금메달 체육관이라고 사거리에 있는 곳인데 거기도 태홍 씨가 자주 가는……. 아니다. 역시 안 되겠어. 내가 가 봐야……."

"너 진짜 혼날래?"

잔뜩 화난 얼굴로 선희는 다시 일어나려는 설미의 어깨를 힘주어 눌렀다.

"넌 니 걱정 하는 이 언니는 안 보이냐?"

"……."

"잔말 말고 누워 있어. 내가 찾으면 바로 전화할 테니까."

설미는 하는 수 없이 고개를 끄덕였다. 창백한 설미의 안색을 안

쓰럽게 바라보던 선희는 한숨을 길게 내쉬었다.

"너무 불안해할 거 없어. 서태홍이 어디 너 버리고 도망갈 녀석이냐? 지구 끝까지 쫓아오면 쫓아왔지, 절대 안 그래. 이번에도 보니까 죽어도 너 포기 안 할 기세던데. 그러니까 서태홍 믿고, 걱정 말고 푹 자. 알았지?"

"응……."

약 기운 때문인지, 아님 그동안의 피로와 스트레스가 몰려온 모양인지 설미의 두 눈이 스르륵 감겼다. 그런 설미를 한참 동안 내려다보다 선희가 밖으로 나갔다.

철컥.

현관문이 닫히는 소리가 들리자, 설미가 다시 눈을 떴다. 잠을 자고 싶어도 잘 수가 없었다.

어제 하루 동안 태홍에게 수많은 상처를 줬다. 한마디 말도 없이 그를 바다에 버리고 도망쳤고, 그의 진심을 짓밟는 말로 그를 할퀴었고, 밤새 차가운 빗속에 덜덜 떨며 서 있게 했다. 지금도 어디서 혼자 아파하고 있을 그를 생각하니, 도저히 누워 있을 수가 없었다.

설미는 이를 악물고 자리에서 일어나 거실로 나왔다. 정신을 차리기 위해 찬물을 마시며 바깥을 내려다보던 설미의 두 눈이 휘둥그레졌다.

쨍그랑.

들고 있던 컵을 놓치고 창가에 매달려 아래를 내려다봤다. 아까는 없었던, 건물 밑에 주차된 차량. 틀림없이 태홍의 차였다.

후다닥 달려 나가려는데 갑자기 무릎이 욱신거렸다. 설미는 아픈 다리를 끌고 밖으로 나가 태홍의 집 현관문을 두드렸다.

"태홍 씨! 안에 있어요? 태홍 씨!"

아무 대답이 없자, 설미는 비밀번호를 눌러 안으로 들어갔다. 하지만 현관에 신발이 없었다. 집 안에도 사람이 왔다 간 흔적 하나 없었다. 설미는 건물 밖으로 나가서 주차된 차를 다시 살폈다.

'태홍 씨 차 맞는데. 그런데 좀 이상하네. 태홍 씨가 항상 주차하던 자리는 여기가 아닌데……'

주위를 두리번거리던 설미는 황급히 차 뒤로 몸을 숨겼다. 골목 끝에서 모자를 쓴 수상한 남자가 걸어오고 있었기 때문이다.

남자의 얼굴을 유심히 보던 설미는 남자의 턱 밑에 난 상처를 발견했다. 그녀는 자신도 모르게 비명이 나오려는 것을 가까스로 틀어막았다.

설미가 아는 얼굴이었다.

10년 전 자신을 납치하고, 차로 치고 달아난 바로 그 남자.

'저 사람이 여긴 왜……. 혹시 메모리 카드를 찾으러? 맞아. 그때도 언니한테 물건을 가져오라고 협박했었어.'

그 물건이 '메모리 카드'라는 것을 설미도 이제 다 알고 있었다. 순간 물건을 가지고 있으면 위험해진다던 언니의 말이 떠올랐다.

'그렇다면 이 사람도 서 장관의 하수인?'

"하하. 선물은 잘 받으셨죠? 부디 유용하게 쓰시길 바랍니다. 물건은 아직입니다. 아니, '곧'입니다."

다행히 남자는 설미를 발견하지 못하고, 누군가와 통화를 하며 차를 지나쳐 갔다. 남자는 주머니에서 꺼낸 차 키를 손가락에 걸고 장난치는 것처럼 돌리며 건물 안으로 들어갔다.

설미가 경악했다. 남자가 들고 있던 차 키는 태홍의 것이었다. 곧 설미의 몸이 휘청거렸다. 겨우 차에 몸을 기대 쓰러지지 않으려 노력했다.

아무래도 저 남자가 태홍의 차를 끌고 온 듯했다. 만약 내 생각이 맞다면, 태홍 씨는? 태홍 씨는 어떻게 된 거지?

설미의 손이 덜덜 떨리기 시작했다. 설미는 불안하게 흔들리는 손으로 주머니를 뒤졌다. 하지만 주머니는 비어 있었다. 급하게 나오는 바람에 핸드폰을 두고 온 것이다.

누구에게, 어떻게, 도움을 청해야 할지 눈앞이 깜깜했다.

결국 떠오른 방법은 하나였다.

독하게 마음먹은 설미는 재빨리 운전석으로 달려갔다. 문을 잠그는 것을 잊은 모양인지 다행히 문이 열려 있었다.

설미는 재빨리 트렁크 오픈 버튼을 눌렀다. 트렁크가 열리자 운전석 문을 닫은 후, 트렁크 안에 몸을 숨겼다. 그리고 조금의 망설임도 없이 안에서 문을 닫아 버렸다.

설미의 마음속에는 단 한 가지 생각뿐이었다.

'태홍 씨를 찾아야 해.'

설미가 트렁크 문을 닫고 얼마 지나지 않아 남자는 빈손으로 건물 밖으로 나왔다.

설미의 집을 뒤졌지만 아무것도 찾지 못한 그는 짜증 섞인 얼굴로 모자를 푹 눌러썼다. 담배를 한 대 피우려다 마음을 바꿔 서둘러 운전석에 올라탔다. 그리고 곧바로 차를 출발시켰다.

차가 골목을 완전히 빠져나가고, 건물 뒤에 숨어 있던 누군가가 밖으로 나왔다. 산 지 얼마 되지 않은 듯 새하얀 운동화를 신은 누군가의 발이 바쁘게 주차장으로 향했다.

□ ■ □

문화서에 전화를 걸어 태홍이 외근 나간 것을 확인한 선희는 설미가 말한 금메달 체육관으로 향했다.

건물 앞에 차를 세운 후, 선희는 주변을 살폈다. 근처에 주차된 차도 없고, 건물에도 불이 꺼진 걸 보니 사람이 없는 것 같았다.

선희는 차에서 내려 차체에 몸을 기댄 채 담배를 꺼내서 물었다. 비가 내리려는지 축축한 공기가 기분을 한없이 가라앉게 만들었다.

"선희 씨?"

뒤에서 누군가 그녀의 이름을 불러 선희가 고개를 돌리자 찬희가 놀란 얼굴로 서 있었다. 그는 혼자가 아니었다. 웬 여자와 함께였다.

두 사람은 장을 보고 온 모양인지 각자 장바구니를 하나씩 들고 나란히 걸어오고 있었다. 마치 부부처럼 보였다.

선희는 그 모습을 보자 왠지 심술이 났다.

"여긴 무슨 일로 왔어요?"

찬희가 물었지만, 선희는 대꾸하지 않고 묵묵히 담배를 하이힐로 눌러 껐다. 이곳에 태홍이 없는 것을 확인했으니 더 이상 있을 필요가 없다고 생각하며 서둘러 차에 올라타려고 했다.

"선희 씨 잠깐만요!"

그때, 여자가 장바구니를 내팽개치고 달려와 선희의 팔을 세게 붙잡았다. 안 그래도 기분이 좋지 않았던 선희는 인상을 잔뜩 찌푸리며 여자의 팔을 뿌리쳤다.

"이거 놔요."

"아, 미안해요."

"누구신데 남의 몸에 함부로 손대는 거예요. 저 아세요?"

차가운 선희의 표정에 화영은 잠시 당황했다가 다시 정신을 차렸다.

"제 소개부터 했어야 했는데, 미안해요. 처음 뵐게요, 선희 씨. 저는 이상윤 경위 아내 유화영이라고 합니다."

상윤의 이름을 들은 선희의 표정이 일순 경직됐다. 선희가 뭐라 말을 하기도 전에 화영이 차가운 바닥에 무릎을 꿇었다.

"선배, 지금 뭐 하는 거예요. 어서 일어나요!"

두 사람의 모습을 지켜보던 찬희가 달려와 화영을 말렸다. 하지만 화영은 선희 앞에 무릎을 꿇은 채 애원했다.

"선희 씨 제발 도와주세요."

"……."

"우리 남편이 억울하게 죽었어요. 클럽 BB를 수사하다가."

"그래서요?"

"도와주세요."

"내가 당신을 어떻게 도울 수 있죠?"

"선희 씨가 클럽 BB 마담이었다는 거 알아요. 클럽 BB와 관련해 많은 정보들을 가지고 있다는 것도."

"하, 그 정보를 팔아라?"

선희는 코웃음을 쳤다.

"지금 검찰 쪽과 다시 클럽 BB 수사 중이에요. 선희 씨가 도와만 주신다면……."

"그랬다가 그쪽 수사가 실패하면요? 그럼 나와 내 동생의 안전은 누가 지켜 주는데요? 경찰? 검찰?"

"……."

"우릴 지켜 줄 사람은 아무도 없어요. 이상윤 경위 아내라면 잘 아시겠네, 경찰 검찰 할 것 없이 모두 다 한통속인 거. 난 나와 내 동생을 지키는 것만도 벅차요. 당신 남편의 억울한 죽음 따위 생각 할 여유가 없다고."

"선희 씨!"

계속 가만히 있던 찬희가 화난 목소리로 소리쳤다. 하지만 선희는 아랑곳하지 않고 화영을 향해 다시 또박또박 말을 이었다.

"진실을 알면 지금보다 훨씬 더 힘들어질 거예요. 그러니까 이만 포기하세요. 다 그쪽 위해서 하는 말이니까. 그럼 이만."

선희는 뒤도 돌아보지 않고 차에 올라탔다. 그리고 손으로 화영의 눈물을 닦아 주며 다정하게 위로하는 찬희를 백미러로 물끄러미 바라보다가 시동을 걸었다.

막 출발하려는데, 조수석 문이 벌컥 열리더니 찬희가 올라탔다. 선희가 깜짝 놀라 돌아봤다. 축 처진 어깨로 힘없이 건물 안으로 들어가는 화영의 뒷모습을 보며 찬희는 한숨을 내쉬고 있었다.

그 모습에 선희가 날카롭게 말했다.

"내려. 누가 맘대로 내 차에 타래?"

찬희는 들은 척도 하지 않고 핸드폰 사진을 뒤적이더니 선희에게 내밀었다. 액정 속 해맑게 웃고 있는 아이 사진을 본 선희의 눈빛이 살짝 흔들렸다.

"상윤 선배 딸이에요. 이름은 이하랑. 예쁘죠?"

"……."

"하랑이는 아직도 아빠가 살아 있는 줄 알아요. 화영 선배가 그러더라고요. 나도 내 남편이 왜 죽었는지, 어떻게 죽었는지 모르는데 아이한테 어떻게 설명을 하느냐고."

"……."

"선희 씨……."

찬희가 나지막한 목소리로 선희를 불렀다.

그녀는 말없이 창문을 내린 후 담배를 입에 물었다. 담배에 불을 붙이려는데 습한 공기 때문인지, 아니면 다른 이유 때문인지 잘 되지 않았다. 선희는 신경질적으로 담배를 바닥에 팽개친 후 핸드백에서 펜을 꺼냈다.

"손 줘."

찬희가 어리둥절한 표정으로 가만히 있자, 선희는 찬희의 손을 잡아당겨 손바닥에 뭔가를 적기 시작했다.

"이용택 의원 비리 자료가 들어 있는 해외 계정과 비밀번호야. 그 안에 이용택 의원이 이상윤 경위를 죽이라고 정석범에게 지시를 내린 녹취 파일이 들어 있어."

"이용택 의원이요? 그 사람이 상윤 선배를 왜……."

"이상윤 경위가 이용택 의원 아들 수사 담당이었거든. 아들이 대규모 마약 조직과 연관되어 있다는 사실을 알고 파헤치다가 이용택 의원이 클럽 BB 보스라는 사실까지 알게 된 모양이야. 그러다 클럽 BB 압력에 의해 검찰은 빠지고, 이상윤 경위 혼자 남아서 수사하다가 사고가 난 거지."

"……."

"유화영 씨에게 알려 주면서, 이용택을 보내려면 지금이 적기라고도 전해 줘. 법조계 인맥을 꽉 잡고 있는 서 장관도 지금 이용택을 어떻게 처리할까 고민 중이니까."

"고마워요. 알려 줘서."

"자, 이제 됐지? 내려."

찬희는 내리려다 말고 다시 문을 닫았다. 그리고 잠시 머뭇거리다 입을 열었다.

"왜 내 전화랑 문자 다 씹어요?"

"너랑 내가 연락 주고받을 사이냐?"

"못 할 건 없죠."

"까불지 말고 내려라."

"저기……. 저녁은 먹었어요? 안 먹었으면 올라가서 먹고 갈……."

"너나 많이 먹어."

"밥 싫으면 조용한 데 가서 저랑 둘이 가볍게 맥주나 한잔……."

선희는 대답 대신 찬희를 째려봤다. 하지만 찬희는 꿋꿋하게 선희와 대화를 이어 나가려고 애썼다.

"근데 여긴 왜 온 거예요?"

"서태홍 찾으러."

"형, 경찰서에 없대요?"

"어. 외근 나갔다더라. 전화도 안 받아."

"설미 씨는요? 둘이 같이 있는 거 아니에요?"

"설미는 집에 혼자 있어. 아무튼 너도 서태홍 지금 어디 있는지 모른다는 거지?"

"태홍이 형 아마 오늘 낮에 서울 갔다 왔을 텐데. 차채경 검사 만나러. 잠깐만요."

찬희는 채경에게 전화를 걸었다. 곧 채경이 전화를 받았고 찬희는 오늘 낮에 태홍을 만났냐고 그녀에게 물었다.

"형 혼자 어딜 갔다고요? 그게 몇 시쯤이죠?"

찬희는 심각한 얼굴로 채경과 통화를 했다. 찬희가 전화를 끊자 선희가 불안한 눈빛으로 쳐다봤다.

"왜? 무슨 일이야?"

찬희가 대답하지 않고 생각에 잠겨 있자 선희가 재촉했다.

"무슨 일인데? 서태홍이 혼자 어딜 갔는데?"

잠시 말을 고르던 찬희가 침착하게 말했다.

"선희 씨. 10년 전에 설미 씨 납치한 사람 혹시 누군지 알아요?"

"……그건 왜?"

"당시 서 장관님 운전기사였는데, 턱 밑부터 귀까지 상처가 길게 있고, 파주 아저씨라고들 불렀대요. 그 남자 알아요?"

"……."

"형 오늘 그 사람 만나러 갔대요."

"뭐?"

선희의 안색이 창백해졌다. 그런 선희를 본 찬희는 확신했다. 선희가 파주 아저씨를 알고 있다는 사실을.

"선희 씨, 왜 그렇게 놀라요?"

"위험해……."

"위험하다니, 누가요? 태홍이 형이요? 형은 괜찮을 거예요. 선희 씨도 알다시피 파주 아저씨는 서 장관님 사람인데, 설마 서 장관님이 손주를 어떻게 하겠어요?"

찬희의 말이 끝나기도 전에 선희는 차에 속력을 높였다. 차는 엄청난 속도로 도로를 질주했다. 찬희가 놀란 얼굴로 선희를 쳐다봤다.

"갑자기 어딜 가는 거예요? 선희 씨!"

선희가 다급한 얼굴로 말했다.

"그자는 서 장관 사람이 아니야. 이용택 의원 사람이지."

□　■　□

채경을 만나고 서초동 저택으로 돌아온 서 장관의 얼굴은 그 어느 때보다 평온했다.

"이래서 가정 교육이 중요한 게지……."

채경의 부친은 재계 서열 3위 안에 들어가는 모 그룹의 회장, 모친은 대한민국에서 제일 큰 사학 재단의 이사장이었다. 채경 본인도 그렇고, 배경도 그렇고 그녀는 여러 면에서 태홍의 짝으로 모자람 없는 재원이었다.

서 장관이 흡족한 미소를 짓고 있는데, 노크 소리와 함께 최 비서가 서재로 들어왔다.

"어르신. 영상 통화입니다."

모처럼 편히 쉬고 있던 서 장관은 못마땅한 기색으로 TV를 켰다.

— 영감님. 오래간만입니다.

TV 화면엔 이용택 의원이 소파에 앉아 다리를 꼰 채 비웃음을 짓고 있었다. 그 모습을 보자마자 서 장관은 최 비서를 향해 역정을 냈다.

"쓸데없는 통화는 알아서 차단하라고 내 그렇게 일러뒀건만. 당장 끊어!"

서 장관은 곧바로 자리에서 일어나 나가려 했다.

"어, 어르신! 태홍 군이⋯⋯."

최 비서가 태홍의 이름을 언급하자 서 장관의 시선이 다시 TV로 향했다. 순간 서 장관의 다리가 휘청거렸다.

화면엔 바닥에 정신을 잃고 쓰러져 있는 태홍의 모습이 비치고 있었다. 심지어 그의 얼굴과 몸은 피로 얼룩져 있었다.

"이용택 네 이놈!"

애써 몸을 가눈 서 장관이 두 눈을 치켜뜨고 소리쳤다. 그러자 화면이 바뀌고 다시 이용택의 모습이 나타났다. 그는 아까보다 한층 비열한 웃음을 지었다.

— 아이고, 귀청이야. 우리 영감님 기운 한번 좋으셔. 자, 진정하시고. 이제 협상을 시작해 볼까요? 직접 보셨다시피 손주분 상태가 썩 좋지 않습니다.

"감히 누굴 건드려! 내가 자네를 가만둘 것 같은가?"

— 지금 영감님이 누굴 협박할 처지는 아닐 텐데요. 자자, 시간 없으니 본론만 하죠. 내일 긴급 기자 회견 여셔서, 이번 대선 불출마 선언하시고, 나 이용택이를 지지한다고 발표하세요. 그러지 않으면 손주분 영영 못 볼 겁니다.

"그 입 닥쳐!"

— 그럼, 영감님. 내일을 기대하겠습니다.

"잠깐!"

서 장관의 외침과 동시에 영상 통화 연결이 끊어졌다. 까만 화면을 넋 놓고 보고 서 있던 서 장관은 분노로 손을 바르르 떨었다.

"최 비서!"

"네. 어르신."

"차 검사한테 아까 얘기한 대로 이용택이 당장 처리하라 지시하고, 바로 차 대기시켜."

지시가 떨어지기 무섭게 최 비서가 바깥으로 달려 나갔다.

서 장관은 최 비서가 시동을 걸어 둔 차에 올라탔다.

"클럽 BB로. 서둘러."

차는 전속력으로 도로를 내달렸다. 그렇게 쉬지 않고 달려 어느새 전방에는 뿌연 구름에 가려진 북악산이 보였다.

□　■　□

차가 흔들릴 때마다 설미의 몸도 같이 흔들렸다. 어둠 속에서 그녀의 몸은 더욱 움츠러들었다. 하지만 지금 가장 두려운 건, 어둠이 아니라 이대로 영영 태홍을 만나지 못할 수도 있다는 사실이었다.

출발한 지 꽤 시간이 흐른 것 같은데 차는 멈출 줄 몰랐다.

'도대체 이 차는 어디로 향하고 있는 걸까?'

어디든 좋으니 그곳에 태홍이 안전하게 있었으면 좋겠다는 생각을 했다.

"예. 도착했습니다. 물건은 아직 확보하지 못했습니다."

얼마나 지났을까. 이윽고 차가 멈추더니 남자의 목소리가 들려왔다. 남자는 또 누군가와 통화 중인 듯했다.

누구와 통화를 하는 걸까? 서 장관? 이 남자는 10년 전에도, 지금까지도 서 장관의 지시를 받아 물건을 찾아다니는 걸까?

설미는 남자의 말에 더욱 귀를 기울였다.

"끔찍이 아끼던 손자가 곧 죽게 생겼으니, 서 장관도 이대로 가만

있진 않겠죠. 마지막까지 발악을 할 테니, 우리는 그 틈을 노리면 됩니다."

설미는 자신의 귀를 의심했다. 대화 내용이 이상했다. 분명 서 장관의 하수인이 할 소린 아니었다. 하지만 그보다 설미를 불안하게 한 것은.

'곧 죽게 생겼다니, 누가? 서 장관님 손자는 한 명뿐인데…….'

설미는 두 눈을 꽉 감았다.

'아니야. 아닐 거야……. 잘못 들은 걸 거야.'

마지막으로 보았던 태홍의 아픈 얼굴이 떠올랐다. 밤새 비를 맞으며 외로움과 추위에 떨었을 그를 생각하니, 심장이 산산조각 나는 듯했다.

오늘 새벽에 그를 붙잡았다면, 그를 보내지 않았다면……. 이 모든 일이 자신 때문에 벌어진 것만 같았다.

설미가 자괴감에 빠져 고통스러워하는 그때.

철컥.

트렁크 문이 열렸다. 그 소리에 놀란 설미가 눈을 떴다.

"집에 없길래 어딜 도망갔나 했더니, 제 발로 잘 굴러들어 왔군. 그렇지 않아도 니 언니가 하도 말을 안 들어서 대신 널 찾고 있던 중이었는데."

설미는 침착하려 애쓰며 트렁크에서 나왔다. 낮은 천장과 형광등 불빛. 주변을 둘러보니 지하 주차장인 듯했다. 설미는 무표정한 얼굴로 남자를 쳐다봤다.

"오래간만이다. 나 기억하지?"

턱 밑에 난 상처가 제일 먼저 눈에 들어왔다. 남자는 설미의 시선이 자신의 턱 쪽을 보고 있는 것을 눈치채고는, 상처를 어루만지며 비릿하게 웃었다.

설미는 남자를 똑바로 보며 입을 열었다.

"그럼요, 기억하죠. 아주 똑똑히."

"그나저나 많이 컸구나."

"10년이나 지났으니까."

설미는 10년 전 자신을 납치했던 남자와 마주하고도 전혀 두려운 마음이 들지 않는 자신을 발견했다. 그녀를 사로잡고 있는 것은 두려움이 아닌, 태홍의 안부를 확인해야 한다는 절박함이었다. 설미의 머릿속엔 그 생각밖에 없었다. 어떻게 하면 태홍을 구할 수 있는지.

"10년 동안 계속 같은 물건을 찾고 계셨나 봐요?"

"……."

"찾으시는 그 물건, 지금 저한테 있어요."

남자의 표정이 굳어졌다. 하지만 믿지 못하겠다는 눈치였다.

설미는 다시 한번 힘주어 얘기했다.

"10년 전. 서 장관님 서재에서 촬영된 동영상이 담긴 메모리 카드. 저한테 있다고요."

"그걸 니가 어떻게……?"

"여러모로 쓸모가 많은 물건인 것 같아서 제가 언니한테서 훔쳤거든요."

남자의 눈빛이 번뜩이더니, 크게 소리쳤다.

"물건 지금 어딨어!"

"그냥은 못 알려 주……."

"죽여 버리기 전에 말해. 말하라고!"

남자는 갑자기 달려들어 설미의 목을 조르며 협박하기 시작했다. 남자의 악력이 강해질수록 설미는 점점 숨이 막혀 왔다.

하지만 설미는 정신을 놓지 않으려 애쓰며 화영에게 배운 대로, 이를 악물고 있는 힘껏 남자의 정강이를 걷어찼다.

남자는 윽, 소리를 내더니 손을 풀고 뒤로 물러났다. 설미는 남자를 노려보며 헉헉대는 숨을 겨우 골랐다.

"태홍 씨 당장 내 눈앞에 데리고 와. 안 그럼 그 물건 서 장관 쪽에 넘길 거야. 아까 통화하는 거 들어 보니까 물건이 서 장관한테 넘어가면 안 되는 것 같던데, 맞지?"

"뭐? 누구한테 뭘 넘겨? 이 계집애가 죽고 싶어서 환장했군."

"내가 지금 죽는 게 무서울 것 같아? 죽이고 싶음 죽여. 대신 내가 죽으면 물건은 평생 못 찾을 거야."

설미는 다부진 눈빛으로 지지 않고 대꾸했다. 다시 달려들려던 남자가 잠시 멈칫하던 그때.

쾅!

갑자기 비상구 문이 열리고, 검은 정장을 입은 사람들이 서류 박스를 들고 우르르 달려 나왔다. 그들 중 한 명이 남자를 향해 소리쳤다.

"곧 검찰에서 들이닥칠 겁니다. 의원님께서 일단 피하시랍니다."

"인질은?"

다시 문이 열리고 한 남자가 누군가를 업고 나왔다. 의식을 잃은 태홍이 남자에게 업힌 채 옮겨지고 있었다.

"태홍 씨!"

태홍을 발견한 설미가 달려갔다. 하지만 남자들에 의해 앞이 막히고 말았다.

"비켜! 놔! 놓으라고!"

남자들이 그녀를 막느라 강하게 밀쳤다. 넘어진 설미는 바닥을 기어서라도 태홍에게 가까이 가려고 했지만 역부족이었다.

"태홍 씨! 눈 떠요! 태홍 씨! 서태홍! 눈 뜨란 말이야!"

설미가 절규하듯 태홍의 이름을 불렀다. 하지만 피 묻은 얼굴, 마치 죽은 사람처럼 창백한 모습의 태홍은 결국 눈을 뜨지 못한 채 차에 실렸다.

"물건 드릴게요! 태홍 씨랑 같이 가게 해 주세요. 제발요……. 제발!"

설미가 울며 애원하기 시작했다. 이대로 태홍을 놓칠 수는 없었다.

남자가 그녀의 모습을 가만히 내려다보고 있는데 천장에 달린 경고등이 붉은빛을 내며 요란하게 울리기 시작했다. 다급해진 남자는 설미의 명치를 때려 기절시켰다. 그리고 다시 트렁크 안에 가둔 후 재빨리 자신도 차에 올라탔다.

남자가 탄 차가 주차장을 빠져나가자 간발의 차이로 검정 승용차들이 속속들이 도착했다. 하지만 태홍을 태운 차는 때를 놓치고 검찰 차량에 막혀 버렸다.

검정 승용차에서 검찰 수사관과 형사들이 잇따라 내렸다. 그중엔 채경도 있었다. 형사들은 도주하려는 이용택 의원의 수하들을 하나하나 잡아 수갑을 채우기 시작했다.

"차 검사!"

비상문을 열고 이용택 의원이 달려 나왔다. 채경은 그를 향해 허리 숙여 깍듯하게 인사했다.

"의원님 안녕하셨어요."

"올라가서 나랑 천천히 얘기 좀 합시다."

채경은 들은 척도 하지 않고 핸드폰을 꺼내더니 녹음 파일 하나를 재생시켰다. 방금 전 화영이 전송해 준 파일이었다.

— 이상윤 경위라고 했던가? 처리해. 방법은 많잖아. 차로 밀든지, 약을 먹이든지…….

녹음 내용을 들은 이용택 의원의 얼굴이 하얗게 질렸다.

"그…… 그게…… 차 검사! 무슨 오해가 있는 것 같은데."

"도주와 증거 인멸 우려가 있어 긴급 체포 합니다."

채경이 차갑게 말하자 옆에 있던 형사 한 명이 이용택 의원의 팔에 수갑을 채웠다.

"차 검사! 너, 서 장관 지시받고 온 거지? 인마 정신 차려. 너도 그 인간한테 이용당하는 거야!"

"맞다, 의원님. 오는 길에 제가 재미난 소식을 하나 들었는데요. 문화경찰서 오형석 경사가 자수했답니다."

"누구? 그게 누군데!"

"그건 가서 얘기하시죠."

이용택 의원은 형사에게 끌려가면서도 계속 소리를 지르며 발악했다. 채경은 무시하고 주변을 둘러보았다. 이쪽 상황은 거의 정리가 된 것 같았다.

그런데 그때 갑자기 주차장 출입구 쪽이 소란스러워졌다.

"차 검사님! 이리 좀 와 보세요!"

출입구 쪽에 승용차 한 대가 멈춰 세워져 있었다. 대수롭지 않게 차로 향한 채경은 뒷좌석에 피투성이가 된 채 쓰러져 있는 태홍을 발견하곤 경악했다.

"구급차! 빨리 구급차 불러요!"

□　■　□

선희가 차를 달려 도착한 곳은 집이었다. 그녀를 따라온 찬희는 열려 있는 현관문 사이로 집 안을 보더니 표정이 굳어졌다.

"위험하니까 비켜요. 내가 먼저 들어갈게요."

찬희는 선희를 자신의 뒤로 숨긴 후 안으로 들어갔다. 집 안은 그야말로 엉망이었다. 서랍이란 서랍은 모두 열려 있었고, 온갖 짐들이 여기저기 널브러져 있었다.

선희는 찬희를 밀치고 안으로 달려 들어갔다.

"설미야! 임설미!"

선희는 온 집 안을 뛰어다니며 설미를 찾았지만 어디에도 없었다. 선희가 사색이 되어 비틀거리자 찬희가 부축했다.

"괜찮아요?"

"그놈이야. 그놈이 우리 설미를 데려간 게 분명해."

"그놈이라면……. 태홍이 형이 만나러 갔다는 그 파주 아저씨?"

찬희의 얼굴이 더욱 어두워졌다. 마찬가지로 반쯤 넋이 나가 있던 선희가 갑자기 주방으로 달려가 칼을 가져왔다.

"뭐 하는 거예요?"

칼을 본 찬희가 놀라 물었지만, 선희는 대답 대신 방에 굴러다니는 곰 인형을 집어 들더니 다짜고짜 칼로 찢어 버렸다.

쫘아아악.

천이 뜯기는 소리와 함께 하얀 솜이 사방으로 날렸다. 선희는 찢긴 부분에 손을 넣어 무언가를 찾는 듯 헤집었다.

"그건……."

잠시 후, 곰 인형에서 빠져나온 선희의 손에는 메모리 카드가 쥐여 있었다. 오늘 집에 도착하자마자 설미가 곰 인형을 안고 초조해하던 모습을 떠올리며 선희는 메모리 카드를 쥔 손에 꽉 힘을 주었다.

□　■　□

정치, 사회, 문화, 언론 등 각계각층 원로들 몇몇이 한자리에 모였다. 그들이 앉은 테이블 중심에는 서 장관이 있었다.

"더 이상 시간 끌 게 뭐 있나. 이용택 영구 제명 하시죠."

"이 의원이 가만있지 않을 텐데요. 검찰 쪽 입막음은 서 장관님이 알아서 하신다고 해도, 그자가 언론에라도 흘렸다간 우리는 물론 각하께서도 위험합니다."

"그래서 말인데, 이번 대선은 장관님께서 이 의원께 양보를……."

"허허, 이용택이 어디 대통령감입니까? 그건 절대 안 될 말입니다."

서 장관의 말에 일부는 동의하듯 고개를 끄덕였고, 또 다른 일부는 탐탁지 않은 표정으로 반박했다.

"이용택 의원 말로는 10년 전 장관님께서 큰 실수를 하셨다던데……. 증거 영상도 있다는 소문이 있어요."

"그건 곧 처리할 테니 걱정 마십시오."

"사안이 사안이니만큼, 조심하셔야 합니다. 각하께서도 걱정이 많으십니다."

"내 알아서 잘 마무리 지을 테니, 이용택 일은 내게 맡기시고, 모두 각자 하시던 대로 다음 일을 준비하시면 됩니다."

그러면서 서 장관은 자리에서 일어났다.

"20년 전 우리가 이곳에서 했던 약속을 잊지 마십시오. 그 약속을 어기는 날엔 우리 다 같이 저승으로 가는 겁니다."

매서운 눈초리로 마지막 말을 남기곤 서 장관은 서둘러 밖으로 나갔다.

자리에 남은 원로들은 서로 눈빛을 주고받았다.

"어떻게 할까요?"

"이용택이 나아요. 그 인사 약점이 훨씬 많으니, 우리가 조종하기도 수월하고."

"맞습니다. 서 장관은 고집이 너무 세서 탈이죠. 지금도 우리가 이렇게 컨트롤하기 어려운데……. 보내 버립시다."

의견을 한데 모은 원로들은 서 장관을 날려 버릴 묘수가 없는지 머리를 맞대고 고민했다. 그러다 누군가 조용히 손을 들고 말했다.

"서 장관한테 경찰 손주가 하나 있던데. 그 아이, 지금 어디 있습니까?"

□ ■ □

구급차에 실려 병원으로 옮겨진 태홍은 응급 수술을 받았다. 총상 때문에 피를 많이 흘렸지만, 다행히 생명에는 지장이 없어 회복실에 잠시 머물다가 병실로 올라갔다. 의사가 수술은 잘되었다고 했지만, 태홍은 여전히 의식이 돌아오지 않았다.

채경은 태홍의 곁을 지키며 기도했다.

'태홍아, 제발 눈 좀 떠. 제발 죽지만 마. 내가…… 내가 가질 수 없어도 좋으니, 제발 살아만 줘.'

채경은 태홍이 무사히 깨어나기만을 간절히 바라며 조심스레 손을 뻗어 그의 얼굴을 만지려는데.

드르륵. 드르륵.

핸드폰 진동음이 그녀를 방해했다. 부장 검사의 호출이었다. 채경은 태홍이 깨어날 때까지 계속 곁에 있고 싶었지만, 이용택 의원 관련해 해야 할 일이 많았다.

그녀는 떨어지지 않는 걸음을 겨우 옮겨 병실 밖으로 나왔다.

"저 잠깐 검찰청 갔다 올 테니까, 서 경위 의식 돌아오면 바로 연락 좀 주세요."

"네. 다녀오십시오."

채경은 병실 앞을 지키고 있는 조사관에게 태홍을 부탁한 후 병원을 빠져나갔다.

　잠시 후. 조사관은 주변을 살피며 아무도 없는 것을 확인하곤, 조용히 병실 문을 열고 안으로 들어갔다.

　침대 쪽으로 조심스럽게 걸어간 그는 의식이 없는 태홍의 목을 향해 손을 뻗었다. 그리고 그대로 손에 힘을 주어 목을 조르기 시작했다.

　태홍의 얼굴이 서서히 고통스럽게 구겨졌다.

　눈꺼풀이 파르르 떨리던 순간, 번쩍 그의 눈이 떠졌다.

　"크헉⋯⋯."

　태홍이 고통에 찬 신음을 흘렸다. 금방이라도 숨이 넘어갈 듯 괴로워했다. 조사관은 더더욱 세게 목을 졸랐다.

　문을 열고 누군가 들어온 것도 모른 채.

　태홍은 점점 흐려지는 시야 사이로 자신의 목을 조르는 조사관의 살기 띤 얼굴과 그 뒤로 천천히 다가오는 하얀 운동화를 보았다.

　'저 운동화. 어디서 봤더라⋯⋯.'

　태홍이 운동화의 주인을 떠올리는 그때였다.

　파지직! 쿵!

　조사관의 몸이 그대로 뒤로 넘어갔다. 외마디 비명조차 지르지 못하고 조사관은 바닥에 쓰러져 버렸다.

　"콜록. 콜록."

　거칠게 기침을 하는 태홍을 보며 권 팀장은 전기 충격기를 주머니에 넣었다.

　"서 경위, 정신이 들어? 괜찮아?"

　그는 겨우 고개를 끄덕이며 상체를 일으켰다.

　"윽."

가슴 쪽에 커다란 통증이 느껴졌다. 그제야 자신이 총상을 입었고, 수술받았음을 깨달았다.

"걸을 수 있겠어?"

봉합한 부위가 터질 것같이 아팠지만, 움직일 수는 있을 것 같았다. 태홍은 다시 고개를 끄덕인 후 침대에서 내려왔다. 그가 비틀거리자 권 팀장이 재빨리 부축했다.

"어, 어떻게…… 된…… 겁니까."

분명 폐공장에서 쓰러졌던 자신이 어떻게 병원까지 오게 됐는지, 방금 자신을 죽이려던 저 남자는 누군지, 권 팀장은 또 어떻게 여기에 나타났는지 혼란스러웠다.

"여긴 위험해. 일단 여기서 나가서 얘기하자고."

태홍과 권 팀장은 사람들의 눈을 피해 병원 지하 주차장으로 향했다. 뒷좌석에 태홍을 눕힌 후 권 팀장은 차에 올라타 운전대를 잡았다.

"가만있어 보자. 어디로 가야 하나. 서 경위. 여기 서울인데 어디 피신할 만한 곳 없어?"

"……제 별장이 있습니다. 그쪽으로…… 가시죠."

태홍은 부암동 주소를 천천히 불러 주었다.

□ ■ □

차를 달려 별장 앞에 도착한 권 팀장은 입을 떡 벌렸다.

"서 경위 진짜 부자였네?"

"빨리 들어가서…… 상황이나 알려 주시죠."

"아파도 싸가지 없는 건 여전하구먼. 죽을 뻔한 걸 구해 줬는데 고맙단 소리도 한마디 안 하고."

권 팀장이 볼멘소리를 하자, 태홍은 권 팀장을 향해 꾸벅 고개를 숙였다.

"됐죠?"

"그래. 됐다, 됐어!"

권 팀장은 투덜거리며 태홍을 부축해 별장 안으로 들어갔다.

태홍은 소파에 앉자마자 물었다.

"어떻게 된 일입니까."

"일단 물이라도 좀 마시고 시작하자고."

권 팀장은 복잡한 얼굴이었다. 주방으로 가서 물을 마신 후 다시 돌아온 권 팀장의 표정이 진지했다.

"내가 오늘 오 형사 자수시켰어. 그 얘기 하려고 서 경위한테 전화했는데 안 받더라고. 술도 당기고 해서 서 경위랑 한잔할 겸 자네 집으로 갔는데, 마침 서 경위 차가 딱 도착하지 뭐야."

"……."

"타이밍 한번 죽인다 생각하는데, 차에서 서 경위가 아니라 웬 낯선 남자가 내리더라고. 그래서 얼른 숨었지."

권 팀장은 자신이 목격한 것들을 하나도 빠짐없이 태홍에게 얘기했다.

"그런데 갑자기 설미 씨가 그 차 트렁크에 숨는 거야."

"설미가 어딜 숨어요?"

태홍이 자리에서 벌떡 일어나더니, 이내 가슴께를 붙잡고 고통스러워했다. 권 팀장이 죄책감 깃든 얼굴로 말했다.

"설미 씨 구하려고 내가 서 경위 차를 미행해서 서울까지 왔는데, 난데없이 검찰이 들이닥치는 바람에 놈을 놓치고 말았어. 그 뒤에 난 서 경위가 검찰들이랑 병원 실려 가는 거 보고 따라온 거고. 근데 병실 지키고 있는 놈이 없더라고. 그래서 이상하다 싶어서 들어갔……."

"그 얘긴 됐고요. 설미는요?"

"휴……. 검찰들이 도착하기 직전에 서 경위 차가 빠져나갔어. 아무래도 설미 씨는 그놈이 데리고 간 것 같아."

권 팀장이 말을 마치자마자 태홍은 가슴을 움켜잡은 채 현관으로 향했다. 하지만 권 팀장이 앞을 막아섰다.

"그 몸으로 어딜 가려고!"

"비키세요. 설미 찾아야 해요."

"어딜 가서 무슨 수로 찾게! 일단 앉아서 차분히 생각을 좀 해 보자고. 설미 씨를 데려간 놈이 누군지부터 알아봐야지. 서 경위를 이렇게 만든 놈도."

"설미 데려간 그놈, 어떻게 생겼어요?"

"턱 밑부터 귀까지 이어진 상처가 있더군."

"같은 놈이에요. 그놈이 날 이렇게 만들고 설미도 데려갔어요."

"뭐?"

"저희 할아버지 밑에서 일하던 놈이에요. 그땐 파주 아저씨라고 불렀죠."

"세상에! 대체 그 클럽 BB는 뭐 하는 집단이길래, 서 장관님은 본인 손주까지 이 지경으로……."

권 팀장이 말끝을 흐렸다. 태홍이 날카롭게 쳐다보고 있었기 때문이다.

"왜 그렇게 봐?"

"역시 알고 계셨네요."

"……."

"할아버지가 클럽 BB와 관련 있는 거. 알고 계셨던 거죠?"

권 팀장은 잠시 침묵하다 어렵게 입을 열었다.

"내가 전에 선배 한 명이 정치인들 비자금 수사하다가 행방불명

됐다는 얘기 한 적 있지?"

"그 수사가…… 클럽 BB였습니까?"

"맞아."

"……."

"선배가 어느 날 잔뜩 술에 취해서 나한테 이상한 소리를 하더라고. 이 나라 대통령들이 다 허수아비라고. 진짜 실세는 클럽 BB라고. 클럽 BB가 어느 정도냐 하면……. 김양수 알지? 역대 최고라는 대통령. 근데 임기 당시 그 김양수의 아들이 사람을 죽인 거야."

"예? 그런 얘기는 들은 적이……."

"당연히 없겠지. 밖으로 알려지지 않았으니까. 그걸 덮어 준 게 바로 클럽 BB야. 대신 죄 없는 치매 노인 하나를 살인자로 만들었고. 당시 살인 누명을 쓴 그 노인에게 사형 선고를 내린 판사는 다음 해 법무부 장관이 됐다지?"

"……."

"그리고 바로 그해에 노인은 사형당했어. 우리나라 마지막 사형수로도 유명한…… 강철규."

태홍의 표정이 굳었다. 그도 마지막 사형수 강철규를 잘 알고 있었기 때문이다.

금방이라도 쓰러질 듯 불안하게 서 있는 태홍을 안쓰럽게 쳐다보던 권 팀장이 조심스레 물었다.

"그만할까?"

"……아니요. 계속하세요."

"그때 그 비밀을 알고 있는 사람이 총 여섯. 언론사 사장, 여당 의원, 검사…… 각계각층에 한 명씩 있었지. 그들은 조약을 하나 만들었어. 비밀을 유지하기 위해선 자기네들이 권력을 이어 나가야 했으니까."

"……."

"투표로 순서를 정했대."

"설마……."

"맞아. 대통령 순서. 원래대로라면 이번이 서 장관님 차례인데, 이용택 의원이 끼어든 거지. 아, 이용택 의원은 20년 전 강철규의 변호인이었어."

딩동. 딩동.

그 순간 초인종이 울렸다. 놀란 권 팀장이 재빨리 인터폰을 확인했다.

"그 친구네. 광수대."

화면 속 찬희의 얼굴을 알아보고 권 팀장이 문 열림 버튼을 눌렀다. 곧 현관문이 열리고 찬희, 그리고 그를 따라 선희가 들어왔다.

"서태홍. 설미가 없어졌어. 우리 설미가 없어졌다고……."

선희는 들어오자마자 바닥에 주저앉아 버렸다. 찬희는 한숨을 길게 내쉬었다.

"형, 여기 있었네요. 연락이 안 되길래 혹시나 해서 와 봤는데, 다행이에요."

그러면서 태홍을 유심히 살피던 찬희가 심각해졌다.

"차 검사님한테 들었어요. 총상 입었다면서요. 병원에 가 보니까 거기도 난리가 났던데. 도대체 어떻게 된 거예요?"

"……."

태홍은 아무 대답도 할 수가 없었다. 사방이 적인데, 왜 자신이 그들의 표적이 된 건지 알 수 없었다.

역시, 할아버지 때문일까?

또 할아버지가 발목을 잡는다. 할아버지로 인해 또 그녀가 위험해졌다. 할아버지를 향한 적대감을 잔뜩 드러낸 채 총을 쏘던 그놈.

대체 그놈의 정체가 뭘까?

도무지 정체를 알 수 없는 그놈에게 설미가 붙잡혀 있다고 생각하니 태홍은 미쳐 버릴 것 같았다.

얼굴이 하얗게 질린 태홍 대신 권 팀장이 찬희를 향해 말했다.

"파주 아저씨라는 그놈이 설미 씨 데려갔어요. 그놈부터 잡아야 해요."

권 팀장의 말에 선희가 비틀거리며 벽을 잡고 간신히 일어났다. 그리고 태홍을 쳐다봤다. 태홍과 선희는 서로를 응시했다. 두 사람 사이의 긴장감과 함께 거실에 정적이 흘렀다.

서늘한 침묵 끝에 태홍이 선희를 향해 물었다.

"넌 그놈이 누군지 알고 있지?"

"……."

"누구야?"

선희가 천천히 대답했다.

"강명철."

"……."

"마지막 사형수 강철규의 아들."

27화

　강명철은 초조한 얼굴로 백미러를 연신 흘끔거렸다. 뒤를 바짝 쫓아오는 검은색 차. 운전석에 앉은 선글라스를 낀 남자는 누구의 사주를 받은 자인지 알 수 없었다. 하지만 분명한 건 누가 됐든 이번에 잡히면 자신은 목숨을 부지하긴 어려울 거라는 사실이다.

　핸들을 잡은 강명철의 손에 힘이 들어갔다. 그의 눈은 기필코 살아야 한다는, 삶에 대한 의지로 가득했다.

　끼이익.

　그는 갑자기 핸들을 꺾어 유턴했다. 순식간에 벌어진 일이었다.

　급작스럽게 끼어든 강명철의 차 때문에 도로는 엉망이 되었고, 그 틈을 타 죽기 살기로 도망친 강명철은 추적을 피해 겨우 고속도로에 진입했다.

　한참을 달려 도착한 곳은 어느 한적한 시골 마을.

파주에서 태어나고 자랐다고 해서 '파주 아저씨'라고 불렸지만, 사실 강명철은 파주엔 가 본 적도 없었다. 이곳 양주가 진짜 그의 고향이었다.

오랜만에 찾은 고향에서 겨우 안정을 되찾아 가던 강명철이 갑자기 몸을 낮게 숙였다. 마을 곳곳에 검은 양복의 남자들이 돌아다니는 것을 확인한 것이다.

그는 놈들의 손에 잡히지 않겠다는 일념으로 다급히 차를 몰았다.

"미친 새끼들! 여기까지 쫓아오다니!"

졸지에 오갈 데가 없어져 버렸다. 그는 근처 호숫가에 차를 세운 후 분노로 핸들을 내리쳤다.

그동안 방패막이 역할을 해 줬던 이용택 의원도 검찰에 잡혔을 것이다. 그리고 그자는 살아남기 위해 클럽 BB에 굴복할 게 분명했다.

강명철은 이용택을 믿지 않았다. 그가 자신을 서 장관을 견제하고 압박할 도구로 사용했다는 사실을 모르지 않았기 때문이다.

그저 자신은 정치적 소모품에 불과하다는 사실을 알고 있음에도 이용택의 발밑에 납작 엎드려 있었던 것은 서 장관을 향한 복수심 때문이었다. 다른 놈들은 몰라도 서 장관만큼은 무너뜨릴 수 있었다. 그 물건만 있다면.

강명철은 옆 좌석에 뒹구는 소주를 벌컥벌컥 마셨다. 술기운이 오른 그의 눈이 독기로 번뜩였다. 그는 밖으로 나가 트렁크 문을 열었다.

설미는 여전히 의식을 잃은 채 몸을 잔뜩 움츠리고 있었다. 그런 그녀를 가만히 내려다보던 강명철은 마시고 있던 소주를 그녀의 얼굴 위에 부었다.

콸콸콸.

"콜록콜록."

눈을 뜰 힘조차 없는지 그녀의 속눈썹이 파르르 떨렸다. 그러다 마침내 설미의 눈이 살짝 떠졌다. 뿌연 시야로 달빛을 등진 태홍의 얼굴이 보이는 것 같았다.

"태홍 씨……."

설미가 두 눈을 번쩍 떴다. 하지만 방금 전까지만 해도 있던 태홍의 모습은 사라지고 없었다. 대신 얼굴에 독기가 가득 찬 남자가 서 있었다. 그 표정을 보자, 설미는 직감했다. 뭔가 일이 잘못 돌아가고 있다고.

바로 그때.

"으윽!"

강명철이 설미의 멱살을 세게 잡아끌었다. 그는 그녀를 억지로 트렁크 밖으로 끌어내 바닥에 내동댕이쳤다. 하필 바닥에 무릎을 세게 찧은 설미는 악, 소리도 내지 못하고 쓰러졌다. 고통을 견디기 위해 설미는 흙바닥을 기다시피 하며 두 주먹을 꽉 움켜쥐었다.

괴로워하는 설미를 지켜보던 강명철은 그녀 앞에 핸드폰을 던졌다. 그게 무슨 의미인지 몰라 설미가 천천히 고개를 들었다.

그러자 강명철이 싸늘하게 말했다.

"죽고 싶지 않으면 지금부터 내가 시키는 대로 해."

□ ■ □

강명철의 진짜 정체를 알게 된 모두는 놀람과 동시에 각자 수사 방향을 모색하느라 한동안 말이 없었다.

태홍도 마찬가지였다. 그는 최대한 침착해지려고 노력했다. 자칫 잘못된 판단으로 수사에 혼선이 생긴다면 큰일이었다. 설미의 목숨이 달린 문제였기 때문이다.

우선 놈의 의중을 정확히 알아야 한다. 그가 진짜 원하는 것이 뭔지 알아야 놈의 동선을 파악할 수 있다.

태홍이 먼저 이 무거운 정적을 깼다.

"강명철이 메모리 카드를 손에 넣으려고 하는 이유가 뭐야?"

"거기에 강철규의 무죄를 입증할 만한 장면이 녹화되어 있거든."

태홍의 물음에 선희가 바로 대답했다. 지금 말을 가려 할 처지가 아니라는 걸 그녀도 잘 알고 있었다. 선희는 모든 걸 털어놓았다.

"전에 말했었잖아. 그날 서재에서 바로 카메라를 챙기지 못했다고. 그래서 배터리가 닳을 때까지 녹화는 계속되고 있었던 거지."

다시 서 장관의 저택으로 찾아가 카메라를 들고 도망친 선희는 늦은 밤 학교 컴퓨터실에 몰래 숨어들었다. 영상을 확인해야 했다. 제대로 녹화가 되었는지, 그래서 이 영상이 서 장관이 자신을 성추행한 혐의를 인정시킬 만한 증거가 되는지 확인하려면 꼭 봐야 했다.

하지만 엄두가 나지 않았다. 그날 서재에서 있었던 일을 다시금 제 눈으로 보고 싶지 않았기 때문이다. 그녀는 몇 번을 망설이다가 겨우 영상을 재생시켰다.

그런데 세 시간짜리 영상을 맨 앞으로 돌리는 과정에서 이상한 장면을 목격하게 됐다.

— 이용택 변호사한테 들었습니다. 제가 강철규의 아들인 거…… 알고 계셨다고요.

— 쯧쯧. 이걸 어쩌누. 일부러 턱까지 그 모양으로 만들었을 텐데 말이야.

— 다 알면서도 지금껏 나를 옆에 둔 이유가 뭐야! 뭐냐고!

— 원래 적은 가까이에 두는 법이지.

— 뭐라고?

— 마지막으로 할 말 있으면 하고 나가게. 퇴직금은 넉넉히 챙

겨 줄 테니.

— 이 악마 같은 놈! 당신은 이제 끝이야. 10년 전 우리 아버지가 죽였다던 그 여대생 친구가 증언해 주기로 했어. 그날 별장에서 여대생을 죽인 건 우리 아버지가 아니라 김양수 대통령 아들이라고! 당신도 알고 있었지? 알고도 죄 없는 우리 아버지한테 사형 선고를 내려?

— 어차피 얼마 못 가 죽을 노인네였어. 그렇게 생각하면 마음이 한결 편해질 걸세.

— 씨발! 입 닥쳐! 다 죽여 버릴 거야!

— 그동안의 정을 생각해서 내 충고 하나 하지. 이곳을 나가면 조용히 살게나.

— 왜? 증인도 나타났고, 이제야 겁이 난 모양이지?

— 안타까워서 그래. 자네 때문에 아무 죄도 없는 여자가 죽었으니 말이야.

— 그게 뭔 개소리야!

— 자네가 증인석에 앉히려던 그 여자 말일세. 어제 불의의 교통사고로 죽었거든.

— ……!

— 그러니 조용히 살라는 거야. 너도 네 애비나 그 여자 꼴 나기 싫으면.

— 으아악! 아악! 죽여 버리겠어!

남자는 경호원들에게 끌려 나가면서도 끝까지 악에 받쳐 소리를 질렀다.

영상 속 남자의 독기 서린 눈빛이 선희는 마치 실제로 본 것처럼 생생했다. 선희는 자신이 본 것들을 그대로 태홍에게 전했다.

"난 그 영상을 보고 서 장관을 고소하려는 마음을 접었어. 영상 속 강명철처럼 짓밟히고 싶지 않았거든. 그렇게 다 묻고 조용히 살 기로 했는데, 먼저 날 건드린 건 강명철 그 새끼였어."

태홍은 이제야 모든 퍼즐이 맞춰지는 듯했다. 10년 전 강명철이 설미를 납치하고 뺑소니친 것은 할아버지를 위해서가 아니었다. 그 물건이라는 것을 강명철 본인이 꼭 필요로 하기 때문에 죽자고 찾으 러 다녔던 것이다.

"그러다 내가 우연한 기회에 클럽 BB로 들어가면서 물건은 나한 테 아주 엄청난 힘을 실어 줬지. 아무도 날 건드리지 못했어. 클럽 BB에서 서 장관을 다시 만나기 전까진. 그 후로 난 다시 쫓기는 신 세가 됐지만."

선희의 표정이 굳어졌다.

"선희 씨, 클럽 BB엔 어떻게 들어가게 된 거예요?"

옆에서 얘기를 듣던 찬희가 궁금함을 참지 못하고 물었다. 선희는 잠시 망설이다 대답했다.

"어디서부터 얘기를 해야 하나……. 10년 전 내가 화상 치료를 받을 수 있게 후원해 준 단체가 있었는데, 그 단체 설립자가 클럽 BB의 원로 중 한 명이었어. 지금은 돌아가셨고."

"클럽 BB 원로……. 혹시 김양수인가요?"

"맞아. 이 모든 사건의 발단이기도 한 분이시지. 그 뒤로 아들은 결국 약물 중독으로 죽었고, 아들의 죄를 덮기 위해 무고한 노인을 죽인 데 일조한 클럽 BB의 힘은 그분이 어떻게 하지 못할 정도로 덩치가 커져 버렸어. 결국 죽는 날까지 클럽 BB의 노예가 되어 살 다 가셨지."

"아주 나라가 개판이구먼!"

권 팀장은 듣고만 있어도 화병이 날 것 같았다. 자신도 이런데,

이 엄청난 일에 친할아버지가 연루되어 있는 태홍의 심정은 오죽할
까 싶었다. 핏기 없는 얼굴로 겨우 버티고 서 있는 듯한 태홍을 흘
끔 보고는 권 팀장이 찬희의 귀에 대고 작게 얘기했다.

"서 경위는 좀 쉬게 하는 게 좋을 것 같은데……. 저러다 사람 잡
겠어."

그 말을 들은 찬희가 태홍을 쳐다봤다. 그는 정말 금방이라도 쓰
러질 것 같았다.

"형, 잠깐이라도 좀 누워 있어요."

"난 괜찮으니까 신경 쓰지 말고, 강명철에 대해 알고 있는 거나 전
부 얘기해. 그래야 놈이 설미를 데리고 어디로 갔는지 단서라도 찾지."

"이러다 설미 씨 찾기 전에 형이 먼저 쓰러져요!"

"강명철 도주 경로 먼저 파악하자."

태홍은 들은 척도 하지 않고 방에서 태블릿 PC를 가져왔다. 이곳
에 그를 제어할 수 있는 사람은 아무도 없었다. 찬희는 한숨을 길게
내쉬었다.

"서태홍, 일단 기다려. 나한테 곧 연락이 올 거야."

창가에 서서 조용히 담배를 피우던 선희가 말했다. 세 남자의 시
선이 동시에 선희에게로 향했다.

우우웅. 우우웅.

말이 끝나기가 무섭게 선희가 손에 쥐고 있던 핸드폰이 진동했다.
선희는 액정을 확인했다. 모르는 번호였다.

주변엔 정적이 흘렀고, 진동은 계속되었다. 재떨이에 담배를 버리
는 그녀의 손이 크게 떨렸다.

긴장되는 건 태홍도 마찬가지였다. 태홍은 조용히 선희 옆으로 다
가갔다. 마치 그녀에게 용기를 실어 주듯 태홍은 다부진 눈빛으로
고개를 끄덕였다.

선희는 심호흡을 길게 한 번 한 후, 통화 버튼을 눌렀다.

"여보세요."

— …….

숨소리만 들릴 뿐 상대는 아무런 말이 없었다.

"설미니?"

선희가 떨리는 목소리로 물었다.

— 언니…….

설미의 목소리는 그보다 더 떨렸다. 동생의 목소리를 들은 선희는 애써 유지하던 침착함이 무너져 내릴 것만 같았다. 선희는 고개를 돌려 입모양으로 말했다.

'빨리.'

서둘러 달라는 선희의 바람대로 권 팀장과 찬희는 위치 추적을 비롯해 지원을 요청하러 핸드폰을 들고 자리를 떴다. 태홍은 선희 옆을 지켰다.

선희는 핸드폰을 스피커 모드로 전환한 후 탁자 위에 내려놓았다.

"설미야. 다친 데는 없어?"

— 응. 괜찮아.

"혹시, 옆에 누구 있니?"

— ……응.

"놈이 원하는 게 뭐래? 메모리 카드? 준다 그래. 다 줄 테니까 풀어 달라 그러라고."

— 언니, 미안해.

"미안하긴 뭐가 미안해. 설미야, 괜찮아. 떨지 말고 기다려. 언니가 너 꼭 구해 줄게."

— 언니…….

설미의 음성이 더욱 떨렸다. 선희는 울음을 꾹 참았다. 핸드폰을 바라보는 태홍은 총을 맞은 부위가 심하게 아파 왔다.

— 언니…… 혹시 태홍 씨…….

"설미야! 나 여기 있어!"

자신을 찾는 설미의 목소리에 태홍은 재빨리 핸드폰을 집어 들었다.

— 태홍 씨 괜찮…… 윽! 아악!

"설미야! 임설미!"

— 답답한 계집애네. 시키는 대로 하랬더니 쓸데없는 말만 하고 있어.

설미의 비명과 함께 강명철의 목소리가 들렸다. 태홍의 표정이 굳어졌다.

"때렸어?"

— 태홍이구나? 반가워. 살아 있었네.

"때렸냐고 이 새끼야. 지금부터 설미 털끝 하나라도 건드리기만 해 봐. 가만 안 둬."

— 가만 안 두면 뭐 어쩔 건데? 구하러 오기라도 할 건가? 내가 어디 있는 줄 알고. 알려 줄까? 내가 지금 어디에 있는지.

"설미는 돌려보내. 대신 나를 인질로 잡아. 그게 더 이득일 텐데?"

— 그건 내가 판단해. 그나저나 선희랑 둘이 같이 있는 모양이지? 잘됐군. 둘 다 지금부터 내 말 잘 들어.

"설미 돌려보내라고!"

— 입 다물고 내가 하는 말이나 들어. 내가 원하는 건 하나야. 우리 아버지의 무죄. 그러려면 클럽 BB가 무너져야겠지? 시작은 서장관. 바로 네 할아버지부터.

"좋아. 방법은?"

거침없는 태홍의 대답에 강명철이 크게 웃었다.

— 하하하. 참 웃기는 녀석이야. 여자 때문에 지 할아버지를 바로

버려? 그 양반도 어찌 보면 참 불쌍해? 아니지 자업자득이지.

"닥치고 방법이나 말해!"

— 진정해, 진정. 메모리 카드 가지고 있지? 그거, 지금 당장 서 장관 SNS에 올려. 해킹하는 거 식은 죽 먹기잖아. 우리 서태홍 경위님이라면. 시간은 10분 주지.

"설미 먼저 풀어 줘."

— 그럴 순 없지. 영상 올라간 거 확인하면 그 즉시 풀어 주도록 하지. 이런, 벌써 30초가 지났군. 9분 30초 안에 영상 안 올리면 여자는 죽는다.

"잠깐!"

태홍이 다급하게 외쳤지만, 이미 전화는 끊어진 후였다. 망연자실한 표정으로 태홍이 쳐다보자 선희는 곧바로 핸드백에서 메모리 카드와 리더기를 꺼내 태홍에게 내밀었다. 그리고 소리쳤다.

"빨리!"

태홍은 메모리 카드를 받아 들고 방으로 달려가 데스크톱을 켰다. 컴퓨터가 켜지자마자 해킹 프로그램을 작동시킨 후, 서 장관의 SNS에 접속했다.

영상을 첨부하고, 업로드 버튼을 누르려다 말고 태홍이 고개를 돌려 선희를 쳐다봤다.

"아직 5분 정도 시간 있어. 앞에 부분 자르고……."

"아니. 그냥 올려."

태홍이 말릴 새도 없이 선희가 업로드 버튼을 눌러 버렸다.

태홍은 마른세수를 하며 화면을 쳐다봤다.

「이 페이지는 존재하지 않습니다.」

창에 적힌 문구를 본 순간 태홍은 간담이 서늘해졌다.

태홍과 선희가 당황해 하는 사이, 찬희가 뛰어들어 왔다.

"형, 위치 추적 실패했어요. 놈이 한발 빨랐어요. 놈이 뭐라고 했······. 어? 이게 뭐예요?"

화면 속 문구를 읽은 찬희가 말했다.

"이거 계정 폭파됐을 때 나오는 문구예요."

"그게 무슨 말이야? 계정이 삭제됐다는 거야? 아까 접속할 때까지만 해도 살아 있었다고!"

선희는 황급히 핸드폰을 꺼내 아까 걸려 온 번호로 전화를 걸었다. 하지만 전화기는 꺼져 있었다.

"아, 안 돼. 설미······ 우리 설미 어떡해······."

계정은 사라졌고, 시간이 더 필요했지만, 강명철은 전화를 받지 않았다. 약속한 시간은 곧 다가오고 있었다. 결국 선희는 울음을 터뜨렸다.

하지만 태홍은 포기하지 않았다. 그는 다시 키보드 위에 손을 올려 타이핑을 시작했다.

미국에 있는 메인 서버를 해킹해 삭제된 계정을 복구하는 건 지금 있는 프로그램으론 역부족이었다. 시간도 부족했다. 태홍은 서장관의 가짜 계정을 만들어 영상을 업로드했다. 하지만 그 역시도 소용없었다. 업로드까지는 성공했으나, 올라가는 즉시 누군가에 의해 삭제되어 버렸기 때문이다.

"세상에. 도대체 누가 이런 짓을!"

뒤에서 그 모습을 지켜보던 찬희가 경악했다. 그리고 옆에 있던 선희가 핸드폰 속 시간을 내려다보며 힘없이 말했다.

"이제 30초밖에 안 남았어."

태홍의 눈빛이 크게 흔들렸다. 하지만 그는 포기할 수 없었다.

태홍은 서 장관의 계정에 업로드하는 것을 포기하고 개인 블로그를 열어 업로드를 시도했다.

파바밧.

그 순간, 데스크톱 전원이 나가 버렸다. 누군가가 역으로 태홍의 컴퓨터를 해킹해 전원을 꺼 버린 것이었다.

태홍은 자리를 박차고 일어나 본체를 퍼억! 발로 걷어차 버렸다.

"아이고 깜짝이야."

때마침 방으로 들어오던 권 팀장이 화들짝 놀라며 뒤로 물러섰다.

"분위기가 왜 이래?"

천장을 바라보며 한숨을 내쉬고 있는 찬희, 하염없이 눈물만 흘리고 있는 선희, 넋이 나간 채로 의자에 털썩 주저앉은 태홍까지.

권 팀장이 세 사람을 향해 소리쳤다.

"뭐가 뭔지 모르겠지만, 빨리들 나와. 놈 어딨는지 찾았어."

태홍이 놀란 눈으로 쳐다보자 권 팀장이 씨익 웃으며 말했다.

"서 경위 차 도난 차량으로 등록해 뒀거든. 급했는지 놈이 속도위반 엄청 해 댔더만. 덕분에 추적이 쉬웠어. 지금 양주 근처에 있대. 다들 뭐 하고 있어? 가자고! 설미 씨 구하러!"

□　■　□

"영상 배포는 확실히 막아 뒀습니다. 걱정 마십시오."

최 비서가 저택 뒤에서 누군가와 통화를 하고 있었다.

"네. 처리 후 다시 연락드리겠습니다."

전화를 끊은 최 비서는 주머니에서 하얀 약통을 꺼냈다. 잠시 그것을 바라보다가 다시 집어넣고는 손목시계로 시간을 확인했다.

새벽 5시.

그는 마당 쪽으로 걸어 나와 저택을 바라봤다. 거실 창을 통해 약을 먹고 있는 서 장관의 모습이 보였다. 그것을 무표정하게 쳐다보던 최 비서의 표정이 일순 바뀌더니, 저택 안으로 달려 들어갔다.

"어르신!"

큰일이라도 난 사람처럼 안절부절못하는 최 비서를 본 서 장관이 놀라 자리에서 벌떡 일어났다.

"우리 태홍이 찾았나?"

"네. 지금 병원에 있다고 연락 왔습니다."

"상태는?"

"의식 불명……."

"뭐?"

"서두르시죠. 밖에 차 대기시켜 놓았습니다."

서 장관이 황급히 최 비서가 건네는 외투를 걸치려는데, 순간 앞이 어질하더니 다리에 힘이 풀려 휘청거렸다. 서 장관은 최 비서의 어깨를 잡고 겨우 서 있었다.

"괜찮으십니까."

최 비서의 얼굴에 얼핏 웃음이 번졌다 사라졌지만 서 장관은 보지 못했다. 그저 손자를 만나러 가야겠다는 일념으로 정신을 차리려고 노력했다.

우우웅. 우우웅.

서 장관이 서둘러 밖으로 나가 마당을 가로지르는데, 주머니 속에 있던 개인 핸드폰이 울렸다. 이 번호로 전화를 걸 사람은 몇 명 없었다.

서 장관은 서둘러 핸드폰을 꺼냈다. 액정에 찍힌 태홍의 이름을 확인하자마자 그는 곧장 통화 버튼을 눌렀다.

"이 녀석, 몸은 괜찮은 게야?"

— 마지막으로 한 번만 더 기회 드릴게요.

"기회라니, 그게 무슨 소리냐. 몸은 괜찮으냐니까?"

— 자수하세요.

"뭐? 도대체 그게 무슨 말이야!"

— 그러지 않으면 제가 터뜨릴 겁니다. 메모리 카드 저한테 있습니다.

"뭐라고?"

— 20년 전 강철규 사건과 관련된 클럽 BB의 실체 말입니다.

"당장 그 입 다물어! 너 어디 가서 입 함부로 놀렸다간 너도 죽고 나도 죽는 거야! 내 말 명심……."

— 차라리 죽고 싶어요. 이렇게 살 바엔.

"……."

— 강명철 지금 어디 있는지 아시죠? 그자, 건드리지 마세요. 강명철이 설미를 인질로 잡고 있어요. 그러니까 부탁이에요. 제발 가만히 계세요. 할아버지로 인해 더 이상 누군가 다치거나 죽는 일은 없게 해 주세요.

점차 느려지던 서 장관의 걸음이 완전히 멈췄다. 더 이상 앞으로 갈 수도 없었다. 대문을 열고 검은색 정장을 입은 남자들이 들어오고 있었기 때문이다.

서 장관이 뒤를 돌아봤다. 최 비서가 웃고 있었다.

도대체 어떻게 된 일인지 머리가 깨질 듯 아팠다. 아까 두통약을 먹었는데도 어지럼증이 점점 더 심해지고 있었다.

서 장관은 이제야 깨달았다. 자신이 함정에 빠졌음을.

"태홍아…… 지금 서초동으로 와 줄 수 있니?"

— 아니요. 전 두 번 다시 서초동은 안 갑니다.

"네 얼굴을 좀 보고 갔으면…… 좋겠는데……."

— 그럼 자수하세요. 면회는 갈 테니까. 그 전엔 절대 할아버지 볼 일 없을 겁니다.

전화가 끊어짐과 동시에 서 장관이 마당에 쓰러졌다. 온몸에 경련이 일어났다.

괴로워하는 서 장관에게로 다가온 최 비서가 고개 숙여 인사했다.

"마지막까지 편히 모시겠습니다. 어르신."

□　■　□

"서 장관님 쪽은 어때?"

권 팀장이 운전을 하며 태홍에게 물었다. 태홍은 왠지 할아버지가 마음에 걸렸다. 말투도 평소보다 느린 듯했고 목소리도 어딘가 불안정했다.

"뭐라셨는데?"

"할아버지도 강명철의 행적에 대해서는 모르시는 것 같아요. 알았다면 저와 딜을 하려고 했을 거예요. 근데 그런 게 전혀 없었어요."

"그래? 그럼 도대체 누구지? 양주경찰서에 지원 요청한 것도 위에서 막았다던데. 서 장관이 아니면 대체 누가……."

태홍은 할아버지의 마지막 말이 이상하리만큼 귓가에 맴돌았다.

— 태홍아…… 지금 서초동으로 와 줄 수 있니?
— 네 얼굴을 좀 보고 갔으면…… 좋겠는데…….

불길한 예감이 들었다.

태홍은 다시 할아버지에게 전화를 걸었다. 하지만 신호음만 들릴 뿐, 연결되지 않았다.

"서 경위, 왜 그래?"

"어쩌면…… 클럽 BB와 할아버지 사이에 갈등이 벌어졌을 수도 있다는 생각이 들어서요."

"뭐? 그럼 서 장관님 위험한 거 아냐? 서울로 다시 돌아갈까?"

"……"

"강명철은 유 경위랑 선희 씨한테 맡기고, 우린 서울로 돌아가자. 그래도 서 경위 할아버지잖아."

"……아니요. 그냥 가세요. 할아버지는 지켜 줄 사람이 많거든요."

그 말이 맞다며, 권 팀장이 고개를 끄덕였다. 그러곤 차의 속도를 높였다.

차가 양주에 진입하자, 태홍의 핸드폰이 울렸다. 찬희였다.

"여보세요."

— 형! 오른쪽이요!

찬희의 목소리가 스피커 밖까지 새어 나왔다. 그 소리에 권 팀장도 오른쪽으로 시선을 돌렸다.

푸르스름한 새벽. 산등성 너머에 까만 연기가 피어오르고 있었다.

태홍은 서둘러 창문을 열고 고개를 내밀었다. 매캐한 냄새가 느껴졌다.

"팀장님 빨리 가 주세요."

"알았어. 근데 웬 불? 불안하게시리……."

얼마나 달렸을까. 연기로 자욱한 도로에 들어선 차는 더 깊숙이 안으로 들어갔다. 옆으로는 호수가 보였다. 전방에는 앞서 출발한 찬희의 승용차가 멈춰 있었고, 권 팀장도 바로 그 뒤에 차를 세웠다. 네 사람은 거의 동시에 차에서 내렸다.

호수 근처에서 불이 나고 있었다. 승용차 한 대가 까만 연기를 내뿜으며 불에 활활 타오르는 모습을 네 사람이 확인했다.

"저거 서 경위 차 아냐? 저기 트렁크에 설미 씨가 탔었는데…….
설마……. 야, 서 경위!"

"형!"

태홍은 이미 불길로 달려가고 있었다. 권 팀장과 찬희가 재빨리
쫓아가 태홍을 붙잡았다.

"이거 놔! 놓으라고! 놔!"

태홍이 거세게 몸부림을 쳤다.

펑!

그때였다. 불에 타던 자동차가 굉음과 함께 폭발했다.

펑펑! 펑!

폭발은 계속됐다.

"설미야!"

태홍이 미친 듯이 발버둥을 쳤지만 두 사람의 힘을 당해 낼 수 없
었다. 그 모습을 뒤에서 지켜보던 선희가 바닥에 주저앉았다.

"안 돼……. 우리 설미…… 안…… 돼! 설미야! 안 돼……."

선희가 가슴을 부여잡고 통곡했다.

거세게 치솟는 불길을 넋이 나간 얼굴로 보던 태홍은 휘청거리며
쓰러져 버렸다.

찬희는 얼른 119에 신고를 했다.

"서 경위! 정신 좀 차려!"

권 팀장이 태홍의 몸을 흔들었다. 하지만 차가운 바닥에 쓰러진
그는 눈을 감은 채 아무런 미동도 없었다. 그저 감은 눈 사이로 눈
물만 계속 흘러내리고 있었다.

투둑. 투두둑.

그때 태홍의 얼굴 위로 굵은 빗방울이 떨어지기 시작했다. 눈물은
계속 빗물에 씻겨 내려갔고, 소방차와 구급차가 요란한 사이렌 소리

를 내며 속속 도착하기 시작했다.

화재를 진압한 구급대원이 차 안을 수색하더니, 소리쳤다.

"시신 한 구 발견했습니다!"

검게 그을린 시신이 차에서 들려 나왔다.

"선희 씨!"

그것을 본 선희는 결국 버티지 못하고 의식을 잃고 쓰러졌다. 찬희가 다급히 선희를 품에 안고 구급차로 뛰어갔다.

처벅. 처벅.

어느새 자리에서 일어난 태홍은 비틀거리며 시신으로 향했다. 비는 더욱 거세게 쏟아졌다.

아닐 거야.

설미일 리가 없어.

분명 아닐 거야.

속으로 바라고 또 바랐다. 제발 아니길……

"여기 사람 있어요!"

한 소방관이 외쳤다. 호수에서 조금 떨어진 갈대숲 쪽이었다. 구급대원들이 들것을 들고 달려갔고, 권 팀장도 쫓아갔다.

태홍은 지금 자신이 뭘 하고 있었는지도 잊은 채 멍하니 서 있었다.

"서 경위! 여기 살아 있어! 설미 씨가 살아 있다고!"

갈대숲에서 달려 나오며 권 팀장이 외쳤다. 하지만 태홍은 믿을 수가 없었다. 자신이 환청을 들었나 싶을 정도로 믿기지 않았다.

멍하게 있던 태홍이 갈대숲으로 발걸음을 옮기려던 그때, 들것에 실려 나온 여자의 얼굴이 어렴풋이 보였다.

"……태……홍 씨……."

빗소리에 섞여 들릴 듯 말 듯 한 작은 목소리였지만 태홍에겐 들렸다. 아주 또렷하게. 태홍은 달려가 들것 위에 누운 여자의 얼굴을 확인했다.

"설미야!"

태홍은 와락 그녀를 안았다. 그리고 그녀의 온기를 느꼈다. 너무 따뜻했다. 환청이고 환상일 거라는 의심은 단번에 날아갔다.

설미가 살아 있었다.

"태홍 씨, 아파요……."

너무 세게 안았나 보다. 설미가 아프다고 하자 태홍은 바로 그녀를 놓아주었다.

"미안. 괜찮아?"

설미는 더는 말할 기운조차 없는지 살짝 고개를 끄덕이며 태홍을 바라봤다. 그녀의 입가에 엷은 미소가 번지더니, 이내 정신을 잃어버렸다.

"설미야!"

태홍이 놀라자 구급대원이 설미의 상태를 살펴보더니 말했다.

"긴장이 풀려서 그런 것 같습니다. 빨리 병원으로 이송하죠."

설미를 실은 들것이 구급차로 향했다. 태홍과 권 팀장도 뒤따랐다.

"서 경위! 정확한 건 부검해 봐야 알겠지만, 차에서 나온 시신은 아무래도 강명철 같아. 여긴 내가 정리할 테니까 가서 설미 씨랑 치료받아."

"네. 부탁드립니다."

태홍은 권 팀장에게 고개 숙여 인사하고 구급차에 올라탔다.

"보호자분도 치료받으셔야 할 것 같은데……."

"전 괜찮습니다."

수술 부위가 터진 모양인지 구급차 바닥으로 피가 뚝뚝 떨어지고 있었다. 하지만 그의 얼굴엔 아픈 기색 하나 없었다.

태홍은 설미의 손을 꼭 잡은 채 그녀의 머리카락을 넘겨 주었다.

아주 소중하게.

그 모습을 보던 구급대원이 차를 출발시켰다. 곧 구급차가 사이렌을 울리며 도로를 달렸다.

그 시각, 방송에서는 속보가 보도되고 있었다.

— 방금 들어온 속보입니다. 유력한 대선 후보였던 서남길 전 법무부 장관이 오늘 새벽 교통사고로 사망하였습니다. 경찰은 서남길 전 장관이 탑승한 차량이 빗길에 미끄러진 뒤, 뒤따라오던 화물차 운전자가 정차한 차량을 미처 발견하지 못하고 추돌한 것으로 보고 정확한 사고 경위를 조사하고 있습니다…….

□ ■ □

— 오늘 예정대로 열린 서남길 전 법무부 장관의 자서전 출판 기념회에는 추모의 발길이 끊이질 않고 있습니다. 측근에 따르면 서 장관은 이 자리에서 대선 출마 선언을 하기로 예정되어 있었다고 전해져 한층 안타까움이…….

삑.

병실 문이 열리자 설미는 얼른 리모컨으로 TV를 껐다.

언니일 거라 생각했는데, 웬 여자가 과일 바구니를 들고 들어왔다. 설미도 아는 얼굴이었다. 태홍과 함께 클럽 BB를 수사하던 여검사.

"설미 씨 안녕하세요. 차채경 검사입니다. 태홍이한테 얘기 많이 들었어요."

침대에 누워 있던 설미가 상체를 일으켜 채경이 내민 손을 잡았다.

"네. 안녕하세요. 저도 태홍 씨한테 차 검사님에 대해 많이 들었습니다."

"몸은 좀 어떠세요?"

"전 많이 좋아졌어요. 근데 여긴 어쩐 일로?"

"경찰 수사에서 강명철이 자살이 아니라 타살이라고 진술하셨다면서요?"

"네. 그게 사실이니까요."

강명철이 통화를 하는 틈을 타 설미는 도망쳤다. 하지만 무릎이 너무 아파서 더 멀리는 가지 못하고 갈대숲에 숨어 있었는데.

타앙!

총소리가 나면서, 설미를 찾으러 돌아다니던 강명철이 쓰러지는 것이 보였다. 어디선가 나타난 검은 정장을 입은 남자들은 쓰러진 강명철에게 다가갔다. 그때까지만 해도 강명철은 살아 있었다. 남자들에게 살려 달라고 애원하기도 했다.

하지만 남자들은 들은 척도 않고 또다시 강명철을 총으로 쐈다. 여러 번. 그걸로도 모자라 그들은 강명철을 차에 실었고 불을 질렀다.

살인의 현장을 목격한 설미는 너무 괴로웠다. 그날을 떠올리면 떠올릴수록 더욱 버티기 힘들었다.

설미의 안색이 창백해지자 잠시 머뭇거리던 채경은 다시 한번 크게 마음을 다잡고 입을 열었다.

"임설미 씨. 지금부터 제가 하는 말 잘 들으세요."

"……."

설미는 고개를 들어 채경을 바라봤다.

"클럽 BB는 문을 거예요. 태홍이를 위해서라도 문어야 해요. 돌아가신 서 장관님의 명예를 굳이 더럽혀야 할 이유도 없고요. 그래 봤자, 결국 고통받는 건 태홍이에요."

채경의 이야기에 설미의 표정이 날카로워졌다.

"그건 차 검사님과 할 얘기는 아닌 것 같네요. 태홍 씨랑 상의할 문제지."

"맞아요. 하지만 태홍이랑 연락이 안 돼서 설미 씨를 찾아올 수밖에 없었어요. 혹시 태홍이 지금 어디 있는지 알아요?"

"……."

"설미 씨한테도 연락이 없었나 보군요?"

설미는 어떤 반응을 해야 할지 몰랐다. 태홍에게서 연락이 없는 건 사실이었으니까.

"하긴, 그럴 만도 하죠. 설미 씨만 아니었으면 서 장관님 돌아가시지 않았을 테니까."

"그게 무슨……."

"그날 태홍이가 설미 씨한테 가지만 않았어도……."

쾅!

"야. 이 미친년아. 나와."

벌컥 문을 열고 들어온 선희가 채경을 향해 살벌하게 욕을 했다. 놀란 채경은 당황스러운 얼굴로 선희를 쳐다봤다.

"뭘 봐? 나오라고. 여기 절. 대. 안. 정. 안 보여?"

선희가 문 앞에 붙여진 안내판을 한 자 한 자 가리키며 채경을 노려봤다. 채경은 하는 수 없이 자리에서 일어나 문 쪽으로 걸어갔다.

"선희 씨죠? 저는 차채경 검사라고 합니다. 선희 씨가 설미 씨 설득 좀 해 주세요. 선희 씨도 잘 알잖아요. 클럽 BB가 얼마나 무서운 집단인지."

"그럼. 내가 잘 알지. 조만간 클럽 BB는 무너지게 되어 있어. 그러니까 검사 언니, 줄 잘 서는 게 좋을 거야."

"뭐라고요?"

"그럼 이만 가 보시죠."

선희는 그대로 채경을 바깥으로 밀어 버리곤 문을 있는 힘껏 쾅 닫았다. 그리고 병상으로 다가와 설미의 안색부터 살폈다.

"쫓아내지 쓸데없는 소릴 왜 듣고 있어?"

"언니…….."

"응."

"태홍 씨 말인데…….. 클럽 BB 사건 마무리하느라 바빠서 못 온다고 했었지?"

"어. 서 장관님 장례식도 있었고."

언니 말대로 그는 클럽 BB 사건을 마무리 지어야 했고, 서 장관의 장례도 치러야 했다. 그래서 기다렸다. 하지만 아무리 뉴스를 봐도 클럽 BB는 언급조차 되지 않았다. 서 장관의 발인도 끝난 시간이었다. 그런데도 그는 나타나지 않았다.

그를 본 건 갈대밭에서 정신을 잃기 전, 그때가 마지막이었다.

"혹시 태홍 씨한테 무슨 일 있어?"

"나도 모르겠어."

"모르다니. 그게 무슨 소리야?"

"……."

"언니, 나한테 숨기는 거 있구나? 그러지 말고 말해 줘."

선희는 한참을 고민하다가 무겁게 입을 열었다.

"유찬희 말론 서태홍 오늘 서 장관님 발인 끝나자마자 잠적했대. 지금 아무도 몰라. 서태홍 어디 있는지…….."

선희의 말이 끝나기도 전에 설미는 팔에 꽂힌 주삿바늘을 단숨에 뽑았다.

"야! 지금 뭐 하는 거야!"

선희가 소리쳤지만 설미는 무시하고 침대에서 내려왔다. 선희가 한숨을 길게 내쉬었다.

"어디 가려고?"

"내가 알아. 태홍 씨 어디 있는지."

"그래서?"

"언니. 나 가야 해. 태홍 씨한테."

"……잠깐 기다려."

못 가게 말릴 줄 알았던 선희는 옷장에서 옷을 꺼내 와 설미에게 내밀었다.

"밖에 추워. 옷 따뜻하게 입고 가."

□　■　□

배는 파도를 가르며 어디론가 향했다. 매섭게 불어오는 바닷바람 탓에 설미는 난간을 꽉 붙잡았다.

뿌우—

뱃고동 소리와 함께 배가 선착장에 도착했다. 설미는 붉게 물든 하늘을 올려다봤다. 문득 태홍과 이별하던 그날이 떠올라 가슴이 먹먹해졌다.

그날 이 배를 타고 혼자 돌아오면서 얼마나 울었는지 모른다. 그를 버리고 온 사실이 너무나 후회가 돼서. 그에게로 다시 돌아가고 싶어서.

그날처럼 오늘도 배 위에 혼자 있어서 그런가. 마치 그때로 시간이 되돌아간 것 같았다. 다행인 것은 오늘은 떠나는 배가 아닌 돌아가는 배에 타고 있다는 것이었다.

마침내 목적지에 도착했고, 설미는 배에서 내렸다. 그리고 저번 날 태홍과 함께 걸었던 길을 혼자 걸었다. 천천히 모래사장을 걸으며 그와 함께 했던 지난여름의 기억들을 떠올렸다.

그는 내가 위험에 처할 때마다 나타났고, 목숨을 걸고 날 지켜 주었다. 내가 힘들 때마다 말없이 다가와 안아 주며 위로했고, 넘어졌을 때는 항상 먼저 손을 내밀어 주었다.

그리고 그는 이제껏 단 한 번도 나를 떠난 적이 없었다.

어두운 과거가 발목을 잡고, 추악한 진실이 눈앞을 가리고, 지독한 현실에서 도망치다 몸이 망가져도, 그는 포기하지 않았다.

그런 그를 나는 너무 쉽게 버렸었다.

설미는 생각할수록 그에게 미안했고, 동시에 그가 사무치게 그리웠다. 그를 다시 볼 수만 있다면, 앞으론 모든 걸 걸어서라도 그의 곁을 절대로 떠나지 않을 것이다. 그녀는 굳은 다짐과 함께 해수욕장으로 향했다.

큰비가 내린 후, 며칠 사이 급격히 추워진 날씨 탓에 해수욕장엔 인적이 없었다.

그녀가 발길을 돌려 해안 도로 쪽으로 올라가려던 그때, 멀리서 사람의 형체가 보였다. 설미는 천천히 그곳으로 걸어갔다.

모래사장 한가운데 홀로 외로이 앉아 있는 한 남자를 발견했다. 멀리서 봐도 그가 누군지 알 것 같았다. 아니, 확실히 알았다. 설미의 걸음이 점점 빨라질수록 눈시울도 붉어져 갔다.

그 넓고 단단하던 태홍의 어깨는 축 처져 있었다. 하염없이 바다를 바라보고 있는 그가 너무 애처로워 보였다.

얼마나 아플까? 어떤 말로 위로할 수 있을까?

설미는 나직이 그의 이름을 불렀다.

"태홍 씨……."

"……."

대답 대신 파도 소리만 들렸다. 그는 아무 말이 없었다.

노을과 함께 물들어 가는 태홍의 옆모습을 아프게 바라보던 설미는 용기를 내어 그에게로 더 가까이 다가갔다. 그리고 말없이 그를 안아 주었다.

밀어 내면 어쩌나, 그런 걱정도 잠시. 그가 설미의 품을 파고들었다.

태홍은 설미의 따뜻한 품에 얼굴을 묻은 채 소리 없이 울었다. 그녀는 숨죽여 우는 태홍의 어깨를 어루만져 주었다.

얼마나 지났을까. 드디어 태홍의 낮은 목소리가 들렸다.

"어떻게 알았어? 나 여기 있는 거."

설미가 태홍의 옆에 나란히 앉으며 배시시 웃었다. 그리고 대답했다.

"내가 못 찾을 곳엔 가지 않았을 거라고 생각했어요. 태홍 씨는 절대 나 버릴 사람 아니니까."

"……."

그녀의 대답에 태홍은 아무 말도 할 수 없었다.

"내가 딱 맞췄죠?"

태홍은 고개를 끄덕였다. 그리고 바다를 바라보며 말했다.

"멀리 가고 싶었는데……. 내 옆에 있어 봤자 불행해질 뿐이니까. 되도록 멀리…… 가려고 했는데……."

"불행해지는 게 뭔데요?"

설미의 물음에 태홍은 자조 섞인 미소를 지었다. 그러곤 고개를 돌려 그녀의 말간 얼굴을 응시했다.

"난…… 네가 내 옆에 없는 시간이…… 가장 불행해."

"……나도 그래요."

"……."

"그러니까 우리 다시는 헤어지지 말아요."

설미가 미소를 지었다. 하지만 태홍의 얼굴은 아직도 어둡기만 했다. 그가 조심스레 입을 열었다.

"설미야……. 조만간 클럽 BB 터질 거야. 사람들의 질책과 비난과 추궁이 시작될 거고, 그 화살은 내게 날아올 거야. 어쨌든 난 그분의 손자니까. 너…… 그래도 내 옆에……."

태홍은 말끝을 흐렸다. 차마 옆에 있어 달라는 말은 할 수가 없었다. 그건 너무 이기적인 바람이었다. 어떻게 그녀더러 그 고통을 같이 감당하자고 할 수 있겠는가. 평생 아버지와 언니의 죄를 대신 감당하며 살아오느라 힘들었던 그녀에게 말이다.

태홍이 더 이상 말을 잇지 못하자, 설미가 대신 말을 이었다.

"당신이 누구의 손자인 게 당신 잘못은 아니니까."

설미는 언젠가 태홍이 자신에게 했던 말, 자신을 구원해 줬던 그 말을 되돌려 주었다.

전과자인 아버지와 언니 때문에, 그에게 흔들리면서도 그 마음을 숨기려고 애썼던 지난날. 그는 자신에게로 다가와 주었다. 거침없이.

"나 무슨 일이 있어도 태홍 씨 옆에 있을 거예요."

"……."

"그러니까 하고 싶은 대로, 해야 하는 대로 해요. 내 걱정 말고."

말을 마친 설미는 자리에서 일어났다. 그리고 그에게 손을 내밀었다.

"자. 같이 가요."

태홍이 설미의 손을 잡았다. 그리고 몸을 일으키는가 싶더니, 오히려 그녀의 손을 잡아당겨 품에 안아 버렸다. 그는 눈을 깜빡이는 시간마저 아까워하며 그녀를 애틋하게 바라보았다. 그리고 입을 맞추었다.

그녀는 천천히 눈을 감았고, 그는 입술을 움직였다. 바다 위에 물든 붉은 노을보다 더 뜨겁게, 두 사람은 키스를 나누었다.

28화

"워매, 더워 디져 블것네. 이놈의 더위는 언제 끝난다야. 최 순경! 아따, TV 좀 틀어 봐라."

우포리 파출소 박 소장이 에어컨 앞에 떡하니 서서 소리쳤다. 혼자 에어컨을 독점하고 있는 박 소장에게 뭐라 말도 못 하고 최 순경은 연신 부채질만 해 대며 TV를 켰다.

— 지난 20년 동안 청와대를 장악하고 무소불위의 권력을 누려온 클럽 BB의 실체가 세상에 알려진 지도 벌써 보름째입니다. 이용택 대통령은 대국민 담화를 열어 사실무근이라고 해명했으나, 전직 대통령들이 클럽 BB에 가담했다는 증거들이 차례로 드러나며 국민들의 분노는 더욱 커져만 가고 있습니다…….

박 소장이 혀를 세게 내찼다.

"쯧쯧. 세상이 말세랑께."

"그러게 말입니다. 지들 죄 덮으려고 대통령 돌려 막기라니."

상부에선 공무원의 정치적 중립 의무를 지키라며 언행에 특히 주의하라고 공문까지 내려왔다. 하지만 60대 박 소장과 20대 최 순경이 말이 통하기는 실로 오래간만이라 대화는 멈출 줄 몰랐다.

"실례합니다."

두 사람이 더위도 잊고 주거니 받거니 실컷 나라 욕을 하고 있는데, 파출소 문이 열리고 한 남자가 들어왔다. 박 소장이 낯선 남자를 경계하며 물었다.

"어쩐 일로 오셨다?"

"서태홍 경위를 찾아왔는데요."

박 소장은 깨끗한 태홍의 자리를 보더니 최 순경에게 어디 갔느냐며 눈짓했다.

"서 경위님 집에 가셨는데요?"

"집? 뭐 땀시?"

"지금 방학 시즌이잖아요."

"벌써? 워매, 그럼 우리 손주들도 방학했겠네. 최 순경 나가 얘기했제? 이번 아시안 게임 수영에 우리 장손이 출전할 뻔했는……."

"저기…… 소장님?"

삼천포로 빠진 박 소장을 향해 남자가 자신의 존재를 다시 알렸다.

"그러니까 서 경위는 집에 갔단 말씀이시죠?"

"그라제. 조퇴 달고 집에 갔지라. 그 양반은 방학만 되면 허벌나게 바쁘당께."

"아하. 방학……."

"근데 그짝은 누구신지?"

"서 경위 아는 형입니다."

"참말로? 오래 살고 볼 일이네. 서 경위한테 아는 형도 있다야. 친혀요?"

"뭐…… 친한 것까지는 아닌데, 안 친하다고 하면 좀 섭섭하고, 뭐 그런 사이? 아무튼 그럼 저는 이만 가 보겠습니다. 수고들 하십시오."

남자가 문을 열자 귀청을 찌르는 듯한 매미 소리가 들렸다가 다시 사라졌다.

박 소장은 파출소 앞을 떠나는 차를 의심의 눈초리로 바라보았다.

"수상허네. 요새 서울 양반들이 뭐 땀시 서 경위를 찾아쌌는당가?"

"그러게요. 하루가 멀다 하고 찾아오네요. 그 소문이 진짠가?"

"뭔 소문?"

"원래 경찰대 출신은 파출소 발령 잘 안 나거든요. 아무래도……."

"아무래도?"

"사실은 서 경위님이 광수대 에이슨데 그 사실을 숨긴 채 우포리에 온 거죠. 왜냐? 우포리에서 조만간 대규모 마약 거래가 있다는 첩보를 받고요. 그렇게 서 경위님은 신분을 숨기고 낮엔 평범한 경찰, 밤엔 그 마약 조직에서 중간 보스로 활약하며 경찰과 조직 사이에서 이중 스파이를…… 아얏!"

박 소장이 최 순경의 뒤통수를 날렸다.

"에라이! 시방 영화 찍냐?"

박 소장의 타박에 최 순경은 입을 삐죽 내밀며 뒤통수를 문질렀다.

말이 없어진 두 사람은 다시 TV로 시선을 돌렸다.

— 시국이 혼란한 이 시기에 국민들에게 감동과 환희를 전해 준 정혜린 선수입니다. 정혜린 선수! 축하드립니다. 아시아 신기록으로 금메달을 목에 건 소감 한 말씀 부탁드립니다.

아시안 게임이 열리고 있는 자카르타 육상 경기장에서 혜린의 인터뷰가 나오고 있었다.

□ ■ □

설미는 쭈그리고 앉아 냉장고 안에 이리저리 반찬 통을 넣고 있었다. 그 모습을 가만히 지켜보던 태홍이 그녀의 등을 손가락으로 콕콕 찔렀다.

"그만하고 들어가자."

"정리 좀 하고요."

반찬 통 정리를 다 끝낸 설미가 드디어 자리에서 일어났다. 오래 기다렸던 태홍의 얼굴이 환해졌다가 다시 굳어졌다. 그녀가 이번엔 주방 싱크대 앞에 선 것이다. 그다음은 욕실. 그다음은 서재.

태홍은 그런 설미의 뒤를 졸졸 따라다녔다.

"할 거 없을 텐데? 내가 너 오기 전에 다 청소해 놨거든."

정말 그의 말대로 할 게 없었다. 욕실이며 방이며 거실까지 가구 위에 먼지 하나, 바닥에 머리카락 한 올 없었다.

괜히 멋쩍어서 설미가 이마를 긁적이는 그때, 뒤에서 태홍이 설미의 허리를 끌어안았다.

"얼굴 좀 보여 주라."

"봐, 봤잖아요."

"제대로 못 봤잖아. 난 왜 자꾸 니가 날 피하는 것 같은 느낌이 들지?"

"……요."

"응?"

"……려서요."

"잘 안 들려."

"떨려서요……."

"……."

"오래간만에 봐서 그런가? 나 너무 떨려요……."

설미가 살짝 고개를 돌려 태홍과 눈을 마주쳤다. 그러자 그녀의 얼굴이 금세 붉게 달아올랐다. 설미가 부끄러워하며 다시 고개를 숙였다. 그런 그녀가 너무 귀엽고 사랑스러워 태홍의 몸도 달아올랐다.

태홍은 그녀의 하얀 목에 키스하며 자신의 몸을 그녀와 더욱 밀착시켰다.

설미는 너무 떨린 나머지 다리에 힘이 풀려 주저앉을 것만 같았다. 자신을 안고 있는 태홍의 팔을 붙잡고 그에게 의지할 수밖에 없었다.

점점 더 농밀해지는 그의 애무에 설미의 몸이 움찔거렸다.

태홍의 손이 바쁘게 움직였다. 한쪽 손은 그녀의 허리를 끌어당긴 채, 다른 한 손은 그녀의 블라우스 안으로 들어갔다. 그는 그녀의 가슴을 부드럽게 주무르며 귓가에 속삭였다.

"보고 싶었어."

태홍이 그녀의 목, 귓불, 뺨에 키스를 퍼부었다. 키스가 짙어질수록 설미가 달뜬 숨을 내뱉었다.

"하윽."

그녀의 신음 소리에 자극이 된 태홍은 더 이상 안 되겠는지, 그녀의 어깨를 잡아끌어 마주 보게 했다. 설미는 숨을 고르며 그를 올려다보았다. 태홍은 그녀의 뺨을 어루만지며 말했다.

"방으로 갈까?"

설미는 대답 대신 조심스레 고개를 끄덕였다. 태홍은 설미를 번쩍 안고서 침실로 향했다.

그녀를 침대에 눕히자마자 곧바로 그녀의 위에 올라탄 태홍은 다급한 손길로 블라우스 단추를 풀다가 갑자기 멈췄다. 그리고 후—
하— 하며 심호흡을 했다.

"왜 그래요?"

"나도 떨려서."

태홍의 귀가 붉어진 것을 본 설미가 소리 내어 웃었다.

"왜 웃어?"

"태홍 씨, 귀여워서요."

"까분다."

"아, 맞다! 태홍 씨. 지금 안 되겠어요."

"왜?"

"언니랑 찬희 씨도 이따가 온다고 그랬거든요."

"어딜 와? 오지 말라 그래."

"이미 오고 있는데……."

"그럼 빨리하자. 나 지금 진짜 못 참아."

"안 돼요. 참아요."

설미가 서둘러 침대에서 내려가 블라우스 단추를 잠갔다.

"다 진정되면 나와요. 커피 마시게. ……어? 이거 뭐예요?"

거실로 나가려던 설미가 다시 되돌아왔다. 협탁 위에 놓인 노란색
머리 끈 때문이었다.

"이거 여자 건데. 태홍 씨 나 몰래 다른 여자 만나요?"

설미가 머리 끈을 그에게 들이밀며 씩씩거렸다. 그러자 태홍은 억
울한 표정으로 대답했다.

"니가 저번에 놓고 간 거잖아."

"내가요? 아닌데……. 나 노란색 싫어하거든요?"

"아니긴. 6월 16일 우포리 터미널 CCTV 확인해 볼까? 니가 매
점에서 바나나 우유 한 개, 보름달빵 한 개, 천하장사 소시지 큰 거

두 개, 그리고 머리 끈 한 개 샀어, 안 샀어?"

설미는 눈알을 또르르 굴리며 생각에 잠겼다. 그러다 곧 그날의 기억을 떠올리고 너스레를 떨었다.

"아…… 맞다! 그랬었지. 생각났어요. 그날 버스에서 머리 끈이 끊어져서 급하게 사러 갔었는데…… 깜빡했네. 하핫."

설미는 민망함에 일부러 더 크게 웃으며 말을 돌렸다.

"오늘의 저녁 메뉴는 태홍 씨가 좋아하는 카레라이스?"

"그건 니가 좋아하는 거고."

"카레 별로예요? 그럼 뭐요? 빨리 말해요. 먹고 싶은 거. 다 해 줄 테니까."

하지만 태홍은 대답 대신 그녀에게 눈빛을 고정했다. 설미는 본능적으로 양팔로 몸을 가렸다.

"왜, 왜 그렇게 봐요?"

"너 그저께 체육부 회식하고 집에 몇 시에 들어갔어?"

"갑자기 그, 그건 왜요?"

"12시 넘어서 들어왔더라?"

"헉. 어떻게 알았어요? 설마 또 나 도청했어요?"

"도청은 무슨. 나 이제 그런 거 안 하거든? 그리고 그땐 너 위험할까 봐……. 아무튼 그게 언제 적 얘긴데."

"흥! 이제 와서 하는 말이지만, 메모리 카드 곰 인형에 숨기려다가 도청 장치 발견하고 내가 얼마나 놀랐는지 알아요? 태홍 씨가 나한테 처음 사 준 선물이라고 우리 곰탱이 얼마나 애지중지했는데. 스파이였어."

딩동. 딩동.

"아, 찬희랑 선희 왔나 보다. 일찍 왔네. 내가 나가서 문 열어 줄게."

도청 얘기만 나오면 불리해졌다. 태홍은 서둘러 거실로 나갔다.

하지만 당연히 찬희와 선희일 거라 생각하고 현관문을 연 태홍의 눈동자가 커졌다.

"어이구. 서 경위 얼굴 많이 좋아졌네? 우포리 물이 좋은가 봐."

문 앞에 서 있는 사람은 찬희와 선희가 아닌, 권 팀장이었다. 권 팀장은 큼지막한 수박을 태홍의 품에 안기고 얼른 안으로 들어갔다.

"요즘도 한가하세요? 여긴 왜 오셨어요?"

"하여튼 싸가지는 여전하구먼. 아후, 더워. 서 경위! 손님 왔는데 물 한 잔도 안 주고 뭐 해?"

여전한 권 팀장의 말투에 태홍은 피식 웃으며 주방으로 향했다.

"팀장님! 안녕하세요! 오랜만이에요."

"역시 둘이 같이 있었네. 파출소 갔더니 서 경위가 조퇴했다더라고. 예전부터 서 경위가 당직 바꿔 달라, 조퇴시켜 달라 그러면 백 퍼 설미 씨 때문이었잖아."

"하하. 일찍 끝난 게 아니라 조퇴한 거였어요? 태홍 씨도 참."

설미가 멋쩍게 웃으며 태홍을 쳐다봤다. 주방에서 나오다 설미와 눈이 마주친 태홍은 어깨를 으쓱였다.

"팀장님, 쓸데없는 말 그만하시고 물이나 드세요."

태홍이 유리잔을 테이블에 탁, 올려놓았다.

"근데 무슨 일 때문에 오셨어요?"

"성격 급한 것도 여전하네. 기다려 봐. 물 좀 마시고."

권 팀장은 물을 벌컥벌컥 마신 후 본론을 꺼냈다.

"나 이번에 광수대 발령받았어."

"……."

"어머! 팀장님 축하드려요!"

태홍이 입을 꾹 다물고 멀뚱히 있자, 그의 옆구리를 쿡 찌르며 설미가 대신 축하 인사를 건넸다. 권 팀장은 인사를 받자마자 우쭐거렸다.

"설미 씨 고마워요. 그나저나 서 경위는 나한테 무슨 할 말 없나? 나 권석희가 광수대, 그것도 '팀장'으로 근무하게 됐는데 말이야. 당장 다음 주부터."

"자랑하러 왔어요?"

"자랑은 전화로도 할 수 있지. 내가 여기까지 몸소 서 경위를 찾아온 이유는⋯⋯. 아, 젠장. 왜 손이 떨리지? 흠흠. 그러니까 내가 문화시에서 네 시간이나 걸려 우포리까지 온 이유는⋯⋯. 스카우트하러 왔어! 서 경위를 광수대 경제범죄팀으로 데려가려고 왔다고."

"아⋯⋯."

"아?"

손까지 떨며 중대 발표를 한 권 팀장은 김샌 표정으로 태홍을 쳐다봤다.

"아⋯⋯라니! 좀 놀라야 하는 거 아니야? 내가 서 경위 광수대로 데려오려고 얼마나 애썼는데! 사실, 윗분들 반대가 좀 있었거든. 그치만 걱정 마. 내가 요 말발로 정리 다 끝냈으니까."

"제가 같은 팀에 있으면 팀장님 더 힘들어질 겁니다."

"알아. 그것도 모르고 왔을까 봐? 솔직히 1년 전에 서 경위가 좌천당해서 우포리로 내려갔을 때, 다 포기한 줄 알았어. 그때 서 경위 많이 지쳐 있었잖아. 근데 이제 와서 생각해 보니 우포리 온 것도 다 계획에 있었던 거지? 아니, 어떻게 겁도 없이 현직 대통령이 연루된 비리 게이트를 대뜸 폭로하느냐고."

권 팀장은 게이트가 터지고서야 알았다. 태홍이 그동안 클럽 BB를 한 방에 무너뜨릴 적절한 시기를 기다리며 몸을 낮춘 채 숨죽여 살아왔음을.

"서 경위, 마무리는 서울 가서 하자. 그동안 혼자 힘들었잖아."

혼자라는 말에 태홍은 고개를 돌려 설미를 바라봤다. 2년 동안 수많은 좌절과 절망이 있었지만, 그때마다 자신의 곁을 떠나지 않고 묵묵히 옆을 지켜 준 그녀. 그는 이제 혼자가 아니었다.

태홍의 시선을 눈치챈 그녀가 그를 향해 방긋 웃어 주었다. 태홍도 미소로 마주하다 권 팀장에게로 고개를 돌렸다.

권 팀장은 기대감이 가득한 얼굴로 태홍의 대답을 기다렸다.

"죄송합니다. 내년엔 제가 바쁠 것 같아서요."

"바쁘다니 뭐 때문에? 아니, 도대체 언제까지 여기 있으려고? 이번 기회 놓치면 서 경위 우포리에서 정년퇴직해야 할지도 몰라. 저기, 설미 씨! 설미 씨가 서 경위 설득 좀 해 봐요."

마음이 급해진 권 팀장은 설미를 잡고 늘어졌다. 한번 아닌 건 죽어도 아닌 태홍의 성격을 잘 알고 있었기 때문이다.

"설미 씨도 원거리 연애 힘들지 않아요?"

"네? 네……. 조금요……."

권 팀장의 부추김에 설미가 태홍의 눈치를 보며 대답했다.

"서 경위! 봐 봐. 설미 씨가 힘들다잖아. 그러다 차이면 어쩌려고."

태홍이 째려보자 헛기침을 하던 권 팀장은 마지막 카드를 내밀었다.

"내가 이런 말까지는 안 하려고 했는데……."

권 팀장이 태홍의 귀에 작게 무언가를 속삭이자 태홍의 표정이 점점 살벌하게 굳어졌다. 옆에서 멀뚱히 두 사람을 지켜보던 설미는 영문을 알 수 없어 고개를 갸웃했다.

얘기를 끝낸 권 팀장이 개구지게 웃으며 태홍의 어깨를 두드렸다.

"어때? 하루라도 빨리 올라와야겠지?"

"저 말고 다른 팀원은요?"

"우리 에이스랑 같이 의논해서 짜려고 스톱했지. 자, 어떻게 할까? 이번 주에 총경님이 서 경위를 한번 봤으면 하던데……."

"시간과 장소 문자로 보내 주시죠."

"오케이! 알았쓰."

마침내 확답을 받아 낸 권 팀장은 신이 나서 콧노래까지 흥얼댔다. 반면 태홍에게선 냉기가 뿜어져 나왔다.

"아이고, 그럼 나는 가 봐야겠다."

"여기까지 내려오셨는데 벌써 가시려고요? 수박이라도 좀 드시고 가세요!"

"아니에요. 차 밀리기 전에 가 봐야죠. 그럼 설미 씨 수고하세요. 그리고……."

"그리고?"

"미안해요."

"네?"

"서울에서 봐요."

권 팀장은 쾅! 문이 닫히는 소리와 함께 도망치듯 밖으로 나갔다.

"뭐가 미안하시다는 거지?"

설미는 어리둥절한 얼굴로 이마를 긁적이며, 아까부터 저기압인 태홍의 눈치를 살폈다.

"태홍 씨, 권 팀장님이 귓속말로 뭐라고 하셨어요?"

"임설미."

태홍이 갑자기 딱딱한 어조로 그녀를 불렀다. 설미는 의아한 눈빛으로 그를 바라봤다.

"너 어젯밤에 문화역 갔었어?"

"네!"

설미가 바로 대답하자 태홍은 황당한 표정으로 그녀를 쳐다봤다.

"뭐가 그렇게 당당하냐? 남친 몰래 남자랑 단둘이 레스토랑에 간 주제에."

"남자라뇨. 우석이 걔가 노안이긴 하지만⋯⋯."

"우석이? 남자 맞네."

"작년에 졸업한 제자거든요?"

"⋯⋯."

"근데 그건 어떻게 알았어요? 아, 진짜! 도청한 거 맞네. 도청했죠?"

"아니라고. 그리고 제자도 남자야. 조심해."

"우석이 걔가 남자는 무슨. 저한텐 완전 애기로밖에 안 보이거든요?"

"근데 넌 무슨 제자랑 레스토랑을 가냐? 레스토랑이면 거기지? 문화역 앞에. 니가 나 찼던 곳. 내가 세상에서 제일 싫어하는 곳. 너 거기서 의사 선생이랑 데이트도 했었잖아."

"그 얘기가 또 왜 나와요. 그리고 알다시피 문화시에 딱히 갈 만한 데가 없잖아요."

태홍도 그 사실을 잘 알기에 반박할 수가 없었다.

"아니, 그나저나 왜 자꾸 딴소리해요? 권 팀장님이 뭐라고 하셨냐니까요? 뭐라고 했길래 안 간다던 광수대 스카우트 제의를 순순히 받아들인 거냐구요."

"그런 게 있어."

태홍은 짜증스럽게 소파에 앉으며 방금 전 권 팀장이 했던 말을 떠올렸다.

'회철이가 그러더라. 어젯밤에 설미 씨가 '젊고 잘생긴 남자'랑 단둘이 레스토랑에서 고기 썰더래. 분위기가 아주 화기애애했다던데? 그리고 내가 저번에 말했지? 설미 씨 술 취해 가지고 동료

'남자' 선생 차 얻어 타고 가는 거 봤다고. 서 경위 조심해. 몸이 멀리 있음 마음도 멀어지는 법이야.'

설미가 편의점에서 야식으로 컵라면을 먹고 있다, 문화역 근처에서 교외 생활 지도를 하고 있다, 등등. 권 팀장과 회철을 비롯한 문화서 동료들은 임설미 목격담을 태홍에게 종종 제보해 주었다.

처음엔 타지에서 그녀의 일상을 전해 듣는 것이 무척 즐거웠다.

하지만 그녀가 밤늦게 술에 취해서 돌아다닌다거나, 낯선 남자와 얘기를 하고 있다거나, 남자와 길을 걷고 있다거나, 남자들과 어울려 회식을 하고 있다는 소리를 듣는 날이면 금세 불안해졌다. 가끔은 뜬눈으로 밤을 새울 정도였다.

그녀를 못 믿어서가 아니라, 세상의 모든 남자 사람을 믿을 수가 없었다. 이렇게 예쁜데 남자들이 가만두겠냐고.

"하아."

태홍은 한숨이 절로 나왔다.

사실 그를 가장 불안하게 만든 건, 혹시라도 그녀에게 무슨 일이 생겼을 때 당장 달려갈 수 없는 거리에 있다는 것이었다.

"나 집에 갈래요."

생각에 잠겨 있던 태홍이 놀라 고개를 번쩍 들었다. 설미가 입술을 삐죽 내밀며 가방을 메고 현관으로 향하고 있었다. 태홍은 재빨리 달려가 그녀의 팔목을 붙잡았다.

"어딜 가. 왜 그래? 삐졌어? 뭐 때문에?"

설미가 흘겨보자 태홍은 안절부절못했다.

"권 팀장님이 무슨 얘기 했는지 왜 말 안 해 줘요? 그리고 내년에 무슨 바쁜 일이 있는데요? 나한테 왜 자꾸 비밀을 만드냐구요. 나 더 화나기 전에 당장 얘기해요. 내년에 바쁘다는 일이 뭔데요?"

"······."

"어휴. 됐어요. 얘기하지 마요. 대신 이번 방학은 혼자 지내요."

설미가 현관 문손잡이를 덥석 잡았다.

"자, 잠깐! 알았어. 가지 마. 다 얘기할 테니까."

설미가 고개를 돌려 태홍을 뚫어져라 쳐다봤다. 태홍은 등에서 식은땀이 나는 느낌이었다.

"그게······ 이따 저녁에 얘기해 주면 안 될까?"

"나 빨리 갔으면 좋겠죠?"

"아니. 지금 말할게. 그러니까······ 질문이 뭐였더라?"

"내년에 바쁘다는 일이 뭐냐고요. 클럽 BB 관련된 거예요? 어디 멀리 도망가야 해요? 아직도 누가 협박해요?"

설미가 걱정스레 묻자, 태홍이 머리를 절레절레 저었다.

"그럼 무슨 일인데요?"

"나 결혼해."

"뭐라고요?"

"결혼한다고."

"누구랑요?"

"누구긴 누구야. 너지."

"나?"

"응. 너."

설미가 손가락으로 자신을 가리키며 묻자, 태홍이 크게 고개를 끄덕였다.

"결혼······."

설미가 믿기지 않는 듯 중얼거렸다.

두 사람은 그동안 단 한 번도 결혼 얘기를 꺼내지 않았었다. 그 사건 이후 결혼보다 더 중요한 것이 있음을 깨달았기 때문이다.

생사의 고비를 넘나들며 사랑하는 연인이 지금 내 옆에 살아 있고, 목소리를 듣고 싶을 때 언제든 들을 수 있고, 보고 싶을 때 볼 수 있다는 사실만으로도 충분히 감사했다. 정말 그걸로도 충분했고 만족했는데. 하지만 인간의 욕심은 끝이 없는가 보다.

태홍과의 결혼 생활을 상상하자 설미는 저도 모르게 입가에 미소가 번졌다. 혼자 피식피식 웃는 설미를 본 태홍 역시 슬쩍 입꼬리가 올라갔다.

"그렇게 좋아?"

태홍이 놀리듯 묻자, 설미는 얼른 미소를 숨긴 채 새침하게 굴었다.

"아니, 누구 맘대로 내년에 결혼을 해요?"

"싫어? 싫으면 올해 할까? 아니면 당장 다음 달도 괜찮고. 빠르면 빠를수록 좋아. 내가 너 문화시에 두고 온 뒤로 잠을 못 자거든."

"왜요?"

"왜긴 왜야. 네가 자꾸 다른 남자 만나니까 그렇지."

"만나긴요. 밥도 같이 못 먹어요?"

"어, 안 돼. 앞으로 제자든 동료든 남자랑 단둘이 밥 먹으면 나한테 죽는다. 알았어?"

"수박 먹을래요?"

"말 돌리지 말고."

"알았어요. 알았어. 안 먹을게요. 됐죠? 자, 이제 수박 먹어요!"

설미는 가방을 내려놓고 주방으로 몸을 돌렸다.

"수박은 됐고. 이리 와. 하던 거 마저 해야지."

"꺄악!"

태홍은 설미를 번쩍 안고 방으로 들어갔다. 그리고 그녀를 침대 위에 조심스레 눕히며 지그시 내려다보았다.

뽀얀 피부에 발그스레한 뺨. 작고 도톰한 분홍빛 입술.

태홍은 설미의 입술을 검지로 부드럽게 쓸며 눈에 입을 맞추었다. 가볍게 닿았다 떨어지는 느낌에 설미는 감았던 눈을 살며시 떴다.

그와 눈이 정면으로 마주치자 설미의 가슴이 빠르게 뛰기 시작했다. 얼굴은 터질 것처럼 뜨겁게 달아올랐다.

'하려면 빨리하지. 왜 자꾸 저렇게 쳐다만 보는 거야. 어휴. 심장 떨려.'

손끝과 발가락 끝까지 저릿했다. 태홍의 뜨거운 눈빛에 온몸이 녹아 사라질 것만 같았다.

"……저기, 태홍 씨?"

"응."

"뭐 해요?"

"너 보잖아."

"그만 보고…… 우리…… 빨……."

"뭐라고? 안 들려."

"그…… 빨리……."

"안 들리는데?"

"그냥 빨리하자구요."

설미가 갑자기 태홍의 목을 끌어안고 먼저 그의 입술에 키스를 했다. 태홍의 살짝 벌어진 입술 안으로 혀도 밀어 넣었다. 큰맘 먹고 먼저 그를 도발한 설미는 순간 움찔했다. 시작과 동시에 아래에서 딱딱하고 뜨거운 기운이 느껴졌기 때문이다.

설미가 놀라 살며시 눈을 떴다. 벌써부터 흥분해서 달아오른 태홍의 얼굴을 보며 설미는 그런 생각을 했다.

'아, 잘못 건드렸다.'

그 순간, 역공이 시작됐다.

"아흣."

그야말로 순식간이었다. 태홍은 어느새 윗옷까지 벗어 던지고, 설미의 몸 위에 올라탔다. 그리고 입술을 덮쳤다. 키스는 점점 더 농밀해져 갔다.

키스를 하며 그녀의 옷 안으로 손을 집어넣어 브래지어 후크를 찾던 그때였다.

딩동. 딩동.

벨이 울렸다. 그 소리에 화들짝 놀라며 설미가 태홍을 세게 밀쳤다. 하마터면 침대에서 떨어질 뻔한 태홍은 당황스러운 얼굴로 설미를 바라봤다.

딩동. 딩동.

초인종이 계속 울리자, 설미가 옷을 여미며 작게 속삭였다.

"뭐 해요? 빨리 옷 입고 문 열어 줘요."

태홍은 속으로 '빌어먹을!' 소리치며 벗어 던졌던 옷을 다시 주워 입고 거실로 나갔다.

"형! 보고 싶었어요!"

현관문을 열자 찬희가 아주 해맑은 표정으로 서 있었다.

"뭐야. 형은 저 안 보고 싶었어요? 표정이 왜……."

상기된 채 잔뜩 굳은 태홍의 얼굴, 흐트러진 머리카락, 뒤집어 입은 티셔츠. 가쁜 호흡.

상황 파악을 끝낸 찬희는 민망한 웃음을 흘리며 먼 산을 바라봤다.

"어이쿠. 오다 보니 밖에 경치 죽이던데. 구경 좀 하고 와야겠다. 조금 이따 다시 오겠습니다."

"촌구석에 구경할 게 뭐가 있다고. 더워 죽겠으니까 빨리 들어가."

도로 나가려는 찬희를 밀며 선희가 나타났다. 선희는 그대로 태홍을 옆으로 밀치며 찬희를 끌고 안으로 들어갔다.

신경질적으로 머리카락을 쓸어 넘기던 태홍은 설미와 인사 중인
두 사람을 흘겨봤다.

□ ■ □

"이번에 새로 신설된 경제범죄팀 팀장이 문화서 권 팀장님이라고
요? 형도 올라오기로 했고?"

찬희의 물음에 태홍은 고개를 끄덕이고는, 맥주를 벌컥벌컥 마시
는 설미를 째려봤다. 태홍과 눈이 마주친 설미가 눈웃음을 치며 애
교를 부렸다.

"에이. 오래간만에 다 같이 모였는데. 한 병, 아니 두 병만 마실
게요. 언니! 언니는 왜 안 마셔?"

태홍이 쉽게 허락할 것 같지 않자 설미는 냉큼 말을 돌리며 선희
쪽을 쳐다봤다.

"언니, 오늘 이상한데? 그 좋아하는 맥주도 안 마시고, 치킨도 안
먹고. 이것 좀 먹어 봐. 식기 전에."

도착해서 줄곧 아무것도 먹지 않는 선희가 걱정된 설미는 치킨
한 조각을 건넸다.

"우엑!"

하지만 선희는 치킨을 보더니 헛구역질을 하며 화장실로 달려갔
다. 찬희가 얼른 뒤따랐고, 설미도 벌떡 일어나 화장실로 향했다.

"엑! 우엑!"

선희는 주저앉아 변기에 구역질을 했고 그런 선희의 등을 찬희가
쓸어 주고 있었다.

"언니! 왜 그래! 어디 아픈 거야?"

눈물까지 글썽이는 설미의 어깨를 태홍이 다독여 주었다.

"괜찮아."

"괜찮긴요. 저렇게 구토를 하는데. 울 언니 혹시 어디 많이 아픈 거 아니에요?"

설미가 잔뜩 걱정하며 바라보자, 태홍이 고개를 절레절레 흔들었다. 그게 무슨 의미인지 몰라 설미가 고개를 갸웃거리고 있는데.

"나 임신했어."

선희가 입을 닦으며 화장실을 나왔다. 설미는 자신의 두 귀를 의심했다.

"응? 뭐라고?"

"나 임신했다고."

"그, 그게 무슨 말이야. 언니 만나는 남자도 없잖아."

어리둥절한 설미와 달리 태홍은 곧바로 찬희를 째려봤다. 찬희가 뒷머리를 긁적이면서 멋쩍게 웃었다.

그리고 그런 두 사람을 설미가 째려봤다.

"뭐야. 두 사람은 누군지 아는 눈친데? 도대체 누구예요?"

"내 동생이지만 너 진짜 눈치 더럽게 없다. 이런 애랑 사귀느라 서태홍 니가 수고가 많구나. 아, 힘들어."

선희가 배를 움켜잡고 소파에 앉았다. 설미는 선희를 걱정스레 보다가 다시 정신을 차리고 언니의 남자가 누군지 추궁하기 시작했다.

"뭐야. 왜 나만 모르는 건데. 누군데 그래? 혹시 나도 아는 사람이야?"

"응."

"내가 아는 사람? 태홍 씨! 누구예요? 도대체 누군데."

"저기, 처제!"

뒤에서 초조한 기색으로 서성이던 찬희가 고개를 빼꼼 내밀었다. 설미의 황당한 시선이 자신에게 꽂히자 찬희는 겸연쩍은 듯 웃었다.

그러자 이제야 상황 파악이 된 설미의 두 눈이 동그래졌다.

"세상에! 둘이? 어, 언제부터요?"

"정식으로 사귄 지는 1년 됐어요. 그 전에 1년은 저 혼자 따라다녔구요. 사귀자고 정말 열심히 졸랐는데 죽어라 안 받아 주더라고요. 경찰 싫다고."

"네? 1년이나 됐다구요? 난 왜 몰랐지……."

"그러게요, 왜 몰랐을까요. 우린 티 완전 팍팍 냈는데. 설미 씨한텐 감출 필요가 없다고 생각했거든요."

티를 냈다고? 그것도 팍팍?

설미는 서둘러 기억을 더듬었다.

하루가 멀다 하고 선희가 좋아하는 것을 사 들고 집에 찾아오던 찬희는 급기야 태홍이 우포리로 내려가고 바로 다음 날, 앞집으로 이사까지 왔다. 이사 온 후에 두 사람은 거의 매일 붙어 있었다. 그냥 친해서 그런가 보다 했는데, 다시 생각해 보니 정말 두 사람 말대로 모르는 게 이상할 정도였다.

"태홍 씨!"

설미가 배신감이 가득한 눈빛으로 태홍을 쳐다봤다.

"태홍 씨도 알고 있었어요?"

"어."

"근데 나한테 왜 얘기 안 했어요?"

"안 물어봤잖아."

입이 무거운 줄은 알았지만 진짜 너무했다. 설미는 입을 삐죽 내밀었다.

"이제라도 알았으니까 됐지 뭐. 임설미, 시끄러우니까 앉아서 치킨이나 먹어."

선희가 설미의 팔을 끌어당겨 소파에 앉혔다.

"맞다. 너 다음 주에 별다른 약속 없지?"

"다음 주? 왜?"

"갈 데가 있거든."

"어디?"

"그게 어디냐면……."

선희가 뜸을 들이자 찬희가 나섰다.

"우리 부모님이 서울 올라오시거든요. 상견례 하러."

"네? 상견례라면……."

"맞아요. 우리 결혼해요. 배 더 부르기 전에 서둘러야죠."

찬희가 선희의 손을 잡으며 다정하게 바라봤다. 선희는 동생 앞이라 부끄러운지 헛기침을 하면서도 손을 뿌리치지는 않았다.

"나 목말라."

"넵!"

우렁차게 대답한 후 주방으로 달려가는 찬희를 보며 선희가 가볍게 미소를 보였다.

그 모습에 설미가 다시 눈물을 글썽이기 시작했다. 태홍은 그녀의 눈가를 닦아 주며 달랬다.

"좋은 일인데, 왜 울고 그래."

"맞아. 임설미, 이 울보야! 왜 울어? 내가 먼저 시집가서 억울해?"

"아니…… 그게 아니라, 너무 좋아서. 언니가 너무 행복해 보여서……. 아, 왜 이렇게 눈물이 나지? 언니 축하해. 정말정말 축하해. 앞으로 계속 행복하게……."

만감이 교차한 모양인지 결국 설미는 손으로 눈을 가린 채 울음을 터뜨리고 말았다.

그런 설미의 모습이 더없이 귀엽고 사랑스러워 선희와 찬희 그리고 태홍 모두 웃음을 터뜨렸다.

□ ■ □

"언니 잘 가! 찬희 씨도 운전 조심하구요. 도착하면 연락해요!"

설미가 양손을 크게 흔들었다. 찬희와 선희가 탄 차가 골목을 빠져나가 완전히 사라졌는데도 설미는 좀처럼 발걸음이 떨어지지 않았다.

"아이스크림 사 줄까?"

"네!"

그제야 설미의 시선이 태홍에게로 향했다. 태홍은 설미의 머리를 헝클어뜨리며 웃고는 근처 슈퍼로 뛰어가 아이스크림을 사 왔다. 그리고 손수 포장까지 벗겨 그녀에게 내밀었다.

"오예. 망고 맛. 고마워요. 잘 먹을게요."

"산책 좀 하다 들어가자."

설미와 태홍은 아이스크림을 먹으며 천천히 우포초등학교를 향해 걸었다. 이곳은 두 사람이 즐겨 찾는 산책 코스였다.

여느 때처럼 두 사람은 운동장 구석에 위치한 철봉 옆 벤치에 나란히 앉았다. 탁 트인 바다가 한눈에 들어왔다.

한여름의 폭염을 시원하게 날려 주는 바닷바람. 둥근 달이 비추고 있는 밤바다를 바라보며 두 사람은 누가 먼저랄 것도 없이 손을 마주 잡았다.

"언니가 결혼을 한다니. 게다가 내년엔 조카까지……. 아직도 믿기지 않아요."

"나도 안 믿겨. 내가 유찬희한테 지다니."

"뭐가요?"

"결혼 말이야."

"아…… 맞다. 우리도 결혼……하기로 했었지. 저기, 태홍 씨…….”

"알아. 말 안 해도.”

어렵게 말을 꺼내던 설미가 태홍의 말에 멈칫했다.

"결혼 천천히 하자고?”

설미는 자신의 마음을 정확히 알아챈 태홍에게 새삼 놀라면서도 고마운 마음이 들었다. 그녀는 잔뜩 미안한 얼굴로 태홍을 바라보다 조심스럽게 고개를 끄덕였다. 그러자 그가 흔쾌히 말했다.

"알았어. 그렇게 하자.”

"태홍 씨, 고마워요. 사실 아까 언니가 결혼 준비는 자기가 알아서 할 테니까 신경 쓰지 말라고 하더라고요. 홑몸도 아니면서…….”

설미는 속상했다. 언니는 늘 자신에게 주려고만 했지, 받으려고 하지 않았다. 하지만 이번만큼은 그럴 수 없었다. 결혼 준비만큼은 옆에서, 제대로 돕고 싶었다.

언니가 세상에서 가장 예쁘고 행복한 신부가 될 수 있도록.

"니가 옆에서 선희 잘 도와줘. 필요한 거 있음 나한테 언제든지 바로바로 얘기하고. 알았지?”

태홍의 다정한 말과 따뜻한 눈빛에 설미는 그의 얼굴에서 시선을 떼지 못했다.

"태홍 씨…….”

"응?”

"사랑해요.”

갑작스러운 설미의 고백에 태홍의 얼굴도 덩달아 갑자기 붉어졌다. 그것을 들키기 싫어 괜히 더 툴툴거렸다.

"결혼 미루자면서, 이런 식으로 나오면 반칙이지. 나 참기 힘들어진다고.”

태홍의 농담에 설미가 피식 웃으며 말을 이었다.

"태홍 씨가 있는 우포리에서는 이렇게 시간이 빨리 가는데, 태홍 씨가 없는 문화시에서는 시간이 엄청 더디게 가더라고요. 밤에 마시는 맥주도 맛없고, 아이스크림도 달콤하지 않고……. 저요, 내년에 우포리로 전출 보내 달라고 할 생각도 했다니까요. 참 신기하죠?"

"뭐가?"

"솔직히 제가 태홍 씨를 이렇게까지 사랑하게 될 줄은 정말 몰랐어요. 우리 처음 만난 날 기억나요? 태홍 씨가 오해해서 내 손에 수갑 채웠던 그날이요. 그때 태홍 씨 첫인상 진짜 별로였는데."

"별로였다니. 이제 와 하는 얘기지만, 그날 너 나 안 만났으면 니네 빌라 뒤에 숨어 있던 강도한테……."

"강도? 그게 무슨 소리예요?"

"그런 게 있어. 아, 덥다. 이제 그만 돌아가자."

태홍은 서둘러 얼버무리며 자리에서 일어났다. 하지만 설미가 태홍의 손을 잡아당겨 다시 자리에 앉혔다. 태홍이 의아한 눈길로 바라보는데 설미가 한쪽 손을 번쩍 들었다.

"나 질문! 태홍 씨는 내 첫인상 어땠어요?"

"첫인상?"

"네. 나 처음 봤을 때 어땠는지 궁금해요."

설미의 물음에 떠오른 것은, 수갑 찬 모습이 아닌 도로 위에 쓰러져 있던 교복 입은 여학생이었다. 신음조차 내지 못한 채 의식을 잃어 가던 작은 얼굴.

"설미야……."

태홍은 설미를 불렀다. 애틋하게.

"우리 그날 처음 만난 거 아니야. 10년 전에 이미 만났었어."

"네? 10년 전이요? 어디서? 이상하다……. 난 전혀 기억에 없는데."

"넌 사고로 쓰러져 있었거든."

"……."

10년 전 사고.

설미는 어딘가 세게 맞은 기분이 들었다. 하지만 내색하지 않고 가만히 태홍의 말에 귀를 기울였다.

"10년 전 서초동을 떠나기로 결심한 날…… 뺑소니를 목격했어. 가해자는 할아버지의 운전기사였고, 피해자는…… 교복을 입은 중학생 여자애였어."

설미는 태홍의 말과 함께 사고 현장에서 자신을 업고 병원까지 데려다준 남자가 있었다는 간호사의 말이 오버랩 되었다.

"설마…… 나 병원에 데려다준 사람이 태홍 씨였어요?"

"어. 진술할 게 있어서 경찰서 갔다가 다시 병원에 가니까 네가 없더라. 간호사 말로는 병원비 때문에 도망간 것 같다고 했어. 계속 신경이 쓰였는데, 나도 그땐 할아버지 때문에 제정신이 아니었어. 너무 괴로워서 한국을 떠나기로 결심까지 했으니까."

"……."

"짐을 정리하다가 사고 현장에서 주운 명찰과 운동화를 발견했고, 떠나기 전에 주인에게 돌려줘야겠다는 생각을 했어. 그래서 네가 입었던 교복을 수소문해서 학교를 찾아갔어. 명찰에 새겨진 네 이름을 말하니까 대회에 나갔다더라. 그것도 전국체전에."

설미는 자신과 태홍이 10년 전부터 이어진 인연이었다는 걸 처음 알았다. 그래서 신기하기도 하고 얼떨떨했다.

그다음 이야기를 궁금해하는 설미를 위해 태홍은 천천히 다시 입을 열었다.

"경기를 보러 갔어. 널 만나려고."

"거기 왔었다고요?"

"어. 관중석에서 널 지켜봤어."

"······!"

"넌 출발과 동시에 얼마 못 가 쓰러졌고, 일어나지 못할 거라고 생각했어. 그런데 포기하지 않은 채, 일어나고 넘어지고를 반복하는 널 보면서······ 결국엔 결승선을 통과하는 널 보면서······ 난 비행기 티켓을 찢어 버렸어."

"······."

"그길로 바로 경찰대에 지원했지. 경찰이 돼서도 수많은 고비들이 있을 때마다 '임설미'라는 여자애를 떠올렸어. 부상을 입은 그 어린 여자애도, 한 발자국도 걸을 수 없을 것 같았는데도 포기하지 않고 결승선에 들어왔는데······ 나도 그 여자애만큼만 해 보자. 포기하지 말자. 그렇게 마음을 다잡으며 살았어. 시간이 지나면서 네 얼굴은 점점 희미해졌지만, 이름만은 절대 잊을 수 없었어."

경찰서 앞에 떨어진 지갑 안에 들어 있던 교사공무원증. 거기서 그녀의 이름 세 글자를 발견했을 때의 충격이 아직도 생생했다.

사실 그때 태홍은 지칠 대로 지쳐 있었다. 거기다 성민우에게 무기력하게 사건을 뺏기자 다 그만두고 도망가고 싶은 마음까지 들었었다.

하지만 그날 지갑을 들고 그녀에게로 달려가며 태홍은 이런 생각을 했다.

'방금 전 두 다리로 멀쩡하게 걷고, 날 때리던 그 여자가 10년 전 무릎 부상을 당하고도 결승선을 통과하던 그 임설미가 맞다면, 포기하지 말자. 도망가지 말자. 끝까지 해 보자.'

태홍은 손을 뻗어 설미의 하얗고 보드라운 양 볼을 어루만졌다.

"넌 항상 내가 갈림길에 섰을 때마다 나타나서 내 인생을 이끌었어. 넌 신기하다고 했지만, 난 네 이름을 다시 본 순간부터 널 이만큼 사랑하게 될 줄 알았던 것 같아. 그 뒤로 계속 니가 궁금하고, 신경 쓰이고, 보고 싶고, 안고 싶고 그랬거든."

"태홍 씨가 그렇게 말하면 내가 뭐가 돼요. 나 다시 말할래. 사실은 나도 태홍 씨 처음 봤을 때부터, 저 남자는 내 남자가 될 것 같다. 뭐 그런 생각을…… 읍!"

설미가 말을 마치기도 전에 태홍이 그녀의 입술을 덮쳤다. 달콤한 망고 맛이 입안 가득 퍼졌다. 풀잎을 스치는 바람 소리와 함께 열대야를 식힐 시원한 바람이 불었다.

입술의 움직임은 점점 더 노골적으로 변해 갔고, 두 사람 사이에는 그 어느 때보다 뜨거운 열기가 피어올랐다.

아름다운 두 사람을 축복하듯 은은하게 퍼지는 풀벌레 소리와 함께 밤은 깊어만 갔다.

태홍과 설미의 뜨거운 휴가는 이제부터 시작이었다.

— *Fin*

"제주도 처음 오셨어요?"

택시 기사가 뒤에 앉은 손님을 흘깃거리며 물었다. 창문에 딱 달라붙어 바깥 경치를 감상하던 설미가 뒤늦게 고개를 돌렸다.

"네? 기사님 방금 뭐라고 하셨어요?"

"제주도 처음이시냐고요."

정곡을 찔린 설미는 머쓱함에 배시시 웃었다.

"네. 제주도 처음이에요. 근데 어떻게 아셨어요?"

"척 보면 척이지. 바다에서 아주 눈을 못 떼는구면. 그렇게 좋아요?"

"헤헤. 네. 제가 바다를 좋아하거든요."

"그럼 저녁에 바다 보면서 칵테일 한잔 딱 마시면 되겠네. 해안가 근처에 분위기 끝내주는 가게가 있는데 알려 줄까요?"

"칵테일이요? 네네! 저 알려 주세요!"

칵테일이라는 말에 설미의 두 눈이 반짝였다.

"거기 명함 있으니까 가져가요."

택시 기사가 의미심장한 미소를 지으며 카드결제기 옆 명함 통을 가리켰다.

"그거 가져가면 DC도 해 줘요."

"정말요? 오예!"

설미는 냉큼 명함을 뽑아 들었다. 명함 뒷면에는 작은 글씨로 메뉴가 빼곡하게 적혀 있었다.

"우와, 칵테일 말고도 먹을 게 엄청 많네요! 기사님 너무 감사합니다."

명함을 정독하는 설미는 당장이라도 가게로 달려갈 태세였다. 몇 번이고 감사하다고 하는 설미를 보자 택시 기사는 흐뭇했다.

요즘 젊은 사람 같지 않은 그녀의 순수함이 보기 좋기는 한데…… 너무 맹해 보인달까. 그녀와 비슷한 또래의 딸을 가진 아버지 입장에서 걱정이 되었다.

택시 기사가 백미러로 설미를 흘끔 보며 말했다.

"아가씨, 뉴스 봤죠? 요즘 제주도에 극악무도한 범죄가 기승이라고 하니 조심하고, 물건 간수도 좀 잘하시고."

"네? 물건이요?"

무슨 말인지 모르겠다는 표정으로 설미가 고개를 갸웃했다. 그러자 택시 기사가 혀를 내찼다.

"발밑에 지갑 떨어졌어요."

"앗! 감사합니다!"

설미는 그제야 발밑에 떨어져 있는 지갑을 발견하곤 얼른 주워 들었다. 자연스럽게 지갑을 펼치자 태홍의 증명사진이 소중하게 꽂혀 있었다. 사진을 보자 설미의 입꼬리가 씰룩거렸다.

사진 찍는 걸 싫어하는 태홍 몰래 찬희에게서 어렵게 얻은 사진이었다. 무려 '제복' 입은 사진이었다.

역시, 제복은 진리야.

설미는 사진이 닳아 없어질까 조심스레 쓸어 만졌다.

"근데 제주도엔 무슨 일로 왔어요? 혼자 왔어요?"

승객과의 수다를 즐기는 편인지, 택시 기사가 또 말을 걸어왔다. 원래도 사람에게 경계의 벽이 낮은 설미는 있던 벽마저 모두 허물고 택시 기사의 수다에 장단을 맞추었다.

"네. 혼자 왔어요. 내일 저희 언니가 결혼을 하거든요."

"아하! 신랑 될 사람이 제주도 사람인가 보네?"

"네. 형부 고향이 제주도예요. 형부 아버님께선 계속 제주도에 사시고요. 아, 지금 가는 곳이 사돈어른께서 운영하는 펜션이에요."

"펜션?"

택시 기사가 고개를 갸웃하며 내비게이션을 다시 확인했다.

"아가씨, 241-2번지 가는 거 맞아요?"

"네! 드림하우스요!"

"그래, 드림하우스 거기 알지. 근데 거길 펜션이라고 하는 건 좀 그렇지 않나? 뭐, 일단 가 봅시다."

그사이 또 지갑 속을 보며 실실 웃고 있는 설미를 백미러로 확인한 택시 기사는 입을 다물고 조용히 차의 속력을 높였다.

태홍의 사진을 감상하던 설미는 그가 더욱 보고 싶어졌다.

안 되겠어. 목소리라도 들어야겠다.

가방에서 핸드폰을 꺼내 호기롭게 통화 버튼을 누르려다가, 설미가 멈칫했다.

'혹시라도 잠복 수사 중이면 어떡하지? 요즘 엄청 바쁘다 그랬는데……. 그래, 나중에 하자.'

설미는 통화 대신 제주도의 멋진 풍경을 찍어 사진이라도 보내볼까 하다가 꾹 참았다. 그마저도 그에게 방해될까 싶어서였다.

그리고 다시 창밖으로 시선을 던졌다. 제주도의 푸른 바다가 설미의 눈길을 단숨에 사로잡았다. 설미는 창문을 전부 내리고 얼굴을 살짝 내밀었다. 상쾌한 공기가 코끝에 스며들었다. 천천히 고개를 들어 하늘을 올려다보자 구름 한 점 없는 파란 가을 하늘이 반겨 주었다.

"캬. 끝내준다."

곧 설미의 형부가 될 찬희는 경찰대에 입학하기 전까지 제주도에서 학창 시절을 보냈다고 했다. 매사 여유가 넘치고 호쾌한 그의 성격은 이런 멋진 풍경을 매일같이 보고 살아서 그런 건 아닐까 싶었다.

'우리 태홍 씨도 바다 좋아하는데……'

설미는 오늘 새벽 갑자기 집으로 들이닥친 태홍의 모습이 떠올랐다.

잠복근무를 하다 세 시간 정도 휴식 시간이 주어졌는데, 그 시간을 잠자는 데 안 쓰고 자신을 보러 서울에서 문화시까지 달려온 태홍이었다.

'결혼식 같이 못 가서 미안해. 광수대 발령받고 처음 맡은 사건인 데다, 찬희도 없어서 일이……'

'말 안 해도 알아요. 어휴. 얼굴 좀 봐. 밥은요? 안 먹었죠? 얼른 들어와서 아침 먹고 가요.'

'가 봐야 해. 곧 출근 시간이라 차 막혀.'

'바로 간다고요? 그럴 거면 그냥 당직실에서 눈이라도 붙이지 왜 왔어요.'

'잠이 안 와. 너 보고 싶어서.'

그렇게 말하며 입술을 겹쳐 오던 태홍이 머릿속을 스치고 지나갔다.

별안간 불에 덴 듯 입술이 뜨거워졌다. 양 볼도 덩달아 화끈해졌다. 입술을 만지작거리던 설미는 열기를 식히려 다시 창밖을 바라봤다.

아직은 늦더위가 기승을 부리는 9월이지만 가을은 가을인가 보다. 제주의 들녘에는 이제 막 피어나기 시작한 억새꽃이 바람에 흔들려 은빛 물결을 만들어 냈다.

"아가씨, 다 왔어요."

차에서 내린 설미는 트렁크에서 캐리어를 꺼낸 뒤 주변을 둘러보았다.

"세상에……."

설미의 두 눈이 휘둥그레졌다.

야자수가 있는 드넓은 정원에 대여섯 채의 건물들이 우뚝 서 있었다. 화이트 톤의 건물 뒤쪽으로 펼쳐진 푸른 해변은 마치 그리스를 연상케 했다.

"저기, 기사님! 여기가 드림하우스 맞아요?"

설미가 출발하려는 택시를 다시 잡고 물었다.

"제주도에 드림하우스는 여기뿐인데, 무슨 문제 있어요?"

"네? 아, 아니요……. 알겠습니다. 감사합니다."

그때 건물 안에서 익숙한 얼굴의 중년 남성이 걸어오는 것을 발견한 설미는 차 문을 잡은 손에 힘을 뺐다. 그러자 택시가 곧바로 출발했다.

설미는 캐리어를 끌고 중년 남성을 향해 달려갔다.

"사돈어른, 안녕하세요!"

사돈어른이 호탕하게 웃으며 설미를 반갑게 맞이했다.

"하하. 잘 왔어요. 사돈처녀 제주에서 보니까 더 예쁘네? 우리 선희만큼은 아니지만."

"그, 그렇죠. 언니가 훨씬 예쁘긴 하죠."

"우리 선희는 마음도 예뻐요. 사돈처녀 길치라고 길 잃어버리면 어쩌나 얼마나 걱정을 하던지."

선희의 팬클럽 회장이나 다름없는 찬희에게 옮은 모양이다. 이제 막 선희에게 입덕한 사돈어른을 어찌 말리겠는가. 두 남자의 사랑을 듬뿍 받으며, 앞으로 행복할 일만 남은 언니를 떠올리자 설미는 흐뭇했다.

"사돈처녀, 혹시 우리 선희가 더 예쁘다고 해서 삐진 건 아니지?"

"네. 그럼요. 원래 그런 말 자주 들어요. 그리고 언니보다 제가 예쁘다는 사람은 이 세상에서 딱 한 명이면 돼요."

설미가 행복한 얼굴로 말했다.

'태홍 씨, 나도 언니처럼 화장하고 다닐까요?'

'쓸데없이 왜?'

'왜긴 왜예요. 예뻐 보이고 싶으니까 그러죠. 오늘 태홍 씨 광수대 복귀 환영회인데 다들 언니 쳐다보느라 바쁘고……. 언니가 그 정도로 예뻐요? 남자들이 막 넋을 잃고 쳐다볼 정도로?'

'아까 선희도 왔었어? 난 네 얼굴 보느라 정신없어서 몰랐네.'

'에이, 장난치지 마요.'

'진짜야. 내 눈엔 니가 훨씬 예뻐. 화장 같은 거 안 해도.'

또 태홍 생각에 빠지고 말았다.

입까지 헤벌리고 있던 설미가 뒤늦게 정신을 차리자, 사돈어른이 재미난 구경을 하듯 그녀를 쳐다보고 있었다. 설미가 멋쩍게 웃으며 슬쩍 물었다.

"근데요, 사돈어른. 제주도에서 작게 숙박업 하신다더니……."

설미는 주변을 빙 둘러봤다. 아무리 봐도 펜션이 아니라, 대규모 리조트였다.

"안에 들어가면 뭐 별거 없어. 자자, 어서 가자고."

사돈어른이 설미의 캐리어를 뺏어 들었다.

"앗! 괜찮아요. 제가 들게요!"

"에헤이, 여기선 무조건 손님이 왕이야."

꽃무늬 티셔츠와 7부 바지, 제대로 바캉스 복장인 사돈어른이 사람 좋게 웃으며 리조트 안으로 먼저 이동했다. 상견례 때도 느낀 거지만, 웃는 모습이 찬희와 많이 닮았다는 생각을 하며 설미는 사돈어른을 뒤따랐다.

"우와! 너무 좋아요."

사돈어른을 따라 들어간 방은 푸른 바다, 환상적인 조경의 열대 정원이 한눈에 내려다보이는 룸이었다. 게다가 테라스엔 스파 시설까지 갖춰져 있었다.

잔뜩 들떠서 룸을 구경하고 있는 설미를 향해 사돈어른이 불쑥 물었다.

"근데 우리 사돈처녀 애인 있어?"

"네!"

설미가 고개를 끄덕이며 자신 있게 대답하자, 사돈어른이 안타까운 표정을 지었다.

"아이고, 아까워라. 사돈처녀랑 꼭 어울리는 남자가 있어서 소개시켜 주려고 그랬더니만."

"아, 전 괜찮아요. 지금 남자 친구랑도 엄청 잘 어울리거든요."

설미가 자신만만하게 말했다. 그러자 사돈어른이 품! 하고 웃음을 터뜨렸다.

왜 웃으시지?

설미는 자신이 무슨 말실수라도 했나 싶어 이마를 긁적였다.

"에이, 다시 한번 잘 생각해 봐. 우리 찬희 선밴데 잘생겼고, 성격도 진중하고, 아주 사돈처녀랑 딱인데. 정말 생각 없어?"

"네! 지금 남자 친구도 엄청 잘생겼고, 성격도 진중하고, 정말정
말 멋있어요."

"콩깍지가 씌었구먼. 그럼 뭐, 할 수 없지. 내 친구 딸내미가 탤
런트 누구라던데……. 아니다, 모델이랬나? 우리 태홍이가 섹시한
스타일을 좋아하려나?"

누구?

설미의 두 눈이 번쩍 떠졌다.

"저기…… 사돈어른, 방금 누구라고?"

"어, 우리 찬희 선배 서태홍이라고 있어. 찬희한테 물어보니까 결
혼 안 했다고 하더라고. 그래서 난 우리 사돈처녀랑 연결해 줘야지
했는데, 생각 없다니까 그럼 내 친구 딸내미랑 중매를……."

"안 돼요!"

어디론가 전화를 걸려고 하는 사돈어른의 손을 설미가 잽싸게 막
았다. 사돈어른이 어리둥절한 표정으로 설미를 쳐다봤다.

"그, 그러니까…… 그분은 섹시한 여자 싫어하실걸요? 하하하."

"에이, 설마. 섹시한 여자 싫어하는 남자가 어딨어."

"제 촉이 그래요. 그분은 분명 귀여운 여자 좋아하실 거예요. 아
마도?"

"아, 그래서 우리 태홍이가 사돈처녀랑 만나는구나? 귀여워서?"

"네?"

"푸하하하. 선희 말이 맞았네. 놀려 먹는 재미가 있어."

갑자기 박장대소를 하는 사돈어른을 보니, 얼마 전 선희와 싸운
척 짜고 결혼 안 하겠다고 설미를 놀려 먹던 찬희가 생각났다. 둘은
한창 심각한 척하다 결국 웃음보가 터져서 실패했었다.

이 사람들이 정말…….

설미가 눈을 가늘게 뜨고 사돈어른을 쳐다봤다. 그러자 사돈어른이 또다시 배를 잡고 웃었다. 그 모습에 설미가 입을 삐죽 내밀었다.

"저 놀리신 거예요? 너무해요."

"에이, 용서해 줘. 대신 우리 리조트에서 뷰가 제일 좋은 룸 내줬잖아. 응?"

사돈어른이 눈썹을 꿈틀거리며 익살맞은 표정을 지었다. 설미는 못 당하겠다는 듯, 배시시 웃어 버렸다.

"그럼 푹 쉬고 내일 결혼식 때 보자고."

사돈어른은 마지막으로 혹시 룸에 이상은 없는지 꼼꼼히 살펴본 후, 설미를 향해 윙크를 하고 밖으로 나갔다.

설미는 짐을 대충 정리하고 침대 위에 철퍼덕 누워 버렸다. 천장을 멍하니 바라보던 설미의 얼굴에 따뜻한 미소가 번졌다.

"우리 언니 행복하게 잘 살겠다. 다행이다."

선희가 찬희와 만나고 있다는 사실을 알게 된 순간부터 지금까지, 설미는 단 한 번도 두 사람의 결혼 생활을 걱정해 본 적이 없었다. 가장 큰 이유는 찬희를 믿어서였고, 그다음이 사돈어른의 인품 때문이었다.

'나도 전과가 있어. 학생 때 운동을 무지하게 했거든. 그래서 당시 파출소장이었던 장인어른이 헤어지라고 난리도 아니었지. 그렇게 반대가 심한데도 영미…… 죽은 찬희 엄마가 장인어른한테 그러더군. 딸의 눈을 못 믿으시냐고. 이 사람은 제가 본 남자 중 최고라고. 그때 어찌나 눈물이 나던지……. 그게 벌써 35년 전 얘기야. 선희 양, 난 내 아들의 눈을 믿어. 내 아들이 선희 양은 좋은 여자라고 그랬어. 그럼 된 거야.'

상견례 자리에서 전과가 있는 사실을 고백한 언니에게 사돈어른이 그렇게 말했다. 그리고 선희는 울었다. 설미는 선희가 그렇게 소리까지 내며 펑펑 우는 것을 처음 봤다.

그 바람에 설미도 울고, 찬희도 울고, 심지어 사돈어른까지 울고. 울다가 누군가 방귀를 뀌는 바람에 울음바다가 웃음바다로 변해 버리긴 했지만…….

시트콤 같았던 그날이 떠오르자 설미는 저절로 피식피식 웃음이 새어 나왔다. 그러다 점차 눈꺼풀이 무거워지기 시작했다.

그녀는 언제인지 모르게 스르륵 잠이 들고 말았다.

"으악, 어떡해!"

세상모르고 자다 벌떡 일어난 설미는 어두워진 바깥을 보곤 절망했다. 핸드폰으로 시간을 확인하니 벌써 8시였다. 텅 빈 메시지함을 본 설미는 시무룩해져 침대에서 내려왔다.

"아무리 바빠도 밥시간엔 문자 하는데……. 밥도 못 먹을 정도로 많이 바쁜가?"

설미는 구시렁거리며 핸드폰을 주머니에 넣었다. 그러다 주머니에서 뭔가가 바닥으로 툭 떨어졌다. 낮에 택시 기사가 준 명함이었다. 설미는 명함을 주워 들며 생각에 잠겼다.

"가볍게 칵테일이나 한잔할까나……."

설미는 곧장 핸드백을 챙겨 들고, 팔랑대며 밖으로 뛰어나갔다.

□ ■ □

"사장님! 한 잔 더 주세요!"

이미 테이블 위에는 빈 잔이 수두룩했다. 취기가 오른 설미의 빨간 볼을 보고 사장이 걱정스레 물었다.

"아가씨, 괜찮겠어요? 그 칵테일 은근 도수가 높은데."

"너무 맛있어서 딱 한 잔만 더 마시려고요. 근데요 사장님……."

설미가 눈을 게슴츠레 뜨고선 사장을 빤히 쳐다봤다. 생김새가 낮에 본 택시 기사와 판박이였다.

"사장님, 낮이 익어요. 혹시……."

"내 쌍둥이 동생을 봤나 보네. 내 동생이 택시 기사거든요."

"아, 그래서 닮으신 거구나. 저기, 근데 사장님. 기사님께서 분명여기 바다 보면서 칵테일 마실 수 있다고 그랬는데…… 왜 제 눈엔바다가 안 보이는 걸까요?"

설미가 툴툴대며 가게 안을 두리번거렸다. 이곳은 자신이 상상하던 곳과는 거리가 멀었다. 파도 소리가 들리는 해변 근처에서 낭만적인 분위기와 함께 마시는 칵테일을 원했는데……. 주변엔 바다는커녕, 으슥한 갈대숲만 가득했다.

여긴 그 한가운데 위치한 오두막. 손님이라곤 창가에서 혼자 우아하게 맥주를 마시는 중년 여성과 자신뿐이었다. 게다가 천장은 금방이라도 무너질 듯하고 구석마다 거미줄이 그득한 작고 허름한 펍.

처음엔 무섭기도 하고 그냥 돌아갈 생각이었는데, 자신을 붙잡는사장을 도저히 뿌리칠 수가 없었다. 사장은 손님이 떠날까 봐 설미가 자리에 앉자마자 바로 칵테일을 내왔고, 설미는 생각보다 맛있는칵테일에 푹 빠져 버리고 말았다.

하지만 제주도까지 와서 거미줄 그득한 오두막에 앉아 있는 것은너무 아쉬웠다.

설미는 시무룩한 얼굴로 사장을 바라봤다.

"명함 가져왔는데, DC 되는 건 맞죠?"

"되고말고. 서비스도 팍팍 줄게요."

서비스라는 말에 기분이 조금 풀린 설미는 메뉴판을 들여다보며 선택에 신중을 기했다.

"해물우동볶음이랑 감자튀김 그리고 음…… 수세 소시지도 주세요!"

"오케이. 조금만 기다려 주세요."

사장이 후다닥 주방으로 들어가고, 설미는 칵테일을 마저 마셨다.

지이잉. 지이잉.

그때 주머니에서 핸드폰이 울렸다. 분명 태홍일 거라고 생각한 설미의 얼굴에 화색이 돌았다. 하지만 액정 속 발신인을 확인하자 잠시 서운함이 스쳤다.

설미는 애써 웃으며 전화를 받았다.

"응. 언니."

— 너 또 어디서 혼자 술 처먹고 있지?

선희의 잔소리에 설미는 핸드폰을 귀에서 조금 멀리 뗐다.

"처먹다니. 분위기 좋은 해변가에 앉아서 칵테일 한잔하고 있거든?"

— 웃기고 앉아 있네. 바다는커녕 주변에 갈대밖에 안 보이지? 거미 막 기어 다니고.

"어떻게 알았어?"

설미가 화들짝 놀라 주변을 두리번거렸다. 그러다 중년 여성과 눈이 마주친 설미는 멋쩍은 미소를 지었다. 그에 화답이라도 하듯 중년 여성은 설미를 향해 눈인사를 건넨 후, 다시 창밖을 보며 맥주를 마셨다.

설미도 다시 통화에 집중했다.

— 어떻게 알긴. 찬희가 그러더라. 너 백퍼 김 기사 아저씨한테 속아서 오렌지 펍에 갔을 거라고. 그 아저씨 호객왕으로 유명하거든.

"쳇. 그럼 미리 좀 알려 주지."

— 알려 줘도 속았다에 결혼반지 건다.

"말을 해도 참. 결혼반지를 왜 아무 데나 걸고 그래? 형부 속상하겠네."

— 찬희도 같이 건대.

이제 내성이 생긴 설미는 아주 자연스럽게 화제를 돌려 버렸다.

"오늘 그럼 형부네 외할머니 집에서 자는 거야?"

— 응. 거동이 조금 불편하셔서 우리가 내일 모시고 리조트로 바로 가기로 했어. 아버님은 친가 쪽 손님 맞느라 바쁘셔서. 아무튼 너도 작작 마시고 들어가서 씻고 잠이나 자. 경건한 마음으로 이 언니 결혼식 준비해야지, 어딜 싸돌아다녀? 요즘 제주도 치안이 안 좋다니까 콜 불러서 빨리 돌아가.

"알았어. 걱정 그만하세요. 조금만 먹고 들어갈 거니까."

— 그래. 리조트 도착하면 전화해라. 나 안 자고 기다릴 거야. 끊을게.

"언니! 잠깐만!"

— 응. 왜?

"있지……."

뭔가 말을 하려다 말고 설미는 칵테일을 한 모금 꼴깍 마셨다. 그리고 용기 내어 말했다.

"언니, 사랑해."

— 너 취했냐?

그러나 대뜸 타박이 돌아왔다. 하지만 수화기 너머로 "여보 얼굴 빨개졌어요. 처제가 뭐랬는데?"라는 찬희의 목소리가 들렸다.

설미가 웃으며 대꾸했다.

"우씨, 기분이 너무 좋아서 그래. 언니 결혼 정말정말 축하해. 형부한테도 전해 줘. 우리 가족이 되어 줘서 고맙다고. 히히. 아무튼 언니 내일 보자!"

— 그래. 내일 보자.

통화를 마친 설미는 흡족한 얼굴로 핸드폰 액정을 들여다보았다. 그러다 얼마 전에 찍은 선희의 웨딩 사진이 떠올라 앨범을 열었다. 웨딩드레스를 입은 선희와 턱시도 차림의 찬희를 바라보던 설미의 눈시울이 점차 붉어졌다.

"우리 언니가 결혼을 하다니……."

감격에 겨워 울다, 너무 행복해서 웃음이 났다. 설미는 훌쩍대며 고개를 들었다.

그런데 또 중년 여성과 눈이 마주쳤다. 이번엔 아예 중년 여성이 자리에서 일어나 설미에게 다가왔다.

"우리 합석할래요?"

"네?"

"나도 속았거든요. 그 대머리 택시 기사 양반한테. 바다 보인다고 해서 왔는데……. 이게 뭐람."

단발머리에 눈웃음이 매력적인 중년 여성이 한숨을 길게 내쉬며 자연스레 설미 옆에 앉았다.

"언니가 결혼하나 봐요? 앗, 일부러 들으려고 한 건 아니고……."

"죄송해요. 제 목소리가 너무 컸죠? 네. 내일 언니가 결혼해요. 제주도에서."

"어머, 좋겠다. 제주도에서 노년을 보내는 게 내 꿈이거든요. 바다가 참 예쁘잖아요. 근데 아가씨는 왜 혼자 다녀요?"

"사실 남자 친구랑 같이 오기로 했는데, 일이 바빠서 저 혼자 왔어요. 아주머니는요?"

"난 남편이랑 같이 왔는데 공항에서 헤어졌어요. 각자 할 일이 있었거든. 근데 이 인간 아직도 일이 안 끝났나? 깜깜무소식이네."

중년 여성이 핸드폰을 흘겨보자, 설미가 피식 웃었다.

"왜 웃어요?"

"제 남자 친구도 오늘 하루 종일 연락이 없거든요."

설미가 핸드폰을 흔들었다.

"우리 둘 동병상련이네요. 자, 건배나 합시다."

"네, 건배!"

두 사람은 잔을 부딪쳤다.

"근데 남편분은 뭐 하는 분이세요?"

"옛날에 잠깐 나랏일 하다가 적성에 안 맞아서 때려치우고, 나랑 여행 다니면서 놀아요. 가끔 글도 쓰고, 그림도 그리고."

"우와, 부러워요."

"아가씨는 직업이 뭐예요?"

"저는 애들 가르쳐요."

"선생님이시구나? 과목은요?"

"체육이요."

"정말요? 어머어머! 내 아들 애인도 체육 교사라던데."

"아, 그래요? 학교가 어딘데요?"

"어디더라……. 문……정시? 아니다, 문호시? 어우, 나도 늙었나 봐. 기억이 가물가물하네."

"앗, 저돈데! 저도 기억력이 많이 안 좋아요. 제 남자 친구가 그러는데 그게 좋은 거래요. 나쁜 일도 금방 잊는다고."

"어쩜, 내 남편도 맨날 그런 말 하는데. 우리 여러모로 통하는 구석이 많네요?"

"네, 그런 것 같아요."

"그나저나 사장 양반이 손이 느린가? 안주는 언제 나오는……."

쾅!

그때 주방 문이 열리고 사장이 들어왔다. 화기애애한 분위기 속에서 수다를 떨던 설미와 중년 여성이 소리가 난 쪽으로 고개를 돌렸다. 그와 동시에 두 사람의 낯빛이 하얗게 질려 버렸다.

사장은 혼자가 아니었다.

"손들어."

검은 복면을 쓴 남자가 칼로 사장을 위협하며 들어오고 있었다.

□　■　□

"불에 탄 시신이 황기태가 확실합니까?"

"네. 그렇습니다. 근데 아무래도 수상합니다."

제주 공항에 도착한 태홍은 제주동부경찰서 소속 박 형사의 사건 브리핑을 들으며 경찰차에 올라탔다.

신화그룹 강 회장의 비자금을 조사 중이던 태홍은 유력한 증인이었던 황기태 상무를 찾고 있었다. 그런 그가 서울에 없었다는 것도 놀라운 일인데, 바다 건너 제주도에서 펜션 화재로 불에 타 사망하다니. 또다시 사건은 안갯속에 들어가 버렸다. 덕분에 며칠 밤을 꼬박 새운 태홍은 지칠 대로 지쳐 있었다.

태홍의 충혈된 눈을 보고 놀란 박 형사가 걱정스럽게 말했다.

"경위님. 잠깐이라도 눈 좀 붙이시는 게······."

"부검은요?"

"시작했다고 합니다. 일단 서로 가시겠습니까?"

"아뇨, 부검이 진행되고 있는 병원으로 먼저 가죠. 그리고 최근 제주에서 발생한 강도, 살인 흉악 범죄 용의자 리스트 업해 주시고요."

"네. 알겠습니다."

"불법 밀항 단속 강화하도록 담당 처에 협조 요청해 놨으니, 방화범 도주 경로 서둘러 파악해 주세요. 화재 현장 근처 CCTV는 확보하셨죠?"

"네. 그럼요. 그나저나 경위님은 여전히 빠르십니다."

태홍이 광수대 마약팀에 있을 때부터 여러 번 공조 수사를 했던 박 형사는 태홍을 잘 알고 있었다. 한번 물면 이가 부러져도, 잇몸으로라도 물고 놔주지 않는 것을.

태홍은 광수대와 연락을 주고받으며, 태블릿 PC로 용의자 리스트를 살폈다. 그리고 잠시 두 눈을 감은 채 머릿속으로 작전을 짰다. 플랜B까지 완벽하게.

차는 이윽고 병원 앞에 도착했다.

"저는 전화 한 통만 하고 가겠습니다. 먼저 들어가세요."

박 형사가 먼저 건물 안으로 들어가자, 태홍은 재빨리 핸드폰을 꺼냈다. 그리고 설미에게 전화를 걸었다. 하루 종일 그녀에게 연락한 통 하지 못한 것이 미안했다.

초조하게 그녀의 목소리를 기다리고 있는데, 전화가 소리샘으로 넘어갔다.

"왜 안 받지? 벌써 자나?"

태홍이 의아해하며 다시 통화 버튼을 누르려는데.

"경위님! 부검 끝났답니다!"

박 형사의 목소리가 태홍을 방해했다. 태홍은 하는 수 없이 핸드폰을 손에 쥔 채 병원으로 들어갔다.

마침 부검실 안에서 가운 차림의 부검의들이 나오고 있었다. 차례로 마스크를 벗는 의사들 중 키가 훤칠한 중년 남성을 보고 태홍이 화들짝 놀랐다.

"아버지가 왜 여기 계세요?"

"그러는 너는 왜 여기 있나?"

부자지간끼리 서로 황당한 얼굴로 따져 묻고 있었다. 그런 두 사람 사이로 담당 부검의가 끼어들었다.

"서 교수님 아드님이 서 경위였어요?"

"내 아들을 알아?"

"그럼요. 제가 국과수 본원에 있을 때부터 유명했죠. 우리 서 경위."

금철현 부검의와 태홍은 몇 년 전부터 면식이 있던 사이였다.

"사람을 어찌나 달달 볶던지, 다들 서 경위가 맡은 사건의 부검은 안 맡으려고 난리였죠. 그리고 보니 서 교수님이랑 많이 닮았네요. 한번 맡은 일은 아주 끝장을 보고야 마는 그 성격 말이에요."

"뭐, 인마? 넌 이 스승님 술 사 준다고 불러선 일을 시키냐? 이 망할 놈."

금철현 부검의는 서 교수의 제자였다. 두 사람이 티격태격 싸우는 모습을 한심하게 보던 태홍이 보다 못해 큰소리를 냈다.

"두 분 나중에 싸우시고, 부검 결과나 얘기해 주시죠!"

태홍이 진지하게 두 사람을 쳐다봤다. 그러자 금철현 부검의가 서 교수를 향해 "거봐요. 달달 볶는댔잖아요."라고 작게 말하며 어깨를 으쓱였다.

"결과는 교수님께서 아드님께 직접 전달해 주시죠. 전 일이 밀려서 이만."

그러고선 금철현 부검의는 얼른 사무실로 들어가 버렸다.

서 교수와 태홍은 휴게실로 자리를 옮겼다. 태홍이 자판기 커피를 내밀자, 서 교수가 웃으며 받았다.

"땡큐. 근데 제주엔 무슨 일로 왔어?"

"제가 맡은 사건의 주요 증인이 제주에서 불에 탄 채 발견됐어
요."

"아. 방금 그 시신?"

"네. 사인은요?"

"뭘 거 같아?"

"화재로 인한 일산화 탄소 중독은 아니죠?"

"아니지."

태홍은 역시 그럴 줄 알았다는 듯 서 교수를 쳐다보며 눈빛으로
다음 말을 재촉했다.

"시신 인계받자마자 간이 검사 했는데 기도에 그을음이 없었어.
화재 당시 사망자가 무호흡 상태였다는 거지. 그리고 사망자의 목과
턱 밑에서 미세한 출혈이 확인됐어. 폐에는 울혈과 부종, 기관지 안
에는 거품이 발견됐고."

"누군가 목을 졸라 죽였네요."

"맞아. 타살이야. 지금 현장 감식반에서 넘어온 머리카락과 혈흔
DNA 분석하고 있으니까, 기다리면 곧 결과 나올 거야. 자, 이제 업
무 끝? 이 애비한테 개인적으로 궁금한 건 없고?"

"없는데요."

"난 있는데, 물어봐도 되니?"

"아니요."

태홍의 단호한 대답에 서 교수가 씁쓸한 표정으로 커피를 마셨다.
태홍은 잠시 뜸을 들이다가 아까보다는 한층 부드럽게 말했다.

"한국엔 언제 오셨어요?"

"어제 오전. 마닐라 의료 봉사 끝내고 잠깐 휴식차 들렀어. 내일
도쿄에서 학회가 있어서, 밤 비행기로 가야 하거든."

"오래간만에 한국까지 와서 제 얼굴도 안 보고 그냥 가시려고 했

다는 거네요?"

"너 바쁜 거 아니까 우린 너 배려 차원에서……. 미안하구나. 애비가 잘못했다."

"됐어요."

섭섭하긴 했지만 이런 일이 한두 번 있는 일도 아니고, 태홍은 그러려니 했다.

"어머니는요?"

"이따 공항에서 만나기로 했어. 아마 니 엄마는 어디서 혼자 술이나 한잔하고 있지 않을까?"

"여전하시네요. 술 좋아하시는 거. 앞으론 건강 생각해서라도 두 분 다 술 좀 줄이세요."

"그래. 태홍이 니가 줄이라면 줄여야지."

서 교수는 아들의 잔소리가 반가웠다. 어렸을 적부터 태홍은 어리광 한번 피우지 않고 늘 의젓한 아들이었다.

하지만 2년 전 서 장관의 장례식장에서 만난 아들의 모습에 태홍의 부모는 피눈물을 흘렸다. 죄책감에 눌려 조아린 머리와 공허한 눈빛. 모든 걸 포기한 듯한 자식이 안타까웠다.

그런데 지금 태홍은 어떤가. 일에 대한 열정과 자신감으로 눈빛이 반짝였다. 서 교수는 태홍을 애틋하게 바라보았다.

"얼굴 좋아 보여서 다행이야. 요즘 어때? 괜찮니?"

한참 말이 없던 태홍이 대답했다.

"아버지는요?"

"괴롭지. 후회도 되고, 자책감도 들고. 하지만 대부분은 행복해. 니 엄마가 옆에 있으니까. 네 엄마한테 들으니 너도 곁에 누군가 있다고 하던데……."

"네. 있어요. 저도……."

무뚝뚝한 태홍이 애인에 대해 쉽게 입을 열지 않을 거라고 생각했던 서 교수는 놀랐다.

"그 사람 덕분에 저도 대부분은 행복해요. 가끔 할아버지를 그렇게 보냈다는 생각에 괴롭지만, 내 옆에 있는 그 사람을 위해서도 나쁜 생각 하지 않도록 노력하게 돼요. 내가 행복해져야 그 사람도 행복하니까."

"도대체 어떤 여자길래 우리 서태홍이를 이렇게 멋진 남자로 만들어 놨을까?"

태홍이 피식 웃었다.

그때였다. 박 형사가 휴게실에 들어오며 소리쳤다.

"경위님! 지금 바로 저희 서로 가 보셔야 할 것 같습니다."

"무슨 일이죠?"

"펜션 방화범이 체포됐답니다."

"뭐라고요? 어떻게, 누가 잡은 겁니까?"

"여자 두 명이 잡았다고……."

"여자요?"

태홍과 서 교수가 놀란 눈으로 박 형사를 쳐다봤다.

ㅁ ■ ㅁ

"제 두 눈으로 똑똑히 봤다니까요? 그러니까 저 아가씨가 강도 거시기를 발로 뻥 차니까……."

"거시기? 에이. 사장님! 여기서 거짓말하면 안 됩니다."

"진짜라니까요! 가게 CCTV 확인해 보세요!"

형사들이 설마, 하며 휴게 의자 쪽으로 시선을 돌렸다. 그곳엔 꾸벅꾸벅 졸고 있는 설미가 있었다.

가녀린 몸매에 개미도 못 잡을 것같이 생긴 저 여자가 발로 어딜 차? 말도 안 되는 소리 하지 말라며 형사들의 시선이 다시 오렌지 펍 사장에게 향했다.

"한두 번 차 본 솜씨가 아니었어요. 저 아가씨가 발로 거시기를 뻥 차니까 강도가 눈이 뒤집혀 가지고, 칼로 아가씨를 공격하려고 하는데! 뒤에서 저 아줌마가 주사기로 강도 목을 찔러 버린 거죠."

"주사기?"

증거 물품 바구니엔 현장 도착했을 당시 강도의 목에 꽂혔던 주사기가 있었다. 형사들이 이번엔 설미 옆에 앉아 훌쩍이고 있는 중년 여성을 한 번 봤다가, 다시 시선을 철장 속에 갇힌 강도에게 돌렸다. 이 와중에 코까지 골며 자고 있는 꼴이 영락없는 코미디였다.

"거기 여성분들 이리로 오세요."

조서를 꾸미기 위해 형사가 설미와 중년 여성을 부르자, 졸던 설미가 눈을 번쩍 떴다. 쭈뼛대며 자리에서 일어난 두 사람이 형사 앞에 나란히 앉았다.

"사장님이 한 말이 사실입니까? 왼쪽 분은 발로 거길 차셨고, 오른쪽 분은 주사기로 찌르셨고."

형사의 질문에, 두 사람은 고개를 끄덕였다. 그러자 형사가 기막혀하며 재차 물었다.

"도대체 뭐 하시는 분들이세요? 그 위험한 순간에 어떻게 거길 발로 찰 생각을 하셨어요? 아가씨부터 대답해 보세요."

"그게요……. 제가 그렇게 해서 한번 살아난 적이 있어 가지고요. 아, 저는 그냥 평범한 사람인데요."

"전혀 평범하지 않은데요. 혹시 운동하셨어요?"

"체육 교사래요."

중년 여성이 대신 대답했다. 체육 교사라는 말에 어느 정도 납득이 간 모양인지 형사가 이번엔 중년 여성을 향해 물었다.

"그럼 아줌마는 뭐 하는 분이세요? 주사기는 어디서 났어요? 동물용 마취제던데."

"오전에 반려견 무료 진료 행사를 갔다 왔거든요. 짐을 급하게 챙겨서 이동하느라 주머니에 주사기를 넣었던 게, 하늘이 도왔죠."

"수의사 선생님이세요?"

"네."

"아무튼 두 분 대처를 잘하시긴 했는데, 하마터면 진짜 큰일 날 뻔했어요. 저 새끼 연쇄 살인범이에요. 그저께는 관광객 성폭행하고 죽여서 물탱크에 넣었고, 어제 펜션에 불내서 사람 죽인 것도 이놈 짓일 확률이 커요."

형사의 말에 두 여자가 잔뜩 겁을 먹었다. 살인범을 때려눕힌 기세는 사라진 지 오래였고, 두 여자는 부들부들 떨며 서로의 손을 꼭 마주 잡았다.

"안녕하십니까!"

그 순간 조서를 작성하던 형사가 자리에서 벌떡 일어나 누군가에게 인사했다. 사무실 문을 열고 등장한 것은 태홍이었다. 공조 수사를 통해 태홍을 알고 있는 몇몇 형사들이 고개 숙여 인사했다.

태홍은 자연스럽게 인사를 받으며 사무실 안을 둘러보았다. 세상 모르고 잠든 방화범과 조사를 받고 있는 여자 두 명의 뒷모습이 보였다.

그 뒷모습을 보자마자 태홍의 두 눈이 휘둥그레졌다.

"임설미!"

태홍이 달려가 설미의 어깨를 잡았다. 그랬더니 설미가 화들짝 놀라 고개를 들었다.

"어? 태홍 씨?"

"네가 왜 여기 있어?"

"서 경위님 아시는 분입니까? 그 여자분이 살인범 검거하셨습니다. 여기 아줌마랑 같이……. 어? 아줌마! 아줌마 어디 가세요?"

재킷으로 얼굴을 가린 채 슬금슬금 도망가고 있는 중년 여성을 향해 형사가 소리쳤다. 그러자 태홍은 고개를 돌려 중년 여성을 발견하곤 외쳤다.

"어머니!"

어……머니?

설미의 입이 떡하니 벌어졌다.

"어머, 태홍아, 오래간만이다 애."

도망가던 중년 여성은 언제 그랬냐는 듯 뒤돌아 미소를 짓더니, 우아하게 걸어와 원래 자리에 다시 앉았다. 그러고선 설미를 향해 활짝 웃었다.

"우리 둘 또 통했네요? 나 태홍이 엄마 강윤옥이에요. 저 녀석 표정을 보아하니, 우리 둘 혼 좀 나겠는걸요?"

미소 짓는 강 교수와 달리 설미는 긴장해서 잔뜩 얼어 버렸다. 잠시 후 설미는 갑자기 자리에서 일어나 허리를 90도로 숙여 인사했다.

"어머니! 정식으로 인사드리겠습니다. 저는 태홍 씨랑 교제 중인 임설미라고 합니다. 잘 부탁드립니다!"

로봇 말투로 자기소개를 하는 설미 때문에 태홍은 웃음이 터지기 일보 직전이었다.

그때였다. 밖에서 태홍을 기다리다 뒤늦게 아내가 경찰서에 있다는 소식을 접한 서 교수가 사무실 문을 열었다.

"여보! 우리 여보……. 여보 어딨어? 여보!"

서 교수가 하얗게 질려서 사무실을 뛰어다녔다.

"여보!"

애타게 찾던 아내를 발견한 서 교수는 달려가 아내를 꽉 부둥켜 안았다. 그 바람에 강 교수 앞에 서 있던 설미가 옆으로 휘청 밀려 났다.

태홍이 서 교수를 째려보며 설미를 붙잡았다.

"여보. 진정해. 난 괜찮아."

강 교수가 서 교수의 입술에 뽀뽀를 하며 그를 진정시켰다. 하지 만 서 교수는 아내를 더욱더 세게 끌어안았다.

두 사람의 애정 행각에 태홍은 헛기침을 하며 설미를 쳐다봤다. 설미는 태홍의 부모를 부러운 듯 응시했다. 그는 잠시 망설이다가 설미의 손을 꽉 잡아 주었다.

손에 닿은 따뜻한 감촉에 설미가 고개를 돌려 태홍을 바라봤다. 그리고 활짝 웃었다. 태홍도 설미를 따라 웃었다.

그 모습을 흘끔 쳐다보던 서 교수와 강 교수는 크게 놀랐다.

"어머. 우리 태홍이가 웃을 줄도 아네요."

"인간 됐지?"

"그러게요."

꿀이 뚝뚝 떨어지는 눈빛 장착은 물론이고, 사람들 보는 앞에서 손까지 덥석 잡는 아들의 적극성에 놀란 태홍의 부모였다.

□ ■ □

"어뜩해……. 망했어!"

룸에 들어오자마자 거울 속 자신의 모습부터 확인한 설미는 절망 했다.

"왜 그래?"

태홍의 물음에 설미가 시무룩하게 대답했다.

"언니는 사돈어른이랑 상견례 할 때 엄청 예쁘게 하고 갔단 말이에요. 근데 난…… 이게 뭐야. 화장 다 지워지고, 얼굴에 흙까지 묻어 있잖아……. 왜 말 안 해 줬어요?"

"너 민망할까 봐."

"우이씨."

이 몰골로 태홍의 부모님께 조심히 가시라며 배웅한 것을 생각하면 오늘 밤 이불킥 예약이었다. 두 분이 일본에서 학회가 있다며 급히 공항으로 가는 바람에 정식 인사는 다음으로 미뤘기에 망정이지.

설미는 욕실로 후다닥 뛰어갔다.

어푸. 어푸.

세수를 하고 고개를 들었는데, 거울을 통해 자신을 빤히 쳐다보고 있는 태홍과 눈이 마주쳤다.

"깜짝이야. 왜 거기 서 있어요? 얼른 나가요. 왜 남 씻는 걸…… 옴마얏!"

"내가 씻겨 줄게."

순간 그녀의 몸이 허공으로 붕 떴다. 태홍이 설미를 번쩍 안아 욕조에 걸터앉힌 뒤 물을 틀었다.

쏴아아아—

"앗, 차가!"

그녀의 머리 위에 달린 샤워기에서 물이 쏟아졌다. 당황한 태홍은 얼른 수도꼭지로 전환했다.

"아, 실수……."

홀딱 젖은 그녀가 물에 빠진 생쥐처럼 귀엽다는 생각도 잠시였다. 태홍은 말끝을 흐렸다. 젖은 옷이 몸에 달라붙어 그녀의 봉긋한 가슴, 잘록한 허리, 고혹적인 몸 선이 적나라하게 드러났다.

정신이 아찔해졌다. 벌써 아래에선 열감이 느껴졌다. 거기에 더해 욕조에 물이 차면서 욕실 안은 점차 뜨거운 열기로 후끈했다. 모락 모락 피어오르는 수증기와 함께 설미의 살냄새가 태홍의 코끝으로 스며들었다.

미치겠다.

"설미야……."

욕실 안에 울려 퍼지는 매력적인 중저음 목소리.

설미는 젖은 얼굴을 손으로 닦다가 고개를 들었다. 태홍의 귀가 빨갛게 달아오른 것을 목격했다. 그의 목울대가 크게 움직였다. 숨소리도 점점 거칠어지는 것 같았다.

그게 무슨 신호인지 알아챈 설미는 두 볼이 발그레해졌다. 잠시 망설이던 설미가 물었다.

"서울 올라가 봐야 하는 거 아니에요?"

"당분간 제주에 있어야 할 것 같아. 조사할 게 남았거든."

태홍은 수건으로 그녀의 머리카락을 말려 주며 말했다.

"일단 내일 현장 검증 전까진 자유 시간."

"정말요? 그럼 결혼식도 같이 갈 수 있어요?"

"응."

"현장 검증 몇 신데요? 결혼식 끝나고 잠깐 데이트할 수 있나? 시간 돼요?"

"시간 충분해."

설미가 활짝 웃었다. 아무리 일 때문에 왔다지만, 제주도까지 와서 바다도 못 보고 그냥 서울로 가게 될 태홍이 안쓰러웠다. 그래서 설미는 마음이 한결 가벼워졌다. 내일 태홍과의 데이트를 떠올리니, 벌써부터 가슴이 두근거리고 웃음이 멈추질 않았다.

"우리 내일 뭐 할까요? 태홍 씨 어디 가고 싶은 데 없어요?"

"난 다 좋아. 너만 있으면."

"저, 저도 그렇긴 한데……. 그래도 오래간만에 데이트니까. 음…… 뭐가 좋을까? 일단 내일 새벽에 일찍 일어나서 같이 일출 볼까요?"

"그럴까?"

"네!"

"근데 그게 가능할지 모르겠네."

어느새 태홍의 얼굴이 코앞까지 다가왔다. 입술에 부드럽게 버드 키스를 하며 그가 말했다.

"여기는 좀 그렇지? 침실로 갈까?"

설미는 얼굴이 화끈거렸다. 자신의 대답을 애타게 기다리는 태홍을 향해 작게 말했다.

"네……. 침실로."

설미의 말이 끝나자마자 태홍이 그녀를 안고 침실로 향했다.

침대 위에 설미를 눕힌 태홍은 다급한 손길로 셔츠를 벗으며 그녀와 입술을 겹쳤다. 맞닿은 입술이 벌어지고 그 틈새를 가르고 들어간 혀가 얽히며 키스는 점점 더 짙어져 갔다.

□　■　□

"둘이 아주 난리 났다?"

웨딩드레스를 입은 선희가 식장에 늦게 도착한 태홍과 설미를 째려봤다. 두 사람의 얼굴이 아주 가관이었다. 퀭한 눈과 눈 밑에 다크서클까지.

"새벽에 아래층 투숙객한테서 민원이 들어왔다는 제보가…… 윽!"

태홍이 팔꿈치로 찬희의 옆구리를 퍽! 하고 쳤다.

"여보! 방금 봤어요? 곧 나의 매제 될 분이 폭력을 행사……."

"임설미!"

선희가 태홍을 흘겨보다가 방향을 틀어 설미를 향해 버럭버럭했다.

"너 부케 잘 받아라? 놓치면 죽……. 어머! 아버님!"

두 눈을 부라리던 선희가 곧바로 반달 모양으로 눈을 예쁘게 접는 것을 보며, 설미는 순간 온몸에 소름이 돋았다. 선희는 두 눈을 반짝이며 마침 신부 대기실로 온 사돈어른에게 애교를 부렸다.

팔짱을 끼고 있던 태홍과 설미는 못 볼 것을 봐 버린 사람처럼 슬그머니 뒷걸음질 쳤다.

"태홍 씨…… 무서워요."

"그러게."

환히 웃고 있는 선희를 신기하게 쳐다보던 태홍과 설미는 다시 서로의 눈을 바라봤다. 아직까지도 서로의 체온이 몸 구석구석에 남아 있는 두 사람은 눈앞에 서 있는 사랑하는 연인의 얼굴에서 오랫동안 눈을 떼지 못했다.

외전 2

"서 팀장! 서 팀장, 어디 갔어?"

광수대 경제범죄1팀 권 팀장이 태홍을 애타게 찾았다. 하지만 사무실 어디에도 태홍은 보이지 않았다.

작년 가을, 태홍은 제주도에 머물며 죽은 황기태의 행적을 추적했다. 황기태는 불법 밀항을 위해 브로커와 접촉을 했고, 브로커에게 건넨 현금이 신화그룹의 페이퍼 컴퍼니 소유의 별장을 처분해 마련한 것이 밝혀졌다. 결국 신화그룹에서 수백 개의 페이퍼 컴퍼니를 설립해 비자금을 조성한 사실이 드러나고 말았다.

마침내 재벌 총수의 구속을 이끌어 낸 태홍은 경위에서 경감으로 한 계급 승진하였다. 그리고 올해 1월 경제범죄2팀 팀장이 되었다.

권 팀장이 태홍의 자리 근처에서 계속 어슬렁대자, 신들린 타이핑 속도를 자랑하며 조서를 작성하던 찬희가 고개를 들었다.

"팀장님, 왜 그렇게 애타게 서 팀장님을 찾으세요?"

"점심 먹어야지."

"오늘은 점심 혼자 드셔야겠는데요?"

"왜? 서 팀장이 점심에 냉면 사 준다고 했어."

"저기 좀 보세요. 냉면 먹을 기분 아닐 것 같은데, 술이면 몰라도."

찬희가 창밖을 가리켰다. 복도에서 전화 통화를 하는 태홍의 얼굴에 먹구름이 잔뜩 끼어 있었다.

"누구랑 통화하는데 표정이 저렇게 살벌해?"

"누구긴 누구겠어요."

"설마, 설미 씨?"

찬희가 고개를 끄덕였다. 권 팀장은 더욱 의아하게 태홍을 쳐다봤다.

통화를 마친 태홍의 주변에서 냉기가 흘렀다. 한여름인데도 여기까지 서늘함이 느껴질 정도였다.

"요새 설미 씨랑 서 팀장 둘이 무슨 일 있어? 3월에 설미 씨 요 앞 한국고로 발령받았을 때만 해도 곧 결혼할 것 같더니, 언제부턴가 결혼 얘기는 쏙 들어갔네?"

"그러니까요."

"저러다 진짜 두 사람 헤어지는 거 아니야? 그렇게 서 팀장은 일좀 작작하지, 설미 씨한테 차여도 할 말이 없…… 아이고, 서 팀장!"

언제 들어왔는지 태홍이 권 팀장 바로 옆에 서 있었다. 찬희는 이미 알고 있었는지, 조용히 조서를 작성하고 있었다. 권 팀장만 혼자 태홍을 뒷담화하고 있던 꼴이 되어 버렸다.

얘기 좀 해 주지. 저, 여우 같은 유 경위!

상황을 수습하기 위해 권 팀장은 오버를 떨었다.

"서 팀장! 오늘은 내가 쏠게! 한국고 건너편에 냉면 먹으면 숯불 갈비를 덤으로 주는 가게 있는데, 거기로 갈까?"

"밥 생각 없어졌어요. 찬희랑 가서 드시고 오세요."

"어? 그, 그래. 유 경위, 가자!"

권 팀장이 찬희 쪽으로 고개를 돌렸다. 하지만 찬희는 도시락을 꺼내 뚜껑을 열고 있었다. 안에는 김밥이 가득했다.

"냉면보다 와이프가 싸 준 김밥이 최고죠. 같이 드시겠어요?"

"아니야. 됐어. 난 오늘 냉면을 꼭 먹어야겠어."

권 팀장은 아직도 굳어 있는 태홍을 흘끔 보며 생각했다. 몇 년째 보는 얼굴이지만, 저 차가운 표정은 정말 적응이 안 된다.

이럴 땐 태홍을 건드리지 않는 것이 상책이라는 사실을 권 팀장은 경험으로 알고 있었다. 그는 조용히 사무실을 나갔다.

"야. 맛있냐?"

"캑캑!"

찬희가 미친 듯이 기침을 하기 시작했다. 갑자기 날아온 화살에 놀라 김밥 단무지가 목에 걸린 것이다. 찬희는 이럴 줄 알았으면 권 팀장을 따라 나갈 걸 후회하며 너스레를 떨었다.

"아이고, 매제. 우리 처제가 속 썩이는가 봐?"

"죽을래?"

태홍이 찬희의 어깨를 짓누르며 바로 옆 책상 위에 앉았다. 찬희는 모른 척 김밥을 먹으려다 말고 젓가락을 내려놓았다.

"아, 왜요, 왜! 뭔데 그래요?"

"하아……."

태홍의 입에서 깊은 한숨이 쏟아졌다. 몇 년 전 끊었던 담배 생각이 절로 났다.

한참 동안 말이 없던 태홍이 충격적인 이야기를 털어놨다.

"설미가 나랑 결혼하기 싫은가 봐."

찬희가 즉각 말도 안 된다는 표정을 지었다.

"에이, 설마."

"진짜야. 요즘 내가 결혼 얘기만 꺼내면 도망가. 말도 없어지고, 웃지도 않고. 도대체 왜 그러는 것 같냐?"

"답 나왔네."

"뭔데?"

"권태기."

태홍이 날카롭게 눈을 흘겼다.

"아, 왜요. 두 사람 권태기 올 때도 됐지. 형도 가끔 집에서 그냥 편히 쉬고 싶고, 뭐 그럴 때 있잖아요."

"없어."

태홍이 망설임 없이 대답했다. 너무도 단호한 어투에 찬희는 반박할 말이 떠오르지 않았다.

하긴, 태홍이 하는 행동을 보면 없을 것도 같았다. 어제도 아이스크림 먹고 싶다고 설미가 말하자 태홍은 그 바쁜 와중에도 굳이 직접 만들어 주겠다고 마트에서 망고 한 박스와 온갖 재료들을 사서 집에 갔다.

그 시간이…… 참고인 조사가 끝난 직후였으니, 새벽 4시. 아마 지금 휴게실 냉장고 문을 열면, 태홍이 직접 만든 아이스크림이 있을 것이다. 오늘 야자 감독인 설미를 위한 깜짝 이벤트가 분명했다.

차라리 그 시간에 잠을 자면 좋을 텐데……. 이럴 때 보면 서태홍은 임설미 한정 호구 같기도 했다.

"그냥 식장부터 예약해 버릴까?"

"그러다 진짜 차여요. 한번 잘 생각해 봐요. 처제를 서운하게 만들었던 행동은 없는지. 저는 김밥 때문에 선희 씨랑 헤어질 뻔했잖아요."

"김밥?"

"네. 이 김밥."

김밥을 하나 집어 입에 쏙 넣은 찬희는 우걱우걱 씹으며 옛 기억을 떠올렸다.

"외근 나가면 끼니 놓칠 때가 많잖아요. 그때 먹으라고 선희 씨가 도시락을 싸 줬거든요. 그런데 바로 다음 날 헤어지자고 하더라고요. 그래서 진짜 손이 발이 되게 싹싹 빌면서 왜 그러냐고 이유라도 알려 달라니까 뭐라는 줄 알아요? '내가 싸 준 김밥 남겼잖아' 그러는 거예요. 지금 생각하면 조금 어이없는데, 그땐 하늘이 무너지는 것 같더라고요. 아, 내가 왜 김밥을 남겼지. 죽일 놈. 이 나쁜 놈. 내 자신이 어찌나 밉던지."

"그래서 요점이 뭐야?"

"좀 도와줘요. 나 이거 다 먹어야 해요."

한 번에 두 개씩 세 개씩 김밥을 입에 집어넣는 찬희를 보며 태홍은 고개를 절레절레 흔들었다.

"그렇게 보지 말아요. 이게 곧 형의 미래가 될 테니까."

"악담을 해라 아주?"

"아무튼 잘 생각해 봐요. 김밥 같은 일이 없었는지."

사실 태홍은 속으로 뜨끔했다. 가끔 그녀가 싸 준 도시락을 손도 대지 못하고 그대로 집에 가져갈 때도 있었기 때문이다. 그러다 한번은 걸린 적도 있었다. 서운해하던 설미의 표정이 불현듯 떠올랐다.

아니야. 그거 때문일 리는 없어.

설미는 즉흥적인 성격의 선희와 달랐다. 물론 설미도 즉흥적으로 행동할 때가 있긴 했다. 제자를 위해 온몸을 내던져 살인범을 막는다든지, 강도의 급소를 걷어차 버린다든지, 불의를 봤을 때 그녀는 돌변했다.

하지만 대부분은 속으로 혼자 쌓아 두는 편이었다. 과거 서 장관의 일로 갑작스레 헤어지자고 했을 때도 그렇고, 이번에도 그녀가 결혼을 미루는 데는 분명 깊은 이유가 있을 것이다. 태홍의 머릿속이 복잡해졌다.

'설미가 또 헤어지자고 하면 어떡하지? 난 아직도 너만 떠올리면 가슴이 두근거리고, 보고 싶어서 미칠 것 같은데……'

태홍의 마음이 급해졌다. 휴게실로 달려간 태홍은 냉장고에서 유리그릇을 꺼내 왔다. 그릇에 가득 담긴 것은 태홍이 새벽 4시에 만든 망고 아이스크림이었다.

망고를 직접 손질한 다음 생크림 거품과 잘 섞어 얼려 놨다. 망고를 얼마나 듬뿍 넣었는지 아이스크림 색깔이 샛노랬다.

'오늘 야자 감독이지? 석식 먹고 잠깐 교문으로 나올 수 있어?'

— 학교로 오게요? 왜요?

'줄 게 있어서……'

— 아니요! 안 돼요. 그게 그러니까……. 저 오늘 석식 먹고 교육청 출장 가요. 학교에 없어요!

설미와의 통화 내용을 떠올린 태홍은 착잡했다. 갑자기 교육청으로 출장을 간다니. 어제까진 그런 얘기 없었는데……. 일부러 자신을 피하는 건가?

아니야. 그럴 리 없어.

하지만 그게 아니면 설미가 도대체 왜 이런단 말인가.

태홍은 답답했다. 당장 확인하지 않으면 미쳐 버릴 것 같았다.

책상 밑에서 꺼낸 캠핑용 쿨러백에 그릇을 넣고 태홍이 나갈 채비를 하자, 찬희가 두 눈을 동그랗게 떴다.

"어디 가요?"

"나 퇴근한다."

"방금 뭐라 그랬어요? 퇴근이요? 내가 잘못 들었나?"

아직 점심시간밖에 안 됐는데 퇴근이라니. 찬희가 어리둥절해져 태홍을 쳐다봤다. 그는 마치 사건 현장에 출동하듯이 사무실 밖으로 달려 나가고 있었다.

□ ■ □

한국고등학교 정문 앞에 도착한 태홍은 쿨러백을 어깨에 맨 채 차에서 내렸다. 그리고 설미에게 전화를 걸었다.

하지만 신호음만 들릴 뿐, 연결되지 않았다.

[문자보면 연락 좀 줘. 나 지금 학교 앞이야.]

문자를 보내고 태홍은 길게 한숨을 내쉬었다.

"패스해. 여기! 여기야!"

"막아! 안 돼!"

요란스러운 소리에 태홍이 고개를 돌렸다. 운동장에서 남학생들이 축구를 하고 있었다. 한여름 땡볕에 축구를 하는 남학생들을 보는 것만으로도 더워 미칠 지경이었다.

태홍은 티셔츠를 펄럭이며 짜증이 가득 실린 표정으로 부채질을 했다.

그러다 돌연 태홍의 얼굴에 화색이 돌았다. 맞은편 건물에서 설미가 뛰어나오고 있었다. 하지만 그 표정은 오래가지 못했다.

"선생님! 피하세요!"

설미를 향해 운동장에서 축구공이 날아왔다. 태홍이 쿨러백을 던지고 달려갔지만 한발 늦었다.

퍼억!

다행인지 불행인지 공에 맞은 건 설미가 아니라 남학생이었다. 남학생이 태홍보다 더 빨리 달려가 축구공으로부터 그녀를 지켜 낸 것이다.

'저 녀석 뭐지?'

공을 피하고도 여전히 설미를 품에 꽉 안고 있는 남학생 때문에 태홍의 표정이 순식간에 굳어졌다.

태홍은 재빠르게 그의 외모를 스캔했다. 얼굴이나 키, 그리고 몸매까지. 다행히 자신보다 나은 점은 없었다. 나이 빼고는 꿀릴 것이 전혀 없었다. 하지만 설미와 친밀한 듯 마주 보며 웃고 있는 모습이 어지간히 거슬렸다.

"젠장."

미성년자에게 질투를 하다니, 우스웠다.

태홍은 차갑게 두 사람을 지켜봤다. 그러다 설미와 눈이 마주쳤다. 그녀는 화들짝 놀라며 남학생을 건물 안으로 밀었다. 얼른 들어가라고 말하는 것 같았다.

하지만 남학생은 움직이지 않고 설미의 시선을 따라 뒤를 돌았다. 태홍을 발견한 남학생의 눈빛에 독기가 스며들었다.

태홍은 의아했다. 남학생의 날 선 눈빛은 분명 저를 향해 있었다. 분명 나를 아는 놈인 것 같은데, 내가 저 녀석을 어디서 봤더라?

남학생의 정체가 궁금해진 태홍은 두 사람이 있는 곳으로 다가갔다. 반면 점점 태홍이 가까워지자 설미는 다급해졌다.

"정훈아, 1반 가서 5교시 운동장 아니고 교실에서 한다고 전달 좀 해 줘. 종 치기 전에 얼른!"

설미는 억지로 남학생의 등을 떠밀어 건물 안으로 들여보냈다. 태홍은 남학생이 들어간 곳을 응시했다.

"태홍 씨! 갑자기 웬일이에요? 문자 보고 놀랐어요."

"쟤 뭐야?"

"뭐긴 뭐예요. 우리 반 학생이죠. 일단 얼른 나가요."

설미가 태홍의 팔을 질질 끌고 학교 밖으로 나갔다. 두 사람은 근처 공원으로 향했다.

벤치에 앉자마자 태홍은 말없이 쿨러백에서 그릇을 꺼내 내밀었다. 내용물을 확인한 설미가 밝게 웃었다.

"우와, 망고 아이스크림! 근데 이거…… 태홍 씨네 그릇 아니에요? 혹시 직접 만든 거예요?"

"그냥 쉽길래. 한번 만들어 봤어."

"그래도 오래 걸렸을 텐데. 너무 고마워요. 완전 감동이에요. 이거 봐요, 망고가 완전 듬뿍듬뿍 들었네. 신난다!"

그런데 말과는 달리 전혀 신난 얼굴이 아니었다. 과장된 리액션과 하이톤의 목소리. 왠지 오버하는 것 같은 설미 때문에 태홍은 기분이 가라앉았다. 그는 다시 한숨을 내쉬었다.

태홍의 한숨 소리에 이번엔 설미의 심장이 내려앉았다. 이제는 숨소리만으로도 상대의 기분이나 생각을 알 수 있었다. 설미는 고개를 푹 숙인 채 작게 말했다.

"미안해요."

"뭐가?"

"그냥 다요. 태홍 씨, 사실 제가 요즘…… 머릿속이 복잡해요……."

"아까 그 남자애 때문에?"

"아, 아니요!"

지나친 부정. 설미가 손사래까지 치며 극구 아니라고 말했다. 그녀의 행동을 빤히 쳐다보던 태홍은 미간을 찌푸렸다.

설미는 그의 눈치를 살피며 슬금슬금 자리에서 일어났다.

"태홍 씨, 미안해요. 저 들어가 봐야 해요. 5교시에 수업이 있어서……."

"그 전에 대답하고 가."

"무슨?"

"나랑 결혼 언제 할 거야?"

태홍이 느닷없이 치고 들어오는 바람에 설미는 꿀 먹은 벙어리가 되었다. 하지만 그는 멈추지 않았다.

"작년 여름, 우포리에서 약속했잖아. 선희 결혼하고 우리도 하자고."

"어제 말했잖아요. 애들 수능 끝나고……."

"학기 중이라 곤란하면 이제 곧 여름 방학이니까 그때 하면 되겠네. 한 달 후. 괜찮지?"

평소 설미의 의견을 무조건 존중하고 이해해 주던 태홍이 강압적으로 밀어붙이자 설미는 당황스러웠다. 그리고 마음이 아팠다. 태홍이 상처받은 듯한 표정을 짓고 있었기 때문이다.

더는 숨기면 안 될 것 같았다. 설미는 조심스럽게 입을 열었다.

"태홍 씨…… 그게 사실은……."

설미가 머뭇거렸다. 도저히 입이 떨어지지 않았다.

그런 설미를 바라보던 태홍이 자리에서 일어났다.

"아이스크림 녹겠다. 얼른 들어가서 먹어."

설미가 의아하게 그를 바라봤다. 그러자 태홍이 힘없이 물었다.

"내가 싫어진 건 아니지?"

"네! 당연하죠! 그건 절대 아니에요! 나 태홍 씨 진짜 너무너무 좋아요. 어제보다 오늘이 더 좋고, 내일은 더 좋아질 것 같아요!"

반사적으로 튀어나온 그녀의 대답에, 태홍은 고개를 돌려 버렸다.

이 심각한 상황에서 웃음이 터져 버렸다. 그녀가 너무 귀여워서.

하지만 그것을 모르는 설미는 태홍이 자신을 외면하자 안절부절 못했다.

딩동댕동—

때마침 점심시간 끝을 알리는 종이 울렸다. 태홍은 소리를 따라 학교 쪽을 쳐다봤다. 그녀를 보내기 싫었다.

쪽.

그때였다. 사랑스러운 그녀의 향기와 함께 볼에 부드러운 것이 닿았다 떨어졌다. 설미가 까치발을 들고 기습 뽀뽀를 한 것이다.

태홍은 깜짝 놀라 고개를 돌렸다. 설미가 새빨개진 얼굴로 서 있었다.

"으아, 수업 늦겠다. 어, 그러니까 그게……. 저 먼저 들어갈게요. 이따 연락해요!"

횡설수설하던 설미가 휙 뒤돌아 공원을 빠져나갔다.

설미의 모습이 완전히 사라지자, 태홍은 그녀의 입술이 닿았던 볼을 만져 보았다.

심장이 두근거려 미칠 것 같았다. 젠장, 또 졌다. 당분간 결혼의 기역 자도 꺼낼 수 없게 되었다.

키스도 아닌 작은 입맞춤만으로도 그녀에게 백기를 든 태홍은 머리카락을 헝클어뜨리며 공원을 나섰다.

□　■　□

교실 수업을 끝낸 설미는 사무실이 있는 체육관으로 향했다.

"아까 그 남자랑 무슨 사이예요?"

아무도 없는 사무실 앞에 남학생이 서 있었다. 삐딱한 자세로 서 있는 남학생의 명찰엔 '박정훈'이라는 이름이 새겨져 있었다.

"정훈아……."

"선생님 애인 맞죠? 아까 그 남자."

"응. 맞아. 선생님 남자 친구야."

설미의 대답에 정훈의 얼굴이 일그러졌다. 그런 정훈을 안타깝게 바라보던 설미가 작게 한숨을 내뱉었다. 그러자 정훈이 비아냥거리듯 말했다.

"저번 주 주말에 모텔 들어가는 거 봤어요. 선생님 애인이라는 그 남자요. 선생님이 아닌 다른 여자랑."

정훈의 말에도 설미는 태연했다. 정훈은 당황스러웠다.

"화 안 내요?"

"화는 무슨. 원래 그런 데 자주 가. 그게 경찰인 내 남자 친구 일이거든. 아마 CCTV나 용의자 알리바이 확인하러 갔을 거야. 니가 봤다던 여자는 동료일 거고."

정훈이 헛웃음을 지었다.

"그 남자가 그렇게 말하던가요? 선생님은 그걸 믿어요? 그 사람 순진한 선생님 가지고 노는 거라고요! 그 사람이 어떤 인간인 줄 알면 선생님 후회할걸요? 제가 알려 드릴까요?"

"박정훈!"

설미가 결국 큰 소리를 냈다. 하고 싶은 말이 많았지만, 겨우 정신 차리고 공부하겠다는 정훈이 자칫 자신의 한마디로 인해 다시 예전으로 돌아갈까 봐, 쉽게 말이 나오지 않았다.

"저요, 선생님이 원하는 대로 요즘 싸움도 안 하고요, 담배도 안 피워요. 야자도 하고, 중간고사에서 성적도 올렸어요."

"……."

"선생님, 저 대학 가는 거 도와주시겠다고 했죠?"

"그래."

"그럼 그 남자랑 헤어져 주세요."

설미는 황당한 얼굴로 정훈을 쳐다봤다.

□ ■ □

"서 팀장! 어제 일찍 퇴근하고 대체 뭐 했길래, 사람이 하루 종일 기운이 없어? 설미 씨랑 어디 좋은 데라도 갔다 왔나?"

권 팀장이 익살스러운 표정으로 태홍을 놀렸다.

태홍은 권 팀장의 말을 가볍게 무시한 채 창밖을 바라봤다. 비가 오려는지 하늘이 흐렸다. 태홍의 기분만큼이나.

'그냥 다요. 태홍 씨, 사실 제가 요즘…… 머릿속이 복잡해요…….'

어제 공원에서 설미가 했던 말이 떠올랐다.

도대체 설미에게 무슨 일이 벌어지고 있는 걸까? 설미에 관한 일이라면 모르는 게 없다고 자부해 왔는데, 그녀를 속속들이 다 알고 있다고 자신했는데. 하지만 이번만큼은 좀처럼 감을 잡기 어려웠다.

"서 팀장, 뭐가 그렇게 심각해?"

"……."

"거참, 사람이 물어보는데 대답도 없고……."

아웃 오브 안중이 익숙한 권 팀장은 그러거나 말거나 이쑤시개를 잘근잘근 씹으며 자리로 돌아갔다.

"아고, 감자탕을 먹었더니 이빨에 잔뜩 끼었네. 양치나 해 볼…… 으아악!"

책상 서랍을 열던 권 팀장이 별안간 뒤로 발라당 넘어져 버렸다.

"팀장님 왜 그러세요?"

마침 저녁을 먹고 들어오던 찬희가 놀라 권 팀장에게 달려갔다. 그 소란에 태홍도 고개를 돌려 권 팀장을 쳐다봤다.

"저, 저게 뭐야……. 서 팀장, 이것 좀 봐 봐."

권 팀장이 손가락으로 자신의 노트북을 가리켰다. 노트북 화면을 응시하던 찬희의 표정도 굳어졌다.

"뭔데 그래?"

"그게……."

태홍의 물음에 찬희는 심각해져 말끝을 흐렸다.

하는 수 없이 태홍은 직접 권 팀장의 자리로 가서 노트북 화면을 확인했다.

「살인범을 용서하는 자비는, 또 다른 살인을 조장할 뿐이다.」

검은 바탕 화면에 떠 있는 새빨간 글씨.

그리고 경찰 복장을 한 남자의 목이 댕강 잘려 나가는 애니메이션까지.

"형……."

찬희가 태홍을 걱정스레 쳐다봤다. 애니메이션 속 경찰의 옷에 '서태홍'이라는 명찰이 달려 있었기 때문이다.

태홍은 괜찮다는 듯 찬희를 향해 고개를 끄덕이곤 태연하게 자리로 돌아갔다.

"형! IP 추적할까요?"

"내가 할게. 넌 팀장님 보안 패치 업그레이드나 해 드려."

"네. 권 팀장님 저리 좀 비켜 보세요."

찬희는 혐오스러운 애니메이션에 눈살을 찌푸리며 얼른 재부팅을 시켰다.

"아니, 근데 말이야. 서 팀장한테 불만이 있으면 서 팀장 컴을 건드리지, 왜 내 컴을……."

"태홍이 형 컴퓨터를 어떻게 뚫어요. 웬만한 해커도 형 컴퓨터 못 뚫어요. 그리고 팀장님! 해킹 문제 때문에 정보과에서 보안 패치 업그레이드하라고 한 지가 언제인데, 이거 왜 안 하셨어요? 그러니까 팀장님 컴퓨터 뚫린 거잖아요."

찬희가 잔소리를 늘어놓자, 권 팀장은 민망한지 귀를 후비적거렸다.

두 사람이 아웅다웅하며 노트북을 만지는 동안, 태홍은 위치 추적 프로그램을 작동시킨 후 코드를 입력했다. 자유자재로 코딩을 하며 마침내 권 팀장의 노트북을 공격한 IP, 그리고 그 IP를 사용한 위치까지 알아낸 태홍이 굳어졌다.

IP의 위치는 바로 한국고등학교였다.

□　■　□

야자 감독 중인 설미의 낯빛이 어두웠다. 그녀는 생각에 잠긴 채 복도를 걷다가 중앙 현관 앞에 잠시 멈춰 섰다.

쏟아지는 폭우를 응시하던 설미의 눈빛이 흔들렸다.

여름날 내리는 비를 보면 저절로 떠오르는 잔상이 있다. 문화시의 좁고 어두운 골목. 우산도 쓰지 않은 채 쏟아지는 비를 온몸으로 맞으며 걸어가던 남자의 뒷모습. 피 묻은 티셔츠와 상처 난 팔, 그리고…… 슬픈 눈동자.

몇 년 전, 만난 지 얼마 안 됐을 무렵의 태홍의 모습이 떠오르자 설미는 가슴이 아렸다. 그때의 태홍은 자신 때문에 사람이 죽었다는 죄책감으로 총을 쏘지 못하던 상태였다.

정석범을 잡는 것만이 죽은 피해자와 유족들에게 사죄할 수 있는 유일한 길이라고 믿었었다. 그래서 그렇게 지독할 정도로 정석범을 잡는 데 몰두했던 것이다.

그러다 비가 오던 그날, 그는 정석범을 또다시 놓쳐 버리고 자포자기 심정으로 경찰을 그만두기로 결심했었다고 했다.

'아무튼 빨리 나아서 출근하세요. 이러다 진짜 잘리면 어떡해요. 그쪽 백수 돼서 매일 아침 얼굴 볼 생각하면 갑갑해요. 제가 봤을 땐 서태홍 씨는 경찰이 딱이에요!'

자신이 태홍에게 그런 말을 했었단다.

지금 생각해 보면 그때 좀 더 따뜻하게 그를 위로했으면 좋았을 걸 후회된다. 당시에는 쑥스러워서 아무 말이나 내뱉은 모양이다. 물론 진심에서 우러나온 말이었다. 타인을 지키기 위해 제 목숨까지 걸고 뛰어다니는 그가 아니면 누가 경찰을 한단 말인가.

진심이 통했던 걸까. 태홍은 다음 날 바로 출근을 했다. 그리고 그날부터 태홍이 조금씩 변했다.

자신이 아플 때 다리 마사지도 해 주고, 애인 행세도 해 주고, 곰 인형도 사 주고, 위험에 처해 있을 때 언제 어디서든 짠하고 나타나 구해 주고.

태홍과 함께했던 지난여름 날의 추억들이 떠올라 설미의 눈시울이 붉어졌다.

야자 감독을 끝낸 설미는 교무실로 향했다. 출석부를 학급함에 꽂아 놓고 돌아가려는데, 수학 담당 김 선생이 다가왔다.

"설미 쌤! 5반이지? 박정훈 있는 반."

"네, 맞아요. 그런데 정훈이는 왜요?"

태홍과 헤어지지 않으면 대학을 안 가겠다고 선언한 정훈이 떠올랐다. 태홍을 향한 정훈의 악의는 상당했다. 설미는 그 이유가 무엇인지 알고 있어 마음이 더욱 무거웠다.

"아니, 글쎄 정훈이가 아까 와서 수학 문제를 물어보더라고. 세상에, 그렇게 사고 치고 돌아다니던 녀석이…… 웬일이래. 나 진짜 놀랐다니까? 기특하더라."

작년에 정훈의 담임이었던 김 선생은 개과천선한 제자의 변화를 반가워했다.

설미는 정훈이가 열심히 공부를 하고 있다는 소식에 안도했다. 하지만 그것도 잠시뿐이었다.

"근데 정훈이 진로는 정했어?"

김 선생이 걱정스레 묻자, 설미는 고개를 저었다.

"아직 못 정했어요. 지금은 교육 과정 따라잡는 것도 바빠서 2학기에 다시 얘기해 보려고요. 작년엔 어땠어요?"

"어떻긴. 당연히 대학은 안 가겠다고 했고, 하고 싶은 것도 없고, 사는 것도 재미없고. 그저 돈 많이 벌어서 자기 살던 캐나다로 다시 돌아가는 게 목표라고 했어."

설미와 김 선생은 정훈의 진로를 놓고 서로 의견을 나누었다. 설미는 꿈이 없는 정훈이 안타까웠다. 할 수만 있다면 그의 꿈을 찾는데 도움을 주고 싶었다.

체육관 사무실로 돌아온 설미는 생각에 잠겼다.

"정훈이가 관심 있어 하는 분야가 뭐더라……."

서랍 속에서 학생들의 정보를 기록해 놓은 수첩을 꺼냈다.

「7세 때 부모가 이혼 후 모친을 따라 캐나다로 이민.」

「모친의 재혼으로 2년 전 혼자 한국으로 귀국.」

「부친은 사망, 현재 친할머니와 함께 지냄.」

「한국 학교에서의 적응 실패. 방학만 되면 캐나다에서 만났던 한국 유학생들과 어울리며 탈선을 일삼음.」

「게임 중독.」

글을 읽으며 설미는 길게 한숨을 내뱉었다.

그러다 문득 떠오른 얼굴이 있었다. 학기 초 진로 상담 때문에 학교를 찾아온 정훈의 할머니. 할머니는 설미를 기억하지 못하는 듯했다.

하지만 설미는 할머니를 똑똑히 기억하고 있었다.

어떻게 잊겠는가. 그 꼿꼿하던 태홍의 뺨을 후려치며 악을 쓰던 할머니의 얼굴을……

태홍이 무릎까지 꿇으며 사죄하던 피해자 모친을……

□　■　□

"한국고등학교라면, 교직원? 아니면 학생? 대체 누굴까요?"

찬희의 말에 한 사람이 태홍의 머릿속을 스쳤다.

설미의 제자라던 남학생. 적대감이 가득 서려 있던 남학생의 눈빛이 떠올랐다.

"누구지? 분명 날 아는 것 같았는데……"

자리에서 일어나 창밖을 내다보던 태홍의 안색이 굳어졌다.

마침 경찰서 정문을 통과하던 할머니를 발견한 것이다. 정석범 도주 사건 때 사망한 피해자의 모친이었다.

태홍은 복도로 달려 나갔다. 할머니가 우산을 접어 지팡이 대신 사용해 쩔뚝이며 걸어왔다. 태홍은 할머니를 향해 깊이 고개를 숙였다.

"어르신. 안녕하세요."

할머니는 대답 대신 고개만 끄덕였다.

"저녁 식사는 하셨습니까? 안 드셨으면 나가서 식사라도……."

"식사는 됐어요. 먹고 왔으니까. 오늘은 그냥 할 얘기가 있어서 왔어요."

"그럼 휴게실로 모시겠습니다."

두 사람은 휴게실로 향했다.

할머니가 자리에 앉자마자 태홍이 차를 건넸다. 차를 받아 든 할머니는 한 모금 마신 후, 천천히 입을 열었다.

"아들이 죽은 후부터 집으로 한 달에 한 번 쌀이랑 김치, 생필품들이 배달 왔어요. 나라에서 지원해 주는 건 줄 알았는데, 구청 가서 물어보니 그런 지원은 없었다고 하더라고요."

"……."

"이제 그만합시다. 나요, 형사 양반 용서하기로 했어요. 이제 죽을 날도 얼마 안 남았고, 내 남은 생…… 남 미워하며 살고 싶진 않더이다."

사실 할머니는 3년 전 태홍이 정석범을 잡았다는 소식을 들었을 때, 이미 그를 용서했었다. 태홍의 동료라며 찾아온 형사에게 그간 태홍이 죄책감에 얽매여 얼마나 고통스럽게 살아왔는지 전해 들었기 때문이다.

"형사 양반, 염치 불고하고 마지막으로…… 내 부탁 하나만 해도 될까요?"

"네. 말씀하십시오."

"우리 손자…… 그 녀석 좀 도와줘요."

할머니의 애원 섞인 목소리에 태홍의 눈빛이 흔들렸다.

손자……. 정석범에게 희생된 박재성에겐 오래전에 이혼한 아내와 아들이 있었다. 그 아들이 한국에 들어온 사실을 작년에 알게 된 태홍은 아이를 직접 만나 사죄하고 싶었다. 하지만 할머니가 극구 말렸다. 아이는 아직 아버지의 죽음을 모른다고 했다.

"손자분한테 무슨 일이 있나요? 천천히 얘기하셔도 돼요."

심호흡을 몇 번 하던 할머니가 주머니 깊은 곳에서 무언가를 꺼냈다.

그것을 건네받은 태홍은 겹겹이 싼 비닐 포장을 풀었다. 그리고 나온 것은…… 냄새가 없는 백색 결정성 분말. 틀림없는 필로폰이었다.

"이거 어디서 발견하셨습니까?"

태홍이 놀라 묻자, 할머니가 곧바로 대답했다.

"그저께 그 녀석들이 우리 집 장독대 밑에 몰래 숨겨 놓은 걸 보고 가져왔어요."

"그 녀석들이요?"

"캐나다에서부터 우리 애랑 친하게 지내던 대학생들인데, 몇 달 전부터 사이가 틀어졌는지 자주 다투더라고. 밤늦게 집 앞에서 싸우는 것도 몇 번 목격했어요. 근데 그거 위험한 거 맞죠?"

태홍이 고개를 끄덕였다.

"근데 잘 가져오셨어요. 어르신께서 가지고 계셨으면 손자분이 더 위험했을 거예요. 일단 이건 제가 가져가겠습니다. 어떻게 된 일인지 조사해 봐야 할 것 같아요."

"우리 애 괜찮겠죠?"

"네. 너무 걱정하지 마세요. 제가 알아보고 연락드릴게요."

"고마워요."

연신 허리를 숙여 인사하는 할머니를 향해 태홍도 허리를 굽혔다.

"저도 고맙습니다. 어르신, 앞으로도 무슨 일 있으면 저한테 바로 연락 주세요. 오늘 와 주셔서 정말 감사합니다."

"사실 진즉 형사님을 찾아오고 싶었는데…… 우리 애가 경찰이라면 치를 떨어요."

"……."

"지 아빠가 어떻게 죽었는지 알아 버린 모양이에요."

태홍은 말문이 막혔다.

그리고 순간 얼굴 하나가 머릿속을 스치고 지나갔다. 독기 가득한 눈빛의 남학생.

설마…….

"어르신, 혹시 손자분이 다니는 학교가 한국고등학교입니까?"

"맞아요."

"몇 학년 몇 반인지도 알 수 있을까요?"

"3학년 4반. 박정훈이에요."

설미가 맡은 학급이었다. 태홍은 작게 한숨을 내쉬었다.

설미는 분명 박정훈의 할머니가 누구인지 알고 있었을 것이다. 그래서 어떻게든 자신이 눈치채기 전에 박정훈을 구제하려고 노력했을 테다.

태홍은 혼자 속앓이를 했을 그녀에게 미안한 마음이 들었다. 그리고 할머니에게도 죄스러웠다. 좀 더 세심하게 챙겼어야 했는데……

태홍이 죄송하다는 말을 전하려는데, 할머니가 먼저 말했다.

"지금은 누구의 말도 안 들릴 거예요. 나중에 시간이 좀 더 지나면…… 형사님이 우리 애 좀 만나 주겠어요? 하나뿐인 내 손자, 누구 미워하면서 세월 보내게 하고 싶지 않아요. 내가 편히 눈을 못 감을 것 같아요."

할머니의 눈시울이 붉어졌다. 태홍은 꼭 그러겠노라 약속했다. 자신이 이번 일도 책임지고 해결해 줄 테니, 너무 걱정하지 마시라고 할머니를 겨우 안심시켰다. 그리고 직접 차로 집까지 모셔다드렸다.

어느새 비는 그쳐 있었다.

태홍은 할머니가 사는 집 근처를 수색했다. 녀석들이 필로폰을 몰래 숨겼다는 증거를 찾기 위해서였다.

근처 상점에 설치된 CCTV, 주차되어 있는 차들의 블랙박스까지 모조리 확보한 태홍은 경찰서로 향했다.

사무실로 복귀한 태홍은 팀원들에게 USB를 나눠 주며 사건 경위와 할머니가 말한 놈들의 인상착의를 설명하고 도움을 청했다.

"팀장님! 이놈들인 것 같은데요? 빨간 외제차에, 노랑머리."

역시 2팀이었다. 15분 만에 녀석들은 덜미를 잡히고 말았다.

"당장 차량 수배 때려."

태홍은 자리에서 일어나 수갑을 챙겼다.

□　■　□

교직원 중 제일 마지막으로 교문을 나선 설미는 버스 정류장으로 향했다.

"차를 왜 이렇게 주차했대?"

설미가 구시렁거리며 보행로 위 불법 주차를 한 빨간 차를 째려봤다.

"이 새끼가 감히 누구한테 대들어?"

빨간 차를 피해 차도로 내려가려던 설미가 소리가 나는 쪽으로 고개를 돌렸다. 골목 끝에서 한 남자가 일방적으로 사람을 패고 있었다. 때리는 쪽은 탈색한 머리에 문신을 팔에 새긴 거구였고, 일방적으로 맞고 있는 쪽은 교복을 입은 학생이었다.

학생의 얼굴을 확인한 설미의 두 눈이 휘둥그레졌다.

"정훈아!"

저도 모르게 이름을 크게 불러 버렸다. 노랑머리가 그 소리를 듣고 주먹질을 멈추었다.

"이 녀석! 그 손 놓지 못해!"

설미는 크게 소리치며 달려갔다.

노랑머리는 정훈을 단단히 붙잡은 채 설미를 노려봤다.

"당신 뭐야?"

"나 정훈이 담임인데, 당장 그 손 치워. 경찰 부를 거야!"

설미의 말에 그가 오히려 정훈의 목을 조르며 도발했다. 설미가 굳어진 얼굴로 빠르게 달려가 노랑머리의 팔을 물어 버렸다.

"으악! 이 미친년이!"

노랑머리가 손을 들어 설미의 머리를 내리치자 퍽! 소리와 함께 그녀가 쓰러졌다.

"선생님!"

괴로워하는 설미를 본 정훈의 눈빛이 바뀌었다.

"그 눈은 뭐냐? 이 미친 새끼가 선생이랑 연애질하나 보네. 그래서 갑자기 공부한다고 깝친 거냐? 지랄하고 있네. 니 주제를 알아야지."

노랑머리가 정훈의 뺨을 찰싹찰싹 때리며 조롱했다. 정훈은 당장이라도 주먹을 날려 녀석을 반쯤 죽여 놓고 싶었지만 그럴 수가 없었다. 괴로워하는 와중에도 설미가 싸우지 말라고 고개를 절레절레 흔들고 있었기 때문이다.

정훈은 주먹을 꽉 움켜쥔 채 온 힘을 다해 분노를 참았다. 그리고 설미를 향해 눈빛을 보냈다.

'도망가세요.'

설미는 골목 입구에 떨어뜨린 자신의 핸드폰을 발견하고선 그쪽으로 슬금슬금 기어갔다. 그걸 본 정훈은 노랑머리의 시야를 막으며 일부러 도발했다.

"양아치 새끼. 더 때리고 싶으면 때려. 너한테 맞아 죽는 한이 있더라도, 니가 시키는 일 절대 안 해."

"안 해? 그럼 내가 할까? 근데 이걸 어쩌나. 내가 하든 니가 하든, 어쨌든 우린 공범인데."

"공범이라니, 무슨 개소리야."

"너희 집에 있거든, 약."

"뭐라고?"

"너 마약 소지하고 있다고 내가 경찰에 찌르면 니 인생 바로 끝나는 거야. 니 목숨 내가 쥐고 있다고. 그러니까 왜 이 형님을 열받게 해?"

노랑머리가 미치광이처럼 낄낄댔다. 약에 취한 듯 충혈된 눈이 섬뜩했다.

겨우 핸드폰을 손에 쥔 설미는 노랑머리가 한 말을 듣고 놀랐다. 마약 소지? 이건 또 무슨 말인가. 아무래도 일이 커질 것 같았다. 설미는 두려움이 앞섰다. 이 순간 제일 먼저 떠오른 사람은 당연히 태홍이었다.

고민 끝에 설미는 결단을 내렸다. 태홍에게 도움을 요청하자.

설미는 정훈과 대치 중인 노랑머리의 눈치를 보며 통화 버튼을 눌렀다. 신호음이 몇 번 울리지도 않고 바로 통화가 연결됐다.

"여보세요."

곧 태홍의 목소리가 들렸다.

"태홍 씨?"

"어. 왜."

이상하다? 왜 바로 옆에서 들리는 것 같지?

설마…….

설미가 조심스레 고개를 들었다. 골목 입구에서 핸드폰을 귀에 댄 채 태홍이 걸어오고 있었다.

"너 이리와."

"태홍 씨……."

태홍이 설미를 걱정스레 쳐다봤다. 그와 눈이 마주친 설미는 안도의 한숨과 함께 멋쩍게 웃었다.

저 여자가 지금 웃음이 나오나.

태홍은 울컥했다. 그러다 어느새 뒤엉켜 싸우고 있는 정훈과 노랑머리를 보고 눈빛이 살벌하게 변했다.

"일단 설미 넌, 나중에 얘기하자."

설미가 고개를 세게 끄덕였다. 애인이지만 근무 수행 중일 때의 태홍은 무서웠다. 하지만 오늘만큼은 너무 반갑고 듬직했다.

태홍은 성큼성큼 걸어가 정훈의 목을 조르고 있는 노랑머리의 어깨를 세게 잡았다.

"또 뭐야!"

노랑머리가 소리치며 뒤로 돌았다.

웬 남자가 서 있었다. 키는 저보다 10센티는 더 컸고 꽤 잘생긴 얼굴이었지만, 그보다 앞선 인상은 바로 '차가운 눈빛'이었다.

노랑머리는 순간 위축되었다. 하지만 애써 숨기고 호기롭게 주먹을 날렸다. 하지만 이내 그 주먹은 곧바로 태홍의 손에 잡혀 버렸다. 마치 쌀보리 게임을 하듯 가볍게.

노랑머리의 주먹을 한 손으로 꽉 감싸 쥔 채 태홍은 힘을 줬다. 동시에 노랑머리가 발을 동동거리며 고통스러워했다. 태홍에게 잡힌 주먹이 으스러질 것 같았다.

탁.

순식간이었다. 노랑머리의 팔을 뒤로 낚아챈 태홍은 아주 손쉽게 녀석의 손목에 수갑을 채웠다.

"강인수. 마약 거래 혐의로 체포한다."

"이거 놔! 놓으라고! 마약이라니! 아저씨, 증거 있어? 증거 있냐고!"

"증거?"

태홍의 얼굴이 차갑게 굳어졌다. 노랑머리가 움찔했다. 그 순간 태홍은 노랑머리의 머리채를 잡아 뒤로 젖혔다.

"무슨 증거가 필요한데? 니가 박정훈 집에 마약 은닉한 증거? 니가 필로폰 상습 복용했다는 증거? 너랑 같이 범죄를 모의한 증인들의 진술? 경찰서에 있으니까 가서 확인해."

퍽!

태홍이 노랑머리의 정강이를 온 힘을 다해 깠다. 노랑머리는 악, 소리도 못 내고 바닥으로 엎어졌다.

주위에서 대기 중이던 형사들이 달려왔다.

"연행해."

형사들은 노랑머리를 거칠게 일으켜 경찰차에 태웠다.

태홍은 착잡한 심정으로 정훈을 쳐다봤다. 그는 얼굴에 묻은 피를 닦으며 자리에서 일어나 태홍 쪽으로 다가왔다. 뒤에서 안절부절못하던 설미가 얼른 달려가 정훈을 막아섰다.

"정훈아, 쌤이랑 병원 가자! 너 많이 다쳤어."

"비키세요. 나 저 사람한테 할 말 있으니까."

정훈은 설미의 어깨를 살짝 밀친 후, 태홍에게 다가섰다. 설미가 다시 말리려 했지만 태홍이 고개를 끄덕이며 그녀를 안심시켰다.

그의 표정을 본 순간 설미는 깨달았다. 태홍도 정훈이 누구의 아들인지 알아 버린 것이다.

이렇게 된 이상 정훈의 일은 태홍에게 맡기는 것이 맞다고 생각한 설미는 둘을 남겨 두고 골목을 나왔다.

"처제!"

찬희가 호들갑을 떨며 달려왔다.

"괜찮아? 어디 다친 덴 없고?"

"네. 저는 괜찮은데……."

설미가 골목을 흘끔거렸다. 태홍과 정훈이 심각하게 얘기를 나누고 있었다.

"처제, 너무 걱정하지 마. 형이 잘 해결할 거야. 자, 얼른 차에 타. 일단 집에 가 있는 게 좋겠어."

설미는 찬희에게 이끌려 차에 올라탔다.

그런데 도착한 곳은 자신의 집이 아닌 태홍의 집이었다. 설미가 의아하게 바라보자 찬희가 말했다.

"처제, 그동안 힘들었지? 박정훈 일 때문에 혼자 속앓이하느라."

"아니에요. 저보단……."

"맞아. 형도 오늘 많이 힘들었을 거야. 내색은 안 하지만."

"네……."

"형이랑 잘 풀어. 알았지?"

"네. 그럴게요. 데려다주셔서 감사해요."

찬희의 따뜻한 배려에 설미가 감사의 미소를 지었다.

그가 떠나고, 설미는 현관문을 열었다.

기분이 이상했다. 데이트는 주로 자신의 집에서 했기 때문에 태홍의 집에는 별로 올 일이 없었다. 오더라도 태홍과 함께 오는 게 당연했다. 그래서인지 태홍이 없는 이곳은 굉장히 낯설었다.

설미는 불부터 켜고 집을 둘러보았다. 거실 테이블에 가득 쌓인 서류들을 보니 집에 와서도 일만 했나 보다.

텅 빈 냉장고……. 밥통엔 밥도 없었다. 원래 집에선 밥을 잘 안 해 먹는 거 알고는 있었지만, 이렇게 직접 눈으로 보니 가슴이 아팠다. 저번에 왔을 땐 이 정도는 아니었는데……. 아마도 그동안은 자신이 올 때마다 일부러 밥을 해 놓고, 냉장고를 채워 놨었나 보다.

이 남자를 어쩌면 좋을까…….

설미는 너무 미안했다. 그동안 정훈이 일 때문에 태홍을 챙기지 못한 것 같아 죄책감이 들었다.

혼자 가슴 아파하고 있던 설미는 뒤늦게 정신을 차렸다. 태홍을 위해 뭐라도 하고 싶었다.

설미는 곧바로 마트로 달려가 장을 봐서 멸치볶음, 가지나물, 콩나물무침 등등 반찬들을 뚝딱 만들어 냈다.

반찬을 냉장고에 넣어 두고, 테이블 정리를 시작하려고 하던 찰나였다.

띠띠띠띠.

도어록이 풀리더니 문이 열렸다. 태홍이 가쁜 숨을 고르며 들어왔다. 설미가 집에 있다는 소식을 찬희에게 듣고 달려온 것이다.

태홍은 오래간만에 집에서 느껴지는 온기에 기분이 좋았지만, 애써 감추고 말했다.

"여기서 뭐 해?"

"뭐 하긴……. 태홍 씨 기다렸죠."

설미가 일어나 태홍에게 다가왔다.

"근데 태홍 씨 얼굴이 왜 그래요?"

"아, 이거 그냥 뭐……."

태홍의 입가에 상처가 나 있었다. 설미가 놀라 묻자, 태홍은 얼버

무리다 말을 돌렸다.

"박정훈은 병원에 보냈어. 크게 다친 데는 없는데, 혹시 모르니까 정밀 검사 하려고 입원시켰어. 할머니 오셔서 그냥 왔는데……. 근데 왜 그렇게 봐? 나 뭐 잘못했어?"

설미가 걱정스럽게 태홍의 상처를 들여다봤다. 그러다 문득 떠오른 생각이 있었다.

정훈에게 일방적으로 맞아 줬구나.

하지만 설미는 모른 척했다.

"아니요. 태홍 씨 잘못한 거 없어요. 잘못은 내가 했죠."

"네가 뭘 잘못했는데? 알긴 알아?"

태홍은 그동안 자신을 속인 설미를 혼내 줄 생각으로 일부러 딱딱하게 굴었다. 그런데 갑자기 설미의 커다란 눈에 눈물이 그렁그렁 맺혔다.

이게 아닌데…….

태홍은 뒷머리를 긁적이며 당황해 했다.

"왜 울어?"

"……태홍 씨, 화……났어요?"

"아니, 화 안 났어. 장난친 거야."

"미안해요……. 정훈이 일 속인 거, 내가 정말 잘못했어요."

굵은 눈물방울을 뚝뚝 흘리며 애처롭게 어깨까지 떨면서 사죄하는 그녀를 보자, 혼내려던 마음이 쏙 들어갔다. 항복이다.

"아니야. 너 잘못한 거 없어. 다 날 위해서 그런 거잖아. 그치?"

태홍은 설미의 눈가에 흐르는 눈물을 닦아 주며 웃었다. 그와 눈이 마주친 설미는 조심스레 고개를 끄덕였다.

"태홍 씨 이제 겨우 웃을 수 있게 됐는데…… 정훈이 일로 또 예전처럼 상처받을까 봐……. 막 밥도 안 먹고, 물불 안 가리고 덤벼

들다 여기저기 다치고, 비 맞고 돌아다니고…… 그럴까 봐…….."

태홍은 물기 어린 눈동자를 지그시 바라보며 그녀를 불렀다.

"설미야."

"네……."

"나한텐 니가 결혼 미루자고 한 게 더 상처였거든?"

입을 삐죽 내밀고 삐진 척 구는 태홍이 너무 귀여워서 설미는 웃어 버렸다.

그녀의 환한 미소에 태홍은 이제야 마음이 놓였다. 그도 흐뭇한 미소를 지으며 그녀의 얼굴을 어루만졌다.

"설미야, 앞으로 우리가 과거에 겪었던 일들보다 더한 시련과 고통이 올 수도 있어. 하지만 나, 예전처럼 막살지 않을 거야. 무너지지도 않을 거고. 왜냐하면 내 옆엔 니가 있으니까."

"태홍 씨……."

설미는 감격했다. 태홍이 지금까지 자신에게 했던 수많은 말들 중 가장 감동적인 말이었다.

"저기, 그래서 말인데……."

태홍이 이 말을 할까 말까, 잠시 망설이다 입을 열려던 순간이었다.

"우리 결혼해요."

설미가 다부진 눈빛으로 태홍이 하려던 말을 가로챘다.

갑작스러운 그녀의 프러포즈에 태홍은 당황스러웠다. 할 말을 잃고 두 눈을 껌뻑이며 설미를 바라봤다.

그녀의 볼이 발그레해졌다. 긴장한 기색이 역력했지만, 그녀의 입술에서 나온 말은 흔들림이 없었다. 차분하고 또렷했다.

"오늘 든 생각인데요. 저요, 평생 태홍 씨의 집이 되고 싶어요."

"집?"

"네. 일 마치면 곧바로 달려가고 싶은 집, 지치고 힘들 때 편안하게 쉴 수 있는 집, 언제나 당신을 포근하게 맞아 줄 수 있는 집이요. 그런 집을 태홍 씨한테 선물하고 싶어요. 허락해 줄래요?"

"⋯⋯."

"태홍 씨, 나랑 결혼해 줘요."

태홍은 가슴이 너무 벅차 말을 할 수가 없었다. 그저 새하얗게 빛나는 설미의 얼굴에 홀린 듯 고개를 끄덕이는 수밖에. 너무 기뻐서 흘리는 눈물이 무엇인지 이해할 만큼 감정이 제어가 되지 않았다.

태홍의 눈에 눈물이 살짝 어리자 설미는 제 눈을 의심했다.

"태홍 씨 울어요?"

"아니. 흐흠."

태홍은 헛기침을 하며 두 눈을 부릅떴다. 태연한 척하지만, 귀가 빨간 걸 보니 쑥스러운 모양이다. 설미는 웃음을 터뜨리고 말았다. 그녀가 웃자 태홍도 따라 웃었다.

그날 밤, 오래간만에 태홍의 집에선 행복한 온기가 넘쳐흘렀다.

□　■　□

"임설미! 그만 좀 먹어!"

선희의 호통에 비빔밥을 먹던 설미가 화들짝 놀랐다. 그 틈을 타 선희는 양푼을 뺏어 버렸다.

숟가락을 든 채 아쉬워하는 설미를 보며 선희가 타박했다.

"너 미쳤어? 결혼 일주일 앞둔 애가 야밤에 비빔밥을 먹어?"

설미가 아랫배를 만지작대며 투덜투덜했다.

"그치만 다이어트 너무 힘들어. 요새 계속 굶었더니 오늘 폭식 제대로 왔나 봐. 어떡하지? 나가서 뛰고 올까?"

"그러든지."

"응. 그래야겠어. 대신 먹던 건 다 먹고!"

설미가 다시 양푼을 뺏어 품에 안았다. 우걱우걱 비빔밥을 맛있게 먹는 설미의 모습에 선희가 고개를 절레절레 흔들었다.

그러다 테이블 위에 놓인 다이아 반지를 발견했다. 얼마 전 상견례가 끝나고 태홍이 정식으로 프러포즈를 하며 건넨 반지였다. 설미는 끼기 아깝다고 밥 먹을 때, 세수할 때, 수업할 때, 반지를 빼 놓곤 했다.

"너 그러다 이거 잃어버린다."

선희의 말에 살짝 불안해진 설미는 얼른 반지를 손가락에 끼웠다. 그리고 반지 낀 손을 보며 흐뭇하게 웃었다.

"그렇게 좋냐?"

"당연하지. 나 태홍 씨가 노래도 불러 줬다. 파이브썬의 〈두 사람〉. 우리 태홍 씨 노래도 잘해. 못하는 게 없어. 어떡하지?"

"그러게 어떡하냐? 넌 노래 더럽게 못하잖아. 음치."

"뭐야, 거기서 음치 얘기가 왜 나와!"

"서태홍 앞에서 절대 노래는 부르지 말라고."

"당연하지. 아, 맞다. 나 결혼식 날 편지 낭독하려고 하는데, 어때?"

"완전 별로야. 아, 벌써부터 지루하다. 니 결혼식."

"언니!"

설미가 선희를 흘겨봤다. 선희는 동생을 놀리는 것이 재밌는 모양인지, 입을 삐죽 내밀고 있는 설미를 보며 크게 웃었다.

"그만 웃으시지? 우리 결혼식 완전 신나고 축제 같은 분위기로 만들 거거든? 지루할 틈 하나도 없는!"

"그러셔? 어떻게?"

"우리 반 애들이 춤춰 주기로 했어. 아! 그리고 지석이 알지? 이번에 아이돌 데뷔한 내 제자! 걔가 사회 봐 주기로 했다. 좋겠지?"

"이렇게 좋아할 거면서 결혼은 왜 미뤄 가지고…… 쯧쯧. 그 정훈이라는 애는 어떻게 됐어?"

"정훈이 요새 완전 열공 모드야. 경찰대 가겠대."

"그래? 혜린이 남친도 경찰대잖아. 걔도 니 제자지?"

"응. 그래서 내가 우리 정훈이 우석이랑도 한번 만나게 해 주려고."

자기 앞가림도 제대로 못 하던 동생이 제자의 일이라면 두 눈을 반짝이며 똑 부러지게 일하는 것이 선희는 대견스러웠다.

"근데 그 애 서태홍이랑은 어떻게 풀었어? 쉽진 않았을 것 같은데."

"태홍 씨가 노력 많이 했지. 정훈이가 그리워하는 아버지의 빈자리를 채우기 위해. 우리 태홍 씨가 그런 면이 있잖아. 한번 내 사람이다 싶으면 물고 절대 안 놔주는 거. 정훈이도 거기에 넘어갔나봐. 맨날 집에 찾아가서 맛있는 거 사 주고, 공부도 가르쳐 주고, 어려울 때 믿어 주고, 힘들 때 응원해 주고. 사실 나도 거기에 넘어간 거잖아. 태홍 씨 그 뚝심 있는 성격."

"또 시작이네."

선희가 귀를 후비적거리는 시늉을 하고 있는데, 딩동, 하고 초인종이 울렸다.

주저리주저리 태홍의 칭찬을 늘어놓던 설미가 자리에서 벌떡 일어나 현관으로 달려갔다. 문을 열자 반가운 얼굴이 등장했다.

"쌤!"

"혜린아!"

설미와 혜린은 서로를 와락 끌어안았다.

"늦는다더니 빨리 왔네? 훈련 끝나고 바로 온 거야?"

"네. 사실 꾀 좀 부렸어요. 쌤이랑 선희 언니 빨리 보고 싶어서요."

뒤에서 지켜보던 선희가 한마디 툭 내뱉었다.

"난 안 보여?"

"어? 선희 언니! 오래간만이에요. 저도 오늘 여기서 자고 가려고요."

"후회할 텐데?"

"네? 뭘요?"

혜린이 고개를 갸웃거리며 물었다.

"내일 신혼집으로 이사 간다는 애가 짐을 하나도 안 쌌어. 우리 둘 부른 이유가 뭐겠냐?"

거실 곳곳에 널브러진 짐이 이제야 혜린의 시야에 들어왔다.

"음. 아무래도 저는 훈련을 다시 가 봐야……."

"뭐야, 혜린이 너까지 그럴 거야?"

설미가 입을 삐죽 내밀자 혜린이 활짝 웃으며 거실로 들어왔다.

"농담이에요. 쌤. 제가 오늘 밤새워서라도 도와드릴게요! 우리 일단 먹고 시작해요."

혜린은 들고 있던 쇼핑백을 설미에게 건넸다.

"선생님 좋아하는 치킨이랑 그리고 이건 망고 아이스크림. 그리고…… 선희 언니도 있다고 해서 이건 아메리카노 샷 추가. 편의점 거 아니에요."

혜린이 유명 브랜드의 커피를 건네자, 선희는 예전 생각이 나서 피식 웃었다.

"어쭈, 정혜린. 돈 좀 번다 이거냐? 아무튼 잘 마실게."

"우와, 맛있겠다!"

"너 또 먹게?"

"다이어트는 내일부터, 몰라? 어서 먹자!"

설미가 콧노래를 부르며 치킨 박스를 개봉하자 고소한 튀김 냄새가 거실 가득 퍼졌다. 선희는 못 말린다는 듯 고개를 흔들었다.

여전한 두 사람의 모습에 혜린이 웃었다.

"자, 선희 언니 먼저 받으세요."

혜린이 먼저 날개를 집어 선희에게, 닭다리를 집어 설미에게 건넸다. 설미가 엄지를 척 들어 보였다. 혜린은 두 사람의 치킨 취향을 정확히 기억하고 있었다.

세 사람은 3년 전 문화시에서 함께했던 추억들을 하나둘씩 꺼내며 밤새 수다의 꽃을 피웠다.

이삿짐은 결국 다음 날, 마음 급한 태홍이 직접 정리해서 실어 가야 했다.

□ ■ □

"어머, 저기 사회자 아이돌 아니야?"

"저쪽은 금메달리스트 정혜린이야."

"대박! 신랑 좀 봐. 완전 잘생겼어."

하객들이 턱시도를 입은 태홍을 보고 입을 다물지 못했다.

몸에 딱 맞는 흰 셔츠에 보타이, 시크한 블랙 턱시도, 거기다 반듯한 이마를 드러낸 헤어스타일 덕분에 태홍의 잘생긴 이목구비가 한층 돋보였다.

태홍은 잔뜩 긴장한 상태로 서서 하객들을 맞이하고 있었다.

"태홍아, 이것 좀 봐라. 우리 설미 예쁘지 않니?"

곱게 한복을 차려입은 강 교수가 핸드폰을 아들에게 보여 줬다. 메이크업을 마친 설미의 사진이었다.

"아침에 이 사진 보고 얼마나 떨리던지. 너도 그러니? 긴장되지?"

"떨긴 왜 떨어요."

그렇게 말하면서도 사진에서 눈을 못 떼는 태홍을 보며 강 교수가 미소를 지었다.

사실 태홍은 너무 떨려서 미칠 것 같았다.

"후우."

다시 한번 심호흡을 크게 한 번 내뱉으며 태홍이 마인드 컨트롤을 하고 있는 그때였다. 선희와 찬희가 자신 쪽으로 달려왔다. 태홍은 언제 그랬냐는 듯 태연한 얼굴을 했다.

그런데 정작 두 사람의 표정이 심상치가 않았다.

태홍은 불안한 마음이 들었다. 주문한 드레스가 늦게 도착해서 하는 수 없이 숍에 설미를 혼자 두고 먼저 식장으로 온 게 마음에 걸렸다.

설마, 설미가 아직 도착을 안 했나?

찬희가 태홍을 끌고 구석으로 향했다.

"매제. 그러니까 그게, 처제가……."

찬희가 말끝을 흐리며 뜸을 들이자, 태홍은 무슨 일이냐는 눈빛으로 선희를 쏘아봤다. 결국 선희가 시원스러운 말투로 말했다.

"서태홍, 너 결혼식 망하게 생겼어."

"아, 여보. 그렇게 말하면 어떡해요."

"사실이잖아. 서태홍 넌 그렇게 설미랑 같이 왔어야지, 걔 혼자 두고 오면 어떡해."

대체 이게 무슨 소리란 말인가. 태홍의 머릿속이 하얘졌다.

"무슨 소리야? 똑바로 말해. 설미가 왜? 아직 안 왔어? 연락은 해 봤고? 아니다. 내가 해야지."

당황한 태홍이 바로 통화를 시도했지만, 연결음만 들릴 뿐 설미는 받지 않았다. 심장이 철렁 내려앉았다.

"숍에 두고 나간 모양이야. 설미랑 같이 오는 실장이랑 통화해 봤는데, 차가 지금 도로에 갇혔대."

"뭐?"

"지금 마라톤 대회 때문에 도로 통제해서 차가 꼼짝을 못 하고 서 있대. 아무래도 결혼식 전까지 못 올 것 같은데……."

선희의 말이 끝나기도 전에 이번엔 식장 안에서 혜린이 달려 나왔다.

"다들 이것 좀 보세요!"

─ 마라톤 중계 10년 만에 이런 광경은 처음입니다. 웨딩드레스를 입은 신부가 달리고 있습니다! 선수들과 비교해도 전혀 손색이 없는 실력인데요. 아, 무슨 사연인지 궁금하군요.

혜린이 보여 준 핸드폰에서는 마라톤 생중계가 나오고 있었다.

참가자들이 달리는 도로 옆 보도에, 한 여자가 웨딩드레스를 입고 뛰고 있었다. 카메라가 여자를 클로즈업했다.

여자의 정체는 다름 아닌 설미였다.

"우리 처제 뛰어올 건가 봐."

"얘 중학생 때보다 더 빨라진 것 같아."

"우리 쌤 멋지다!"

찬희, 선희, 혜린은 넋을 잃고 화면을 들여다봤다. 하지만 태홍은 화면 속 열심히 달리고 있는 설미를 보며 마른세수를 했다.

저러다 다치면 어쩌려고…….

늦게 도착하면 도착하는 대로 하객들에게 양해를 구하면 되는데, 죽어라 달려오고 있는 설미가 안쓰러웠다.

"다들 왜 여기 모여 있어? 어이, 서 팀장 결혼 축하해! 근데 신부

대기실에 왜 아무도 없어? 혹시 신부가 도망이라도 갔나?"

권 팀장이 놀리듯 말하며 다가왔다. 태홍이 무섭게 쳐다보자 그는 놀라 뒷걸음을 쳤다.

"쏘리. 농담이야 농담."

"팀장님, 차 뭐 타고 오셨어요?"

"나 이따 바로 현장 가려고 순찰차……."

"차 키 좀 주십시오."

안 주면 잡아먹을 듯한 눈빛이었다. 권 팀장은 얼떨결에 주머니에서 차 키를 꺼내 태홍에게 내밀었다. 태홍은 바로 차 키를 빼앗아 쥐고 밖으로 달려 나갔다.

"서 팀장은 결혼식 당일에도 엄청나게 바쁘구먼."

그가 바쁜 이유가 누구 때문인지 아는 찬희와 선희 그리고 혜린은 태홍을 응원했다.

"매제, 더 빨리 뛰어!"

"지금 자세 좋은데, 팔을 더 세게 흔들며 달려 보세요. 그럼 더 빨라질 거예요!"

"서태홍! 우리 설미 꼭 데리고 와라."

□　■　□

카메라 플래시를 한 몸에 받으며 질주하던 설미는 숨이 턱까지 차올랐다. 하지만 멈출 수가 없었다.

"결혼! 결혼!"

다리가 부러지는 한이 있더라도 오늘 태홍과 결혼식을 꼭 치르고야 말겠다는 일념으로 설미는 미친 듯이 달렸다. 옆에서 경찰차 사이렌 소리가 들리는 것도 몰랐다.

"언제까지 뛸 거야? 안 힘들어?"

누군가 옆에서 말을 걸어와도 못 들었다. 설미는 이를 악물고 달렸다.

그러다 열심히 달리던 설미는 고개를 갸웃했다. 아무래도 뭔가 이상했다. 바로 옆에서 익숙한 향기가 났다. 누군가 옆에 있는 것 같은 확신이 들었다.

설미는 고개를 휙 돌렸다.

"태홍 씨……."

설미의 걸음이 완전히 멈췄다. 옆에서 같이 달리던 태홍도 멈춰 섰다.

주변에 있던 구경꾼들의 관심은 마라톤이 아니라 턱시도와 웨딩드레스 차림의 신랑 신부에게 쏠렸다.

설미는 들숨 날숨을 반복하며 숨을 가다듬었다. 태홍이 설미의 이마에 흐른 땀을 닦아 주며 물었다.

"임설미 씨 본인 맞습니까?"

어디서 많이 들어 본 말이었다.

문화시에서 처음 만났을 때의 태홍이 떠올랐다. 그땐 정말 두 번다시는 만나고 싶지 않던 남자였는데, 이제는 평생을 함께할 사람이됐다.

배시시 웃는 설미와 달리 태홍은 진지했다. 태홍이 다시 힘주어말했다.

"맞습니까?"

경직된 태홍의 표정에 설미가 기죽어 대답했다.

"네. 맞습니다……."

"임설미 씨는 금일 1시 30분까지 그랜드호텔 크리스털 홀에 도착하기로 하였으나, 현 시각 1시 45분. 아직까지도 이곳에 서 있습니다. 심지어 핸드폰은 또 어디다 빠트렸는지 연락도 안 되고, 하아……."

태홍이 가쁜 숨을 내뱉었다. 그러자 설미가 잔뜩 미안한 표정으로 태홍의 손을 잡고서 흔들며 애교를 부렸다. 눈웃음까지 쳤지만 번진 화장, 실핀이 삐죽삐죽 튀어나온 머리는 산발이 되기 일보 직전이었다. 아까 식장에서 어머니가 보여 준 사진 속 여자는 없었다.

결혼식에 늦지 않기 위해 필사적으로 노력한 티가 역력했다. 그 순간 실핀이 떨어지며 반묶음 한 머리가 사르륵 풀어지고 말았다.

"앗, 내 머리!"

설미가 머리카락을 감싸 쥐며 당황스러워하자, 결국 태홍이 웃음을 터뜨리고 말았다. 설미는 난데없이 웃는 태홍을 민망하게 바라봤다.

태홍이 와락 설미를 끌어안으며 귓가에 속삭였다.

"예뻐서 봐준다. 대신……."

"……."

"오늘 밤, 각오해."

설미의 두 뺨이 발그레해짐과 동시에 태홍이 설미를 번쩍 안아 들었다. 그리고 경찰차가 있는 쪽으로 힘껏 달렸다.

"와아!"

"신랑 신부 파이팅!"

"결혼 축하해요!"

두 사람의 앞날을 축복하며 관중들은 휘파람까지 불며 뜨겁게 환호했다.

태홍의 목을 꽉 안은 채 설미는 고개를 들어 그의 얼굴을 올려다봤다.

일주일 전 치킨을 먹을 때 혜린이 했던 말이 떠올랐다.

'쌤 그거 알아요? 예전에 태홍 아저씨가 마라톤에서 데드 포인트가 중요한 이유에 대해 얘기해 준 적이 있는데요……'

혜린은 그날 태홍의 한마디로 인생이 바뀌었다고 했다.

생각해 보면 설미에게도 있었다. 태홍 덕분에 인생이 바뀐 순간들이. 그 순간들이 주마등처럼 스쳐 지나갔다.

그가 있었기에 언니와 화해할 수 있었고, 어둠을 무서워하지 않게 됐다.

그뿐인가. 사랑하는 사람에게 사랑한다고 말할 수 있는 자신감을 되찾았고, 어떤 시련이 와도 사랑하는 사람의 손을 놓지 않는 용기를 얻었다.

태홍의 말대로 마라톤처럼 인생에도 데드 포인트가 존재한다. 수많은 사람이 데드 포인트에서 절망하고 좌절하고 포기해 버린다.

하지만 인생은 계속되고, 데드 포인트는 언젠간 또다시 불현듯 우리의 인생에 찾아온다.

그때 또 넘어지지 않으려면 그 고비를 잘 이겨 내는 것이 중요하다.

내 인생의 데드 포인트에서 기적처럼 나타나 손을 내밀어 준 그대, 감사합니다.

그리고 사랑합니다.

설미와 태홍은 오늘도 행복을 향해 힘껏 달렸다.

작가 후기

먼저 여러 복잡한 상황에도 불구하고 출간할 수 있도록 도움 주신 출판사 관계자분들과 이영은 편집자님께 감사드립니다.

그리고 긴 글을 읽어 주신 독자님들께도 감사합니다.

이 글의 연재를 시작한 2016년의 여름과 종이책을 펴내기로 결심한 2018년의 여름.

그 두 번의 여름이 저한테는 데드 포인트였던 것 같습니다.

아직도 대부분의 날들이 많이 아프지만, 포기하지 않고 열심히 살아가려고 매일 마음을 다잡고 있습니다. 그리고 노트북을 켭니다.

누구보다 내가 글을 쓰는 사람이라는 것을 자랑스러워하고 좋아했던 엄마를 위해서라도 오늘도 글을 씁니다. 이를 악물고, 허리를 꼿꼿이 세우고, 새벽이 오고, 밤이 와도. 언제나 그랬던 것처럼, 그 자리에서 묵묵히.

  저에게도 인생의 데드 포인트가 올 때마다 손을 내밀어 준 사람이 있습니다. 난 뭐 하나 제대로 해 준 것도 없는데 항상 내게 아낌없이 주는 쌤. 이 자리를 빌려 전합니다. 그동안 걱정 끼쳐서 죄송해요. 앞으로 더 좋은 사람이 되는 걸로 보답할게요.

  마지막으로 이 말이 닿을 수 있는지 없는지, 인간의 생각으론알 수 없지만. 닿기를 바라며.

  너무 보고 싶어.
  몇 번의 여름을 보내면 다시 만날 수 있을까.
  부끄러운 모습으로 가진 않을게.
  엄마, 사랑해. 그리고 고마워.

  독자님들 다음엔 더 좋은 글로 찾아뵙겠습니다.
  감사합니다.

                                        욱수진 드림

' 뜨거운
베케이션 '

초판 1쇄 찍음 2018년 12월 21일
초판 1쇄 펴냄 2018년 12월 31일

지은이 | 욱수진
펴낸이 | 정 필
펴낸곳 | (주)뿔미디어

기획 · 편집 | 이영은, 심은지, 박지희
표지 디자인 | 우 물

출판등록 | 2002년 9월 11일 (제1081-1-132호)
주소 | 경기도 부천시 원미구 소향로 17, 303(두성프라자)
전화 | 032)651-6513 / 팩스 | 032)651-6094
E-mail | dahyangs@naver.com
블로그 | http://blog.naver.com/dahyangs
비북스 | http://b-books.co.kr

값 10,000원

ISBN 979-11-315-9427-8 04810
ISBN 979-11-315-9425-4 04810 (세트)

www.b-books.co.kr

www.b-books.co.kr